Margaret Forster
Schattenkinder

Margaret Forster
Schattenkinder
Roman

Aus dem Englischen
von Roseli und
Saskia Bontjes van Beek

Arche

1. Auflage März 2001
2. Auflage Mai 2001
Copyright der deutschsprachigen Übersetzung:
© 2001 by Arche Verlag AG, Zürich-Hamburg
Alle Rechte vorbehalten
Die englische Originalausgabe erschien 1996
u. d. T. *Shadow Baby*
bei Chatto & Windus Limited, London
Copyright © Margaret Forster 1996
Umschlagmotiv: John Atkinson Grimshaw,
Near Leahurst. Ölgemälde. 1880
Satz: Greiner & Reichel, Köln
Druck, Bindung: fgb · freiburger graphische betriebe
Printed in Germany
ISBN 3-7160-2279-9

Inhalt

Prolog

Erster Teil
Evie – Shona

Zweiter Teil
Leah – Hazel

Dritter Teil
Evie – Shona

Vierter Teil
Leah – Hazel

Epilog

Für meine Schwägerin Marion
in liebender Erinnerung
1939–1995

Prolog

Leah hielt inne. Die Treppe war schmal und steil und verlief mit ihren insgesamt vierzehn Stufen ziemlich gerade nach oben. Weder in der Eingangshalle noch im Salon rechts daneben brannte Licht, aber am Ende des Ganges sickerte ein schwacher Schein unter der Küchentür hindurch. Ohne diesen schmalen Streifen Licht hätte kein Schatten sie beunruhigen können. Es war fünf Uhr an einem dunklen, nassen Dezembernachmittag. Draußen auf der Straße war es stockfinster. Die Straßenlaterne war kaputt, Jungen hatten sie mit Steinen eingeschlagen, und bis auf ein paar Scherben, die am Gehäuse hängengeblieben waren, ohne Glas.

Sie bewegte sich nicht, solange der Schatten sich nicht bewegte, und der verhielt sich erschreckend regungslos. Der Umriß war ihr vertraut und so gut wie kein Schatten mehr. Er war nicht ausdruckslos oder flach, nicht gegenstandslos. Massiv war er für Leah, massiv und hart, vor allem der Kopf hinter der Glastür wirkte wie ein Stück Eisen. Immer wieder hatte sie sich gesagt, sie müsse die Haustür auswechseln, die beiden Glasscheiben herausnehmen und durch Holz ersetzen lassen. Dann würde es keinen Schatten mehr geben. Doch eine noch größere Angst hielt sie davon ab. Wenn es den Schatten nicht gäbe, müßte sie der Realität ins Auge blicken. Sie könnte überrascht werden, könnte an irgendeinem vermeintlich harmlosen Nachmittag auf das Klopfen reagieren und ihm gegenüberstehen. Am Tag konnte sie natürlich mehr erkennen, obgleich das Glas farbig war. Es war grün getönt, schönes

Glas mit einer eingravierten rosa Rose an der unteren Kante jeder Scheibe. Man konnte dennoch gut hindurchsehen, vor allem an sonnigen Tagen. Sie war gewarnt, wußte, wer dahinter stand, und darauf wollte sie auf keinen Fall verzichten.

Der Schatten rührte sich, der Türklopfer ertönte, der Messingring hob und senkte sich, wie immer dreimal. So konstant verhielt sich der Schatten. Noch zweimal jeweils drei langsame, bedächtige Schläge. Wenn das Ritual vorbei war, verschwand er. Leah stand da, klammerte sich an das Geländer und wartete. Sie rührte sich nie als erste, verließ nie ihren Standort. Sie hätte in ihr Schlafzimmer gehen und Tür und Vorhänge schließen können. Aber das tat sie nie, sie mußte Zeugin sein: Das war ihre Pflicht, Teil ihrer Strafe. Da. Der Schatten war fort. Spurlos verschwunden. Was blieb, war nur die Tür, Holz und Glas, harmlos wie zuvor. Manchmal hatte sie die Vorstellung, die Tür würde zerschmettert, ihre Besucherin außer sich geraten, vor Schmerz oder Wut das Glas einschlagen, ihre kräftige Hand hindurchstecken und sie öffnen. Sie stellte sich immer etwas Gewaltsames vor, aber der Schatten war nie gewalttätig. Henry sagte immer, daß sie sich täusche, daß sie nichts zu befürchten habe, aber sie glaubte ihm nicht. Er war ein Mann, er hatte keine Ahnung. Die ganze Zeit über, all die Jahre hatte sie sich gefragt, was sie wohl im Sinn haben würde, wenn sie der Schatten wäre, und keinen Zweifel an ihrer Antwort gehabt. Henry sagte, wenn sie doch nur zu einem Treffen bereit wäre ... Aber allein der Gedanke daran versetzte sie in Angst und Schrecken. Sollte Henry sich doch mit ihr treffen (was er tatsächlich auch getan hatte).

Wie müde sie war, eine furchtbare Erschöpfung, ganz anders als sonst. Sie konnte sich kaum ins Schlafzimmer schleppen. Selbst als sie versuchte, sich aufs Bett zu legen, sich zuerst zu setzen, dann die Beine hinaufzuschwingen, was ihr jedoch mißlang, so daß sie jedes einzeln auf die glatte blaue Daunendecke heben mußte, ging das beinahe über ihre Kräfte. Sie rechnete nicht damit, schlafen zu können. Niemand, der so schuldig war, wie sie es ihrer Meinung nach war, vermochte nach solchen Heimsuchungen zu schlafen. Der Schlaf würde später kommen, und glücklicherweise wußte sie das schon jetzt, wo alles in ihr und an ihr schmerzte. Bald würde sie in einen so tiefen Schlaf sinken, als gleite sie in einen gänzlich anderen Seinszustand. Sie fragte sich oft, ob solch ein Schlaf dem Tod ähnlich sei, ein nahezu traumloser Schlaf, in den man sich so unbekümmert, ohne sich zu wehren, fallen ließ. Sie konnte es immer spüren, wenn es soweit war, und merkte, wie sie lächelte, wenn sie in das willkommene Vergessen hinüberglitt. Selbst das Erwachen nach einer langen, sorglosen Spanne Zeit war angenehm. Sie war gelassen und ganz bei Bewußtsein. Sie fühlte sich durch diesen wohltuenden Schlaf erfrischt und wiederhergestellt.

Sie befahl sich selbst, still zu warten, Zeit vergehen zu lassen, Angst und Kummer mit Fassung zu ertragen. So war es immer, und so würde es sein, bis eine von ihnen starb.

Es wäre das perfekte Verbrechen gewesen, nur daß kein Verbrechen begangen worden war. Hazel wußte zwar, daß sie unrecht getan hatte, hatte sich aber schon bald mit diesem unangenehmen Gedanken abgefunden. Immer wenn sie zurückblickte, obgleich sie dies (einigermaßen erfolgreich) zu vermeiden suchte, kam es ihr vor, als habe ihre Mutter ihr das Gefühl vermitteln wollen, nur sich selbst gegenüber Unrecht getan zu haben. Dabei hatte sie immer versucht, ehrlich zu sein und Ausflüchte zu vermeiden. »Es war meine Schuld«, hatte sie, ohne zu weinen, doch nicht ganz trockenen Auges gesagt, »es war meine Schuld, nicht seine, mach ihn bitte nicht dafür verantwortlich.« Aber sie brauchte gar nicht erst zu flehen, man möge ihn verschonen. Ihre Mutter wollte nicht einmal seinen Namen wissen. Von Anfang an hatte sie deutlich zu verstehen gegeben, daß nur eines zählte: absolute Verschwiegenheit. Sie und ihre Mutter würden dieses Geheimnis miteinander teilen. Mit niemandem sonst. Nicht mit ihrem Vater oder ihren beiden Brüdern und nie, *nie und nimmer*, mit dem betreffenden Mann. Alles würde gut werden, wenn man es nur absolut geheimhielt. Es könnte geregelt werden und schließlich in Vergessenheit geraten.

Geregelt wurde es in der Tat. Ihre Mutter verstand sich glänzend auf solche Regelungen. Hazel fühlte sich von der Tüchtigkeit ihrer Mutter so beruhigt, daß sie vorübergehend in Gefahr war zu glauben, sie habe etwas getan, worauf sie stolz sein könne, nicht etwas, dessen sie sich schämen müsse. Am lebhaftesten erinnerte sie sich, wenn sie an jene Zeit dachte, nicht etwa an den Augenblick des Geständnisses, sondern sehr viel später an den Tag, an dem ihr endlich bewußt wurde, daß das, was ihr bevorstand, schmerzlich und leidvoll sein würde. Ihre Mutter war fort. Sie hatte sie an diesen trostlosen Ort gebracht und Leuten anvertraut, die sie nicht kannte, die jedoch, wie man ihr sagte, »höchst zuverlässig« seien. Zwei schon etwas älteren Damen. Die eine war Krankenschwester gewesen, die andere Lehrerin. Wie ihre Mutter die beiden aufgetrieben hatte, sollte Hazel nie erfahren. Sie waren Teil eines, wie ihre Mutter es nannte, »Netzwerks von Frauen, die anderen Frauen helfen«. Als Hazel sie später einmal fragte, ob die beiden dafür, daß sie sich in jenen fünf Monaten um sie kümmerten, bezahlt worden seien, hatte ihre Mutter erstaunt gelacht und gesagt, natürlich seien sie bezahlt worden, warum hätten sie es sonst tun sollen, wie hätte man ihnen sonst trauen können? Verwirrt, wie sie immer wieder angesichts der seltsamen Logik ihrer Mutter war, hatte Hazel nichts weiter gesagt, dabei hatte sie dieser späte Beweis, daß ihre Versorgung nichts als ein Job, eine finanzielle Transaktion gewesen war, verletzt.

Man gab vor, sie würde Norwegisch lernen. »Norwegisch?« hatte ihr Vater ausgerufen. »Großer Gott, warum in aller Welt will das Mädchen Norwegisch lernen, niemand will diese Sprache lernen, und warum in aller Welt sollte man das auch?« Ihre Mutter hatte alles ausgeheckt, ihre Gedankengänge waren so kompliziert und verschlungen, daß sie schon wieder einleuchtend waren. Sei Hazel nicht schon immer »von den Wikingern fasziniert« gewesen? Schon als kleines Kind habe sie Wikinger-Geschichten geliebt. Und sie liebe Schnee und Eis. Sie habe doch nie in südliche Länder, sondern unbedingt in das so unvergleichliche Skandinavien reisen wollen. Und jetzt wolle sie auf die Universität und nordische Sprachen studieren, was liege also näher, als für ein paar Monate nach Norwegen zu gehen und dort zu leben und die Sprache zu lernen oder es jedenfalls zu versuchen? Ihr Vater war verärgert, aber auch amüsiert. »Das ist meine Tochter Hazel«, sagte er, wenn er sie jemandem vorstellte, »die nach Norwegen gehen will, um diese lächerliche Sprache zu lernen. Können Sie das verstehen?« Meistens konnten die Leute das nicht. Hazel wurde deren Verwunderung, ja manchmal sogar Befremden zunehmend überdrüssig, schließlich konnte sie ihnen doch nicht sagen, daß sie diese mit ihnen teilte. Warum nicht Frankreich? Warum nicht Italien? hatte sie ihre Mutter gefragt. Warum nicht Spanien? »Katholische Länder, Liebling«, sagte ihre Mutter, »verstehst du denn nicht?« Hazel hatte es nicht verstanden, nicht wirklich. Schließlich beabsichtigte sie doch keine Abtreibung, warum spielte es dann eine Rolle, ob das Land, in dem sie untertauchte, katholisch war? Ihre Mutter sagte: »Denk doch mal nach«, und das tat sie, sie dachte immerfort nach, und trotzdem ergab es keinen Sinn.

Vielleicht war der Plan ihrer Mutter, gerade weil er abwegig war, so erfolgreich gewesen. Wenn man den Leuten erzählte, Hazel wolle für ein paar Monate nach Bergen in Norwegen gehen, um Norwegisch zu lernen, wunderten sie sich nur über ihre kuriose Wahl. Niemand nahm an, es könne für eine Siebzehnjährige einen anderen Grund geben, ein halbes Jahr in Norwegen zu verbringen. Selbst später, als sie nicht etwa Norwegisch oder irgendeine andere nordische Sprache studierte, sondern sich für Jura einschrieb, hatte das bei niemandem Verdacht erregt. »Ich bin froh, daß du zur Vernunft gekommen bist«, hatte ihr Vater (ein Anwalt) gesagt. Es schien eigentlich nur zu beweisen, wie ernst ihr die norwegische Episode gewesen war. Die beiden Frauen, bei denen sie gewohnt hatte, waren kurz nach ihrer Rückkehr gestorben, die eine an einem Herzinfarkt, die andere fünf Jahre später an Alzheimer. Ihre Mutter hatte triumphiert: Niemand würde sich mehr an Hazel oder ihren dortigen Aufenthalt erinnern. Als ob das eine Rolle gespielt hätte.

Und doch spielte es eine Rolle, vor allem für ihre Mutter. Sie wollte, daß die ganze »Episode«, wie sie es nannte, ausgelöscht würde. Der Tod der beiden Frauen war ausschlaggebend. Nur sie hatten Hazels Namen gekannt, dabei hatte Mrs. Walmsley selbst in diesem Punkt ihre Spuren verwischt. Die Frauen bekamen Hazels Paß nie zu Gesicht. Sie glaubten, ihr »wahrer« Name sei Geraldine White. Ihre Mutter genoß all diese komplizierten Täuschungsmanöver, sie ließ die ganze »Episode« wie ein Spiel aussehen. Aber sie war nicht da, als aus dem Spiel bitterer Ernst wurde. Sie hat mich nie gesehen, dachte Hazel, als es dem Ende zuging, wie niedergeschlagen ich war, wie ich mich mit einemmal todunglücklich und verzweifelt und *schuldig* fühlte. Als ihre Mutter sie abholte, fand sie, daß sie in etwa so aussah wie sonst auch, nur blasser (dieser norwegische Winter) und dicker (dieses norwegische Essen). »Alles in Ordnung, Liebling?« hatte ihre Mutter gefragt, zugegebenermaßen dieses eine Mal besorgt, worauf sie »ja« gesagt hatte, »ja, danke, Mummy«.

Ja. Es ging ihr gut. Hazel hatte keinen Hang zum Melodramatischen. Wie zierlich sie auch wirkte, in ihrem Wesen war sie so stabil wie das Geschlecht, dem sie, wie ihr

Vater ihr stolz erzählte, entstammte. Sie setzte nach dieser
Verirrung ihr Leben fort und machte nie wieder den gleichen Fehler, ging nie wieder das gleiche Risiko ein. Sie
war weder trübsinnig oder sentimental, noch gab sie sich
geistigen Höhenflügen hin wie ihre Mutter. Diese prag-
matische Einstellung rettete sie, wenn auch nicht völlig. Manche Dinge konnten in ihr ein solches Gefühl von
Schmerz und Verlust hervorrufen, daß sie sich fragte, ob
sie sich selbst überhaupt kannte. Oft waren es Gerüche –
ein besonderes Desinfektionsmittel, eine Marke, die sie
seit jenem Abend nicht mehr gerochen hatte, und der
Duft eines Getränks, eines Getränks mit Nelken (oder etwas Ähnlichem), das man ihr danach zu trinken gegeben
hatte. Und es waren Schatten. Der Raum war ganz und gar
weiß gewesen, blendendweiß, Fußboden, Decke, alles
steril und weiß, da es aber draußen dunkel war, waren die
Jalousien – auch diese weiß, weiß wie alles übrige – heruntergelassen und das Licht brannte, und sie sah riesige
Schatten, wenn sie die Augen kurz aufschlug. Sie hatte versucht, sie nicht anzusehen, hatte sich gewünscht, daß sie
keinen erkennen würde, aber ihre Augen hatten sich in
den Momenten, als sie die Kontrolle verlor, unwillkürlich
geöffnet, und dann hatten die Schatten auf der ihr gegen-
überliegenden Wand getanzt.

Er sollte ihr für immer im Bewußtsein bleiben. Dieser
eine Schatten. Undeutlich, nur ein Umriß, rasch beiseite
geschafft. Er baumelte vor ihrem entsetzten Blick und war
dann verschwunden. Nicht in ihre Arme legen: So lautete
die Absprache. Sie hörte den glucksenden Schrei, wußte,
daß der Schatten eine Stimme besaß, doch nie den Körper
spürte, aus dem er kam. Sie weinte nicht, damals nicht, sie
war zu erstarrt, benommen von dem Ausmaß dessen, was
sie getan hatte. Panik ergriff sie, dazu eine unbekannte
Angst, Angst, sie würde eines Tages zur Rechenschaft gezogen werden, und ihre Mutter wäre nicht da, um alles zu
regeln.

Erster Teil
Evie – Shona

Kapitel 1

Es war ein schmales kleines Haus in einer schmalen Gasse, eines unter vielen, die sich dichtgedrängt, scheinbar behaglich, aneinanderschmiegten. Die Gasse verlief zwischen der Kathedrale und dem Marktplatz und war sehr belebt. Es war alles andere als eine ruhige Straße. Dabei war sie eigentlich keine richtige Straße. Sie war zwar – ungewöhnlich für eine Gasse – mit riesigen Sandsteinblöcken gepflastert, erhob aber darüber hinaus nicht den Anspruch, eine wirkliche Straße zu sein. Mr. Dobson, der eine Volkszählung vornahm, haßte Gassen wie diese. Sie erschwerten ihm die Arbeit. Die Bewohner solcher Gassen gaben durchweg keine klare Auskunft darüber, wie viele Leute bei ihnen wohnten. Ihre Auskünfte waren vage oder verworren oder beides, dabei war seine Frage doch so einfach: Wie viele Leute wohnten in der Nacht des 8. April in diesem Haus? Die Haushaltsvorstände sollten das entsprechende Formular ausfüllen, das er ihnen höchstpersönlich ausgehändigt hatte (so stand es außer Frage, daß sie ein Formular erhalten hatten), aber in diesen Gassen war dem nur selten Folge geleistet worden. Oft war das Formular verlorengegangen; ein zweites mußte beschafft und dann eine gewaltige Gedächtnisleistung erbracht werden, auch wenn erst weniger als vierundzwanzig Stunden verstrichen waren.

Mr. Dobson war geduldig und verständnisvoll, so beurteilte er sich jedenfalls selbst. Er besaß zumindest genügend Vorstellungskraft, um sich darüber im klaren zu sein, daß er manch einen Haushaltsvorstand auch beunruhigte. Niemand wurde je ausfallend; unverschämtes Verhalten einem Beamten der Krone gegenüber war zu riskant. Sie waren alles in allem voller Respekt, aber auch voller Vorbehalte, und damit mußte er fertig werden. Er war besonders freundlich zu Frauen, vor allem zu den älteren Witwen, die in dieser Gasse wohnten. Er wollte, daß das Formular zur Volkszählung korrekt ausgefüllt wurde: Das war von größter Wichtigkeit. Als eine alte Frau die Haustür von Nr. 10 öffnete, nahm Mr. Dobson sofort den Hut ab, lächelte und gab sich, indem er seine Dienstmarke vorzeigte, sogleich zu erkennen. Die Frau, eine Miss Mary Messenger, wirkte gebrechlich. Sie war darüber hinaus, wie er schnell herausfand, außerordentlich schwerhörig. Anstatt laut auf sie einzureden, winkte Mr. Dobson mit einem Volkszählungsformular, wies auf das Datum und dann darauf, was das Gesetz verlangte, und hoffte, Miss Messenger sei nicht auch noch kurzsichtig. Sie stand so lange da und starrte auf das Blatt, daß Mr. Dobson sich zu fragen begann, ob sie Analphabetin sei, was bei diesen älteren Frauen nicht selten vorkam. Glücklicherweise war sie es nicht. Nach eingehender Prüfung schlurfte Miss Messenger den Korridor entlang und tauchte mit dem ihr Tage zuvor ausgehändigten Originalformular in der Hand wieder auf.

Sie überreichte es ihm wortlos. Mr. Dobson warf einen Blick darauf. Zu seinem Erstaunen war es ausgefüllt. Die einzige Bewohnerin des Hauses Nr. 10 sei am Abend des 8. April Miss Messenger selbst gewesen. Mr. Dobson dankte ihr und trat einen Schritt zurück, als sie die Tür schloß. Er sah jedoch, kurz bevor sie zuschlug, das Gesicht eines kleinen Mädchens in der Tür am Ende des Korridors auftauchen. Ein denkbar kurzer, nur flüchtiger Eindruck, aber zweifellos real, das Gesicht eines Mädchens, der kleine weiße Tupfer eines von einer Fülle zerzausten dunklen Haares eingerahmten Gesichts. Er hielt einen Augenblick inne und dachte nach. Hatte die alte Frau die Tatsache verheimlicht, daß ein Kind bei ihr lebte? Aber warum hätte sie das tun sollen? Mr. Dobson ging langsam die Gasse entlang und dachte bei sich, daß die Frage, ob ein Kind in Haus Nr. 10 wohnte oder nicht, wohl kaum von großer Bedeutung sei. Vielleicht war sie ja nur zu Besuch, eine Verwandte, die für einen Tag da war. Es gab keinen Grund anzunehmen, daß sie dort lebte. Die Bewohner solcher Gassen hielten vor ihren Hauswirten immer Dinge geheim, aus Angst, die Miete würde erhöht, wenn herauskam, daß sie untervermieteten. Ein kleines Mädchen, das bei einer älteren Frau lebte, spielte keine Rolle. Er war Gott sei Dank kein Hauswirt und auch kein Polizist. Es war nicht seine Aufgabe herumzuspionieren, sondern das Volkszählungsformular einzusammeln. Es war eingesammelt worden, und damit basta, aber er setzte seinen Weg ein wenig beunruhigt fort.

Mary Messenger, achtzig Jahre alt (wie auf dem Volkszählungsformular angegeben), stand noch immer hinter ihrer Haustür und horchte. Sie drückte ihr gutes Ohr gegen den breiten Spalt in der Tür, erst kürzlich hatte sie die Lumpen entfernt, die ihn den ganzen Winter über ausgefüllt hatten. Sie hörte, wie sich die Schritte des Volkszählers in der Gasse entfernten, und war zufrieden. Als sie sich aber umdrehte und Evie dort stehen sah, keifte sie sie an: »Hab ich's dir nicht gesagt, he, hab ich nicht gesagt, bleib in der Küche, he, was soll das, willst du ins Armenhaus gesteckt werden, he?« Evie verschwand, und Mary schlurfte brummelnd hinter ihr her in die kleine dunkle Küche auf der Rückseite des Hauses. »Nichts als Ärger, du machst nichts als Ärger, und welchen Dank bekomme ich dafür, he?« Evie beachtete sie nicht weiter. Sie stand auf einem Schemel und knetete auf dem Tisch einen Teig, wobei ihre kleinen Fäuste, sosehr sie sich auch bemühte, es genauso wie ihre Großmutter zu machen, kaum eine Vertiefung hinterließen. Beim Anblick der erfolglosen Knetversuche des Kindes besann Mary sich, was alles noch zu tun war. Sie nahm den Teig und schlug ihn auf den Tisch, wobei ihre Hände nicht mehr zitterten, was sie taten, wenn sie ruhten, sondern kräftig und geübt wirkten. Evie sah ihr bewundernd zu und rieb, ohne daß es ihr gesagt werden mußte, das Innere der Backform mit einer Speckschwarte aus. Sie schwiegen, bis der Teig geformt und in die Backform gefüllt war, dann hüpfte Evie auf einen anderen Schemel und öffnete mit einem alten Geschirrhandtuch behutsam die Tür des Backofens. Das Brot wanderte hinein, und Mary seufzte und setzte sich und sagte: »Bist ein gutes Mädchen, alles in allem. Laß uns eine Tasse Tee trinken, und du kannst Zucker reintun.«

Sie beobachtete Evie, wie sie den rußigen Kessel vom Haken über dem Feuer nahm. Sehr sorgfältig war das Kind, tat alles, was ihm aufgetragen wurde, sorgfältig und willig. Kein Schmollen, keine Unverschämtheit, jedenfalls noch nicht, aber schließlich war sie erst fünf, eben erst fünf. Hübsch war sie nicht, würde sie auch nie werden, das hatte Mary von Anfang an gesehen, aber gesund, das war die Hauptsache, und kräftig, und sie hatte ein heiteres Wesen, bis jetzt. Der Tee war fertig, und sie saßen beide einigermaßen zufrieden, was jede bei der anderen spüren konnte, vor den dampfenden Bechern. »Nun, Evie«, sagte Mary, während sie dem Kind zusah, wie es den Dampf fortblies und seine Hände am Becher wärmte, »ich weiß nicht, was ich mit dir machen soll. Ich hab nicht gesagt, daß du hier bist, keine Sorge, aber so kann es doch nicht ewig weitergehen, he? Nicht für ewig. Ich werde nicht mehr lange leben, das steht fest, meine Zeit wird bald abgelaufen sein, und was dann, he?« Evie gab keine Antwort. Das Gerede ihrer Großmutter schien sie nicht zu beirren, und nur bei den »hes?« blickte sie von ihrem Tee auf, als würde sie alles übrige nicht verstehen. Jedes »he?« forderte ihre Aufmerksamkeit, und so war es auch gedacht. Manchmal sagte Mary »he?« ohne jeglichen Zusammenhang, eine plötzliche, schroffe Frage nach gar nichts.

Evie fuhr fort, den Dampf, der vom Tee aufstieg, fortzublasen und den Zucker, den sie hatte hineintun dürfen, umzurühren, obgleich dieser sich schon aufgelöst hatte. Sie mochte den leisen Klang des Löffels an der Becherwand, ein Ton, der zu leise war, als daß ihre Großmutter ihn hätte wahrnehmen und etwas gegen ihn hätte einwenden können, wie sie unerklärlicherweise gegen so vieles etwas einzuwenden hatte. Jeder Tag, fand Evie, war voller Fallen, voller Dinge, die sie nicht tun oder sagen durfte. Sie durfte nicht aufstehen, bis sie dazu aufgefordert wurde, es sei denn, sie mußte auf den Topf, und selbst dann hatte sie wieder ins Bett zu schlüpfen und zu warten, bis das Signal zum Aufstehen gegeben wurde. Ihre Großmutter schlief in einem Doppelbett, das den größten Teil des Raumes einnahm, und Evie am Fußende auf einer Matratze. Im Bett wäre zwar neben ihrer Großmutter Platz für drei von Evies Größe gewesen, aber sie durfte es nicht mit ihr teilen. »Ich könnte dich womöglich ersticken«, sagte Mary, und Evie gab sich damit zufrieden, wie sie sich mit allem zufriedengab.

Sie wußte, daß diese alte Frau nicht wirklich ihre Großmutter war, weil sie es ihr vor nicht allzulanger Zeit gesagt hatte. »Bin ich deine Großmutter, he?« hatte Mary sie wütend angefahren. Sie hatte stumm genickt, wie immer auf der Hut vor verbalen Fallen. »Nein, bin ich nicht«, sagte die alte Frau. »Man tut so, als ob ich's wär, aber ich bin's nicht, vergiß das nicht, he? Du hast keine richtige Großmutter, und was brauchst du schon eine, wo ich's doch gern tue, he? Ich tu's gern, ich glaub sogar, mich wird der Himmel dafür belohnen.« Und später hatte sie genauso unerwartet und plötzlich gesagt: »Wenn jemand fragt, denk daran, ich *bin* deine Großmutter, he? Erinnere dich daran, vergiß es nicht, es könnte mehr wert sein als dein Leben.« Evies Herz hatte bei diesen Worten etwas gepocht. Ihr hatte nicht etwa der Widerspruch – erst hatte sie eine Großmutter (alles, was sie besaß), dann keine, und jetzt hatte sie wieder eine (nur manchmal, nur wenn sie danach gefragt wurde) – Angst eingejagt, sondern die Erwähnung ihres Lebens. Was war ein Leben? Wie konnte irgend etwas mehr wert sein? Aber sie nickte bloß, als hätte sie verstanden, und schwieg still.

Evie, gerade erst fünf geworden, wußte genau, wann es besser war, nichts zu sagen. So lauteten die ersten Worte, an die sie sich erinnern konnte, die erste Anweisung – »Sei still«. Sie erinnerte sich, wie sie, in Schals eingewikkelt, von Mary zum Markt mitgenommen worden war und wie sie zu ihr gesagt hatte: »Sei still, wenn jemand dich anspricht, sei still, he?« Sie hatte gehorcht, was nicht schwierig gewesen war, da die anderen Butterfrauen nur »Frierst du, Kleines?« und »Bist du hungrig?« zu ihr sagten und in beiden Fällen ein Kopfschütteln gereicht hatte. Sie hockte auf einem kleinen Schemel hinter der alten Holzbank, die ihrer Großmutter als Stand diente, und schaute den Leuten beim Einkaufen zu. Sie saß so tief unten, fast auf dem Boden, daß sie hauptsächlich Röcke und Füße sah, eine endlose Prozession von langen Röcken und schwarzen Stiefeln. Bei dem Versuch, etwas Interessanteres und Abwechslungsreicheres zu sehen, bekam sie einen ganz steifen Hals, so hartnäckig und ernsthaft starrte sie nach oben in all die Gesichter, die bedrohlich über den Eiern ihrer Großmutter auftauchten. Wenn sie am Ende des Vormittags zum Wagen getragen wurde und sie den langen Weg nach Wetheral zurückrumpelten, schlief sie ein und bekam von der Rückfahrt zum Dorf nie etwas zu sehen.

Jene Tage, an denen sie mit ihrer Großmutter zum Markt fuhr, lagen in ihrem so jungen Gedächtnis schon in weiter Ferne. Sie konnte sich nur noch vage an die Dorfwiese und die großen Häuser rundherum und das flache Land oberhalb des Flusses erinnern, wo sie gelebt hatten. Aber sie wußte, daß sie es lieber mochte: jenes Landleben und die Gegenwart von jemand anderem, irgendeiner anderen Frau, an deren Gesicht sie sich nicht entsinnen konnte. All das war vorbei. Hier, in der Stadt, blieb sie fast immer im Haus bei ihrer Großmutter. Sie gingen einmal wöchentlich zum Einkaufen auf denselben Markt, auf dem sie früher Blumen und Eier verkauft hatten. An Sonntagen ließen die Glocken der nahen Kathedrale das ganze Haus erzittern, aber sie und ihre Großmutter gingen nicht zur Kirche. Sie war, soweit sie wußte, ihrem jungen Gedächtnis nach, noch nie in einer Kirche gewesen. Sie war überzeugt, daß sie zur Kirche gehen *sollte*, und schlug es einmal vor, aber ihre Großmutter sagte zu ihr, sie habe in der Zukunft, wenn sie wolle, noch genug Zeit, eine Kirchgängerin zu werden. »Jedenfalls«, hatte Mary gesagt, »bist du getauft, sei beruhigt, dafür hat sie wenigstens gesorgt, getauft, mit allem Drum und Dran, in der Holy Trinity Church, genügt dir das, he?«

Das tat es beinahe. Evie wußte, wo Holy Trinity war. Es war die große Kirche an der Kreuzung der beiden Straßen in Caldewgate, außerhalb der westlichen Stadtmauer. Sie war stolz darauf, dort getauft worden zu sein, und stellte sich vor, wie sie über das Becken gehalten wurde, und konnte beinahe das heilige Wasser auf ihrer Babystirn spüren. Sie sehnte sich danach, zur Holy Trinity zu gehen, und beschloß, eines Tages tatsächlich die Kirche zu besuchen und sich das Taufbecken anzusehen. Sie hatte Bilder davon, und das war alles. Ihre Großmutter besaß eine Bibel, obgleich sie nie zur Kirche ging, und darin lag eine kleine illustrierte Broschüre über Holy Trinity. Eine Aufnahme, die sehr körnig war, zeigte das Taufbecken und eine Frau, die ein Baby hielt, und den Pfarrer, der es gerade taufte. Vielleicht war sie ja das Baby; sie konnte es jedenfalls behaupten. Wer aber war dann die hübsche junge Frau, die sie hielt? Nicht ihre Großmutter. Auf dem Bild war auch ein Mann, der etwas hinter der Frau stand, den Hut in der Hand. Wer war der Mann? Es ließ sich nicht in Erfahrung bringen, wie die meisten Dinge.

»Jetzt aber genug mit dem Tee«, sagte Mary. »Trink ihn aus, es gibt eine Menge zu tun, und der halbe Vormittag ist vorbei. Hol die Wanne, häng den Kessel wieder auf, hol die Seife.« Evie brachte alles. Sie mußte die schwere Zinkwanne hinter sich herziehen, sie war zu schwer zum Tragen, aber Evie schaffte es, die Wanne unter den Wasserhahn im Hof zu stellen. Der Hof war winzig, kaum einen Meter breit und anderthalb Meter lang; und zu dieser Uhrzeit an einem trüben Frühlingsmorgen war es bitterkalt. Die Vorderfront der Häuser in der Gasse war durch die hohen Gebäude gegenüber windgeschützt, die Rückseite jedoch nicht. Der direkt von den Pennines auf die Stadt hinunterjagende Ostwind hüpfte und sprang über die Mauern der Hinterhöfe und wurde, war er erst einmal darin gefangen, von Wand zu Wand geworfen, wobei er einen Wirbel aus Staub bildete. Evie kehrte ins Haus zurück und suchte ihren Schal, schlang ihn sich um Kopf und Oberkörper und befestigte ihn mit einer Sicherheitsnadel. Dann war sie bereit.

Sie holte die Wäsche und tat sie in die Wanne und ließ kaltes Wasser darüberlaufen, und Mary erschien mit dem großen Kessel und goß den Inhalt in die Wanne. Das aus der Tülle kommende Wasser war zwar kochendheiß, aber es vermochte die eisige Kälte des Wassers in der Wanne nur wenig zu mildern. Mary gab ihr zu verstehen, das Geschenk des heißen Wassers sei pure Gefälligkeit und sie habe, als sie so alt gewesen sei wie Evie, die Wäsche ohne ein solches Privileg waschen müssen. Sie stand da und sah Evie zu, wie sie ein Stück Seife nahm und anfing, die Kleider einzuseifen und auf sie einzuschlagen, und seufzte, wie sie es immer tat, und sagte: »Ich vermisse meine Waschküche, ich hätte diese Waschküche nie aufgeben dürfen, he?«

Dabei besaß sie noch immer eine Mangel. Im Haus gab es keinen Platz, wo man sie hätte hinstellen können, deshalb stand sie im Hof, und Mary machte sich ihretwegen ständig Sorgen. Wenn sie im Haus waren und Regen und

Wind gegen die Fenster peitschten, stöhnte Mary und sagte: »Oh, meine Mangel, bei dem Wetter draußen. Oh, die schöne Mangel.« Sie war mit einem Stück Sackleinen zugedeckt, aber so mancher Windstoß war stark genug, um es in der Nacht herunterzureißen, so gut es auch befestigt worden war, und dann wurde die Mangel naß, und ganz allmählich begann das Eisen, in der triefenden Nässe zu rosten. Jetzt drehten sie beide die Kurbel, und das ermüdete Mary. »Je schneller du groß und stark bist, desto besser«, sagte sie dann. »Diese Mangel ist stärker als ich, sie ist ein Teufel, ich habe sie einst gezähmt, aber sie bricht aus, sie ist stärker als wir.« Eines Tages, vor nicht allzulanger Zeit, hatte sie, während sie mit der furchterregenden Mangel kämpfte, noch etwas anderes gesagt. Sie sagte das Übliche, daß die Mangel heute stärker sei als sie, dann folgte die altbekannte Erinnerung, wie sie sie einst mit Leichtigkeit beherrscht hatte, und schließlich sagte sie etwas Neues: »Deine Mutter versprach immer ...« Und dann hielt sie auf einmal inne und drehte, mit plötzlich vermehrter Kraft, eine Weile wild die Kurbel der Mangel.

Evie hatte die Worte ganz deutlich gehört – »Deine Mutter«. Ihre Mutter. Sie hatte also eine Mutter. War es eine Mutter, die wie Mary, wie ihre sogenannte Großmutter, gar keine Mutter war? Sie fragte nicht, sie registrierte nur das entscheidende Wort »Mutter«. Sie hatte kleine Mädchen mit Müttern gesehen, sie hatte sie »Mum, Mum« nennen hören, hatte gesehen, daß sie zusammengehörten, Mädchen wie sie und Frauen, die »Mum« genannt wurden. Sie hatte nie gefragt, bis jetzt nicht, warum sie keine Mutter hatte, aber nicht etwa, weil sie nicht neugierig war oder weil sie die Antwort nicht erfahren wollte. Es lag nur daran, daß sie überhaupt keine Fragen stellte. Fragen ärgerten Mary, selbst einfache. »Warum tickt die Uhr?« beispielsweise brachte sie zur Weißglut und provozierte ein schneidendes: »Es ist eine *Uhr*, jetzt hör auf, mich zu quälen, he, warum ticken Uhren, also wirklich, du kommst vielleicht auf Ideen, ich weiß nicht, was aus dir werden soll, ich weiß es nicht!« Auf jede Frage erfolgte dieser Aufschrei – »Ich weiß nicht, was aus dir werden soll!« –, und Evie fürchtete sich allmählich davor. Er beunruhigte sie, ebenso wie die ewige Litanei ihrer Großmutter, daß sie bald nicht mehr dasein würde, daß ihre Zeit beinahe abgelaufen sei, sie nicht mehr lange zu leben habe.

Am Tag, nachdem der Volkszähler dagewesen war, war Mary sogar noch reizbarer als gewöhnlich und murmelte den lieben langen Tag besonders aufgeregt vor sich hin. Das Brot war gebacken, die Fleischbrühe gekocht, die Wäsche gewaschen, alles verlief ganz normal, aber Evie wußte, daß etwas geschehen würde. Ihre Großmutter sagte ständig zu ihr: »Sei ruhig, setz dich«, sie aber huschte umher, berührte alles mögliche, als wollte sie prüfen, sich vergewissern, daß Tisch und Stühle und Schränke noch da waren. Den ganzen Tag über öffnete und schloß sie Schubladen, und nachmittags, wenn sie gewöhnlich auf ihrem Bett einnickte, während Evie leise irgendeine Aufgabe zu erledigen hatte – das Ölfläschchen säubern, einen neuen Papieruntersatz dafür machen, die sechs kostbaren silbernen Teelöffel putzen, die Speisekammer aufräumen, die Anrichte polieren –, hörte man, wie sie auf und ab ging und etwas unter dem Bett hervorzog. Evie war keineswegs erstaunt, als, lange bevor die übliche halbe Stunde verstrichen war, nach ihr gerufen wurde, und sie stieg bereitwillig, voller Ungeduld, die wenigen schmalen Stufen zum einzigen Schlafzimmer hinauf.

Ihre Großmutter saß auf der Bettkante, neben sich einen kleinen offenen Koffer. Er war offenbar voller Papiere, Bündel, die wie Briefe aussahen, und ein paar größere, mit Bindfaden zusammengehaltene Dokumente. Mary versuchte, den Faden von einem Bündel zu lösen. »Ich hab zwei linke Hände«, klagte sie, »verflixte Knoten. Hier, mit deinen kleinen Fingern, mach du's, Evie, aber vorsichtig, paß auf, nichts kaputtreißen, he?« Evie war vorsichtig.

Sie genoß es, behutsam an den Knoten zu zupfen und sie allmählich zu lockern und nach einer Weile den Faden zu lösen. Die Knoten waren wie kleine Knubbel, im Laufe der Zeit hart geworden; sie stellten sich als so sicher heraus, wie sie es ursprünglich hatten sein sollen. Mary sah ihr schwer atmend zu, diesmal allerdings ohne zu schimpfen. Als der letzte ärgerliche Knoten gelöst war, stieß sie Evies zitternde Hand beiseite und zog das Bündel an sich, wobei sie die Papiere mit ihren Händen abschirmte, als könne Evie danach greifen und davonlaufen. »Also«, sagte sie und starrte das Kind an, »also, da ist etwas, was ich dir lieber sagen sollte, bevor es zu spät ist. Ich weiß nicht, was aus dir wird, wenn ich nicht mehr da bin, aber es ist nicht richtig, wenn man dich mit lauter Fragen zurückläßt, das hab ich schon immer gedacht, das kannst du mir nicht vorwerfen, he? Es war nicht meine Schuld, nichts, was ich wollte, ich hab es nie richtig gefunden.« Sie hielt inne und starrte Evie an, die sie ihrerseits anstarrte. Mary sah, was sie immer schon gesehen hatte, ein kleines blasses Gesicht, nicht hübsch, und eine Unmenge ungebürsteten dunklen Haars und Augen, die nichts in Frage stellten, die alles, was sie ansahen, akzeptierten. Sie sah eine Ruhe und Stille, die ihr gefiel. Und Evie sah eine alte Frau, die sich plötzlich verändert hatte. Die ganze Verdrießlichkeit, die ganze Stärke war mit einemmal verschwunden. Marys Gesicht war so faltig und abgezehrt, ihre Haut so gelb und rauh wie eh und je, doch sie sah hilflos aus, die Evie so vertraute üble Laune war verflogen. Dieser Zusammenbruch ihrer Großmutter machte ihr angst, beunruhigte sie, und ratlos, was sie tun sollte, wand sie ihre Hände.

»Du kannst nicht lesen«, sagte Mary bestürzt. »Du müßtest eigentlich zur Schule gehen, du würdest es schnell lernen, he? Ich hätt mich drum kümmern sollen, aber es gab genug zu tun, um Leib und Seele zusammenzuhalten.« Sie zog aus den Papieren auf ihrem Schoß einen Briefumschlag hervor und schwenkte ihn vor Evies Augen hin und her. »Also«, sagte sie wieder, »siehst du das hier? Das gehört dir, und laß dir nichts anderes einreden. Schau, siehst du dies Zeichen?« – und sie zeigte Evie den Buchstaben E auf dem Umschlag –, »Das bist du, das steht für Evie, ich hab's für dich aufgehoben, und niemand weiß etwas davon. Es steht im Register von Holy Trinity für die, die nachsehen wollen, und es würde mich wundern, wenn das überhaupt einer tut, obwohl keiner sagen kann, was passiert, wenn ich nicht mehr da bin, keiner weiß, was für Unheil angerichtet wird, und ich bin nicht da, um aufzupassen, daß alles richtig zugeht, aber du hast das hier, und ich geb's dir jetzt, und du mußt es jetzt behüten und bewahren und benutzen, wenn du's brauchst, he? Man wird dir Fragen stellen, und du wirst darauf keine Antworten wissen, aber hierauf kannst du dich verlassen, du wirst immer wissen, wer du bist, wenn die Leute vergessen, dir's zu sagen, he? Etwas, wenigstens etwas; es gibt nur eine Person, die mehr weiß, und sie hat darüber nie gesprochen, und ich kann nichts daran ändern, Evie, und du auch nicht, es hat keinen Sinn, sich aufzuregen, mein Mädchen.«

Doch Evie regte sich nicht auf. Sie war zwar verwirrt, aber zu durcheinander, um wirkliche Trauer zu empfinden. Ihre ganze Aufmerksamkeit galt dem Umschlag mit dem Zeichen darauf, das sie darstellte, die senkrechte Linie mit drei daraus hervorkommenden geraden Sprossen. Ihre Großmutter hielt ihn ihr hin, und sie nahm ihn, und es gefiel ihr, wie sich das Papier mit dem so deutlichen E darauf anfühlte. Was auch immer in dem braunen Umschlag sein mochte, es war dünn. Wenn sie den Umschlag nicht festhalten würde, wäre er aus ihren Fingern geglitten, so leicht war er. »Erinnerst du dich an den Tag, als wir draußen vor der Kirche standen, Evie?« sagte ihre Großmutter flüsternd. »Als die Bäume ganz orangefarben waren, he? Wir standen ganz weit hinten, niemand konnte uns sehen, wir waren hinter den Bäumen versteckt. Und die Dame und der Herr kamen heraus?« Sie nahm Evies

Handgelenke und zog das Kind, das noch immer den Briefumschlag in der Hand hielt, zu sich heran und flüsterte sogar noch leiser und dringlicher: »Erinnerst du dich, Evie, he?« Evie schüttelte langsam den Kopf. Sie erinnerte sich weder daran, vor irgendeiner Kirche gestanden zu haben, noch an irgendwelche orangefarbenen Blätter oder an eine Dame und einen Herrn, die herauskamen. Mary seufzte. »Du warst zu klein«, sagte sie, »zu klein. Nun, da kann man nichts machen, es würde sowieso nichts nützen, so ist es vielleicht besser. Also, wo willst du den Umschlag hintun? Wo könntest du ihn hineintun?«

»In meine Tasche?« schlug Evie vor und prüfte, ob das Innere ihrer Schürzentasche groß genug sei. Sofort war Mary wieder gereizt wie fast immer. »Nein, nein, Kind, um Himmels willen, ein Umschlag mit *dem* da drin, in einer Schürzentasche, was für eine Idee, nein, du brauchst was Sichereres, aber du mußt es immer bei dir haben, wohin du auch gehst, es muß eine Schachtel oder eine Tasche sein, die du nie aus den Augen läßt, wenn du von hier weggehst, was kann ich dir geben, was würde sich dafür eignen …?« Mary sah sich im Schlafzimmer um, und ihr Blick fiel auf die Mahagonikommode, auf der ein Sammelsurium verschiedener Schachteln stand, alles mögliche darin, Halsketten und Broschen, Stecknadeln und Knöpfe. Sie zeigte darauf und sagte zu Evie: »Hol die Blechdose da, die mit dem Hund.« Evie griff nach oben – die Kommode war ein kleines Stück größer als sie – und zog die flache Dose zu sich und öffnete sie. Sie wußte, was darin war. Nichts Wichtiges, nichts Wertvolles, nur ein paar Schleifen, alle sorgsam aufgerollt und nie benutzt. Ihre Großmutter hatte gesagt, wenn ihr Haar glatt und ohne Nester sei, dürfe sie eine von den alten, seit langem aufbewahrten Schleifen haben, um es zusammenzubinden, aber Evie hatte es nie geschafft, ihr wildes, unbändiges Haar auch nur annähernd in den entsprechenden Zustand zu bringen, und sich nie eine Schleife verdient. »Keiner wird einem

Mädchen, das so etwas hat, Beachtung schenken«, sagte Mary, »eine Dose mit Schleifen, man wird sich nichts dabei denken, wenn es soweit ist. Schau, wir heben die Schleifen hoch, und der Umschlag paßt genau hinein.« Das tat er. »Und dann decken wir ihn mit Schleifen zu, siehst du?« Die Rollen mit dem Schleifenband, lila und gelb und ein wunderschönes Rot, das Evie besonders gern hatte, wurden mit der flachen Seite nach unten so angeordnet, daß sie den Umschlag mit dem E darauf bedeckten. »So, das wird sie an der Nase herumführen, he?« sagte Mary und schien zufrieden. »Nimm du sie jetzt, behalte sie bei dir, steck sie unter deine Matratze.« Evie tat eilig, was ihr aufgetragen worden war, und schob die Dose unter das Kopfende, und Mary atmete erleichtert auf.

Fast ein Jahr lang sollte Evie auf der flachen Blechdose mit den Schleifen schlafen. Jeden Tag schaute sie, wenn sie ihr Bett machte, in die Dose und hob behutsam eine der Schleifen hoch, um nachzusehen, ob der Umschlag noch da war. Sie nahm ihn nie heraus und warf nie einen Blick hinein. Es genügte zu wissen, daß er da war. Hin und wieder fragte die Großmutter nach der Blechdose, und Evie brachte sie zu ihr, und sie wurde untersucht und dann zu ihrem Versteck zurückgebracht. In der Zwischenzeit lernte Evie nicht nur ein E, sondern – außer dem Alphabet – ihren ganzen Namen und ein paar Wörter zu schreiben. Ein Mann kam vorbei, und obgleich Evie sich wie gewöhnlich verstecken mußte, ließ der Mann nicht locker, und die in der Küche lauernde Evie konnte hören, wie er mit lauter Stimme zu ihrer Großmutter sagte: »Ich weiß aus sicherer Quelle, daß in diesem Haus ein schulpflichtiges Kind ist, Madam.« Als er das nächste Mal kam, hatte ihre Großmutter sie vorbereitet. »Du bist krank, Evie«, trug sie ihr auf, »denk daran, wenn du gefragt wirst, du bist krank und kannst das Haus nicht verlassen, du mußt bei mir bleiben, sonst wirst du noch schlimmer krank. Es könnte für eine Weile wirken, mehr kann man nicht tun.« Es wirkte. Der Mann starrte Evie an, deren Versuch, kränklich zu wirken, sehr überzeugend gewesen sein muß, denn er sagte zu ihrer Großmutter: »Ich verstehe«, und dann: »Das Kind braucht einen Arzt.« Mary sagte, sie habe weder Geld für Ärzte noch für die Medikamente, die diese verschreiben könnten. Der Mann wandte sich direkt an Evie und fragte sie, wie oft sie nach draußen gehe, ob sie genügend esse, ob sie gut schlafe – Evie befolgte jedoch Marys Rat und starrte ihn bloß mit offenem Mund erstaunt an. Er kam nie wieder.

Das Leben verlief in seinen alten Bahnen, bis Mary eines Tages nicht aufstand. Evie brachte ihr Tee und Toast und fuhr mit der üblichen Hausarbeit fort, anhand derer sie die Zeit maß. Erst als es dunkel wurde und ihre Großmutter noch immer im Bett lag, kamen die Dinge ihr seltsam vor. Sie zog die Vorhänge zu und zündete die Lampe an und machte Feuer, doch als sie allein mit ihrer Flickarbeit dasaß, fühlte sie sich nicht wohl, sie vermißte Mary in ihrem Sessel und ihre Selbstgespräche. Sie ging früh zu Bett, indem sie sämtliche Zubettgeh-Rituale ausführte: Sie verriegelte die Türen, erstickte das Feuer, stellte das Schutzgitter davor, damit herumfliegende Funken aufgefangen wurden, und prüfte, ob der Lampendocht heruntergeschraubt und das Öl gelöscht war. Aber selbst als sie auf ihrer Matratze am Fußende des Bettes ihrer Großmutter lag, schien etwas nicht zu stimmen. Zweimal in der Nacht wurde sie von Marys rasselndem Atem geweckt, und zweimal stand sie auf und sah nach der alten Frau, die jedoch tief schlief und nicht reagierte, wenn sie zaghaft ihre Wange berührte. Als Mary am nächsten Morgen aufwachte, aber weder ihren Tee und den Toast noch die später gebrachte Suppe anrührte, begann Evie sich zu ängstigen. Den größten Teil des Tages stand sie im Schlafzimmer am Bett und wartete sehnsüchtig auf ein paar Anweisungen, doch sie bekam keine, kein einziges Wort. Sie wünschte, jemand würde kommen, aber es kam niemand. Nebenan wohnten Leute, auf beiden Seiten, und Evie kannte ihre Namen, aber nicht ihre Gesichter. Selbst die Namen schienen sich zu verändern – »Neue Leute«, sagte ihre Großmutter gelegentlich, wenn jemand an ihre Haustür gekommen war und Evie sich hatte verstecken müssen, »wieder mal neue Leute nebenan, ich hab's doch gewußt, daß die vorigen nicht lange bleiben würden, die haben aber nichts mit uns zu tun, Evie, he? Sie heißen Potts, aber damit haben wir nichts zu tun, wir bleiben für uns und bitten niemanden um irgend etwas, he?«

Am dritten Tag war da ein Geruch, der Evie sagte, sie müsse die Potts oder sonst jemanden rufen. Sie kannte den Geruch von Urin, aber der hier war schlimmer, er kam aus dem Mund ihrer Großmutter und war faulig. Als Evie nach unten ging und die Vorhänge aufzog und das graue Dämmerlicht hereinließ, mußte sie weinen. Sie wollte nicht weinen, sie hatte es nicht vorgehabt, aber die Tränen liefen ihr einfach immer weiter die Wangen hinunter. Sie starrte aus dem Fenster, dabei gab es gar nichts zu sehen, niemand ging zu dieser morgendlichen Stunde die Gasse hinunter. Sie konnte sich jedoch nicht vom Fenster losreißen, es gab ihr irgendwie Hoffnung. Sie stand eine halbe, eine ganze Stunde reglos da, und als die ersten Schritte auf den Sandsteinplatten zu hören waren, zog sie die Tüllgardine zur Seite und blickte nach draußen und klopfte energisch an die Fensterscheibe. Ein Mann ging vorüber, ohne sie auch nur eines Blickes zu würdigen, aber kurz darauf hörten zwei Frauen, die große Körbe trugen, ihr Klopfen, blieben stehen und starrten sie an. Dummerweise starrte Evie aber nur zurück und unternahm nichts, worauf die Frauen die Stirn runzelten und verärgert ihren Weg fortsetzten. Noch immer weinend und jetzt auch zitternd, wandte sie sich schließlich vom Fenster ab und stolperte zur Tür, die sie mühsam öffnete, sie ging schon immer schwer, und dann stand sie im Eingang und wartete, ohne zu wissen, was sie sagen sollte, falls jemand sie fragte, was denn los sei, denn das würde derjenige bestimmt tun.

Die Frau, die sie fragte, war jung und trug ein Baby auf dem Arm. Sie hob es auf ihre Hüfte und sah das kleine Mädchen an, das weinend und am ganzen Leib zitternd in der Tür stand, eine jammervolle Gestalt, so klein und blaß und verwahrlost und dünn. »Was ist los, Kleines?« fragte sie, und als Evie weiter zitterte und schluchzte, warf die Frau einen Blick in den Hausflur und sagte: »Ist deine Mam nicht da? Hallo, Missus?« Das Baby begann, von Evies Schluchzen angesteckt, ebenfalls zu weinen, wenn auch nur halbherzig und aus bloßer Nachahmung, was die junge Mutter durchschaute und sie gleichgültig ließ. »Das geht doch nicht«, sagte sie und legte das Baby auf die Türschwelle, woraufhin es heftig zu brüllen begann, weil es die Kälte selbst durch die verschiedenen Schichten aus wollenen Tüchern spürte. Sie zog Evie zu sich heran und strich ihr übers Haar und sagte immer wieder: »Na, na.« Als Evie etwas ruhiger wurde, obwohl ihr schmächtiger Körper noch immer zitterte, sagte die Frau: »Was ist denn nur? Was ist passiert? Wie heißt du, Kleines? Kannst du nicht sprechen? Kannst du's mir nicht sagen?« Evie brachte die Worte mit erstickter Stimme schluchzend hervor: »Meine Großmutter ist krank.« »Du bist also allein?« fragte die Frau ängstlich, leise ahnend, daß sie in etwas hineingezogen werden könnte, aus dem sie sich lieber heraushalten sollte. »Ist denn sonst niemand im Haus? Wo ist deine Mum? Wo ist dein Dad? Wann kommen sie nach Hause? Wo sind sie? Wo kann man sie finden?«

Evie war jedoch außerstande, irgendwelche Auskünfte zu geben, und die junge Frau wußte, daß sie ins Haus gehen und nachsehen mußte, wo die kranke Großmutter war. Zögernd hielt sie mit dem einen Arm ihr Baby, setzte es erneut auf die Hüfte, griff mit dem anderen nach Evies Hand und ließ sich nach oben führen. Noch bevor sie die alte Frau sah, wußte sie, daß sie tot war, sie blieb in der

Schlafzimmertür stehen und wandte sich um. »Du wirst
mit mir kommen müssen«, sagte sie mit bestimmter, plötzlich nicht mehr sanfter Stimme. »Hast du einen Schlüssel?
Wir können das Haus nicht offenlassen.« Evie wußte, wo
der Schlüssel war, ein großes eisernes Ding, das hinter der
Haustür hing und nur selten benutzt wurde, weil sie kaum
je nach draußen gingen. Die Frau steckte ihn in ihre Tasche. Sie wirkte jetzt schlechtgelaunt, dafür war Evie ruhiger, da sie wußte, daß man ihr die Verantwortung abgenommen hatte. Sie folgte der Frau bereitwillig die Gasse
hinunter, wobei sie vor lauter Erleichterung die Kälte
kaum wahrnahm. Die Frau lief rasch, mit flatterndem
Rock und gegen den Wind gebeugtem Kopf. Evie sah sich
flüchtig um. Es war seltsam, sich so schnell zu bewegen,
anstatt geduldig mit dem langsamen Gang ihrer Großmutter Schritt zu halten. Es war aufregend, und sie fürchtete sich nicht länger. Sie machte sich Gedanken, wohin
sie wohl gingen, wagte aber nicht nachzufragen, aus
Furcht, man könne sie abschütteln.

Sie kamen an der Kirche St. Cuthbert's vorbei und
gelangten zu den West Walls, wobei sie an der alten, zer-
fallenden Mauer entlanggingen und die enge Gasse selbst
nicht betraten. Doch dann, hinter dem Verbindungsweg
Dean Tait, bog die Frau nach rechts, blieb vor einer Tür
stehen und klopfte. Es wurde rasch geöffnet, und eine
zweite, ebenfalls junge Frau stand da und sagte: »Du hast
lange gebraucht, du bist spät dran.« »Ich weiß, daß ich spät
dran bin«, antwortete Evies Retterin schnippisch. »Es ließ
sich nicht ändern, es liegt an der Kleinen hier, die in der
Gasse stand, herzzerreißend schluchzte und sagte, ihre
Großmutter sei krank.« Hier senkte sie ihre Stimme und
flüsterte der anderen Frau etwas ins Ohr. »Was sollte ich
machen?« fuhr sie fort. »Ich konnte sie doch nicht einfach
stehenlassen. Und was soll ich jetzt machen? An wen soll
ich mich wenden?« Sie standen alle noch immer auf der
Türschwelle, aber jetzt gingen die beiden Frauen ins Haus,

und Evie folgte ihnen, obwohl sie sie nicht weiter beachteten. Sie war, soviel sie wußte, nie in einem anderen Haus als dem ihrer Großmutter gewesen, zuerst im Dorf, an das sie sich nur vage erinnerte, und dann in der Gasse. Sie blickte aufgeregt um sich, denn sie spürte, daß es sich nicht schickte, große Augen zu machen. Der Raum war nicht viel besser als der ihrer Großmutter, genauso klein, aber ein schönes Feuer brannte, größer, als es ihre Großmutter je erlaubt hätte, und es roch so gut nach irgendeinem Kuchen, der gerade gebacken wurde. Und auf dem Steinboden lag ein bunter Flickenteppich, auf dem zwei kleine Kinder saßen und mit Topfdeckeln und Wäscheklammern spielten und einen Heidenlärm machten.

»Wie heißt du, Kleines?« fragte die Frau, die dort wohnte, indem sie die Unterhaltung im Flüsterton mit ihrer Freundin unterbrach.

»Evie.«

»Oh, sie kann sprechen. Ich heiße Minnie, und das hier ist Pearl. Was sollen wir denn nun mit dir machen? Wo ist deine Mam?«

Evie wußte nicht, was sie sagen sollte. Hatte sie überhaupt eine Mam? Sie war sich nicht sicher, war sich nie sicher gewesen. Wenn sie eine hatte, dann war sie fort.

»Fort«, sagte sie.

»Wohin?« fragte Minnie.

»Weiß nicht.«

»Wann? Wann ist sie fortgegangen? Heute früh?«

Evie schüttelte den Kopf und zog verlegen an ihrem Rock. Schließlich sagte sie: »Wenn ich eine Mum habe, hab ich sie nie gesehen«, und fing wieder an zu weinen. Beide Frauen sagten zu ihr, sie solle still sein, aber sie sagten es freundlich. Minnie gab ihr ein Stück Brot und einen kleinen Becher Tee und forderte sie auf, zu essen und zu trinken, dann würde es ihr besser gehen. Sie flüsterten wieder eine Weile, dann sagte Minnie, die offenbar die Verantwortung hatte: »Pearl muß jetzt gehen, du kannst also ein wenig helfen und auf den kleinen George aufpassen. Du kannst mir heute vormittag helfen, bis wir wissen, was zu tun ist.«

Evie genoß es, den Vormittag über zu helfen. Sie spielte mit George und den beiden anderen Kindern auf dem Flickenteppich. Sie tat die hölzernen Wäscheklammern in einen Kochtopf, in ein altes, verbeultes Ding aus Blech, legte den Deckel drauf, schüttelte ihn und leerte ihn dann mit einer schwungvollen Bewegung. Die Kinder waren begeistert. Evie wiederholte es immer wieder, und sie schienen von dem Geklapper und der Überraschung, der immer neuen Überraschung, wenn die Klammern herauspurzelten, nie genug zu bekommen. »Du weißt, wie man mit ihnen umgeht«, sagte Minnie anerkennend. Später fütterte sie alle drei Kinder. Minnie gab ihr eine Schale Porridge, und sie machte sich einen Spaß daraus, sie damit zu füttern. Wenn eines von ihnen wegkrabbelte oder -rollte, mußte sie es auf den Teppich zurückholen, und sie liebte es, wie sich die warmen, weichen, zappelnden Körper anfühlten. Sie umarmte sie, und sie umarmten Evie auch, wobei ihre Hände in ihr wirres Haar griffen und daran zogen, was ihr aber nichts ausmachte. »Du hast wohl kleine Geschwister?« fragte Minnie. Evie schüttelte den Kopf. »Na, dann große?« Evie schüttelte wieder den Kopf. »Ach du meine Güte, bist du ein merkwürdiges Mädchen«, sagte Minnie. Sie sah sich Evie genau an. Es war sonnenklar, was mit ihr geschehen würde, so, wie die Dinge lagen. Die Großmutter war tot, davon war Pearl überzeugt gewesen, der Gestank im Schlafzimmer hatte keinen Zweifel daran gelassen, und falls nicht irgendein Verwandter auftauchte, würde es für Evie das Waisenhaus weiter oben am Fluß bedeuten. Es war eine Schande, sie war ein mitleiderregendes kleines Ding, sie hätte Besseres verdient, aber Besseres gab es wohl nicht.

Auf dem Weg zur Arbeit bei Carr's meldete Pearl, was sie am selben Morgen in der St. Cuthbert's Lane Nr. 10

vorgefunden hatte, und die vorübergehende Adresse der kleinen Evie. Der Leichnam von Mary Messenger wurde noch am Vormittag weggebracht. Am Nachmittag kam ein Polizist zu Minnie und fragte sie (in Evies Beisein), ob sie bereit sei, Evie bei sich zu behalten. Minnie sagte, daß sie es gern täte, aber nicht könne, sie habe nicht genügend Platz. Evie würde anderswohin gehen müssen, sie hoffe aber, daß das Kind nicht ohne seine Sachen fortgeschickt werde. Der Polizist sagte, er wolle Evie erst noch zum Haus ihrer Großmutter bringen, bevor er sie »denen weiter oben am Fluß« (mit einem bedeutsamen Blick zu Minnie) übergeben werde, und sie könne ein paar Kleider und alles, was sonst noch in eine Tasche paßte, mitnehmen. Minnie sagte den Kindern, sie sollten Evie einen Kuß geben, dann sagte sie zu ihr, sie solle sie eines Tages besuchen und nicht allzu traurig sein, das würde alles nur noch schlimmer machen.

Der Polizist brachte Evie nach Hause und schrieb auf, was das Kind aus dem Haus mitnahm. Es war keine lange Liste. Zwei Kleider, zwei Kittel, zwei Tücher, ein Paar Holzschuhe, ein paar Wollstrümpfe und eine Blechdose. Alles paßte leicht in eine Tasche mit einem Reißverschluß, die Evie hinter der Schlafzimmertür hervorholte. Sie nahm einen Mantel, zog ihn an, ein abgetragenes Kleidungsstück, das aber dick und warm aussah, sowie eine Schottenmütze, die ihr Haar ganz und gar verbarg. »Fertig für die Reise?« fragte der Polizist, doch sie antwortete nicht, noch nickte sie mit dem Kopf, sondern stand nur gehorsam da, offenbar ziemlich gefaßt. Weil er nicht wußte, wie sehr Evie an jenem Tag schon geweint hatte, fand er es seltsam, daß sie nicht eine Träne vergoß. Sie wirkte ziemlich passiv, und er war froh darüber: Das machte es für ihn um vieles leichter. Sie folgte ihm, wie er meinte, ganz glücklich aus dem Haus, ohne einen Blick zurückzuwerfen, und die Gasse hinunter, über den Rathausplatz, die Lowther Street entlang und über die Brücke. Der Lärm der Kutschen auf der Brücke war so laut und die Menschenmenge so gedrängt, daß er ihre Hand ergriff, aus Angst, er könnte sie verlieren. Es ging steil die Stanwix Bank hinauf, aber sie schaffte es, ohne zu stolpern. Als sie St. Ann's House erreichten, fing es gerade an zu regnen, und der Polizist zog sie eilig in den überdachten Eingang. Er klopfte mehrmals an die Tür, bevor sie von einer beleibten Frau mit dunkelblauer Schürze geöffnet wurde.

»Hier«, sagte der Polizist, »da habt ihr noch eine. Ihre Großmutter ist tot aufgefunden worden, und niemand will sie haben, jedenfalls noch nicht.«

»Ich weiß von nichts«, sagte die Frau entrüstet. »Mir hat keiner was mitgeteilt.«

»Das hätte man aber tun müssen, kommt wohl noch«, sagte der Polizist, drehte sich um und ging.

So kam Evie in das St. Ann's House. Sie blieb dort sechs Monate, bis Anspruch auf sie geltend gemacht wurde.

Kapitel 2

Shonas Vater war Kapitän. Sie war stolz auf ihn und prahlte unentwegt mit ihm. Beinahe alle Väter im Dorf fuhren zur See, aber nur einer war Kapitän, und das war ihr Daddy. Äußerlich ähnelte sie ihm, nicht ihrer Mutter. Sie hatte sein rötlich-goldenes Haar, seine sehr hellen blauen Augen und seine vollen Lippen, die bei ihm jedoch von einem Vollbart verdeckt wurden. Von ihrer Mutter hatte sie lediglich eine gewisse Zerbrechlichkeit, die über ihr eigentliches Wesen hinwegtäuschte. Shona war so robust wie ihr Vater, genauso robust wie Kapitän Archie McIndoe, sowohl körperlich wie seelisch. Sie sah nur zart aus, »ein zerbrechliches kleines Mädchen«, sagten die Leute, aber sie täuschten sich.

Die McIndoes waren in diese entlegene Gegend im Nordosten Schottlands gekommen, als Shona noch ein Baby, genauer gesagt, erst einen Monat alt war. Ihre Mutter, Catriona, erholte sich nur langsam von der Geburt, die, wie schon bald jede Frau im Dorf wußte, schwer gewesen war. Catriona war danach so geschwächt, daß sie ihr Kind nicht stillen konnte, und den anderen jungen Müttern, die alle viel, ja zuviel Milch hatten, tat sie leid. Mrs. McIndoe war allerdings nicht mehr jung, stellten sie fest, sicher über vierzig, und sie würde wohl kaum noch mehr Kinder bekommen. Shona, prophezeiten sie, würde ein Einzelkind bleiben, und sie behielten recht. Sie war ein vergöttertes Einzelkind, das offensichtlich zu Hause den Ton angab. Es war erstaunlich, mit anzusehen, wie sie mit ihren vier Jahren ihre Eltern in der Hand hatte. Sogar in der Kirche zeigte Shona ihre Überlegenheit, indem sie bestimmte, wo sie sitzen und welche Kniebank sie nehmen sollten.

Kapitän McIndoe war langsam und schweigsam, ein Mann, der stundenlang vor einem Glas Bier und einem Whisky sitzen konnte, ohne ein Wort zu sagen. An Bord galt er als bedächtig und gewissenhaft, jemand, mit dem es sich gut segeln ließ, der nie in Panik geriet, auf den man sich immer verlassen konnte: Die Frauen im Dorf hatten es gern, wenn ihre Männer mit ihm in See stachen. Und Mrs. McIndoe sprühte ebensowenig vor Temperament, sie war ebenso farblos, dabei aber immer freundlich. Sie war zwar im Women's Guild und half bei Wohltätigkeitsveranstaltungen mit, war aber nicht gesellig, sondern blieb für sich und galt als etwas langweilig. Von wem aber hatte Shona dann, fragten sich alle die Neugierigen, ihre Lebhaftigkeit? »Ist sie wie ihre Großmutter?« wurde Catriona manchmal von den Frauen gefragt, wenn sie einen von Shonas schlimmen Temperamentsausbrüchen miterlebt hatten und sie mit der Gelassenheit ihrer Mutter verglichen. »Schlägt sie nach ihrer Oma?« Catriona lächelte dann und sagte: »Ein wenig vielleicht«, ohne daß sie sich, wie man es wohl erwartete, zu der Bemerkung hätte hinreißen lassen, Shona sei ihr genaues Abbild, ganz die eine oder die andere Großmutter. Die nächste Frage stellte man meistens dem Kapitän selbst, wenn auf Shonas äußere Ähnlichkeit mit ihm angespielt wurde: »Haben Sie Schwestern, Kapitän?« Nein, die habe er nicht. Keine Schwestern, nach denen Shona schlug.

Die McIndoes wohnten in einem Steinhaus oberhalb des Hafens, das sie gleich bei ihrer Ankunft im Jahr 1956 erworben hatten. Der Kapitän war damals bei der Handelsmarine, doch er hatte sich, wie man wußte, im Krieg bei der Royal Navy mit *X-crafts*, kleinen U-Booten, vor der norwegischen Küste verdient gemacht. Es lag an seinem Beruf, daß er in Shonas Kindheit immer wieder lange Zeit abwesend war und seiner Tochter daher der starke Einfluß des Vaters fehlte, den sie so offensichtlich brauchte. Aber die meisten Väter aus der Gegend fuhren zur See, und die Mütter mußten – so gut es ging – mit Hilfe von Verwandten zurechtkommen. Man bedauerte, daß die Verwandten der McIndoes so weit entfernt lebten.

Shona lernte ihre Großmütter erst richtig kennen, als sie sieben Jahre alt war. Sie und ihre Mutter besuchten Oma McIndoe in Stranraer, was Shona nicht im geringsten gefiel (Catriona übrigens genausowenig, doch sie redete nie darüber, dazu war sie viel zu höflich und diskret und sich viel zu sehr bewußt, wie gefährlich es war, Shona dies merken zu lassen). Oma McIndoe fiel es schwer, die Wutausbrüche ihrer kleinen Enkelin zu erdulden, und sie dachte laut darüber nach, warum jemand dies überhaupt tat, allen voran ihre Mutter. »Archie war nie so«, verkündete sie. »Sein Vater hätte es ihm ausgetrieben. Woher hat sie das nur?« Catriona sagte vorsichtig, sie wisse es nicht, sei jedoch überzeugt, daß Shona, wenn sie größer werde, ruhiger würde. In Glasgow bei Oma McEndrick, Catrionas Mutter, war alles einfacher, doch selbst in diesem Haushalt kostete das Energiebündel Shona Nerven. »Ist sie denn nie still?« fragte Oma McEndrick. »Du warst doch ein so stilles Kind.« Obgleich Shona nie ruhig sein konnte, fand wenigstens diese Großmutter sie amüsant und hatte vorübergehend Spaß an ihren Mätzchen, sofern sie nicht zu lange dauerten (was jedoch leider oft der Fall war).

Doch gerade bei Oma McEndrick benahm Shona sich besonders schlecht und löste die größte Aufregung aus. Ein Nachbarskind, ein Junge mit Namen Gavin, in etwa so alt wie Shona, war zum Spielen eingeladen worden. Beide Kinder schienen sich gut zu verstehen, bis Shonas Prahlerei, ihr Vater sei Kapitän, von Gavins Stolz, seiner sei Bürgermeister (was Shona überraschte, aber auch beeindruckte), noch überboten wurde, woraufhin man die beiden bis zum Tee in den Garten geschickt hatte, damit sie sich austobten. Es war ein großer Garten, und die beiden Kinder verschwanden, was Catriona gar nicht gefiel. »Ach, du machst dir zuviel Sorgen, Catriona«, sagte ihre Mutter, »es hat keinen Sinn, allzu besorgt zu sein. Du solltest Gott danken, daß die kleine Shona nicht so klammert. Du hast schrecklich geklammert, ja, das hast du, hast mich nicht aus den Augen gelassen, dich immer an meinen Rockzipfel geklammert.« Catriona wußte es noch, sie brauchte nicht daran erinnert zu werden, und wurde rot, als sie den verächtlichen Klang in der Stimme ihrer Mutter hörte. »Sie ist eine große Kleine«, sagte ihre Mutter. »Komm, laß uns den Augenblick nutzen, die Füße hochlegen und in Ruhe eine Tasse Tee trinken.«

Der Tee wurde zubereitet und schweigend getrunken. Wenn Catriona allein mit ihrer Mutter war, wußte sie nie, worüber sie mit ihr reden sollte. Sie erkundigte sich nach den anderen Familienmitgliedern, und das war alles. Es wäre ihr nie in den Sinn gekommen, ihre wahren Sorgen mit ihrer Mutter zu teilen, denn sie wußte, daß ihre Mutter sich nur verächtlich dazu äußern würde, denn alle hatten mit Shonas Widerspenstigkeit zu tun. Außer mit Archie konnte Catriona mit niemandem über ihre Ängste sprechen, und auch er brachte dafür nicht viel Geduld auf. Manchmal dachte sie, daß Archie ihr, wenn sie nur die richtigen Worte fände, um ihre Ängste auszudrücken, zuhören würde, doch so, wie die Dinge lagen, mußte der Gedanke, mit Shona sei etwas nicht in Ordnung, selbst für ihre eigenen Ohren lächerlich klingen. Sie saßen da und tranken Tee, und die dünnen, tanzenden Sonnenstrahlen fielen durch das offene Fenster und wärmten sie.

Im selben Augenblick, als Skipper zu bellen begann, sprang Catriona auf. »Was ist mit dir los?« sagte ihre Mutter verärgert. »Sieh dich nur an, ein kleiner Hund bellt, und schon zitterst du am ganzen Körper. Er hat eine Katze gesehen, mehr nicht, setz dich, Catriona.« Aber Catriona konnte sich nicht hinsetzen. Noch bevor ihre Mutter aufgehört hatte zu schimpfen, war sie aus dem Zimmer, die Stufen hinab, in den Garten gestürzt. Skipper bellte wie verrückt. Sie konnte sich gerade noch beherrschen, um nicht loszurennen, und eilte quer über den Rasen zu den Rhododendronbüschen, aus denen das Gebell kam. Skipper stürmte ihr aus dem Unterholz entgegen und huschte sogleich einen kleinen Pfad entlang, der zwischen den Büschen zur Mauer am Ende des Gartens führte. Sie zerkratzte sich das Gesicht an vereinzelt aus den Rhododendren herausragendem Stechginster und mußte ihn, um dem Hund folgen zu können, auseinanderbiegen, wobei sie sich in der Eile die Hände verletzte. Dann hielt sie plötzlich inne. In der Nähe der Mauer gab es eine Bodensenke, die ihre Mutter »kleines Tal« nannte, dabei war es nicht mehr als eine grasbewachsene, von den niedrigen Zweigen einer Birke beschattete Kuhle. Shona und Gavin lagen beide darin, beide nackt, ihre Kleider fein säuberlich links und rechts von ihnen zusammengelegt. Shona untersuchte gerade mit dem größten Interesse Gavins Hoden, indem sie mit dem Finger seinen winzigen Hodensack anstubste und dann festhielt, während Gavin mit fest geschlossenen Augen wie ein Soldat regungslos dalag, die Arme eng am Körper, die Beine fest zusammengepreßt.

»Shona!« brach es aus Catriona hervor, noch ehe sie sich hätte zurückhalten können. »Was machst du da? Laß Gavin in Ruhe, laß das!«

Shona blickte, keineswegs verlegen, zu ihr hinauf und sagte: »Wir spielen Doktor.«

»Zieh dich sofort an, auf der Stelle, und du auch, Gavin.«

»Warum?« sagte Shona, doch Gavin war bereits mit hochrotem Kopf in seine Shorts geschlüpft. »Was ist denn schon dabei, Doktor zu spielen?«

»Gar nichts«, sagte ihre Großmutter, die plötzlich, die Arme in die Hüften gestemmt, lächelnd auf der anderen Seite des »kleinen Tals« auftauchte. »Sie sind doch gerade erst sieben, Catriona, sei vernünftig.«

So nahm der Vorfall dank Großmutter McEndrick ein amüsantes, ja so lustiges Ende, daß Shona hocherfreut war über sich selbst und Gavin ganz außer sich vor Erleichterung. Catriona konnte nichts sagen oder tun, um der Ausgelassenheit Einhalt zu gebieten, was sie als erniedrigend empfand. Ihr, der Vierzigjährigen, war von einer Siebzigjährigen gezeigt worden, wie man sich zu verhalten hat, wobei die ältere von beiden ihren gesunden Menschenverstand bewiesen hatte. Catriona konnte nicht erklären, daß ihr Entsetzen weder mit der Nacktheit der Kinder noch mit Shonas Verhalten zu tun hatte, sondern mit der Atmosphäre dessen, was sie gesehen hatte. Shonas Intensität, ihre Konzentration und daß jedes Gekicher oder Gekreische fehlte, hatten sie erschreckt und so heftig reagieren lassen.

Catriona fühlte sich, als sie Shona an jenem Abend zu Bett brachte, nicht wohl in ihrer Haut, und obgleich sie so zärtlich war wie sonst auch – sie küßte Shona, umarmte sie, deckte sie zu, betete mit ihr –, tat sie es nur halbherzig und konnte sich, als die ganze Zeremonie vorüber war, nicht loslösen. Sie blieb am Fußende von Shonas Bett sitzen und sah ihre Tochter an. Shona erwiderte den Blick mit ihren großen blauen, nicht etwa müden, sondern herausfordernden, vorwurfsvollen Augen.

»Shona«, begann Catriona und hielt inne. Was konnte sie sagen? Wie konnte sie sich reinwaschen? »Deine Oma hat recht«, sagte sie schließlich, »es ist nichts dabei, Doktor zu spielen oder sich auszuziehen.«

»Du hast geschimpft«, sagte Shona.

»Ja, das habe ich. Das hätte ich nicht tun sollen. Ich weiß nicht, warum ich es getan habe.«

»Ich war dran«, sagte Shona. »Gavin hatte sich meine Muschi angesehen. Ich wollte mir gerade seinen Piepmatz ansehen.«

»Ja, ich weiß.«

»Hast du ihn gesehen?«

»Wen?«

»Gavins Piepmatz.«

»Ja.«

»Igitt. Er fühlt sich an wie ein Tintenfisch. Gavin sagt, sein Bruder sagt, er wächst, und er macht Babys.«

»Ja, das stimmt, sozusagen. Es ist spät, Shona, Zeit zum Schlafen.«

Schon wieder feige. Catriona war verzweifelt. Nicht weil sie sich scheute, Shona zu erklären, wie Babys entstehen, sondern weil sie sich fürchtete vor den Fragen, die zweifellos folgen würden. Sie war noch nicht soweit, einfach unverblümt zu lügen, auch wenn sie es zuvor schon getan hatte. Eine Reihe neuer Lügen wäre nötig, und sie hatte sich diese noch nicht zurechtgelegt. Es war lange her, seit sie Shona, ihr Baby, in ihren Armen gehalten und keinerlei Zweifel oder Bedenken über was auch immer gehegt hatte – soviel Zuversicht hatte sie verspürt in dem Augenblick, als sie Mutter war, als sie so selig war. Archie hätte sich in ihr Los, ihr Schicksal, kinderlos zu bleiben, gefügt, sie jedoch nie und nimmer. Sie mußte ein Baby haben, es war nicht für ihr Glück, sondern für ihr seelisches Gleichgewicht unerläßlich. Bei jeder Schwangerschaft war sie vor lauter Stolz wie verwandelt gewesen. Jede Fehlgeburt war eine einzige Tragödie. Und bei der einen Totgeburt, dem einzigen Baby, das sie bis zum Schluß ausgetragen hatte, wollte sie sterben. Sie hatte versucht zu sterben. Sie wollte zusammen mit ihrem Baby begraben werden. Und dann war da Shona gewesen.

Eines Tages würde sie Shona alles erzählen. Wenn ihre Tochter alt genug sein würde, um das zu verstehen, wenn sie womöglich selbst Kinder hätte, würde es der richtige Moment sein, ihr alles zu erzählen. Dann würde sie keine Angst mehr haben, mit der Zeit – und je älter Shona wurde – würde sie verfliegen, und sie könnte offen über alles sprechen.

Lange Zeit fuhren sie nicht wieder zu Großmutter McEndrick. Sie wurden eingeladen, und die Einladungen wurden immer resoluter, klangen beinahe wie Befehle, aber Catriona gelang es, ihnen zu widerstehen. Sie schob ihre schwache Gesundheit vor, wogegen ihre Mutter nichts haben konnte, außer zu klagen, daß sich ihre Tochter seit Shonas Geburt nie wieder richtig erholt habe. »Sie hat dir stark zugesetzt«, sagte Ailsa McEndrick, wenn sie, statt von ihrer Tochter und ihrer Enkelin besucht zu werden, zu ihnen kam (wobei sie die ganze Zeit über die mühevolle Reise klagte). »Du warst zu geschwächt nach all den Fehlgeburten, Archie hätte mehr Rücksicht nehmen müssen.« »Ich wollte ein Baby«, erwiderte Catriona. »Oh. *Das* weiß ich«, sagte ihre Mutter, »wir alle wissen das. Aber nicht auf Kosten deiner Gesundheit. Sieh dich nur an, dünn wie eine Bohnenstange und kein bißchen Farbe, wenn du bedenkst, wie du vorher ausgesehen hast.« Catriona lächelte. Sie war ziemlich pummelig gewesen, hatte einen schönen Teint gehabt, und ihre Mutter konnte es ihr nicht verzeihen, beides geopfert zu haben – als spielten Gewicht und Haut gegenüber der Tatsache, ein Baby zu haben, irgendeine Rolle. Sie hätte noch viel elementarere Dinge geopfert, um eins zu haben, ihr Haar, ihre Zähne, ganz gleich was. Von ihrer Mutter war allerdings kein Verständnis für dieses Ausmaß an Verzweiflung zu erwarten. Sie hatte vier Kinder zur Welt gebracht und in Catrionas Kindheit mehr als einmal leise angedeutet, daß es eins, wenn nicht gar zwei zuviel waren. Ihr erster Sohn wurde geboren, als sie erst zwanzig war, und die Sehnsucht nach einem Kind, wie ihre Tochter sie erlebt hatte, lernte sie nie kennen.

Als sie an einem selten stillen Augusttag am Strand spazierengingen, sagte Ailsa plötzlich: »Du hättest nach Hause kommen sollen, hättest richtig gepflegt werden müssen. Alles hat angefangen, als du Shona erwartet hast. Du hast nichts gegessen, ich weiß es.«

»Oh, Mutter, hör auf damit, das war vor sieben Jahren, um Himmels willen.« Sie blickte ihre Mutter nicht an. Sie gingen nebeneinanderher und achteten auf Skipper und Shona, die vor ihnen her am Ufer rannten. Sie liefen noch ein Stück weiter, bis die Flut mit jener für diesen Küstenabschnitt berüchtigten Wucht den flachen Grund zu überspülen und um Inseln aus Sand tiefe Rinnen zu bilden begann, dann riefen sie nach Shona und dem Hund und wandten sich landeinwärts, in Richtung Dünen. Ailsa rang nach Luft, noch bevor sie auf dem dahinterliegenden Pfad angekommen war. »Ich werde alt«, keuchte sie, »sieht ganz danach aus, ich bin völlig aus der Puste von diesem lächerlichen kleinen Hügel.« Doch dann sah sie Catriona an und war so bestürzt über die Blässe ihrer Tochter, daß sie abrupt stehenblieb. »Dir geht's nicht gut«, sagte sie, wobei ihre Besorgnis wie immer vorwurfsvoll klang. »Was ist? Was ist los mit dir?«

Es war langweilig, dieses endlose Beharren auf ihrem Aussehen, und Catriona ärgerte sich darüber. Jedesmal, wenn sie sich trafen, gab es dasselbe Verhör, das immer zu Shonas Geburt zurückführte. Catriona hatte ihr aus Bergen geschrieben, wo Archie damals stationiert war, und von ihrer erneuten Schwangerschaft erzählt, allerdings gesagt, sie wolle den voraussichtlichen Geburtstermin geheimhalten, denn sie sei nach drei Fehlgeburten und einer Totgeburt abergläubisch und davon überzeugt, wenn sie darüber spräche, würde es zu einer weiteren Tragödie kommen. Ihre Mutter rief sie an und sagte, sie werde sofort kommen. Aber Catriona war unerbittlich gewesen, nein, ihre Mutter solle nicht kommen. Die Ärzte hätten sie für rundum gesund erklärt, und die Entbindungsstation in Bergen sei hervorragend.

Ihre Mutter war also nicht mit einbezogen, war aus der ganzen Erfahrung ausgeschlossen worden. Sie hatte Catriona weder mit Shona schwanger gesehen, noch war sie bei Shonas Geburt in der Nähe. Als Catriona sie anrief und ihr erzählte, sie habe eine wunderschöne, gesunde Enkelin, hatte Ailsa eine Minute lang geschwiegen und dann gesagt: »Ich kann's erst wirklich glauben, wenn ich sie sehe.« Als sie sie einen Monat später sah, lag in den Augen ihrer Mutter eine Strenge, die Catriona angst machte. »Laß mich sie mal richtig anschauen«, hatte sie gesagt und das Baby beinahe aus der Wiege gerissen. Doch dann war alle Strenge gewichen, als sie Shona minuziös begutachtet hatte. »Sie ähnelt Archie«, erklärte Ailsa. »Sieh nur ihren Teint. Aber sie hat deine Gesichtsform, Catriona, herzförmig, genau dein Gesicht, und schau mal, ihr rechtes Ohr ist eine Spur größer als ihr linkes, genau wie bei dir.« Das Geburtsgewicht, 6 1/2 Pfund, war mit dem von Catriona identisch, dasselbe galt für Shonas Körperlänge, 46 Zentimeter. Nach diesem Vergleich schien Ailsa zufrieden zu sein. »Ich hätte nie gedacht, daß du's schaffen würdest«, sagte sie. »Ich dachte, es würde dir genauso ergehen wie deiner Cousine, mit all den Fehlgeburten und der Totgeburt, genau wie ihr, und dann nie wieder etwas. Du hast schließlich doch noch Glück gehabt, Catriona.« »Ich weiß«, hatte Catriona gesagt, »das weiß ich.« »Aber«, hatte ihre Mutter hinzugesetzt und dabei wieder ihren üblichen herrischen Ton angeschlagen, »laß es damit genug sein, ja? Fordere das Schicksal nicht heraus, versuch es nicht noch einmal, sei dankbar für das, was du hast, vergiß das nicht.« »Ich werde dankbar sein«, versprach Catriona, obwohl sie insgeheim dachte, dazu sei es viel zu spät, das Schicksal sei bereits herausgefordert worden, und zwar bewußt.

Ohne Archie wäre es natürlich unmöglich gewesen. Ein anderer Mann hätte die Obsession seiner Frau womöglich gar nicht ertragen und sich von der Derbheit, ja Häßlichkeit des dahinter verborgenen Verlangens abschrecken lassen. Das war bei Archie jedoch nicht der Fall. Er war geduldig und verständnisvoll und sagte nur: »Wenn es das ist, was du dir wünschst« und »Wenn dich das glücklich macht«. Er war aber überrascht gewesen. Er hatte sie angesehen, und sein Blick war bestürzt gewesen, obgleich er nichts sagte. Dann hatte er ihre – heiße, fiebrige – Hand ergriffen und sie gedrückt und gesagt, sie solle ihren Willen haben, wenn sie sich nur gut überlege, was sie da tue. Doch sie spürte, daß sie ihn verletzt hatte, und es tat ihr leid. Sie wußte, sie hatte ihn gezwungen zu kapitulieren, obgleich sie sich nicht ganz darüber im klaren war, wovor er kapitulierte. Vor der Kontrolle, vermutete sie. Sie hatte ihm die Kontrolle entzogen. Obwohl er ein Schiff befehligte, war er kein autoritärer Mann, aber er tat die Dinge gern auf seine Art. Und jetzt taten beide die Dinge auf Catrionas Art und wiesen Archie an diesem so entscheidenden Punkt ihres Lebens eine untergeordnete Rolle zu. Glücklicherweise wurde das Gleichgewicht, als Shona mit ihnen nach Schottland zurückgekehrt war, wiederhergestellt, unter anderem weil sich herausstellte, daß keiner von ihnen damit fertig wurde. Sie amüsierten sich beide über den unabhängigen Geist ihrer kleinen Tochter; es half ihnen, daß sie nichts von sich selbst in ihr erkennen konnten. »Sie wird schon ihren Weg gehen«, sagte Archie bewundernd. Er war froh, daß ihr einziges Kind ein Mädchen war. Bei einem Jungen wäre es seiner Meinung nach schwieriger gewesen, er hätte sich Sorgen gemacht, Catriona lange Zeit mit einem Sohn allein zu lassen. Mutter und Tochter zurückzulassen war ein beruhigendes Gefühl, und es machte ihm nichts aus, daß er die meiste Zeit eine Randfigur in ihrer Beziehung war. Catriona hatte, was sie wollte, und er wollte, was sie wollte, so einfach war das.

Manchmal beobachtete er sie, ohne daß sie es merkten. Vor allem zu Anfang, als sie in diesen bewußt gewählten Ort an der Nordostküste kamen, sich hier niederließen und er sich noch immer wegen Catrionas seelischer Verfassung Sorgen machte. Er stand im Dunkeln draußen vor der Schlafzimmertür und sah seiner Frau durch den Spalt zu, wie sie das Kind fütterte. Sie konnte zwar nicht stillen, wollte aber so tun als ob und saß daher mit offener Bluse und dem fest an ihre leere Brust gedrückten Baby da und hielt die Flasche so nah an ihre eigene Brustwarze, daß sie sie berührte, und das Baby zappelte, sträubte sich gegen die Brustwarze und suchte den befriedigenden Gummisauger. Der Anblick rührte ihn, aber verstörte ihn auch, obgleich er nicht genau wußte, weshalb. Catriona ging zu weit. Sie hatte ihr Baby, warum mußte sie sich einreden, sie würde es stillen? Warum war ihr dieses Täuschungsmanöver wichtig? Tat sie es für das Baby oder für sich selbst, und wenn sie es für sich selbst tat, was hatte es zu bedeuten? Doch Archie stellte keine Fragen; er beobachtete nur und ließ seiner Frau freie Hand.

Kapitel 3

Evie war eine fleißige Arbeiterin. Alle redeten darüber – sie sei doch fast noch ein Kind und schon eine so fleißige und willige Arbeiterin, die genau wisse, wie die Dinge getan werden müßten. Gab man ihr irgend etwas zum Putzen, machte sie sich daran, als hinge ihr Leben davon ab. Schmutzige alte Pfannen scheuerte sie, als könne sie ihnen durch ihre Anstrengungen ihren früheren Glanz wiedergeben. Diejenigen, die ihr im Heim Arbeit zuteilten, nahmen an, sie müsse einen strengen Lehrmeister oder eine strenge Lehrmeisterin gehabt haben und sei vermutlich zu solchem Fleiß angetrieben und geprügelt worden. Aber nein. Wenn man sie über ihre Vergangenheit befragte – und Evie redete nur darüber, wenn man sie direkt darauf ansprach –, fand sie immer liebevolle Worte für ihre tote Großmutter. Sie habe ihr Freude machen wollen, und harte Arbeit sei das gewesen, was ihrer Großmutter am meisten Vergnügen bereitet habe. Sie habe nicht nur selbst gern hart gearbeitet, als sie das noch konnte, sondern habe auch in Evie ihresgleichen, ihr Ebenbild, gesehen.

Nur vergaß Evie nie, daß sie niemandes Ebenbild war, es nicht sein konnte. Die Frau, die ihre Großmutter gewesen war, war nicht ihre Großmutter; ebensowenig war Mary die Mutter der Frau, die Evies Mutter gewesen war. Das war zu kompliziert, um es zu erklären, daher versuchte sie es gar nicht erst. Allein der Gedanke an diese Tatsachen, an denen sich nichts ändern ließ, schmerzte sie. Gewiß, sie hatte das Blechschatzkästchen. Es war zuerst, obwohl der Polizist ihr genau zuschaute, in ihre Tasche gewandert, und als sie ins Heim kam, hatte sie es in einem ihrer dicken Wollstrümpfe versteckt. Ihre wenigen Habseligkeiten konnte sie nirgendwo außer in der Gemeinschaftskommode am Ende des Schlafsaals den sie mit elf Mädchen teilte unterbringen, aber der Gedanke, fremde Hände würden ihre kostbare Blechdose finden und sie öffnen, beunruhigte sie so sehr, daß sie es nicht über sich brachte, sie in eine jener geräumigen Schubladen zu legen, ohne sie vorher in einem Strumpf zu verstecken. Am liebsten hätte sie die Dose, wie gewohnt, unter ihrem Kopfkissen aufbewahrt, aber auch da war sie nicht sicher. Die Mädchen stahlen und versteckten, was sie gestohlen hatten, in und unter den Kopfkissen, so daß diese regelmäßig inspiziert wurden. Sie konnte sie auch nicht in ihrer Schürzentasche aufbewahren – es gäbe eine Beule, und man würde sie darauf ansprechen. Es blieb ihr nichts anderes übrig, als Matron, die Vorsteherin, zu bitten, die Dose für sie zu verwahren, eine sehr unbefriedigende Lösung, zu der sie nach tagelangem fieberhaftem Herumtragen der Blechdose förmlich gezwungen worden war.

Die Mädchen im Heim bekamen Matron selten zu Gesicht, aber man wußte, daß sie immer da war, ein furchterregendes Wesen im Hintergrund, vom Personal zu einem Unmenschen aufgebauscht. St. Ann's war ein großes Heim, in dem jederzeit mindestens sechzig und höchstens hundert Mädchen zwischen fünf und fünfzehn Jahren untergebracht werden konnten. Ursprünglich als Heim für verwaiste oder ausgesetzte Mädchen gedacht, war es aber vor allem zu einer Besserungsanstalt geworden. Es gab Mädchen dort, die wegen Diebstahl und anderen kleineren Delikten (obgleich, hörte man den Friedensrichter wettern, der Diebstahl eines Pennys schon äußerst schwer wog) oder fortgesetzter Landstreicherei verurteilt waren. Viele waren wegen Aufforderung zur Unzucht dort, und diese Insassinnen übernahmen bestimmte Ämter. In jedem Schlafsaal gab es eine Aufseherin, von den Mädchen »Hundeführerin« genannt, nicht sehr intelligent und schlampig angezogen, die ihr kleines Königreich mit einer Mischung aus Brutalität und Willkür regierte. Evie war für Madge, ihre »Hundeführerin«, von keinerlei Interesse und wurde daher gnädig in Ruhe gelassen, es sei denn, man machte, wegen ihrer allseits bekannten Fähigkeit, hart zu arbeiten, außer der Reihe von ihr Gebrauch. »Bist wohl 'ne richtige kleine Arbeiterin, was?« spottete Madge, ließ sie aber schon bald wieder in Frieden. Evie war morgens als erste auf, im Bett liegenzubleiben kam für sie nicht in Frage, und sie war die erste, die sich, ohne zu klagen, in dem eiskalten Wasser wusch. Sie deckte die Tische, spülte das Geschirr und fegte die Böden mit bewundernswertem Eifer, und schon bald sah man in ihr die künftige Schülerin mit besonderen Aufgaben, wenn sie erst einmal alt genug dafür wäre. Madge hielt große Stücke auf sie, und Evie wußte das, obgleich nie ein Wort des Lobes oder der Anerkennung fiel.

Aber ihre Blechdose konnte sie Madge nicht geben. Sie traute ihr nicht. Auch Madge stahl, wie Evie bald erfuhr, obwohl sie so hart mit den ertappten Diebinnen umging. Sie nahm ihnen alle Süßigkeiten oder Kuchen mit der Begründung ab, sie schadeten Mädchen, die im Wachstum seien. Weit schlimmer aber war es, daß Madge ihnen die kleinen und geliebten Gegenstände, die sie hatten mitbringen können, wegnahm. Daher konnte und wollte Evie ihre Blechdose Madge nicht geben. Sie würde sie Matron geben, die zwar nach allem, was sie gehört hatte, möglicherweise ebensowenig vertrauenerweckend war, dies ihr gegenüber aber bisher noch nicht gezeigt hatte. Das Problem war, wie man zu Matron gelangen konnte. Im Heim war sie so gut wie unsichtbar. Evie hatte sie nur einmal gesehen, als Evie (nach Läusen, Ausschlägen und Wunden) untersucht und offiziell eingetragen werden sollte. Sie war zu Matrons Zimmer gebracht worden, wußte aber nicht genau, ob sie es wiederfinden würde.

Für ein kleines Kind war es unmöglich, einen Plan auszuhecken, um zu Matron zu kommen, ohne daß irgend jemand davon erfuhr. Evie hatte keine Ahnung, wie sie es anstellen sollte. Aber eines Morgens wurde sie dabei beobachtet, wie sie in der großen untersten Schublade der Kommode hastig ihre Dose von einem Strumpf in den anderen steckte, und Ruby, das Mädchen, das ihr dabei zusah, gab ihr gute Ratschläge. Ruby war älter, schon neun und Evie erst sechs, und bereits seit fast drei Jahren in dem Heim. Sie war aufgeweckt und gescheit, aber, im Gegensatz zu Evie, faul. Madge haßte sie wegen ihrer List, mit der sie Arbeit genauso geschickt zu umgehen wußte, wie Evie Arbeit begrüßte, und wegen ihrer Intelligenz, mit der sie die Hälfte von Madges eigenen Ausflüchten aufdeckte. Ruby legte ihre Hand auf Evies, als diese sich abmühte, die Dose anderswo zu verstecken, und sagte: »Was hast du da?« Evie erstarrte. »Du versteckst was«, flüsterte Ruby. »Zeig's mir, ich sag's nicht weiter.« Evie sah sich gezwungen, wortlos die kleine Dose aus ihrem Versteck hervorschauen zu lassen. »Is' nur 'ne Dose«, sagte Ruby, »oder? Und was is' drin? Kein Geld? Süßigkeiten? Was is' drin? Ich sag's nicht weiter.« In der Hoffnung, Ruby damit zufriedenzustellen, murmelte Evie: »Schleifen, bloß Schleifen«, aber Ruby war neugierig geworden. »Laß sehen, sind sie hübsch? Ich hab noch nie 'ne Schleife gehabt, noch nie.« Als sie dies sagte, blickte sie über ihre Schulter, um sicher zu sein, daß Madge nicht plötzlich auftauchte, und das beruhigte Evie. Ruby hatte offensichtlich die Absicht, ihr Geheimnis zu wahren. Behutsam öffnete sie den Deckel und bot, einer plötzlichen Eingebung folgend, Ruby eine der drei Schleifen an. Rubys Gesicht verzog sich zu einem breiten Grinsen, und sie nahm die rote Schleife aus ihrem Nest. Sie war so begierig, sie zu bekommen und gleich zu verstecken, daß ihrem scharfen Auge die Papierschicht unter den Schleifen entging, und Evie konnte den Deckel wieder schließen, bevor noch mehr Fragen gestellt wurden.

Ruby war glücklich über ihre Schleife. Sie würde sie aus Angst vor Madge nie tragen können, und ihr Haar war so kurzgeschoren (sie hatte Nissen gehabt), daß da nichts war, woran man sie hätte festbinden können, aber das machte nichts. »So kannst du nicht weitermachen«, ermahnte sie Evie, »auf die Dauer wirst du damit nicht durchkommen. Madge wird sie finden. Was hast du vor?« Evie schüttelte unglücklich den Kopf. Sie traute sich nicht zu sagen, daß sie ihren Schatz Matron geben wollte. Aber Ruby dachte selbst daran. »Du willst sie Mrs. Cox geben, das willst du doch, sie Mrs. Cox, also Matron, geben?« Evie gestand, daß sie nicht wisse, wie sie es anstellen solle, und Ruby nahm die Sache sogleich in die Hand.

Sie holten ihre Strümpfe aus der Schublade und zogen sich rasch an. Die Betten mußten gemacht werden, dann wurde in der großen Küche gefrühstückt und abgewaschen, aber danach bot sich eine Gelegenheit. Madge und die anderen Aufseherinnen waren nach dem Frühstück immer damit beschäftigt, die verschiedenen Hausarbeiten für den Tag zu planen, und so entstand eine kurze Pause für die Mädchen, während die Aufgaben besprochen und zugewiesen wurden. Ruby ergriff Evies Hand und führte sie aus dem langen Korridor hinaus, wo an einer Reihe steinerner Spülbecken abgewaschen wurde. Sie schien genau zu wissen, wohin sie wollte, lief Treppen hinauf und Gänge hinunter, als folge sie einer Spur, und brachte sie im Nu zu einer Tür, auf der deutlich »Matron« geschrieben stand. Ruby klopfte sogar für Evie an, die sich viel zu sehr fürchtete, es selbst zu tun, und als eine erstaunte Stimme »Herein« rief, öffnete sie die Tür und schob die verängstigte Evie hinein. »Was willst du hier, Mädchen?« sagte Matron. Sie trank gerade ihren Tee und haßte es, dabei gestört zu werden. Die Unverfrorenheit war so haarsträubend, daß sie sie noch gar nicht ganz erfaßt hatte. Aber sie spürte bereits, daß sie darauf mit einem gewissen Maß an Zorn würde reagieren müssen, damit das nie wieder vorkäme. Inzwischen stand eine geradezu jammervolle Erscheinung vor ihr, ein buchstäblich am ganzen Leibe zitterndes Kind, aschfahl und, wie es schien, ohne Mund in seinem Gesicht, einem Gesicht, das Mrs. Cox nicht wiedererkannte, was diesen Besuch noch unerhörter machte.

Maud Cox war keine lieblose Frau. Sie hatte nur wenig mit Madge gemein, aber ihr mangelte es an Phantasie, und Einfühlungsvermögen besaß sie nicht. »Es ist jedenfalls nicht nötig, sich so aufzuregen, worum es auch gehen mag«, sagte sie, nachdem sie gebannt mit angesehen hatte, wie sehr Evie zitterte. »Was hast du angestellt? Wer hat dich zu mir geschickt?« Evie schüttelte den Kopf. »Niemand hat dich geschickt? Dann bist du sehr dreist, einfach so zu mir zu kommen; du hast hier nichts zu suchen. Wie heißt du?« »Evie, Ma'am.« »Nun, Evie, mach den Mund auf, oder ich werde deinen Namen im Register nachschlagen und deine Schlafsaalaufsicht kommen lassen, damit sie dich mitnimmt.« Evie schloß ihre Augen, und mit großer Überwindung drückte sie Mrs. Cox die Blechdose in die Hand. »Was? Eine Dose? Geht es um eine Blechdose? Hast du sie gestohlen? Laß mal sehen.« Von ihrer eigenen Neugier überrascht, nahm Mrs. Cox die Dose und untersuchte sie. Sie war ein eher unscheinbares, billiges Ding, auf dem Deckel ein buntes Bild eines Hundes zweifelhafter Rasse. Sie schüttelte sie. Man hörte kein Geräusch. Ohne Evie um Erlaubnis zu fragen, öffnete sie die Dose. Im Gegensatz zu Ruby war sie sich sogleich darüber im klaren, daß unter den Schleifen noch etwas anderes lag. Sie ging unter Evies, vor lauter Besorgnis weit aufgerissenen Augen zum Tisch am Fenster, nahm die übriggebliebenen beiden Schleifen heraus und legte sie nebeneinander. »Was haben wir denn hier?« murmelte Matron. »Was soll das ganze Theater?«

Es blieb lange still. Evie war nach Weinen zumute, aber sie hatte aus Erfahrung gelernt, dabei keinen Laut von sich zu geben. Sie sah, wie Mrs. Cox das hauchdünne Papier, das unter den Schleifen in seinem Umschlag verborgen gewesen war, glättete und dann studierte. Sie studierte es lange. Als sie es schließlich auf den Tisch legte, hatte sich ihr Verhalten verändert. »Weißt du, was dies ist?« fragte sie in gebieterischem Ton. Evie schüttelte den Kopf. »Wer hat es dir gegeben?« »Meine Großmutter«, flüsterte Evie und litt dabei Qualen, weil ihr wie immer bewußt war, daß ihre Großmutter nicht ihre Großmutter war und sie daher log und bestraft werden würde, wenn es herauskäme, und das war unvermeidlich. Sie erstickte fast an ihrer Aufregung, aber Mrs. Cox achtete nicht darauf und sah in einem Aktenordner nach. »Etwas muß geschehen«, sagte sie. »Immerhin hast du eine Familie.« Evie verspürte ein klein wenig Hoffnung, Hoffnung nicht etwa auf etwas Großartiges, sondern darauf, daß womöglich all dies ruhig vorüberging und ihre Dose jetzt in Sicherheit war. Sie hatte bisher noch nicht gesagt, warum sie gekommen war, doch jetzt faßte sie ein wenig Mut, und es platzte aus ihr heraus: »Bitte, Ma'am, wollen Sie sie für mich aufbewahren?« »Für dich aufbewahren?« sagte Mrs. Cox irritiert. »Gewiß werde ich sie aufbewahren. Ich muß sie aufbewahren und mich darum kümmern. Jetzt geh, und komm erst wieder, wenn man es dir aufgetragen hat.«

Es verging so viel Zeit, bis man nach Evie schickte, daß sie nicht mehr daran glaubte, es werde je geschehen. Ruby hatte unbedingt wissen wollen, was sich in Matrons Zimmer zugetragen habe, aber irgendein angeborener Spürsinn hatte Evie davon abgehalten, es ihr zu erzählen. Sie hatte ihrer neuen Freundin lediglich erzählt, Matron habe gesagt, sie wolle die Blechdose sicher aufbewahren, und, ja, sie sei ärgerlich gewesen und habe ihr verboten wiederzukommen. Die beiden waren wieder in der Küche und liefen mit den anderen Mädchen herum, so daß

Madge ihre Abwesenheit gar nicht erst auffiel. Evie war dankbar für Rubys Geschick und Klugheit. Sie befürchtete nur, daß Ruby eine Gegenleistung erwartete – alles im Heim, jede offensichtliche Freundlichkeit hatte ihren Preis –, aber die Schleife schien zu genügen. Alles, was Ruby außerdem wollte, war, ihre beste Freundin zu sein, aber Evie war leider unerfahren in Freundschaften. Sie hatte kein Geschick für gemütliches, vertrauliches Geplauder, sie wußte nicht, was sie anderen hätte anvertrauen sollen, und Ruby war enttäuscht. Mit der heiligen Evie war kein Jux, auf Madges Kosten kein Spaß zu machen. Evie hatte viel zuviel Ehrfurcht vor der Obrigkeit, um wirklich bei Ruby in die Lehre zu gehen, und wurde schon bald angewidert im Stich gelassen. »Du hast nichts, worüber du reden willst, also rede mit dir selber«, verkündete Ruby eines Tages, und das war's.

Evie dachte reiflich über Rubys Vorwurf nach. Er stimmte nicht, es gab durchaus Dinge, über die sie reden wollte, aber sie sah keinen Sinn darin. Sie wollte sich vor allem ausmalen, was aus ihr werden würde. Als sie bei ihrer Großmutter lebte, hatte sie nie über ihre Zukunft nachgedacht, hatte sie nicht gewußt, was diese bedeutete, doch jetzt zeichnete sich die Zukunft ständig bedrohlich vor ihr ab. Sie sah die älteren Mädchen an und fragte sich, ob sie wohl an diesem Ort leben würde, bis sie genauso geworden sei, und bei dem Gedanken daran verspürte sie ein seltsames Gefühl in der Magengrube. Sie wollte auch jemanden wegen der Schule fragen, ob sie irgendeine Ausbildung erhalten würde. Einige Mädchen gingen jeden Tag vom Heim zur Lowther Street School, aber sie waren alle älter, und sie überlegte, wie alt sie wohl würde sein müssen, bevor auch sie mit ihnen gehen dürfte. Sie und etwa zwanzig andere hatten morgens zwei Stunden Unterricht im Schulraum, aber oft wurde die Aufseherin, die sie unterrichten sollte, bei anderen Arbeiten gebraucht, und sie mußten allein Buchstaben abschreiben. Sie saßen auf

Bänken und hielten kleine Schiefertafeln auf den Knien und schrieben das Alphabet ab, was langweilig war, wenn man es wie Evie schon konnte. Sie wußte, wenn sie nur auch zur Schule ginge, würde sie nicht so große Sorge haben, was die Zukunft für sie bereithielt.

Manchmal wurde sie mit einigen anderen Mädchen in die Stadt mitgenommen, und sie fand es qualvoll. Anfangs war es aufregend gewesen, wenn Madge einem sagte, man solle seinen Mantel anziehen und einen der Körbe, die am Ende des Abwaschkorridors an Nägeln hingen, holen und vor der Eingangstür warten, weil zum Markt gegangen werde. Nur die bravsten und sanftesten Mädchen wurden zum Markt mitgenommen, und gewöhnlich waren sie älter als Evie, daher wußte sie, daß sie privilegiert war. Die acht gingen, immer zwei und zwei, hinter Madge und einer der anderen Aufseherinnen her die Stanwix Bank hinunter, über die Eden Bridge und zum Markt hinauf; Evie sah sich auf dem ganzen Weg um, erkannte die Kathedrale und das Schloß wieder, und ihr Herz schlug heftig vor lauter Unruhe, von der sie nicht wußte, daß es in Wirklichkeit Heimweh war. Wenn sie auf dem Markt die Butterfrauen sah oder auf Madge wartete, die Eier kaufte und sie in ihren Korb legte, konnte sie die Erinnerungen kaum ertragen. Sie wollte nicht durch das Tor hinaus, durch das sie hereingekommen waren, sondern durch das andere oben auf dem kleinen Hügel mit dem Kopfsteinpflaster vor den Schlachterständen, das in die Fisher Street zum Rathaus führte und über den Platz zu der Gasse, in der sie gewohnt hatte. Es zog sie mit aller Macht in diese entgegengesetzte Richtung, und sie wurde schroff von Madge für ihr Zurückbleiben getadelt. »Wenn du weiter so trödelst, wirst du nicht wieder mitgenommen«, ermahnte Madge sie. Also nahm Evie sich zusammen, wie sie es immer tat, und ging entschlossen zum Heim zurück. So viele Gedanken hätte sie bei Ruby hervorsprudeln können, aber sie blieben alle in ihrem Kopf, und am Ende eines jeden Tages, vor allem an Markttagen, ging sie verwirrt, mit einem vor lauter unterdrückten Gefühlen schmerzenden, schweren Kopf zu Bett. Am Ende schlief sie ein, überzeugt, daß sie nie wieder zurück in die Gasse, zurück in ein richtiges Haus, in einen richtigen Haushalt, kommen würde, aber nichts daran würde ändern können. Sich in ' sein Schicksal zu ergeben war das, was ihre Großmutter ihr am erfolgreichsten eingebleut hatte.

Sie hatte, nachdem sie Mrs. Cox die Blechdose gegeben hatte, ein paar weitere Monate im Heim verbracht, als Madge eines Morgens in den Schlafsaal kam und, nachdem sie alle angeschrien hatte, sie sollten sich beeilen und aufstehen, so laut, daß jeder es hören konnte, rief, Evie solle gleich nach dem Frühstück in Matrons Zimmer kommen. Madge kontrollierte sie, während sie sich wusch und anzog, bürstete ihr persönlich das Haar, wobei sie sich beklagte, es sei kein Wunder, daß Evie mit solchen Haaren immer aussehe, wie vom Wind zerzaust. Es wäre ein Segen, schwor Madge, wenn Evie Nissen bekäme und ihr ganzes schreckliches Haar geschoren werden müßte, das würde es kurieren. Nachdem sie zufrieden festgestellt hatte, daß alles getan war, um Evie für die Inspektion herzurichten, ließ Madge sie mit den anderen hinuntergehen, doch Evie merkte, wie Madge sie beobachtete und die übrigen Aufseherinnen sie anstarrten und miteinander flüsterten. Diese Aufmerksamkeit genügte, um all die anderen Mädchen zu alarmieren, daß mit der dürren kleinen Evie, dem Fräulein Sagt-nie-ein-Wort, irgend etwas Außergewöhnliches geschehen würde. Sie spürte um sich herum auf einmal eine gespannte Atmosphäre, die ihr, anstatt sie wie sonst zu beunruhigen, irgendwie gefiel. Sie fühlte sich ernst genommen, und das war eine außergewöhnliche Erfahrung. Sie aß ruhig ihren Porridge und trank ihren Tee (mehr Wasser als Tee und davon auch nur wenig), ging dann zu Madge und sagte, sie wisse nicht, wie sie den Weg zu Matrons Zimmer finden solle. Eins der großen Mäd-

chen wurde beauftragt, sie hinzubringen, und Evie trottete gehorsam, doch fröhlicher als damals hinter der atem-
losen Ruby, hinter ihr her.

Bei Mrs. Cox waren zwei Personen, ein Mann und eine
Frau. Weder er noch sie schienen sich wohl zu fühlen. Vor
allem der Mann trat von einem Fuß auf den anderen und
drehte unentwegt seine Mütze in den Händen. Evie schlug
die Augen nieder. Es war unhöflich, jemanden anzustar-
ren, und sie hatte auch keinerlei Verlangen danach. Sie
sah nur, daß der Mann ziemlich alt und kahl war und ein
sehr rotes Gesicht hatte. Die Frau war jünger, aber Evie erlaubte sich wieder nur einen raschen Blick, der jedoch genügte, um festzustellen, daß sie klein und drall war, und
sah dann wieder zu Boden.

»Das ist Evie«, sagte Mrs. Cox. »Sie ist ein liebes Mädchen, und ich freue mich, Ihnen sagen zu können, daß
alle hier gut von ihr sprechen. Sie werden keinen Ärger
mit ihr haben. Und sie ist für ihr Alter eine fleißige Arbeiterin, wir werden sie vermissen, und das kann ich nicht
von vielen Mädchen hier sagen.«

»Sie ist klein«, sagte der Mann, »und mager, schrecklich
mager, hat nicht viel auf den Knochen. Ist sie gesund?«

»Vollkommen gesund«, sagte Mrs. Cox und klang ziemlich ungehalten. »Lassen Sie sich von mir sagen, junge Mädchen kann man nicht nach ihrem Äußeren beurteilen.«

»Hat sie irgend etwas mitgebracht, als sie kam?« fragte
die Frau. »Irgendwelchen Schmuck?«

»Nein, nichts«, sagte Mrs. Cox. »Wir nahmen sie so auf,
wie sie dastand, mit einer Tasche Wäsche zum Wechseln.«
Und der Blechdose, setzte Evie lautlos hinzu, aber Mrs.
Cox erwähnte sie nicht. »Na gut«, sagte die Frau, »da kann
man nichts machen. Können wir sie jetzt mitnehmen, ist
sie fertig? Es wird doch wohl kein Theater geben, oder?
Kein großes Geschrei?«

Es gab kein Geschrei. Evie wurde an Ort und Stelle vor
den beiden Fremden eröffnet, sie habe großes Glück ge-

habt, denn dank der ungeheuren Bemühungen von Mrs. Cox und den Behörden würde sie von nun an bei ihrer erst kürzlich aufgefundenen Familie leben.

»Weißt du, was das Stück Papier in deiner Dose mit den Schleifen war, Evie?« fragte Mrs. Cox. Evie hielt es für das beste, den Kopf zu schütteln. »Es war deine Geburtsurkunde. Sie zeigte, wer deine Mutter war und wo du geboren wurdest. Du wirst dich freuen zu erfahren, Evie, daß dies der Vetter deiner Mutter mit seiner Frau ist, und sie haben sich freundlicherweise bereit erklärt, dir ein Zuhause zu geben. Was sagst du dazu?«

Evie blickte auf. Sie sah sich drei erwartungsvollen Gesichtern gegenüber, von denen keines lächelte. Was *sollte* sie sagen? »Danke, Ma'am«, sagte sie.

»Du wirst allerdings deinen Beitrag leisten müssen«, sagte der Mann, der der Vetter ihrer Mutter war. »Es werden keine Ferien sein.«

»Geh und hol deine Tasche«, sagte Mrs. Cox, »und warte an der Haustür.« Evie rührte sich nicht. »Evie, hast du gehört?«

»Ja, Ma'am.« Noch immer stand sie da und wußte nicht, wie sie nach ihrer Dose fragen sollte, doch als sie Matron die Stirn runzeln sah, sagte sie nur: »Meine Dose, bitte, Ma'am«, mehr eine Feststellung denn eine Bitte, die es hätte sein sollen.

Zum Glück war Mrs. Cox belustigt und sagte zu dem Vetter und seiner Frau: »Es geht um eine Blechdose, die sie bei sich hatte, mit Schleifen und der Urkunde darin.« – »Kein Geld?« warf der Mann ein. »Kein Geld. Jemand hat offensichtlich dem Kind deren Wichtigkeit eingeschärft, und sie brachte sie mir zur Aufbewahrung.« Die Dose wurde hervorgeholt und Evie ausgehändigt, die daraufhin einen kleinen Knicks machte und zur Tür ging.

Der Mann und die Frau warteten an der Eingangstür auf sie, als sie mit ihrer Tasche aus dem leeren Schlafsaal herunterkam. Da war niemand gewesen, von dem sie sich hätte verabschieden können, und sie hatte auch kein Verlangen danach, jemandem Lebewohl zu sagen. Sie wollte sich nur wegstehlen, bevor irgend jemand Notiz davon nahm und ihr Weggang sich als Irrtum herausstellte. »Na, komm schon«, sagte der Mann, »wir haben schon genug Zeit vergeudet.« Sie folgte ihm und der Frau nach draußen zu einem Wagen. »Steig ein«, befahl die Frau, aber so sehr sich Evie auch bemühte, sie war zu klein, um auch nur eine Stufe zu erreichen. Hände ergriffen sie von hinten, starke, ungeduldige Hände, und ließen sie wortlos auf das hölzerne Sitzbrett fallen. Die Frau stieg auf der anderen Seite ein, während der Mann, die Zügel des Pferdes haltend, geduldig auf der Deichsel stand. »Mach's dir bequem«, sagte die Frau, »'s wird eine lange Fahrt, halt dich in den Kurven und wenn es abwärts geht an der Stange fest, und wenn du rausfällst, erwarte nicht, daß wir anhalten; dann mußt du den ganzen Weg hinterherlaufen, stimmt's, Ernest?« Und beide lachten sie so herzhaft, daß Evie sich fragte, weshalb sie den Witz nicht verstanden hatte. Ernest. Der Vetter ihrer Mutter hieß Ernest. Sie hätte zu gern den Namen der Frau gewußt, aber während der ganzen langen, langen Reise fiel kein weiteres Wort.

Evie hatte keine Ahnung, wo sie war. Der Wagen fuhr aus der Stadt heraus und war schon bald auf dem Land. Zuerst war es aufregend, zwischen grünen, sich bis zu den Hügeln am Horizont erstreckenden Feldern durchgerüttelt zu werden, als aber stundenlang, wie es Evie schien, nicht ein Haus zu sehen war, begann sie, sich unwohl zu fühlen, ja sogar Angst zu bekommen. Die Felder waren schön, sie hatten nichts Beunruhigendes an sich, und die Umrisse der Hügel waren blau und verschwommen, ganz und gar nicht trostlos, aber nirgendwo war Leben. Sie fühlte sich hinweggetragen ins Vergessen, und mit jeder Meile schwand ihr ohnehin schwaches Selbstbewußtsein. Die Frau, die Vetter Ernests Frau war, beachtete sie nicht weiter, aber es lag wenigstens ein kleiner Trost in ihrer Gegenwart. Evie saß dicht an Ernests Seite gepreßt, und obgleich es unbequem war, war es auch beruhigend – solange jemand, der so kräftig war, neben ihr saß, konnte sie sich nicht in Luft auflösen. Einmal wurde ihr ein in Pergamentpapier eingewickeltes Stück Kuchen gegeben. Sie war so überrascht, daß sie es beinahe fallenließ, und selbst als sie es aus dem schmuddeligen Papier gewickelt hatte, rührte sie es ein paar Minuten lang nicht an. Sie wollte es mit all den in seinen gelben Teig eingebetteten Rosinen und Korinthen erst einmal ansehen. Im Heim hatte es nie solchen Kuchen gegeben, nur hin und wieder eine Art harten, trockenen Lebkuchen, der einen sandigen Geschmack im Mund hinterließ. Dieser Kuchen war köstlich. Evie aß ihn in kleinen Bissen, wobei sie noch den letzten Krümel auskostete. Wenn sie allein gewesen wäre, hätte sie das Papier abgeleckt, aber die Frau nahm es ihr weg, sobald sie sah, daß das Kuchenstück aufgegessen war.

Es war dunkel, bevor sie am Rand eines langgestreckten Dorfes ankamen. Evie war vor Erschöpfung schon mehrmals eingenickt und immer wieder ruckartig aufgewacht, aus Sorge, die Ankunft zu verpassen, wohin auch immer der Wagen fuhr. Zweimal hatte sie geglaubt, der Augenblick sei gekommen, dabei war die Fahrt nur unterbrochen worden, um das Pferd zu tränken und weil der Mann, Ernest, einen Mantel anziehen wollte. Als sie endlich anhielten, war sich Evie noch immer nicht sicher, ob sie nicht wieder loszockeln würden, und die Frau mußte sie vom Wagen herunterheben, um sie davon zu überzeugen, daß die Reise zu Ende war. Sie wurde heruntergehoben und auf ihre Füße gestellt, und ihre Tasche wurde ihr in die Hand gedrückt, und dann öffnete die Frau die Tür von etwas, das Evie verschwommen als eine seltsame Art von Haus wahrnahm. »Achte auf die Schwelle«, sagte die Frau. »Hab sie erst gestern geweißt, will keine schmutzigen Fußspuren drauf.« Gehorsam setzte Evie vorsichtig einen Fuß nach dem anderen über den weißen Teil der Stufe hinweg. Sie kannte sich aus im Weißen von Stufen, und auch mit dem Anstreichen in roter Farbe. Ihre Großmutter hatte ihre eigene Schwelle einmal geweißt, und Evie hatte ihr dabei geholfen. Sie dachte daran, gleich anzubieten, am kommenden Tag die Schwelle der Frau zu weißen, aber auch diesmal wollten die Worte nicht so spontan aus ihr herauskommen, wie sie es gewünscht hätte, und bis sie sich diese zurechtgelegt hatte, waren sie schon im Wohnzimmer, und die Frau sagte:»Sofort ins Bett, morgen früh gibt's eine Menge zu tun. Zieh deine Schuhe aus und komm mit, ich bin selbst hundemüde.«

Evie folgte ihr auf einer mit rauhem Teppich ausgelegten Treppe, der sich kratzig unter ihren dünnen Strümpfen anfühlte, und auf einer weiteren, nicht ausgelegten bis in das kleinste Zimmer, das sie je gesehen hatte. Es war ein ganz enger Raum mit einem Dachfenster in der schrägen Decke, und das Bett füllte ihn restlos aus, so daß die Tür nach außen aufging.»Hier wirst du dich wohl fühlen, es ist ein gutes Bett, fast zu gut für ein Kind. Ich hoffe, du fürchtest dich nicht im Dunkeln? Keine Dummheiten?« Evie schüttelte den Kopf.»Gut. Ich weck dich morgen früh und will dann kein Gefackel. Unterm Bett ist ein Nachttopf, paß auf, daß du richtig zielst. Morgen zeig ich dir, wo du ihn ausleerst. Los jetzt, ins Bett mit dir.« Evie zögerte. Die einzige Möglichkeit, ins Bett zu kommen, war, von der Tür aus hineinzusteigen. Sie kletterte hinauf, wandte sich um und zögerte wieder. Die Frau sah ihr noch immer zu, hielt die Lampe, die sie trug, so hoch, daß Evie im Schatten stand.»Du schläfst hoffentlich nicht in deinen Kleidern«, sagte die Frau.»So tief hat man dich dort doch wohl nicht sinken lassen?« Evie schüttelte wieder den Kopf und fing an, ihren Kittel an der Seite aufzuknöpfen und dann im Nacken das Halsbündchen ihres dicken wollenen Kleides zu lösen. Die Frau stellte die Lampe draußen vor der geöffneten Tür auf den Boden und sagte erstaunlicherweise: »Komm hierher ans Fußende, ich helf dir.« Soweit sie sich erinnern konnte, war Evie noch nie in ihrem Leben beim An- oder Ausziehen geholfen worden, und sie war verlegen, tat aber, was ihr gesagt wurde, und die Frau knöpfte die Kleider bis auf ihr Leibchen auf. »Behältst du das an?« fragte sie. Evie nickte. Leibchen zog man im Heim nur einmal im Monat aus, wenn der ganze Körper gewaschen wurde.

Sie fand ihr Hemd in ihrer Tasche, zog es an und schlüpfte ins Bett. Die Laken waren kalt, aber es waren saubere Laken und nicht wie die im Heim verwendeten Stücke aus gebleichtem Sackleinen. Die Decken waren schwer, und sie fühlte sich wie eingesperrt, so fest waren sie eingeschlagen. »Also, gute Nacht«, sagte die Frau, und dann: »Ich habe bemerkt, daß du deine Gebete nicht aufgesagt hast, mein Fräulein, es sei denn, du bist faul und sagst sie im Liegen.« Evie blieb stumm. Im Heim hatten sie alle in einer Reihe am Fußende ihrer Betten gekniet und laut ihre Gebete aufgesagt. Aber wo konnte sie hier knien? Auf dem Bett? Sie fing an, sich aus den Decken herauszuarbeiten, aber die Frau hielt sie zurück. »Sag sie im Bett«, sagte sie.

Evie schlief sogleich ein. Sie schlief tief und fest, war aber trotzdem wach, bevor die Frau kam, um, wie versprochen, an ihre Tür zu klopfen. Das Licht, das direkt über ihrem Kopf durch das winzige rautenförmige Dachfenster fiel, hatte sie geweckt. Sie starrte in den dunkelgrauen Himmel, der langsam immer blasser wurde, und war ganz aufgeregt. Da gab es keine schreiende Madge, niemand, der weinte oder hustete, kein widerwärtiger Geruch, der in einem Saal, in dem zwölf Mädchen bei geschlossenen Fenstern schliefen, in der Morgenluft hing. Sie fühlte sich munter und frisch und voller Tatendrang. Sie zog sich an und machte unter großen Schwierigkeiten ihr Bett und faltete ihr Hemd zusammen und schob es unter ihr Kopfkissen, ein weiches Kopfkissen, nicht wie im Heim mit Roßhaar gefüllt, und setzte sich dann im Schneidersitz darauf und wartete. In dem Moment, als sie Schritte die Treppe heraufkommen hörte, war sie am Fußende des Bettes, öffnete die Tür und schaute hinaus, noch bevor die Frau hatte klopfen können. »Großer Gott«, sagte die Frau erschrocken, »vollständig angezogen ohne auch nur die Spur einer Katzenwäsche, es sei denn, du hast den Weg zu einem Spülbecken gefunden, was ich bezweifle.« Evie ließ den Kopf hängen und stand reglos da. Sie wußte, daß es so immer am besten war, wenn man sie wegen irgend etwas tadelte. »Ich zeig's dir«, sagte die Frau, »und dann reden wir nicht mehr darüber.« Das Spülbecken war auf dem Flur in eine kleine Nische eingebaut. »Du hast Glück«, sagte die Frau, »fließendes Wasser in jedem Stock des Hauses. Ich wette, das hast du bisher noch nicht erlebt, oder?« Evie schüttelte den Kopf. »Und wir haben eine fest eingebaute Badewanne, aber die wirst du nicht benutzen, sie ist für Ernest.« Evie folgte der Frau auch noch die restlichen Stufen hinunter, erleichtert, daß die Frau, im Gegensatz zum Vortag, eindeutig eine Schwätzerin war. Das Leben war immer besser, leichter, wenn eine Schwätzerin für einen die Verantwortung trug. Gefährlich war nur jemand wie Madge, die, abgesehen von ihren plötzlichen Schreianfällen, finster und schweigsam dreinschaute. Wenn jedoch irgendeines der Mädchen ihr Schweigen erwiderte, so reizte Madge das, während man den Schwätzerinnen unter den »Hundeführerinnen« nur hatte zuhören müssen, um sie zufriedenzustellen.

Ernest saß bereits in der Küche beim Frühstück, vor sich einen großen Teller Schinken und Ei und Wurst. Er redete kein Wort mit Evie, sondern tauchte weiter geröstete Brotbrocken in das Eigelb und stopfte sie sich in den Mund. Sie wurde nicht aufgefordert, sich zu setzen, und tat es auch nicht. »Hier ist dein Porridge«, sagte die Frau, »und die Milch steht auf dem Tisch.« Vorsichtig nahm Evie die Schale, trug sie ängstlich zum Tisch, um ein wenig Milch darauf zu gießen, hielt sie dann umklammert und stand da, weil sie nicht wußte, wohin sie gehen sollte, um zu essen. Die Frau gab ihr durch ein Kopfnicken zu verstehen, sie solle durch die Tür hinter Ernest gehen. Evie stahl sich an ihm vorbei, die Augen auf die Schale gerichtet, und kam in eine kleine Spülküche mit einem Stuhl in der Ecke, auf den sie sich setzte. Der Raum war ein ziemlich finsteres Loch, aber das störte sie nicht. Sie aß gern allein, ganz für sich, so konnte sie ihr Essen mehr genießen. Der Porridge schmeckte ebensogut wie der Kuchen, weich und nicht klebrig wie im Heim, und die Milch war fett und sahnig. Während sie langsam und ordentlich und konzentriert aß, hörte sie Ernest sagen: »Kein bißchen wie ihre Mutter, kein bißchen. Ich hätte nie geglaubt, sie wär von ihr, nie.«

»Aber du hast ihn nicht gekannt, als er klein war«, sagte die Frau. »Vielleicht sieht sie aus wie er, als er jung war.«

»Jedenfalls nicht wie ihre Mutter.«

»Das sagtest du schon.«

»Und ich sag's noch mal, ich hätt's nie geglaubt.«

Es gab eine Pause, und dann begann die Frau wieder zu sprechen.

»Sie ist noch klein, vergiß das nicht, sie hat viel Zeit, sich zu verändern.«

»Sie müßte sich verdammt mehr verändern, als sie es wahrscheinlich je tun wird, um wie Leah auszusehen.«

»Du weißt genausowenig, wie Leah in diesem Alter aussah, tu nicht so, als wüßtest du's, denn das stimmt nicht.«

»Das hab ich nicht behauptet, aber ich kannte sie, als sie zehn war, und zehn ist nicht so viel älter, als Evie jetzt ist, ich kannte sie damals, als sie aus Carlisle gebracht wurde. Ich seh sie noch vor mir, bildhübsch, mit ihrem Haar. Und jetzt sieh dir mal ihr Haar an und sag mir, sie sei von Leah.«

»Ihr Haar ist nicht gepflegt worden.«

»Das würde auch nicht viel dran ändern. Was ich sehe, ist nicht das Haar von Leah.«

70

»Das kannst du so gar nicht sehen. Wenn es erst regelmäßig gewaschen und regelmäßig gebürstet und geflochten ist, wird es eine Augenweide sein.«

»Und du willst das wirklich machen, all das Herumfummeln an ihrem Haar? Darum geht es doch, oder? Deshalb wolltest du sie haben?«

»Es ging nicht ums Wollen. Ich weiß nicht, was dir einfällt, es so zu nennen, es ging um Pflicht, und auch um *deine* Pflicht, das weißt du genau.«

»Pflicht? Es ging darum, ein zusätzliches Paar Hände heranzuziehen, die sich im Pub nützlich machen sollen, darum ging es, darum geht es, meine Liebe. Vergiß ihr Haar, es geht darum, daß ein Pub geführt werden muß und nie genug Hände da sind. Sie wird sich schon bald ihren Unterhalt verdienen müssen.«

»Zuerst wird sie zur Schule gehen müssen, wird lesen und schreiben und rechnen lernen müssen.«

»Sie wird nicht die ganze Zeit in der Schule sitzen, vieles kann ihr vor und nach der Schule, an Wochenenden und in den Ferien beigebracht werden, so hab ich es jedenfalls in ihrem Alter gemacht und du auch, und wenn du Kinder bekommen hättest, hätten wir es mit ihnen auch so gemacht, ich will kein sentimentales Gerede, verstanden?«

Es herrschte Stille, die nur vom Geschirrklappern und dem lauten Schlürfen des Mannes, als er seinen Tee trank, unterbrochen wurde. Evie hörte, wie ein Stuhl zurückgeschoben wurde und Ernest sagte: »Ich geh jetzt.« Sie hatte ihren Porridge aufgegessen. Sie beschloß, ihre Schale in dem steinernen Spülbecken abzuwaschen, aber in dem Augenblick, als sie den Hahn aufdrehte, rief die Frau herüber: »Verschwende kein Wasser! Hier steht Wasser, bring sie her, du kannst sie zusammen mit dem anderen Geschirr abwaschen, los, an die Arbeit.«

Evie ging an die Arbeit.

Kapitel 4

Als Shona acht Jahre alt war, zogen die McIndoes nach
St. Andrews, ein Umzug, über den sie sich alle freuten. Shona war dort viel glücklicher. Sie hatte
noch immer einen Strand, breiter und länger als bisher,
auf dem sie rennen konnte, aber sie ging jetzt in eine
Schule, die ihr mehr entsprach. In der Klasse waren fünfundzwanzig Mädchen, alle in ihrem Alter und viele von
ihnen ebenso lebhaft und voller Energie und auch ebenso
intelligent wie sie. Sie hatte zum erstenmal richtige Freundinnen, Kirsty und Iona, und obgleich sie versuchte, sie zu
beherrschen, wie sie es bei jedem versuchte, gelang es ihr
nicht immer. Kirsty und Iona waren ebenso herrisch, und
die drei mußten lernen, einander von Zeit zu Zeit nachzugeben. Es beruhigte Catriona, das zu sehen, und sie unterstützte die Freundschaft. Sie alle wohnten nah, so daß die
Mädchen gemeinsam zur Schule und wieder nach Hause
gehen und einander besuchen konnten, ohne gefahren
oder beaufsichtigt werden zu müssen. Shona gewann eine
ganz neue Form von Unabhängigkeit und blühte auf.

Von den beiden Elternhäusern war ihr Ionas lieber, obgleich Kirstys größer und vornehmer war. Iona wohnte in
der Altstadt in einem engen Hof in der Nähe von den Rui-
nen der Kathedrale. Es war ein ziemlich kleines Stadthaus,
dessen Eingangstür direkt auf die Straße führte. Es hatte
zwar keinen Garten, aber einen herrlichen Hinterhof mit
Kopfsteinpflaster und einer offenen Treppe, die zur Tür
hinaufführte, und ein Ziegeldach und Mansardenfenster,
und Shona fand, es sehe aus wie eine Illustration aus einem

ihrer Märchenbücher. Sie mochte Jean, Ionas Mutter, die jung und attraktiv war und bei allem, was man tat, lächelte. Sie sah genauso aus wie Iona, oder vielmehr, Iona sah aus wie sie, ihr Ebenbild, wie die Leute sagten, beide mit feinem, glattem dunkelbraunem Haar, großen hellbraunen Augen und zarten Zügen.

»Ionas Mami ist schön«, sagte sie zu ihrer eigenen Mutter, »und sie ist jung. Ich wünschte, du wärst auch jung.«

Catriona war ausnahmsweise so klug zu lachen. »Nun, das war ich einmal.«

»Wann?«

»Sei nicht albern, Shona – als ich jung war natürlich, als ich so alt war wie Ionas Mutter.«

»Und wann war das?«

»Oh, ungefähr vor zwanzig Jahren, nehm ich an, ich weiß nicht, wie alt Jean Macpherson ist, acht- oder neunundzwanzig vielleicht.«

»Warum hast du mich nicht bekommen, als du jung warst?«

»Ich hab's versucht, aber du bist erst gekommen, als du fertig warst, und das hat lange gedauert.«

Shona runzelte die Stirn. Sie erkannte diesen Ton in der Stimme ihrer Mutter, ohne ihn jedoch beschreiben zu können. Sie mochte ihn nicht, er widerstrebte ihr, auch wenn sie nicht wußte, warum. Sie spürte, daß sie Catriona irgendwie angreifen wollte, was sie auch tat: »Warum habe ich keine Geschwister? Das ist nicht fair.«

»Nein, das ist es nicht.«

»Daran bist du auch schuld.«

»Das hat nichts mit Schuld zu tun, Shona. Ich hab's dir schon erklärt, ich verlor meine anderen Babys.«

»Warum hast du sie dann nicht wiedergefunden?«

»Jetzt bist du aber wirklich albern, du weißt doch, was ich meine, wenn ich ›verloren‹ sage. Ich habe dir alles erzählt, was geschehen ist und wie traurig es mich macht, darüber zu sprechen.«

»Wo hast du mich zur Welt gebracht?« fragte Shona plötzlich in der ihr eigenen schroffen, direkten Art, die ihre Mutter immer irritierte, weil ein viel älteres Kind zu sprechen schien.

»Wo?«

»Ja. War es oben?«

»Oben? Lieber Himmel, nein, es war im Krankenhaus.«

»Aber *wo*?«

»Im Ausland.«

»*Wo* im Ausland?«

»In Norwegen.«

»*Wo* in Norwegen?« Shona schrie jetzt beinahe.

»Also wirklich, Shona, der Name der Stadt sagt dir doch gar nichts.«

»Ich will ihn aber *wissen*.«

»Bergen. Na, da siehst du, er sagt dir gar nichts.«

»Warum hast du mich dort zur Welt gebracht?«

Einmal mehr erzählte Catriona die wohlbekannte Geschichte von Shonas Geburt, und einmal mehr hörte Shona so gut wie gar nicht zu. Ihre Mutter schien ihr nie zu erzählen, was sie wirklich wissen wollte, aber andererseits wußte sie auch nicht wirklich, was das war. Sie sehnte sich nach Einzelheiten, wie die, mit denen Kirsty prahlte: »Meine Mami war gerade beim Kuchenbacken und schlug ein Ei am Schüsselrand auf, und sie spürte, wie ich in ihr nach unten *sank*, und mein Daddy sagte, sie sähe komisch aus, und riet ihr, sich hinzulegen, aber sie sagte, sie müsse erst ihren Kuchen fertigbacken, und das tat sie, und er rief den Doktor an, und sie schob den Kuchen in den Ofen, bevor sie nach oben ging, um mich zur Welt zu bringen, und als ich zwei Stunden später gerade geboren war, klingelte die Uhr vom Backofen, und der Kuchen war fertig und …« In Catrionas Bericht über Shonas Geburt war nicht von Kuchen oder Klingeln die Rede. Shona wollte keine Beschreibung des Krankenhauses, das sagte ihr gar nichts. Der einzige Teil der Geschichte ihrer Geburt, den sie mochte, war das Ende, als ihr Vater hereingestürmt kam, um sie zu sehen, und sagte: »Sie ist das Süßeste, was ich je gesehen habe.« Diesen Abschnitt erzählte sie Kirsty und Iona, mußte aber feststellen, daß er überhaupt nicht gut ankam. »Babys sind nicht süß, wenn sie geboren werden«, verkündete Kirsty. »Sie sind häßliche winzige Dinger, alle, ich hab sie gesehen, ich hab meine Schwestern gesehen, als sie gerade geboren waren, und sie sahen schrecklich aus, die Köpfe ganz verschrumpelt und rot und eklig.«

»Also«, sagte Shona, »ich war jedenfalls süß, und damit basta.«

Zu ihrem Ärger äfften Kirsty und Iona sie nach und lachten, und sie wußte nicht, wie sie sich wehren sollte.

Auf dem Heimweg von Kirstys oder Ionas Haus hatte sie oft den Wunsch, woanders hinzugehen, besonders wenn ihr Vater nicht da war. Sie lief den Weg an der Küste entlang, sah aufs Meer hinaus und dachte zuerst an ihren Vater und dann an den Ort, an dem sie geboren wurde. Er stand vor ihrem geistigen Auge wie ein Fixpunkt am fernen Horizont, und sie wollte zu ihm reisen und sehen, wie er zu etwas Erkennbarem würde, so wie dunkle Umrisse sich in Land verwandelten, je mehr man sich mit einem Boot näherte. »Eines Tages«, sagte sie zu ihrer Mutter, »mache ich mich auf den Weg, um zu sehen, wo ich geboren bin.«

»*Wo* du geboren bist, ist nicht wichtig«, sagte Catriona, »es ist bloß ein Ort. Wo du aufgewachsen bist, zählt, und darüber weißt du alles, du erinnerst dich doch an das Dorf, natürlich tust du das, und jetzt bist du in St. Andrews und wirst es nie vergessen. Du bist ein durch und durch schottisches kleines Mädchen.«

»Das hab ich nicht gemeint«, sagte Shona.

»Was hast du dann gemeint? Manchmal kommt es mir vor, Shona, als ob du lauter Unsinn redest, du denkst nicht nach, bevor du sprichst –«

»Tue ich doch.«

»– und das kann sehr verletzend sein.«

»Was ist verletzend? Ich weiß nicht, was *du* meinst, *du* redest Unsinn, *du* denkst nicht –«

»Shona!«

Für einen Augenblick war Shona zum Schweigen gebracht. Ihr neunter Geburtstag kam und ging und verlief einigermaßen befriedigend, aber die Freude, die ihr Vater ihr bereitete, gefiel ihr mehr. Er nahm sie einmal im Schlafwagen ganz bis nach London mit und zeigte ihr den Buckingham Palace und die Wachablösung, und sie wohnten in einem richtigen Hotel und gingen zu Madame Tussaud, und Shona fühlte sich endlich im Einklang mit sich selbst, dem Selbst, das schon immer hatte unterwegs sein wollen, inmitten von Lärm und Trubel. Sie wünschte sich lauthals und leidenschaftlich, allzu leidenschaftlich für ein kleines Mädchen, in London zu leben. Archie war beeindruckt, als er sie im Zug auf der langen Heimreise beobachtete und ihr zuhörte. Ihm wurde auf einmal der Unterschied zwischen seinem Verhalten und dem seiner Frau Shona gegenüber bewußt: Catriona war von der Rastlosigkeit und Heftigkeit ihrer Tochter nie einfach nur beeindruckt. Jedes Aufblitzen von Trotz, jedes Anzeichen eines tiefsitzenden rebellischen Charakterzuges stürzte Catriona in Verzweiflung und dunkle Vorahnungen. Sie sah nicht nur ein kluges, waches kleines Mädchen vor sich, das Fragen stellte und alles um sich her anzweifelte, sondern eine mögliche Katastrophe auf sich zukommen, wenn Shona, wie sie sich ausdrückte, »außer Kontrolle« geriet. Sie dachte, die guten Jahre seien schon vorüber, die Jahre, als Shona wie eine Puppe behandelt werden, als sie bis zu einem gewissen Grad zum Ebenbild ihrer Mutter gemacht werden konnte, als ihre Charakterstärke noch nicht zu einem wirklichen Faktor im Umgang mit ihr geworden war. Archie wußte, Catriona wollte Shona nicht beherrschen oder zähmen, sondern sehnte sich nur danach, daß ihre Tochter mit ihr im Gleichklang war. Sie wünschte sich Harmonie und Vertrautheit in ihrem Verhältnis zueinander, und die Aussicht auf eine wachsende Uneinigkeit ängstigte sie.

Es war Archies Aufgabe, Shona bei diesen Ausflügen, die er mit ihr zwischen ihrem neunten und zwölften Lebensjahr unternahm, die Rastlosigkeit auszutreiben, damit sie, wenn sie zu ihrer Mutter zurückkam, anders war – fügsam, freundlich, nett. Aber es funktionierte nicht. Archie sah sehr wohl, daß das geregelte Leben in St. Andrews bei Shona jedesmal, wenn sie fern von ihrer Mutter und ihrer gewohnten Umgebung war, den Wunsch nach mehr nur verstärkte. Sie wollte nie zurück nach Hause, nicht einmal nach den weniger gelungenen Reisen. Es schien manchmal, als würde das Mädchen lieber sonstwo sein als zu Hause bei ihrer Mutter, dabei war Catriona eine so gute Mutter, freundlich und sanft und absolut aufopfernd. Wenn Archie sich an seine Mutter erinnerte, die unnahbar und streng und, soweit er sich entsinnen konnte, niemals imstande gewesen war, Gefühle zu zeigen, war er bestürzt, wie leichtfertig Shona all das zurückwies, was ihr so bereitwillig angeboten wurde. Aber er glaubte nicht, daß sich an dieser Situation irgend etwas ändern ließ. Es war naturbedingt. Vielleicht würde Shona, wenn sie älter war, ihre Mutter mehr zu schätzen wissen, vielleicht wenn sie selbst Kinder hatte … Aber es war besser, nicht so weit zu denken. Er hatte Catriona immer gesagt, sie solle mehr in der Gegenwart leben und sich nicht mit qualvollen Vermutungen über die Zukunft plagen, aber sie mochte seinem Rat nicht folgen.

Als Shona beinahe dreizehn und schon ein junges Mädchen war, die sich viel rascher entwickelte als die gleichaltrigen Freundinnen, war Catriona von ihrer Eigenwilligkeit überwältigt und fühlte sich völlig hilflos. Ihre Mutterrolle faszinierte sie noch immer und nahm sie ganz in Anspruch, aber Catriona fürchtete sich mehr und mehr vor dem, was diese mit sich brachte. Sie konnte mit Shona nicht über die Dinge reden, über die hätte geredet werden müssen, und sie hatte ständig das Gefühl, in dem, was sie als ihre Pflicht ansah, zu versagen. Ihre Mutter war ungeduldig mit ihr. »Um Himmels willen, Catriona«, sagte Ailsa McEndrick verzweifelt, »was regst du dich so auf? Das Mädchen hat Augen und Ohren, sie ist schlau, du kannst ihr nichts erzählen, was sie nicht schon weiß, und ich nehme an, es ist der Sex, der dir Sorgen bereitet, stimmt's?« Es stimmte. Allein zu hören, wie ihre Mutter so ungezwungen über Sex sprach, was sie auf provozierende Art zu tun pflegte, brachte Catriona zur Verzweiflung. Ailsas ungewöhnlich offene Einstellung gegenüber Sex hatte sie schon immer verlegen gemacht. Sie hatte sie nie teilen können, und jetzt, wo Shona aufgeklärt werden mußte, beunruhigte sie das mehr denn je zuvor.

Catriona hatte keine Freude an Sex gehabt, seit sie wußte, daß sie keine Kinder mehr bekommen konnte. Als sie noch fruchtbar gewesen war, hatte Geschlechtsverkehr sie, selbst wenn ihre Fruchtbarkeit ein unglückliches Ende nahm, fieberhaft erregt. Die ganze Zeit, wenn Archie in sie eindrang, stellte sie sich die kleinen Spermien vor, wie sie es kaum erwarten konnten, in ihren Schoß zu schwimmen, und im Augenblick des Orgasmus – Archies, nicht ihres eigenen – sah sie, wie das Ei durchstoßen wurde und die Befruchtung in einem Sternenhagel vor sich ging. Danach lag sie immer ganz still da, um das lebenspendende Naß in sich zurückzuhalten, und wenn es begann, aus ihr herauszusickern, machte sie das traurig. Nur der Gedanke an das vielleicht schon befruchtete Ei hielt sie vom Weinen ab. Doch nachdem Shona zu ihnen gekommen war und es zudem hieß, ihre Tuben seien mittlerweile so beschädigt, daß eine Empfängnis unmöglich und ihre Fruchtbarkeit mit Ende Vierzig sowieso vorbei sei, verlor sie das einzige Interesse, das sie an der Sache gehabt hatte. Für sie hatte Sex jeglichen Reiz verloren. Aber sie war eine gute Ehefrau, und sie liebte Archie, und daher sagte sie nichts. Sie stieß ihn nie zurück, wehrte seine Annäherungsversuche nie ab. Es war ihr nicht zuwider, wenn er mit ihr schlief, aber auch nicht angenehm. Es hatte ganz einfach keine Bedeutung mehr für sie.

Jetzt, wo Shona dreizehn war, war Catriona beinahe dreiundfünfzig. Sie hatte die Wechseljahre hinter sich und war froh darüber – all der Nachtschweiß, all die peinlichen Hitzewallungen, all diese Symptome, die sie in einem solchen Ausmaß zu haben schien, während andere Frauen so gut wie verschont blieben. Sie hatte mit Shona weder darüber gesprochen, noch hatte sie Shona ihre Lustlosigkeit und ihr schlechtes gesundheitliches Allgemeinbefinden erklärt. Sie wollte sie mit Gesprächen über Wechseljahre nicht abstoßen oder deprimieren. Aber Archie, dem ihre allgemeine Schwäche und ihre plötzlich deutlich spürbare Abneigung gegen Sex nicht entgangen waren, mußte sie es erzählen. Er zeigte wie immer vollstes Verständnis. Catriona kam sogar der Gedanke, er habe womöglich eine andere Frau, und obgleich sie die Vorstellung, da sie Archie kannte, für seiner nicht würdig hielt, merkte sie, daß es ihr nichts ausmachte. Sie fand es nur recht und billig. Wenn sie während ihrer Wechseljahre Geschlechtsverkehr nicht ertragen und Archie den Verzicht Monat für Monat nicht akzeptieren konnte – na, dann gut. Was sie einzig und allein beunruhigte war, daß sie, ein asexuelles Wesen, genau zur falschen Zeit für eine gut entwickelte Dreizehnjährige verantwortlich war.

Catriona war nicht eifersüchtig auf ihre Tochter, aber sie hatte Angst vor Shonas anscheinend unverhohlener sexueller Ausstrahlung. Sie war doch noch zu jung, um solche Signale zu geben, so heißblütig auszusehen und sich ihrer Wirkung auf Jungen und Männer so bewußt zu sein. Sie war nicht länger zierlich und zerbrechlich gebaut. Sie war sehr gewachsen und hatte einen großen Busen und ein ausgeprägtes Hinterteil bekommen – eine altmodische

Figur, wie aus der Zeit Edwards VII., mit schmaler Taille und übertriebenen Rundungen. Aber sie hatte kein Gramm Fett zuviel: Ihr Bauch war flach, ihre Beine schlank. Sie trug ihr dunkler gewordenes rostrotes Haar aus dem Gesicht gesteckt, aber wenn sie das Haar von den Kämmen, die es hielten, befreite, fiel es in einer Flut von Wellen und Locken nach vorn, wobei es das zart geschnittene Gesicht verdeckte, und verlieh ihr einen Reiz, den Catriona beunruhigend fand. »Wie wär's, wenn du dein Haar schneiden ließest, Shona?« sagte sie. »Es ist so schwer zu bändigen, so mühsam für dich zu waschen und zu bürsten, wie wär's, wenn es kürzer wäre, es stünde dir gut.« Aber Shona wollte nicht. Sie wollte niemanden an ihr Haar heranlassen. Sie verwandte große Sorgfalt darauf, schwelgte in allen möglichen Shampoos und Conditioners und bürstete es, bis es knisterte, bis es vor lauter Leben sang und sich kleine fadenartige Locken wie ein Heiligenschein um ihren ganzen Kopf herumringelten.

Shona wußte, daß sie attraktiv war, und litt nicht unter Kirstys und Ionas Teenagerängsten. Ohne die Schuluniform sah sie wie eine Schauspielerin aus, ein bißchen wie eine rothaarige Sophia Loren. Zum Leidwesen ihrer Mutter trug sie für sie gänzlich ungeeignete Kleider, Kleider, die nicht in St. Andrews oder Edinburgh im Beisein ihrer wachsamen Mutter eingekauft worden waren, sondern in der Carnaby Street bei einem der Ausflüge nach London zusammen mit Archie. »Warum hast du sie diesen albernen Rock kaufen lassen?« warf Catriona ihrem Mann ärgerlich vor. »Und diese Stiefel, *weiße* Stiefel, um Himmels willen, Archie, was hast du dir bloß dabei gedacht, sieh sie doch an, *sieh* sie dir an.« Archie tat es und sah, daß seine Frau recht hatte. Shona sah beunruhigend aus. Der Rock war so gut wie gar nicht vorhanden, und sie hatte nicht die Figur dafür, und die Stiefel zogen die Aufmerksamkeit auf das kaum bedeckte Hinterteil. »Dort tragen sie alle so was«, sagte er lahm, sehr wohl wissend, daß sie ihm sagen würde – was auch geschah –, Shona sei nicht dort, sie sei hier und würde die ganze North Street und South Street schockieren, wenn sie dort entlangstolzierte.

Kirstys und Ionas Mütter waren plötzlich nicht mehr so angetan von Shona. Sie sagten, sie sei »von ihrem Verhalten her« zu alt für ihre Töchter, um so viel Zeit mit ihnen zu verbringen. In Ionas Familie war diese neuerliche Abneigung besonders deutlich, immerhin hatte Iona einen fünfzehnjährigen Bruder, der seine Augen nicht von Shona McIndoes Rock lassen konnte. Heather Grant und Jean McPherson waren sich einig, daß Shona weniger denn je ihrer Mutter glich und inzwischen auch kaum noch ihrem Vater. Aber zumindest waren ihre Eltern streng, auch wenn es ihnen nicht gelang, Einfluß darauf zu nehmen, wie sie sich anzog. Blieb Shona über Nacht weg, rief ihre Mutter an, um sich bei Jean oder Heather zu bedanken, aber beide wußten, daß sie nur anrief, um sich zu vergewissern, daß ihre Tochter wirklich dort war.

Dabei war es nicht nötig, sich zu vergewissern, jedenfalls damals nicht. Shona hielt Händchen mit dem jeweiligen Jungen, war aber noch nicht geküßt worden, und obgleich die dreisteren Jungen in der hintersten Reihe des Old Byre Theaters einen Arm um sie gelegt hatten, war es fraglich, ob Shona ebensosehr an den Jungen interessiert war, wie diese an ihr. Sollte Shona irgendwie sexuell reagiert haben, so war es gut kaschiert. Ihre Mutter hatte den Verdacht, und sie war froh über den Verdacht, daß Shona gar nicht so reif war, wie sie aussah – ihr aufsehenerregender Körper wußte noch nicht, worum es eigentlich ging. Und nachdem Catriona sich mit diesem Gedanken getröstet hatte, geriet sie plötzlich völlig durcheinander. War sie so gewesen? War sie selbst so gewesen, eine Frau, die sie sich die ganzen Jahre über absolut nicht hatte vorstellen wollen? War sie sich ihrer Wirkung nicht bewußt gewesen und hatte dafür büßen müssen? Und würde Shona dasselbe tun, aus denselben Gründen, welchen auch immer, genauso?

Catriona ergriff Panik. Es war an der Zeit zu reden, natürlich war es das, es war töricht von ihr gewesen zu glauben, die Zeit käme nie, *brauche* nie zu kommen. Sie war gekommen, früher, als sie es hatte vorhersehen können. Und doch schwieg sie, sie blieb immer auf der Hut, aber schweigsam. Sie brachte es einfach nicht fertig zu zerstören, was für sie zur Wahrheit geworden war.

Kapitel 5

Mit dreizehn verließ Evie die Schule, da sie aber nicht einmal die Hälfte der vorgeschriebenen Zeit am Unterricht hatte teilnehmen können, machte es kaum einen Unterschied. Der Übergang vom Schulmädchen zum arbeitenden Mädchen vollzog sich unmerklich. Evie hatte sich schon bald daran gewöhnt, von der Schule ferngehalten zu werden, und nie damit gerechnet, die zwei Meilen zu Fuß zur Schule zu gehen, bis sie widerwillig dazu aufgefordert wurde. Zu Anfang hatte es ihr viel ausgemacht, daß sie so selten am Unterricht teilnahm, aber nach dem ersten Jahr war es ihr nicht mehr so wichtig. Die Schule war nicht das Paradies, das sie sich einst ausgemalt hatte. Es gab nur zwei Räume, beide riesengroß und durch Trennwände unterteilt, und der Lärm machte ihr Kopfschmerzen. Die Trennwände waren dünn, und die 1. Klasse, die Gedichte auswendig lernte, rezitierte einstimmig gegen die 2. Klasse an, die das Einmaleins hersagte, bis die aus der 3. Klasse, zu denen Evie gehörte, sich nur noch mit Mühe die geographischen Fakten einprägen konnten.

Evie machte aber trotz ihrer Enttäuschung das beste aus ihrer Zeit an der Moorhouse Board School. Sie lernte zu addieren und zu subtrahieren, zu multiplizieren und zu dividieren. Als Mädchen erwartete man von ihr zwar nicht wie von den Jungen, daß sie Gleichungen beherrschte, aber sie quälte sich mit einfachen Brüchen ab, und es gelang ihr, sie schließlich zu verstehen. Ernest war zufrieden mit ihr. Er stellte sie häufig auf die Probe, saß mit einem

Stock neben sich auf dem Tisch und schlug ihr auf die Finger, wenn sie seine Fragen, wie etwa fünf mal neun oder ähnliches, falsch beantwortete. Er schlug Evie nur selten auf die Finger, zum Glück, denn ihre Lehrerin hatte bereits darauf geschlagen, und sie waren oft gerötet. Andere Mädchen weinten, wenn sie von Miss Stoddard hinter die Tafel geführt und mit ihrem Stock geschlagen wurden, der an einem Ende dünn und am anderen dick war, aber Evie weinte nicht. Andere Mädchen schrien manchmal, sie würden es ihrer Mum erzählen, und ihre Mums würden in die Schule kommen und der Miss gehörig Bescheid sagen, aber Evie tat das natürlich nie. Sie fragte sich, wie es wohl wäre, eine Mum zu haben, der man alles erzählen konnte. Sie erzählte Ernests Frau Muriel nichts. Warum auch. Ihr Herz klopfte, wenn die Miss sie aufrief, weil sie sich vertan hatte, aber sie erzog sich dazu, die anschließende Strafe, ohne mit der Wimper zu zucken, zu ertragen. Miss Stoddard schlug sie daraufhin doppelt so heftig, um sie schwach werden zu lassen. Bald gab es jedoch keinen Grund mehr für Stockschläge. Nicht einmal Miss Stoddard konnte an Evie irgend etwas aussetzen, bis auf die Unregelmäßigkeit ihres Schulbesuchs, und da Ernest und Muriel beim Besuch des Schulrats im *Fox and Hound* entsprechende Gründe vorbrachten, konnte man ihr daran keine Schuld geben.

Sie freundete sich während ihrer immer wieder unterbrochenen Schulzeit mit niemandem an. »Wer bist du?« fragte man sie gleich bei ihrer Ankunft, und: »Wo wohnst du?« Als sie sagte, sie sei Evie und wohne im *Fox and Hound* an der Straße nach Carlisle, stellte man ihr eine weitere Frage, die sie nicht beantworten konnte, und zwar: »Warum?« Evie mußte sagen, sie wisse es nicht. »Arbeitet dein Dad dort?« beharrten die Quälgeister, und als sie sagte, sie habe keinen Dad, fragten sie sie nach ihrer Mum, und dann nannten sie sie eine Waise und rümpften die Nase. »Sie hat keinen Dad, keine Mam und weiß nicht, wer sie ist«, sangen sie. Evie lauschte diesem Refrain und war verwirrt, aber nicht gekränkt. Sie fragte sich, warum man sie, weil sie keinen Dad und keine Mam hatte, erst auslachte und dann nicht mehr beachtete. Aber immerhin wurde sie in Ruhe gelassen und nur selten schikaniert. Es war weder lustig noch befriedigend, Evie zu schikanieren. Sie war nicht ängstlich, weinte nicht, wurde nicht rot und versuchte auch nicht, sich zu rächen. Wie ein Schatten schlich sie sich all die Jahre in die Schule und wieder hinaus, ohne kaum je aufzufallen.

Bis auf ihren Gesang. Evies hübsche Stimme wurde rein zufällig entdeckt. Sie hatte nicht einmal gewußt, daß sie eine Stimme besaß, da es für sie nie einen Grund zum Singen gegeben und man sie nie dazu aufgefordert hatte. Eines Tages kurz vor Weihnachten wurden alle drei Klassen im ersten Stock zum gemeinsamen Liedersingen zusammengerufen. Die Noten wurden aufgeschlagen, und alle 96 Schüler mußten sich in Reih und Glied aufstellen, um zunächst den Text von *Mitten im kalten Winter* aufzusagen, den sie hatten auswendig lernen müssen. Draußen war der Winter in jenem Jahr in der Tat sehr kalt. Alle hatten sich durch den Schnee zur Schule gekämpft, und vor den hohen Fenstern des riesigen, kalten Klassenzimmers konnte man noch mehr Flocken tanzen sehen. An einem Ende, in der Nähe der Lehrerin und der Pianistin, stand ein Ölofen, der es allerdings kaum schaffte, den ganzen Raum zu heizen. Es wurde unaufhörlich gehustet, und der Atem aus 96 Mündern ließ die Reihen entlang in der eiskalten Luft kleine Wolken entstehen.

Evie stand, weil sie klein war, in der vordersten Reihe, sie hatte also Glück, denn sie fror nicht so sehr wie die weiter hinten. Bisher hatte kaum etwas ihr soviel Spaß gemacht. Die Lehrerin, eine Miss Hart, war die netteste Lehrerin der Schule, jung und freundlich und hübsch anzusehen in ihrem rosa Kleid. Alle liebten sie und benahmen sich daher gut, solange sie in ihrer liebevollen Obhut waren.

Evie, die die hübsche Miss Hart nicht aus den Augen ließ, fühlte sich ganz gelöst, wie im Traum, und so gar nicht wie sonst, wachsam, angespannt, einem Terrier ähnlich, ständig auf der Hut vor Schwierigkeiten, ständig Schikanen, zumindest jedoch Mißbilligung witternd. Sie wiegte sich leicht im Rhythmus der Musik und summte die Melodie, während Miss Gray das Lied einmal durchspielte. »Jetzt möchte ich«, sagte Miss Hart, »daß jede Reihe die erste Strophe singt, eine Reihe nach der anderen, und dann versuchen wir, sie alle gemeinsam zu singen. Seid ihr bereit in der ersten Reihe?« Die erste Reihe bestand aus zehn Kindern, acht Mädchen (darunter Evie) und zwei Jungen. »Eins, zwei, drei«, sagte Miss Hart und ließ ihre Hand sinken, als Zeichen, daß die erste Reihe beginnen sollte. Evie begann als einzige. Sie schloß die Augen, sobald das Zeichen gegeben wurde, und sah daher nicht, wie Miss Hart es, da die Pianistin ihr Spiel abgebrochen hatte, mit einem weiteren Handzeichen zurücknahm. So erklang Evies lieblicher, heller Sopran, und alle hörten ihr wie verzaubert zu, bis sie, als sie merkte, daß sie allein sang, stockte und ihre Augen öffnete und innehielt.

Miss Hart war jedoch entzückt. Sie ließ Evie das ganze Lied singen und applaudierte ihr am Ende. Eigentlich war der Beifall zuviel, und Evie hätte es lieber gesehen, wenn er ausgeblieben wäre. Sie hatte es nicht gern, wenn alle Aufmerksamkeit ihr galt. Jede Art von Aufmerksamkeit war gefährlich. Und trotz allem verspürte sie einen Freudentaumel, der noch Tage anhalten sollte. Sie besaß eine schöne Stimme, sie konnte singen, sie war zu etwas zu gebrauchen. Miss Hart nahm sie beiseite und beglückwünschte sie und fragte sie, von wem sie ihre Stimme habe. Evie war verwirrt. »Von wem, Miss?« fragte sie mit Mühe. »Ja, wer in deiner Familie kann wie du singen? Stimmen werden gewöhnlich vererbt, weißt du, sie kehren in Familien mehrfach wieder. Singt deine Mutter?« Plötzlich war alles verdorben. Wieder einmal mußte sie die schmerzliche Geschichte aufsagen, daß sie keinen Dad, keine Mum habe und im *Fox and Hound* bei zwei Leuten lebe, deren Verwandtschaftsverhältnis zu ihr man ihr nie richtig erklärt habe. An jenem Tag nahm sie sich vor, Muriel zu fragen, ob ihre Mutter eine schöne Stimme gehabt habe, aber sie konnte sich nicht dazu durchringen. Damals wußte sie, daß eine sogenannte Leah ihre Mutter gewesen war oder noch war und daß diese früher einmal im selben Haus wie ihr Cousin Ernest gelebt hatte, ob im *Fox and Hound* oder nicht, hatte sie nicht herausbekommen. Noch hatte Evie nicht die geringste Ahnung, was aus dieser Leah geworden war. Evie lauschte jedesmal aufmerksam, wenn ihr Name fiel, und kam manchmal zu dem Schluß, daß sie tot, und manchmal, daß sie noch am Leben sei.

Bei den seltsamsten Anlässen wurde Leah erwähnt. An jedem Neujahrstag maß Ernest Evie am Türpfeiler der Küche. »Sie ist noch immer klein«, murmelte er, »sie wird nie so groß sein wie Leah, nie. Sie wird verloren sein hinter einem Tresen, sie wird nie die Kraft haben, ein Bier zu zapfen, wie Leah es konnte.« Außerdem war da ihre auch noch nach vier Jahren im *Fox and Hound* unverändert große Schüchternheit. »Verdammt noch mal, Mädchen«, brüllte Ernest sie an, »du mußt doch nicht gleich wie ein verängstigtes Huhn aufspringen, nur weil dich ein Fremder anspricht. Was soll das, he?« Und später hörte Evie, wie er sich Muriel gegenüber beklagte, sie würde nie so mit den Leuten umzugehen wissen wie Leah, die mit ihrem Charme allen den Kopf verdreht hatte. Interessanterweise hörte Evie Muriel daraufhin sagen: »Vielleicht hat Leah ja zu vielen den Kopf verdreht, und sieh dir doch an, was aus ihr geworden ist.« Einen Augenblick herrschte Schweigen. Ernest brummte. »Sie wird nicht so gefährdet sein«, fuhr Muriel fort, »bei ihrer Schüchternheit.« »Nichts taugen wird sie«, sagte Ernest, »ist überhaupt nicht gut für uns, wenn sie so weitermacht, wird nichts aus ihr.« »Sie arbeitet ziemlich hart«, sagte Muriel, »das mußt du zugeben, es lohnt sich, sie hier zu haben.« »Na ja«, sagte Ernest, »aber ich dachte, es würde sich auf lange Sicht noch mehr lohnen.«

Die Arbeit, die Evie im noch schulpflichtigen Alter verrichtete, war hauptsächlich Hausarbeit, saubermachen und Essen vorbereiten, wie sie es ihrer nur vagen, aber glücklichen Erinnerung nach bei ihrer Großmutter auch getan hatte, nur im ganzen schwerer. Muriel nahm es peinlich genau mit der Reinlichkeit, und obgleich Evie ihre hohen Ansprüche nicht nur guthieß, sondern ihnen auch gerecht zu werden versuchte, kam es ihr manchmal vor, als sei das, was sie tun mußte, im Grunde genommen absurd. Muriel liebte es, daß Kochtöpfe so lange gescheuert wurden, bis man sich auf ihrem Boden spiegeln konnte. Es war sehr, sehr schwierig, den Boden eines Kochtopfs so sauber zu bekommen, daß er zum Spiegel wurde, und während sie scheuerte und scheuerte und gebannt auf ihr verschwommen auftauchendes Gesicht starrte, dachte Evie über die Sinnlosigkeit einer solchen Aufgabe nach. Dasselbe galt für die silbernen Gabeln, auch bei ihnen mußte man in den Griffen sein Gesicht erkennen können, aber diese Arbeit war wenigstens leichter. Evie mochte gern Silber putzen, es auf einem Filztuch ausbreiten, die Paste darauf verteilen und alles mit einem weichen Lappen blank polieren. Es war eine erholsame und, da sie oft sehr müde war, willkommene Aufgabe. Dasselbe galt für die Näharbeit, die ihr Muriel auftrug, obgleich es ihr anfänglich noch schwerfiel, einen Saum zu nähen, der so gerade war, daß er ihre Lehrmeisterin zufriedenstellte. Muriel hatte in puncto Weißnähen die höchsten Ansprüche. Sie akzeptierte keine unregelmäßigen Stiche, sie mußten schnurgerade verlaufen.

Manchmal unterbrach Muriel ihre eigene Arbeit, um mit ihr zu reden. Zwischen den beiden gab es zwar keine wirkliche Zuneigung, doch Muriel war, je älter Evie wurde und sich nach wie vor als folgsam erwies, umgänglicher geworden. Sie war nicht wirklich freundlich zu ihr, aber andererseits auch nicht barsch oder herzlos, und sie zeigte sich gelegentlich so besorgt um Evies Wohlergehen, daß es diese jedesmal überraschte und irgendwie irritierte. »Das ist doch kein Leben für ein junges Mädchen«, sagte sie plötzlich eines Morgens, als sie Evie den Steinfußboden der Küche scheuern sah, »aber schließlich haben wir alle das machen müssen, jedenfalls unsereins, arbeiten, arbeiten, arbeiten, was, Evie?« Evie blickte auf. Sie wollte die Arbeit hinter sich bringen, wollte keine Unterbrechung. »Du hast dort drüben etwas Schmutz übersehen«, sagte Muriel und wies mit ihrer Zehe auf die Stelle. Erleichtert machte Evie sich darüber her und säuberte sie. »Kein Leben«, wiederholte Muriel. »Du wärst hinter der Theke besser dran, was Ernest am liebsten hätte, wenn du nur wachsen würdest.« Wieder gab es eine Pause. »Wie alt bist du jetzt, Evie?« »Elf«, sagte Evie, »nächsten Monat.« »Ach ja«, murmelte Muriel, »März, ich erinnere mich, es war Herbst, als sie ging, das kommt hin, man sah ihr allmählich an, daß sie dich erwartete.« Evie scheuerte im gleichen Rhythmus weiter, doch jetzt wollte sie, daß Muriel nicht aufhörte zu sprechen. Es wurde etwas gesagt, etwas Wichtiges, wenn sie es nur verstehen würde. »Aber du bist klein für deine elf Jahre, wahrscheinlich hat sich deshalb bei dir noch nichts gerührt.« Evie hielt inne, sie verstand nur vage, was Muriel meinte. »Damals fingen die Probleme an«, sagte Muriel und seufzte. »Wie üblich, wenn überhaupt. Jedenfalls war's so bei deiner Mutter, sobald sie eine Frau war, von dem Moment an waren die Männer hinter ihr her, wobei ich sie in der Zeit gar nicht kannte. Ich habe sie später öfter gesehen, aber damals kannte ich sie nicht wirklich, es sind bloß Gerüchte, was da angeblich vorgefallen sein soll.«

Evie wußte, daß dies der richtige Augenblick war, Muriel nach Leah zu fragen, sich Klarheit über all die rätselhaften Bemerkungen zu verschaffen und ein für allemal herauszufinden, ob diese Leah wirklich ihre Mutter und am Leben oder tot war, aber es war zu schwierig, einen Anfang zu finden. Wo sollte sie beginnen? »Wer ist Leah? War sie, ist sie meine Mutter?« Ihr wurde klar, daß sie sich vor den Antworten fürchtete oder davor, daß es womöglich gar keine Antworten gab – lieber war ihr diese verschwommene, vage, gewissermaßen wohltuende *Vorstellung* von einer Mutter, als womöglich grausam enttäuscht zu werden. Sie hatte solche Sehnsucht nach einer Mutter, sie hing so sehr an ihren Phantasien, eine Mutter zu besitzen, daß ihr die Gefahr, sie zu verlieren und durch irgendeine grausame Wahrheit ersetzen zu müssen, unerträglich war.

Aber gerade daß sie die Fragen über ihre eigene Herkunft, denen die meisten Mädchen nicht hätten widerstehen können, nicht stellte, erwies sich letztlich als Vorteil für Evie. Hätte sie ihre Neugier offen gezeigt, wäre Muriel wie die Frauen gewesen, die mit ihrer Information hinter dem Berg halten, weil sie ihre Überlegenheit genießen, Dinge zu wissen, die die andere nicht wußte. Ernest hatte Muriel aufgetragen, dem Mädchen nichts über Leah zu erzählen. Er war darin ziemlich unerbittlich. »Am besten erfährt sie gar nichts«, hatte er gesagt. »Sie könnte auf komische Gedanken kommen, es würde nur zu Problemen führen, und davon hat es genug gegeben.« Aber als Evie dreizehn und, wie immer sie auch aussehen mochte, drauf und dran war, eine Frau zu werden, wußte Muriel, daß sie nie Probleme bereiten würde. Sie war ausgesprochen sanftmütig, ohne jede Spur von Launenhaftigkeit. Man konnte Evie gefahrlos alles erzählen, denn sie würde es weder jemandem weitersagen, da sie niemanden hatte, dem sie es hätte weitersagen können, noch übertrieben schockiert oder bestürzt reagieren. Muriel flocht also von nun an kurze Bemerkungen, Tatsachen über Leah, in ihre Monologe ein, die Evie, wenn sie wollte, aufschnappen konnte. Muriel war sich nicht darüber im klaren, ob das Mädchen es überhaupt wollte. Ihre Miene verriet nichts.

Und doch war ihr, als stellte sie in diesen Momenten der Offenheit an Evie eine ganz besondere Schweigsamkeit fest, die ihr das große Interesse des Mädchens verriet. Es wurde zu einer Art Spiel, und sie versuchte dabei, ihr eine Reaktion zu entlocken, und je öfter Muriel es spielte, desto unvorsichtiger wurde sie.

Als Evie im *Fox and Hound* ankam, schien sie ihren Familiennamen nicht zu wissen, ja nicht einmal, daß sie einen haben müßte. Erst als ihr Name bei der Anmeldung in der Schule aufgerufen wurde, stellte sie fest, daß ihr Nachname Messenger war und daß sie ihn mit Ernest und Muriel teilte. Sie war darüber damals überrascht und erfreut gewesen, es war, als bekäme sie ein Geschenk, und es gab ihr ein gewisses Gefühl von Verwandtschaft, das mehr besagte, als Ernest verkünden zu hören, er sei ein Vetter zweiten Grades. Als sie älter wurde, stiftete der gemeinsame Nachname bei anderen Verwirrung. Man dachte, sie sei Ernests und Muriels Tochter, und sie merkte, wie Ernest dies ärgerte, Muriel aber gefiel. »Sie ist nicht unser Kind«, hörte sie Ernest sagen, wenn er gelegentlich gefragt wurde, »sie ist das Kind meiner Cousine, ich hab sie angenommen.« Manchmal erkundigte sich der Fragende, weil die Messengers schon seit geraumer Zeit im *Fox and Hound* waren, von welcher Cousine die Rede sei, und dann pflegte Ernest zu sagen: »Leah Messenger, von denen aus Caldewgate, hatten das *Royal Oak*. Ihre Mam starb, und sie kam hierher, als sie genug von ihr hatten, aber manche haben lange Ohren, mehr sag ich dazu nicht.« Wurde die Frage jedoch Muriel gestellt, fiel die Antwort detaillierter aus, und es war nicht die Rede von langen Ohren. »Nein, sie ist nicht unser Kind, sie ist auch nicht von meiner Seite«, sagte Muriel dann, »sie ist das Kind von Ernests Cousine, Leah Messenger, aus der Carlisle-Linie. Wir haben sie bei uns aufgenommen, von ihrer Existenz wußten wir allerdings nichts, bis sie sechs war, und dann bekamen wir einen Brief, sie hatten Leahs Spur bis hierher zurückverfolgt. Die Kleine war in einem Heim und davor bei einer weiteren Messenger, der alten Mary, die hat hier früher mal gelebt, vor meiner Zeit, und als Mary starb, wurde die Kleine in ein Heim gesteckt.«

Auf einmal hatte Evie eine Geschichte, und obgleich sie eher spärlich ausfiel, hielt sie sich daran fest. Auch wenn ihre Großmutter nicht wirklich ihre Großmutter gewesen sein mochte, hatte sie doch wenigstens denselben Namen gehabt, und es gab eine Verbindung zwischen Mary und Leah, der Leah, die ihre eigene Mutter war. Ein kostbarer Gedanke, diese Verbindung zwischen Mary, Leah und ihr selbst. Muriel bestärkte ihn Schritt für Schritt. Als Evie mit vierzehn endlich ihre Periode bekam, sagte Muriel zu ihr, jetzt, wo es soweit sei, müsse sie sich in acht nehmen, sonst würde sie ihre Unschuld verlieren, und wenn sie ihre Unschuld verlöre, würde sie dasselbe Schicksal ereilen wie ihre Mutter Leah. »Denk dran, wie es ihr ergangen ist«, sagte Muriel, während sie Lumpen für Evie heraussuchte und sie anwies, sie erst gründlich zu waschen und dann für sich zu behalten. »Ihre Unschuld verloren, mit siebzehn, und das war's, das warst du, da stand sie auf der Straße und wußte nicht wohin, nimm dich also in acht, obwohl du so, wie du aussiehst, nicht dieselben Probleme haben wirst wie sie.« Ein andermal, als Evie spät vom Milchholen zurückkam, hieß es: »Wo bist du gewesen, hast doch hoffentlich nicht mit irgendeinem Burschen herumgeschäkert?« Evie, die keine Burschen kannte, schüttelte den Kopf und erklärte, der Milchwagen habe sich verspätet, weil die Erde an der Wegkreuzung aufgeweicht sei. »Nimm dich in acht«, sagte Muriel, »wenn du diese Straße entlanggehst, so hat's deine Mutter erwischt, sie ist die Straße entlanggegangen, und er ist ihr jeden Tag auf seinem Pferd entgegengekommen. Hat dich jemand angesprochen? Nein? Gut. Am besten, du bleibst für dich.«

Evie half jetzt endlich im Pub aus, doch nur wenn es ruhig war, wenn tagsüber die Stammgäste da waren, die genügend Geduld hatten und denen ihr Zögern und ihre Schwierigkeit mit dem Zapfhahn nichts ausmachten. Manche waren freundlich zu ihr und versuchten, sie zu necken, doch das verwirrte sie nur – sie fand es schwierig, gleichzeitig Bier zu zapfen, Geld zu kassieren und zu sprechen. Ernest holte sie immer schon lange, bevor es voll wurde, hinter dem Tresen hervor und schickte sie nach hinten in die Küche. »Du bist erhitzt«, sagte Muriel dann, »dein Gesicht ist ganz rot, Evie, jetzt siehst du schon eher aus wie Leah, sie hatte eine gesunde Gesichtsfarbe. Natürlich ist sie die ganze Nacht über im Pub geblieben, wie Fliegen hat sie die Männer angezogen, sie hätte ganz gleich wen haben können, sie hätte aus ihrem Aussehen Kapital schlagen können, wenn sie ihre Trümpfe richtig ausgespielt hätte.« Evie begann, die Abendbrotteller abzuwaschen, indem sie sie äußerst behutsam ins Spülbecken tauchte, um nur ja nicht Muriels Redefluß zu stören. »Aber er kam vorbei, auf seinem Pferd, und fand Gefallen an ihr, und danach ließ sie nicht mehr mit sich reden, sie war verrückt nach ihm, verrückt. Ich sprach mit ihr, ich sagte: ›Leah‹ – ich war damals frisch verheiratet mit Ernest, und wir waren im *Crown*, aber ich sah sie oft genug –, ich sagte: ›Leah, Mädchen, laß das sein, er wird dich zum Narren halten, er wird dich nehmen und dich verlassen und sich keinen Deut darum scheren‹, und bestimmt war sie sich darüber im klaren, hatte die Geschichten gehört, sie waren bekannt, aber nein, sie wollte nichts davon wissen, wollte nichts davon hören, sie nicht. Wenn sie eine Mum gehabt hätte, wäre es vielleicht anders gewesen, aber ihre Mum war tot und ihr Dad auch, und sie war in Caldewgate aufgewachsen und dann hierhergeschickt worden. Ihre Mam war das Kind von der Schwester von Ernests Vater, und sie zogen sie groß wie ihr eigenes, so wie wir dich großziehen.« Muriel nippte an dem Brandy mit Zitrone, für den sie eine besondere Vorliebe hatte, und blickte auf Evies über das Spülbecken gebeugten Rücken.

»Sie war hübsch anzusehen, deine Mutter, Evie.« Und dann, worauf Evie so lange gewartet hatte: »Vielleicht ist sie's ja jetzt auch noch, wer weiß, sie wird erst um die Dreißig sein, wo immer sie ist.«

So. Evie ließ sich jedes einzelne von Muriels undeutlich gesprochenen Worten wieder und wieder durch den Kopf gehen. Ihre Mutter konnte noch am Leben sein. Jedenfalls wußte man nicht eindeutig, ob sie tot war. Evie hatte sich, als sie Muriel an jenem Abend zuhörte, ziemlich matt gefühlt und war froh, ihr den Rücken zuzukehren, sonst hätte diesmal ihr Gesichtsausdruck ihre Erregung verraten können. Zu Anfang, als sie noch einmal darüber nachdachte, was sie jetzt wußte, hörte sich alles wunderbar an, aber dann, nach stundenlangem Grübeln, auch wiederum furchtbar. Ihre Mutter war nicht tot. Sie hatte sie also fortgegeben. Sie hatte sie nicht gewollt. Sie, Evie, war der Grund für Enttäuschung, Elend und Ruin gewesen, wenn man Muriel glauben konnte. Ihre Mutter hatte sie für immer und ewig verbannt, sie der alten Mary Messenger anvertraut und ihrem Schicksal überlassen. Als Mary starb, hatte sie sich nicht gemeldet und Anspruch auf sie erhoben. Sie hatte es zugelassen, daß sie in ein Heim kam. Aber dann erinnerte sich Evie daran, daß sie getauft worden war und eine Geburtsurkunde besaß. Bedeutete das ein gewisses Maß an Besorgnis um sie und ihr Wohlergehen? Der Gedanke an die Urkunde, an das Blatt Papier in der Dose mit den Schleifen, das dazu geführt hatte, daß sie von Ernest und Muriel angenommen worden war, beunruhigte sie. Sie besaß es nicht mehr. Die Blechdose mit den Schleifen hatte sie noch immer, sie hütete sie nach wie vor, doch das Papier war verschwunden, als Mrs. Cox sie ihr zurückgab. Ernest mußte es haben. Sie wünschte, sie hätte es, jetzt, wo sie seine ganze Bedeutung kannte. Vielleicht würde sie ja, wenn sie es hätte, ihre Mutter finden können. Doch ihr kam ein anderer Gedanke: Wenn ihre Mutter gefunden werden könnte, warum hatten dann die Leute, die Ernest und Muriel fanden, nicht zuerst sie gefunden? Sie konnte nur verschwunden sein. Es sei denn – und bei diesem Gedanken lief es Evie kalt den Rücken herunter –, ihre Mutter hatte bestritten, daß Evie ihr Kind war.

Evie konnte sich später nicht mehr daran erinnern, wann genau sie beschlossen hatte, daß ihr Leben nur das eine Ziel habe, ihre Mutter zu finden. Sie dachte vermutlich, daß es keinen bestimmten Zeitpunkt gab, an dem sie sich dazu entschlossen hatte, und bezweifelte, daß dieser Prozeß durch irgend etwas Besonderes beschleunigt worden war. Es war ganz einfach in ihr herangereift, dieses starke Gefühl zu wissen, was sie zu tun hatte, und auf seltsame Weise machte es sie glücklich. Sie würde nicht für immer und ewig im *Fox and Hound* bleiben und so schwer für Ernest und Muriel arbeiten, bei denen ihre Tage unendlich monoton und ohne Aussicht auf irgendeine Veränderung waren. Sie war fest davon überzeugt, daß es eine Veränderung geben und daß sie selbst sie herbeiführen würde. Sie würde ihren Verstand benutzen. Auch wenn sie nicht so hübsch war wie ihre Mutter, wußte sie doch, daß sie Verstand besaß, der ihr würde weiterhelfen können. Dieses wundersame Organ in ihrem Kopf beantwortete die Fragen, die sie ihm stellte, und sie staunte darüber, wie leicht das vonstatten ging, hatte sie erst einmal damit angefangen.

Wo und wie sollte sie mit der Suche nach ihrer Mutter beginnen? In Carlisle natürlich, wo sie einst mit Mary gewohnt hatte. Und wie konnte sie nach Carlisle gelangen? Mit der Kutsche. Wer würde die Fahrt bezahlen? Sie würde das Geld selbst zusammensparen müssen. Sehr schwierig. Sie hatte kein Geld, bis auf die seltenen Dreipencestücke, die ihr Fremde im Pub gaben, und die noch selteneren Sechspencestücke, die Muriel ihr an Markttagen in einer Anwandlung äußerster Großzügigkeit gnädig schenkte. Diese erbärmlichen Pennies würde sie sparen und, waren sie erst einmal zusammen, für ihr Fahrgeld verwenden müssen. Wo und wie sollte sie aber in Carlisle während ihrer Suche wohnen? Sie würde gleich bei ihrer Ankunft Arbeit finden und eine Kühnheit an den Tag legen müssen, die sie bislang noch nie verspürt hatte. Und wenn sie keine Arbeit fand? Wenn ihre Kleinheit und Schmächtigkeit und ihre schlichten Gesichtszüge die Dienstherren abschreckten? Was dann, Verstand?

Das war zu weit vorausgedacht. Sie hörte an dieser Stelle auf mit ihren Fragen und entschied sich für den eingeschränkten Schlachtplan, den sie erarbeitet hatte. Während sie sparte, während sie die kleinen Münzen in ihrer Blechdose mit den Schleifen sammelte und seufzte, weil sie sich so langsam füllte, entlockte sie Muriel auch noch die letzte Einzelheit, indem sie sich ganz einfach dazu zwang, hin und wieder ein ermutigendes Wort fallen zu lassen. »Du brauchst ein neues Kleid«, sagte Muriel, als Evies endgültige bescheidene Körpergröße mit siebzehn erreicht war, was sich daran zeigte, daß plötzlich die Knöpfe an ihrem Mieder nicht mehr zu schließen waren. »Wir machen es in einer anderen Farbe, dunkelblau steht dir nicht, versuchen wir lieber ein Braun, deiner Mutter stand Braun so gut zu ihrem Haar.« »Haar?« wiederholte Evie schüchtern. »Ihr Haar, wie Gold war es, und eine solche Menge, Wellen und Locken, alles. Du hast es nicht, du mußt deins von ihm haben, goldenes Haar und hellbraune Augen, so war Leah, nicht daß es ihr Glück gebracht hätte, sie war einfach nur sein Typ.« »*Sein* Typ?« wiederholte Evie, ein bloßes Raunen, jedoch laut genug. »Mr. Hochtrabend, Mr. Besserwisser, Mr. Heute-hier-und-morgen-über-alle-Berge. Hugo hieß er, eingebildet wie nur was, Hugo Todhunter, aber jetzt schämen sie sich für ihn, seine Familie wollte nichts mehr mit ihm zu tun haben, erst nach einer ganzen Weile, und weg war er, nach Kanada, hieß es.« Evie prägte sich den Namen ein. Er war leicht zu merken, sie fand es aufregend, ihn vor sich her zu sagen. Aber sie hatte kein Verlangen, nicht das geringste Verlangen, ihn, ihren Vater, aufzuspüren, er bedeutete ihr nichts. Sie hoffte nur, es würde ihr bei der bevorstehenden Suche nach ihrer Mutter helfen, daß sie seinen Namen kannte.

Es gab Todhunters im Dorf, aber sie glaubte nicht, daß die irgend etwas mit dem Mann auf dem Pferd, den Muriel beschrieb, zu tun hatten. Sie waren nicht eingebildet, sie waren Hufschmiede. Aber an der Straße nach Carlisle stand ein großes, etwas zurückversetztes Haus mit einer gebogenen Auffahrt, und Muriel hatte einmal, als sie daran vorüberfuhren, Ernest gegenüber erwähnt, daß die alten Todhunters es verfallen ließen. »Sieh's dir an«, hatte Muriel gesagt, »es müßte gestrichen, das Dach müßte repariert werden«, und Ernest hatte, als ihr Wagen in der Mittagssonne daran vorbeiratterte, hinübergeblinzelt und es eine Schmach und Schande genannt, daß dieses einst so schöne Haus so vernachlässigt wurde. »Hatten keinen Mut mehr, nachdem er fortgegangen war«, bemerkte Muriel. »Und der andere Sohn starb. Da war nur noch die Tochter, und sie hat geheiratet und ist fortgegangen, erinnerst du dich noch?« Das tat er allerdings, aber es interessierte ihn nicht. Dabei war es Ernest, der Evie einen weiteren Hinweis lieferte, einen Hinweis von größerer Bedeutung als fast das ganze Muriel-Gerede. Er hörte, wie Evie eines Tages im Waschhaus einen Choral vor sich hin sang. »Nun«, sagte er überrascht, »wenn auch sonst nichts, so hast du doch die Stimme deiner Mutter geerbt. 'ne Lerche war sie, und sie war im Kirchenchor, ging gern zur Kirche, das tat Leah, selbst bei Regen, selbst bei Schnee machte sie sich auf nach St. Kentigern's, kam oft klatschnaß nach Hause, aber das war ihr egal, sie liebte es, in der Kirche zu singen, nichts konnte sie davon abbringen.«

Evie unterbrach auf der Stelle ihren Gesang, die Überraschung und ihre Erregung ließen sie verstummen – sie besaß die Stimme ihrer Mutter, besaß etwas von ihr, etwas, das sie beide also miteinander verband, das sie endlich als die Tochter von Leah Messenger auswies. Sie kannte St. Kentigern's, obgleich es nicht die Kirche war, in die Muriel sie mitgenommen hatte. Muriel war Methodistin, und das Gotteshaus der Methodisten lag in der genau entgegengesetzten Richtung von St. Kentigern's, einer kleinen, düsteren Kirche mit einem inzwischen eingestürzten Glockenturm und so dicht von Zypressen umringt, daß sie beinahe verdeckt war. Evie hatte sie nie betreten, sie hatte sie nur von der Straße aus gesehen, doch jetzt beschloß sie, sie zu besuchen und nachzusehen, wo ihre Mutter gesungen hatte. Sie ging zu Fuß, etwa eine Meile, und während sie ging, dachte sie die ganze Zeit an ihre Mutter, die dasselbe getan, sich vielleicht ebenso frei gefühlt hatte, als sie aus dem Dorf geeilt war, durch die Hügel, bis die Straße sich senkte und sich vor ihr das prächtige Panorama einer Moorlandschaft öffnete, wie Evie sich auf einmal fühlte. Es war ein herrlicher Tag, der Himmel von wäßrigem Hellblau, mit großen Kumuluswolken, die der starke Ostwind darüber hinwegjagte. Evie ging hoch erhobenen Hauptes, und ihr Haar wehte vor ihr her, und ihr Rock blähte sich, während der Wind sie vorantrieb. Der Rückweg würde hart sein, wenn man dagegen ankämpfen mußte, jetzt aber half er ihr.

Es war Donnerstag, ein Spätnachmittag im März, und in der Umgebung der nun verfallenen Kirche St. Kentigern's war keine Menschenseele zu sehen. Wie dunkel sie wirkte, mit den finster dreinblickenden Bäumen davor und ihren von altem Moos bedeckten Steinmauern. Am Anfang des Weges, der zur Kirche führte, stand ein altes schmiedeeisernes Tor sperrangelweit offen und schlug im Wind. Evie schloß es behutsam hinter sich, wobei der abblätternde Rost an ihren Händen haftenblieb. Sie befürchtete, die Kirchentür könnte verriegelt sein, aber obgleich der Griff nur schwer nachgab, ließ sie sich beinahe mühelos öffnen. Im Innern roch es wie in allen alten vernachlässigten Gebäuden nach Feuchtigkeit, Schimmel und einer Spur abgestandenem Rauch. Es war eine sehr kleine Kirche. Evie zählte die Sitzreihen, nur sechs zu beiden Seiten eines ganz schmalen Ganges, Platz für höchstens sechzig Gläubige. Und wo hätte ein Chor singen können? Sie staunte. Es gab kein Chorgestühl, nur eine Reihe mit sechs Stühlen links vom Altar mit einem Holzgeländer davor.

Ihre Mutter mußte auf einem dieser Stühle gesessen haben und aufgestanden sein, wenn es Zeit war zu singen. Die Stimmen hatten wohl laut geklungen in diesem kleinen Raum, man brauchte keine starken Stimmen, um ihn mit Klang zu erfüllen. Evie wagte nicht, es auszuprobieren. Sie schlich vorsichtig den Gang entlang, wobei sie einmal auf ein Stück ausgefranster Matte trat, und blieb zögernd vor der Stufe, die zum Altar hinaufführte, stehen. Sie hätte so gern dort gesessen oder zumindest gestanden, wo ihre Mutter einst gestanden hatte, aber ihr fehlte der Mut, sich weiter vorzuwagen. Es war weit genug. Hierher war also ihre Mutter jeden Sonntag, ob bei Regen oder Sonnenschein, gekommen und hatte gesungen. Evie, die regungslos dastand, fiel ein, daß sie selbst natürlich auch schon, im Leib ihrer Mutter, hiergewesen war, und dieser Gedanke überraschte sie. Sie war also doch keine Fremde an diesem Ort. Hier hatte alles für sie angefangen. Hatte ihre Mutter, nachdem sie sich von ihr getrennt hatte, jedesmal, wenn sie in einer Kirche stand, daran gedacht? Wurde in ihr die Erinnerung an diese eine Kirche und an ihr Kind wach, wenn sie Choräle sang? Evie strich mit ihrer Hand sanft über die Ablage in der vordersten Bank. Sie war staubbedeckt. Sie schrieb »Evie«, dann schrieb sie »Leah«, dann zog sie ein Herz um die beiden Namen, wischte mit ihrem Ärmel darüber und löschte die Namen aus.

Ihre Mutter Leah war, ob bei Regen oder Sonnenschein, jeden Sonntag zur Kirche gegangen. War das etwas, was sie aufgeben würde? Evie, die den ganzen Rückweg gegen den Wind ankämpfen mußte, glaubte es nicht. Sie würde bestimmt, wo sie auch immer war, eine Kirche finden und dort singen. In Evie stiegen Bilder von Holy Trinity in Caldewgate auf, der Kirche, in der sie getauft worden war, eine prachtvolle, vornehme Kirche, ganz anders als St. Kentigern's. Sie würde Holy Trinity eines Tages besuchen, wenn sie nach Carlisle kam, sie würde an einem Sonntag gehen, zu einem Gottesdienst, und sich den Chor anhören. Und sie würde nach St. Cuthbert's am Ende der Gasse gehen, wo ihre Mutter sie abgegeben hatte, bei der Frau, die Evie für ihre Großmutter gehalten hatte, und sich auch deren Chor anhören, und damit wäre es noch nicht genug, sie würde, wenn nötig, in jeder Kirche in Carlisle, die einen Chor hatte, an Gottesdiensten teilnehmen. Sie hatte etwas in der Hand, an das sie sich halten konnte, und mit einemmal wurde die ständig in ihr wachsende Zielstrebigkeit so stark, daß sie es kaum erwarten konnte, mit der Suche nach ihrer Mutter zu beginnen. Sie verbrachte schlaflose Nächte, so erschöpft sie auch sein mochte, und bekam dunkle Ringe unter den Augen, bis Muriel schließlich verärgert fragte, ob sie krank sei. Evie schüttelte den Kopf. »Dann reiß dich um Himmels willen zusammen«, sagte Muriel. »Bei deinem jämmerlichen Anblick vergeht den Männern ja jede Lust auf ihr Bier, und was wird dann aus uns, he?«

Als Evie am 11. März 1905 achtzehn Jahre alt wurde, waren in der alten Blechdose mit den Schleifen 6 Pfund 4 Schilling und 6 Pence. Sie hatte dafür über drei Jahre sparen müssen, wobei jeder einzelne Penny zermürbende Arbeit und Selbstaufgabe bedeutet hatte. Sie war zum Aufbruch bereit wie nie zuvor. Niemand dachte daran, daß sie Geburtstag hatte, obgleich Muriel in der Woche vorher auf ihn angespielt hatte: »Du wirst nur ein Jahr älter sein als deine Mutter, als sie deinetwegen die Unschuld verlor, darum nimm dich in acht.« Aber nachdem sie diese völlig überflüssige Warnung ausgesprochen hatte, obwohl sie genau wußte, daß keine vornehmen Herren zu Pferde sich je herabgelassen hatten, den Tag mit der unscheinbaren kleinen Evie zu verbringen, besaß Muriel immerhin so viel Anstand, ein zwar wenig überzeugendes, doch einigermaßen liebevoll klingendes: »Aber du bist ein anständiges Mädchen, dagegen kann niemand etwas sagen, du hast uns nie Schwierigkeiten gemacht, ehrlich«, anzuhängen. Es gab keinerlei Belohnung dafür, daß sie nie Schwierigkeiten gemacht hatte, nicht einmal einen Glückwunsch zu ihrem Geburtstag, geschweige denn ein Geschenk. Evie war froh darüber. Das machte es einfacher für sie fortzugehen. Nur zwei Dinge bereiteten ihr Kopfzerbrechen. Sollte sie Muriel eine Nachricht hinterlassen oder nicht? Sie hielt es für ratsam, denn sie wollte nicht, daß man ihr eine Suchmannschaft hinterherschickte. Sie faßte sich kurz: »Liebe Muriel, ich bin fortgegangen, um mir eine andere Arbeit zu suchen. Ich schicke Dir meine Adresse, sobald ich eine Bleibe gefunden habe, Evie.« Und wo war die kostbare Geburtsurkunde, die die Vorsteherin von St. Ann's Ernest gegeben hatte? Sie brach nur ungern ohne sie auf, wagte aber nicht, weiter nach ihr zu suchen. Es tat ihr weh, daß das Papier für sie verloren zu sein schien, doch ihr blieb keine andere Wahl.

Alles in allem mußte sie mehr mitnehmen, als sie vermutet hatte. In den zwölf Jahren, die sie im *Fox and Hound* zugebracht hatte, war sie von Muriel zwar nicht modisch, aber doch gut eingekleidet worden, die, wie sie immer sagte, nicht wollte, daß sie in Sack und Asche herumlaufe. Sie hatte jedes Frühjahr ein Kleid für den Sommer und jeden Herbst eins für den Winter geschneidert bekommen und immer gute Stiefel und Schuhe getragen, obgleich Ernest sich über die Unkosten bitter beklagt hatte. Von den eigens für sie angefertigten Sachen paßten ihr noch vier Kleider, und sie nahm sie alle mit, dazu ihre neuen schwarzen Stiefel und ihre Sonntagsschuhe. Ihr Mantel war erst kürzlich ausgebessert worden, und er war aus gutem, schwerem Tweed, außerdem besaß sie zwei Kappen, die beide durchaus brauchbar waren. Handschuhe, Strümpfe, Unterröcke und Hemden, alle oft getragen, aber nicht schäbig, ließen den Stapel auf ihrem Bett in einer Weise anwachsen, daß sie erschrak. Sie konnte all das unmöglich tragen, wußte aber auch, daß, falls sie es nicht tat, Muriel ihr die Sachen nicht nachschicken würde. Sie mußten also irgendwie in eine Tasche gestopft und nach Carlisle gebracht werden. Eine alte, von einem Untermieter zurückgelassene Reisetasche, die Evie in Muriels Auftrag hätte verbrennen sollen, weil sie ein Loch hatte und nach Tabak stank, würde groß genug sein. Evie besserte das Loch aus und wickelte jeden Gegenstand in altes Zeitungspapier, in dem – vergeblichen – Bemühen, sie vor dem Geruch abgestandenen Rauchs zu bewahren. Es gelang ihr, alles unterzubringen, weil aber der Schnappverschluß sich nicht schließen ließ, mußte sie die beiden Seiten mit einer Schnur zusammenhalten.

Das Gewicht ihres Bündels erschreckte sie. Sie war zwar kräftig, aber die Tasche konnte sie nur tragen, indem sie sie mit beiden Armen umschlang, wie ein Baby. Das Problem, sie aus dem *Fox and Hound* bis zur Wegkreuzung zu schaffen, wo sie die Kutsche nach Carlisle abfangen wollte – sie hatte gesehen, daß sie dort hielt, obgleich es keine offizielle Haltestelle war –, schien ihr unlösbar. Die Kreuzung war eine Meile entfernt und die Hälfte des Weges von kleinen Häusern gesäumt, aus denen sie beobachtet werden konnte, um es Muriel oder Ernest zu berichten, möglicherweise noch rechtzeitig genug, um sie zurückzuhalten. Sie hatte keine Ahnung, ob der Cousin ihrer Mutter und dessen Frau das Recht hatten, sie zurückzuhalten, jedenfalls war allein der bloße Gedanke an irgendeinen unerfreulichen Vorfall entsetzlich. Sie mußte die Tasche in der Nacht zur Wegkreuzung bringen und, selbst auf die Gefahr hin, daß sie entdeckt und gestohlen würde, dort stehenlassen.

Als sie den Plan erst einmal geschmiedet hatte, war seine Ausführung nicht so schwierig, wie sie befürchtet hatte. Nach acht Uhr abends arbeitete sie nicht mehr im Pub, auch jetzt noch nicht, und es war einfach, sich hinauszustehlen, während Ernest und Muriel sehr beschäftigt waren. Sie holte eine Schubkarre aus dem Schuppen und fuhr ihre kostbare Tasche die eine Meile bis zur Wegkreuzung, immer darauf bedacht, nur ja im Schatten zu bleiben – ein leichtes, da lediglich an einer Seite der Dorfstraße Lampen standen, die nur ein schwaches Licht gaben. Am schwierigsten war es, sich auf der letzten halben Meile zurechtzufinden. Nachdem das Dorf endlich hinter ihr lag, herrschte pechschwarze Nacht, keine Sterne, kein Mond, nicht der geringste Anhaltspunkt, um die Straße von der Moorlandschaft zu unterscheiden. Immer wieder trat sie auf sumpfiges Gras, obgleich sie sicher gewesen war, sich geradeaus die Straße entlang zu bewegen. Nur das weiße Schild half ihr, als es endlich in Sicht kam, und dankbar beschleunigte sie ihren Schritt. Auf der anderen Straßenseite verlief dort, wo die Kutsche halten würde, ein Graben. Sie hatte ihn tags zuvor ausfindig gemacht und knapp zehn Meter von der Wegkreuzung entfernt eine Stelle mit einem Stück Sackleinen gekennzeichnet. Sie ließ ihre Tasche darauf fallen, zog das Sackleinen darüber und verteilte vorsichtshalber ein paar nasse Blätter über das Versteck. Mehr konnte sie nicht tun.

Ihre letzte Nacht im *Fox and Hound* glich insofern ihrer ersten, als sie wie damals tief schlief und sehr früh aufwachte. Sie kannte Muriels und Ernests Tagesablauf und Gewohnheiten in- und auswendig und wußte genau, wie sie ihrer Achtsamkeit entgehen konnte. Evie war immer um sechs in der Küche, um den Herd zu säubern, Feuer zu machen und das Teewasser aufzustellen. An diesem Tag stand sie um fünf Uhr auf, zog sich an, machte schön säuberlich ihr Bett und schlich nach unten. Sie machte den Herd sauber und bereitete ein letztes Mal das Feuer vor, ohne es jedoch anzuzünden oder sich irgend etwas zu essen oder zu trinken zu machen. Noch vor sechs stand sie an der Wegkreuzung, denn sie wußte, daß es frühmorgens nur eine Kutsche gab und sie, ohne wie sonst vor dem *Fox and Hound* anzuhalten, vorbeifuhr. Sie wußte, daß sie möglicherweise nicht für sie allein an der Wegkreuzung halten würde, hatte aber versucht, jeden Gedanken an eine solche mögliche Katastrophe zu verdrängen. Sie hatte vor, sich mitten auf die Straße zu stellen, mochte es auch gefährlich sein, denn sie wußte, daß der Kutscher, wenn er den Hügel hinunterfuhr, einen weiten Ausblick haben und sie wohl kaum übersehen würde. Er mußte anhalten, und sie war fest entschlossen, daß er sie mitnahm, obgleich sie keine Ahnung hatte, wie sie ihre Entschlossenheit zeigen sollte.

Es war noch nicht ganz hell, als sie um die letzte Kurve bog und das Schild sah. Es schien kaum möglich, aber dort stand bereits jemand, jemand, der zusehen würde, wie sie ihre Tasche hervorholte, jemand, der gewiß annehmen würde, daß sie von zu Hause weglief. Doch sie mußte durchhalten; ihr blieb nichts anderes übrig. Es war ein Mann, der trotz Mantel und Schal und Hut in der frühlingshaften Morgenluft fröstelte. Er stampfte mit den Füßen und blies in seine Hände, als Evie näher kam, und sah ebenso verblüfft aus wie sie. Evie ging mit gesenktem Kopf vorüber und fand ihre Tasche und begann, sie aus dem Graben zu zerren. Der Mann mußte ihr unweigerlich zusehen. »Was machen Sie denn da?« rief er, dann hörte sie zu ihrer Überraschung seine Schritte auf der Straße, die sich ihr eilig näherten. »Brauchen Sie Hilfe?« sagte er, und obgleich Evie den Kopf schüttelte, beugte er sich herab und schwang sich die Tasche über seine Schulter. »Na, na, ich wette, Sie werden sicher nicht wollen, daß man Ihnen Fragen stellt, oder?«, und er faßte sich an die Nase. »Sie nehmen wohl auch die Kutsche nach Carlisle?« Evie nickte. »Dann sind wir ja zu zweit. Jetzt wird sie halten müssen.« Sie kehrten zum Schild zurück und standen nebeneinander, wobei der Mann in bester Laune leise vor sich hin lachte. »Keine Fragen«, sagte er immer wieder und starrte Evie an, die kein einziges Wort von sich gab. »Dann stellen Sie mir aber auch keine«, sagte der Mann. »Das ist doch nur fair, oder?« Evie nickte. »Nur eins noch …«, begann der Mann, doch Evie sollte nie erfahren, was das war, denn die Kutsche kam den langen Weg hügelabwärts so schnell heruntergeprescht, daß sie sich nicht vorzustellen vermochte, wie sie rechtzeitig anhalten konnte.

Doch sie konnte es. Der Mann wuchtete ihre Tasche nach oben, half dann ihr hinauf – das Geld reichte nur für einen Sitzplatz im Freien – und begab sich selbst ins Innere der Kutsche. Sie saß ganz allein feierlich oben auf der Kutsche von Newcastle nach Carlisle und hatte die ganze Fahrt über einen herrlichen Ausblick.

Kapitel 6

Sie wollten zusammen in Urlaub fahren, alle drei, möglicherweise würde es ihr letzter gemeinsamer Urlaub sein. Das dachte zumindest Catriona, nicht aber Shona. »Bald wirst du fort sein«, sagte Catriona, wie es schien, seit Jahren. »Bald wirst du fort sein, auf eigenen Beinen stehen.« Es klang wie der klagende Schrei eines Vogels, so traurig und dabei so dringlich, als erflehte sie irgendeine Art von Widerspruch. Shona widersprach jedoch nie. Ja, bald würde sie tatsächlich fort sein, und sie war froh darüber. Sie würde dort draußen ihr eigenes Leben führen, und das wollte sie auch, und ihre Mutter würde sie nicht zurückhalten können. Sie würde nach London gehen, auf die Universität, und Jura studieren, und niemand würde sie daran hindern können. Sie würde Karriere machen, erfolgreich sein, all das, was ihre Mutter nie gewesen war.

Zu wissen, daß all das unmittelbar bevorstand, erfüllte Shona mit großer Zufriedenheit. Sie brauchte nur noch ihre Prüfungen zu bestehen, die erforderlichen Noten zu bekommen, und das war's dann. London war der einzige Ort, der für sie in Frage kam, daran zweifelte sie nicht. Sie war bereit, sich den vielen Menschen, dem Lärm, ja sogar der, wie es hieß, hinter jeder Straßenecke lauernden Gewalt zu stellen. Ihre Ungeduld war groß, doch je näher ihr Ziel rückte, desto mehr war sie bereit, geduldig mit dem Kummer ihrer Mutter umzugehen. Es war schließlich auch traurig, das sah sie ein, wenn die einzige Tochter, das einzige Kind, einen verließ und es nicht im geringsten bedauerte. Sie wollte freundlich sein und willigte daher gnädig in den beabsichtigten Urlaub anläßlich ihres achtzehnten Geburtstags ein. Selbstverständlich würde sie zu Ostern mit ihrer Mutter und ihrem Vater verreisen. Es fragte sich nur, wohin.

»Irgendwohin, wo es heiß ist?« schlug Catriona vor. »Nach Südfrankreich? Spanien?« Shona zog die Augenbrauen hoch. Sie waren nie ins Ausland gefahren. Archie sagte immer, er habe genug vom Ausland und ziehe Rothesay oder die Isle of Arran vor. Shona wollte jedoch nicht nach Südfrankreich oder Spanien reisen. Sie mochte Schnee, keine Hitze, Ski fahren, nicht am Strand herumliegen. Sie war mit ihrer Schulklasse in den österreichischen Alpen Ski gefahren – das hätte sie gern an ihrem achtzehnten Geburtstag getan, aber sie konnte es unmöglich vorschlagen. Das wäre kein Familienurlaub, denn ihre Mutter konnte nicht Ski fahren und haßte Kälte, und obgleich ihr Vater als junger Mann vor dem Krieg in Norwegen Ski gefahren war, hatte er jetzt Arthritis im Knie und konnte nicht mehr fahren. Shona überlegte lange. März war kein sehr günstiger Monat für einen Familienurlaub. Vielleicht wäre ja eine Stadt das beste. Paris? Sie sehnte sich eigentlich danach, eines Tages allein dorthin zu reisen und nicht mit ihren Eltern im Schlepptau. Inzwischen war die Miene ihrer Mutter angstverzerrt. Shona wollte es ihr so gern recht machen. »Wohin auch immer du möchtest«, sagte sie und versuchte, vergnügt zu klingen, »du entscheidest.« »Aber es ist doch dein Geburtstag«, sagte Catriona, »*du* mußt entscheiden.«

Am Ende gaben die Umstände den Ausschlag, so kam es Shona jedenfalls vor. Ihr Vater kehrte Mitte Februar nach sechswöchiger Abwesenheit zurück. Er war müde und sprach von einer letzten Reise, danach wolle er sich pensionieren lassen. Tatsächlich hatte er sich bereits für diese Reise verpflichtet, und sie sollte eine Woche nach Shonas Geburtstag von Bergen aus losgehen. »Oh, Archie«, sagte

Catriona, »Archie! Du wußtest doch, daß sie Geburtstag hat, du hast versprochen, daß wir zusammen verreisen, wie konntest du nur. Wohin können wir denn jetzt noch fahren?« Ihr Vater sah bestürzt aus. »Mum!« sagte Shona vorwurfsvoll. In letzter Zeit hatte sie häufig das Gefühl, sie müsse ihrem Vater beistehen, ganz besonders jetzt, wo ihre Mutter maßlos verärgert war. »Ich weiß«, sagte sie strahlend, »laßt uns doch alle nach Bergen, nach Norwegen reisen, und dann kann Dad von dort aus in See stechen, und du und ich können nach Hause zurückkehren, Mum.«

»Nein!« sagte Catriona. Shona starrte sie an. Die Heftigkeit, die sich hinter diesem knappen Wort verbarg, war erschreckend und der Gesichtsausdruck ihrer Mutter beunruhigend.

»Warum denn nicht?« sagte sie. »Ich wollte schon immer mal nach Norwegen fahren, weißt du noch, weißt du noch, wie ich, als ich klein war, dorthin reisen wollte und sehen, wo ich geboren wurde? Wir könnten nach Oslo fahren und dann …«

»Nein!« rief Catriona wieder.

»Mum!« Aber Catriona war vom Tisch, an dem sie alle drei saßen, aufgestanden und hatte angefangen, die Teller abzuräumen, wobei sie auf höchst ungeschickte Weise mit ihnen klapperte. Shona sah, daß ihre Hände zitterten. »Was um Himmels willen ist denn so schlimm an Norwegen?« fragte sie. »Ich meine, mir ist es egal, wohin wir fahren, und wenn es in Dads Pläne paßt …« Catriona hatte den Raum verlassen. Shona wandte sich ihrem Vater zu und sagte: »Was ist nur los mit ihr? Was ist eigentlich los?«

Archie zündete seine Pfeife an und sagte nichts. Shona wartete, während eine seltsame Vorahnung die Trägheit, die normalerweise bei Mahlzeiten im Kreis der Familie in ihr aufkam, verfliegen ließ. Sie war neugierig wie sonst nur selten, wenn es mit ihrer Mutter zu tun hatte. Catriona umgaben keinerlei Geheimnisse. Sie war eine leicht zu durchschauende Person. Als bei einem Schulaufsatz einmal das Thema »Meine Mutter« gestellt wurde, war Shonas gewöhnlich flüssiger Stil ins Stocken geraten. Was hätte sie schreiben sollen? Wie konnte sie ihre Mutter interessant erscheinen lassen? Es gab nichts als Fakten, die übliche Geschichte ihrer Geburt in Cambuslang im Jahr 1916 als jüngstes von vier Kindern und ihrer ganz und gar unspektakulären Ausbildung an der Hamilton Academy, bevor sie als Schalterbeamtin im Postamt eingestellt wurde und zu der schwindelnden Höhe einer Postmeisterin des städtischen Postamtes aufstieg – es war alles langweilig, bis sie ihren Kapitän bei der Handelsmarine heiratete. Und selbst danach war nichts Nennenswertes vorgefallen, all die Jahre war sie die brave kleine Hausfrau in verschiedenen Teilen Schottlands und gelegentlich ein paar Monate im Ausland, wie in Bergen, auch dann immer nur als Hausfrau. In den Augen der jungen Shona nichts, über das zu schreiben es sich lohnen würde. Ihre Mutter hatte, abgesehen von Stricken und Nähen, weder Hobbys noch Interessen. Es war peinlich gewesen, krampfhaft nach Material zu suchen, während es davon zum Thema »Mein Vater« in Hülle und Fülle gegeben hätte. Ihre Mutter war ein offenes Buch mit unbeschriebenen Seiten.

Doch jetzt stand plötzlich etwas auf einer Seite. Auch wenn ihr Vater sich eine Pfeife anzündete und gelassen wirkte, wußte Shona, daß er es nicht war. Er war angespannt, seine Schultern waren hochgezogen, und mit der freien Hand trommelte er auf den Tisch. Beide warteten darauf, daß Catriona wieder auftauchte, niemand sprach ein Wort. Als sie nach fünf Minuten noch immer nichts von ihr hörten, stellte Shona das restliche Geschirr zusammen und brachte es in die Küche. Ihre Mutter stand da und sah aus dem Fenster, während das Wasser im Kessel neben ihr unbeachtet kochte. Shona hörte, wie er sich ausschaltete. Ihre Eltern tranken nach dem Abendessen immer Tee. Die Teekanne stand mit Tassen und Untertassen auf einem Tablett bereit. »Soll ich den Tee machen?« sagte Shona, aber ihre Mutter ergriff den Kessel, goß Wasser in die Kanne und ging zurück ins Eßzimmer. Shona lief hinter ihr her und fühlte sich immer mehr wie ein kleiner Hund, der nicht weiß, ob er in Ungnade gefallen ist oder nicht, seinem Besitzer auf den Fersen folgt.

»Ich dachte, du hättest Hausaufgaben auf?« sagte ihre Mutter.

»Hab ich auch.«

»Dann geh und mach sie.«

»Ich will aber wissen, ob wir nach Norwegen fahren oder ...«

»Nein!« sagte ihre Mutter erneut in dem Augenblick, als ihr Vater »ja« sagte.

Seine Stimme war zwar ruhiger, aber bestimmter. »Ich halte es für eine gute Idee«, sagte er. »Wir hätten schon längst dorthin fahren sollen.«

Plötzlich herrschte absolute Stille, die allein von Archies Paffen unterbrochen wurde. Überrascht blickte Shona von einem zum anderen und konnte es kaum glauben, daß zwei Menschen sich auf eine Weise durchzusetzen versuchten, wie sie es nie zuvor getan hatten. Ihre Eltern waren sanfte Leute. Sie schrien nicht und gerieten auch nie in Rage. So gut wie nie waren sie aus der Fassung zu bringen oder wurden laut, und eine überschwengliche Ausdrucksweise war ihnen fremd. Mit ihnen zu leben hieß, in einem stillen See versunken zu sein, dessen Oberfläche durch nichts gekräuselt wurde. Und mit einemmal wurde dieses Gewässer durch einen ziemlich schockierenden, offenkundigen Konflikt aufgewühlt.

»Also wirklich«, sagte Shona, »was ist nur los mit euch beiden? Seltsam, warum die ganze Aufregung?«

»Geh und mach deine Hausaufgaben«, sagte Catriona, wobei sie jedes einzelne Wort langsam und deutlich aussprach, ihre Stimme hatte sich wenigstens wieder beruhigt.

»Nein«, sagte Shona. »Du behandelst mich, als wäre ich ein Kind. Das tu ich nicht, nicht, bis du mir gesagt hast, was eigentlich los ist. Ich bin kein Kind mehr, du kannst mich nicht einfach abwimmeln. Es geht auch um meinen Urlaub, meinen Geburtstag, ich habe das Recht zu wissen, warum du so außer dir bist, nur weil ich Norwegen vorgeschlagen habe, was in Dads Pläne paßt.«

»Du wirst es noch früh genug erfahren«, sagte Archie, »nur nicht jetzt. Wir werden nach Norwegen reisen. Wir werden nach Oslo fahren, es wird dir gefallen, und dann vielleicht den Hardangerfjord hinauf, in Ulvik oder Voss Station machen und schließlich in Bergen ankommen. So werden wir's machen. Und jetzt verzieh dich, Shona, mehr läßt sich heute abend nicht dazu sagen.«

Shona sah von ihrem Vater, der äußerlich zwar ruhig war, aber eine entschlossene Autorität ausstrahlte, die sie nie zuvor an ihm bemerkt hatte, zu ihrer Mutter hinüber, die sich, über das Tablett gebeugt, mit den Händen so fest an den Tisch klammerte, daß ihre Knöchel ganz weiß waren. Ihr Gesicht war hinter ihrem Haar verborgen, das sich aus den kleinen Kämmen gelöst hatte und zerzaust überall herabhing. Sie hatte nie Erbarmen mit ihrer Mutter gehabt, nur eine nüchterne, überhebliche Art von Mitgefühl für ihre Schwäche, jetzt aber war es anders. Catriona schien sich geschlagen zu geben, nur in was für einer Art Spiel oder kleinem Privatkrieg war ihr ein Rätsel. Ihr guter, freundlicher, liebevoller Vater hatte sie irgendwie besiegt, und sie wußte das. Beklommen ging Shona zur Tür, wobei ihr seltsamerweise bewußt war, daß sie hoffte, ihre Mutter würde wieder aufleben und sich rächen. Sie wollte sie nicht geschlagen zurücklassen. Aber es gab keine Revanche. Als Shona nach oben in ihr Zimmer ging, hörte sie nur das Klappern der Teelöffel in Teetassen und ein Husten ihres Vaters und dann Schweigen.

Das Schweigen hielt Tag für Tag in den darauffolgenden Wochen an, bis zu ihrer Abreise nach Norwegen. Kein wirkliches Schweigen, da alle üblichen Nettigkeiten, alle belanglosen Gespräche innerhalb der Familie aufrechterhalten wurden, nur daß Catriona sich nicht belanglosem Geplauder hingab und dessen Ausbleiben auffiel. Shona wunderte sich, wie sehr sie es vermißte, obwohl es ihr doch sonst immer auf die Nerven gegangen war, die Berichte, was sie in diesem oder jenem Laden erlebt, was jemand in einer Warteschlange zu einem anderen gesagt habe, wie das oder jenes teurer geworden und daß es ein Skandal sei. Jetzt aber blieb es aus, sie vermißte die Geborgenheit der monotonen, harmlosen Litanei. Bei den Mahlzeiten fühlte sie sich in einer Weise unwohl, wie sie es nie vermutet hätte. Auf ihr lastete eine Verantwortung, vor der sie zurückschreckte. Wenn es eine wirkliche Unterhaltung geben sollte, mußte sie von ihr kommen, in Form eines Monologs, und dem fühlte sie sich nicht gewachsen.

Es war geradezu eine Erleichterung, für die verflixten Ferien zu packen, auch wenn ihr die nächste Woche Angst einjagte. Zumindest wußte sie, daß sie bald vorüber sein und daß das, was auch immer zwischen ihren Eltern im argen lag, ein Ende finden würde, jedenfalls vermutete und hoffte sie das. Aber wo blieb der Spaß an diesen Familienferien? Ihre Mutter bereitete sich darauf vor, als müsse sie ins Gefängnis, faltete die Kleidungsstücke zusammen und legte sie in einen Koffer, als würde sie sie vielleicht nie wieder herausnehmen, wobei sie unentwegt seufzte. »Um Himmels willen, Mum«, sagte Shona, »das ist lächerlich, du bist so unglücklich, das kann doch nicht wahr sein.«

»Dir ist es also nicht egal?« sagte Catriona.

»Was? Was zum Teufel soll das heißen? Natürlich ist es mir nicht egal, es macht mich genauso unglücklich.«

»Ach ja, das geht natürlich nicht.«

»Mum! Da haben wir's wieder, was hat es zu bedeuten, daß du plötzlich so sarkastisch und bitter klingst?«

»Ich kann sarkastisch und bitter sein, wann ich will. Das ist nicht allein dein Vorrecht.«

»Hey, hör mal, mir reicht's, du kritisierst mich, dabei habe ich überhaupt nichts getan.«

»Nein.«

»Na also. Warum dann diese Behandlung, warum läßt du mich leiden?«

»Ich glaube nicht, daß du leidest, Shona. Ich glaube nicht, daß du weißt, was es heißt zu leiden.«

»Jesus!«

»Lästere nicht, das hilft nichts.«

»Und ob, es hilft sogar gewaltig ...«

»Ich hör nicht hin. Ich hasse Fluchen.«

»Und ich hasse dicke Luft. Es ist schlimmer als fluchen, mit einer Trauermiene herumzulaufen und niemandem zu sagen, warum. Warum fluchst du nicht einfach und wirst es los, was auch immer dir auf dem Herzen liegt?«

»So bin ich nun mal nicht. Ich werde die Dinge nicht los. Du, du bist diejenige, die alles herausplappert. So ist das heute, jedem alles erzählen, ganz gleich, ob man es lieber für sich behalten sollte.«

»Oh, mein *Gott*!«

Verärgert ließ Shona ihre Mutter stehen und ging ihre eigenen Sachen packen. Wenigstens gab es keine Streitereien mehr wegen ihrer Kleidung oder darüber, wie sie aussah. Hosen, Pullover, ein Anorak, alles in dunklen, unauffälligen Farben, das war neuerdings ihr Stil, und ihr Haar, das so viele Kommentare provoziert hatte, war straff zu einem Zopf zusammengebunden und nicht länger im Weg. Sie war eine ernsthafte Schülerin und sah dementsprechend aus, ihre Eltern hatten allen Grund, stolz auf sie zu sein. Beide gingen zu Elternabenden, um sich von jedem Lehrer das Loblied auf sie anzuhören, und waren höchst erfreut. Shona wußte, daß man über sie sagte, sie sei ihrem früheren Trotz und ihrer Eigenwilligkeit »entwachsen«. Jetzt ging sie ihren Freunden auf die Nerven, weil sie so hart arbeitete und sich nicht mehr amüsierte. Sie wußten nicht, was mit ihr passiert war. Aber Shona wußte es. Sie hatte ein Ziel, und nichts würde sie davon abbringen können.

Natürlich wußte das auch ihre Mutter. Shona sah ihr an, daß sie den Grund für ihren Eifer und ihren Gehorsam, für ihren unbeirrbaren schulischen Fleiß und dafür, daß sie sich nicht mit Freunden traf, kannte. Sie hatte ihn verstanden und war besorgt. Manchmal, vor allem an Samstagabenden, sagte ihre Mutter jetzt: »Gehst du nicht aus, Shona? Wer immer nur arbeitet, ist ein schlechter Gesellschafter, das weißt du doch.« »Dann bin ich eben eine schlechte Gesellschafterin«, erwiderte Shona und verkniff sich die Bemerkung: »Genau wie du.« Es war seltsam. Jetzt, wo sie zu Hause blieb, war es ihrer Mutter genausowenig recht wie damals, als sie es mit dreizehn oder vierzehn fertiggebracht hatte, ständig unterwegs zu sein. Catriona mochte gesellschaftliche Konventionen, mochte es, wenn ihre Tochter das tat, was die anderen taten, wenn sie normal war, Durchschnitt. Das hatte sie schon immer gewollt – nichts Auffallendes, nichts Abweichendes im Verhalten ihrer Tochter. Als Shona ihre Kleider in eine Reisetasche stopfte, hätte sie ihre Mutter am liebsten mit hineingestopft und das Ganze im Meer versenkt. Sie konnte all die Traurigkeit und Angst nicht ertragen, und der Gedanke daran, dies eine ganze Woche ununterbrochen über sich ergehen lassen zu müssen, war zu viel – das wird vielleicht eine Geburtstagsfeier! Ein glücklicher letzter gemeinsamer Urlaub sollte es werden, und nun wurde er wahrscheinlich so furchtbar, daß sie ihn nie vergessen würde.

Sie flogen nach Oslo, verbrachten dort drei Tage und besuchten das Kon-Tiki-Museum und den Vigeland Park und die Akershus Festung und all die anderen Sehenswürdigkeiten, von denen Archie meinte, Shona müsse sie kennenlernen. Sie bemühte sich, begeistert zu sein, aber die Langeweile drang ihr aus allen Poren. Sie fühlte sich wie ein kleines Kind, das gehorsam seinen Eltern überallhin folgt, während sie darauf warteten, wie sie reagieren würde. Die Schlafenszeit war eine Wohltat. Sie ging unter dem Vorwand, müde zu sein, immer früher zu Bett. Am vierten Tag wurde es besser, als sie sich zum Hardangerfjord aufmachten, von Oslo aus eine vierstündige Fahrt. Der Schnee hatte früh begonnen zu schmelzen, und entlang der Straße ergossen sich überall Sturzbäche in spektakulären Kaskaden die Berge hinab. Doch weiter oben waren die dunklen Tannen nach wie vor von schweren Schneeschichten bedeckt. Es war daher ein leichtes, die Schönheit der wilden, zerklüfteten Landschaft lauthals zu bestaunen, und selbst Catriona brach ihr mürrisches Schweigen und zeigte sich ergriffen vom Anblick des ersten Fjords.

Sie erreichten also gutgelaunt Ulvik am Hardanger und quartierten sich im *Pensjonat* nicht weit vom Fjord ein. Die Sonne schien auf die hübschen bunten Häuser und auf das tiefblaue Wasser des Fjords, und Shona genoß es, einfach nur an der frischen Luft zu sein und nicht, eingesperrt in Gebäuden, irgendwelche Dinge ansehen zu müssen. Als sie aber am nächsten Morgen nach Bergen weiterfuhren, waren ihre Eltern wieder einer Art Depression verfallen, die sie sich nicht erklären konnte. Sie konnte weder die Stimmung zwischen den beiden verstehen noch herausfinden, ob sie sich wieder gestritten hatten. Beide hatten versteinerte Gesichter, Catrionas Gesicht war weiß und faltig, Archie sah finster aus hinter seinem Bart, als müsse er seine Wut unterdrücken. Diesmal sagte niemand etwas über die Schönheit der Gegend, durch die sie fuhren, obgleich sie sogar noch beeindruckender war als am Tag zuvor. Die Sonne wurde überall von den weißen Birkenzweigen eingefangen, in die sich die dunkleren Farbtöne der spätwinterlichen Landschaft mischten, und ließ die Berge unterhalb der Schneegrenze aufleuchten. Es war unmöglich, sich von der großen Helligkeit und Klarheit nicht begeistern zu lassen, doch als Shona das sagte, reagierten ihre Eltern nicht. Die ganze Fahrt nach Bergen, eine Stunde lang, sprachen sie nicht, und sie fühlte eine Distanz wachsen zwischen sich und ihren Eltern.

Bergen begeisterte sie. Sie hatte nicht diese Farbigkeit erwartet, als sie sich aber der Stadt näherten, war diese von einer ungewöhnlichen Mittagssonne beleuchtet und wirkte gelbbraun und golden, wobei die vielen roten Giebeldächer und ockerfarbenen Häuser unter ihrem Blick miteinander zu verschmelzen schienen. Shona war sofort stolz darauf, hier geboren zu sein, und selbst als sie durch den modernen Teil der Stadt fuhren und sie feststellte, daß diese durchschnittlicher war als zunächst vermutet, fühlte sie sich zu ihr hingezogen. Die sieben Berge, die die Stadt umgaben, waren wie ein Schutz, und ihr gefiel es, sich wie in einem Amphitheater zu fühlen. Sie wohnten nicht wie in Oslo in einem Vier-Sterne-Hotel, sondern in einer kleinen Pension nahe dem Fischmarkt in einer kleinen ansteigenden Straße mit Häusern, deren Dächer sich beinahe berührten. Ihre Mutter, bemerkte Shona, schien darüber nicht glücklich zu sein, doch ihr Vater sagte bloß: »Hier haben wir gewohnt«, als wäre damit alles gesagt. »Es ist laut«, bemerkte ihre Mutter, »es war schon immer zu laut«, worauf er jedoch nichts erwiderte.

Am nächsten Morgen klopfte Archie um sieben Uhr an Shonas Tür, als sie noch fest schlief. »Shona?« rief er. »Steh bitte auf, wir müssen uns früh auf den Weg machen, bevor der Verkehr zu dicht wird.« Sie stöhnte, stand aber auf, weil sie zunächst dachte, sie würden weiterreisen, erinnerte sich aber dann, daß sie ja die letzten zwei Tage, bevor sie und ihre Mutter nach Hause fliegen würden, hierblieben. Heute wollten sie den Ort aufsuchen, wo sie geboren worden war. Nur noch ein Tag, an dem sie versuchen mußte, die folgsame, pflichtbewußte Tochter zu sein. Aber sie war gereizt, als sie unten ihre Eltern traf, und mehr noch, als es hieß, sie solle nur etwas Kaffee trinken, weil man sogleich aufbrechen wolle und sie später würde essen können. Die Sonne hatte die Luft noch nicht erwärmt, und als sie nach draußen traten und zu ihrem Auto gingen, war es bitterkalt. Shona fröstelte und wickelte sich den Schal noch enger um den Hals, während sie über das vereiste Pflaster zu ihrem Auto schlidderten. Catriona war in lauter Schals vergraben und hatte ihre Pelzkappe bis über die Ohren gezogen, während Archie der Kälte keinerlei Beachtung schenkte und seinen Mantel nicht einmal richtig zugeknöpft hatte.

Die Fahrt dauerte nur kurz, und dann standen sie vor einem Gebäude, das ganz offensichtlich ein Krankenhaus war. Shona räusperte sich. Sie war hungrig. Von der kalten Luft hatte sie einen Bärenhunger bekommen. »Dad?« sagte sie, doch Archie starrte vor sich hin, seine Hände hielten noch immer das Lenkrad fest, aber der Motor war abgestellt. »Dad? Bin ich hier, bin ich, ich meine, hier geboren?« Er schwieg weiter, rutschte nur ein wenig auf seinem Sitz hin und her. »Mum? Hier ist es, ja?« Catriona nickte. »Nun«, sagte Shona und versuchte zu lachen, »ein toller Ort, was? Ich bin zutiefst gerührt, aber ich verhungere gleich, können wir jetzt gehen?« Ein Krankenwagen bog mit Sirenengeheul in die Einfahrt ein. »Wir können hier nicht stehenbleiben, Archie«, sagte Catriona mit heiserer Stimme, »wir sind im Weg, wir müssen weiterfahren.« Archie ließ den Motor erneut an. »Möchtest du hineingehen?« fragte er Shona, die skeptisch aussah. »Hineingehen?« wiederholte sie. »Dad, bitte, ein Krankenhaus ist ein Krankenhaus, warum sollte ich hineingehen wollen?« Sie fuhren also dorthin zurück, wo sie das Auto über Nacht geparkt hatten, und gingen wieder in die Pension und nahmen ein spätes und, was Shona betraf, reichliches Frühstück ein. »Komisch«, sagte sie, den Mund noch halbvoll, »als ich klein war, habe ich mir den Ort, an dem ich geboren wurde, immer so romantisch vorgestellt. Ich sah so eine behagliche kleine Art Blockhütte vor mir, ähnlich der, in der Heidi lebte, ganz in Schnee eingebettet, mit Rauch, der aus dem Schornstein aufsteigt, und Dad, der sich seinen Weg durch den Schnee bahnt, und du, Mum, bringst mich in einem großen hölzernen Bett mit Felldecke zur Welt. Kindisch, was?« Worauf sie die beiden anlächelte und sich mehr Butter für ihren Toast nahm.

»Sehr kindisch«, sagte Catriona, »so war es ganz und gar nicht.«

»Nein. Das habe ich gerade gesehen, es war ein ganz gewöhnliches Krankenhaus, nichts Romantisches.«

»Nein«, sagte Catriona mit belegter Stimme, »nichts Romantisches.«

»Nur«, sagte Shona noch immer mit vollem Mund, »daß alle Geburten romantisch sein müssen, also aufregend, ich meine, sie müssen überwältigend sein, ganz gleich, wo sie passieren. Du warst doch auch aufgeregt, Mum, oder?«

»Ja«, sagte Catriona, und über ihr unbewegliches Gesicht begannen Tränen zu laufen. Shona hörte auf zu essen. So sahen keine Tränen aus, die von glücklichen Erinnerungen ausgelöst werden. Sie legte vorsichtig ihren Toast hin und sah sich im Raum um. Er war noch immer voller Leute, die ihr Frühstück beendeten. »Mum«, flüsterte sie, »was ist los?«

Catriona schüttelte den Kopf und holte zu Shonas Erleichterung ein Papiertaschentuch hervor und drückte es auf ihre tränennassen Augen. »Archie wird es dir sagen«, flüsterte sie.

»Dad?« sagte Shona mit einem mulmigen Gefühl im Magen. »Was ist? Was ist los?«

»Nicht hier«, zischte Archie mit gequälter Miene. »Später, später.«

Danach standen sie eilig auf und trotteten alle drei mit gesenktem Kopf aus dem Raum, als wollten sie sich für irgendeine Blamage entschuldigen. Auf der Straße blieb Archie, der den Frauen um ein paar Schritte vorausgelaufen war, einen Moment lang stehen, als treffe er eine spontane Entscheidung, die nur er treffen konnte, dann eilte er schnellen Schrittes davon, ohne sich umzusehen, ob sie ihm folgten. »Also wirklich«, murmelte Shona gekränkt. Catriona klammerte sich an ihren Arm, aus Angst, auf der spiegelglatten Straße auszurutschen, weil sie versuchten, mit Archie Schritt zu halten. Er führte sie dorthin, wo die Seilbahn den Berg hinauffuhr, und bevor sie ihn einholten, hatte er schon für ihre Fahrt bezahlt. So früh am Morgen war kaum jemand in der Gondel, und alle setzten sich auf getrennte Fensterplätze. Oben angekommen, stieg Archie aus. »Bleiben wir hier?« fragte Shona. »Wohin gehen wir? Wohin kann man hier gehen?«

»Nirgendwohin«, sagte Archie, »wir bleiben einfach hier, bis die nächste Gondel kommt.«

Die drei waren schon bald allein. Die Sonne war jetzt ganz aufgegangen, sie schien von Minute zu Minute stärker, und es war ganz angenehm, an das Geländer gelehnt, auf die Stadt hinabzublicken, die sich entlang der Küste erstreckte. Ohne nach links, zu Shona, oder nach rechts, zu Catriona, zu blicken, begann Archie zu sprechen. Shona hörte ihm anfangs kaum zu, da die Worte einfach nicht zu ihr durchdrangen. Sie hatte damit gerechnet, daß ihr Vater einen Reisebericht, einen kleinen Vortrag über die Geschichte von Bergen halten oder wehmütig von all der Zeit schwärmen würde, die er hier oder ganz in der Nähe verbracht hatte. Sie wollte ihm zuhören, Interesse zeigen, spürte aber, daß sich ihre Aufmerksamkeit den in den Hafen einlaufenden Schiffen zuwandte, und sie fragte sich neugierig, woher sie wohl kamen und was sie wohl geladen hatten. Doch dann realisierte sie, daß sie gerade etwas Seltsames vernommen hatte.

»Was?« sagte sie. »Tut mir leid, ich habe nicht zugehört, tut mir leid, was hast du gesagt?« Ihr Vater legte seinen Kopf in die Hände und stützte sich mit den Ellbogen auf dem Geländer auf. »Dad, tut mir leid, was hast du gesagt? Sag es noch einmal, etwas darüber, wie es war, als ich geboren wurde, oder?« Sie war sicher, daß es das war, aber sie war ebenso überzeugt davon, daß etwas an der Familiengeschichte ungewöhnlich war, daß das Wort »Geheimnis« gefallen war.

»Ich kann nicht alles noch einmal wiederholen«, sagte ihr Vater mit gedämpfter Stimme. Eine weitere Kabine näherte sich, mit sehr viel mehr Passagieren. Shona wartete. Andere Neuankömmlinge gesellten sich zu ihnen und begannen, in die Ferne zu deuten und zu fotografieren. »Laßt uns hinunterfahren«, sagte ihr Vater. Er sah entsetzlich aus. »Dad«, sagte sie, »was ist los? Was ist denn nur?« – aber er schüttelte nur den Kopf und lächelte fast, ein mattes Lächeln, das ihn sehr kläglich aussehen ließ.

Den ganzen Tag lang ahnte Shona, daß ein Unheil bevorstand, ohne sich jedoch vorstellen zu können, wie diese Katastrophe aussehen würde. Immer wieder musterte sie erst das Gesicht ihrer Mutter und dann das ihres Vaters und versuchte, sich das Schlimmste auszumalen. Aber was war das Schlimmste? Ihrer beider Tod, vermutete sie. War das der Grund für diese gespannte Atmosphäre, diesen ständigen Druck, der seit so langem auf ihnen allen lastete? Hatte das, was ihr Vater ihr zu erzählen versucht hatte, mit der altbekannten Geschichte ihrer Geburt zu tun? Einer der beiden war todkrank, und man hatte sie hierher gebracht, wo sie geboren war, um ihr die Nachricht zu eröffnen. Aber es ergab keinen Sinn, keinen Zusammenhang, und sie wies, wütend über sich selbst, den Gedanken von sich. Es mußte eine andere schlechte Nachricht sein, weniger unheilvoll, weniger niederschmetternd, aber immer noch ernst genug, um ein solches Angstgefühl auszulösen, und eher dazu geeignet, während eines letzten Familienurlaubs enthüllt zu werden. Als die drei wie benommen durch Bergen wanderten, glaubte Shona plötzlich zu wissen, worum es ging: Scheidung. Das würde eine Art Sinn ergeben – ein letzter Familienurlaub – das Ende der *Familie* – zurück zu deren Anfängen, um ihr die Nachricht schonender beizubringen ... Eine Art Sinn, doch nicht genug. Was für ein seltsamer Gedanke, daß ihre Eltern sich trennen könnten, wo sie doch schon eine Ewigkeit zusammen und immer glücklich miteinander waren. Für wen wäre es schlimmer? Für ihre Mutter natürlich. Ihre Befürchtungen wuchsen. Sie würde ihre Mutter nicht allein lassen können. Ihre Mutter würde bemitleidenswert sein und sich an sie klammern. Sie fühlte sich immer unwohler.

Am Abend aßen sie in einem Restaurant, von dem ihr Vater sagte, daß er es gut kenne. Während er das sagte, starrte er Catriona unverwandt an. »Wir kamen immer hierher«, sagte er, »und sprachen über dich, Shona.«

»Nicht hier«, sagte Catriona, »bitte, Archie, nicht hier, nicht jetzt.«

Shona wandte sich an sie. »Mum«, sagte sie, »den ganzen Tag heißt es ›nicht hier‹, ›nicht jetzt‹. Ich kann es keine Minute länger ertragen. Du siehst fürchterlich aus, Dad sieht fürchterlich aus, ich *fühle* mich fürchterlich. Es tut mir leid, daß ich nicht zugehört habe, als ihr mir zu erzählen versucht habt, was auch immer mir erzählt werden soll, aber jetzt höre ich zu. Erzählt es mir.«

Archie rührte in der dicken Fischsuppe.

»Nicht an einem öffentlichen Ort«, sagte Catriona. »Vielleicht ist es ja besser an einem öffentlichen Ort«, murmelte Archie. »Das zwingt uns, vernünftig zu sein.«

»Das finde ich auch«, sagte Shona, obwohl sie sich nicht darüber im klaren war, ob das stimmte. Würde sie weinen? Würde ihre Mutter weinen? Würde es eine Szene geben? Sie konnte kaum still sitzen, zappelte herum, nahm ihre Serviette und zerknautschte sie heftig zu einem Ball, den sie am liebsten irgendwohin geworfen hätte. Archie, der seine Suppe von sich weggeschoben hatte, blickte sie seufzend an, und sie sah in seinen Augen nicht etwa Traurigkeit, sondern Wut, und sie wußte, dies hatte nichts mit Scheidung zu tun.

»Wir waren sehr dumm«, sagte er. »Vor allem ich. Dumm, vielleicht wirst du auch denken, gemein. Wir sehnten uns so sehr nach dir, Shona, du kannst dir nicht vorstellen, wie sehr. Deine Mutter …« Er hielt inne.

Shona wurde langsam ungeduldig. »Ja«, drängte sie, »sprich weiter, ich weiß, Mum hatte sich immer ein Kind gewünscht, und sie hatte eine Fehlgeburt gehabt und noch eine und dann die Totgeburt, und dann kam ich, das weiß ich alles.«

»Nein«, sagte Catriona. Sie war rot geworden. Shona sah, daß ihr blasses Gesicht eine häßliche hochrote Farbe angenommen hatte. »Nein, du weißt nicht alles. Du kamst auf andere Weise zu uns.«

»Catriona, ich dachte, wir hätten abgemacht …«, begann Archie.

»Ich weiß, was wir abgemacht haben. Ich habe meine Meinung geändert. Ich schaffe es schon. Ich sollte diejenige sein. O Gott …« Die Kellnerin war gekommen, um das Geschirr abzuräumen und zu fragen, ob sie noch etwas wünschten. Sie warteten. Shonas Herz schlug heftig. Kaffee wurde serviert und eingeschenkt. Ihre Mutter schien es zu beruhigen, die heiße Tasse zu halten. »Ich sollte diejenige sein«, wiederholte Catriona. »Ich möchte es ihr erzählen. Ich sollte es tun. Shona …«, und sie wandte sich Shona zu, die neben ihr saß, und sah ihr mit einer solchen Entschiedenheit ins Gesicht, daß es berührend war zu sehen, welche Überwindung es sie kostete. »Shona, eigentlich ist es ganz einfach, selbst wenn alles so kompliziert klingt. Ich wünschte mir ein Baby. Ich war beinahe vierzig und verzweifelt. Wir hörten von diesem Mädchen in Bergen, um das sich Miss Østervold kümmerte, die dein Vater im Krieg kennengelernt hatte. Dieses Mädchen erwartete ein Kind und konnte es nicht behalten. Wir kamen hierher und erkundigten uns, und als du geboren wurdest, war alles geregelt. Es war schwierig zu arrangieren, sehr schwierig, aber wir adoptierten dich. Wir hatten dich vom Augenblick deiner Geburt an bei uns. Ich hielt dich, als du gerade eine Stunde alt warst, in meinen Armen und dachte, du wärst mein Kind. Du warst so sehr meins, daß ich wirklich daran glaubte. Ich flehte deinen Vater an, bei meinem Plan mitzumachen und so zu tun, als hätte ich dich geboren ...«

»Ich war dumm«, sagte Archie.

»Nein, ich war verrückt«, sagte Catriona. »Du mußtest mir gehören, ich glaubte daran. In dem Augenblick, als ich dich sah und in den Armen hielt, bildete ich es mir ein. Du *gehörst* mir. Aber dein Vater ...«

»Es ist dein gutes Recht, Shona«, sagte Archie. »Du bist achtzehn, wir werden älter, du hast das Recht, die Wahrheit zu erfahren, und zwar von uns.«

»Es war nicht notwendig, aber dein Vater ...«

»Es war, es ist notwendig«, sagte Archie. »Ich halte es für notwendig. Aber ich hoffe, daß sich dadurch für uns nichts ändert. Das hoffe ich.«

Sie warteten beide. Wie froh war sie über den öffentlichen Ort, den Lärm und das geschäftige Treiben in dem überfüllten Restaurant. In einem stillen Raum hätte sie es nicht ausgehalten – nur die beiden, in schweigender Erwartung. Noch willkommener war, daß die Rechnung gebracht wurde und die Frage, ob man noch mehr Kaffee wünsche, und die üblichen damit verbundenen Transaktionen. War sie leichenblaß geworden? Konnte man ihr die Gänsehaut, die sie auf ihrer Haut spürte, anmerken? Sie hob eine Hand, um sich das Haar aus der Stirn zu streichen, da zuckte ihre Mutter zurück. Sie mußte etwas sagen, und zwar rasch. »Ich würde gern etwas trinken«, sagte sie mit peinlich krächzender Stimme. »Whisky oder sonst was, Dad?« Archie bestellte drei Schnäpse, obgleich die Rechnung bereits bezahlt war. Er erhob sein Glas, wie um ihr schweigend zuzuprosten. Sie tat es ihm nach und war froh, daß ihre Hand nicht zitterte. Sie räusperte sich. »Es ist einfach unglaublich«, sagte sie matt. »Ich kann das alles gar nicht fassen.« Dann überlegte sie einen Augenblick. Ihre Mutter beugte ihren Kopf demütig vornüber, während ihr Vater wieder entspannt und er selbst zu sein schien, zufrieden, verbindlich und gelassen. »Wer weiß davon?« fragte sie schließlich. »Weiß es Oma McEndrick?«

Catriona schüttelte den Kopf. »Niemand weiß es«, sagte sie, »überhaupt niemand, bis auf Miss Østervold und ihre Freundin, und die sind tot.«

»Stellt euch nur vor«, sagte Shona, »wenn man die Karten auf den Tisch legen würde. Es ist unglaublich.«

Sie konnten nicht die ganze Nacht im Restaurant sitzen bleiben. Um elf gingen sie und wanderten durch die dunklen Straßen zur Pension. Dort angekommen, standen sie betreten im winzigen Nebenzimmer. »Ich bin müde«, sagte Shona. »Ich kann nicht mehr denken.« »Geh zu Bett«, sagte Catriona. Auch sie sah erschöpft aus. Es schien Shona nicht richtig, ins Bett zu gehen und die beiden allein zu lassen mit ihren Mutmaßungen – und die stellten sie sicher an –, wie sie sich wohl fühle, aber Shona konnte es kaum erwarten, allein zu sein. Sie umarmte alle beide betont überschwenglich, auch wenn sie sich nicht überwinden konnte, ihnen zu sagen, daß sie sie liebe. Sie sagten sich nie solche Dinge, sie würden falsch und unaufrichtig klingen. Aber sie drückte jeden fest an sich und lächelte, als wollte sie ihnen sagen, daß sich nichts geändert habe. Als sie in ihrem Zimmer und die Tür, die ihre beiden Zimmer miteinander verband, geschlossen war, merkte sie, daß sie zitterte, ohne jedoch sagen zu können, ob vor Erregung oder Entsetzen. Sie legte sich ins Bett und zog das dicke Plumeau über sich, kauerte sich zusammen und dachte nach. Ihr war nicht nach Weinen zumute. Sie fragte sich, ob sie sich irgendwie anders fühlte, und wußte, daß dem nicht so war. War Archie für sie noch immer ihr Vater und Catriona ihre Mutter? Ja, selbstverständlich, daran bestand für sie kein Zweifel. Sie hätte es ihnen gleich sagen sollen, es hätte spontan sein müssen, und sie schämte sich, daß sie es nicht getan hatte. Sie brauchten Beteuerungen, alle beide. Morgen würde sie ihnen beteuern, wie sehr sie sie liebe, immer wieder. Nichts hatte sich geändert. Doch. Das stimmte nicht. Sie wälzte sich im Bett hin und her, stand auf, um ein Glas Wasser zu trinken, stand da und blickte aus dem Fenster auf die schlafende Stadt. Irgendwo an diesem Ort hatte ein Mädchen gelebt, das sie weggegeben hatte. Wer war sie? Was war aus ihr geworden? Irgendwo dort draußen in der weiten Welt lebte dieses Mädchen mit der Erinnerung an ein Kind, das sie weggegeben hatte. Bei dem Gedanken an sie empfand Shona großes Mitleid, und endlich kamen ihr die Tränen. Armes, armes Mädchen, sie würde den Rest ihres Lebens unter diesem Schatten verbringen. Oder war der Schatten schon seit langem verflogen und alle Erinnerung an dieses Baby verdrängt? Nein. Shona sagte sich, daran könne sie nicht glauben. Nein. Sie könne unmöglich auf solche Weise verbannt worden sein.

Jedenfalls spielte es keine Rolle. Sie hatte keine, nicht die geringste Wahl. Das Bedürfnis, ihre Mutter kennenzulernen, war dringlich und zwingend, und sie würde es nie leugnen können. Sie würde sie ohne Rachegefühle ausfindig machen, nicht irgendeiner vergangenen Sünde wegen, sondern allein, um sich über sich selbst klarzuwerden. Ihre Mutter war sie selbst, oder vielmehr war sie im konkreten Sinn aus ihrer Mutter hervorgegangen, und sie konnte der Versuchung nicht widerstehen herauszufinden, was sie von ihr geerbt hatte. Ich werde ihr keinen Schaden zufügen, dachte Shona, aber ich muß sie kennenlernen, und was kann ihr das schon schaden?

Zweiter Teil
Leah – Hazel

Kapitel 7

Leah starrte jeden, der sie anstarrte, ihrerseits an, nicht etwa mit einem trotzigen, sondern mit einem stolzen Blick. Sie empfand keinerlei Scham oder Verlegenheit, und das kam in ihrer Haltung zum Ausdruck. Sie war schon immer erhobenen Hauptes und aufrecht einhergegangen, hatte sich nie in sich zusammengekauert, wie so viele Mädchen es taten, aber jetzt schien sie ihre selbstbewußte Haltung noch zu betonen. Sie versuchte auch nicht, ihre Schwangerschaft zu verbergen. Sie ließ ihren Mantel offen, es durfte keine einengenden Knöpfe geben, und das Kind, das sie trug, zeichnete sich bereits deutlich ab. Sie sah die Blicke, die sich auf ihren gewölbten Bauch richteten, dann auf den Ring an ihrem Finger und schließlich auf ihr Gesicht, und lächelte, vorwurfsvoll oder feindselig, je nachdem, wie der Ausdruck in den Augen der andern war. Die Leute wußten, daß sie nicht verheiratet war, da sie ja mit Sicherheit davon erfahren hätten, wenn eine Hochzeit zwischen Leah Messenger aus dem *Fox and Hound* und Hugo Todhunter von Moorhouse Hall stattgefunden hätte. Sie waren empört, daß sie einen Trauring trug, und doch sprach niemand sie direkt darauf an, wie sie es sich beinahe gewünscht hätte.

Der Ring war, wie alle Ringe, ein Symbol. Hugo hatte gesagt, es gäbe kein Gesetz, nach dem eine Frau rechtmäßig verheiratet sein müsse, um einen Ring an dem Finger zu tragen, der allgemein dem Trauring vorbehalten war. Sie dürfe nicht sagen, sie sei verheiratet, denn das entspräche nicht der Wahrheit – sie sei sowohl nach den Gesetzen der

Kirche als auch nach denen des Landes nicht verheiratet –, doch gäbe es absolut nichts, was sie daran hindern könne, einen Ring zu tragen, wenn sie das wolle. Und das wollte sie. Sie sah ihn gern dort, eine funkelnde Erinnerung an die Zeit, als Hugo ihr seine unsterbliche Liebe und Treue geschworen hatte, nachts, in der kleinen Kirche St. Kentigern's, erleuchtet von den Kerzen, die er mitgebracht hatte. Er hatte alle Gelöbnisse der Trauungszeremonie aus dem Gebetbuch nachgesprochen, indem er sowohl die Rolle des Priesters als auch des Bräutigams übernahm, und sie ihre Gelöbnisse, mit vor Nervosität bebender Stimme, obgleich niemand da war, der es hätte hören können. Es gab keine Musik, doch als sie die Kerzen löschten und gemeinsam den Mittelgang entlanggingen, wobei ihre Schuhe durch die abgewetzte Matte hindurch über den Stein scharrten, hatte draußen eine Eule gerufen, und dann, als alles stumm war, sang eine einzige Nachtschwalbe unter dem hochsommerlichen Mond. »Perfekt«, hatte Hugo geseufzt, »perfekt.«

Oh, er war ein so romantischer Liebhaber! Es war ihr schwergefallen, ihn ernst zu nehmen. Ihre spontane Reaktion an jenem ersten Tag, als er sein Pferd auf der Straße zum Stehen brachte und abstieg, war Spott gewesen. Sie war nicht romantisch. Ihr Leben war hart gewesen, und sie hatte sich damit abgefunden und nie versucht, diese harte Realität zu leugnen, indem sie sich in Tagträume flüchtete. Sie war noch keine sechzehn und war sich doch schon dessen bewußt, wie gefährlich ihre Schönheit sein konnte, wie sehr dazu angetan, sie zum Freiwild zu machen. Sie verachtete Schmeichler, wandte sich von denen ab, die sie mit Komplimenten überhäuften. Keine Bardame hätte sich besser darauf verstanden, Männern das Gefühl zu geben, man verachte sie, und doch war sie weder ihrer Unnahbarkeit wegen verhaßt, noch provozierte ihre Geringschätzung Wut oder den Wunsch, sie gedemütigt zu sehen. Sie wurde respektiert und war sich dessen bewußt und machte sich diesen Respekt zunutze. Hugo respektierte sie von Anfang an. Er machte nie den Versuch, sie zu betätscheln oder mit ihr zu flirten. Die erste Begegnung war beispielhaft. Er ging neben ihr, hielt sein Pferd am Zügel und sagte auf dem ganzen Weg zurück zum *Fox and Hound* nicht mehr als: »Würden Sie erlauben, daß ich Sie ein kleines Stück begleite?«, worauf sie bloß mit den Achseln zuckte. Er verbeugte sich, als sie den Pub erreichten, und das war alles. Dies tat er wieder und wieder, Tag für Tag, er kam ihr auf dem Weg entgegen, stieg vom Pferd, fragte sie, ob er sie begleiten dürfe, lief wortlos neben ihr her, verbeugte sich und verschwand.

Aber Leah war nicht dumm. Alles war nur Mittel zum Zweck, und je subtiler und origineller die Mittel, desto mehr galt es, den verborgenen Zweck im Auge zu behalten. Sie glaubte, ihn zu durchschauen, als er ihr am Ostersonntag Lilien schenkte und damit hoffte, seiner grenzenlosen Bewunderung für ihre bezaubernde Schönheit Ausdruck verleihen zu dürfen. Sie wußte, daß von ihr erwartet wurde, zu erröten, sich zu zieren und ihm zu danken, und das würde er dann als ein Zeichen nehmen, um zu dem überzugehen, was am Ende wahrscheinlich eine ganz gewöhnliche Verführung wäre. Aber sie tat nichts von alldem. Inzwischen wußte sie alles über ihn. Sie hatte Geschichten über sein wildes Leben gehört, darüber, daß er nur deshalb in diesen trostlosen Teil der Welt zurückgekehrt sei, weil man wegen Geld hinter ihm her war, und daß seine Eltern es ihm mittlerweile gegeben hatten, die ihn schon mehr als einmal vor dem Gefängnis bewahrt hätten. Er sei ein Schurke, und sie wußte, daß er einer war, und würde nicht auf ihn hereinfallen. »Danke für Ihre Lilien«, hatte sie züchtig gesagt, »sie werden auf dem Altar, wenn der Pfarrer sie annimmt, sehr hübsch aussehen, und was meine Schönheit betrifft, vor Gott sind wir alle schön.« Sie hatte es mit strenger Miene und dem nötigen Ernst gesagt, aber später hatte sie über das Erstaunen und die Bestürzung in seinem Blick gelacht. Wenn er sie für tief religiös hielt, um so besser.

Sie wurden ständig beobachtet. Eine Straße, die leer zu sein schien, war niemals ohne Augen, die einen von irgendwoher beobachteten. Sie blickten von einer Hütte auf einem Hügel herab oder durch eine Hecke, wo ein einsamer Pflug über ein Feld geführt wurde. Er mochte sich dessen nicht bewußt sein, aber sie war es und freute sich darüber. Die Gewißheit, beobachtet zu werden, bestimmte ihr Verhalten. Sie hatte heimliche Zuschauer und gab eine Vorstellung für sie. Diejenigen, die ihr versteckt nachspionierten, sollten über sie sagen, daß sie Hugo Todhunter nie den kleinen Finger gäbe, ihm nie erlaube, sich auch nur die geringsten Freiheiten herauszunehmen, daß sie sich gegen seine unerbetenen Annäherungsversuche gefeit zeige. Aber sie war nicht gefeit, und das zu verheimlichen war am allerschwersten. Sie war nicht gefeit gegen sein Aussehen und fühlte sich deshalb schuldig. Es war ihrer Meinung nach falsch, einen Mann wegen seines Aussehens zu bewundern. Es war dumm, genauso dumm, wie an die Wirkung des eigenen Aussehens zu glauben. Das war die Art Anziehung, die sie fürchtete und vor der sie auf der Hut war. Dabei galt Hugo Todhunter allgemein nicht als gutaussehend. Er war nicht groß oder breitschultrig genug, um als wirklich gutaussehender Mann zu gelten, und die Frauen drehten sich nicht auf der Straße nach ihm um. Aber ihr gefiel sein Aussehen, sein struppiges, ungekämmtes Haar, die dunkle Farbe seines Haars und seiner Augen, seine Beweglichkeit, sein gebräunter Teint, nicht gerötet, sondern olivfarben, und seine konzentrierte Miene. Er schien immer zu horchen, während sie schweigend zusammen die Straße hinuntergingen, und das machte sie neugierig.

Es wurde von Mal zu Mal schwieriger zu schweigen, und sie war es, die am Ende das Schweigen brach, indem sie ihn gereizt fragte, warum er darauf bestehe, sie in dieser

Weise auf der Straße zu begleiten. »Sind Sie dessen überdrüssig? Soll ich Sie in Ruhe lassen?« sagte er, und sie war
so schwach zu sagen, es sei ihr einerlei, sie wundere sich
nur über die Sinnlosigkeit des Rituals. Er sagte, für ihn sei
es nicht sinnlos, es bereite ihm im Gegenteil große Freude
und Genugtuung, er habe aber an jedem Tag, an dem er
sie treffe, große Angst, fortgejagt zu werden wie ein Hund.
»Wie könnte ich Sie fortjagen?« rief sie verächtlich aus.
»Das ist ein freies Land, dies ist eine öffentliche Straße.«
Er sagte, sie brauche nur ihren Unwillen kundzutun, wenn
er an ihrer Seite erscheine, und er werde es nie wieder wagen. Genau zu diesem Zeitpunkt hätte sie ihren Unwillen
kundtun sollen, aber sie schwieg und verriet durch ihr
Schweigen ihr Interesse. Es machte ihn kühner. Er begann
zu reden, wenn auch nicht so, wie sie es sich vorgestellt
hatte. Er erzählte ihr Dinge, ein wenig Historisches aus
der Gegend, kleine Anekdoten aus seiner Kindheit. Er
stellte ihr niemals Fragen und schien schon mit der ober-
flächlichsten Antwort zufrieden zu sein. Und noch immer
verbeugte er sich, wenn sie das *Fox and Hound* erreichten,
und verließ sie, ohne je den Pub zu betreten.

Es vergingen Wochen, Monate, und nichts änderte sich,
nur das Wetter. Beim ersten heftigen Schneefall konnte
sie nicht auf die Straße gehen und war schockiert über
ihre eigene Bestürzung. Sie würde ihn nicht sehen, und
das betrübte sie über alle Maßen. Eine Woche lang blieb
der Schnee liegen. Sie dachte, er würde sie vielleicht suchen und zu ihr kommen, falls er sie so vermißte, wie sie
ihn vermißte, aber er ließ sich nicht blicken, und sie rügte
sich, daß sie ihn erwartete. Sie träumte jede Nacht von
ihm und wachte erregt auf, obgleich sie in ihrem Traum
nichts anderes getan hatten, als zusammen zu gehen, wie
sie es immer taten. Gleich als der Schnee schmolz, war sie
auf der Straße und wagte kaum, nach ihm Ausschau zu
halten. Ihr wurde ganz schwach vor Erleichterung, als sie
ihn hinter sich herangaloppieren hörte. Den ganzen Win-

ter blieb es so – der Schnee, die Unmöglichkeit, zu Fuß zu gehen, die Sehnsucht nach ihm, die geheime Freude, wenn sie ihn wiedersah.

Im Frühling machte er einen Vorstoß. Sie wußte, daß es das war, ein Vorstoß: Sie erkannte ihn als solchen, fand aber zu diesem Zeitpunkt, er habe das Recht, ihn zu machen. »Gehen Sie immer nur hier«, fragte er sie, »diese Straße entlang?« Sie sagte, wie er ja wisse, tue sie das meistens, aber im Sommer, wenn die Abende hell seien, gehe sie manchmal sonntags, wenn das Wetter gut sei und sie im *Fox and Hound* nicht gebraucht werde, unten am Fluß entlang. Sie liebe den Fluß, man habe ihr erzählt, sie sei in einem Haus am Ufer eines Flusses geboren. Er nahm es zur Kenntnis, und am folgenden Sonntag trafen sie sich, wie sie es geahnt hatte, unten am Fluß. Es war eigenartig, ihn dort zu sehen. Sie war befangen, er dagegen ungezwungener. Sie gingen zusammen, trennten sich, sie ging weiter zur Kirche. Aber während der Woche sagte er, es gäbe ein paar Meilen entfernt einen Fußweg am Fluß entlang, den er sehr gern habe, und ob er sie wohl in seinem Ponywagen hinfahren dürfe, und sie könnten dort spazierengehen. Sie war einen Augenblick still, nicht etwa, weil sie darüber nachdachte, was sie ihm antworten sollte, noch aus dem Wunsch heraus, ihn zu quälen, sondern weil sie wußte, welch ein bedeutsamer Augenblick dies war. Sie brauchte nur die erste Einladung, die er innerhalb beinahe eines ganzen Jahres aussprach, anzunehmen, und schon war ihr Interesse erklärt. Also nahm sie an.

Sie wurden gesehen, natürlich wurden sie gesehen. Sie versuchten gar nicht erst, sich zu verstecken, es gab keinerlei Täuschungsmanöver. Er holte sie am *Fox and Hound* mit seinem Ponywagen ab. Sie fuhren etwa vier Meilen und gingen am Fluß entlang und fuhren wieder zurück, woraufhin man ihr mit einer Flut von Warnungen und Ratschlägen in den Ohren lag. Sie war den unheilvollen Androhungen einer Katastrophe gegenüber nicht taub.

Sie gab acht. Von Hugo Todhunter wurde gesagt, er sei von seinen verärgerten Eltern gezwungen worden, das zurückliegende Jahr, während sie seine Schulden beglichen, zu Hause zu verbringen, werde aber schon bald von ihnen nach Kanada geschickt, wo sie Beziehungen hätten, um ein neues Leben zu beginnen. Sie würden ihm nicht erlauben, im Land zu bleiben und sich noch einmal zu ruinieren, sondern hätten ihn nur unter der Bedingung vor dem Gefängnis bewahrt, daß er bei seinem Onkel in Vancouver ins Geschäft einsteige. Das solle seine letzte Chance sein. Es gab sogar welche, die Leah den Tag nannten, an dem er abreisen müsse, und sie glaubten ihr nicht ganz, wenn sie sagte, es interessiere sie nicht, dies zu erfahren, es habe für sie keine Bedeutung.

Hugo hatte ihr gegenüber von keiner Abreise gesprochen, obgleich er anfing, über seine Vergangenheit zu reden. »Ich wurde verwöhnt«, gestand er, »meine Eltern waren zu nachsichtig mit mir. Oh, ich hatte die glücklichste Kindheit und hab dafür gebüßt.« Leah, die kein Glücklichsein erlebt hatte, weder als Kind noch später, und die Bedeutung des Wortes »Nachsicht« kaum kannte, wagte zu fragen, wie man dafür büßen könne. »Ich hielt mein Glück für selbstverständlich«, sagte Hugo. »Ich dachte, es werde mich nie verlassen, und so versuchte ich mich an nichts.« Leah war vorsichtig. Es kam ihr verdächtig vor, daß ein Mann so sehr mit sich ins Gericht ging. Was erwartete er? Daß sie protestieren, daß sie eine solche Herabwürdigung seiner selbst nicht glauben, daß sie davon bezaubert sein sollte? Sie dachte scharf nach, bevor sie darauf einging, und sagte dann nur: »Wie bedauerlich.« Hugo nickte. Er fuhr fort zu gestehen, er habe seinen Eltern großen Kummer bereitet, und selbst wenn er tausend Jahre versuchte, es wiedergutzumachen, könne ihm das nie gelingen. Leah fand die »tausend Jahre« übertrieben und hustete. »Sie kennen die Qual der Scham nicht«, sagte Hugo. »Es gibt kein schlimmeres Gefühl für mich, als zu wissen, das eigene Unglück selbst verschuldet zu haben.«

Wieder dachte Leah scharf nach. Sollte sie darauf hinweisen, daß er eben noch seine Eltern dafür verantwortlich gemacht habe, weil sie ihn verwöhnt hatten, woraus seiner Behauptung nach alles andere gefolgt sei? Oder würde er es ihr übelnehmen, sie als gefühllos empfinden demgegenüber, was er offensichtlich als großmütiges Geständnis betrachtete? Er sah so traurig aus, sie hätte ihn nur zu gern getröstet. »Sie können ein neues Leben anfangen«, sagte sie schließlich, »und Ihren Eltern Freude machen.« Er lächelte und sagte, es bedürfe ziemlich viel, um ihnen Freude zu machen, und, wie er eingesehen habe, könne er die Sorgen, die er ihnen schon bereitet habe, nie wiedergutmachen, wolle es aber dennoch versuchen. Er sagte, es sei ein hartes Jahr gewesen. Er sagte, er wisse nicht, wie er es überstanden hätte, wenn sie nicht gewesen wäre. Sie habe ihm Hoffnung gegeben. Sie, die so rein, so schön und bescheiden sei, die sich so anmutig und würdevoll verhalte ... Sie hatte ihn unterbrochen. Sie hatte gesagt, er kenne sie nicht und solle nicht solchen Unsinn reden. Sie sei nur ein armes Mädchen, eine Waise, die hart für ihren Unterhalt arbeite und kein anderes Leben kenne und wenig Hoffnungen oder Ziele habe. Sie tue ihr Bestes, und das sei alles. Er sagte, ebendeswegen bewundere er sie ja – sie habe nichts und tue ihr Bestes, und er habe alles gehabt und das Schlimmste getan.

So wären sie wahrscheinlich fortgefahren, wenn sie nicht gestolpert und gefallen wäre, sich nicht den Kopf an einem scharfen Stein aufgeschlagen und wegen des Blutverlusts für einen Moment das Bewußtsein verloren hätte. Als sie wieder zu sich kam, hielt er sie in seinen Armen und küßte sie und überhäufte sie mit leidenschaftlichen Koseworten, und da gab es für sie keine Hoffnung mehr, ihre Distanz zu wahren. Sie liebte ihn. Es war im Grunde naiv, gegen jegliche Vernunft, aber trotzdem wahr. Er bat sie, ihn auf der Stelle zu heiraten, und sie sagte ja, und das war der glücklichste Augenblick. Aber es war nur ein Augenblick. Er dauerte nicht an, was sie in Wirklichkeit auch nicht erwartet hatte. Er sagte, er habe es seinen Eltern erzählt, die getobt und geschimpft hätten und nichts von einer solchen Heirat hätten hören wollen, und sie fragte, warum er geglaubt habe, sie würden etwas davon hören wollen. Er habe kein, überhaupt kein Geld, von ihr ganz zu schweigen, und jeder Gedanke an Heiraten sei hoffnungslos. Er sagte, er müsse nach Kanada gehen und sein Glück machen und werde dann zurückkehren und seinen Anspruch auf sie erheben. Sie willigte ein, sie hatte keine Wahl, es gab keinen anderen Weg. So hielten sie vor seiner Abreise in der kleinen Kirche ihre eigene Zeremonie ab, und sie bereute es nicht eine Sekunde lang und sehnte sich auch nicht nach einem echten Geistlichen und einem echten Gottesdienst.

Auch das Kind bereute sie nicht, außer in den ersten Tagen der Ungewißheit, als sie sich in Gedanken mit all den praktischen Problemen in ihrer Situation herumschlug. Sie hatte Hugos Adresse in Vancouver und schrieb ihm gleich, wie er es ihr aufgetragen hatte, falls sich irgend etwas Unerfreuliches ereignen sollte. Er hatte sie gebeten, jede Woche zu schreiben, wie auch er es halten wolle, aber mit gesenktem Kopf und heißen Wangen hatte sie eingestehen müssen, daß sie kaum lesen und schreiben könne. Er versprach, daß er sie, wenn er aus Kanada zurück sei und sie richtig verheiratet wären, selbst unterrichten werde. Er entwarf ein verlockendes Bild von ihnen beiden, wie sie gemeinsam mit aufgeschlagenen Büchern auf den Knien und einer Schiefertafel und einem Griffel neben sich am Flußufer sitzen. Sie sei intelligent, sagte er, da sei er sich ganz sicher, sie würde rasch lernen. Aber er war erleichtert, daß sie, wenn auch unter Schwierigkeiten, ihren Namen und ein paar einfache Wörter zu Papier bringen und seinen Namen und seine Adresse auf einen Briefumschlag schreiben konnte. Es fehlte ihr an Gewandtheit, an der Fähigkeit, in einem Brief ihre Gefühle zum Ausdruck zu bringen, und entsprechend verschwamm, obgleich sie einfache Sätze lesen konnte, eine beschriebene Seite vor ihren Augen und nahm, bevor sie einen Sinn ergab, Stunden eingehender Beschäftigung in Anspruch.

Ihre Nachricht, die er einige Wochen nach seiner Abreise erhielt, war unbeholfen gewesen: »Ich bin wohlauf«, schrieb sie. »Ich erwarte ein Kind. Ich bin glücklich.« Nachher fragte sie sich, ob es klug von ihr gewesen war zu sagen, sie sei glücklich, aber er sollte nicht glauben, sie sei verzweifelt und beschuldige ihn, sie ruiniert zu haben. Er hatte sie nicht ruiniert. Er hatte sie nie zu irgend etwas gezwungen und außerordentlich pflichtbewußt auf die möglichen Konsequenzen ihres Liebesspiels hingewiesen. Sie hatte zu ihm gesagt, daß sie das Risiko eingehen werde, wenn er es tue, und daß, wie er ja wohl sehe und spüre, in Wahrheit sie es sei, die sich nicht zurückhalten könne. Wie sollte sie später jemals irgend jemandem die Macht dieses Verlangens deutlich machen? Es war unmöglich. Sie wußte nur noch, daß es so gewesen war, daß es sie einfach überwältigt hatte, ohne die Empfindungen im einzelnen wachrufen zu können. Wo zu diesem Zeitpunkt ihr scharfer Verstand geblieben war, wußte sie nicht, und sie bemühte sich auch nicht, als es vorbei war, hierauf eine Antwort zu finden.

Geld kam unverzüglich, sogar noch vor seinem leidenschaftlichen, reuevollen Brief, dessen eine Hälfte sie nicht entziffern konnte. Fünfzig Guinees durch Bankauftrag, zahlbar nach Legitimation bei einer Bank in der English Street, Carlisle. Der Teil des Briefes, den sie, wenn auch unter Schwierigkeiten, verstehen konnte, besagte, daß das Vorweisen des Rings, den er ihr gegeben habe, zusammen mit einer Probe ihrer Unterschrift dazu dienen würde, ihre Identität zu beweisen. Der Ring trage seine und ihre ineinander verschlungenen Initialen auf der glatten Innenfläche, und er habe bereits die Unterschrift auf ihrem Brief an die Bank geschickt, damit man sie dort vergleichen könne. Er hatte zwar an alles gedacht, litt aber unter quälenden Sorgen ihretwegen. Er sah ganz richtig voraus, daß sie den Pub würde verlassen müssen, und drängte sie, sich im Dorf eine Bleibe zu suchen, wo sie sicher und bequem die Geburt des Kindes würde abwarten können. Mehr Geld werde folgen, schrieb er, und bis sie gebären würde, hätte er seine Heimreise gebucht und käme, um Anspruch auf sie zu erheben.

Aber sie versuchte nicht, eine Unterkunft im Dorf zu finden. Sie wollte dort nicht bleiben, bei Leuten, die Hugo verachteten und über ihre Lage spotteten und in ihr ein Opfer seiner Niedertracht sahen. Es war ihre eigene Wahl, nach Carlisle, wo sie geboren war, zurückzukehren, und sie ging voller Zuversicht dorthin, begeistert von dem neuen Leben, das sich vor ihr auftat. Sie war alles andere als eine benachteiligte, erniedrigte und schuldbewußte Frau. Sie rauschte in die Bank, als sei sie ganz und gar daran gewöhnt, und begegnete offen dem Blick des Angestellten, dem sie selbstbewußt Hugos Wechsel vorlegte. Sie wußte, daß ihr Namenszug die Unsicherheit ihrer Handschrift offenbaren würde, doch das war ihr einerlei. Er gab ihr einen Federhalter und ein leeres Blatt Papier, und sie spürte, wie er sie beobachtete, als sie mit höchster Konzentration die Buchstaben ihres Namens formte und sich wie immer bei dem doppelten ›s‹ von Messenger verhedderte – auch wenn sie sich noch so sehr bemühte, konnte sie es doch nie verhindern, daß diese Buchstaben ineinander gerieten und häßlich aussahen. Dann mußte sie ihren Ring vom Finger ziehen, was ihr nicht gefiel. Sie sah besorgt zu, wie er hochgehoben, durch eine Lupe betrachtet und dann zu ihrer Bestürzung in ein Hinterzimmer gebracht wurde, um von jemandem, den sie nicht sehen konnte, begutachtet zu werden. Erst jetzt fühlte sie, daß sie wehrlos und in einer prekären Situation war. Als der Ring wieder an ihrem Finger steckte, war sie beruhigt – wie auch durch das Geld, fünfzig Guinees, die man vor ihren Augen in einen Leinenbeutel mit einer Kordel zählte. Sie zog die Kordel fest zu.

Es war ein Vermögen für sie, eine solche Summe bedeutete vollkommene Sicherheit, und sie wünschte, jeder, den sie im Dorf zurückgelassen hatte, erführe von der Güte eines Mannes, dem sie nichts Gutes zutrauten. Sie blieb einen Augenblick auf den Stufen der Bank, von der man auf die geschäftige Straße blickte, stehen und dachte darüber nach, was sie wohl alles mit dem Geld kaufen könnte, das sie nun besaß. Die Straße war von Geschäften gesäumt, deren wohlhabende Kundin sie werden könnte – Kleider könnte sie besitzen, eine Pelzstola und Schuhe aus feinstem Leder. Sie lächelte, amüsiert über diesen absurden Gedanken, weil sie wußte, sie würde sich nie dazu verleiten lassen. Das Geld war für ihren Unterhalt bestimmt, um ihr eine Bleibe und Nahrung zu verschaffen, für die Bezahlung einer Kinderfrau, wenn das Baby geboren war, und zu ihrem Schutz, bis Hugo zurückkehrte. Ihr größtes Anliegen war, es sinnvoll zu verwenden. Als erstes wollte sie die einzige Person in dieser Stadt aufspüren, von der sie wußte, daß sie ein, wenn auch entferntes, Mitglied der Familie war, zu der sie einst gehört hatte. Ihre Erinnerung an diese Frau, eine Tante, wie sie glaubte, war sehr vage. Mary hieß sie, Mary Messenger, und sie war freundlich gewesen. Diese Mary war es, die sie vor so langer Zeit zur Kutsche gebracht und sie geküßt und ihretwegen geweint und ihr gewünscht hatte, sie würde an dem Ort, wohin sie komme, glücklich sein. Mary hatte ihr Proviant für die Reise mitgegeben und einen Schal, und wenn sie sich nicht irrte, war es Mary gewesen, bei der sie bis dahin gelebt hatte. Wo genau, wußte sie nicht und konnte sie auch nicht ergründen, sosehr sie sich auch bemühte. Die Vorstellung von Menschenmengen wurde in ihr wach, aber sie konnte nicht begreifen, was das bedeuten sollte.

Leah ging an der Kathedrale vorüber und bog beim Schloß um die Ecke in Richtung Caldew Bridge. Ein Pub in Caldewgate, das *Royal Oak*, war oft von ihren Verwandten im *Fox and Hound* erwähnt worden. Messengers führten diesen Pub, und sie hatte immer geglaubt, sie stamme von jenen Messengers ab. Gelegentlich kam einer von den Messengers aus Carlisle auf seinem Weg von oder nach Newcastle zu Besuch, und sie wurde ihnen vorgestellt und daran erinnert, daß sie »Annies kleines Mädchen« und »ein armes Ding« sei. Caldewgate war ein trauriger Anblick, voller Rauch, der aus dem hohen Schornstein von Dixons Fabrik quoll und aus den Zügen, die quietschend aus den Rangierbahnhöfen unterhalb der alten Stadtmauer kamen.

Den Leuten vom *Royal Oak* war nichts mehr von jenem Interesse an ihr anzumerken, das sie während ihrer Besuche im *Fox and Hound* gezeigt hatten. Sie blickten auf ihren Bauch und blickten auf ihren Ring und grinsten und hätten sie nur zu gern einer Art Verhör unterzogen, dem sie sich jedoch nicht aussetzen wollte. Aber sie gaben ihr bereitwillig Mary Messengers Adresse. Mary lebe jetzt in Wetheral, einem Dorf am Fluß Eden, etwa fünf Meilen südlich der Stadt. Sie verdiene ihren Lebensunterhalt als Waschfrau und werde nie in Carlisle gesehen. Leah eilte sogleich schnellen Schritts nach Wetheral und wurde beim Anblick des breiten, vom winterlichen Regen schnell dahinströmenden Flusses wieder munter. Mary wohnte in den Plains, einer Häuserzeile gleich hinter dem Dorf, jenseits des schönen dreieckigen Grüns. Diese Häuser sahen allzu solide und imposant für eine Waschfrau aus, aber an ihrem Ende gab es ein paar Reihenhäuser, und sie wußte, hier würde sie Mary finden. Es war nicht gerade die erfreulichste Wiederbegegnung. Mary war in ihrem Waschhaus beim Mangeln. Sie stand in ihren Holzschuhen da und drehte und drehte die Kurbel und zwängte mit solcher Kraft gefaltete Laken durch die Walzen, daß sich gan-

141

ze Ströme von Wasser in die darunter stehende Wanne ergossen. Überall standen Zinkwannen mit Wäsche in allen möglichen Stadien, und die Luft war voller Dampf und Feuchtigkeit.

»Ich bin Leah Messenger«, sagte Leah. Mary hörte nicht auf zu mangeln. Leah wiederholte ihren Namen, aber die Mangel wurde weitergedreht, bis schließlich viele Bettlaken hindurchgegangen und auf andere gestapelt waren, die darauf warteten, getrocknet zu werden. Leah hatte genügend Zeit, Mary zu beobachten. Sie sah, daß sie alt war, viel älter, als Leah erwartet hatte. Ihr Haar war weiß, und sie hatte keine Zähne, und ihr Körper war, auch wenn er in jeder Hinsicht noch eine erstaunliche Kraft hatte, gebeugt. Leah war ein wenig bestürzt – dies war nicht das freundliche, mütterliche Wesen, an das sie sich erinnerte. In die Stille hinein, die auf das Quietschen und Pressen der Mangel folgte, sagte sie noch einmal, sie sei Leah Messenger. Mary starrte sie an, ohne eine Spur von Willkommen oder Erkennen in ihrem grimmigen Gesicht.

»Was willst du?« fragte sie schließlich. »Ich bin sicher, daß ich keinem Messenger irgendeinen Dank schulde, oder?«

»Ich auch nicht«, sagte Leah. Dies sollte weder eine Herausforderung noch der Versuch sein, das, was Mary gesagt hatte, noch zu überbieten, aber es bewirkte, daß die alte Frau aufhörte, mit der Wäsche herumzufuhrwerken.

Sie trat näher an Leah heran und starrte ihr ins Gesicht. »Du warst noch ein Kind, oder? Als sie dich weggeschickt haben.« Sie schüttelte den Kopf. »Schlimme Tage, schlimme Tage«, seufzte sie. Sie trottete aus dem Waschhaus und durch die Hintertür ins Haus. Leah folgte ihr. Die im hinteren Teil gelegene Küche war dunkel und nicht viel wärmer als das Waschhaus, aber über dem Feuer hing an einem schweren eisernen Haken ein dampfender Kessel. Mary schürte die wie erloschen aussehenden Kohlen, Flammen loderten auf, und das Wasser kochte im Nu. Sie maß sorgfältig einen gestrichenen Teelöffel in eine braune Kanne und bedeckte sie mit einem Teewärmer. Dann setzte sie sich, wobei sie die Teekanne gedankenverloren hin und her schaukelte. Leah setzte sich unaufgefordert ebenfalls.

»Annies Tochter«, murmelte Mary schließlich vor sich hin, »armes Mädchen. Sie starb an Fieber, als du zwei warst, und was sollte da aus dir werden, he? Die Grahams von nebenan hatten dich für eine Weile bei sich, ihr Mädchen war gestorben, und du warst so alt wie sie und ein Trost, und dann starb er, und sie ging zu ihrer Familie zurück, und die wollte dich nicht haben, du gehörtest nicht dazu. Was sollte sie tun, he? Da half alles nichts. ›Ihr werdet sie zurücknehmen müssen‹, sagte sie zu den Messengers, und die wollten nichts davon wissen, du warst damals ungefähr sieben, lange Zeit, bevor du nützlich sein konntest. Ich hab's versucht, hab's versucht. Beinahe zwölf Monate lang hab ich's versucht, sie gebeten, dich bei uns zu lassen, aber sie verlangten, daß ich mehr arbeiten sollte, als ich konnte, wo du mir doch vor den Füßen herumliefst, und sie beschlossen, daß du zu Annies Onkel gehen solltest, aber sie logen, sagten, du seiest zehn und könntest schon im Pub mitarbeiten, und ich weiß nicht, warum du nicht schnurstracks zurückgeschickt wurdest, das ist die Wahrheit.«

»Ich war groß«, sagte Leah, »und ich habe gearbeitet.«

»Oh, Messengers lassen einen immer erbarmungslos für sich arbeiten, he? Da kann man nichts machen, lassen einen immer erbarmungslos arbeiten, hab mich zu Tode gearbeitet, dann sah ich eine Chance und bin entkommen, aber der Arbeit nicht. Oh, ich arbeite, arbeite ohne Ende, aber nicht für sie, nicht mehr. Ich komme zurecht, darum geht's, ich komme zurecht.«

»Kann ich dir dabei helfen zurechtzukommen?« fragte Leah.

»Hm?«

»Kann ich dir dabei helfen zurechtzukommen? Ich habe etwas Geld, ich komme mit dem aus, was ich habe, und ich kann auch hart arbeiten. Ich brauche ein Zimmer. Ich kann Miete zahlen. Sieh mal«, und sie holte den kleinen Leinenbeutel, den die Bank ihr gegeben hatte, hervor und schüttete die Münzen auf den Tisch.

»Ehrlich erworbenes Geld?« fragte Mary.

»Ehrlich erworbenes Geld. Ich kann Miete zahlen.« Und dann, falls Mary es nicht bemerkt haben sollte, denn sie hatte zu keinem Zeitpunkt ihren Blick auf Leahs Bauch ruhen lassen, noch irgendwelche Fragen über ihren Zustand gestellt, sagte Leah: »Ich bekomme ein Kind, im Februar, ich brauche einen Ort fürs Wochenbett.«

Es gab keine formelle Übereinkunft. Mary blickte unverwandt auf das Geld, bis Leah ihr zwei Guinees zuschob, dann brummte sie, stand auf und sagte, da sie zurück zu ihrer Mangel müsse, solle Leah sich allein zurechtfinden. Es war nicht schwer, sich zurechtzufinden. Marys Haus, wenn es wirklich ihr gehörte, was Leah, je mehr sie darüber nachdachte, um so unwahrscheinlicher vorkam, war klein. Es schien nur die Küche und daneben ein Zimmer mit einem Bett zu geben. Die ausgetretenen Stufen hinauf war noch ein weiterer Raum. Darin stand auch ein Bett, aber ohne Bettdecke, und Leah folgerte daraus, daß Mary unten schlief. Sie setzte sich auf den Rand der wenig vertrauenerweckenden Matratze und stellte erleichtert fest, daß sie stabil war und nicht roch. Es gab einen Teppich auf dem Fußboden, der mehrere Löcher hatte, dort, wo die Bretter auseinanderklafften. In einer Ecke stand ein Schrankkoffer, den sie lieber noch nicht erforschen wollte, und unter dem Fenster zwei weitere Kisten, beide offen, beide voll mit Laken und Decken. Das würde reichen. Das würde reichen müssen. Ein paar von den Guinees könnten mit gutem Gewissen darauf verwendet werden, dieses Zimmer gemütlicher zu machen. Sie könnte es scheuern und die Wände streichen und einen Vorhang für das Fenster nähen. Sie könnte Mary bei der Wäsche helfen, solange sie es vermied, schwer zu tragen. Und es war nur vorübergehend, nur um die nächsten Monate zu überstehen, bis Hugo käme und sie rettete. Sie würde hier mit der alten Mary ganz zufrieden sein, auf die Geburt ihres Kindes warten, auf Hugos Rückkehr warten, es würde schon gutgehen.

Und es ging gut, sehr gut sogar. Leah war zufrieden in Wetheral, und Mary war mehr als zufrieden. Die Veränderung, die Leah ins Haus brachte, war groß, und obgleich Mary nie ein Wort über die enorme Besserung ihrer Lebensumstände verlor, war sie sich sehr wohl darüber im klaren. Leah war sauber und ordentlich und fleißig. Sie fand Mittel und Wege, Dinge zu tun, auf die Mary nie gekommen war, Mittel und Wege, schwere Arbeit leichter zu machen. Sie war erfinderisch und bewahrte sie beide vor Überlastung, und obgleich sie im vierten Monat war, als sie bei Mary einzog, ließ sie sich durch ihren Zustand von kaum einer Arbeit abhalten, die getan werden mußte. Es gab am Ende eines jeden beschwerlichen Tages nicht viel Gemeinsames zwischen ihnen, aber Mary lernte allmählich Leahs bloße Gegenwart schätzen, wenn diese mit geschlossenen Augen im Schaukelstuhl saß. Sie hatte ihn von einer Frau, die die Möbel ihrer verstorbenen Mutter abstieß, gekauft. Mary sah ihr zu, wie sie hin und her schaukelte, und freute sich über den Anblick der jungen werdenden Mutter. Sie stellte keine Fragen und hätte auch kein großes Interesse gezeigt, wenn freiwillig Auskunft gegeben worden wäre – es genügte, daß Leah bei ihr war, ihre Ankunft war einer jener Glücksfälle, die Mary bisher nie erlebt hatte.

Das Baby kam Mitte März zur Welt, als Leah sowohl über den von ihr selbst errechneten Termin als auch über den der Hebamme, die sie engagiert hatte, weit hinaus war. »Wir können nicht ewig so weitermachen«, sagte die

Frau nach zwei Wochen höchster Erwartung, daß die Geburt jeden Augenblick eintreten mußte. »Bald werde ich sie bei dir einleiten müssen, mein Mädchen.« Aber Leah wollte, so müde sie auch war, keinerlei Einmischung. Täglich spazierte sie den Hügel zum Eden hinunter und durch die schönen Wälder mit ihrem frühlingshaften Grün wieder hinauf, und bei jedem Schritt auf dem unebenen Boden spürte sie, wie ihr Kind sich drehte und regte, und wußte, es würde kommen, wenn es bereit war. Mary sah es nicht gern, daß sie allein in den Wäldern spazierenging, falls die Wehen fern jeder Hilfe eintreten sollten, doch Leah war vernünftig, sie ging kein Risiko ein. Die erste starke Wehe kam, als sie tatsächlich weit weg war von zu Hause, auf der Höhe eines steilen Waldpfades, aber sie fürchtete sich nicht. Langsam, ganz langsam ging sie hinunter, hielt sogar inne, um einen schaukelnden Zweig voller Kätzchen abzubrechen, und bei jeder weiteren Wehe blieb sie stehen, bis sie vorüber war. Sie verlor ihr Fruchtwasser am Fuß des Hügels, der zu den Plains hinaufführte, aber sie geriet nicht in Panik, nahm lediglich ihren Schal von den Schultern und legte ihn sich um die Taille, um den Fleck zu verbergen, und setzte dann, zwar ein wenig geschwächt, aber entschlossen, sich nicht zu hetzen, ihren Weg fort. Mary, die, wie sie es jetzt immer tat, Ausschau nach ihr hielt, sah an der Art, wie Leah ging, daß es endlich soweit war, und holte, noch bevor sie zu Hause angekommen war, die Hebamme. Die Geburt verlief nicht so reibungslos, wie es anfänglich ausgesehen hatte. Die ganze Nacht lag Leah in den Wehen, und erst im Morgengrauen wurde das Baby nach großem Blutverlust, der die Hebamme beunruhigt hatte, geboren. Es war ein Mädchen, und es war klein, nicht das robuste Geschöpf, das zu gebären man Leah zugetraut hätte. Es flossen viele verzweifelte Tränen, weil es nicht der Junge war, Hugos Ebenbild, den sie sich gewünscht hatte. Aber sie verlangte Federhalter und Papier – ein Umschlag war seit langem vorbereitet – und schrieb darauf die Nachricht von der sicheren Ankunft des Kindes.

Nachdem das getan war, galt es nur noch zu warten.

Kapitel 8

Hazel war so daran gewöhnt zu gehorchen, daß es sie große Mühe kostete, einen Auftrag oder eine Anordnung in Frage zu stellen. Das schätzten die Lehrer an ihr und machte sie bei ihren Eltern und Verwandten beliebt, brachte sie aber bei Geschwistern und Gleichaltrigen in Schwierigkeiten, was nur für Hazel selbst verwunderlich war. »Warum tust du immer, was man dir sagt?« fragten sie Hazel ärgerlich und regten sich darüber auf, daß sie die Frage überhaupt nicht verstand. Es kostete sie keine Mühe zu tun, was man ihr sagte, da sie automatisch jede Autorität respektierte. Das Leben war einfach für sie. Es unterlag Gesetzen und Regeln, die entworfen worden waren, um sie zu schützen, und sie sah keinen Grund, sie nicht zu befolgen. Es machte ihr Freude, gehorsam zu sein und unverzüglich zu gehorchen, nicht wegen des Lobes, jenes ständigen »*braves* Mädchen«, das sie erntete, sondern weil es ihr das Gefühl gab, alles unter Kontrolle zu haben.

Das ließ ihre Schwangerschaft mit siebzehn zum erstaunlichsten und unglaublichsten Ereignis werden. Ihre Mutter sagte anfangs wieder und wieder zu ihr: »Hazel, bist du sicher?«, und meinte damit nicht, ob ihre Tochter sicher sei hinsichtlich ihres Zustands, sondern vielmehr, ob sie sicher sei, überhaupt Geschlechtsverkehr gehabt zu haben. Sie hatte Hazel vor den Gefahren, dem Schrecken einer ungewollten Schwangerschaft in jungen Jahren gewarnt. Da ihre Tochter ein so folgsames Mädchen war, hatte sie es kaum für nötig gehalten, diese Warnung weiter zu vertiefen. Hazel ging ja noch zur Schule und war eine Musterschülerin. Ihre Noten waren besser gewesen als erwartet, und ihre Eltern wollten unbedingt, daß sie studierte. Sie hatte noch nicht viel von der Welt gesehen, und soweit ihre Mutter wußte, kannte sie, abgesehen von ihren Brüdern und deren Freunden, die sie nur in deren Gesellschaft sah, keine Jungen. Es war einfach undenkbar, daß Hazel Sex gehabt haben sollte, und Mrs. Walmsley blieb nichts anderes übrig, als das Bild ihrer von irgendeinem Flegel überwältigten Tochter, das sie plötzlich vor sich sah, zu verdrängen. Denn es mußte natürlich irgendein brutaler Flegel gewesen sein, wenn Hazel auch das Gegenteil behauptete. Sie hätte ihrer Mutter den Namen ihres Verführers gesagt, doch das wurde ihr verboten. Kein Name durfte preisgegeben werden. Einen Platz an der Universität könnte sie auch später noch bekommen. Und niemand, *niemand* durfte es erfahren, nicht einmal ihre besten Freundinnen.

Es war leicht für Hazel, diese Anordnung zu befolgen. Sie hatte keine besten Freundinnen, keine Mädchen, mit denen sie vertraute Gespräche führte. Sie war ein einsames, distanziertes Mädchen, das in seinem Internat keine dauerhaften Beziehungen knüpfte. Da sie hübsch und freundlich war, wirkte sie auf andere sehr anziehend, aber sie widerstand allen Bemühungen, sie in Freundschaften hineinzuziehen. Das fiel ihren Lehrern auf, die in ihren schriftlichen Beurteilungen offen auf Hazels Kontaktarmut eingingen. Sie kamen zu dem Schluß, daß ihr Problem zweierlei Gründe habe: Sie gelte bei ihresgleichen als Musterkind, und sie sei eine echte Einzelgängerin, die man am besten sich selbst überlasse. Soweit man es beurteilen könne, sei sie weder unglücklich noch wirke sie scheu oder zurückhaltend. Sie unterhalte sich ganz ungezwungen mit anderen Mädchen und beteilige sich an Spielen und anderen Aktivitäten, ziehe es jedoch vor, Freundschaften nicht weiter zu vertiefen.

Mit sechzehn war Hazel eines der Mädchen, die überall gern mitgenommen wurden. Sie war hübsch, klug und schweigsam und absolut keine Konkurrenz. Damals, 1954, war es für Mädchen aus ihrer Schule der einzige Weg, Jungen kennenzulernen, wenn sie zweimal im Jahr die Erlaubnis erhielten, in einer organisierten und beaufsichtigten Gruppe eine ebenso vornehme Jungenschule zu besuchen, um mit den Schülern zu tanzen. Es gab keinerlei Gelegenheit zu zweit den Saal, wo der Tanz stattfand, zu verlassen, da Lehrer mit Adleraugen alle Ausgänge überwachten. Aber es war unmöglich, die Jungen daran zu hindern, den Mädchen, während sie mit ihnen tanzten, Einladungen zuzuflüstern, und so wurden Rendezvous vereinbart. Oberflächlich gesehen, waren diese nicht gefährlich. Auf halbem Weg zwischen den beiden Schulen lag eine Kleinstadt, in die die Schüler aus der sechsten Klasse samstags zwischen zwei und fünf Uhr gehen durften. Hier trafen sich die Jungen und Mädchen in Teestuben, und das war sehr aufregend. Alle spürten, daß nach dem pflichtgemäßen Verzehr von Tee und Doughnuts irgend etwas passieren könnte. Man konnte im Park oder am Fluß entlang spazierengehen … Ja, für die Mutigen gab es allerhand Gelegenheiten.

Hazel war nicht im geringsten mutig. Sie lehnte höflich ab, wenn sich ein Junge mit ihr in einer Teestube verabreden wollte. Aber wenn sie von Mädchen gebeten wurde, sie doch bitte, bitte zu begleiten, weil sie einem ganz bestimmten Jungen nicht allein begegnen wollten, hatte sie nichts dagegen. Es gab kein ausdrückliches Verbot, Jungen zum Teetrinken zu treffen, und obgleich sie nicht an engen Freundschaften interessiert war, tat sie gern anderen einen Gefallen. So ging sie mit zu den Teestuben und brach nach einem vereinbarten Zeichen zehn Minuten später wieder auf. Es war harmlos, und die Rolle einer Anstandsdame machte ihr Spaß. Auf diese Weise begegnete sie George. Er lud ständig Mädchen in Teestuben ein, und seine Einladungen wurden gern angenommen. Hazel hatte in einem Jahr vier verschiedene Mädchen zu Rendezvous mit George begleitet, und alle wollten sie schnell wieder loswerden, sobald ihre eigene anfängliche Nervosität verflogen war. »Geh nicht, Hazel«, drängte George sie, doch sie ging jedesmal. Er lud sie zum Osterball der Schule ein, doch sie lehnte wie immer ab, auch wenn sie George interessanter fand als jeden, den sie bisher getroffen hatte. Er sah nicht besonders gut aus – vor allen Dingen hatte er rote Haare und die entsprechende Haut –, aber er war geistreich und intelligent, und es machte Spaß, mit ihm zusammenzusein, viel mehr Spaß als mit jenen hübschen, aber langweiligen Jungen, mit denen Mädchen sich gern zeigten.

Es stellte sich heraus, daß George in London nicht weit von Hazel, nur ein paar Straßen entfernt, in Notting Hill wohnte. In den Weihnachtsferien begegnete sie ihm in einer Buchhandlung, und sie standen eine Weile zusammen und redeten darüber, was sie kaufen wollten. George schlug vor, in der vor kurzem eröffneten Espressobar um die Ecke einen Kaffee zu trinken, aber Hazel lehnte höflich ab. Sie traf ihn wieder, als sie in einen Bus einstieg, und saß bis Oxford Circus neben ihm. Er fragte sie, ob sie vielleicht am Nachmittag mit ihm in einen Ingmar Bergman-Film gehen wolle, doch sie sagte: »Nein, danke.« »Ist ›Nein, danke‹ dein zweiter Vorname?« fragte George, bevor sie aus dem Bus stieg. »Mein zweiter Vorname ist Rose«, sagte Hazel ernst und ohne eine Miene zu verziehen. Aber als sie die Oxford Street hinunterging, fragte sie sich, warum sie immer nein zu George sagte, obgleich sie doch gern mit ihm zusammen war. Sie war sich selbst, genau wie ihm, ein Rätsel. Mit anderen Leuten Zeit zu verbringen, war irgendwie ermüdend, und sie war immer froh, wieder allein zu sein, sosehr ihr das Gespräch auch gefallen hatte. Aber sie wußte, daß sie mit dieser Einstellung nicht durchs Leben kam. Sie sah, wie isoliert sie dadurch war, daß sie jede freundschaftliche Annäherung ablehnte, und das beunruhigte sie. Sie dachte, sie müsse über ihren eigenen Schatten springen.

Sie machte einen Anfang mit George. Beim nächsten Tanz, drei Monate nach dem zufälligen Zusammentreffen im Bus, kam er über die Tanzfläche schnurstracks auf sie zu, und sobald sie Walzer tanzten – Walzer und Quickstep waren besonders beliebt bei diesen Anlässen –, sagte er, er wisse, es sei sinnlos, sie zu fragen, dennoch – ob sie ihn am kommenden Samstag anstatt in einer Teestube in einer Kunstgalerie treffen wolle, wo sie sich ein Gemälde von Dante Gabriel Rossetti ansehen könnten? Sie willigte ein. George triumphierte, in der fälschlichen Annahme, sein origineller Vorschlag habe Hazel die Waffen strecken lassen. Sie trafen sich wie verabredet und standen vor Rossettis Porträt seiner Schwester, und George sprach ein wenig oberflächlich, aber ganz kenntnisreich darüber, während Hazel aufmerksam zuhörte. Dann machten sie einen Spaziergang ans andere Ende der Stadt, und George redete die ganze Zeit. Sie war drauf und dran, »nein, danke« zu sagen, als er vorschlug, sich in der folgenden Woche wieder zu treffen, bremste sich aber gerade noch rechtzeitig.

Sobald die Ferien im Juni anfingen, bestand George seine Fahrprüfung und durfte das Auto seiner Mutter ausleihen. Das war ein wichtiges Ereignis in seinem jungen Leben, und er wollte sein Glück mit Hazel teilen. Er bedrängte sie förmlich mit seinen Einladungen zu einer Autofahrt und konnte nicht verstehen, warum sie seine Begeisterung nicht teilte.

»Eine Autofahrt?« fragte Hazel. »Wohin?«

»Oh, irgendwohin«, sagte George. »Spielt das eine Rolle?« Hazel besann sich einen Augenblick. Natürlich spielte es eine Rolle, ganz sicher tat es das. Wozu fahren, wenn man nicht irgendwohin fuhr. »Du bist so nüchtern«, beklagte sich George. Hazel wollte keinen Streit. Sie dachte, daß sie möglicherweise tatsächlich nüchtern sei, sah darin aber keine Kritik. »Dann nach Oxford«, sagte George. Hazel dachte wieder sorgfältig nach. George hoffte, nach Oxford gehen zu können. Die Autofahrt hätte also einen Sinn. Er wollte sich verschiedene Colleges ansehen, und das reizte sie. Sie selbst hatte keinerlei Ambitionen, was Oxford betraf, fand es aber trotzdem interessant, sich dort umzusehen. Daher willigte sie ein. Sie erwähnte es sogar ihrer Mutter gegenüber, erwähnte aber nicht, daß sie mit einem jungen Mann nach Oxford fuhr. Ihre Mutter war in der Zeit abgelenkt, weil sie einen Wohltätigkeitsball organisierte (sie war in zahlreichen Wohltätigkeitsverbänden und zahlreichen Komitees engagiert), und als Hazel sagte, sie wolle sich mit einer Freundin in Oxford umsehen, sagte sie bloß: »Wie schön, Liebling«, und das war alles.

Hazel hatte nicht die geringste sexuelle Erfahrung. Sie war nie mit einem Jungen Hand in Hand gegangen, nicht einmal mit George, geschweige denn geküßt oder umarmt worden. Sie hatte gehört, wie andere Mädchen erzählten, daß man mit ihnen geschmust und geknutscht habe, wobei sogar auf noch atemberaubendere Dinge angespielt wurde, aber das alles hatte ihr nichts bedeutet. Es beunruhigte sie keineswegs, daß nur sie nicht voller Ungeduld darauf zu warten schien, mit jemandem zu schlafen: Sie begnügte sich auch hier wieder damit abzuwarten. Dieses Warten wurde in Oxford heftig erschüttert. Selbstzufrieden lud George sie zu einer Kahnfahrt ein, er hatte sogar daran gedacht, Proviant und eine Wolldecke mitzubringen. Hazel stieg gehorsam in das Boot und ließ sich die Isis so weit hinaufstaken, wie George es, ohne zusammenzubrechen, schaffte. Er vertäute den Kahn im Schilf und holte eine Flasche Champagner aus dem Picknickkorb. Hazel hatte gelegentlich auf Hochzeiten Champagner getrunken, jedoch nie mehr als einen Schluck, und sah in dem Getränk noch immer nur eine Art Brause. Sie leerte eine halbe Flasche mit George und war erstaunt, wie sie sich plötzlich fühlte – sie schwebte, war unbekümmert und albern. Das ermutigte George, und zum erstenmal berührte er sie. Es war zwar schwierig in dem Kahn, der bedrohlich schaukelte, aber es gelang ihm, sich neben sie zu schlängeln, und er legte seine Arme um sie und drückte sie an sich. »Macht es dir etwas aus, Hazel?« fragte er besorgt. Nein, sagte sie, nein, sie habe überhaupt nichts dagegen, es gefalle ihr.

George konnte sein Glück nicht fassen, aber dann wurde er unruhig. Er schob seine Hand hinauf bis zu Hazels Rock, ein weites Ding mit einem steifen, raschelnden Petticoat darunter, und sie hatte nichts dagegen einzuwenden. Er ließ seine Hand ins Oberteil ihres Kleides gleiten und umfaßte in dem drahtgestützten Büstenhalter ihre Brust, und sie schob sie nicht fort. Er küßte sie wieder und wieder, und sie lag lächelnd und gelassen da, während seine Erregung wuchs. »Hazel, Hazel«, sagte er, »du bist doch nicht betrunken, oder? Du weißt doch, was du tust, ich meine, was ich tue?« Hazel sagte, sie sei nicht betrunken und wisse, was er tue. So war es George überlassen, und er litt Qualen. Ihm wurde bewußt, daß er so weit gehen konnte, wie er wollte, und das schockierte ihn. Ein wenig Widerstand wäre ihm lieber gewesen, sie überreden zu müssen hätte seine Annäherungsversuche irgendwie sanktioniert. Er wollte Hazel nicht ausnutzen, ertrug es aber auch nicht, eine solche Gelegenheit zu verpassen. Er war viel zu ehrenhaft, und das war nicht fair. Er seufzte, setzte sich auf und legte den Kopf in seine Hände. Er hätte ihr keinen Champagner geben dürfen. Sie sagte, sie stehe nicht unter dem Einfluß des Alkohols, verhielt sich aber so, und er hatte plötzlich Hazels wütende Eltern vor Augen, die ihm danach die Schuld geben würden …

An diesem Tag gab es kein Danach. Wütend riß George sich zusammen, stakte Hazel zurück und fuhr wie ein Wahnsinniger nach Hause. Er lag auf seinem Bett, schlug auf sein Kopfkissen ein und verfluchte sich, weil er sich wie ein Heiliger benommen hatte. Das nächste Mal,

schwor er sich, würde er Hazel Walmsley beim Wort nehmen: Wenn sie sich verhielt, als wolle sie es, sollte sie es
auch haben. Vorsichtshalber kaufte er im Friseurladen ein
paar Kondome.

Er traf Hazel jetzt täglich, und sie umarmten sich – im
Hyde Park, an allen möglichen öffentlichen Orten –, und
sie war, auch ohne Alkohol, so weich und anschmiegsam,
wie sie es in Oxford gewesen war. Aber sie würde in der
kommenden Woche mit ihrer Familie nach Frankreich
reisen, und es blieb nicht mehr viel Zeit. Dann waren beide zu einer Party bei einem gemeinsamen Freund eingeladen, und George wußte, jetzt war es soweit. Hazel wußte es
auch und war vollkommen gelassen. Allein der Gedanke
daran, Sex auszuprobieren, faszinierte sie bereits, und an
die Stelle ihrer früheren Bereitschaft zu warten war eine
Neugier getreten, die um so stärker war, als sie plötzlich
aufgekommen war. So plötzlich war es eigentlich nicht, beruhigte sie sich. Sie kannte George jetzt über ein Jahr. Die
ganze letzte Woche seit dem Tag in Oxford hatten sie
geschmust und sich geküßt, und Hazel fing an, sich über
Georges Selbstbeherrschung Gedanken zu machen. Sie
merkte, wie ängstlich er war, und begriff nicht, warum. Sie
war es nicht. Sie wußte, daß keiner, der sie so spröde und
bescheiden daherkommen sah, verstand, was in ihr vor-
ging. Ihr Interesse zu erfahren, worum es beim Sex wirklich ging, war um so größer, je länger die Entdeckung auf
sich warten ließ. Sie liebte George nicht im geringsten
und fühlte sich keineswegs von ihm so angezogen, wie er
offenbar von ihr, aber sie war gern mit ihm zusammen.
Genügte das nicht für den Anfang? War George nicht genau der richtige Junge für eine erste sexuelle Erfahrung?
Das hoffte sie.

Die Party fand in einem großen Haus nahe dem Camp-
den Square statt. In dem langgestreckten Garten hingen
Lampions in den Bäumen, und alles sah sehr hübsch aus.
Aber George und Hazel waren nicht im Garten bei den

anderen etwa achtzig jungen Gästen. Sie waren in einem Zimmer im oberen Teil des Hauses, bei abgeschlossener und verbarrikadierter Tür (wie alle anderen Türen in diesem Stockwerk auch). Sie zogen sofort ihre Kleider aus, und George stürzte sich voller Begierde auf sie, und es wurde wegen Georges Kampf mit dem verflixten Kondom und Hazels Ungeduld für beide ein ziemlich unbefriedigendes erstes Mal. Der zweite und dritte Versuch verlief besser, doch die beiden fanden erst in den frühen Morgenstunden zu einem Rhythmus, als der Gastgeber bereits an die Türen hämmerte und schrie, seine Eltern kämen bald zurück. »Ich liebe dich«, murmelte George während ihrer letzten Umarmung. Hazel sagte kein Wort. Sie zogen sich mit letzter Kraft langsam an und verließen das gastliche Haus. »Wann sehen wir uns?« fragte George. Sie zuckte mit den Achseln. Sie war froh, daß sie in wenigen Tagen nach Frankreich und er nach Schottland zu Verwandten in St. Andrews fahren würde. Sie spürte, daß sie eine lange Pause von George brauchte und viel Zeit, um das, was soeben geschehen war, in sich aufzunehmen und zu verarbeiten.

Sie sah ihn niemals wieder. »Erzähl es keinem«, sagte ihre Mutter, und sie gehorchte. Sobald sie vermutete, daß sie schwanger war, beschloß sie, George da herauszuhalten, weil sie sich vor jeder weiteren Bindung an ihn fürchtete. Sie wollte das Baby nicht, natürlich wollte sie es nicht, aber sie wollte auch George nicht. Ihre eigene Dummheit ärgerte sie. Warum hatte sie so sehr auf Georges Kondom, auf seine feste Zusicherung, sie könne nicht schwanger werden, vertraut? Es wich so sehr ab von dem, was sie für ihren wahren Charakter hielt, und entstellte ihn geradezu. Sie wollte das Kind und auch alle Gedanken und Erinnerungen an George loswerden. Aber ihre Mutter sagte, eine Abtreibung sei nicht nur ungesetzlich, sondern auch zu gefährlich, und sie selbst hatte nicht die geringste Vorstellung, wohin man sich wenden sollte. Die Vorstellung, daß sie die Folge ihrer Lust würde gebären müssen, entsetzte sie. Daß sie ruhig blieb, als ihre Mutter ihr sagte, sie würde das Kind zur Welt bringen und es dann zur Adoption freigeben müssen, wurde fälschlicherweise als ihre übliche gehorsame Art der Reaktion verstanden; dabei war es etwas anderes, eine aus Schock und innerer Panik geborene Ruhe. Sie konnte das Kind nicht zur Welt bringen, es war einfach unmöglich. Sie besaß weder die geringsten mütterlichen Gefühle noch irgendeinen fürsorglichen Instinkt. Der Gedanke daran, was sie würde durchmachen müssen, erfüllte sie mit Abscheu.

Es dauerte eine ganze Weile, bis ihr bewußt wurde, wie absurd es war, nach Norwegen zu fahren. Sie konnte weder behaupten, wie betäubt zu sein, noch zu träumen, aber was auch immer getan werden mußte, tat sie, sobald ihre Mutter die Vorbereitungen getroffen hatte, irgendwie automatisch. Sie packte ihre Sachen, lauter neue Dinge, eigenartige Kleidungsstücke, die ihre Mutter für sie in einem Geschäft für Umstandsmoden ausgesucht hatte, und verabschiedete sich von ihrem Vater, der noch immer über die Absurdität ihres Reiseziels schmunzelte, rief ihre Brüder an, die ihr sagten, sie solle nichts tun, was sie nicht auch tun würden, und verließ dann mit ihrer Mutter London. Während ihrer Reise nach Bergen wurde wenig gesprochen. Hazel machte die Augen zu und tat, als schliefe sie, wobei sie darüber nachdachte, was für eine merkwürdige Person ihre Mutter war: nach außen hin intelligent und heiter und ausgesprochen konventionell, innerlich aber voller Gerissenheit, eine Frau, für die der Reiz des Lebens darin zu liegen schien, andere an der Nase herumzuführen. Sie spürte, daß sie für ihre Mutter lediglich eine Art Denkaufgabe war, ein Problem, das es in kürzester Zeit so geschickt wie möglich zu lösen galt.

Das Haus, in dem sie sich wiederfand, war hoch und schmal, ganz anders als ihr Elternhaus mit seinen großzügigen Proportionen. Sie hatte ein geräumiges Mansardenzimmer. Es gab an jedem Ende ein Fenster, aber aus beiden hatte man eine enttäuschende Aussicht – Dächer aus dem östlichen, eine gewaltige Mauer aus dem westlichen Fenster und weit und breit kein Grün. Als sie ihre Kleider aufhängte, lächelte sie matt bei dem Gedanken, daß ihr angeborenes Bedürfnis nach Alleinsein nun so voll und ganz befriedigt wurde.

Die beiden Frauen, bei denen sie wohnte, waren liebenswürdig und hilfsbereit, aber sie merkte gleich, daß sie nur an ihrem Zustand und nicht an ihr selbst interessiert waren. Sie machten weder Anstalten, sie zu bemuttern, noch unterzogen sie sie irgendeiner Art von Kreuzverhör. Sie schloß daraus, daß andere Mädchen vor ihr bei ihnen gewohnt haben mußten, die in derselben Zwangslage gewesen waren. Ihrem Aussehen nach zu urteilen befürchtete sie, die beiden könnten fromm sein, aber wenn dem so war, behielten sie ihre Überzeugung für sich. Sie führten sie durchs ganze Haus und zeigten ihr, wo alles war, gaben ihr einen Stadtplan und einen Stundenplan, wann gegessen wurde, und dann überließ man sie ihrem neuen Leben. Sie fand beide Frauen sehr merkwürdig, aber ihre distanzierte Art gefiel ihr. Jeden Tag ging sie zur Bibliothek und befolgte dort den Arbeitsplan, den Miss Bøgeberg, die eine der beiden Frauen, die Lehrerin gewesen war, für sie aufgestellt hatte. Sie lernte alles über die Geschichte Norwegens und studierte seine Wirtschaft und natürlich auch seine Sprache, die sie nach anfänglichen Schwierigkeiten schließlich ziemlich gut beherrschte. Sie verließ die Bibliothek am Nachmittag kurz nach drei und ging durch die Stadt, wobei sie darauf achtete, vor Einbruch der Dunkelheit zu Hause zu sein. Sie aß mit Miss Bøgeberg und Miss Østervold und zog sich dann in ihr Zimmer zurück, wo sie las oder an ihre Mutter schrieb. Es war eine mühselige Arbeit, denn sie hatte sowenig zu erzählen. Sie schrieb jede Woche ziemlich viel über das Wetter und quälte sich danach ab, die Seite zu füllen. Immer wieder wollte sie ihre Mutter fragen, woher sie diese beiden eigenartigen norwegischen Frauen kannte, welche Beziehung sie zu ihnen hatte, doch sie tat es nie. Ihre Mutter wäre einer Antwort nur ausgewichen.

Es war Herbst, als sie ankam, aber trotzdem fiel nur drei Wochen später der erste Schnee, und sie war froh darüber. Ihre Mutter hatte Hazels Leidenschaft für Schnee nicht übertrieben – sie liebte ihn, nicht wegen seiner Schönheit, sondern weil er Lärm und Schmutz unter sich begrub. Sie mochte das gedämpfte Gefühl, das mit tiefem Schnee einherging, dieses Gefühl, eingemummt zu sein, den Zustand der Zeitlosigkeit. Sie mochte die Kleider, die man tragen mußte, die schweren Mäntel und dicken Schals und Mützen und Handschuhe – darunter fühlte sie sich weniger bloßgestellt und war glücklich. Besonders jetzt, wo sie schwanger war, gefiel es ihr, so gekleidet zu sein. Niemand, der sie in ihrem Pelzmantel sah, bemerkte ihren Zustand. In der Bibliothek war es so heiß, daß sie ihre Wintersachen nicht anbehalten konnte, aber sie wartete immer, bis sie am Fenster im Erker war, den sie zu ihrem Stammplatz gemacht hatte, bevor sie ihre schwere Kleidung auszog. Selbst dort trug sie weite Pullover und mußte erst im letzten Monat auf die scheußlichen Umstandskleider zurückgreifen.

Der letzte Monat war hart. Es war Februar, der Schnee bedeckte die Erde mit einer dicken Schicht, und vom Meer blies ein scharfer Wind, was bedeutete, daß sie sich in ihren Pelz hüllen konnte, ohne irgendeinen Kommentar zu provozieren. Aber in die Bibliothek ging sie nicht mehr. Sie ging überhaupt nicht mehr viel aus dem Haus. Die beiden Frauen drängten sie nicht, sie wiesen nur darauf hin, daß Bewegung und frische Luft »für das Baby« wichtig seien. Hazel berührte das nicht. Sie war nicht interessiert daran, irgend etwas für dieses Kind zu tun. Warum auch? Sie würde es nicht behalten. Sie war schuld daran, daß sie es bekam, sie gab sich selbst gegenüber bereitwillig zu, daß ihr Leichtsinn, ihre Gier und Unwissenheit überhaupt erst zur Entstehung des Kindes geführt hatten, aber deshalb machte sie sich noch lange keine Sorgen darüber, was aus ihm würde. Der Gedanke, daß man ihr eine Abtreibung verwehrt hatte, machte sie wütend. Das Kind war ein Fehler und hätte wie ein Fehler behandelt werden müssen. Es hätte ausgelöscht werden sollen. Sie warf ihrer Mutter vor, daß sie nicht fähig gewesen war, für eine Abtreibung zu sorgen, und sich selbst, daß sie nicht darauf bestanden hatte. Aber sie hatte nicht einmal versucht, selbst abzutreiben – heiße Sitzbäder zu nehmen, flaschenweise Gin zu trinken, sich die Treppe hinunterzustürzen, mit Stricknadeln zu experimentieren. Ihr Gehorsam war ihr Verderben gewesen, und sie wünschte, sie hätte heftig rebelliert. Mit dem Baby wuchs der Zorn in ihr, und jedesmal, wenn es sich in ihrem Bauch drehte und sie trat, gab auch sie ihm einen Knuff.

Nur dreimal war sie in dem Krankenhaus gewesen, in dem sie entbinden sollte, ansonsten hatte sie sich einmal im Monat von einem Arzt untersuchen lassen. Man hatte ihr alle möglichen Informationen über den Zustand des Kindes und die Vorbereitung auf die Geburt gegeben, aber sie interessierte nicht eine davon. Sie hörte zu und nickte, sagte aber kein Wort. Das einzige, was sie wissen wollte, war, wann das Kind zur Welt kommen würde, aber niemand konnte ihr eine präzise Auskunft geben. Ihr eigener Geburtstag war am 1. März. Ihre Mutter mußte es Miss Bøgeberg und Miss Østervold erzählt haben, denn sie backten einen Kuchen für sie, einen sehr schönen Kuchen mit Zuckerguß und der Zahl 18 aus kleinen rosa Zuckerrosen in der Mitte. Miss Bøgeberg schenkte ihr Briefpapier und Miss Østervold Körperpuder, und sie bedankte sich, wie es sich gehörte. Aber sie ging an diesem Tag um vier Uhr nachmittags zu Bett, weil sie ahnte, ihre Mutter würde anrufen, und sie wollte nicht mit ihr sprechen. Sie befürchtete, sie könnte in Tränen ausbrechen, und wenn ihre Mutter sie weinen hörte, würde sie möglicherweise kommen, und das wollte sie nicht. Sie sagte, sie sei müde, und bat die beiden Frauen, ihrer Mutter, falls sie anriefe (was sie wirklich tat), auszurichten, sie werde am nächsten Tag mit ihr telefonieren.

An diesem ihrem achtzehnten Geburtstag lag sie im Bett und versuchte sich vorzustellen, wie es war, als ihre Mutter sie zur Welt brachte. Sie kannte die Einzelheiten ihrer Geburt, doch jetzt, da sie selbst kurz davor war, ein Kind zu bekommen, erschienen sie ihr spärlich. Ihre Mutter war immer sehr nüchtern gewesen: Sie sei an einem Dienstag um zwei Uhr nachmittags nach kurzen, leichten Wehen zu Hause geboren worden, ein heißersehntes Mädchen nach zwei Jungen. Ihre Großmutter Rose sei aus dem Norden angereist, um sie zu sehen, und habe erklärt, sie sei das Abbild ihres verstorbenen Großvaters. Aus irgendeinem Grund hatte das ihrer Mutter nicht gefallen, die jedesmal, wenn sie das erzählte, hinzufügte: »Was natürlich Unsinn ist.« Nie sprach ihre Mutter von irgendwelchen Gefühlen, die mit ihrer Mutterschaft zusammenhingen, und Hazel war immer froh darüber gewesen, doch jetzt bestürzte es sie, nicht zu wissen, was ihre Mutter *empfunden* hatte. Nichts war an sie weitergegeben worden. Ihre Mutter hatte nicht den Eindruck gemacht, als könne sie sich an irgendeine Empfindung erinnern. Hazel verbrachte ihren Geburtstag in qualvoller Benommenheit und Apathie und dachte darüber nach, wie ihre Mutter reagiert hatte, als sie ihr gestand, sie sei schwanger. Es war doch eigentlich schockierend, daß ihre Mutter offensichtlich gar keinen Schock bekam? Ihre ersten Worte waren gewesen: »Wir müssen vernünftig sein«, und dann ordnete sie an, daß es keinem Menschen gesagt werden sollte. Ihr Beschluß war schnell und kühl gefaßt: Es handele sich um ein praktisches Problem, das auf praktische Weise gelöst werden müsse. Dem ungeborenen Kind wurde nie eine andere Realität zugestanden als die eines Problems, das es zu lösen galt. Und wie dankbar war sie für eine solche Mutter gewesen, bis jetzt hatte sie nie auch nur einen Gedanken darauf verwendet, wie unmöglich eine derartige Reaktion war. »Dein Leben darf nicht ruiniert werden«, hatte ihre Mutter gesagt, und sie hatte zugestimmt. Ruin. Ein uneheliches Kind bedeutete Ruin. Oh, sie stimmte zu. »Die Zeiten haben sich geändert«, fuhr ihre Mutter fort, »wenn auch nicht genug. Dein Leben muß nicht notwendigerweise ruiniert sein.« Sehr richtig!

Man hatte ihr schließlich den 16. März als voraussichtlichen Geburtstermin genannt, und sie machte sich sogleich einen Kalender, damit sie die Tage durchstreichen konnte, und das tat sie jeden Abend voller Haß. Den ersten vagen Schmerz in der Nacht zum 15. März hieß sie voll gespannter Ungeduld willkommen, und als sie ihr Fruchtwasser verlor, triumphierte sie und hatte nicht im geringsten etwas dagegen, daß die Wehen stärker wurden. Sie sehnte sich so sehr danach, das Kind loszuwerden, daß sie sich nicht gegen den Schmerz wehrte, sondern sich ihm anpaßte, zum Erstaunen der Hebamme und des Arztes in der Klinik. Sie sagten zu ihr, für ihr Alter sei sie sehr tapfer, aber sie täuschten sich, sie war nicht tapfer. Sie wollte all das *hinter sich bringen* und half ihrem Körper nach besten Kräften, den Eindringling auszustoßen. Je größer der Schmerz, desto eher, glaubte sie, könnte sie entkommen, und das Problem derer, die ihr beistanden, war nicht etwa, sie anzutreiben, sondern sie zurückzuhalten.

Sie hatte nicht wissen wollen, ob es ein Junge war oder ein Mädchen, aber man erzählte es ihr trotzdem, weil man ihre Bitte vergessen hatte. Aber man konnte sie nicht dazu zwingen, das Kind anzusehen. Sie sah seinen Schatten an der Wand, schloß dann aber die Augen und wandte sich ab. Sie machte sie erst wieder auf, als sie in einem Zimmer allein war und man ihr versichert hatte, daß das Kind fortgebracht sei. Sie fragte nicht, wohin. Miss Bøgeberg und Miss Østervold kümmerten sich um alles. In dieser Nacht schlief sie restlos glücklich. Alles war vorüber, der Fehler behoben, ihr Körper und ihr Leben waren ihr zurückgegeben. Als ihre Mutter kam, um sie nach Hause zu holen, strahlte sie vor Erleichterung und konnte es kaum erwarten, dort wieder anzuknüpfen, wo sie aufgehört hatte. Zu Hause sagten die Leute, sie sehe wohl aus, wenn auch ein wenig blaß. Sie befragten sie über Norwegen und darüber, was sie um Himmels willen dort gemacht habe, aber Hazel spürte, daß es sie nicht wirklich interessierte. Sie brauchte nur ein paar Sätze auf norwegisch zu sagen, und schon lachten sie und machten wegwerfende Handbewegungen. Es war, wie ihre Mutter es vorausgesagt hatte, ein leichtes zurückzukehren, ohne Argwohn zu erregen. Niemand wollte genau wissen, was sie in der Zeit ihrer Abwesenheit getan hatte.

Im Oktober ging sie zum University College, um Jura zu studieren. Sie hatte sich immer gewünscht, auf eine Universität außerhalb von London zu gehen, in Bristol oder Exeter oder Durham, lauter Orte, wohin ihre Schule regelmäßig Absolventen schickte, aber nachdem sie London solange fern gewesen war, hatte sie es richtig liebgewonnen. Ihre Eltern freuten sich. Sie gaben ihr die für die Großmutter erst vor kurzem vorsorglich ausgebaute Wohnung im Souterrain. Die Mutter ihres Vaters war bei schlechter Gesundheit und würde vermutlich nicht mehr lange allein zurechtkommen. Die Wohnung hatte einen eigenen Eingang und war völlig separat, und Hazel würde tun und lassen können, was sie wollte. Es gab keine Studentenpartys oder Horden junger Leute, die hinein- und herausströmten. Es gab keine laute Musik und keinen ruhestörenden Lärm. Hazel studierte eifrig und nahm nur wenig an College-Aktivitäten teil. Sie war eine beispielhafte Studentin, so wie sie eine mustergültige Schülerin gewesen war. Manchmal sah ihre Mutter sie an und konnte nicht glauben, was geschehen war – Hazel war so gelassen, so ausgeglichen. Eine traumatische Periode in ihrem jungen Leben hatte am Ende doch zu keinem Trauma geführt. Sie war immer noch dieselbe Hazel.

Aber das war sie nicht. Hazel brauchte ungefähr ein Jahr, um sich im klaren zu sein, daß sie sich mehr denn je von anderen jungen Frauen unterschied. Ihr ursprüngliches Selbstverständnis, anders zu sein, hatte mit ihrem Bedürfnis nach Unabhängigkeit zu tun gehabt, doch jetzt war sie anders durch die Erfahrung, die sie gemacht hatte, und weil diese für immer geheim bleiben mußte. In Gesellschaft Gleichaltriger fühlte sie sich so verbraucht und alt, daß sie mit ihnen oder ihren Anliegen (es sei denn, es ging um die Arbeit) kaum etwas anfangen konnte. Sex, Sex, Sex war der vorherrschende Gesprächsstoff und Schwangerschaft die immer gegenwärtige panische Angst, und für beides hatte sie nichts übrig. Sie kannte sich aus mit Sex, sie kannte sich aus mit Schwangerschaft, aber weder im einen noch im anderen Fall konnte sie ihr reiches Wissen weitergeben. Von beidem wollte sie für lange Zeit nichts wissen. Aber sich fernzuhalten fiel ihr inzwischen schwer. Sie sehnte sich nach einer gewissen Art von Kontakt, wie sie ihn anfänglich mit George gehabt hatte, und schreckte dann doch davor zurück, aus Angst, wohin er führen könnte.

George hatte ihr mehrmals geschrieben, Briefe, die ihr nach Norwegen nachgeschickt wurden, die sie mit soviel Distanz gelesen hatte, daß sie keinen Sinn zu ergeben schienen. Wer war dieser Mann, der von seinem Studentenleben in Magdalen so erfüllt war? Er bedeutete ihr nichts. Er war ein ehemaliger, kurzfristiger erster Liebhaber und der Vater eines Kindes, das sie nicht gewollt hatte. Es irritierte sie, an seine Existenz erinnert zu werden, und sie hatte nicht die Absicht, sie zur Kenntnis zu nehmen. Sie hatte befürchtet, er könnte, wenn sie erst einmal wieder zu Hause war, bei ihr auftauchen oder versuchen, über ihre gemeinsamen Schulfreunde Kontakt zu

164

ihr aufzunehmen, doch das tat er nicht. George hatte sich offensichtlich, nachdem er auf seine Briefe keine Antwort erhielt, zurückgewiesen gefühlt. Er hatte sich zweifellos anderweitig getröstet. Er wußte ja nicht, dachte sie immer wieder, welch ein Glück er hatte. In ruhigen Augenblikken fragte sie sich, ob er sie wohl geheiratet hätte. Er hätte nicht abstreiten können, der Vater ihres Kindes zu sein – sie glaubte nicht, daß er es überhaupt versucht hätte, nicht nur weil er stolz darauf war, sich korrekt zu verhalten, sondern weil es so leicht bewiesen werden konnte. Aber er war erst achtzehn und hatte Oxford vor sich. Wie hätten sie heiraten können? George hatte eine Seite, das wußte sie, die an dem moralischen Dilemma, anständig zu sein oder nicht, Gefallen gefunden hätte. Nun, sie hatte es ihm abgenommen. Sie hatte ihrer beider Fehler ausgestanden und beseitigt und hatte ihm jegliche Qual erspart, und das erfüllte sie mit Stolz. Nicht viele Mädchen wären so selbstlos gewesen, dachte sie. Sie hätten den Jungen leiden lassen wollen. Es war auch bemerkenswert, daß ihre eigene Mutter beschlossen hatte, George nicht namentlich zu erwähnen und an den Pranger zu stellen – die meisten Mütter hätten bestimmt gewollt, daß der Junge gezwungen wurde, Verantwortung zu übernehmen und zu zahlen.

Allmählich, wenn auch nur sehr vage, erkannte Hazel, daß ihr Fehler noch nicht gänzlich getilgt war. Mit der Zeit wurde die Erinnerung an das Kind eher stärker statt schwächer. Es war im Grunde nur die Erinnerung an einen Schatten, aber dieser Schatten schlich sich in ihr Unterbewußtsein ein, und sie wußte nicht, wie sie ihn loswerden sollte.

Kapitel 9

Im Juli kehrte Leah ins Dorf zurück und nahm Evie mit. Die Reise, die sie im Jahr zuvor noch als so abenteuerlich empfunden hatte, erschien ihr jetzt langweilig. Sie war wie benommen, während sie das Baby an ihre Brust drückte, um seine zarten Glieder vor dem erbarmungslosen Holpern der Kutsche zu schützen. Auf der Fahrt nach Carlisle vor so vielen Monaten war ihr nicht einmal aufgefallen, wie holprig die Straße war, die sich die Moorlandschaft hinaufwand. Sie hatte diesmal kein Interesse an ihren Mitreisenden und diese keines an ihr – sie war nur eine arme junge Frau mit einem Kind. Als sie beschloß, an der Wegkreuzung auszusteigen und die Meile zum *Fox and Hound* zu Fuß zu gehen, dachte sie wehmütig daran zurück, wie sie einst so tapfer und zuversichtlich neben Hugo hergegangen war. Jetzt trottete sie vor sich hin, dachte mit Schrecken an das, was ihr bevorstand, und wußte doch, daß es geschehen mußte.

Es gab keine andere Möglichkeit. Sie hatte lange genug gewartet. Sie hatte drei weitere Briefe geschickt, ohne daß auch nur einer von ihnen beantwortet oder noch irgendwelches Geld geschickt worden wäre. Jene fünfzig Guinees, die so prompt im November eingetroffen waren, hatte sie längst verbraucht, und sie war das geworden, was sie nie hatte sein wollen, von der alten Mary abhängig. Beide lebten von der Wäsche, die sie annahmen, und obgleich sie ein regelmäßiges Einkommen hatten, war es doch jämmerlich gering, genug für einen, für drei bedeutete es einen einzigen Kampf ums Überleben. Mary beklagte sich nie. Sie war an Entbehrungen gewöhnt, und es fiel ihr nicht schwer, noch sparsamer als sonst zu sein, aber es schmerzte und beschämte Leah, mit anzusehen, wie Marys ohnehin bescheidener Lebensstil immer weiter eingeschränkt wurde.

Einen Monat zuvor hatte sie sich so hübsch wie nur irgend möglich in dem neuen Kleid herausgeputzt, das sie sich nach Evies Geburt genäht hatte (in dem Glauben, daß weiteres Geld unterwegs sei), und war nach Carlisle zur Bank gegangen, um nachzufragen, ob für sie eine Zahlungsanweisung aus Kanada eingetroffen sei. Das war nicht der Fall. Der Angestellte hatte sie dreist angestarrt und gelächelt, ohne daß sie seinen Blick so selbstbewußt wie bei ihrer ersten Begegnung hätte erwidern können. Sie hatte den Kopf gesenkt und sich eilig entfernt.

Sie wußte, daß es alle möglichen Gründe geben konnte, warum Hugo nicht geantwortet hatte, und war nicht einen Augenblick auf den Gedanken gekommen, er könne sie womöglich sitzengelassen haben. Er konnte krank sein oder tot. Wer hätte sie schließlich benachrichtigen sollen? Niemand wußte, wohin sie gegangen war, als sie das *Fox and Hound* verließ, und seitdem sie bei Mary untergekommen war, stand sie mit niemandem sonst in Kontakt. Die einzige Möglichkeit herauszufinden, was aus Hugo geworden war, bestand darin, ins Dorf zurückzukehren und nachzufragen. Die Leute dort würden Bescheid wissen. Sie wußten immer alles über jeden, dessen Familie im Dorf lebte, vor allem wenn es sich um etwas Skandalöses oder Tragisches handelte. Sie brauchte nur mit ihrem Kind, allgemein bekannt als Hugo Todhunters Bastard (wie man Evie nennen würde), aufzutauchen, und schon würde sie von allen Seiten mit Neuigkeiten überschüttet werden. Sie war darauf vorbereitet. Was auch immer sie erfahren würde, was auch immer sie ertragen müßte, niemand sollte sie weinen sehen. Sie würde mit der Abendkutsche nach Carlisle zurückkehren, das heißt zu Mary nach Wetheral, und sich mit ihrem Schicksal, wie immer es auch aussehen mochte, abfinden. Aber sie mußte *Bescheid wissen* – es war unerträglich, noch länger zu warten.

Ihr war bislang nie aufgefallen, wie sehr das Dorf mit dem Hang verschmolz. Es bestand aus grauen Häusern, graugrünen Ziegeldächern, graubraunen Steinwänden und der dunklen Straße, die hindurchführte. Selbst jetzt im Sommer wurde die Schroffheit des Steins kaum gemildert. Es gab nur wenige Bäume – der Wind war so stark, daß er nur die widerstandsfähigsten stehen ließ – und keine Blumen. Es erstaunte sie, aber inzwischen war sie an Wetheral und dessen liebliche Schönheit gewöhnt, an die Häuser aus rosa Sandstein, die geweißten Katen und an die üppigen Farben der Bäume und blühenden Sträucher. Als sie an der jetzt verfallenen Kirche vorüberkam, wo Hugo sie »geheiratet« hatte, dachte sie, daß sie im Grunde froh war, diesen freudlosen Ort hinter sich gelassen zu haben. Es war kein Platz, um ein Kind großzuziehen, hier gab es nichts, was einen aufmuntern oder Freude und Farbe in ein junges Leben bringen konnte. Sie drückte Evie fester an sich und beschleunigte ihren Schritt.

Niemand im *Fox and Hound* freute sich, sie wiederzusehen. Ihr Onkel Tom wechselte gerade die Bierfässer aus und würdigte sie kaum eines Blickes. »Bist zurückgekommen?« brummte er. »Weswegen? Du hoffst doch wohl nicht, daß wir dich aufnehmen, oder?« Sie sagte nein, das tue sie nicht. Dann stand sie reglos da und wartete, denn sie wußte, daß er ihr unweigerlich allen bösen Tratsch auftischen würde, der zu ihm gedrungen war. Sein langes Schweigen war demütigend. Evie begann zu weinen, und ihr Onkel sagte: »Weint wohl nach ihrem Dad? Da wird sie lange weinen, und wenn sie den ganzen Tag über plärrt, wird er sie nicht hören.« Leahs Herz begann zu pochen, aus Furcht, dies sei der Auftakt zu der Eröffnung, daß Hugo tot sei. »Ist wohl nicht nach Hause gekommen?« fuhr ihr Onkel fort. »Verschwunden also, vom Erdboden verschluckt, oder in Kanada, na ja. Und mit Schulden, wie gewöhnlich, schuldet seinen Verwandten ein hübsches Sümmchen. Hast dich mit einem Schurken eingelassen, Leah, sag bloß nicht, daß du nicht gewarnt worden bist.« Leah wandte sich ab und ging in Richtung Tür. »He, wo willst du hin, ohne ein Wort zu sagen? Zu seinen Eltern? Nun, die geben dir nichts, mein Mädchen, die haben genug von ihm und seinen Bastarden, sind es leid, daß Frauen mit seinen Babys auf dem Arm an ihre Tür klopfen …«

Sie hörte nicht länger zu. Die letzte höhnische Bemerkung hatte er sicherlich erfunden und ihr nur an den Kopf geworfen, um sie zu verletzen und zu verunsichern. Sie vertraute Hugo. Solche Gerüchte waren seit jeher über ihn verbreitet worden, und sie schenkte ihnen keine Beachtung. Es hatte für sie keinen Sinn, noch länger im Dorf zu bleiben, aber die Kutsche würde erst in ein paar Stunden zur Wegkreuzung zurückkehren. Sie wußte nicht, wohin sie gehen sollte. Sie hatte keine Freunde, die sie hätte besuchen können. Sie hatte gearbeitet, hatte Spaziergänge gemacht und in der Kirche im Chor gesungen, mehr hatte sie in diesem kargen Dorf nicht erlebt. Sie würde jetzt zur Kirche gehen, nicht nach St. Kentigern's, sondern nach St. Mungo's, der neuen Pfarrkirche, die sie jeden Sonntag besucht hatte, nachdem die andere geschlossen worden war. Sie würde sich dort ruhig hinsetzen und Evie stillen und das Brot essen, das sie mitgenommen hatte. Vielleicht würde sie ja sogar ein wenig einnicken, und der Gedanke daran tröstete sie. Es gab so vieles, über das sie nachdenken mußte. Falls Hugo verschwunden war und wieder einmal Schulden zurückgelassen hatte, was bedeutete das für sie? Sicher kein weiteres Geld. Er war vermutlich unglücklich und beschämt, und das würde ihn davon abhalten, Kontakt zu ihr aufzunehmen. Er dachte wahrscheinlich, daß sie ihn jetzt loswerden wolle. Wie konnte sie ihn aber erreichen und ihm sagen, daß dem nicht so sei, daß sie ihn egal unter welchen Umständen wolle und ihm viel schlimmere Sünden verzeihen könne, als Schulden gemacht oder geschäftlich versagt zu haben? Sie hatte Kopfschmerzen und sehnte sich nach dem wohltuenden Innern der Kirche.

Auf dem Weg dorthin kam sie jedoch unweigerlich am Herrenhaus vorbei, in dem die Todhunters wohnten. Sie verlangsamte ihren Schritt und blieb am Tor stehen, dessen beide Flügel geöffnet waren, und blickte die Auffahrt hinauf. Es war keine lange Auffahrt, und man konnte das breite, quadratische Haus mit seiner breiten Haustür aus Eichenholz deutlich erkennen. Hugo hatte ihr erzählt, er fürchte sich vor seinem Vater, einem Tyrannen, liebe aber seine Mutter und seine Schwester. Seine Mutter und seine Schwester hießen beide Evelyn, und Leah hatte in dem Glauben, ihm damit eine Freude zu machen, diesen Namen für ihr Baby gewählt. Sie rührte sich nicht. Sie stellte sich vor, sie würde das tun, was, wie ihr Onkel fälschlicherweise behauptet hatte, viele Mädchen vor ihr getan hätten, nämlich an jene Tür klopfen, Hugos Kind vorweisen und von seiner Familie Unterstützung fordern. Natürlich würde sie so etwas nie tun, nicht einmal dem Kind zuliebe. Sie fand es jedoch hart, daß Evies Vorhandensein, ihre bloße Existenz, vor den Familienmitgliedern ihres Vaters verheimlicht werden sollte, von denen manche, namentlich die Frauen, vielleicht sogar froh über die Nachricht wären. Sie beschloß, sobald Evie getauft war, Hugos Mutter eine Karte zu schicken. Eine Taufanzeige würde gewiß nicht wie ein Ersuchen um Hilfe, sondern wie die bloße Bekanntgabe einer Tatsache wirken.

Sie erreichte die Kirche und saß mehrere Stunden dort und wurde von niemandem gestört. Sie schlief nicht, ruhte sich aber genügend aus, um die lange Heimreise anzutreten. Mary war froh, sie wiederzusehen, denn sie hatte befürchtet, daß sie womöglich nicht wiederkam. Leah sagte ihr die Wahrheit, daß mit Hugo nicht länger zu rechnen sei und sie, so gut sie nur könne, für sich und ihr Kind sorgen müsse. Sie glaube, daß sie ihn eines Tages wiedersehen werde, sie könne aber nicht sagen, wann. Mary sagte nichts, außer daß Leah hart arbeiten und sie selbst hart arbeiten und auch das Kind früher oder später gewiß hart arbeiten könne. Sie würden schon zurechtkommen. Und das taten sie auch.

Leah begann, in ihrem Garten Hühner zu halten und Blumen anzupflanzen. Eine Bauersfrau, deren Wäsche sie wuschen, gab ihr einen Hahn und vier Hennen, und sie hatten Glück, unter Leahs Obhut wurden sie zu großartigen Legehennen. Sie verkauften die Eier und schafften sich weitere Hennen an und hatten bald regelmäßig genügend Vorrat, daß es sich lohnte, mit einem Karren auf den Markt nach Carlisle zu fahren, an den Ständen der Butterfrauen zu sitzen und ihre Eier zu einem guten Preis zu verkaufen. Auch Blumen verkauften sie, Lavendel- und Nelkensträuße und im Frühjahr Narzissen und Tulpen. Sie bezahlten pünktlich ihre Miete und hatten genug zu essen, und zumindest Mary war glücklich. Leah weniger. Sie bedrückte nicht etwa, daß das Leben so hart war – es war schon immer hart gewesen, und in mancherlei Hinsicht war es im Augenblick sogar weniger hart als früher –, sondern der Gedanke an ihre und Evies Zukunft.

Hugo wurde zu einem Traum, aus dem sie mit einem Gefühl der Bitterkeit erwacht war. Das zu empfinden hatte sie niemals erwartet. Es war töricht von ihr gewesen, ihm vertraut zu haben. Sie machte ihm weder Vorwürfe noch verdächtigte sie ihn, sie während ihrer Liebesgeschichte willentlich getäuscht zu haben. Sie glaubte fest daran, daß seine Liebe für sie echt und seine Absichten aufrichtig gewesen waren, nur hätte sie sein Unvermögen, sie in die Tat umzusetzen, erkennen müssen – in *dem* Punkt war ihr Vertrauen fehl am Platze gewesen. Seine Eltern hatten dieselbe Lektion lernen müssen, und obgleich er ihr nicht verschwiegen hatte, wie es dazu gekommen war, hatte sie nicht auf ihn gehört. Sie hatte ihren eigenen starken Sehnsüchten nachgegeben und an die Macht der Liebe bei der Lösung aller Probleme geglaubt. Und jetzt mußte sie für ihre Gutgläubigkeit bezahlen.

Am meisten beunruhigte sie jedoch, daß sie nicht aufhören konnte, Evie für alles verantwortlich zu machen. Leah hatte ihr ungeborenes Kind heiß geliebt und es auch weiterhin geliebt, solange sie Hugo vertraute. Später hatte Evie sie jedoch immer mehr an ihre eigene Dummheit und an Hugos Schwäche erinnert. Als Evie zwei Jahre alt war, mußte Leah sich überwinden, sie überhaupt auf den Arm zu nehmen – Hugos Augen in Evies Gesicht waren eine einzige Qual, und sein Haar, das das Gesicht des Kindes umrahmte, hätte sie am liebsten abgeschnitten und verbrannt. Evie war ganz ihr Vater – die Augen, das Haar, die Haut, die kleinen Ohren –, und dieser Anblick war ihr unerträglich. Leah irritierte es in hohem Maße, alles andere als Liebe für ihr Kind zu empfinden, und sie hoffte, sich das nie anmerken zu lassen, ohne allerdings etwas gegen ihre erschreckende Abneigung tun zu können. Sie empfand es immer als Erleichterung, wenn Evie nicht bei ihr war. Arme Evie, arme Evie, sagte sie zu sich, und dieser traurige Refrain ging ihr nicht aus dem Kopf, doch zu ihrem Mitleid gesellten sich Schuldgefühle, die ihre Bitterkeit gegenüber dem Kind nur noch verstärkten. Mary, die alte Mary, war es, die dem Kind Liebe entgegenbrachte. Es war ein rührender Anblick, wie das Kind auf ihrem Schoß saß, wie sie ihm vorsang, wie es ihre Hand hielt und beide durch den Garten schwankten. Evie nannte Mary »Oma«, und Leah korrigierte sie nicht. Es schien ganz selbstverständlich, daß Mary sich als Evies Großmutter empfand. Früher, erzählte Mary ihr, habe sie einmal selbst ein kleines Mädchen, ein eigenes Kind, gehabt, doch sie wollte nicht erzählen, was aus ihm geworden war.

Von Evies leiblicher Großmutter war kein Echo erfolgt, obgleich Leah Mrs. Todhunter eine Taufanzeige geschickt hatte. In einem vagen Bemühen um Kontinuität hatte sie

Evie nach Caldewgate gebracht und in derselben Kirche, Holy Trinity, taufen lassen, wo sie selbst einst getauft worden war. Sie hatte es aber bereut. Sie hätte Evie zur Wetheral Church bringen sollen, die sie jetzt jeden Sonntag besuchte und in der sie sang (wenn auch nicht im Chor). Wetheral war jetzt ihr Zuhause, und sie vermutete, daß sie es, außer zu den wöchentlichen Fahrten nach Carlisle, nie wieder verlassen würde. Sie war zwar erst neunzehn, doch ihr Leben schien ihr genau vorgezeichnet, jedenfalls bis Evie erwachsen sein würde, vielleicht ja auch für immer.

Andere dachten nicht so. Mary sah, wie die Männer nach ihr schielten, und wußte, daß es nur eine Frage der Zeit war, bis man ihr einen Antrag machen würde, den sie nie im Leben ausschlagen könnte. Sie fürchtete sich vor dem Tag, an dem Leah aufgeben würde, und hielt ständig Ausschau nach drohenden Freiern. Die gab es reichlich. Selbst der Pfarrer war vernarrt in sie, doch zum Glück merkte er wie auch Mary, daß es für ihn keine Hoffnung gab. Leah hatte für keinen von ihnen ein gutes Wort. Die Männer überschlugen sich förmlich, um ihr zu gefallen, aber sie nahm davon keinerlei Notiz. Mary wußte, daß Leah sich, seitdem ihre Taille nach Evies Geburt nicht mehr so schlank und sie alles in allem rundlicher geworden war, nicht mehr für attraktiv hielt, aber da irrte sie sich. Ihre Figur war dadurch, daß sie fülliger war, nur noch hübscher geworden, jedenfalls in den Augen der Männer. Mary wußte, daß Leah außerdem glaubte, die Strenge ihres Kleides und ihre Frisur würden sie häßlich machen, aber das taten sie nicht. Die Schmucklosigkeit, das streng im Nacken zusammengehaltene blonde Haar, das dunkelbraune Kleid – alles unterstrich nur noch ihren wunderschönen Teint, ihre durchscheinende Haut. Selbst ihre Zurückhaltung und ihr geringes Interesse an Gesprächen machten sie anziehend, gaben ihr etwas Geheimnisvolles. Vor allem auf dem Markt fiel Mary ihr Aussehen auf. Unter den rotbackigen, wettergegerbten Gesichtern der Butterfrauen trat Leahs Gesicht deutlich hervor, wie eine blasse Blume inmitten kräftiger Farben. Ihre Gelassenheit, während sie ihre Eier verkaufte, hob sich von der ausgelassenen, ruhelosen Energie der anderen Frauen ab, die sich den ganzen Tag lang drehten und wendeten, um miteinander zu reden. Nur einem Blinden wäre Leah Messenger in dieser Umgebung nicht aufgefallen, und die Männer auf dem Markt von Carlisle waren alles andere als blind.

Henry Arnesen war zwar nicht blind, aber sehr kurzsichtig. Er hatte sich jahrelang dagegen gesträubt, die verhaßte Brille zu tragen, nur konnte er unmöglich seinem Schneiderhandwerk nachgehen, wenn er nicht gut sah. Zweimal hatte er Leuten, die behaupteten, Kurzsichtigkeit kurieren zu können, eine hübsche Summe gezahlt, und zweimal war er zum Narren gehalten worden. Jetzt trug er schweren Herzens eine Brille – es waren sogar zwei, eine für die Arbeit und eine für die Ferne – mit Goldrand, so leicht und unauffällig wie nur möglich. Er war sicher, daß sie ihn alt und unattraktiv machte, aber darin täuschte er sich. Die Brille ließ Henrys Gesichtszüge nicht weniger freundlich erscheinen und vergrößerte seine auffallend blauen Augen – »Zu hübsch für einen Mann«, hatte seine Mutter immer gesagt. Er hatte volles braunes Haar und einen herrlichen buschigen Schnurrbart, und er war groß und kräftig – er war, ohne sich dessen bewußt zu sein, ein gutaussehender Mann.

Trotzdem war er mit seinen dreißig Jahren nicht nur ledig, sondern noch nie ernsthaft auf Freiersfüßen gegangen. Seine Mutter, die sich sehnlich Enkel wünschte (Henry war ihr einziges Kind), beklagte sich darüber. Henry entschuldigte sich damit, daß er zuviel arbeite, um Zeit zu haben, auf Brautschau zu gehen. Das traf auch durchaus zu. Er arbeitete in der Tat hart in seinen bescheidenen Räumen in der Globe Lane. Sein Vater, auch Schneider, hatte ihm dort zu einem Geschäft verholfen, als er einundzwanzig wurde, und Henry hatte inzwischen ein Vielfaches der investierten Summe zurückgezahlt. Nach dem Tod seines Vaters hatte Henry dessen Stammkunden übernommen und unterstützte seitdem seine Mutter. Nicht nur, daß er maßgeschneiderte Kleidung zuschnitt und nähte, sondern er hatte auch noch an Samstagen auf dem Markt einen Stand, an dem er Stoffe verkaufte. Samstags war am meisten los auf dem Markt, wenn das ganze Landvolk herbeiströmte, um seine Erzeugnisse zu verkaufen und sich von dem Erlös womöglich ein Stück Stoff für ein neues Kleid zu leisten. Henry hatte einen Blick dafür, was diesen Frauen gefiel, und stattete seinen Stand entsprechend aus. Manchmal nahm er an einem Samstag genausoviel ein wie in der ganzen Woche. Außerdem mochte Henry seine Samstage. Sie waren erholsam. Er mußte seine Brille nicht tragen, denn er brauchte nicht so klar zu sehen. Gewiß, alles war ein wenig verschwommen, aber wenn er sich etwas bemühte, kam er gut zurecht.

Beim erstenmal sah er Leah wie durch einen Schleier. Er hielt sich während einer kurzen Pause hinter seinem Stand auf, und während er über die mit einem Zweigmuster verzierten Baumwollstoffe hinwegblickte, sah er inmitten all der hochroten Köpfe ihr zartes Gesicht. Es wirkte unter den vielen sich drehenden und wendenden Köpfen so gelassen und rein, daß er nach der richtigen Brille tastete und sie aufsetzte. Leahs Gesicht zeichnete sich plötzlich scharf ab, ein trauriges, stilles Gesicht mit niedergeschlagenen Augen und einem energischen, geschlossenen Mund. Nichts konnte jedoch die Makellosigkeit der Haut verbergen, noch konnte der ernsthafte Ausdruck dem Gesicht seine Grazie und natürliche Feinheit nehmen. Henry behielt seine Brille auf und beobachtete Leah während des restlichen Nachmittags. Er sah, wie sie mit einer alten Frau aufbrach, die ein Kind trug. Das Kind mußte zu der jüngeren Frau gehören, was ihn enttäuschte. Dann war sie bestimmt verheiratet. Er nahm die Brille ab und seufzte. Es war immer dasselbe. Jedesmal, wenn ihm eine Frau auffiel, war sie verheiratet. Vermutlich war sie eine Bäuerin, die mit ihrer Butter und ihren Eiern vom Land gekommen war und sogleich vom Bauern mit seinem Wagen abgeholt werden würde. Er wäre dem gern nachgegangen, doch seine Mutter, die gewöhnlich am Stand einsprang, wenn er eine Pause machte, fühlte sich an jenem Tag nicht wohl, und er war allein.

Aber in der darauffolgenden Woche war seine Mutter da und auch, wie er feststellte, die Frau mit dem blassen, fein geschnittenen Gesicht. Er wartete den ganzen Tag und beobachtete sie genau, und als die andere, die alte Frau wieder mit dem Kind eintraf, um sie abzuholen, war Henry darauf vorbereitet und folgte ihnen. Er sah sie durch das hintere Tor zum Ufer hinuntergehen, wo sie auf einen großen Wagen stiegen, der bereits voller Frauen war, und schon fuhren sie los. Das bewies nichts. Lauter Bäuerinnen, alle vermutlich aus demselben Dorf. Aber daß kein Mann gekommen war, um sie mit dem eigenen Wagen abzuholen, gab Henry ein Fünkchen Hoffnung. In der Woche darauf verließ er seinen Stand eine halbe Stunde vor dem allgemeinen Abbau und begab sich hinunter zum Ufer, wo die Wagen warteten. Er erkannte den Wagen, den er in der Woche zuvor gesehen hatte, an seinen riesigen, schlammbespritzten, rot angemalten Rädern und sprach den Kutscher an. Henry war direkt, er fand es sinnlos, auf irgendeine List zurückzugreifen. »Wohin geht die Fahrt?« fragte er. Der Kutscher würdigte ihn kaum eines Blickes. »Wetheral und Umgebung«, sagte er, »gibt aber keinen Platz mehr.« Henry kehrte zufrieden zum Markt zurück. Wetheral war nicht weit entfernt. Etwa fünf Meilen. Er hatte hin und wieder seine Mutter dorthin mitgenommen und sie über den Eden nach Corby gerudert. Sehr selten. So selten, daß er sich nicht mehr an das letzte Mal erinnern konnte. Sie wäre entzückt, wenn er ihr jetzt einen solchen Ausflug vorschlagen würde.

Es war natürlich töricht. Henry wußte es genau, fuhr aber trotzdem seine Mutter in seinem flotten kleinen Ponywagen – den er erst vor kurzem erworben hatte und der ihn mit großem Stolz erfüllte – nach Wetheral, und als sie dort ankamen, spazierten die beiden über die Dorfwiese zum Fluß hinunter und saßen da und beobachteten den Lachssprung. Henry hatte nicht zu hoffen gewagt, die Frau, die ihn so faszinierte, ihm zuliebe durch Wetheral stolzieren zu sehen, und nahm es daher gelassen hin, als sie nirgendwo auftauchte. Danach bereitete es ihm aber jeden Samstag, wenn er das blasse Gesicht am anderen Ende des Marktes erblickte, ein seltenes Vergnügen zu wissen, daß sie aus Wetheral stammte. Er hatte den Eindruck, es sei für ihn von Vorteil, obwohl es lange dauerte, bis er daraus irgendeinen Nutzen zog. Ihm fiel auf, daß die Frau außer Eiern auch Blumen anbot, die er von nun an bei ihr für seine Mutter kaufte. Allwöchentlich kaufte er der Frau aus Wetheral zwei Sträuße Blumen ab, wobei er, wie in Carlisle, tunlichst darauf achtete, nicht das geringste Interesse an ihr zu bekunden. Erst nachdem diese Transaktion fünfundzwanzig Wochen – er hatte genau mitgezählt – stattgefunden hatte, wagte er, ein Gespräch anzuknüpfen, und selbst da beschränkte er sich auf Scherze, die stets mit ähnlichen erwidert wurden. Nach beinahe einem Jahr war er mit dem Verlauf der Dinge recht zufrieden und beschloß, kühner zu verfahren, überzeugt, seine Vorgehensweise sei so ausgeklügelt, daß man sein wahres Interesse nicht erriet.

Mary hatte innerhalb eines Monats erraten, worum es Henry ging, und Leah eigentlich auch. Henry war aber nicht der einzige. Viele Marktleute hatten plötzlich für erstaunte Mütter Blumen zu kaufen begonnen, was wiederum Leah zugute gekommen war. Worin Henry sich aber unterschied, war seine große Ausdauer und äußerste Vorsicht. Leahs meiste Kunden konnten nach einigen Wochen ihre Begeisterung nicht länger verbergen. Dann kauften sie die Blumen, drückten ihr das Geld in die Hand und fragten sie, ob sie ihr eine Tasse Tee bringen oder, wenn sie sehr forsch waren, sie nach dem Markt treffen könnten. Diese Männer waren erstaunt, ja schockiert über die unverblümte Abfuhr, die ihnen erteilt wurde, dazu ein wütender Blick, der ihnen aus dem vermeintlich so ruhigen, sanften Gesicht entgegenfunkelte. Sie waren abgeschreckt und kamen nie wieder. Bald galt Leah als jemand, deren Äußerem man nicht trauen dürfe, eine Giftnudel, und natürlich hörte auch Henry, was über sie geredet wurde. Der Markt schien riesig zu sein, dabei war er nur eine kleine Welt, in der der Tratsch mühelos kursierte. Er hörte auch, daß Leah Messenger – es tat gut, endlich ihren Namen zu wissen – wirklich ein Kind, ein Mädchen, hatte und, obgleich sie einen Ehering trug, von einem Ehemann weit und breit nichts zu sehen oder zu hören war.

Henry dachte lange und gründlich über das Kind nach. Es würde, falls er weitere Schritte unternahm, ein Hindernis darstellen. Leah würde zweifellos an dem Kind hängen, und seine Zukunft würde ihr mehr am Herzen liegen als ihre eigene, davon war er überzeugt. Mütter waren so, das hatte er beobachtet. Die Frage, die er die Woche über beim Nähen erwog, lautete also, ob ihm das Kind etwas ausmachte. Soweit er es beurteilen konnte, war es ein kleines stilles Ding, das nie Ärger bereitete. In den Stunden, die es bei ihrer Mutter verbrachte und in denen es nicht von der alten Frau abgeholt wurde, saß es still da und sagte nichts. Es lief nicht schreiend herum wie die anderen Kinder. War das Kind aber das Ergebnis einer – weshalb auch immer – zerbrochenen Ehe oder irgendeiner unglücklichen Liaison? War Leah Messenger sozusagen ein gefallenes Mädchen, und wenn ja, machte es ihm etwas aus? Ja, ein wenig, entschied Henry. Er hatte immer geglaubt, daß jede Frau, für die er sich ernsthaft interessierte, über jeden Vorwurf erhaben sein müßte. Er selbst war redlich und sehr moralisch und erwartete dasselbe von anderen. Nicht, daß die eigene Keuschheit mit dreißig Jahren nach seinem Geschmack war – alles andere als das –, aber er schämte sich ihrer auch nicht. Er wußte, was fleischliche Begierde war, und sie hatte ihm so manche Qual bereitet, er wußte aber auch damit umzugehen oder sie zu kontrollieren, ohne anderen weh zu tun. Nur war er dieser Kontrolle überdrüssig und sehnte sich nach einer Ehefrau. Es war an der Zeit.

Nach dem ersten Jahr spielte es für Henry keine Rolle mehr, ob Leah ein Kind hatte oder nicht und was die Existenz dieses Kindes bedeutete. Er war von ihr wie hypnotisiert. Ob mit oder ohne Brille, immer hatte er ihr Gesicht vor Augen und sehnte sich nach den Samstagen. Zu Ostern kaufte er in einer plötzlichen, für ihn untypischen Anwandlung von Leichtsinn alle Blumen, die Leah bei sich hatte. »Alle?« sagte Leah erstaunt, denn da Ostern war, hatte sie vielerlei Blumen – Tulpen, Narzissen, Osterglokken – in Eimern um sich herum aufgestellt. »Alle«, sagte Henry entschlossen. »Aber wie wollen Sie sie tragen?« fragte Leah. Henry machte eine Geste, als spiele das keine Rolle. »Ich hole sie ab, wenn Sie nachher zusammenpakken«, sagte er feierlich. Als der Augenblick gekommen war, brachte er ein Osterei mit und bat um die Erlaubnis, es dem Kind zu schenken. Sie wurde ihm bereitwillig gewährt, wie auch seine höfliche Bitte, auf ihn zu warten, während er sämtliche Blumen über den Markt die Lowther Street hinauf in die Globe Lane transportierte (wo er sie alle bis auf einen Strauß in seinem Arbeitszimmer hinzustellen gedachte). Er mußte dreimal gehen, und als er die letzten Sträuße einsammelte, wurde Leah, wie erwartet, nervös und gestand, sie befürchte, ihren Wagen nach Hause zu verpassen. Nicht etwa Leah, sondern der alten Mary bot Henry an, sie persönlich nach Wetheral zu fahren, zumal er der Grund für die Verspätung sei.

Die Erlaubnis wäre ihm fast nicht erteilt worden, und Henrys große Geste, alle Blumen zu kaufen, hätte sich fast als schwerer Fehler erwiesen. Leah hatte seine behutsamen Annäherungsversuche nur respektiert und seine Aufmerksamkeiten nur toleriert, weil sie bescheiden, ja sogar schüchtern waren und keinerlei Bedrohung darstellten. Sie hatte gehofft, diesem so sympathisch wirkenden Mann nie eine Abfuhr erteilen zu müssen, war sich aber mit einemmal nicht mehr sicher. Ihr Zögern blieb nicht unbemerkt, doch Henry war vernünftig genug, sie nicht überreden zu wollen, und deshalb fiel das Urteil zu seinen Gunsten aus. Insgeheim beflügelt, doch um Sachlichkeit bemüht, eilte er davon, um die letzten Blumen wegzubringen und seinen Wagen zu holen und das Pony anzuschirren, was sehr viel länger dauerte, als er vermutet hatte. Als er schließlich unten in der Market Street ankam, wirkten Leah, Mary und das Kind wie ein kleiner verlorener Haufen, und ihn rührte ihre offensichtliche Besorgnis, ob er überhaupt noch auftauchen würde.

Er versuchte, die Fahrt so lange wie nur irgend möglich auszudehnen, und das fiel ihm nicht schwer, denn wenn der Wagen auch neu war, so war das Pony doch alt und ziemlich müde. Er hatte das Kind, Evie, neben sich gesetzt, zwischen sich und seine Mutter, und die alte Frau saß hinten. Behutsam legte er der kleinen Evie die Zügel in die Hände und erlaubte ihr, sie auf einer geraden, unbefahrenen Strecke eine Weile ganz allein zu halten. Wäre Evie älter und gesprächig gewesen, hätte er möglicherweise eine Menge über ihre Mutter erfahren können, aber blutjung und schweigsam, wie sie war, konnte sie ihm nicht weiterhelfen. Als Wetheral vor ihnen auftauchte, hatte Henry nicht die geringste Information über seine Mitreisenden in Erfahrung gebracht. Leah erzählte nichts, und er hatte nichts gefragt. Sie sprach nicht, bis sie zur Abzweigung an der Dorfwiese gelangten, und dann auch nur, um ihn dorthin zu lenken, wo sie wohnte. Das winzige Reihenhaus sah nicht so aus, als könne es mehr als die drei Leute, die er an seiner Haustür ablieferte, beherbergen, aber er hütete sich vor jeglichem Optimismus. Er hob Evie herunter und half der alten Frau vom Wagen, dann zog er, ohne noch länger herumzustehen, seine Mütze, wehrte Leahs Dank ab und machte sich unverzüglich auf den Rückweg nach Carlisle.

Noch in derselben Woche fuhr er eines Abends nach der Arbeit nach Wetheral hinaus und streifte umher. Er widerstand der Versuchung, an Leahs Haus vorüberzugehen, und ging statt dessen am Ende der Straße vorbei und den Fluß entlang. Von dort aus erklomm er die Stufen, die ihn in die Nähe des *Crown Inn* brachten, und betrat, einer plötzlichen Eingebung folgend, den Pub. Er war ziemlich voll, und Henry wäre beinahe wieder hinausgegangen, doch er hatte großen Durst und wollte vor der Rückfahrt ein Glas Bier trinken. Während er an der Theke seinen Durst löschte, hörte er, wie er insgeheim gehofft hatte, daß der Name Messenger fiel. Die beiden direkt neben ihm an der Theke stehenden Männer sprachen über das Gerücht, in der Nähe würden einige Häuser abgerissen und die Mieter auf die Straße gesetzt werden. Eine Mary Messenger wurde unter traurigem Kopfschütteln erwähnt, und »das junge Ding mit dem Kind, das bei ihr wohnt«.

Henry leerte sein Glas und ging zur Dorfwiese, um sein Pony loszubinden. Er hatte einen Entschluß gefaßt. Er würde Leah Messenger fragen, ob sie ihn heiraten wolle, und ihr sagen, daß er Evie selbstverständlich nur zu gern annehmen und wie sein eigenes Kind lieben würde. Sein Angebot wäre gewiß unwiderstehlich, wenn es stimmte, daß Mary aus ihrem Haus geworfen werden sollte. Würde er aber die alte Mary auch bei sich aufnehmen? Die Antwort lautete nein. Das wäre gewiß zuviel verlangt von einem Mann. Er würde es ganz deutlich machen müssen, daß sein Angebot nicht hieß, auch der alten Mary ein Zuhause geben zu wollen. Jedenfalls konnte er durch nichts überrascht werden.

Die Überraschung hatte, als sie eintrat, nichts mit der alten Mary zu tun und überstieg noch bei weitem das, was Henry sich ausgemalt hatte. Es war keine Überraschung, sondern ein Schock. Als er auf einer unter vielen Mühen zustande gekommenen Fahrt, wie es sich gehört, um ihre Hand anhielt, sagte sie, sie stelle zwei Bedingungen. Erstens dürfe er ihr nie Fragen über den Vater ihres Kindes stellen. Sie würde weder je seine Identität preisgeben noch die Umstände, wie sie ihm begegnet und was geschehen sei, offenbaren. Ihres Wissens halte er sich in Kanada auf, und da sie seit drei Jahren nichts von ihm gehört habe, sei er für sie gestorben. Vor ihm und nach ihm habe es niemanden gegeben. Der Ehering sei echt, bedeute aber keine legale Heirat. Henry hörte ihr aufmerksam zu und sagte, er werde diese Episode in Leahs Leben nie erwähnen. Sie brauche sich keine Sorgen zu machen – er wolle sie so akzeptieren, wie sie sei, mit ihrem Kind. Da aber kam der Schock. Leahs zweite Bedingung war so außergewöhnlich, daß Henry glaubte, sich verhört zu haben. Er bat sie zu wiederholen, was sie gesagt hatte, und forderte sie auf zu warten, bis er das Pony zum Stehen gebracht habe, da er beim Schlagen der Hufe und dem Rattern des Wagens nicht gut höre. »Ich kann es nicht zulassen, daß Evie bei uns lebt«, sagte Leah ruhig, »sie muß bei Mary bleiben. Wir müssen Mary dafür bezahlen, daß sie sie bei sich behält. Ich kann dich nicht heiraten, wenn ich Evie mitbringen soll. Ich muß ganz neu anfangen, das ist alles.«

Henry saß lange wie erstarrt da und fragte sich, was für eine Frau Leah wohl sei. Ihm kam der Gedanke, daß dies eine Art Test sein könnte, vielleicht ein Test seiner Anständigkeit. Schließlich sagte er, als er wieder anfuhr: »Sie ist aber doch dein Kind, sie ist doch noch so klein.«

»Ich weiß, daß sie mein Kind ist, aber ich kann den mit ihr verbundenen Schmerz nicht ertragen. Wenn ich dich heirate, dann nur, um all diesen Schmerz hinter mir zu lassen. Ich kann sie nicht so lieben, wie ich es sollte und wollte. Wie ich es müßte, wie ich es mir gewünscht hätte. Mary liebt sie. Auch wenn du mich für hart und grausam hältst, ich will, daß Evie bei Mary bleibt, wenn ich mit dir gehe und deine Frau werde.« Diese letzten Worte flüsterte sie mit gesenktem Kopf.

Henry warf ihr einen kurzen Blick zu und sah, daß sie weinte. »Schon gut, schon gut«, sagte er halbherzig und räusperte sich. »Soviel auf einmal zu begreifen ist nicht leicht, ich will's versuchen, aber das ändert nichts daran, daß ich dich zur Frau haben will, zumindest darüber bin ich mir im klaren.« Sie fuhren ein Stückchen weiter, bis Henry das Pony von neuem anhielt. »Du bist die Mutter«, sagte er, »du mußt entscheiden, nicht ich. Ich hoffe nur, die Leute denken nicht, ich würde nichts von dem Kind wissen wollen. Es wäre verständlich, wenn sie das glaubten, dabei ...«

»Ja«, sagte Leah, »du würdest Evie nehmen, das hast du klar zu verstehen gegeben.«

»Dir gegenüber, aber für andere wäre es nicht so klar.«

»Und wennschon.«

»Ich möchte keine Mißverständnisse, man könnte denken ...«

»Die Leute vergessen«, sagte Leah. »Mich kennt doch kaum jemand.«

»Auf dem Markt wird mehr gesehen, als du denkst.«

»Na gut, wenn du das Gefühl hast, du kannst nicht ...«

»Nein. Wenn du es so willst, dann soll es auch so sein. Es sei denn, du änderst, wenn es drauf ankommt, deine Meinung und behältst das Kind.«

»Das werde ich nicht«, sagte Leah. »Ich werde meine Meinung nie ändern. Ich wollte, sie wäre tausend Meilen weit weg. Willst du mich noch immer zur Frau?«

»Ja«, sagte Henry.

Kapitel 10

Es war eine stille, aber sehr hübsche Hochzeit, ganz nach dem Geschmack von Hazels Mutter. Es war das, was sie sich am meisten wünschte, und Hazel sah keine Möglichkeit, sich dem zu entziehen. Ihre Mutter war seit dem plötzlichen Tod ihres Mannes im Jahr zuvor so traurig gewesen – er war erst zweiundsechzig gewesen und bei guter Gesundheit. Seine Witwe konnte diese Ungerechtigkeit nicht verwinden. Hazel hatte das Gefühl, ihren Schmerz nicht noch vermehren zu dürfen, indem sie Malcolm nur standesamtlich heiratete, wie sie es gern getan hätte, also gab sie nach und überließ die gesamte Planung ihrer Mutter, die vorübergehend wieder Freude am Leben hatte.

Eine hübsche Hochzeit auf dem Lande in Gloucestershire, wo die Walmsleys ein Cottage besaßen. Hazel ging den Weg vom Haus zur Kirche, die gleich unten am Hügel hinter der Biegung stand, zu Fuß, es war weniger als eine halbe Meile (Mrs. Walmsley hatte die Entfernung messen lassen, um den Zeitpunkt für den Einzug der Braut möglichst genau berechnen zu können). Ihr ältester Bruder war Brautführer und sah in seinem traditionellen Cutaway sehr imposant aus. Hazel trug ein auf den ersten Blick schlicht wirkendes Kleid, natürlich in Weiß, weißer Satin mit einem langen, enganliegenden Rock, in dem sie noch schlanker aussah als sonst. Ihr Strauß bestand aus kleinen gelben Rosenknospen, in derselben Farbe wie die Kleider der Brautjungfern. Vier Brautjungfern (ihre Nichten), alle noch keine zehn Jahre alt, von der Größe her gut aufeinander abgestimmt. Die kleine Prozession sah reizend aus – »wie aus einem Hardy«, hatte man einen der literarisch ambitionierteren Gäste murmeln hören. Es war ein windiger Apriltag, und der Wind erfaßte Hazels Schleier und wirbelte ihn – allerdings nur sanft – um sie herum und hob die Kleider an, was ihrem gemessenen Gang etwas Lebendiges, Vitales gab. Die Kirche war wunderschön und außergewöhnlich geschmückt, mit Schlüsselblumen in Schalen und Kätzchenzweigen in Krügen.

Mrs. Walmsley konnte zwar nicht restlos zufrieden sein, zu sehr hätte sie sich gewünscht, ihren verstorbenen Mann bei diesem glücklichen Ereignis an ihrer Seite zu haben, doch während der Trauung war ihre Zufriedenheit nahezu vollkommen. Hazel sah wunderschön aus. Sie war ziemlich unbefangen, ganz ohne jene nervöse Verlegenheit, die so manche Braut befällt, und bewegte sich mit seltener Grazie und Fassung auf den Altar zu. Wer, überlegte ihre Mutter, würde je Hazels Vergangenheit erahnen? Oder jenes dunkle Kapitel ihrer Vergangenheit? Alles hätte so anders kommen können. Mrs. Walmsley fühlte sich bei dem Gedanken daran einen Augenblick lang nicht wohl. Hätte sie vor all den Jahren nicht so schnell und effizient gehandelt, wäre Hazels Leben mit achtzehn ruiniert gewesen. Sie hätte nie studiert, wäre nie Anwältin geworden, nie Malcolm McAllister begegnet, der so gut zu ihr paßte. Ihr ganzes Leben wäre durch einen einzigen Fehler ruiniert gewesen. Und zwar nicht bloß ihr Leben, auch das des Kindes, jenes Kindes, das nun all die Jahre zu einer anderen Familie gehörte und es so viel besser hatte. Die Belastung durch das Kind wäre unerträglich gewesen. Mrs. Walmsley zweifelte keinen Augenblick daran. Sie zweifelte eigentlich an nur wenigen Dingen, obgleich sie immer versucht hatte, sich nicht die Reaktion ihres Mannes auszumalen, wenn er erfahren hätte, warum Hazel in Wahrheit nach Norwegen gegangen war. Er hatte die häuslichen Angelegenheiten immer seiner Frau überlassen, vielleicht wäre er aber auch über ihre Verschwiegenheit bei diesem entscheidenden Anlaß entsetzt gewesen. Vielleicht. Sie wußte es nicht.

Doch vor ihr stand Hazel, eine schöne Braut. Ihr Fehltritt wurde nie erwähnt. Es war jahrelang nicht darüber gesprochen worden. Erst als Malcolm auf der Bildfläche erschien, hatte Mrs. Walmsley es nicht lassen können, Hazel nahezulegen, doch vielleicht darüber nachzudenken ... Hazel war entrüstet gewesen. »Mutter, du glaubst doch wohl nicht etwa, ich würde auch nur im entferntesten daran denken, jemanden zu heiraten, dem ich nicht reinen Wein einschenken könnte?« Mrs. Walmsley hatte gesagt, nein, natürlich nicht, daß es aber schwierig und vielleicht ja auch gar nicht nötig sei ... Und das brachte Hazel noch mehr auf. »Nicht *nötig*?« hatte sie beinahe geschrien. »Mutter, wie könnte ich meinem zukünftigen Mann etwas so Wichtiges verschweigen?« »Oh«, hatte Mrs. Walmsley immer wieder gesagt, »oh, ist es denn jetzt wichtig, Schatz, wo es doch so lange her ist und so schnell vorüber war?«

Der Empfang fand im Hause statt. Im Laufe des Nachmittags ließ der Wind nach und die Sonne kam hervor, und als das Mittagessen vorbei war, ging man nach draußen in den Garten. Es war eine entspannte Atmosphäre, und Malcolms Familie, die eher unterrepräsentiert war (die meisten Mitglieder waren offenbar von Schottland nach Kanada ausgewandert), schien besonders froh über die Zwanglosigkeit zu sein. Es waren scheue Leute, eher zurückhaltend, stellte Mrs. Walmsley erstaunt fest, wo doch Malcolm alles andere als zurückhaltend war. Seine Eltern sprachen kaum, obgleich sie sich anscheinend mit der Zeit immer wohler fühlten und so weit auftauten, daß sie zum Ausdruck brachten, wie sehr ihnen Hazel gefiel. Sie sei die Schwiegertochter, die sie sich schon immer gewünscht hätten. Malcolm sei so wählerisch, und sie hätten allmählich die Hoffnung aufgegeben, daß irgendeine Frau je seinen hohen Ansprüchen würde genügen können. Bei Hazel sei das jedoch sichtlich der Fall. Sie sei untadelig –

schön, klug, fleißig und hätte keine Scheidung oder eine andere heikle Geschichte hinter sich. Sie könnten nicht glauben, was für ein Glück Malcolm habe.

Um fünf Uhr zog Hazel sich Jeans und ein Sweatshirt an – in ihren Augen bedeutete die Tatsache, daß sie ihrer Mutter eine traditionelle Hochzeit zugestanden hatte, nicht, daß sie sich zum Abschied konventionell fein anziehen müsse – und brach mit dem ähnlich gekleideten Malcolm in Richtung Heathrow Airport auf, wo sie ein Flugzeug in Richtung Algarve bestiegen. Kurz vor Mitternacht erreichten sie die Villa, die sie gemietet hatten, und gingen sogleich schlafen. Sie hatten ihre erste gemeinsame Nacht vor langer Zeit in Malcolms Wohnung verbracht. Hazel hatte acht Jahre lang keinen Sex mehr gehabt, seit George, aber nicht etwa aus Mangel an Gelegenheit, sondern weil sie solch intimen Kontakt nicht geduldet hatte. Etwas in ihr war zerstört worden, obgleich sie nicht genau wußte, was. Sie war mehrfach in Versuchung gewesen, aber sie hatte sich bewußt zurückgehalten, sich dazu gezwungen, die möglichen Konsequenzen ihrer Lust zu bedenken. Nicht, daß sie befürchtet hätte, wieder schwanger zu werden. Verhütung war nicht länger ein Problem. Die Spielregeln hatten sich geändert. Sie hätte die Pille nehmen können, wogegen sie, wie ihre ganze Generation, keinerlei Bedenken hatte. Ihre Bedenken betrafen sie selbst und ihre Bedürfnisse. Sie befürchtete, sie könnte ihren Liebhaber, sobald sie genug hatte, loswerden wollen. Das würde nur Verwirrung stiften, und sie scheute sich vor den Komplikationen einer unbefriedigenden Affäre. Ihr war nie ein Mann begegnet, der das Risiko wert zu sein schien.

Malcolm schien es wert zu sein. Er wollte weder ihren Geist noch ihren Körper besitzen. Was sie zunächst für ihn anziehend machte, war ihre Unabhängigkeit, die ihr so viel bedeutete. Er wolle nicht, sagte er, daß sie diese seinetwegen aufgebe. Er hatte in den zwei Jahren, seit sie ihn kannte, zu seinem Wort gestanden, und deshalb liebte sie ihn. Zu wissen, daß sie Malcolm liebte, war eine große Erleichterung, ein Segen. Es befreite sie von der wachsenden Gewißheit, so unabhängig zu sein, daß sie keinen anderen Menschen lieben könne, und in einem so beängstigenden Maße egoistisch, daß ihr die Bedürfnisse eines anderen nie wichtiger sein könnten als ihre eigenen. Je näher sie sich kamen, desto mehr fühlte sie sich von ihrer Egozentrik befreit, bis sie nach sechs Monaten bereit war, mit ihm zusammenzuziehen. Malcolm sagte, es gebe ein paar Dinge, die sie vorher wissen solle. Er erzählte ihr, er habe, bevor er ihr begegnet sei, vier Jahre lang mit jemandem zusammengelebt. Seine Wohnung habe ursprünglich dieser Frau gehört. Er habe sie, als sie sich trennten und sie nach Amerika ging, übernommen. Das, stellte Hazel fest, erklärte die gerüschten Jalousien, die weiße Spitzenüberdecke und die für Malcolm untypischen zotteligen Teppiche, der nie die Zeit gefunden hatte, diese Dinge auszutauschen.

Malcolm erbot sich, Hazel in allen Einzelheiten von seiner »Verflossenen«, wie er sie nannte, zu erzählen, doch sie lehnte es ab, über sie aufgeklärt zu werden. Sie sagte, sie wolle nichts über Malcolms Vergangenheit wissen, bis auf bloße Fakten wie etwa, wo er geboren sei (St. Andrews) und ob seine Eltern noch lebten (ja) und ob er Brüder (nein) oder Schwestern (ja, eine) habe. *Ihn* wolle sie kennenlernen, nicht die, mit der er zusammengewesen sei. »Ach«, hatte er lächelnd, um sie zu necken, gesagt, »aber kann man denn eine Person wirklich kennen, ohne zu wissen, mit wem sie zusammengewesen ist? Sind nicht die Menschen ihre Vergangenheit?« Es wäre der geeignete Moment gewesen, ihm von George und dem Baby zu erzählen, sie war aber noch nicht bereit für irgendwelche Geständnisse. Zu ihrer Erleichterung unternahm er keinen Versuch, sie über ihre eigene Vergangenheit auszufragen, obgleich er sich verwundert darüber äußerte, daß sie vor ihm noch nie mit einem Mann zusammengelebt habe.

Als sie sich einander sicher waren und das Jawort gegeben hatten, wußte Hazel, daß sie nicht länger schweigen konnte. Er mußte von dem Baby, das sie zur Welt gebracht und fortgegeben hatte, wissen, und sie mußte wissen, was er darüber dachte. Sie beschloß, den geeigneten Augenblick zu wählen, wobei sie ihn am Ende gar nicht wählte. Malcolm wählte ihn, indem er sie fragte, ob sie sich Kinder wünsche. Sie hatten seine Schwester besucht, die zwei Söhne im Alter von sechs und acht Jahren hatte, und Malcolm war offensichtlich vernarrt in sie. Er hatte den ganzen Tag lang in einer Weise mit ihnen gespielt, die Hazel außergewöhnlich fand – sie hatte nicht erwartet, daß er so gern mit Kindern herumtoben würde, und sprach mit ihm auf der Rückfahrt darüber.

»Oh, ich mag Kinder«, hatte er gesagt, »du nicht? Möchtest du keine Kinder? Ich meine, möchtest du nicht, daß wir irgendwann auch eine Familie haben?« Sie schwieg so lange, daß er unruhig wurde und seine Augen für einen Moment von der vielbefahrenen Straße abwandte, um ihr einen kurzen Blick zuzuwerfen. »Was ist los, Hazel?«

»Ich erzähle es dir, wenn wir zu Hause sind«, sagte sie. Sie wünschte, sie hätte gleich, als er am Steuer saß, damit angefangen, als ginge es um irgendeine Information, die ihr nicht viel bedeutete. Statt dessen hatte diese Sache, die zu erzählen sie ihm versprochen hatte, als sie nach Hause kamen, eine ungeheure Tragweite angenommen, und es irritierte sie, daß er offensichtlich erwartete, sie habe ihm etwas Bedeutsames mitzuteilen. Er öffnete eine Flasche Wein, und sie machte Sandwiches, und dann saßen sie vor dem Kamin, und obgleich er sie nicht drängte, wußte sie, daß sie es nicht länger aufschieben konnte.

»Es ist nur«, sagte sie plötzlich, indem sie ihn direkt ansah, »daß ich mit achtzehn ein Kind bekommen habe. Es wurde adoptiert.«

Er setzte sein Glas ab und faltete, als wolle er sich wappnen, in der für ihn typischen, ihr zuerst an ihm aufgefalle-

nen Weise die Hände. Genauso hatte er bei Gericht dage-
sessen, mit gefalteten Händen, die er angespannt vor die
Brust legte. »Adoptiert?« fragte er schließlich, und dann
sehr behutsam, viel zu behutsam: »Warst du froh darüber?«

»Ja. Noch lieber wäre mir eine Abtreibung gewesen,
wenn ich gewußt hätte, an wen ich mich hätte wenden sollen.«

»Du wolltest das Kind also offensichtlich nicht.«

»Offensichtlich«, sagte sie, ohne auf den sarkastischen
Unterton in ihrer Stimme verzichten zu können. »Ganz,
ganz offensichtlich. Ich war achtzehn, eigentlich erst siebzehn, als ich so dumm war, schwanger zu werden.«

»Dumm? Ich kann mir nicht vorstellen, daß du je dumm
warst.«

»Ich war es aber. Ich ließ mich dazu hinreißen.«

»Das kann ich mir genausowenig vorstellen.«

»Nein, du kannst dir nichts davon vorstellen, das erwarte ich auch gar nicht. Ich kann es mir heute selbst kaum
noch vorstellen.«

Lange Zeit herrschte Schweigen. Sein Gesicht hatte sich
nicht verändert, der Ausdruck blieb gelassen, aber sie sah,
wie ein kleiner Muskel an seinem Kinn zuckte. Sie wollte
irgend etwas zu ihm sagen, wußte aber nicht, was. Als er
sprach, stellte er ihr genau die Frage, die sie nicht von ihm
hören wollte.

»Weißt du, was aus dem Kind geworden ist?«

»Nein. Das wollte ich nicht. Es wurde adoptiert.«

»Es? Ein Junge oder ein Mädchen?«

»Spielt das eine Rolle?«

»Ich möchte es gern wissen.«

»Ein Mädchen.«

»Hast du sie gesehen?«

»Nein. Nur einen Schatten. Ich wollte sie niemals sehen.«

»Ich denke, das ist natürlich, wenn sie adoptiert werden

sollte. Es heißt, Frauen würden ihre Meinung ändern, sobald sie das Baby gesehen haben.«

»Ich hätte meine Meinung nicht geändert. Ich wollte es unbedingt loswerden.«

»Keine Gefühle für sie?«

»Keinerlei.«

»Keine Schuldgefühle? Kein Mitleid?«

»Nein. Ich war wütend.«

»Auf das Baby?«

»Ja, auf das Baby, auch wenn es keine Schuld hatte.«

Malcolm nickte, und sie ärgerte sich darüber. Er wirkte auf einmal überheblich und selbstgefällig. Er war ganz Anwalt, und das konnte sie nicht ertragen.

»Nun, also«, sagte sie forsch, »das war's, was ich dir sagen wollte.«

»Ich bin froh, daß du's getan hast.«

»Ich nicht.«

»Oh, und warum nicht?«

»Ich habe es noch nie jemandem erzählt. Meine Mutter wußte es als einzige. Mein Vater nicht und meine Brüder nicht, und dabei sollte es bleiben, ein Geheimnis. Nicht einmal mit dir möchte ich darüber reden. Es wühlt mich auf.«

»Stolz«, sagte Malcolm. »Letzten Endes geht es nur um Stolz. Wie so oft bei dir.«

»Tatsächlich?«

»Ja. Du bist stolz darauf, verschlossen, unabhängig zu sein. Es bedeutet einen Gesichtsverlust, etwas so Geheimes preisgeben zu müssen.«

»Bist du aber klug.«

»Ja. Wie du. Klug genug zu wissen, daß *ich* weiß, warum du aufgewühlt bist, und es hat nichts damit zu tun, daß du mir von dem Baby erzählt hast. Es geht doch nur darum, was ich aus dem Ganzen mache, oder? Ob ich es dir vorwerfe? Ob ich wissen will, wer der Kerl war, und all die anderen Details? Das wühlt dich auf und nicht das Preisgeben der Tatsachen.« Er schenkte sich und ihr wieder ein. Sie lächelte. Sie hatte es gern, wenn er so treffend und exakt ihre Gedanken zusammenfaßte. »Naja, ich bin schon einigermaßen schockiert«, sagte er. »Die Vorstellung von dir, einer knapp Siebzehn- oder Achtzehnjährigen, die ein Kind erwartet, das sie nicht haben will, *ist*, für mich jedenfalls, einfach ziemlich schockierend und traurig. Schrecklich.« Er setzte sein Glas ab und streckte seine Hand nach der ihren aus und berührte sie, und zu ihrer eigenen Überraschung schossen ihr Tränen in die Augen, die sie aber auf keinen Fall fließen lassen wollte. »Und ich muß einfach an dieses Baby denken … *dein* Kind …«

»Ich denke nie daran, an das Baby.«

»Ist das wirklich wahr?«

»Ja. Nur manchmal träume ich von seinem Schatten, Alpträume, nehme ich an, aber ich denke nie daran, daß es heranwächst, als Person. Ich will es nicht, ich verbiete es mir.«

»Und was hältst du davon, noch andere Kinder zu bekommen, unsere eigenen, und sie großzuziehen? So hat all das hier angefangen, nicht wahr, als ich dich fragte, ob du Kinder haben möchtest?«

»Ich weiß nicht, ob ich das möchte.«

»Ich wünsche mir welche.«

»Na dann.«

»Na dann was?«

»Wenn du dir welche wünschst, werde ich sie wohl bekommen.«

»Hazel, bitte, was glaubst du denn, wofür ich dich halte? Für eine Gebärmaschine? Warum sollte ich mit dir Kinder haben wollen, wenn du keine haben möchtest? Das wäre ja schrecklich.«

»Ich wüßte nicht, warum.«

»Das solltest du aber.«

An jenem Abend wurde nicht weiter darüber gesprochen, aber Malcolm wirkte noch Tage danach gedankenverloren und distanziert, und es tat ihr leid, ihn damit belastet zu haben. Sie konnte ihm ansehen, daß er besorgt war und mit dem Gedanken kämpfte, womöglich eine Frau zu heiraten, die seine Vorstellung von Familienleben nicht teilte. Sie konnte nichts dagegen tun. Er mußte ihren fehlenden Mutterinstinkt akzeptieren, da dies so sehr zu ihr gehörte, daß es sich kaum verbergen ließ.

Philip war ein Flitterwochenbaby. Es hatte sich natürlich um eine gescheiterte Empfängnisverhütung gehandelt, nicht um einen Unfall und nicht um ein Versehen – sie war nicht noch einmal so dumm gewesen –, um etwas, das mit jenem winzigen Grad an Unzuverlässigkeit zu tun hatte, mit dem, wie sie wußte, selbst bei der Pille immer gerechnet werden mußte. Dieses Mal konnte sie sich allerdings, das wußte sie auch, falls sie es wünschte, einer Abtreibung unterziehen – einem raschen, schmerzlosen Eingriff, wenn er sogleich vorgenommen wurde, kaum schlimmer, sagte man, als wenn einem ein Zahn gezogen wird, und längst nicht so unangenehm. Bevor sie Malcolm überhaupt davon erzählte, erwog sie diese Möglichkeit und entschied sich für das Baby. Was sie empfand, war nicht etwa jene erregte Zufriedenheit, die Malcolm so gern mit ihr geteilt hätte, sondern eher ein Gefühl von stillem Vergnügen, dem Vergnügen an seiner Freude. War das aber genug? Sie erinnerte sich daran, wie sehr sie bei jenem ersten Mal ihren Körper verachtet, wie sehr ihr der ganze Prozeß von Schwangerschaft und Geburt widerstrebt hatte. Lohnte es sich, das alles noch einmal durchzumachen, nur um Malcolm zu geben, was er sich wünschte? Diesmal würde das Kind nicht als Schatten enden. Es wäre ihr eigenes, das es zu hegen und zu pflegen und zu lieben galt, und sie war sich nicht sicher, ob sie diese seltsame Rolle würde erfüllen können. Das Gebären selbst, das wußte sie aus eigener Erfahrung, rief noch lange nicht automatisch Muttergefühle hervor.

Drei Monate lang sagte sie nichts. Tagtäglich fragte sie sich, ob sie für das, was sich in ihr entwickelte, irgendein größer werdendes Fünkchen Liebe verspürte, stieß jedoch immer wieder auf ihr eigenes Unvermögen, eine Reaktion in sich zu erkennen. Nur indem sie herausfand, was sie *nicht* fühlte, konnte sie zu irgendeinem Ergebnis kommen. So stellte sie beispielsweise erleichtert fest, daß sie keinerlei Haß oder Groll empfand, daß sie nicht das Gefühl hatte, es sei in ihren Körper eingedrungen oder über ihn hergefallen worden. Ebensowenig hatte sie das Gefühl, die Dinge nicht im Griff zu haben. Das war am allerwichtigsten: Was auch immer diesmal geschehen mochte, sie würde alles im Griff haben. Sie konnte das Kind bekommen oder auch nicht. Sie brauchte ihr Schicksal nicht in die allzu tüchtigen Hände ihrer Mutter zu legen. An einem Wochenende, als sie wieder einmal Malcolms Schwester besuchten, fiel Hazel auf dem Kaminsims ein frisch gerahmtes Foto seiner Neffen als Babys auf. Einer von ihnen, der jüngere, sah darauf, wie seine Schwester feststellte, genau wie Malcolm aus. Hazel nahm es in die Hand und musterte es. Ein pummeliger, lächelnder kleiner Malcolm. In ihrem Magen rumorte es, und eine plötzliche Erregung durchfuhr sie – wie eigenartig es wäre, Malcolm, den sie so sehr liebte, als Baby zu sehen.

Sie wußte nicht, ob dies so etwas wie beginnende Mutterliebe war, deutete ihre unerwartete emotionale Reaktion jedoch als hinreichenden Beweis für etwas Vergleichbares und fühlte sich erleichtert. Ihre Entscheidung schien gefallen zu sein. Sie teilte sie Malcolm in jener Nacht mit, und seine Freude war so groß wie seine Sorge um sie – wollte sie das Baby wirklich, war sie sicher, daß sie nicht nur ihm einen Gefallen tun wollte? Sie überzeugte ihn davon, daß sie es wirklich wollte, und er weinte vor lauter Glück. (Wie konnte sich ein Mann nur so sehr ein Kind wünschen? fragte sie sich.) Ihre gesamte Schwangerschaft war eine glückliche Zeit, und sie genoß sie. Gelegentlich erinnerte sie sich an Norwegen und das Elend jener Monate und erschauerte bei dem Gedanken daran, doch wurde sie in all der Zeit von keinerlei Schattenträumen gequält. Sie mußte dem Krankenhaus mitteilen, daß dies nicht ihr erstes Kind war, aber sie tat es ohne die geringste Verlegenheit und hatte nichts gegen die wenigen Fragen, die zu beantworten waren, einzuwenden. Je näher der Geburtstermin rückte, desto inniger wünschte sie sich, es möge ein Junge sein. Philip wurde nach kurzen Wehen geboren, und in dem Augenblick, als er ihr in die Arme gelegt wurde und sie ihn ansah, fiel ihr ein großer Stein vom Herzen – sie liebte ihn, sie empfand, was sie empfinden sollte. Dann aber, in den darauffolgenden Tagen, die doch eigentlich überglücklich hätten sein sollen, bedrängte sie eine seltsame Sorge. Es war, als überfiele sie eine Art Verwirrung, eine Benommenheit, dazu eine unbegründete panische Angst, sie habe sich nicht im Griff. Sie erwähnte dies kurz, stockend – es war so schwer zu beschreiben – einem Arzt gegenüber, bevor sie das Krankenhaus verließ, wurde aber beruhigt, dieses Schwindelgefühl (dabei wußte sie, daß sie nie von Schwindel gesprochen hatte, das Wort stammte von ihm) sei ein übliches postnatales Phänomen. Es habe einzig und allein damit zu tun, daß alles wieder ins Gleichgewicht kommen und ihre Hormone sich umorganisieren müßten. Sie gab sich damit zufrieden, aber ihr seelischer Kummer blieb bestehen. Er nahm nur noch zu. Sie bemühte sich, ihre Erregung zu verbergen, begann dann aber zu halluzinieren, wobei sie jenes andere Baby, das sie fortgegeben hatte, ohne es je wirklich gesehen zu haben, vor Augen hatte.

Malcolm, der gewöhnlich äußerst sensibel auf ihre Stimmungen reagierte, bemerkte nichts. Er war so begeistert, Vater zu sein, daß er hinter ihrem Lächeln ihre tatsächlichen Angstgefühle nicht erkannte, und obgleich sie sich meisterhaft darauf verstand, ihre Emotionen zu verbergen, fiel es ihr schwer. Sich mit Philip zu befassen, ihn zu wickeln und die Zartheit seines winzigen Körpers zu erleben, wie sein Kopf zur Seite fiel, wenn er nicht gestützt wurde, sein Schreien zu hören – all das ging ihr auf die Nerven. Sie fühlte sich ungut bei dem Gedanken, solch ein hilfloses Wesen einst wissentlich weggegeben zu haben. Eine schmerzvolle Erinnerung, vor allem wenn sie Philip stillte, wenn seine winzigen Hände sich in ihre volle Brust krallten und ihre Milch ihm aus dem Mund lief. Das andere Baby hatte nichts davon bekommen. Ihm wurde alles versagt, *sie* hatte ihm ihre Milch, ihre Fürsorge, ihre Zärtlichkeit versagt, dabei war es ihres gewesen, hatte ihr gehört, wie Philip ihr jetzt gehörte.

Als sie anfing, Alpträume zu haben, war es beinahe eine Erleichterung. Sie weckte Malcolm mit ihren Schreien, konnte ihm aber nicht sagen, weshalb sie geschrien hatte. Sie sagte, sie habe geträumt, Philip sei etwas zugestoßen, und stand auf und tat so, als wolle sie in der Wiege nach ihm sehen. Da es auf der Hand lag, warum sie diesen schrecklichen Traum hatte, der jedesmal mit dem Blick auf den baumelnden Schatten an der weißen Wand, mit dem Schatten ihres anderen Babys, begann, versuchte sie, sich den Alptraum rational zu erklären. Alles, was sie damals an Gefühlen unterdrückt hatte, empfand sie jetzt. In dem Alptraum ging es darum, sich nicht nur ihre Schuld, sondern auch ihre Emotionen einzugestehen. Obgleich sie all das tagsüber einigermaßen gut verarbeitete, wachte sie nachts immer noch schreiend auf. Malcolm hielt sie in den Armen, tröstete sie, machte das Licht an, bereitete ihr eine Tasse Kakao zur Beruhigung, tat alles in seinen Kräften Stehende, um sie zu beschwichtigen. Aber nach mehreren Wochen solch durchwachter Nächte wußte er, daß dies nicht die natürliche Angst einer Mutter um ihr neugeborenes Baby war.

»Komm schon, Hazel«, sagte er und strich ihr das Haar aus der feuchten Stirn, als sie endlich nicht mehr am ganzen Leibe zitterte, »was ist los? Wovon träumst du? Erzähl es mir. Ich will es wissen.« Sie schwieg, löste sich aber vorsichtig aus seinen Armen. Er gab nicht nach, hielt sie noch enger umschlungen. »Komm schon«, drängte er sie, »erzähl es mir. So geht das nicht. Du machst dich ja noch ganz krank. Erzähl es mir.« Sie murmelte, es gäbe nichts zu erzählen, es sei lauter »dummes Zeug«, wie Alpträume nun einmal seien. »Du würdest nicht so schreien, wenn es nur dummes Zeug wäre«, sagte er entschieden. »Du schreist, weil du schreckliche Angst hast. Wovor hast du Angst, was siehst du?« Sie sagte, sie könne es nicht ertragen, darüber zu reden. Er kam deprimiert zu dem Schluß, es habe keinen Zweck, sie zu bedrängen. Sie legten sich wieder schlafen. Als sie aber beim nächsten Alptraum wieder zu schreien begann, war er darauf vorbereitet. Er machte weder Licht noch nahm er sie in die Arme. Er rührte sich kaum und ließ sie schreien und sah im Halbdunkel, wie sie sich aufsetzte und etwas von sich zu stoßen schien, wobei sie »Nein! Nein!« schrie. Dann sank sie zurück auf ihr Kissen, murmelte Unzusammenhängendes über Babys und weinte.

Tags darauf sagte er ruhig zu ihr: »Du hattest letzte Nacht wieder einen Alptraum.«

»Wirklich?« Sie sah verlegen aus. »Ich erinnere mich nicht daran.«

»Nein. Ich habe dich nicht geweckt. Ich dachte, ich sehe und höre dir lieber zu.«

»Und hast du irgend etwas Interessantes erfahren?« sagte sie lächelnd, doch auf der Hut, denn sie wußte, daß dem so war.

»Ja. Du hast gesprochen.« Er wartete. Dergleichen Tricks waren beiden vertraut. »Du hast über Babys gesprochen, im Plural. Und du hast gegen etwas angekämpft und immer wieder nein geschrien.«

»Und jetzt?«

»Jetzt sag mir, worum es ging. Laß mich nicht raten.«

»Ich bin sicher, du hast es längst erraten.«

»Hör auf, Hazel. Warum soll ich in Worte fassen, was du viel besser ausdrücken kannst? Soll das eine Art Test sein? Muß ich all das über mich ergehen lassen, wo ich dich doch einfach nur verstehen und dir helfen will?«

»Das kannst du nicht, du kannst es einfach nicht verstehen. Und niemand kann mir helfen.«

»Danke.«

»Das ist wahr. Ich kann es dir nicht erklären, also kannst du es auch nicht verstehen. Das soll keine Beleidigung sein. Ich verstehe mich ja selbst nicht. Ich bin ganz zufrieden.«

»So zufrieden, daß du mindestens dreimal wöchentlich in der Nacht schreiend aufwachst?«

»Tut mir leid.«

»Genau das hast du letzte Nacht immer wieder gesagt. ›*Tut mir leid, tut mir leid.*‹ Du brauchst dich nicht zu entschuldigen, nicht bei mir. Aber du hast dich natürlich auch nicht bei mir entschuldigt, sondern bei ihm, dem anderen Baby, stimmt's?«

Er dachte, sie würde ihn schlagen, so wütend war sie. Doch sie beherrschte sich und setzte sich, als lenke sie plötzlich ein, auf das Bett. »Ja«, sagte sie mit matter Stimme. »Ich träume, ich sehe seinen Schatten wieder, der immer größer wird und auf mich zukommt. Lächerlich, oder? Zehn Jahre zu spät entdecke ich, daß ich ein Gewissen habe.«

»All das sind verspätete Schuldgefühle, die durch Philips Geburt hervorgerufen wurden.«

»Das *weiß* ich.«

»Natürlich weißt du das. Gut. Es bleibt dir also, falls du dich nicht davon überzeugen kannst, daß Schuldgefühle im nachhinein sinnlos sind, nichts anderes übrig, als praktisch zu denken. Deine Tochter ...«

»Nenn es nicht so, nein! Ich hasse diese Worte.«

»Dein Baby also ...«

»Das Baby, das klingt schon besser, das Baby, *es*.«

»Es wird jetzt zehn sein. Es wurde von wem auch immer, der es adoptiert hat, großgezogen – ich kann nicht weiterreden, ohne wenigstens das Personalpronomen zu verwenden, Hazel –, und sie ist glücklich und fühlt sich wohl und hat nicht die geringste Ahnung von dir, und du bist ihr auch völlig egal.«

»Das weißt du nicht. Du weißt weder, ob es glücklich ist und sich wohl fühlt, noch, ob es nicht an mich denkt und sich fragt, was für eine Frau wohl ihr eigenes Baby weggeben würde, ohne je zu versuchen, es aufzuspüren und ...«

»Möchtest du das wirklich tun? Sie aufspüren?«

»Nein. Mir jagt der Gedanke Angst ein, aufgespürt, verfolgt zu werden und Rede und Antwort stehen zu müssen.«

»Klingt nicht sehr wahrscheinlich.«

»Das weißt du genausowenig.«

»Also gut, nur um es gedanklich durchzuspielen, wenn du erfahren *könntest*, daß das Baby glücklich ist und sich wohl fühlt und nichts von dir weiß und sich nichts daraus macht, würde dir das helfen?«

»Ja. Dann hätte ich erst einmal nicht mehr so zu kämpfen.«

»Dann laß uns versuchen, es herauszufinden.«

Hazel fragte nicht wie. Malcolm war schließlich Anwalt. Er wußte genau, wen man zu Rate ziehen, wie man Informationen einholen konnte. Und er war diskret, sie brauchte ihn nicht zu bitten, keinesfalls ihren Namen, ihre Adresse sowie ihre Lebensumstände preiszugeben. Sie mußte ihm natürlich ein paar Details liefern, sonst hätte er nichts in der Hand gehabt, worauf sich ein privater Ermittler oder ein Detektiv stützen konnte. Sein Gesichtsausdruck war seltsam, als sie ihm von den beiden Frauen in Norwegen erzählte. Schmerzerfüllt, dachte sie, es schmerzte ihn, von dem ganzen Täuschungsmanöver zu erfahren, oder galt der Schmerz, den sie zu erkennen glaubte, ihr, ihrem jungen Ich in dem Dilemma. Aber alles, was er sag-

te, war: »Deine Mutter. Mein Gott. Deine Mutter …« »Sie
hat ihr Bestes gegeben«, verteidigte Hazel sie. »Ihr Bestes?
Mein Gott«, sagte Malcolm und ließ es dabei bewenden.

Sie hatte keine Alpträume, während Malcolm oder irgend jemand in seinem Auftrag – vermutlich mehrere
Leute, sie stellte keine Fragen – Erkundigungen einholte.
Er hatte versprochen, das Thema so lange nicht anzuschneiden, bis er über stichhaltige Informationen verfüg-
te, und sie wiederum hatte versprochen, daß sie versuchen
wolle, geduldig zu warten – was sie auch tat. Die bloße Vorstellung, jener furchterregende Schatten aus ihren Träumen würde Gestalt annehmen, ließ sie zur Ruhe kommen,
und sie konnte sich Philip widmen, ohne beim Anblick
seines zarten kindlichen Körpers zu zittern. Und schließlich kauften sie ein Haus und zogen aus der überladenen
Wohnung aus, und sie war die ganze Zeit damit beschäftigt, Farben und Tapeten und Möbel auszusuchen. Das
Haus war zwar nicht das, was sie sich vorgestellt hatten,
und Muswell Hill keine Gegend, die sie kannten und
mochten, aber sie fand das Fremde an der Umgebung
spannend.

Als sie sich in dem Haus eingerichtet hatten, fühlte Hazel sich wie ein neuer Mensch. Sie war sich nicht ganz
sicher, wer dieser neue Mensch war oder wie er sich zur
einstigen Hazel verhielt, aber sie hatte das überwältigen-
de Gefühl, die Grenzen ihres Lebens hätten sich drastisch
verschoben. Es war etwas gänzlich anderes, in dieser
freundlichen Gegend im Norden Londons Malcolms Frau
und Philips Mutter zu sein als die Tochter ihrer Eltern im
gepflegten Holland Park oder sogar Malcolms Geliebte
im schicken Canonbury. Sie begriff, daß sie schon vor langer Zeit ihr eigenes Zuhause, ihren eigenen Platz hätte
finden müssen und nicht von anderen abhängig sein dürfen. Die Umgebung spielte letztlich doch eine Rolle. Ein
Bruch mit der Vergangenheit, der Bruch, den sie sich gewünscht hatte, ergab sich aus einem Tapetenwechsel. Wer

man war, hing mehr, als sie je vermutet hätte, davon ab, wo man lebte, jedenfalls traf das auf sie zu. Sie fühlte sich so viel wohler, daß sie es beinahe bereute, zugelassen zu haben, daß Malcolm ihr Schattenkind aufspürte. Sie wollte ihn gerade bitten, jegliche Nachforschungen einzustellen, als er eines Tages mit einem Ergebnis nach Hause kam.

Hätte er sie zu diesem Zeitpunkt noch einmal gefragt, ob sie noch immer Bescheid wissen wolle, hätte Hazel mit dem Kopf geschüttelt und ihm gesagt, er solle es vergessen. Er fragte sie jedoch nicht. Das ließ sie später vermuten, er habe wohl erwartet, daß sie nein sagen würde, und im Glauben, es sei zu ihrem Besten, beschlossen, ihr die Information aufzuzwingen. Er wartete nicht einmal bis nach dem Essen, sondern begann sogleich, sachlich zu berichten, als handle es sich um einen seiner Fälle.

»Sie lebt in Schottland«, sagte er mit Blick auf einen Bogen Papier, den er aus seiner Aktentasche gezogen hatte, »unter dem Namen Shona McIndoe, der Vater ist Kapitän der Handelsmarine, die Mutter ist nicht berufstätig. Sie ist gesund, ein Einzelkind ...«

»Warum mußtest du mir ihren Namen sagen?« Sie sah ihn das Papier aus der Hand legen.

»Schatten haben keine Namen. Mir ging es darum, aus einem Schatten, vor dem du Angst hattest, eine Person werden zu lassen, die du nicht zu fürchten brauchst, ein kleines zehnjähriges Mädchen, das Shona heißt, in Schottland am Meer lebt, bei einem Papa, der Kapitän ist, und einer Mama, die sich ganz und gar ihr widmet. Siehst du sie jetzt vor dir? Alles andere als bedrohlich, oder? Kein Vergleich zu dem riesigen, beängstigenden schwarzen Schatten.«

Sie antwortete nicht. Er hatte sehr langsam gesprochen, wie zu jemandem mit begrenzter Auffassungsgabe. In seiner sonst so ausgeglichenen, ruhigen Stimme hatte eine Schärfe gelegen, die ihr mißfiel. Er war wütend, folgerte sie, nur wußte sie nicht genau, ob auf sie und ihre Reaktion auf seine Information oder auf sich selbst, weil er sich um diese Shona sorgte. Er machte sich Sorgen, das wußte sie. Sie war nur besorgt, weil sie Angst hatte vor den langfristigen Folgen, die dieses Mädchen womöglich mit sich brachte, aber Malcolm sorgte sich um das Mädchen selbst, um Shona als Hazels Tochter und nicht als Werkzeug einer etwaigen Vergeltung. Er wollte, daß Shona bei ihnen lebte, darum ging es ihm, dachte Hazel. Sie aßen schweigend. Hazel fragte ihn nicht, woher diese Details stammten. Sie nahm sie langsam in sich auf. Shona. Ein hübscher Name, ausgesprochen schottisch. Ihr Vater ein Kapitän. Sie sah mit einemmal eine Küste vor sich und ein Mädchen, das an ihr entlanglief und einem Schiff zuwinkte … Romantischer Unsinn. Sie lächelte beinahe bei diesem absurden Gedanken.

»Also«, sagte Malcolm und sah sie an, »ein Gespenst, oder besser, ein Schatten, der hoffentlich ein für allemal begraben ist.«

»Danke.«

»Ich habe es auch für mich getan. Ich möchte nicht, daß meine Frau bis an ihr Lebensende unter Alpträumen leidet.« Er hielt inne, runzelte die Stirn, sah besorgt aus. »Unseren Kindern«, sagte er, »wirst du es ihnen je erzählen?«

»Natürlich nicht«, rief sie entsetzt. »Warum sollte ich?«

»Um mit der Geheimnistuerei Schluß zu machen«, sagte Malcolm, »um offen zu dem zu stehen, was geschehen ist.«

»Ich will nicht offen dazu stehen. Das geht nur mich etwas an.«

Er zuckte mit den Achseln. »Vielleicht änderst du ja deine Meinung, wenn sie erwachsen sind, falls wir eines Tages Töchter haben sollten.«

Sie bekamen aber keine Töchter, sondern noch zwei weitere Söhne im Abstand von jeweils knapp zwei Jahren, und sie waren sich einig, drei Kinder seien genug. Als Anthony, der jüngste, zwei war, wären sie um ein Haar schwach geworden, aber Hazel erkrankte an einer Zyste am Eierstock, die platzte, und das war's. Drei heißgeliebte Söhne, aber keine Töchter. Hazel empfand es als eine Art Strafe Gottes, war jedoch nicht unglücklich darüber, drei Jungen zu haben. Malcolm hatte sich immer nach einer Tochter gesehnt, von einem goldblonden Mädchen geträumt, das er sein eigen nennen könnte. Manchmal stellte Hazel sich vor, wie sehr er sich freuen würde, wenn die unbekannte Shona aus dem Schatten treten und ihr gegenüberstehen würde – Malcolm würde sie willkommen heißen und nur zu gern in seine Familie aufnehmen. Hazel hatte deswegen keine Alpträume mehr, aber es gab Zeiten, in denen sie nachts aufwachte und auf unerklärliche Weise ängstlich war, dann befiel sie ein Gefühl der Kälte und ließ sie erschaudern, und sie dachte: Shona. Sie versuchte, den Namen leise auszusprechen, um ihn loszuwerden, doch er blieb ihr im Hals stecken. Sie hatte nicht im geringsten das Bedürfnis, den Namen des Mädchens zu Fleisch und Blut werden zu sehen – nein, sie sträubte sich mit aller Kraft gegen die Realität. Statt dessen konzentrierte sie sich darauf, sie sich als heiteres, ausgelassenes, sorgloses Wesen vorzustellen, das, glücklich und zufrieden über sein Los, nicht einmal wußte, daß es adoptiert worden war – nicht wußte, daß die Frau, die es so verantwortungslos bekommen hatte, wünschte, es existiere nicht. Das schlimmste ist, dachte Hazel, daß ich, auch wenn sie noch so glücklich sein mag, noch immer wünsche, es würde sie nicht geben. Es spielt für mich keine Rolle, was sie aus ihrem Leben oder was das Leben aus ihr gemacht hat, ich möchte nicht, daß es sie gibt. Nicht, daß sie mir nichts bedeutete, keineswegs. Sie hat eine starke, starke Präsenz dort draußen in der Welt, und ich kann mich nur gegen sie behaupten, indem ich ihr das Recht versage, Vergeltung an mir zu üben.

Das waren jedoch die übersteigerten, melodramatischen Gedankengänge während ihrer nächtlichen Angstzustände, die glücklicherweise nur selten vorkamen und bald vorüber waren. Sie erzählte Malcolm nie davon. Im Laufe der Monate drehten sich Hazels Gedanken ausschließlich um ihre Söhne, so daß für weitere Spekulationen über ihre Erstgeborene kein Raum blieb. Nach und nach entspannte sie sich und empfand eine Geborgenheit, wie sie sie noch nie zuvor erlebt hatte. Ihr Leben, ihr so glückliches und erfolgreiches Leben mit Malcolm und ihren Kindern im Mittelpunkt setzte sich fort, und es gab keinerlei Anlaß oder Grund, sich noch weiter bedroht zu fühlen.

Kapitel 11

Leah heiratete Henry Arnesen in St. Mary's Church an einem stürmischen Herbsttag, an dem der Wind in den Bäumen im Domhof heulte und die Blätter in strahlend bunten Farben über die Köpfe des Brautpaares wirbelte, als es ins Freie trat. Leah zog ihre Jacke fester an sich (sie war in einem von Henry höchstpersönlich geschneiderten eleganten hellgrauen Kostüm getraut worden) und zitterte. Henry legte schützend den Arm um sie und drängte sie in Richtung von *Crown and Mitre*, wo das Hochzeitsessen stattfinden sollte. Auch wenn sie den Kopf gegen den Wind gesenkt hielt, sah Leah die alte Mary und mit ihr Evie weit hinten im Schatten der Mauer stehen, und noch bevor sie das wärmende Feuer im Gasthof erreichte, stieg ihr erst Zornes- und dann Schamröte ins Gesicht. Sie hatte Mary gebeten, zu Hause zu bleiben, und geglaubt, sie würde sich daran halten, doch nun, wo sie Mary und das Kind gesehen hatte, war ihr Anblick unerträglich mitleiderregend. Sie hatte die beiden zu Außenseitern gemacht.

Mary war schließlich doch nicht, jedenfalls bisher nicht, zur Räumung gezwungen worden, genausowenig war der Abriß ihres Häuschens erfolgt oder von ihrem Vermieter erneut angedroht worden. Sie lebte weiterhin in Wetheral, als nunmehr einzige, die sich um Evie kümmerte. Henry bezahlte ein wöchentliches Unterhaltsgeld, genug, damit Mary nicht länger Wäsche annehmen mußte. Da sie mit den Hühnern nicht zurechtkam, hatte sie sie weggegeben, und der Garten verwilderte schon bald ohne Leahs Pflege. Das ganze Übereinkommen bereitete Henry mehr Kopfzerbrechen als Leah. Sie schien überzeugt, daß Evie großartig untergebracht sei, während Henry besorgt war wegen Marys Alter und Gebrechlichkeit und sich fragte, ob es nicht unverantwortlich, ja sogar unchristlich sei, ihr ein so kleines Kind zu überlassen. Er würde sich wohler fühlen, sagte er, wenn Mary und Evie näher wohnten, in Carlisle, aber Leah wollte nichts davon hören. Henry hatte sich auch gefragt, ob es nicht nett wäre, Evie in regelmäßigen Abständen zu besuchen, um sich von ihrem Wohlergehen zu überzeugen und ihr zu versichern, daß ihre Mutter sie nicht vergessen habe. Leah war verärgert über sein mangelndes Verständnis für ihr dringendes Verlangen, sich gänzlich von dem Kind zu trennen. »Das ist nicht natürlich«, murrte Henry immer wieder. »Nein«, stimmte Leah zu, »das ist es nicht.«

Sie hatte Henry gebeten, seiner Mutter nicht den wahren Grund zu sagen, warum Evie bei Mary in Wetheral bleiben sollte. Man müsse ihr nur sagen, behauptete Leah, das Kind habe sich dort eingelebt und man dürfe es nicht verpflanzen. Mrs. Arnesen gab sich nur allzu bereitwillig damit zufrieden. Sie wollte auf jeden Fall so tun, als sei die Braut ihres geliebten Sohnes alles, was sie sich erhofft hatte – ein jungfräuliches, bescheidenes, empfindsames liebes Mädchen –, und nicht etwa eine Frau mit einer Vergangenheit, zu der ein Kind und ein unbekannter Mann gehörten. Sie war sich ganz und gar nicht sicher, ob sie Leah würde in ihr Herz schließen können, auch wenn sie noch so hübsch und in den Augen aller sehr fleißig war. Sie glaubte Henry bereits unter Leahs Fuchtel – ihn, der solange unabhängig gewesen war und sich von niemandem etwas hatte vormachen lassen. Und sie sah deutlich, daß Henry weit mehr in Leah verliebt war als sie in ihn. Das wurde ihr in dem Augenblick klar, als sie die beiden zusammen beobachtete. Leah, folgerte sie ganz richtig, nütze ihre Chance, und indem sie Henry akzeptiere, denke sie an ihre Zukunft und lasse ihren Verstand über ihr Herz regieren.

Es nahmen nur sechs Personen an dem Hochzeitsessen teil, ausschließlich Arnesens. Die Stimmung war gedämpft, obgleich es Fleisch und Getränke im Überfluß gab. Nach einer Stunde war alles vorbei, und das frisch vermählte Paar fuhr in Henrys zweirädrigem Einspänner, in dicke Mäntel gehüllt und mit einer Wolldecke über den Knien, nach Silloth. Henry befürchtete, es würde zu kalt werden – er hatte nicht damit gerechnet, daß sich das Wetter im September derart abkühlen konnte –, aber Leah genoß die Fahrt und litt keineswegs. Sie war noch nie am Meer gewesen und war aufgeregt bei dem Gedanken, Silloth einen Besuch abzustatten, der kleinen Stadt an der Küste von Solway, wo die Leute aus Carlisle ihre Ferien verbrachten. Sie fuhren, von Skinburness kommend, am Deich entlang darauf zu, und Leah war ganz außer sich vor Freude beim Anblick der großen Wellen, die mit lautem Getöse auf die Kieselsteine aufschlugen. Weit draußen in der Förde waren Fischerboote, und sie bewunderte den Mut der Fischer, als sie die Boote im hohen Seegang immer wieder verschwinden sah.

Sie quartierten sich im *Queen's* ein. Henry scheute keine Kosten. Sie hatten ein Zimmer mit Blick auf den Rasen und das Meer, das man durch die Lücken in den Bäumen erkennen konnte. Es brannte ein prasselndes Feuer, und davor war ein Abendessen angerichtet – Solway-Krabben und heißer Buttertoast und Cumberlandschinken und Bratkartoffeln, danach gedeckter Apfelkuchen. Sie aßen mit Appetit, und dann war es soweit. Das Essen wurde abgetragen, das Zimmermädchen kam, um das Bett aufzudecken, und dann ließ man sie allein. Leah sah Henry seine Brille absetzen und seine Arme ausbreiten, und sie wußte, sie mußte reagieren und seine Umarmung erwidern, auch wenn ihr noch so sehr davor graute. Darum ging es ja bei einer Heirat, das gehörte nun einmal dazu.

Es hatte keinen Sinn, an Hugo zu denken, gar keinen Sinn. Sie versuchte, so zu tun, als habe sie weder die Leidenschaft, die sie für Hugo empfunden hatte, noch die spätere köstliche Lust je erlebt, was ihr in der Tat nicht allzu schwerfiel. Sie fühlte sich wahrhaftig wie eine scheue, unerfahrene Braut, nervös und unentschlossen, eine junge Frau, die Zärtlichkeit und Fürsorge brauchte, um auf irgendwelche Liebkosungen reagieren zu können, geschweige denn eine wirkliche Erfüllung zu erleben. Und Henry behandelte sie wie eine solche Frau, berührte sie zärtlich, drückte sie zärtlich an sich, küßte sie anfangs so zärtlich, daß sie seine Lippen kaum spürte und von seinem Schnurrbart gekitzelt wurde. Dennoch waren seine Vorsicht und sein Respekt irritierend für sie – sie hätte es vorgezogen, wenn er leidenschaftlich und schnell gehandelt hätte und die ganze Sache damit vorbei und erledigt gewesen wäre. Je länger er versuchte, sie zu erregen, um so schwieriger wurde es für sie, ihren Widerwillen zu verbergen, und schließlich war sie es, die sich losriß, zum Bett hinüberging, rasch ihre Kleider auszog und zwischen die Laken schlüpfte, als Zeichen, daß er sich beeilen und ihr folgen solle. Sie sah sehr wohl, daß er über ihre brüske Art nicht eben glücklich, aber auch erpicht darauf war, ihrem Beispiel zu folgen, und unfähig, sich zu beherrschen. Er kam ins Bett, und sie drehte sich zu ihm um, und er drückte sie sogleich an sich und drang in sie ein, und schon war es vorüber. Sie empfand nichts.

Henry wurde nie zu einem geschickteren Liebhaber, und Leah versuchte nicht, ihm etwas beizubringen, weil sie glaubte, das sei nicht ihre Aufgabe. Sie wollte ihm nicht sagen müssen, wo sie gern berührt werden wollte und in welcher Haltung – das war unnatürlich. Der Gedanke, daß die Leidenschaft, die sie instinktiv bei Hugo empfunden hatte, zu etwas geworden war, das künstlich hergestellt werden mußte, erfüllte sie mit Abscheu. Manchmal fragte Henry sie, wenn er fertig war, ob sie »glücklich« sei oder sich »wohl« fühle, aber sie antwortete nie, drückte lediglich seine Hand, und das schien ihn zufriedenzustellen und zu beruhigen. Er triumphierte, als sie sogleich schwanger wurde, und hörte, ohne von ihr dazu veranlaßt worden zu sein, um des Babys willen auf, mit ihr zu schlafen. Sein Schmerz, als sie im vierten Monat eine Fehlgeburt erlitt, war schrecklich mit anzusehen – wenn sie Henry jemals geliebt haben sollte, so war es damals, wegen seiner Verzweiflung und seines Mitgefühls für sie. Er pflegte sie eigenhändig, versorgte sie in allen nur erdenklichen intimen Dingen, die man von keinem Mann verlangen konnte, und schreckte nicht vor dem entsetzlichen Augenblick und dem vielen Blut zurück. Danach war sie monatelang geschwächt, und er versuchte kein einziges Mal, das normale Eheleben wiederaufzunehmen. Als sie sah, wie er sich beim Gutenachtsagen vor lauter Sehnsucht quälte, war sie es, die die Arme nach ihm ausstreckte und ihm versicherte, sie sei genug gekräftigt, um wieder seine Frau zu sein. Sie wurde noch einmal schwanger, und Henrys Freude war von soviel Angst gedämpft, daß er ihr leid tat.

Sie zogen um, bevor das Baby geboren wurde. Henry hatte seit langem in einer gesünderen Umgebung wohnen wollen, als Globe Lane es war. Tatsächlich hätte er gern in Wetheral gewohnt, aber weil Mary und Evie dort lebten, war das unmöglich. Er suchte überall nach einem Haus, das nah genug am Stadtzentrum lag, damit er seinen Arbeitsplatz erreichen konnte, aber auch weit genug außerhalb, um auf dem Land zu sein, und schließlich fand er Rockcliffe, ein Dorf an der Mündung des Eden, nur vier Meilen entfernt. Leah gefiel das Haus und das Dorf. Es kam einem, mehr noch als Wetheral, wie abgeschnitten von der Stadt vor. Es war kleiner, viel weniger wohlhabend, und man kannte sie dort nicht. Sie zogen um, als sie im sechsten Monat war, und sie lebte sich gut ein. Für Henry bedeutete es täglich eine lange Fahrt, aber er beteuerte, es mache ihm nichts aus, und er freue sich, Leah in der belebenden Luft an der Flußmündung aufblühen zu sehen. Seine Mutter, die sie hatten mitnehmen müssen, haßte Rockcliffe und zog schon bald zurück nach Carlisle zu ihrer Schwester. Leah hatte das ganze Haus für sich und war glücklich.

Das sagte sie sich wie bei einem Experiment jeden Tag von neuem, wenn sie langsam in der Marsch spazierenging und die Möwen über der Flußmündung zur offenen See abschwenken sah. »Ich bin glücklich«, sagte sie laut und hielt inne. Sie dachte, es liege vielleicht an ihrer Schwangerschaft, daß sie sich so zufrieden und versonnen fühlte, und wußte nicht, ob das so bleiben würde, wenn das Kind erst einmal geboren sei. Sie führte nach entbehrungsreichen Jahren plötzlich ein leichtes Leben und war fortwährend entzückt über ihr Glück. Sie hatte einen Mann, der sie über alles liebte und freundlich und großzügig war, und ein kleines Haus nur für sich allein, ein Haus, das sauberzuhalten und zu pflegen ihr Freude machte. Sie war eine zufriedene Frau und hörte nicht auf, über diese unerwartete Wendung in ihrem Leben zu staunen. Der Gedanke an Hugo verschwamm in der Ferne und beunruhigte sie nur hin und wieder. Manchmal stellte sie sich vor, er stünde vor ihrer Tür, und war sich nicht sicher, ob sie ihn auch jetzt noch stürmisch begrüßen würde. Vielleicht, vielleicht auch nicht. Sie würde jetzt eine Menge aufgeben müssen, wenn Hugo auftauchte und zu ihr sagen würde, sie solle ihm folgen. Die Qual, nicht zu wissen, wo er war, das fieberhafte Verlangen nach ihm glühten nicht länger in ihr, und sie legte es so aus, als habe die Zeit das Ihre getan und alle Wunden geheilt.

Aber eine schmerzte noch immer. Mary und Evie lebten jetzt in Carlisle in der St. Cuthbert's Lane. Henry zahlte die Miete und ihren Unterhalt. Leah hatte verlangt, daß Mary, als schließlich die seit langem drohende Räumung (wenn auch nicht der Abriß) stattfand, auch weiter in Wetheral blieb, doch Henry sagte, Mary selbst habe wegen des Kindes darauf bestanden, in die Stadt zu ziehen. Das hielt Leah für Unsinn – Kinder lebten fern der Stadt weitaus sicherer und gesünder, und sie wußte nicht, was Mary für Vorstellungen hatte. »Geh und sprich mit ihr«, sagte Henry, doch sie lehnte natürlich ab. Sie wußte, wie verbittert die alte Mary ihretwegen war, zu Recht, und ihr selbst fehlte der Mut. Sie wollte auch Evie nicht zu Gesicht bekommen. Henry hatte sie gesehen. Lange Zeit behielt er es für sich, aber sie ahnte es, obgleich sie ihn nicht darauf ansprach. Schließlich konnte er seine eigene Lüge nicht länger ertragen und platzte damit heraus, er habe nachsehen müssen, wie Mary und Evie in ihrem neuen Heim zurechtkämen, es sei seine Pflicht gewesen. Sie befragte ihn nie über die beiden, und wenn sie sah, daß er kurz davor war, Informationen preiszugeben, wandte sie sich ab und hielt sich die Ohren zu. Einmal versuchte er, mit ihr über Evies Zukunft zu sprechen, darüber, was geschehen würde, wenn Mary sterben würde, was sie vermutlich bald tue. Sie wollte darüber nicht reden, doch er warnte sie, er würde nicht tatenlos mit ansehen, wie seine Stieftochter in ein Armen- oder Waisenhaus gesteckt werde.

Leah hoffte, daß Henry sich, wenn er erst eigene Kinder hätte, weniger Sorgen um Evie machen werde. Diesmal trug sie das Baby aus, doch als die Wehen anfingen, wußte sie gleich, daß irgend etwas nicht stimmte. Die Wehen setzten aus und wieder ein und waren ohne Kraft, und sie fing an, heftig zu bluten und das Kind in sich wie ein regloses bleiernes Gewicht zu spüren. Die Hebamme ließ sofort den Arzt rufen und sagte, die Nachgeburt komme zuerst und bewirke die Blutung. Lange bevor er aus Carlisle eingetroffen war, hatte Leah das Bewußtsein verloren, und als sie wieder zu sich kam, brauchte man ihr gar nicht erst zu sagen, daß ihr Baby tot geboren sei und sie selbst am Rande des Todes gestanden habe. Und wieder war Henry in Tränen aufgelöst, wieder folgten ermüdende Monate der Rekonvaleszenz, weit geringer war jetzt der

Mut, es noch einmal zu versuchen, und als sie es wagte und ein Sohn geboren wurde, endete es nur in einer weiteren Tragödie. Mit drei Monaten bekam er Keuchhusten und blieb nicht am Leben.

Aber Leah sei noch jung, und selbst wenn eine Reihe von erfolglosen Schwangerschaften ihre einstige robuste Gesundheit angegriffen hätte, bestehe für sie noch immer die Hoffnung, eine Familie zu gründen. Das sagte der Arzt, das sagte sie selbst, aber Henry war pessimistisch und mutlos. Nachdem sie ihren kleinen Sohn beerdigt hatten, wußte sie, was er sagen wollte, lange bevor er es, selbst auf die Gefahr hin, ihren Zorn zu erregen, in Worte zu fassen wagte.

»Da ist Evie«, sagte er mit Tränen in den Augen, »da ist eine fix und fertige Tochter und wartet.« »Nein!« sagte sie und wandte sich von ihm ab.

Sie dachten daran, nach Newcastle zu ziehen, und Leah wollte es unbedingt, obgleich sie Rockcliffe liebte – je weiter weg von Evie, desto besser. Für Henry bot sich eine berufliche Möglichkeit, die ihn sowohl reizte als auch beunruhigte. Er hatte die Firmenräume in der Globe Lane erweitert und hatte nun fünf Angestellte. Ihm war klar, daß er, wenn das Geschäft weiter blühte, und das war seiner Ansicht nach durchaus möglich, einen kapitalkräftigen Partner brauchen würde. Ein potentieller Partner meldete sich, der Freund eines Kunden, aber er war aus Newcastle und wollte dort bleiben. Henry war versucht anzunehmen – die Bedingungen waren gut –, und Leah machte ihm Mut, doch am Ende veranlaßten ihn seine Liebe zu Carlisle und sein Mangel an Unternehmergeist, das Angebot auszuschlagen. Er wolle in seiner Heimatstadt bleiben und sein Geschäft selbst im Griff behalten. Ein Gemeinschaftsunternehmen liege ihm nicht, sagte er, er wolle sein eigener Herr sein. »Du hast Angst«, sagte Leah, »darum geht es doch.« Henry stimmte ganz vergnügt zu, das könne wirklich der Fall sein und er sehe nichts Schlimmes daran. Er gehe nicht gern Risiken ein, das habe er noch nie getan, und er möge keine Veränderungen. Für all jene, die auswanderten, fehle ihm jegliches Verständnis, fügte er hinzu, um von seiner Frau sarkastisch darauf hingewiesen zu werden, ein Umzug in das sechzig Meilen entfernte Newcastle lasse sich wohl kaum mit einer Auswanderung vergleichen. Sein letzter Versuch, die Entscheidung vernünftig zu begründen, war, er könne seine Mutter nicht im Stich lassen, sie sei viel zu alt und gebrechlich, um mit ihnen umzuziehen.

Seine Mutter starb kurz nach dem geplanten Umzug, der nie stattgefunden hatte. Leah fand Henrys Trauer absurd und kränkte ihn, indem sie es unmißverständlich durchblicken ließ. »Sie war alt«, betonte Leah, »und krank, Henry. Sie hatte ein langes Leben, mit zweiundsiebzig hat sie ein schönes Alter erreicht. Was hast du erwartet?« »Sie war meine Mutter«, sagte Henry. Auf diese unwiderlegbare Tatsache wußte Leah nichts zu entgegnen. Gewiß, Henrys Mutter war gestorben. Aber warum machte die Tatsache, daß sie seine Mutter gewesen war, ihren Tod in hohem Alter für ihn so unerträglich? Er hatte seine Mutter nicht einmal besonders geliebt. Er war immer pflichtbewußt gewesen, hatte sich aber leise beklagt, wie anstrengend sie sei, wie sehr sie ihm mit ihrer Kleinlichkeit auf die Nerven ging. Jetzt war er plötzlich verzweifelt. Sie fand es peinlich, das Gesicht ihres Mannes bei der Beerdigung fleckig vor lauter Tränen und ihn, als der Sarg in die Grube hinabsank, schwanken zu sehen. Es war lächerlich.

Sie räumten Mrs. Arnesens Sachen aus dem Haus ihrer Schwester (diese Schwester, stellte Leah fest, beobachtete befriedigt Henrys Schmerz), und Henry brach erneut zusammen. Er hielt die wenigen billigen Schmuckstücke seiner Mutter beinahe ehrfürchtig in Händen und sagte, er würde sie seinen Töchtern vererben, wenn er je welche hätte. Leah wurde ganz übel dabei. Doch sie war klug genug zu wissen, daß ihre Verachtung zur Hälfte auf den Groll und die Eifersucht zurückzuführen war, die sie empfand, weil sie nie eine Mutter gekannt hatte. Diese offensichtliche Bindung zwischen Henry und einer Frau, der er nie nahegestanden hatte, einer durch Mutterschaft geheiligten Frau, war rätselhaft.

Bald nach dem Tod seiner Mutter kam Henry eines Tages mit Fieber nach Hause und litt nahezu einen Monat lang an einer Lungenentzündung. Leah hatte schreckliche Angst, ihn zu verlieren, und sah ihr neues, leichtes Leben und ihre Zufriedenheit mit einem Schlag dahinschwinden. Sie sah aber auch, daß ihre Zuneigung zu ihrem Mann zu etwas geworden war, das sich von wahrer Liebe kaum mehr unterschied. Sie pflegte ihn mit Hingabe, und als er außer Gefahr war, konnte sie vor lauter Erleichterung kaum von ihm lassen. Ein geschwächter Henry, der sich fast nicht rühren konnte, weckte ein seltsames Verlangen in ihr. Sie fand ihren Wunsch schockierend, einen in seinem Bett liegenden Mann, der kaum die Kraft besaß, eine Tasse anzuheben, zu streicheln und zu stimulieren, aber sie konnte ihre Erregung nicht verbergen. Zum erstenmal gestand sie ihm, wie sehr sie ihn liebe und begehre, und auch er war eher entsetzt als entzückt über ihre drängende Umarmung. Er erholte sich nur langsam, machte sich die ganze Zeit Sorgen über sein Geschäft, fürchtete, es könne zusammenbrechen ohne ihn. Aber er wurde angenehm überrascht. Seine Mitarbeiter waren gut zurechtgekommen, die Aufträge waren reibungslos erfüllt worden und kamen auch weiterhin herein. Finanziell war er noch immer weitgehend abgesichert, und die Gewinnspanne war kaum kleiner geworden. Das einzige, was man versäumt hatte, waren die regelmäßigen Unterhaltszahlungen an die alte Mary – und das lag daran, daß nur er und Leah davon wußten.

Er hatte sie immer am Ersten eines jeden Monats persönlich geleistet. Aber er war am 29. März krank geworden, und seine Krankheit hatte bis Mitte Mai gedauert, so daß Mary beinahe zwei Monate ohne Geld gewesen war. Er machte sich schreckliche Sorgen, wenn er an die Verzweiflung, die wirkliche Not dachte, die seine ausgebliebenen Unterhaltszahlungen verursacht haben würden, und er eilte, sobald er konnte, in die St. Cuthbert's Lane. Er fühlte sich noch immer schwach und benommen, und der Gang zur Arbeit hatte ihn erschöpft, doch er konnte nach diesem ersten Tag in der Stadt unmöglich nach Rockcliffe zurückkehren, ohne Mary Geld zu bringen. Er hoffte, auch Evie zu sehen, selbst wenn Mary aus irgendeinem unerfindlichen Grund zu denken schien, das Kind müsse versteckt bleiben, sonst würde es ihr weggenommen. Manchmal, wenn auch selten genug, öffnete Evie ihm die Tür, und dann tat er alles Erdenkliche, um ihre Begegnung in die Länge zu ziehen. Er empfand immer tiefes Mitleid mit ihr – sie war ein so reizendes, elfenhaftes Kind mit ihren großen dunklen Augen und dem vollen, nicht zu bändigenden Haar. Er konnte nichts von Leah an ihr erkennen, aber das beeinträchtigte keineswegs die Faszination, die sie auf ihn ausübte.

Doch ein fremder Mann öffnete die Tür und jagte ihm einen Schrecken ein. Er fuhr sichtlich zusammen und war einen Augenblick lang sprachlos.

»Wollten Sie etwas?« sagte der Mann aggressiv und war im Begriff, die Tür zu schließen.

»Bitte«, sagte Henry und räusperte sich, »bitte, wo ist Mary Messenger?«

»Wer?« sagte der Mann. »Was für eine Mary?«

»Messenger, Mary Messenger, die mit dem Mädchen Evie hier wohnt.«

»Die Alte, die man tot aufgefunden hat?«

»Tot?«

»Ja, vor einem Monat. Tot aufgefunden.«

Henry starrte ihn an, bestürzt und blaß, und streckte seine Hand aus, um sich festzuhalten. Er mußte noch blasser geworden sein, als er ohnehin schon war, denn er hörte den Mann sagen: »Oh, geht es Ihnen nicht gut?«

»Doch«, brachte Henry hervor, »doch, es war nur der Schreck, die Nachricht. Wissen Sie, was aus dem Kind geworden ist?«

»Nein«, sagte der Mann, »hab nie was von einem Kind gehört.«

Den ganzen Heimweg überlegte Henry, was er tun sollte. Am nächsten Tag würde er mit Nachforschungen beginnen und herausfinden, wo Evie war, dann würde er sie befreien und zu sich nehmen. Er würde sich nicht von Leah abhalten lassen. Hatte er nicht schon immer gesagt, daß Evie, wenn Mary sterben sollte, zu ihnen kommen müsse? Es war schon immer untragbar gewesen, daß sie nicht bei ihrer Mutter lebte, und diese grausame und unnötige Trennung mußte jetzt ein Ende haben. Aber als er nach Hause kam, begrüßte Leah ihn strahlend und erfüllt von ihren eigenen erfreulichen Neuigkeiten, und er konnte nicht gleich den entscheidenden Schritt wagen und ihr erzählen, was er beschlossen hatte.

Sie erwartete wieder ein Kind, und genau an diesem Tag hatte der Arzt sie für besonders gesund und wohlauf erklärt. Sie solle sich sehr schonen, Aufregungen vermeiden, und alles werde gut verlaufen, davon sei er überzeugt. Dasselbe galt für Leah. Sie sagte, sie sei zuversichtlich wie noch nie und habe nur darauf gewartet, ihm von ihrer neuerlichen Schwangerschaft zu erzählen, bis er sich besser fühlte. Sie sei jetzt im vierten Monat, die gefahrvolle Zeit sei vorüber, und das Kind werde um Henrys eigenen Geburtstag herum im September geboren werden. Angesichts ihrer Freude saß Henry in der Falle. Die bloße Erwähnung Evies würde stürmische Diskussionen und Proteste hervorrufen und das Wohlbefinden seiner Frau gefährden. Er konnte ihr weder sagen, daß Mary gestorben war, noch konnte er Evie ausfindig machen und Anspruch auf sie erheben, bevor dieses Kind nicht geboren war. Jedenfalls bewirkte seine eher stille als begeisterte Aufnahme der Neuigkeit, daß Leah sich von neuem Sorgen um seine Gesundheit machte.

Aber er fing doch heimlich an, Nachforschungen anzustellen. Er fand sehr bald heraus, wo Mary begraben lag, und ging, ihr die letzte Ehre zu erweisen und einen Kranz auf ihr Grab zu legen. Es war nicht gekennzeichnet, daher ließ er ein steinernes Kreuz, auf dem ihr Name und ihre Daten eingraviert waren, anfertigen und errichten. Heimlich suchte er dann das Armenhaus auf, um zu sehen, ob Evie dorthin gebracht worden war, aber zu seiner Erleichterung war sie es nicht. Sie mußte in einem der städtischen Heime für Findelkinder sein, und er wußte nicht, wo er beginnen sollte, noch war er sicher, ob er wirklich die Runde durch alle entsprechenden Einrichtungen machen sollte, um Evie aufzuspüren. Was hatte das für einen Sinn, wenn er sie dann doch nicht würde mitnehmen können? Und außerdem würde ein Mann, der kam und auf ein kleines Mädchen als seine Stieftochter Anspruch erhob, Argwohn erregen. Er konnte mit keinerlei Beweisen, keinerlei Dokumenten aufwarten noch irgendeine plausible Erklärung abgeben, warum Evie in ein Heim gekommen war. Er brauchte Leah an seiner Seite und konnte, wenn überhaupt, erst dann mit ihr rechnen, wenn das Baby geboren war.

Henry, der noch immer fest entschlossen war, das Richtige zu tun, wartete beklommen auf den geeigneten Augenblick und schwor sich, er werde an Evie diese jammervollen Monate wiedergutmachen, sobald sie endlich bei ihnen war. Leah erkundigte sich niemals nach Marys Wohlergehen oder dem ihrer Tochter. Sie erwähnte sie nie, für Henry ein Zeichen dafür, daß sie alle beide so erfolgreich einer Vergangenheit, die sie zu vergessen wünschte, überlassen hatte, daß diese tatsächlich aus ihrem Bewußtsein getilgt worden war. Unterdessen blühte sie auf und wurde, je näher die Geburt rückte, immer glücklicher. Diesmal ging alles gut. Leah wurde am 14. September, an Henrys Geburtstag, problemlos von einem kleinen Mädchen entbunden. Sie hätte lieber einen Sohn gehabt, doch die Erleichterung, ein schönes, gesundes Kind zur Welt gebracht zu haben, war groß genug, um jegliches Gefühl der Enttäuschung zu bannen. Das Baby mit Namen Rose gedieh. Sie war von Anfang an Leahs Ebenbild, mit den Augen und dem Mund ihrer Mutter und, als sie größer wurde, ihrem herrlichen goldblonden Haar. Auch dann, wenn er sie bewundernd ansah und in seinen immer offenen Armen wiegte, dachte Henry noch an die arme Evie. Als Rose sechs Monate alt war, glaubte er, nun endlich gefahrlos sprechen zu können.

Er wartete, bis Rose eingeschlafen war und Leah sich in einer deutlich ruhigen Stimmung befand, bevor er zu reden begann, und als er es tat, bat er sie zunächst, dem, was er zu sagen habe, bis zum Ende zuzuhören, bevor sie etwas darauf erwiderte. Rasch und nüchtern erzählte er ihr von Marys Tod und Evies Verschwinden und setzte hinzu, er werde es nicht hinnehmen, daß man das Kind sich selbst überlasse. In entschiedenem Ton sagte er, es sei ihrer beider Pflicht, es ausfindig zu machen und es als ihr eigenes zu beanspruchen, und er sei bereit, sich über all ihre Einwände hinwegzusetzen. Er könne sie zwar nachvollziehen, sie hätten jedoch angesichts von Evies Not keinerlei Gewicht mehr. Sie sei erst sechs oder sieben Jahre alt, ein armes kleines Ding, und würde sehr gut als Roses ältere Schwester in ihre Familie passen. Am Schluß bat er sie eindringlich zu bedenken, daß doch gewiß in ihrer beider Glück noch genügend Raum sei für ein Kind, das nichts Böses getan habe und sonst ohne eigenes Verschulden gezwungen wäre zu leiden.

Leah hielt sich an seine Bitte, sie schwieg und unterbrach ihn nicht. Selbst als er zu sprechen aufhörte, sagte sie kein Wort. Aber ihr Gesichtsausdruck war rebellisch. Sie wandte sich von ihm ab, lief zu dem Fenster mit Blick auf die Marsch und starrte hinaus, obgleich es draußen bereits dunkel war. Er trat zu ihr und legte seine Hände auf ihre Schultern, doch sie schüttelte sie ab und ging, das Feuer zu schüren. Dann setzte sie sich davor, umklammerte ihre Knie und wiegte sich leise.

»Morgen fangen wir an, die Heime aufzusuchen«, sagte Henry. »Es gibt nicht allzu viele, wir sollten in ein paar Stunden die Runde gemacht haben. Wir werden eine einfache Frage stellen, ein Ja oder Nein genügt.«

»Sie ist nicht einfach«, sagte Leah und lächelte auf eine ihm nur allzu vertraute Art, jene stolze, listige Art, die sie an den Tag legte, wenn sie sich ihrer eigenen Überlegenheit bewußt war.

»Doch«, sagte Henry, wenn auch argwöhnisch. »Wir fragen nur, ob Evie Messenger zu ihnen gebracht worden ist.«

»Ihr Name ist nicht Messenger«, sagte Leah. »So wirst du sie nicht finden, nicht wenn du diesen Namen angibst.«

»Aber es ist doch dein Name ...«

»Stimmt. Aber nicht der ihre, nicht auf der Geburtsurkunde, nicht im Taufregister.«

»Wie heißt sie dann?«

»Nach ihrem Vater.«

»Aber ihr wart doch nicht ... ihr wart doch nicht ...«

»Hast du Angst, es zu sagen, Henry? Wir waren nicht verheiratet, ist es das, was du taktvollerweise nicht aussprechen magst? Nein, das waren wir nicht, aber ich gab ihr seinen Namen. Ich sagte, wir seien verheiratet, und zeigte den Ring, und niemand bezweifelte es. Ich gab ihr seinen Namen, weil sie von ihm war, und ich dachte, es sei nur eine Frage der Zeit, bis sie ihn zu Recht trüge.«

»Gut, dann fragen wir eben nach einem Kind mit diesem Namen.«

»Wir? Ich werde gar nichts fragen, Henry.«

»Wie war sein Name?«

»Du hast versprochen, keine Fragen zu stellen.«

»Ich will nichts über ihn erfahren, nur den Namen, den Evie trägt.«

Leah wiegte sich vor dem Feuer und schwieg.

»Ich kann es herausfinden«, sagte Henry. »Ich kann im Taufregister nach deinem Namen suchen, Leah.«

»Du wirst ihn nicht finden. Wie gesagt. Ich gab seinen Namen an.«

»Ich weiß ihr Geburtsdatum, ich kann es auf diese Weise herausfinden. Ich kann die Eintragungen jenes Monats durchsehen, Juni, nicht wahr?«

Leah lächelte wieder, und Henry wurde klar, daß er Evies Geburtstag in Wahrheit nicht wußte. Er wußte weder den Tag noch den Monat und war sich nicht einmal über die genaue Jahreszahl im klaren, es konnte 1888 oder 1889 sein oder sogar 1887. Und außerdem, fiel ihm jetzt ein, wußte er nicht, wo Evie getauft worden war. In der Pfarrkirche von Wetheral? Mary wüßte es, aber Mary war tot.

»Verdammt, Leah«, sagte er, »du glaubst, du kannst mich zum Narren halten.«

»Nein«, sagte Leah, »du bist kein Narr. Du bist lieb und freundlich, Henry, das weiß ich, und du möchtest das Richtige für Evie tun, aber ich habe dir von Anfang an gesagt, wie böse ich sein kann. Ich ertrage ihre Nähe nicht. Ich wünschte, ich könnte es. Ich weiß, es ist nicht ihre Schuld. Ich weiß, ich verhalte mich unnatürlich und versäume meine Pflicht. Du kannst mich verurteilen. Aber es hat sich nichts geändert.«

»Doch«, unterbrach Henry sie erregt, »alles hat sich geändert. Mary ist tot. Evie leidet in einem Heim …«

»Du weißt gar nicht, ob sie leidet. Es ist jetzt ein Jahr oder beinahe ein Jahr her. Sie kann sich eingewöhnt haben oder zu einer Familie gegeben worden sein. Laß sie ihr eigenes Leben leben.«

»Leah«, sagte Henry verzweifelt, »ich weiß nicht, wie du

das mit deinem Gewissen vereinbaren und nachts schlafen kannst.«

»Mein Gewissen? Was weißt du schon darüber, Henry Arnesen? Mein Gewissen ist schwarz und schwer, aber ich schlafe. Ob *er* es tut, kann und will ich nicht wissen.«

»Du könntest es erleichtern, du brauchst all das nicht immer im Kopf zu haben.«

»Ich habe es nicht im Kopf. Ich habe gesagt, mein Gewissen sei schwarz und schwer, nicht mein Kopf. Mein Kopf ist klar wie eh und je. Ich kann es nicht ertragen, dieses Kind bei mir zu haben, und das ist alles. Sie ist nun fort, wo auch immer sie sein mag. Sie ist jung, sie wird sich nicht daran erinnern.«

»Aber du bist ihre *Mutter*, Leah.«

»Stimmt, aber sofern es um Evie geht, hat dieses Wort nichts zu bedeuten. Für Rose bin ich eine Mutter und werde es immer sein. So ist es nun einmal, Henry.«

»Evie wird also nie eine Mutter haben ...«

»Vielleicht doch. Das weiß man nicht. Sie könnte inzwischen schon bei einer Frau sein, die sie bemuttert. Auch ich habe keine Mutter gehabt, vergiß das nicht, und bin zurechtgekommen, wie Kinder das eben tun.«

»Aber deine Mutter war tot.«

»Wie ich für Evie.«

Es gab nichts, was Henry unternehmen konnte, oder nichts, das zu unternehmen er sich imstande sah, aber er empfand heftigen Groll gegen Leah. Sie hatte ihn überlistet und daran gehindert, seinem eigenen Instinkt zu folgen. Er spürte, wie robust seine Frau in allen Gefühlsdingen war, und das ärgerte ihn. Weil er aber kein Mann war, dessen Zorn lange anhielt, löste sein Ärger sich in Mißbilligung auf, aus der wiederum ganz allmählich eine Distanziertheit gegenüber Leah entstand. Sie wurde in seinem Innern wegen Evie irgendwohin an den Rand gedrängt. Manchmal ertappte er sich dabei, sie mit solcher Distanz anzusehen, daß er erschrak. Er mußte sich ins Gedächtnis rufen, daß dies seine Frau war, die Frau, die er innig geliebt und mit der er sich einst in jeder Hinsicht verbunden gefühlt hatte. Diese eigenartige Erkenntnis beunruhigte und irritierte ihn, doch er stellte fest, daß er nicht gewillt war, dagegen anzugehen. Zwei Jahre nach Rose ließ die Geburt einer weiteren Tochter, Polly, Leah noch mehr zur Mutter und, wie es ihm schien, noch weniger zur Ehefrau werden. Auf gewisse Weise war es eine Erleichterung. Er widmete sich weiter seiner Arbeit und sie sich ihrer Mutterrolle, und nie wieder erwähnte er Evie.

Die Arnesens blieben in Rockcliffe, bis Rose ins schulpflichtige Alter kam, und dann fing Leah an, mit dem Gedanken zu spielen, zurück in die Stadt zu ziehen. Sie wollte, daß ihre Töchter, anders als sie selbst, gut ausgebildet würden, und obgleich die Dorfschule für den Anfang gereicht hätte, meinte sie, Rose und Polly sollten die neue Higher Grade School besuchen. Henry, dessen eigene Schulbildung, wenn auch der von Leah um ein Vielfaches überlegen, nicht sehr weit reichte (obwohl er eine schöne Handschrift hatte und ausgezeichnet Buch führte), war einverstanden. Als Rose sieben war, zogen sie also wieder nach Carlisle in ein Haus in Stanwix mit schönem Blick auf den Park und den Fluß. Es war ein größeres Haus als das in Rockcliffe, aber trotzdem bescheiden, obgleich sein Standort es kostspieliger werden ließ, als Henry erwartet hatte. Die Mädchen besuchten die Stanwix School, die Leah für ausgezeichnet hielt. Die Kinder kamen alle aus gutem Hause und waren sauber und ordentlich angezogen, was natürlich auch für ihre eigenen Töchter galt. Sie trugen Kleider und Mäntel, die ihr Vater so vorzüglich anfertigte. Die Frau und die Töchter eines Schneiders zu sein, war eine schöne Sache, auch wenn Henry selbst mit dem eigentlichen Schneidern nicht mehr viel zu tun hatte. Er war der Leiter eines regelrechten kleinen Imperiums, Arnesen & Co., mit Geschäftsräumen in der Lowther Street und einem Mitarbeiterstab von dreißig Personen. Sein

Wohlstand befriedigte ihn, ohne daß er ihn je als selbstverständlich hingenommen hätte. Jedes Jahr legte er seinen Gewinn in vorsichtigen Investitionen an, und obgleich er großzügig gegenüber seiner Familie war, ließ er sich nie zu irgend etwas Unüberlegtem hinreißen. Leah war stolz auf Henrys Sparsamkeit. Deshalb hatte sie ihn geheiratet, wobei sie seinen gesunden Menschenverstand ebenso wie sein Talent und seine Bereitschaft, hart zu arbeiten, anerkannte. Immer wenn Polly, die zur Unverschämtheit neigte, sich über die Knauserigkeit ihres Vaters beklagte, ermahnte Leah sie streng, nannte Henry den großzügigsten Mann der Welt und sagte Polly, sie wisse ja gar nicht, wie dankbar sie sein müsse.

Leah war dankbar. Wenn sie auf die schreckliche Zeit nach Evies Geburt zurückblickte und sich daran erinnerte, wie Henry ihr aus der Falle geholfen hatte, die sie selbst hatte zuschnappen lassen, überkam sie eine große Dankbarkeit. Sie hielt es für möglich, daß sie Evie am Ende getötet hätte. In ihrem Innern war sie verrückt gewesen, während sie an der Oberfläche perfekt funktionierte – verrückt vor Kummer und Reue und einem furchtbaren, ungerechtfertigten Haß. Sie hatte ihr ganzes Leben zerstört gesehen durch Evie, die sie für immer am Hals haben würde. Zuerst war das winzige Kind ein Symbol der Liebe gewesen, die Hugo und sie füreinander empfunden hatten, und hatte ihr am Herzen gelegen, doch nach und nach hatte es eine andere Bedeutung bekommen und war statt dessen zu einem Symbol für Verrat, für Dummheit geworden. Jetzt konnte sie Evie nicht mehr vor ihrem geistigen Auge sehen, und das war eine Wohltat, da dieses Bild für sie eine Qual war, doch sie spürte nach wie vor von Zeit zu Zeit ihre schemenhafte Gegenwart, meistens dann, wenn sie in gedrückter Stimmung war.

Sie erzog sich dazu, sich niemals Gedanken darüber zu machen, wo Evie war oder was sie wohl tat – das hätte sie wirklich zum Wahnsinn getrieben. Evie war fort, seit langem. Schuldgefühle waren so viele Jahre in Schach gehalten worden, daß Leah sie für besiegt hielt, doch sie gab das sich selbst gegenüber nie ganz zu. Fünf, zehn, beinahe zwanzig Jahre, und inzwischen mußte Evie eine Frau sein. Die Angst vor ihr brauchte nicht länger in Leahs Gewissen zu lauern, von dem sie Henry einst gesagt hatte, es sei schwarz und schwer. Was auch immer Evie erlebt haben mochte, jetzt war es vorüber. Das Kind war groß geworden, das armselige Würmchen gab es nicht mehr, und nicht einmal Henry konnte ihr Vorwürfe machen, indem er das Bild eines armen, weinenden kleinen Wesens auf der Suche nach seiner Mutter heraufbeschwor. Evie würde nicht länger eine Mutter brauchen.

Doch Evie brauchte sie.

Kapitel 12

Die Frau war kräftig gebaut und groß, mit langem, von einem Gummiband zurückgehaltenem, unordentlichem Haar. Das Gewicht des, wie Hazel glaubte, gewöhnlich lose, als wirres Durcheinander herabhängenden Haares schien die Haut ihres Gesichts zu straffen, wodurch es einen unangenehm angespannten Ausdruck bekam. Sie wollte der Wärterin sagen, man solle die Frau ihr Haar doch offen tragen lassen, aber das wäre dumm, denn möglicherweise wurde es auf eigenen Wunsch der Frau so heftig zurückgezerrt. Ihre beiden Hände waren stark bandagiert. Hazel konnte in der Nähe des linken Handgelenks einen winzigen Blutfleck entdecken, obgleich die Verbände absolut sauber und frisch angelegt aussahen.

»Sind Sie die Anwältin?« fragte die Frau. Hazel bejahte das, sie versuchte, es mit einem freundlichen Lächeln zu tun und Mitgefühl zu zeigen. Sie war sich aber bewußt, daß Mitgefühl, oder vielmehr Mitgefühl zu zeigen, nicht ihre Stärke war. Machte sie dies nun zu einer schlechten oder guten Anwältin? Sie wußte es nicht. Malcolm sagte immer, Distanz sei wichtig, aber sie spürte, ihre Schwäche lag darin, diese allzuweit zu treiben, und das beunruhigte sie. Nicht daß sie Angst hatte, sich mit Klienten, insbesondere Klientinnen dieser Art, einzulassen, aber sie konnte nicht vermitteln, was sie fühlte. Von Frauen wurde in dieser Situation mehr erwartet, und sie wußte schon jetzt, daß diese Klientin enttäuscht von ihr war.

»Also gut«, sagte die Frau, »sagen Sie denen, sie können

mir mein Baby nicht wegnehmen. Sagen Sie's denen. Sagen Sie denen, nach dem Gesetz gehört sie mir. Ich hab sie geboren. Sie gehört mir. Sie haben kein Recht dazu. Sagen Sie's denen.«

Hazel setzte sich. Die Wärterin stand neben der Tür an die Wand gelehnt, und die Frau, Stella Grindley, saß ihr gegenüber. Sie waren sich ziemlich nah. Hazel konnte das Seifenpulver riechen, mit dem Stellas Kleider gewaschen waren. Sie dachte, Stella mußte ihr Parfum, so schwach es auch war, riechen können, und wünschte, sie hätte keins benutzt. Es könnte aufreizend wirken, an die Außenwelt und die Art von Leben dort erinnern, an dem Stella nicht teilhaben konnte. Sie fühlte, daß all ihre Sinne geschärft waren, und das führte zu einer inneren Anspannung, die sie mit aller Kraft zu zerstreuen suchte, bevor sie zu sprechen begann. Alles, was sie sagen mußte, würde Stella Grindley ihr übelnehmen, und obgleich sie hierauf gefaßt war, fühlte sie sich nicht darauf vorbereitet, mit der Wut und dem Schmerz, die ihre Nachricht gewiß auslösen würde, umzugehen.

Sie sprach so ruhig, aber auch in so entschiedenem Ton wie möglich, indem sie ihre Worte vorsichtig wählte und sich so klar und einfach ausdrückte, wie sie nur konnte, ohne herablassend zu wirken. Was sie Stella zu sagen hatte, war schließlich ganz einfach. Sie könne ihr drei Monate altes Baby nicht behalten, so wie man ihr die beiden letzten auch nicht gelassen hätte. Ein sicherer Platz sei gefunden worden, und das Baby werde gerade adoptiert. Stella war vor der U-Bahn-Station Kings Cross wegen Aufforderung zur Unzucht, Diebstahl und häufigem tätlichem Angriff verhaftet worden. Sie war betrunken gewesen, im fünften Monat schwanger und hatte eine ganze Reihe Vorstrafen. Mit vierzig war ihr Strafregister so umfangreich, daß es nicht in Frage kam, ihr dieses letzte Kind zu lassen, das geboren wurde, während sie ihre Strafe absaß. Es war ihr bereits mitgeteilt worden, woraufhin sie sich die Pulsadern mit einer Spiegelscherbe, die sie hatte verstecken können, aufgeschnitten hatte. Die Schnitte waren nicht tief, ihr Leben war nie in Gefahr gewesen, doch sie hatte es damit ernst gemeint. Sie dachte, dies sei ihr letztes Baby. Sie hatte acht geboren und keins davon behalten. Die ersten vier hatte sie in deren ersten Lebensjahren bei sich gehabt, doch dann hatte die Fürsorge sich ihrer angenommen. Das fünfte war gestorben, angeblich an plötzlichem Kindstod (obgleich es damals einige Zweifel daran gegeben hatte und der Verdacht auf schwere Vernachlässigung bestanden hatte). Die drei letzten waren ihr alle bei der Geburt oder kurz danach weggenommen worden.

Als Hazel die Erläuterung der Gesetzeslage beendet hatte, schwieg Stella Grindley einen Augenblick, dann beugte sie sich mit erschreckender Schnelligkeit, die sogar die Wärterin überraschte, vor und bespuckte Hazel mit einer großen Portion Speichel, die mitten auf ihrer weißen Bluse landete. »Sie können sich verpissen«, schrie Stella, »und das Gesetz gleich mit. Los, verpissen Sie sich, Sie sind nicht zu gebrauchen.« Die Wärterin hatte schon einen Schritt auf sie zu gemacht, um sie zu bändigen, was sich jedoch als unnötig erwies. Zufrieden saß Stella jetzt ruhig auf ihrem Stuhl, verschränkte die Arme und lächelte. »Sie dummes kleines Miststück«, sagte sie, »Sie hab'n von nichts 'ne Ahnung.« Sie wurde von der Wärterin wegen ihrer Ausdrucksweise ermahnt, würdigte sie aber keines Blickes. Sie beobachtete Hazel, die auf ihrem Stuhl sitzen blieb und absichtlich den Fleck auf ihrer Bluse weder zur Kenntnis nahm noch wegwischte. Sie hielt Stellas starrem Blick stand und zwinkerte nicht mit den Augen – sie wußte, daß sie eigentlich aufstehen und, ohne ein weiteres Wort zu verlieren, gehen müßte, aber das brachte sie nicht fertig. Stellas Verachtung hielt sie zurück, und der wollte sie sich aussetzen. Es war unklug, aber sie konnte nicht umhin zu fragen: »Glauben *Sie*, für ein Baby sorgen zu können?«

»Sie gehört mir«, sagte Stella, »ich hab sie gekriegt.«

»Daran zweifelt niemand. Aber Sie können nicht für sie sorgen. Sie haben kein Heim, kein Geld, keine Arbeit, Sie sind ständig betrunken und immer wieder im Gefängnis. Sie sind doch gar nicht fähig, für ein Baby zu sorgen, oder? Das Gesetz will lediglich das Kind schützen.«

»Sie gehört mir. Ich hab sie gekriegt. Ich bin ihre Mutter, und ich geb sie nicht her, und ich laß sie mir nicht wegnehmen, und Sie, Sie können sich verpissen.«

»Das reicht«, sagte die Wärterin. »Die Zeit ist um.«

Hazel sah zu, wie Stella Grindley weggebracht wurde, und ging dann auch. Es war dumm von ihr gewesen, irgendeine vernünftige Diskussion zu erhoffen. Stellas einziges Argument war ihr Eigentumsrecht: Sie hätte das Kind gemacht und gekriegt, und deshalb gehöre es ihr. So einfach war das für sie. Hazels fromme Ausführungen waren sinnlos gewesen. Das Gesetz hatte recht mit dem, was es besagte, aber Hazel konnte sich die aufgeschnittenen Pulsadern und die Sehnsucht nach dem Kind gut vorstellen – ein sehnliches Verlangen, selbst wenn es nicht so sehr auf übergroßer Liebe als vielmehr auf Zorn darüber, betrogen worden zu sein, beruhte –, und ihr war beklommen zumute. Sie wußte, man hatte sich bemüht zu helfen, damit Stella mit ihren Kindern fertig würde. Wieder und wieder hatten Sozialeinrichtungen ihr geholfen, sich so weit zu bessern, daß sie womöglich ihre Babys würde behalten können. Plätze in Wohnheimen waren für sie beschafft, Zuschüsse gewährt, und zu einem gewissen Zeitpunkt war sogar Arbeit für sie gefunden worden. Aber sie fiel immer wieder in Trunksucht und Prostitution und Diebstahl zurück und versuchte, wenn sie schlechter Laune war, Leute zu verprügeln.

Dieses letzte Baby würde adoptiert werden. War es ein glückliches Baby, weil es von Stella Grindley als Mutter verschont blieb? Aber selbst bei diesem Gedanken verwahrte sich Hazel gegen die unterschwellige, vorgefaßte Meinung, daß es nur guten, anständigen, soliden Frauen erlaubt sein sollte, Mutter zu sein. Sie fuhr nach Hause in dem Bewußtsein, daß irgend etwas an dieser offensichtlichen Wahrheit nicht stimmte. Stella hatte tatsächlich ihr Kind bekommen, *sie* war es, so wie es *ihres* war, ein unbestreitbarer Teil ihrer selbst. An dieser Tatsache war nicht zu rütteln. Es spielte keine Rolle, wer das Kind adoptierte, es war Stellas Kind und würde es auch immer bleiben. Für das Kind zu sorgen war etwas anderes. Stella hatte bewiesen, daß sie nicht dazu fähig war, und der Kummer, den sie darüber empfand, daß man es ihr wegnahm, war nichts, verglichen mit dem Kummer, den ein Kind erleiden würde, wenn man es in ihrer Obhut ließe. Was irritiert mich also so sehr, fragte sich Hazel? Stellas sehnliches Verlangen, ihr Baby zu behalten, das war es. Aus welchem Grund auch immer. Ein so sehnliches Verlangen, daß sie sich die Pulsadern aufgeschnitten hatte. Ein Verlangen, das ich nie, kein einziges Mal, für dieses Baby, das ich mir wegnehmen ließ, empfunden habe. Stella Grindley würde mich, wenn sie es wüßte, für ein Monstrum, nicht nur für ein Miststück, halten.

Und dann war Stellas Leid auch noch so offensichtlich. Sie litt, weil man ihr das Baby wegnahm, daran gab es keinen Zweifel. Auf die eine oder andere Art litten Mütter immer in solchen Fällen. Stella erlebte ein furchtbares Gefühl von Verlust. Und ich, fragte sich Hazel, habe ich gelitten? Und wenn ja, war ich überhaupt dazu berechtigt?

Diese Frage verfolgte sie in den nächsten Tagen bis hin zu mehreren schlaflosen Nächten, in denen sie Malcolm störte, weil sie sich unruhig im Bett herumwälzte. »Was ist los?« fragte er, doch sie sagte nichts. Wie konnte sie ihm erzählen, daß sie darüber nachdachte, ob ihr zu Recht unterstellt wurde, sie habe, als sie achtzehn war und dieses erste ungewollte Kind gebar, gelitten? Sie wollte nicht wieder auf dieses Thema zurückkommen. Worunter sie tatsächlich gelitten hatte, stellte sie fest, war ein Mangel an Mitgefühl. Mit achtzehn kannte sie eine so subtile Empfindung noch nicht. Sie hatte, wie junge Leute es zu tun pflegen, nur an sich gedacht, daran, daß ihr eigenes Leben zerstört würde. Sie hatte nie das Bedürfnis gehabt, darüber hinauszudenken.

Aber angenommen, ihr Baby wäre für sie etwas anderes gewesen als ein Objekt, über das man verfügen konnte – was dann? Angenommen, sie hätte sowohl die Vorstellungskraft als auch das Mitgefühl besessen, dieses Baby als ein Wesen mit Gefühlen, Träumen und Sehnsüchten zu sehen, für das die bewußte Verweigerung jeglicher Bindung von seiten seiner Mutter etwas Schreckliches bedeutete? Sie versuchte, sich vorzustellen, sie hätte ihr Baby behalten wollen, wäre um jeden Preis dazu entschlossen gewesen. Es erschien ihr nach all den Jahren sonderbar, nie daran gedacht zu haben, ihrer Mutter zu sagen, sie wolle das Baby bekommen und behalten. Wie hätte ihre Mutter reagiert? Die Versuchung, sie zu fragen, plagte sie. Beinahe achtzehn Jahre waren vergangen, und sie hatten niemals darüber gesprochen, außer in jenem kurzen Augenblick, als ihre Mutter vorsichtig hatte wissen wollen, ob sie es Malcolm erzählt habe. Es machte ihr klar, was sie vermutlich schon immer gewußt hatte, daß sie und ihre Mutter in beiderseitigem stillschweigendem Einverständnis nie über das, was besorgniserregend oder kompliziert war, diskutiert hatten. Es war eine Gewohnheit, mit der sie aufgewachsen war und die sie beibehalten hatte, ohne je den Versuch zu unternehmen, eine andere Art von Kommunikation zu erzwingen. Aber jetzt, viel zu spät nach all den Jahren, wollte sie eine solche Konfrontation – sie wollte wissen, was ihre Mutter wirklich gedacht und gefühlt hatte, und vor allem, was sie wohl getan hätte, wenn sich ihre Tochter nicht so gehorsam ihren Plänen untergeordnet hätte.

Mrs. Walmsley war mit ihren fast sechzig Jahren aktiver denn je. Jeden Tag hatte sie irgendeine karitative Verpflichtung in den verschiedensten Organisationen, und wenn sie nicht gerade in Ausschüssen saß, war sie ernsthaft mit ihrer Aufgabe als Friedensrichterin befaßt – immer in Aktion, genau so, wie sie sich das Leben wünschte. Und dann war da noch ihre Rolle als Großmutter, in die sie sich mit Genuß stürzte. Sieben Enkelkinder, die alle in oder bei London lebten, so daß sie sie häufig sah und regelmäßig bei sich hatte. Während der Ferien war sie sehr gefragt, denn sie nahm ihre Enkelkinder oft mit in ihr Cottage auf dem Land in Gloucestershire. Sie kannte sich im Science Museum, dem Imperial War Museum und dem British Museum bestens aus, ganz zu schweigen vom Planetarium und dem Zoo (auch wenn sie sich weigerte, ihren Fuß in Madame Tussauds Wachsfigurenkabinett zu setzen, das sie vulgär fand). Wann immer Hazel ihre Mutter anrief, was deren Meinung nach nicht oft genug geschah, ergoß sich eine solche Flut bevorstehender Verabredungen über sie, daß sie am liebsten so schnell wie möglich das Gespräch beenden wollte. Wenn sie ihre Söhne zur Großmutter brachte und von dort abholte, wechselten sie nur eilig ein paar Worte, denn ihre Mutter war noch beschäftigter als sie selbst. Es war unmöglich, unter solchen Umständen an ein ernsthaftes Gespräch auch nur zu denken. Sie wußte, daß sie auf die nächste Gelegenheit würde warten müssen, wenn ihre Mutter zum Abendessen kam und über Nacht blieb, was sie allerdings nur drei- oder viermal im Jahr tat.

Als die Gelegenheit sich bot, war sie erstaunt, wie schwierig es war, das Thema, das sie nicht losließ, anzuschneiden. Natürlich redete ihre Mutter ununterbrochen, so daß es mühsam war, eine Pause im energiegeladenen Resümee ihrer Aktivitäten zu finden, doch als sie endlich lange genug innehielt, daß Hazel überhaupt etwas sagen konnte, kam diese nur langsam mit der Sprache heraus.

»Mutter?« sagte Hazel.

»Ja, Liebes? Aber nicht nächste Woche, ich werde nächste Woche *rasend viel* zu tun haben, nicht eine freie Stunde ...«

»Ich wollte dich nicht bitten, irgend was zu tun.«

»Ach, gut, denn ich hätte nicht noch etwas anderes übernehmen können, nicht einmal für dich, Liebling, also, worum geht es, was wolltest du fragen?«

»Ich bin mir nicht sicher«, sagte Hazel und stockte, bevor sie überhaupt angefangen hatte. »Es ist schwierig, ja, ziemlich peinlich …«

»Peinlich?« sagte Mrs. Walmsley erstaunt. »Du lieber Himmel, Hazel, wie kann irgend etwas zwischen uns peinlich sein, wie lächerlich. Worum geht es? Was ist passiert?«

Hazel bemerkte den erregten Unterton in der Stimme ihrer Mutter. Wahrscheinlich dachte sie, sie würde eine Geschichte über Ehebruch zu hören bekommen, und überlegte schon jetzt, wer sich da austobte, ihre Tochter oder ihr Schwiegersohn.

»Es geht um etwas, als ich jung war«, sagte Hazel.

»Oh.«

Hazel lächelte leise über die offensichtliche Enttäuschung ihrer Mutter und stürzte sich in Erklärungen, aber stockend, was wenig zu ihrer normalerweise flüssigen Art zu sprechen paßte. »Als ich siebzehn gewesen bin. Schwanger. Damals. Und ich zu dir gekommen bin. Es dir erzählt habe. Du die Sache in die Hand genommen hast. Du alles organisiert hast. Was wäre gewesen … ich meine, was wäre gewesen, wenn ich gesagt hätte, daß ich das Baby behalten will …«

»Verrückt, du wärest nicht so verrückt gewesen«, unterbrach Mrs. Walmsley sie. »Es ist dir nie in den Sinn gekommen, Gott sei Dank.«

»Warum ›Gott sei Dank‹?«

»Warum? Also wirklich, Hazel. Es hätte dein Leben zerstört, wirklich, mit siebzehn ein *Kind* am Hals, achtzehn, als du es bekamst. Was um alles in der Welt hättest du damit angefangen? Wie hättest du studieren sollen? Eine unverheiratete Mutter mit achtzehn – du lieber Himmel.«

»Aber wenn ich es getan hätte, Mutter, wenn ich mich

geweigert hätte, mich von dem Baby zu trennen, nachdem ich es zur Welt gebracht hatte, was hättest du gemacht?«

»Dich zur Vernunft gebracht.«

»Du hättest mir also nicht geholfen?«

»Nein. Was soll das, Hazel? Ich verstehe nicht.«

»Und wenn ich es Daddy erzählt hätte …«

»Deinem Vater erzählt? Er wäre fuchsteufelswild geworden, er hätte den Jungen auftreiben und auspeitschen lassen. Es hätte den schlimmsten Krach gegeben, mir wird ganz übel, wenn ich mir die Szenen ausmale. Nein, du hättest es deinem Vater nicht sagen können, unmöglich. Es war absolut erforderlich, die ganze Geschichte geheimzuhalten.« Sie hielt inne, wobei sie Hazel kritisch und verärgert ansah. »Du bist eine glücklich verheiratete Frau, Liebling, mit drei wundervollen Kindern und einer erfolgreichen Karriere, und benimmst dich so dumm, das sieht dir gar nicht ähnlich. Du bist doch sonst so vernünftig, bist es immer gewesen, bis auf die eine Dummheit, und nun quälst du dich und mich mit all diesen Mutmaßungen darüber, was man vor ewigen Zeiten hätte sagen oder tun können. Das führt doch zu nichts.«

Hazel saß eine Weile ruhig da und beobachtete ihre Mutter, die stocksteif, erhobenen Hauptes und mit geröteten Wangen auf der Stuhlkante thronte, ein Abbild echter Empörung. Es war spät. Die Jungen waren längst im Bett, und Malcolm hatte sich vor gut einer Stunde in sein Arbeitszimmer zurückgezogen.

»Laß uns einfach aufhören, darüber zu sprechen«, sagte ihre Mutter. »Es ist Zeit, zu Bett zu gehen. Ich habe morgen einen langen Tag und du auch.«

»Nein.«

»Was? Nun, wenn du keinen hast, ich hab jedenfalls einen und …«

»Nein, Mutter, bitte, laß uns nicht aufhören. Ich will es verstehen, und es gelingt mir nicht. Ich will es schon seit einer Ewigkeit.«

»*Verstehen*? Wovon sprichst du? An dem, was geschah, ist überhaupt nichts Geheimnisvolles, es mag geheimgehalten worden sein, aber es war nicht geheimnisvoll, wir haben völlig logisch gehandelt ...«

»Das ist es eben. Nichts als Verstand, kein Herz, kein Gedanke an das Kind, weder von deiner noch von meiner Seite ... entsetzlich ... ich verstehe es nicht.«

»Es ist ganz leicht zu verstehen. Du warst selbst noch ein Kind, du konntest das Kind nicht behalten, und es wurde darüber nachgedacht, sehr sorgfältig nachgedacht, ich war sehr darum bemüht, daß es zu guten Menschen kommt, und man hat mir versichert, daß dafür gesorgt würde.«

»Aber wie konntest du oder sonst jemand das wissen? Wie konntest du wissen, daß die Menschen, die mein Baby adoptierten, gut waren?«

»Miss Østervold kannte jemanden. Sie hatten Referenzen eingeholt, nehme ich an, und ...«

»Du hast nicht nachgefragt?«

»Das war nicht meine Aufgabe, die Verantwortung lag bei der Organisation, für die diese Damen arbeiteten.«

»Nein, sie lag bei uns, bei dir, da ich wie ein gehorsames kleines Mädchen nur tat, was du sagtest.«

»Hazel, du wirfst mir vor, meine Pflicht versäumt zu haben?«

»Nein, ich will einfach nur verstehen, wie du es mir überhaupt erlauben, mich ermutigen, mir tatsächlich befehlen konntest, mein Baby wegzugeben.«

»Du hast es *gewollt* ...«

»Ja, ja, das hab ich. Ich weiß, das hab ich wirklich. Ich wollte es loswerden, richtig, ganz richtig, aber du warst älter und erfahrener, du warst selbst eine Mutter und wußtest, was es bedeutete ...«

»Es bedeutete, das Beste für *dich* zu tun, das bedeutete es. Das sollte es immer bedeuten, und an nichts anderes habe ich gedacht.«

»Hast du dich nicht nach dem Baby gesehnt, hat es dir

nicht das Herz gebrochen, der Gedanke an dieses arme, mutterlose, verstoßene ...«

»Hör auf!« Mrs. Walmsley erhob sich. »Ich geh zu Bett, ich dulde das nicht, es ist unangebracht und verwirrend.«

»Es tut mir leid«, sagte Hazel, »ich wollte dich nicht verwirren, aber ich selbst bin verwirrt. Ich dachte, ich sei vor langer Zeit über die Schuldgefühle« – hier schnalzte ihre Mutter mit der Zunge – »hinweggekommen, aber neulich habe ich angefangen, darüber nachzudenken, was ich getan habe, und das erschreckt mich. Ich wollte nur wissen, ob es dich erschreckt, wenn du zurückdenkst.«

»Ich denke nicht zurück, es hat keinen Sinn.«

»Fragst du dich nicht manchmal, was wohl aus deiner verlorenen Enkelin geworden ist?«

»Nie. Verlorene Enkelin? Ich denke nie, daß es so etwas überhaupt gibt. Sie ist nicht meine Enkelin, wo auch immer sie sein mag, sie ist die Enkelin von der Familie, die sie angenommen hat.«

»Und wenn sie es ihr erzählen?«

Mrs. Walmsley, die ihr Buch, ihr Strickzeug und ihre Brille eingesammelt hatte und nun, wie angekündigt, zu Bett zu gehen gedachte, wollte gerade das Zimmer verlassen, ohne auf diese letzte Frage einzugehen. Aber Hazel folgte ihr, stand in der Tür und stellte sie noch einmal. »Und wenn sie es ihr erzählen, Mutter? Ihr erzählen, daß sie weggegeben wurde?«

»Vielleicht wird sie es nie erfahren. Zahllose adoptierte Kinder erfahren's nie, und warum sollten sie auch?«

»Aber wenn sie es nun doch erführe?«

»Hazel, ich bin müde, laß mich vorbei, ich muß zu Bett.«

Hazel ließ sie vorbei, folgte ihr aber weiter die Treppe hinauf ins Gästezimmer. Sie machte die Tür hinter ihnen beiden zu und stand, mit dem Rücken zur Tür, da, während ihre Mutter ihre Sachen ablegte, ihr Nachthemd nahm und das Bett aufdeckte.

»Und wenn sie nun eins von den Mädchen ist, die alles wissen wollen?«

»Höchst unwahrscheinlich.«

»Überhaupt nicht, ganz und gar nicht unwahrscheinlich – wenn sie meine Tochter, deine Enkelin ist, wenn sie ist wie *wir*, wird sie es wissen wollen, und was dann?«

»Was meinst du mit ›was dann‹? Ich weiß wirklich nicht, worauf du hinauswillst, Hazel, und das schon, seitdem du mit alldem angefangen hast.«

»Sie hat das Recht, uns zu quälen.«

»Hazel! Ich halte das nicht aus. Laß mich jetzt ins Badezimmer gehen, und wenn ich zurückkomme, möchte ich dich hier nicht mehr sehen. Geh zu Bett.«

Hazel ging zu Bett. Es hatte keinen Zweck, von ihrer Mutter in irgendeiner Form Hilfe oder Trost zu erwarten. Ihre Mutter war schon immer eine Frau gewesen, die ihr eigenes Verhalten so gut wie nie in Frage stellte. Wirklich ein Segen, so zu sein, überzeugt, daß das, was man tat, richtig war. Es machte Entscheidungen leichter – nicht so sehr sie zu treffen, als vielmehr die Konsequenzen zu tragen. Sobald ihr Kind »untergebracht« war, erkannte Hazel, hatte ihre Mutter alle Erinnerung daran getilgt. Reue war für sie ein Wort, das sie so gut wie gar nicht kannte. Am nächsten Morgen entschuldigte sich Hazel. Ihre strahlend lächelnde und höchst vergnügte Mutter unterbrach sie und sagte, sie habe »diese kleine Szene« schon vergessen, dann rauschte sie hinaus, um ihren wundervoll hektischen Tag zu beginnen.

Hazel gab die Hoffnung auf, zu ihrer Mutter eine neue Beziehung herstellen zu können, eine, die auf dem Austausch echter Gefühle und nicht länger auf dem belangloser Dinge beruhte, der immer von einer seltsamen Art vorsichtiger Höflichkeit diktiert war. Aber sie wußte, daß das Interesse ihrer Mutter an ihr, so oberflächlich es auch scheinen mochte, weil es sich nur in vorsichtigen Worten ausdrückte, alles andere als oberflächlich war. Ihr lag

Hazel sehr am Herzen, sie tat, wie sie gesagt hatte, ihrer Meinung nach alles zum Wohle ihrer Tochter. Was sie verärgert hatte, war, daß Hazel dies angezweifelt hatte. Hazel hatte zu verstehen gegeben, daß das, was Mrs. Walmsley als die einzig in Frage kommende Vorgehensweise betrachtet hatte, nicht die einzig mögliche gewesen war. Noch kränkender war der Hinweis darauf, daß sie eine andere Pflicht gehabt hätte, eine, die sie dem Kind gegenüber versäumte. Nichts verletzte ihre Mutter mehr, wie Hazel wußte, als eine Anspielung darauf, auch nur im geringsten ihre mütterlichen Pflichten nicht erfüllt zu haben. Aber sie wollte so etwas nicht noch einmal riskieren. Der Fall war abgeschlossen.

Auch in ihren eigenen Gedanken war er allmählich wieder abgeschlossen. Sie übernahm keine mit Adoption verbundene Arbeit mehr. Sie hatte weiterhin mit Familienrecht zu tun, wechselte mit der Zeit zum Scheidungsrecht über und spezialisierte sich auf Fälle, bei denen Frauen geschlagen und mißhandelt worden waren. Monatelang blieb sie davon verschont, daß ihre Gedanken zu dem Kind, das sie weggegeben hatte, abschweiften, und selbst wenn die Erinnerung aus irgendeinem Grund in ihr wach wurde, konnte sie gelassen damit umgehen. Je größer ihre Söhne wurden und je stärker das Familienleben sie in Anspruch nahm, desto weniger plagte sie ihr Gewissen. Die leisen Gewissensbisse, die sie beunruhigt hatten, verflogen, und sie wurde heiter und war nicht länger auf der Hut.

Das sollte sich am Ende als ein Fehler erweisen.

Dritter Teil
Evie – Shona

Kapitel 13

Evie hatte sich vorgestellt, daß ihr Carlisle vertraut sein würde, aber das war es nicht. Die ganze Kutschfahrt über hatte sie sich an St. Ann's hoch oben auf dem Hügel oberhalb des Eden erinnert und den Umriß des gedrungenen Schlosses und das Funkeln der Sonne in den Fenstern der Kathedrale vor Augen gehabt. Sie wußte, die Brücke würde, wenn die Kutsche Stanwix verließ und den Eden in Richtung Innenstadt überquerte, bevölkert und die Straßen in der Nähe des Marktes würden von Menschen und Tieren, die vom Ufer nach Hause getrieben wurden, verstopft sein. Sie rechnete damit, daß sie Freude darüber empfinden würde, wieder in ihrer Heimatstadt zu sein, und stellte, als die Kutsche vor dem *Crown and Mitre* anhielt, bestürzt fest, daß alles ganz anders aussah. Der Marktplatz vor dem Rathaus war nicht mehr der heitere, einladende Ort, an den sie sich erinnerte, voller Frauen, die hinter behelfsmäßigen Verkaufsständen saßen und deren Kinder überall spielten. Es wimmelte nur so von Wagen und Kutschen, und sie sah entsetzt zum erstenmal eine Straßenbahn geräuschvoll auf eisernen Schienen vorbeirattern. Ihr Herz begann zu pochen, und sie stand, die Tasche fest umklammert, regungslos da und wußte nicht, was sie tun sollte, und mit einemmal wurde sie sich der Tragweite ihrer Entscheidung bewußt.

Sie mußte irgendwohin gehen. Sie konnte angesichts all der Hektik nicht den ganzen Tag wie angewurzelt vor dem *Crown and Mitre* stehenbleiben. Es war jedoch mühsam, sich mit der schweren Tasche fortzubewegen, die sie, ohne stehenzubleiben, kaum ein paar Meter weit tragen konnte. Sie hatte die vage Idee, den einzigen ihr bekannten Ort, die St. Cuthbert's Lane, aufzusuchen, in der sie mit der alten Mary gelebt hatte, wußte aber, wie töricht das war. In dem Haus, in dem sie einst gelebt hatte, würde jemand anderes wohnen, und der Anblick eines Mädchens, das all ihre Habseligkeiten in einer schäbigen Reisetasche mit sich herumtrug, würde niemandem gefallen. Wohin sollte sie aber gehen? Sie hatte kein Geld für eine Pension, und die einzigen Menschen, die sie in Carlisle kannte, waren die Messengers, die den Pub in Caldewgate betrieben und ab und zu ins *Fox and Hound* hereingeschaut hatten. Sie glaubte wahrheitsgemäß behaupten zu können, daß sie zur Familie gehörte und daher Anspruch auf Unterkunft hatte, konnte aber nicht zu ihnen gehen. Sie würden Ernest bei nächster Gelegenheit von ihrer Anwesenheit berichten, der sogleich kommen und sie holen würde. Selbst wenn er nicht käme, und sie war sicher, daß er kommen würde, wollte sie nicht, daß Ernest und Muriel wußten, wo sie war.

Sie könnte zum Waisenhaus St. Ann's gehen, wenn sie den Weg dorthin wüßte und sie auf einem Karren in die Richtung mitfahren dürfte. Vielleicht würde man sie aufnehmen, ihr für ihre Arbeit ein Bett geben. Doch auch an diesem Ort würde Ernest vermutlich nach ihr suchen, und außerdem hatte sie nur schlechte Erinnerungen an das Waisenhaus. Sie dachte flüchtig – und sie wußte, daß es ein törichter Gedanke war – an die Frau, die sie an dem Tag, als Mary gestorben war, zu sich nach Hause nach West Walls mitgenommen hatte.

Mit dem Rücken zur Mauer des Hotels, die Tasche zu ihren Füßen, starrte Evie vor sich hin, als träume sie. Niemand schien sie zu bemerken. Sie sah in ihrem graubraunen Mantel ziemlich unscheinbar aus, und der dunkelbraune Hut, den sie trug, hatte einen breiten Rand, der ihr kleines Gesicht abschirmte. Sie wirkte wie ein Mädchen, das darauf wartete, mitgenommen zu werden, geduldig und in ihr Schicksal ergeben, ohne daß man ihr die panische Angst, die sie insgeheim durchlebte, anmerken konnte. Sie stand eine Stunde, zwei Stunden, ja drei Stunden da. Weder schien die Menge sich zu lichten, noch schien der Lärm abzuklingen. Sie hörte die Glocken der Kathedrale läuten und sah auf der Rathausuhr, wie spät es war. Schon Mittag. Sie hatte Glück, daß die Sonne schien, obgleich sie auf der Seite der Hauptstraße stand, die jetzt im Schatten lag, und daß sich der schneidende Wind von vorhin, als sie das *Fox and Hound* verließ, gelegt hatte.

Ihr gegenüber hatte sich eine Szene abgespielt, die sie zunächst nicht verstand. Dort gingen zahlreiche Ladys hin und her, die, für Evies ungeschultes Auge ausnahmslos gut gekleidet, alle mit dem Finger in eine Richtung deuteten und miteinander sprachen. Sie deuteten auf Mädchen, armselig aussehende Mädchen, die alle stocksteif dastanden, viele von ihnen auf Holzkisten. Die Ladys wanderten um diese Kisten herum und schienen die Mädchen zu mustern, die entmutigt und jammervoll dreinblickten, dann blieben sie stehen, und es fand irgendein Austausch statt. Manchmal stieg dann ein Mädchen von seiner Kiste hinunter und folgte einer der Frauen. Evie bemühte sich zu erkennen, wohin sie gingen, konnte aber ihren Bestimmungsort nie wirklich ausmachen – die Frau und das Mädchen wurden von der Menge verschluckt. Sie brauchte einige Zeit, um herauszufinden, daß es sich bei dem, was sie da beobachtete, um das Einstellen von Bediensteten handeln mußte. Es gab keine andere Erklärung. Sie hatte nicht gewußt, daß so etwas möglich war, in Moorhouse hatte es nichts dergleichen gegeben, aber mit einemmal schien es ihr sonnenklar, daß dies ihre Rettung sein würde.

Als sie ihre Tasche dorthin schleppte, wo die Mädchen besichtigt werden konnten, fragte sie sich, ob es vielleicht irgendein System gab, von dem sie nichts wußte. Durfte

jedes Mädchen einfach erscheinen und seine Dienste anbieten? Sie sah ein paar ältere Frauen mit groben Gesichts-
zügen etwas abseits stehen und die Mädchen anstarren.
Als eine aus dieser Gruppe hervorstürzte und von einer
Lady, die den Arm eines von ihr ausgesuchten Mädchens
hielt, eine Münze entgegennahm, begriff Evie, daß sie die
Mutter war. Vielleicht mußte ein Mädchen ja einer Mutter
gehören und von ihr zur Einstellung angeboten werden.
Nun, sie hatte keine Mutter, und wenn es ihr deswegen
untersagt war, ihre Dienste anzubieten, so würde sie es
schon merken. Sie hatte auch keine Kiste, auf der sie hätte
stehen können. Statt dessen stellte sie sich auf ihre Tasche.
Darin war nichts Zerbrechliches, nur lauter weiche Sachen.
Sie wußte, daß sie auf der Reisetasche seltsam aussah und
anders als die anderen Mädchen. Es waren nur noch wenige übrig, die meisten hatten eine Anstellung gefunden,
und diejenigen, die noch dastanden, waren traurige Er-
scheinungen. Sie waren mager und schmutzig, barfuß und
dürftig gekleidet. Evie wußte, daß sie mit ihrem Tweed-
mantel und Filzhut und den Knöpfstiefeln allzu vornehm
wirkte, aber sie konnte es nicht ändern. Es war das einzige
Mal in ihrem Leben, daß sie sich irgendwie überlegen
fühlte, und es machte sie nur verlegen. Sie konnte keine
der Ladys, die sie inspizierten, offen ansehen und schlug
die Augen nieder, wie sie es bei den meisten anderen
Mädchen beobachtet hatte.

Sie mußte nicht lange warten.

»Was haben wir denn da?« hörte sie eine Stimme sagen.
Evie wußte, die Frage mußte an sie gerichtet sein, schwieg
jedoch still. »Bist du noch zu haben, Mädchen?«

Sie nickte mit dem Kopf.

»Sieh mich an, wenn ich mit dir spreche«, befahl die
schneidende Stimme, und folgsam, wie sie war, blickte Evie
auf. Ihr mißfiel, was sie sah. Diese Lady war nicht wie die
anderen, die sie gesehen hatte. Sie war groß und beleibt,
ganz in Schwarz, mit einem grimmigen, roten Gesicht und

einem Handstock, auf den sie sich mit ihrem ganzen Gewicht stützte. Sie war weitaus älter als all die anderen Ladys, die Mädchen eingestellt hatten, und ohne Begleitung.

»Wie alt?« keifte sie und starrte Evie an.

»Achtzehn, Ma'am.«

Die Lady schnaubte. »Achtzehn, daß ich nicht lache! Und wenn es stimmt, was ich bezweifle, dann bist du zu alt, um eingestellt zu werden. Wußtest du das nicht? Du siehst also, du hättest die Wahrheit sagen sollen. Du bist fünfzehn, stimmt's?«

Evie schwieg und rührte sich nicht von der Stelle.

»Streck deine Hände aus.«

Evie gehorchte. Die Lady ergriff sie, drehte sie um. Evie wußte, daß ihre Hände nach all der Schmutzarbeit rauh waren. Außerdem waren sie überall da, wo sie sich geschnitten hatte, übersät mit Schrunden, und manche dieser Schnitte hatten geeitert und kleine Narben hinterlassen. Die Lady schien jedoch zufrieden zu sein.

»Mach den Mund auf«, lautete der nächste Befehl. Evie machte ihn auf. Im vergangenen Winter waren ihr vier Zähne gezogen worden, ansonsten hatte sie aber noch all ihre Zähne, und die waren, wie der über Land ziehende Dentist gesagt hatte, gesund. »Wo kommst du her?« fragte die Lady als nächstes. Evie schwieg hartnäckig. »Bist du durchgebrannt? Bist du aus einer Stellung weggelaufen?« Evie schüttelte den Kopf. »Wie kommt es dann, daß du hier bist, Miss, wenn du von nirgendwo kommst? Bist du rausgeworfen worden?«

»Nein«, brachte Evie hervor.

»Wo ist dein Zuhause?« fragte die Lady ungeduldig. »Du mußt ein Zuhause gehabt haben. Ich kann kein Mädchen ohne Zuhause einstellen. Du könntest alles mögliche sein, eine Diebin, eine kleine Hure, wie soll ich es wissen? Wo ist deine Mutter?«

»Ich hab keine Mutter«, sagte Evie besorgt, ob es auch der Wahrheit entsprach.

»Dein Vater?«

Wieder schüttelte sie den Kopf.

»Kommst du aus dem Armenhaus?«

Erneutes Kopfschütteln.

»Nein, so siehst du auch nicht aus. Man hat sich um dich gekümmert. Aus der Stadt?«

»Ja«, sagte Evie.

»Weit entfernt?«

»Ja.«

»Dann bist du also davongelaufen. Die Polizei, oder sonstwer, wird hinter dir her sein. Es sei denn, du bist achtzehn und klein und warst befugt fortzugehen, ich weiß nicht. Komm von der Tasche runter. Was ist da drin? Kein gestohlenes Silber oder was Ähnliches?«

»Nein«, sagte Evie.

»Was dann?«

»Meine Kleider und Schuhe.«

Die Lady musterte sie noch eine ganze Weile. Evie versuchte, nicht mit der Wimper zu zucken. Sie wußte, daß diese Person versuchen würde, ihren Charakter nach ihrem Gesicht und ihrer Haltung zu beurteilen, und sie versuchte, ihre ganze Ehrlichkeit, ihren Gehorsam und ihren Wunsch, hart zu arbeiten und keinen Ärger zu machen, in ihren Ausdruck zu legen. Sie wußte, daß es ihr gelungen war, als die Lady sagte: »Also schön, ich gehe das Risiko ein, aber ich werde dich im Auge behalten, und beim geringsten Anzeichen von Unverschämtheit oder noch Schlimmerem bist du entlassen. Jetzt nimm die Tasche und folge mir.«

Glücklicherweise ging die Lady, weil sie sich wegen ihres Alters auf einen Stock stützen mußte, so langsam, daß Evie problemlos mit ihr Schritt halten konnte. An der Ecke Bank Street wartete ein Ponywagen, und die Lady stieg ein und gab Evie ein Zeichen, es ihr gleichzutun. Ein alter Mann mit leerem Blick fuhr den Wagen, und sobald die beiden Frauen Platz genommen hatten, ließ er die

Peitsche knallen, und das Pony machte sich in äußerst ge-
mächlichem Schritt auf den Weg. Niemand sprach. Sie
fuhren die Bank Street hinunter, bogen in die Lowther
Street ein und gelangten hinter einer weiteren Kurve auf
einen Platz. Evie sah, daß die Häuser hier alle sehr hoch
und in dichten Reihen nebeneinander standen. Der Wagen hielt vor einem Haus auf der Seite der Häuserreihe
am anderen Ende des Platzes, und der Kutscher half der
Lady beim Aussteigen. Evie half er nicht und hob auch
ihre Tasche nicht vom Wagen. Es gelang ihr, sie auf dem
Gehsteig abzusetzen, obgleich sie sich dabei fast die Arme
verrenkt hätte. Die Lady stieg langsam die Stufen hinauf,
und als sie zur Tür gelangte, öffnete sich diese.

»Wer weiß, was ich da mitbringe, Harris«, murmelte sie,
»aber in der Not darf man nicht wählerisch sein. Wir müssen sie mit Adleraugen überwachen.«

Evie sah eine winzige Frau, die bestimmt noch älter war
als die Lady, die sie eingestellt hatte, dastehen und die Tür
aufhalten.

»Das gefällt mir ganz und gar nicht, Mrs. Bewley«, sagte
die winzige Frau. »Es ist nicht recht, jemanden auf diese
Weise einzustellen, es gehört sich nicht, es ist nicht sicher,
es schickt sich nicht für jemanden wie Sie, es ist nicht …«

»Oh, halt den Mund!« fuhr Mrs. Bewley sie an. »Das
weiß ich doch alles, um Himmels willen. Aber wir brauchen ein kräftiges junges Mädchen, wir können nicht so
weitermachen ohne Hattie und Ella. Das Haus verfällt. Du
bist zu alt, ich bin zu alt, und der Mangel an Komfort wird
allmählich unerträglich. Es war höchste Zeit, daß ich mich
selbst um besseres Personal kümmere. Sei also still. Nimm
sie mit hinauf unters Dach, und bring sie dann herunter
und laß sie anfangen.«

Später wußte Evie nicht mehr, wie sie die ersten Monate in Mrs. Bewleys Haushalt überlebt hatte. Sie hatte geglaubt zu wissen, was harte Arbeit hieß, nachdem sie im
Fox and Hound aufgewachsen war, war dann aber rasch zu

247

der Erkenntnis gelangt, daß es, verglichen mit der Schufterei für Mrs. Bewley und Harris, erholsam gewesen war, für Muriel und Ernest zu arbeiten. Sie ließen sie jeden Morgen um fünf Uhr aufstehen, und sie durfte nie vor Mitternacht ins Bett, wobei ihr tagsüber nur hin und wieder ein paar Minuten zum Essen und Ausruhen blieben. Sie war im wahrsten Sinne des Wortes Mädchen für *alles*. Und auch die Arbeit selbst war sehr viel schwerer als im *Fox and Hound*. Das *Fox and Hound* war ein Pub, aber nicht sehr groß. Außer dem Pub gab es nur sechs Räume, und die waren alle klein. Aber Portland Square Nr. 10 hatte zwölf riesige Räume in fünf Stockwerken, die durch sechsundsechzig Stufen miteinander verbunden waren. Evie mußte sie alle sauberhalten, die Hälfte von ihnen mit Kohle heizen und außerdem bei Tisch bedienen. Sie fiel fast um vor Erschöpfung und schwankte gegen sechs Uhr abends sichtlich nur noch, worüber allerdings, wenn es überhaupt bemerkt wurde, nie jemand ein Wort verlor. Sie dachte oft, daß sie kräftiger wäre, wenn man ihr nur reichhaltigere Nahrung gäbe, doch sie bekam nur selten gutes Essen und lebte hauptsächlich von Brot und Margarine und manchmal Käse oder einem Ei. Sie war schon immer dünn gewesen, jetzt aber hatte sie kaum noch Fleisch auf den Rippen, die auf beängstigende Weise hervortraten. Sie konnte sie beim An- und Ausziehen spüren und verabscheute dieses Gefühl, den Beweis dafür, daß sie bald nur noch ein Skelett sein würde.

Was sie bei Kräften hielt war zu wissen, in Carlisle und damit in der Nähe ihrer Mutter zu sein. Irgendwo in dieser Stadt lebte Leah Messenger, und zu gegebener Zeit und bei Gelegenheit würde Evie sie gewiß finden. Sonntags durfte sie zur Kirche gehen, eine Bitte, die Mrs. Bewley ihr nicht abschlagen konnte, obgleich sie nicht glaubte, daß Evie wirklich zur Kirche gehen wollte. »Eine Kirchgängerin?« hatte sie gefragt und Evie prompt einem Verhör unterzogen. Sie wurde aufgefordert, das Vater-

unser aufzusagen und, als ihr dies leichtfiel, das Glaubens-
bekenntnis. Erst als sie noch ein paar Psalmen lieferte, die
sie fehlerlos aufsagen konnte (Mrs. Bewley holte ihr Gebetbuch und kontrollierte es), wurde Evie widerwillig geglaubt. Mrs. Bewley selbst ging nicht zur Kirche, wegen ihres Beins, sagte sie, aber sie verwies Evie an St. Cuthbert's.
St. Paul's war zwar näher gelegen, doch gefiel Mrs. Bewley
der Pfarrer nicht, und zwar aus Gründen, die sie nicht weiter erörterte.

Jeden Samstagabend fühlte sich Evie, ganz gleich wie
erschöpft sie war, bei dem Gedanken an die bevorste-
hende sonntägliche Aufregung beflügelt. Sie konnte
kaum schlafen, wenn sie sich vorstellte, daß sie womöglich,
ohne es zu wissen, ihre Mutter sehen würde – jede der
Frauen in der Kirche konnte ihre Mutter sein. Nach dem
ersten Sonntag wußte sie, daß sie Leah nicht im Chor von
St. Cuthbert's finden würde, da er nur aus Männern bestand, vielleicht ja auch in gar keinem Chor, aber sie war
überzeugt, daß sie sonntags irgendeine Kirche besuchen
würde. Die Kirche, in die Evie am liebsten gegangen wäre,
war Holy Trinity, nur war sie doppelt so weit vom Portland
Square entfernt wie St. Cuthbert's, und Mrs. Bewley sah
auf die Uhr, wie lange sie für ihren Rückweg brauchte.
Wenn sie auch nur eine Minute nach den für diese Entfernung genehmigten zehn Minuten eintreffen würde, gäbe
es Ärger, und Ärger konnte sich Evie nicht leisten. Selbst
als sie bereits ein Jahr in Mrs. Bewleys Haushalt war, achtete sie nach wie vor sorgfältig darauf, alles zu ihrer vollsten
Zufriedenheit zu erledigen und keinerlei Anstoß zu erregen. Sie sah jedoch, daß ihre Freundlichkeit und die
Duldung einer so barschen Behandlung an sich schon
Mißtrauen erregten. Mrs. Bewley konnte sich nicht vorstellen, daß eine junge Frau ohne Hintergedanken so fügsam
und tüchtig war. Manchmal sah sie Evie an und sagte: »Du
siehst aus, als ob du kein Wässerchen trüben könntest«,
und setzte nach einer bedeutungsvollen Pause hinzu: »Ich

glaub es einfach nicht, du bist zu gut, um wahr zu sein, das bist du, Miss. Aber nimm dich in acht, ich beobachte dich.«

Sie beobachtete Evie tatsächlich sehr genau, und Evie spürte ständig ihren prüfenden Blick. Sie wußte, daß Mrs. Bewley sich jeden Sonntagmorgen die enge Treppe bis zur Mansarde hinaufschleppte und sie nach gestohlenen Dingen durchsuchte, obgleich Evie sich nicht vorstellen konnte, was sie hätte stehlen sollen. Vermutlich Schmuck, da Mrs. Bewley viel davon trug. Sie hatte zahlreiche glitzernde Ringe, mit denen sie ihre knotigen Finger schmückte, und trug stets eine Perlenkette um ihren Hals. Wenn aber nichts fehlte, fragte sich Evie, warum suchte Mrs. Bewley dann danach? Jedenfalls würde die Durchsuchung rasch vorüber sein. In der Mansarde standen drei niedrige Betten auf Rollen, von denen Evie natürlich nur eins benutzte, und sie war froh, sich den jämmerlichen Raum nicht mit den beiden anderen Mädchen teilen zu müssen, die vorher in Mrs. Bewleys Diensten gestanden hatten. Ansonsten gab es zum Herumstöbern nur noch eine Kommode und Evies alte Tasche, doch das würde nicht lange dauern. Aber Sonntag für Sonntag konnte sie erkennen, daß Mrs. Bewley wieder einmal die sinnlose Tortur auf sich genommen hatte, den Dachboden zu erklimmen, und Evie staunte über soviel Beharrlichkeit. Diese Anstrengung ließ die Laune ihrer Arbeitgeberin noch übler werden als gewöhnlich, und wenn der Gedanke an den Sonntagmorgen Evie auch glücklich machte, der an den Sonntagabend deprimierte sie. Den restlichen Sonntag über konnte sie ihr nichts recht machen. Alles, was sie tat, wurde kritisiert, und immer wieder kam es vor, daß sie Sonntag nachts ihren Tränen freien Lauf ließ und sich in den Schlaf weinte.

Sie schämte sich jedesmal dieser Schwäche. Sie hatte als Kind, wenn sie traurig und verzweifelt war, kaum je geweint, jetzt aber schien es ihr ein Bedürfnis zu sein. Es konnte nicht schaden. Niemand wußte, daß sie weinte. Sie stand jeden Montag morgen kurz nach Tagesanbruch auf, ohne daß man ihr ansah, daß sie geweint hatte, und weder Mrs. Bewley noch Harris bekamen sie zu dieser Stunde zu Gesicht. Sie mußte die Öfen säubern und Feuer machen und den Küchenherd schwärzen und alle möglichen aufreibenden Arbeiten verrichten, bei denen sie nicht zugegen waren. Bis Mittag sprach niemand mit ihr, und dann auch nur, um ihr Befehle zu erteilen. In dem riesigen Haus lebten nur die beiden alten Frauen, und Evies Putz- und Polierarbeit bestand größtenteils darin, unbenutzte Räume in einwandfreiem Zustand zu halten. Nur vier Räume wurden regelmäßig benutzt – die Küche, das Eßzimmer, der Frühstücksraum und Mrs. Bewleys Schlafzimmer –, außerdem wurde einmal wöchentlich der Salon beheizt, wenn Mrs. Bewley Besucher empfing. Es waren nur wenige. Der Pfarrer von St. Cuthbert's kam alle drei Wochen, trank eine Tasse Tee und ging nach einer halben Stunde wieder. Der Doktor kam einmal im Monat, trank ein Glas Sherry und machte sich sogar noch eiliger aus dem Staub. Ansonsten war da nur noch eine Lady, Miss Mawson.

Evie wußte nicht, wer Miss Mawson war oder warum sie Mrs. Bewley allwöchentlich besuchte und mindestens eine Stunde blieb. »Das ist mein neues Dienstmädchen«, sagte Mrs. Bewley zu Miss Mawson, als Evie zum erstenmal während ihres Besuchs das Zimmer betrat (sie brachte Kohlen zum Nachheizen), aber sie erzählte Evie natürlich nicht, wer Miss Mawson war. Einzig und allein Harris hätte es tun können, aber Harris ließ sich nie auf eine Unterhaltung mit Evie ein. Sie war stocktaub und lebte vollkommen in ihrer eigenen Welt. Sie schlurfte durch das Haus und tat nicht viel mehr, als Evie Befehle zu erteilen, und wenn man sie etwas fragte, antwortete sie nie. Allmorgendlich legte sie die Aufgaben für den Tag fest, wobei sie am Küchentisch saß und eifrig Listen schrieb. Diese Listen waren zwar Tag für Tag dieselben, wurden aber dennoch tagtäglich auf einem neuen Blatt Papier erstellt. Harris' eigentliche Aufgabe war das Kochen, sie hatte aber zu Evie gesagt, sie sei die Wirtschafterin, und Evie solle das nur ja im Kopf behalten. Sie hatte nicht das geringste Interesse an Evie (im Gegensatz zu Mrs. Bewley, die sich vor lauter Neugier auf ihre Herkunft und ihre wahre Identität geradezu verzehrte). Man konnte sich leicht vorstellen, wie Dienstmädchen die alte Harris in die Tasche stecken konnten, ohne daß sie es merkte, bis Mrs. Bewley außer sich geriet vor Zorn. Tatsächlich hörte sie Miss Mawson sagen: »Gott sei Dank sind Sie die beiden durchtriebenen Dienstmädchen los. Ich hoffe, dieses wird annehmbarer sein.« Evie hätte zu gern Mrs. Bewleys Antwort gehört, doch die erfolgte erst, als sie schon nicht mehr im Zimmer war.

Miss Mawson kam immer nachmittags um drei, und es gehörte zu Evies zahlreichen Pflichten, sie hereinzulassen. Harris empfing gern Leute, aber wegen ihrer Taubheit hörte sie sehr oft weder die Glocke noch den Türklopfer, und deshalb war Evie aufgetragen worden, selbst die Tür zu öffnen. Dafür zog sie sich eigens um, das heißt, sie nahm die graue Kattunschürze, die sie ganz einhüllte, und die Haube, die sie morgens bei der Schmutzarbeit trug, ab und legte eine alte weiße Schürze von Harris an. Es war ein recht hübsches Kleidungsstück, und Evie hatte es gern. Sie war hinten offen und ließ mehr, als ihr lieb war, von ihrem inzwischen jammervoll abgetragenen einstigen besten Kleid erkennen, hatte jedoch an den Trägern und am unteren Saum Rüschen. Sie war gestärkt und makellos und blendete Evie mit ihrem strahlenden Weiß. Harris war nicht größer als sie, so daß ihr die prächtige Schürze paßte, und während sie sie trug, empfand sie immerhin so etwas wie Selbstachtung. Miss Mawson war immer besonders freundlich zu ihr und sagte »Guten Tag, Evie« und »Danke, Evie«, wenn sie ihr den Mantel abnahm, und »Auf Wiedersehen, Evie«, wenn sie ging. Evie

liebte den Klang dieser einfachen Nettigkeiten und murmelte sie später noch einmal vor sich hin. Miss Mawson
hatte die Gabe, den einfachsten Worten eine wirkliche Bedeutung zu geben, und es tat gut, ihr zuzuhören. Auch ihr
bloßer Anblick. Evie wußte nicht, wie alt sie war, schätzte
Miss Mawson aber auf höchstens vierzig oder sogar noch
jünger. Sie trug hübsche Sachen in gedämpften Farben,
Kleider aus lila Seide und perlgrauer Wolle und Blusen
mit komplizierten Stickereien an Manschetten und Kragen. Sie besaß eine schlichte Eleganz, für die Evie ganz
instinktiv empfänglich war.

Sie hätte nur zu gern herausgefunden, wo Miss Mawson
wohnte und warum eine so freundliche Lady die un-
freundliche Mrs. Bewley so regelmäßig und häufig besuchte, aber sie konnte nichts in Erfahrung bringen. Sie sah
Miss Mawson jedoch in der Kirche. Evie saß immer weit
hinten auf einer Bank am Mittelgang hinter einer Stein-
säule. Sie stahl sich fünf Minuten, bevor der Frühgottes-
dienst begann, hinein und nahm vom Kirchendiener,
ohne ihn anzusehen, ein Gebetbuch und ein Gesangbuch
entgegen. Sie saß gerne da und lauschte der Orgel und bereitete sich auf den ersten Choral vor, doch hin und wieder blickte sie auf und sah über die Kirchenbank hinweg
den vornehmeren Leuten dabei zu, wie sie selbstbewußt
den Mittelgang entlang zu den Familienbänken schritten.
Sie hatten den Kopf hoch erhoben, und vor allem die
Mütter waren wunderschön gekleidet in ihrem Sonntags-
staat. Trotzige Kinder, die keine Ruhe gaben, wurden leise
angezischt, dann nahm die Familie Platz, und eine Reihe
geneigter Häupter betete. Evie sah ihnen zu und wickelte
ihren Mantel noch enger um sich, denn sie fröstelte und
war müde.

Miss Mawson ging am Sonntag hinter einer solchen
Gruppe – einem Vater, einer Mutter, zwei kleinen Jungen
und einem älteren Mädchen – den Mittelgang entlang, und
Evie vermutete, daß sie zu ihnen gehörte. Sie sah gleich

eine Tante in ihr, sicherlich die Schwester des Vaters, da sie
der Mutter nicht ähnlich sah, aber als die Familie ihre
Bank betrat, folgte Miss Mawson ihr nicht. Statt dessen
huschte sie in eine der nicht gekennzeichneten Bänke, wo
jeder sitzen durfte, und als der Gottesdienst begonnen
und niemand sich zu ihr gesetzt hatte, stand fest, daß sie
allein war. Evie freute sich irgendwie darüber. Miss Mawson war allein, wie sie, wenn auch vermutlich unter völlig
anderen Umständen. Vielleicht lebte Miss Mawson ganz
und gar allein und hatte keine Familie. Evie wünschte sich
sehnlich, ihr nach Hause zu folgen, doch war das natürlich nicht möglich. Nach dem Gottesdienst blieb sie hinter
der aufbrechenden Menge zurück, anstatt als erste hinaus-
zustürmen, um die Peinlichkeit zu vermeiden, an dem
Pfarrer vorübergehen zu müssen, wenn er seinen Posten
am Ausgang bezogen hatte. Sie folgte Miss Mawson in einiger Entfernung, durch etwa ein Dutzend Menschen von
ihr getrennt, und verließ die Kirche gerade noch rechtzeitig, um sehen zu können, daß sie die St. Cuthbert's Lane
hinunterging. Evie schlug gewöhnlich genau denselben
Weg zurück zum Portland Square ein. Als sie jedoch in die
English Street kam, überquerte Miss Mawson vor dem Rathaus die Straße und bog links in die Scotch Street ein.
Evies Weg führte nach rechts die Bank Street hinunter. Sie
blieb ein paar kostbare Minuten lang an der Ecke stehen
(sie konnte die restliche Strecke nach Hause rennen und
noch immer rechtzeitig ankommen) und versuchte angestrengt zu erkennen, wohin Miss Mawson ging. Offenbar
in Richtung Eden Bridge. Dann wohnte sie irgendwo in
Stanwix. Dankbar über diese Erkenntnis eilte Evie weiter,
wunderte sich aber, warum Miss Mawson dann nach St.
Cuthbert's ging und nicht in irgendeine Kirche in Stanwix.
Aus irgendwelchen sentimentalen Gründen? Oder weil sie
zur bloßen Abwechslung den Gottesdienst in verschiedenen Kirchen besuchte? Vielleicht war ja der eine Sonntags-
gottesdienst in St. Cuthbert's eine Ausnahme gewesen?

Evie genoß es, über diese Frage nachzugrübeln. Das kleine Rätsel verlieh dem folgenden Sonntag einen zusätzlichen Reiz – würde Miss Mawson dort sein oder nicht? Sie war nicht dort. Aber am übernächsten Sonntag war sie da, und Evie empfand ein Glücksgefühl, wie sie es nur selten erlebt hatte. Mrs. Bewley war unpäßlich. Der Doktor war am Samstag gekommen und hatte gesagt, sie habe Fieber und bekomme möglicherweise eine Gürtelrose. Mrs. Bewley hatte ihn gleich angefleht, ihr eine richtige Krankenschwester zu schicken, da, wie sie beteuerte, weder »dieses junge Ding« noch »die alte Närrin Harris« sie angemessen pflegen könnten und sie an Vernachlässigung sterben werde. Die Krankenschwester war geschickt worden, und Evie und Harris wurden zu profaneren Pflichten abgestellt. Als Evie wie jeden Morgen Mrs. Bewleys Schlafzimmer betreten hatte, um Feuer zu machen, war ihr von der Krankenschwester aufgetragen worden, die Patientin nicht noch einmal zu stören, es sei denn, man rufe ausdrücklich nach ihr. Evie hatte vor der Krankenschwester, die ebenso furchteinflößend wie Mrs. Bewley war, ängstlich geknickst und sie gefragt, ob sie trotz allem wie jeden Sonntagmorgen mit Erlaubnis ihrer Herrin zur Kirche gehen dürfe. Die Krankenschwester hatte gesagt, selbstverständlich, vor ein Uhr mittags werde sie nicht gebraucht.

Normalerweise mußte Evie um Viertel nach zwölf wieder zu Hause sein, zehn Minuten, nachdem der Gottesdienst vorüber war. Angesichts dieser unerwarteten Zugabe von weiteren fünfundvierzig Minuten hatte sie während des ganzen Wegs zur Kirche überlegt, was sie damit anfangen sollte, als sie aber Miss Mawson wiedersah, wurden alle anderen vorläufigen Pläne aufgegeben. Sie würde Miss Mawson nach Hause folgen und trotzdem um ein Uhr zurück am Portland Square sein, es sei denn, sie wohnte sehr weit entfernt – und das schien eher unwahrscheinlich, denn dann wäre sie in einer Kutsche gekommen. Evie konnte ihre Ungeduld während des Gottesdienstes, von dem sie sich gewöhnlich wünschte, er würde nie zu Ende gehen, kaum bändigen. Da sie wußte, welche Richtung Miss Mawson einschlagen würde, stürzte sie diesmal hinaus und hastete die Scotch Street hinunter, wobei sie nur einmal an der Ecke des Marktes haltmachte, um sich in einem tiefen Hauseingang zu verstecken. Dort wartete sie, vor lauter Anstrengung schwer atmend, darauf, daß Miss Mawson vorbeikam, und so geschah es auch nach einer Weile, die für Evie lang genug dauerte, um neue Kräfte zu sammeln. Sie ging leichten, langsamen Schrittes ganz nah an ihr vorüber, blickte aber geradeaus und genoß offensichtlich die körperliche Bewegung an der frischen Luft. Evie folgte ihr in einer Entfernung von knapp fünfzig Metern, den Kopf gesenkt, für den Fall, daß Miss Mawson sich umdrehte. Auf der Brücke hielt Miss Mawson kurz inne, allerdings nur, um auf den angestiegenen Fluß hinabzublicken und vermutlich die an seinen Ufern wild wachsenden Osterglocken zu bewundern. Dann ging sie die Stanwix Bank hinauf und bog schließlich in die Etterby Street ein. Evie folgte ihr nicht durch die ganze Straße, die leicht abfiel und dann wieder anstieg. Von ihrem Standort aus konnte sie genau erkennen, daß Miss Mawson das vorletzte Haus auf der rechten Seite mit einem eigenen Schlüssel betreten hatte. Soweit Evie es beurteilen konnte, war es ziemlich klein, ziemlich bescheiden, ein Reihenhaus, allerdings anders als die am Portland Square. Es blieb ihr keine Zeit, den Hügel hinab- und wieder hinaufzugehen, um einen Blick ins Hausinnere zu werfen, nicht an diesem Sonntag. Evie machte kehrt in Richtung Stadt und eilte nach Hause. Zu ihrer großen Zufriedenheit war sie um zehn vor eins dort und wurde erst um halb zwei von der Krankenschwester gerufen.

Mrs. Bewley hatte in der Tat Gürtelrose und war schwer krank. Die Schwester blieb drei Wochen, und Evie hatte nicht nur an zwei weiteren Sonntagen zusätzliche freie Zeit, sondern auch während der Woche ein sehr viel leichteres Leben. Da war keine Mrs. Bewley, die ihr ständig auf die Finger sah und sie Arbeiten, die sie bereits tadellos erledigt hatte, noch einmal machen ließ. Sie putzte, bohnerte und erfüllte auch weiterhin nach Plan all ihre Pflichten, da sie aber nicht gezwungen war, die Hälfte der Arbeiten zu wiederholen, hatte sie nach über einem Jahr zum erstenmal freie Stunden zu ihrer Verfügung. Diese Stunden waren jedoch über den ganzen Tag verteilt. Evie stand noch immer vor sechs Uhr auf, hatte aber bis elf die ganze morgendliche Arbeit erledigt und bis zum Mittagessen zwei Stunden frei. Dasselbe galt für den Nachmittag, nur in umgekehrter Reihenfolge – freie Zeit bis drei und dann Arbeit bis sieben Uhr. Sie machte sich Sorgen wegen ihrer Rechte in dieser Situation. Ob Mrs. Bewley sich nach ihrer Genesung wohl danach erkundigen würde, wie alles gelaufen war? Aber Evie rechnete damit, daß man ihr, sofern sie die Erwartungen ihrer Arbeitgeberin erfüllte und die Krankenschwester immer um Erlaubnis bat, das Haus verlassen zu dürfen, keinen Betrug vorwerfen konnte. Mrs. Bewley würde ihr zweifellos diesen Vorwurf machen, aber das war ohnehin zu erwarten, ganz gleich, wie Evie sich verhielt.

Evie ging also regelmäßig aus dem Haus und erlebte ein Gefühl von Freiheit, das richtig berauschend war. Sie streifte über den Markt und redete sich ein, sich gut an ihn erinnern zu können, sie stellte jedoch enttäuscht fest, daß es nicht so war. Etwas an den Ständen der Butterfrauen schien ihr vage vertraut, das war alles, eine ganz schwache Erinnerung daran, dort gesessen und die Füße der Leute angesehen zu haben. Sie faßte Mut und wagte sich hinter die Kathedrale, über die Caldew Bridge und nach Caldewgate bis zur Holy Trinity Church vor, am *Royal Oak* vorbei, der, wie sie wußte, von Messengers betrieben wurde. Es war kein Sonntag, und in Caldewgate herrschte reger Betrieb. Arbeiter strömten aus Carr's Keksfabrik, und die Gegend erschien ihr im gleichen Maße hektisch, wie Portland Square ihr friedlich vorkam. Evie hatte Angst, die Kirche an einem Wochentag zu betreten – sie wußte nicht, ob es erlaubt war –, aber ihr Wunsch, das Innere zu sehen, war so übermächtig, daß sie die Tür zu öffnen versuchte. Als sie aufging, schlüpfte sie mit pochendem Herz und trockener Kehle hinein und sagte vor sich hin, was sie antworten würde, falls man sie zur Rede stellte: »Bitte, Sir, ich bin hier getauft worden.« Sie ging zum Taufbecken und stand, die Hand auf dem Stein, mit geschlossenen Augen da. Hier hatte ihre Mutter, Leah Messenger, gestanden und sie, ein Baby, in ihren Armen gehalten und ihr einen Namen gegeben. Mary war bei ihr gewesen, die alte Mary war Zeugin gewesen, und es war alles irgendwo niedergeschrieben, es gab einen Beweis. Evie zitterte ein wenig und fragte sich, ob dies die Kirche sei, die ihre Mutter noch immer aufsuchte, voller Erinnerungen an ihre Taufe. Sie könnte an einem Sonntag, wenn Mrs. Bewley noch immer krank wäre, hierherkommen, aber was würde es nützen? Sie würde ihre Mutter nicht erkennen, ihre Mutter würde sie nicht erkennen. Es war sinnlos.

Die ganze Suche war sinnlos, und es war nicht einmal eine richtige Suche. Auf ihrem Heimweg durch Caldewgate war Evie verzweifelt. Sie brauchte Hilfe. Sie brauchte jemanden, der ihr zeigte, wie man eine solche Suche bewerkstelligte, und sie wußte niemanden, der ihr hätte raten können. Als sie noch in Moorhouse war, hatte alles so verheißungsvoll ausgesehen – sie wußte den Namen ihrer Mutter, wußte, wo sie selbst einst mit der alten Mary gewohnt hatte, wußte, wo sie getauft worden war –, gewiß würde sie mit all dem Wissen ihre Mutter finden. Aber jetzt erkannte sie, daß sie sich etwas vorgemacht hatte, ja sogar vorsätzlich dumm angestellt hatte. Eigentlich wußte sie so gut wie nichts. Es war neunzehn Jahre her, daß sie getauft worden, und dreizehn, daß Mary gestorben war. Sie kannte niemanden in Carlisle, einer Stadt von tausend und abertausend Einwohnern. Ihre Mutter konnte ebensogut nicht hier leben, und wenn sie hier lebte, anders heißen, verheiratet sein. Als Evie leise das Haus am Portland Square betrat, dachte sie, sie könnte genausogut fortgehen. Es war dunkel in der Eingangshalle, denn die schwere Haustür ließ bis auf ein paar schwache Sonnenstrahlen, die sich ihren Weg durch die farbige seitliche Verglasung bahnten, kein Licht herein. Sie sollte zur Mansarde hinaufgehen und ihre Tasche packen und fortgehen. Doch wohin konnte sie gehen? Wieder zum Marktplatz, wo sie eingestellt worden war? Sie schauderte. Wie sie je so tief hatte sinken können, war ihr nun unbegreiflich. Es mußte andere Wege geben, Arbeit zu finden. Sie hatte oft einen Blick in Mrs. Bewleys *Cumberland News* geworfen, wenn sie sie zum Feuermachen in Streifen riß, und Annoncen für Dienstmädchen jeglicher Art gesehen, doch sie alle verlangten Referenzen, und sie hatte keine. Mrs. Bewley würde ihr gewiß keine ausstellen, und es gab niemanden sonst in Carlisle, für den sie gearbeitet hatte oder der sie kannte. Außer Miss Mawson. Von Miss Mawson konnte man sagen, daß sie Evie gewissermaßen kannte. Miss Mawson würde sich vielleicht für ihre Gehorsamkeit und Höflichkeit und Verläßlichkeit verbürgen, es sei denn, Mrs. Bewley hatte gelogen und sie gegen sie aufgestachelt.

Die ganze folgende Woche über, die dritte und letzte von Mrs. Bewleys Krankheit, dachte Evie immer wieder darüber nach, ob sie sich Miss Mawson auf Gedeih und Verderb ausliefern und sie um Hilfe bitten sollte. Sie war jedoch klug genug zu wissen, daß man von Miss Mawson als Mrs. Bewleys Freundin nicht im Ernst erwarten konnte, ausgerechnet dem Dienstmädchen ein Zeugnis auszustellen, das während der Krankheit ihrer Freundin die Stelle bei ihr aufgeben wollte. Das war unmöglich, und Evie wußte es nur zu genau. Es hatte keinen Sinn, Miss Mawson in Verlegenheit zu bringen oder gar zu verärgern und sich selbst zu erniedrigen. Als Miss Mawson aber das nächste Mal zu Besuch kam und Evie ihr die Tür öffnete, zitterte sie so sehr am ganzen Leib, daß es der Besucherin auffiel.

»Aber Evie«, sagte Miss Mawson betroffen, »du zitterst ja, Liebes, bist du krank?«

Evie flüsterte: »Nein, Ma'am.«

»Dann frierst du wohl? Es ist auch wirklich kalt in der Eingangshalle, das habe ich schon oft gedacht.« Evie nickte, erleichtert über diese Erklärung. Sie trat beiseite, damit Miss Mawson die Treppe zu Mrs. Bewleys Schlafzimmer hinaufgehen konnte, Miss Mawson blieb jedoch auf der ersten Stufe stehen und sah Evie über das Geländer hinweg an. »Machst du dir Sorgen, Evie? Hast du Angst davor, was aus dir wird, falls es, Gott behüte, zu einer Tragödie kommen sollte?« Evie blickte erstaunt zu ihr auf. Sie wußte nicht, was Miss Mawson meinte, nickte aber unfreiwillig. »Mach dir nur keine Sorgen, Liebes, ich würde dir bei der Suche nach einer neuen Stellung helfen.«

Woraufhin Miss Mawson die Treppe weiter hinaufstieg und Evie, ganz schwach auf den Beinen vor lauter Dankbarkeit, in die Küche zurückkehrte. Es gab wieder Hoffnung, vielversprechender denn je, und obgleich sie noch nicht die ganze Tragweite von Miss Mawsons Worten erfaßt hatte, bestand für Evie kein Zweifel daran, daß ihr im Hinblick auf die Zukunft Mut gemacht worden war. Miss Mawson hatte ihr gegenüber eine fast mütterliche Fürsorge gezeigt.

Kapitel 14

Die Zugfahrt von London nach St. Andrews war jedesmal lang und mühsam, aber Shona mochte die Benommenheit, die sie immer wieder nach den ersten hundert Meilen überkam. Sie versuchte zunächst zu lesen, doch das Buch glitt ihr, ganz gleich, wie gut es war, innerhalb einer halben Stunde aus den Händen. Zugfahrten, lange Fahrten wie diese, eigneten sich für Tagträume, und bald verfiel sie in eine Teilnahmslosigkeit und nahm die essenden Leute um sie herum nicht mehr wahr. Sie betrachtete das endlose Defilee von Reisenden, die mit ihren albernen kleinen Papiertüten voller eklig riechender Dinge zum Essen aus dem Speisewagen kamen, und war erstaunt, wie wenig Eindruck sie auf sie machten. Leute, namenlose Leute, über die sie nie irgend etwas erfahren würde. Sie fühlte sich ihnen ganz fern.

Die Frau ihr gegenüber sehnte sich offenbar danach, sie in ein Gespräch zu verwickeln, aber Shona hatte sich sämtlichen Annäherungsversuchen widersetzt. Nein, sie hatte nicht die Zeitschrift dieser stämmigen Frau mit der trockenen Haut und dem weißen Haar lesen und auch nichts von ihren Sandwiches haben wollen. Die Frage »Haben Sie's weit?« hatte sie bejaht und prompt ihre Augen geschlossen. Es wäre verhängnisvoll gewesen, freundlich zu sein, wenn fünfhundert Meilen vor einem lagen. Sie wollte noch vor Watford als unfreundlich, wortkarg und sehr, sehr müde erscheinen. Alles traf zu, vor allem letzteres. Sie fühlte sich erschöpft und unendlich müde, leer und schwindelig, so anders als bei normaler Erschöp-

261

fung. Der Gedanke an Catrionas Bemutterung war ausnahmsweise einmal etwas, worauf sie sich freute. Gutes Essen würde gekocht, ein warmes Bett vorbereitet und sie mit allen nur erdenklichen Wohltaten überhäuft werden. Sie würde in all dem Verwöhntwerden schwelgen und es genießen. Jedenfalls für ein paar Tage. Dann, vermutete sie, würde wie immer der ganze Blödsinn von neuem beginnen. Sie würde wie üblich gereizt sein und von dem unerträglichen Verlangen überfallen werden, wegzugehen und nie mehr zurückzukehren.

Sie hielt die Augen bis Oxenholme geschlossen und starrte dann aus dem Fenster auf die schneebedeckten Hügel des Lake District. Es war ein dunkler Nachmittag. Obgleich eben erst Mittag gewesen war, begann das Dezemberlicht schon zu schwinden. Das Weiß des Schnees schien zu fluoreszieren und strahlte zum düsteren, dunkelgrauen Himmel hinauf. Sie fühlte sich zu Hause, auch wenn sie es nicht war. Shona staunte immer wieder über dieses seltsame Gefühl der Vertrautheit, das sich einstellte, sobald sie mitten durch die schneebedeckten Berge fuhr – sie fühlte sich glücklich und wohl, ohne daß es einen Grund dafür gab. Ihr Zuhause war das Meer, war es schon immer gewesen. Hinter Carlisle schloß sie die Augen wieder. Sie fuhr nach Glasgow anstatt nach Edinburgh, wo sie gewöhnlich in den Zug nach St. Andrews umstieg, denn sie würde auf dem Heimweg ihre Großmutter McEndrick besuchen. Nicht daß es ihr Wunsch gewesen wäre, aber den Vorschlag – ihrer Mutter natürlich – glaubte sie nicht ablehnen zu können. Sie hatte ihre Großmutter seit über einem Jahr nicht gesehen und wußte genau, wie sehr diese sich danach sehnte, sie zu Gesicht zu bekommen. Oma McEndrick war seit dem Sommer krank und spielte plötzlich ständig auf das Sterben an. Sie hatte den Wunsch geäußert, Shona »ein letztes Mal« zu sehen.

Sie stieg in Glasgow aus und dachte mit Schrecken an den Weg nach Cambuslang hinaus und an das große Steinhaus, in dem ihre Großmutter lebte. Sie hatte kein Geld für ein Taxi – wer hatte das schon im Studium –, und die Busse fuhren so langsam. Mit ihrem Rucksack und einer schweren Tasche schaffte sie es nur mit Mühe, in den Bus einzusteigen. Niemand half ihr. Sie wirkte groß und stark genug, um allein fertig zu werden, vermutete sie. Und sie unternahm auch nichts, um attraktiv auszusehen, warum auch? Sie haßte Mädchen, die mit ihrem Aussehen Hilfe erbettelten. Ihr schönes Haar hatte sie unter eine wollene Skimütze gestopft, und sie trug ihren üblichen schwarzen Anorak, den Reißverschluß bis oben hochgezogen, eine schwarze Hose und schwere Stiefel. Wer dachte schon, daß eine so eindrucksvolle Gestalt Arme hatte, die schwach waren und unter dem Gewicht ihrer Last schmerzten? Sie fühlte sich inzwischen so erschöpft, daß ihr ganz übel war. Sie wünschte, sie hätte es abgelehnt, eine Nacht und einen Tag bei Oma McEndrick Station zu machen. In ihrem Haus gab es keinerlei Komfort. Es wirkte in den letzten Jahren wie ausgestorben. Nur zwei Räume wurden noch benutzt, alle anderen waren verschlossen, und kalte Luft drang durch die Spalten der verzogenen Türen. Das Haus, das einst Wärme und Gastlichkeit ausgestrahlt hatte, war jetzt kalt und abstoßend, wobei alles auf eher schäbige als auf malerische Weise vernachlässigt und veraltet zu sein schien. Es würde kein köstliches Essen geben. Großmutter McEndrick lebte nur noch von Dosensuppe und Kräckern und Käse.

Shona mußte auf dem Weg von der Bushaltestelle zu dem breiten Haus ihrer Großmutter viermal haltmachen. Sie stand, beinahe in Tränen aufgelöst, vornübergebeugt da. Sie verabscheute solche Tränen aus Selbstmitleid, konnte aber in letzter Zeit immer häufiger nichts dagegen tun. Es würde so anstrengend werden, Großmutters Verhör über sich ergehen zu lassen. Sie wußte, wie es verlaufen würde: Ob sie glücklich an der Universität sei? Ob es ihr gut gehe? Ob die Arbeit interessant sei? Ob sie ihr schwer oder leicht falle? Wie sie in der großen Stadt zurechtkomme? Ob sie Heimweh habe? Und die dringendste aller Fragen: »Irgendwelche Liebesgeschichten, Shona?« Sie müßte eigentlich imstande sein, ihr all das nicht übelzunehmen oder aber sie fröhlich anzuschwindeln. Was war schon dabei, es von der lustigen Warte zu sehen, sich amüsante Antworten auszudenken? Aber ihr fehlte dafür genauso die Kraft wie für die Wahrheit. Sie wollte die nächsten vierundzwanzig Stunden so schmerzlos wie irgend möglich hinter sich bringen und dann, wenn sie ihre Pflicht erfüllt hatte, weiterziehen. Als sie die Haustür ihrer Großmutter erreichte, war ihr einziger Gedanke, wie schnell sie wohl schlafen gehen konnte.

Alles andere als schnell. Ailsa McEndrick hatte nachmittags geschlafen, um bei Shonas Ankunft frisch zu sein. Und sie hatte sich soweit aus ihrer Lethargie, in die sie neuerdings ständig zu fallen schien, aufgerafft, daß sie ein richtiges Essen gekocht hatte. Keine Dosensuppe. Sie hatte Eintopf gemacht, wie sie ihn zu kochen pflegte, wenn die ganze Familie zu Hause war, einen Eintopf mit Klößen, und einen Apfelkuchen. Es hatte sie große Anstrengung gekostet, und sie freute sich darauf, ihre Enkelin die dargebotenen Speisen genüßlich verschlingen zu sehen. Ihre ersten Worte waren: »Setz dich und lang zu, du wirst ja halb verhungert sein nach der langen Fahrt.« Shona war tatsächlich hungrig, starrte jedoch bestürzt auf die Terrine mit dem Eintopf, die mit triumphaler Geschwindigkeit, noch bevor sie ihre Jacke hatte ausziehen können, vor sie hingestellt worden war.

»Es ist Fleisch«, sagte sie.

»Natürlich ist es Fleisch, bestes Rindfleisch für Eintopf, und bei den heutigen *Preisen*, ein Skandal, jetzt lang zu, es ist genug da.«

»Ich esse kein Fleisch«, sagte Shona. »Oma, tut mir leid, wirklich. Ich hätte es dir sagen sollen. Ich hab nur nicht gedacht, daß du immer noch Eintopf machst …«

»Extra! Für *dich*, extra für dich, jetzt mußt du's auch essen.«

»Ich esse kein Fleisch, ich bin Vegetarierin …«

»Es ist eine Menge Gemüse drin, Karotten und Steckrüben und Zwiebeln, alles zusammen mit dem Fleisch, es wird dir guttun, jetzt iß schon.«

Ailsas Gesicht war hochrot vor Anstrengung und Zorn. Was für einen *Unsinn* diese Kinder redeten, kein Fleisch, also wirklich. Was für alberne Ideen. Was denken die wohl, wie sie wachsen sollen? Obgleich, wenn man Shona ansah, es keinen Grund gab, warum sie noch wachsen sollte. Sie war für ein Mädchen groß genug, es würde die Männer abschrecken, wenn sie noch größer würde. Sie hatte sich verändert. Ailsa sah die Veränderung und war traurig darüber. Das schöne Haar voller Kletten, sie konnte sehen, daß es ganz verknotet war. Es mußte mal richtig durchgebürstet werden. Das lange, volle, gewellte rotbraune Haar stramm nach hinten gezerrt und mit einem Gummiband, nicht einmal mit einer Schleife, zusammengehalten. Und sie war blaß, furchtbar blaß, hatte keine rosigen Wangen mehr. Sie saß da, pickte die leckeren, kostbaren Fleischstücke heraus und schob sie auf den Tellerrand, als wären sie verdorben, und nicht einmal die Klöße schienen die Zustimmung der verwöhnten Prinzessin zu finden. Aber der Apfelkuchen bekam das verdiente Lob, und das war immerhin etwas. Die Hälfte wurde auf einen Schlag und mit großem Appetit verspeist. Beruhigt nahm Ailsa in ihrem Sessel Platz und sagte: »Jetzt mußt du mir *alles* erzählen, ich möchte jedes Wort, ja, jedes einzelne Wort hören, fang einfach von vorne an und erzähl mir alles, was du dort unten in London gemacht hast.«

Shona kratzte ihr Dessertschälchen sorgfältig aus. Es war ein hübsches Schälchen, blauweiß, Teil eines Geschirrs, von dem sie wußte, daß Großmutter es von ihrer Mutter zur Hochzeit geschenkt bekommen hatte. Es wurde normalerweise nie benutzt. Ihre Oma behandelte sie sozu-

265

sagen wie ein Mitglied der königlichen Familie, machte ihr einen besonderen Eintopf und Apfelkuchen und benutzte ihr bestes Porzellan. Und jetzt wollte sie dafür belohnt werden. Shona aß den letzten Happen Kuchen und trank einen Schluck Wasser. Sie konnte die Dinge hinauszögern, indem sie um eine Tasse Tee bat. Sie mochte keinen Tee, aber nach allen Mahlzeiten ihrer Großmutter gab es Tee, und sie wunderte sich, daß er ihr noch nicht angeboten worden war.

»Tee?« schlug sie vor. »Soll ich welchen machen?«

»So spätabends trinke ich keinen mehr«, sagte Ailsa, »sonst muß ich nachts aufstehen und zur Toilette wandern. Das wird dir in meinem Alter auch so gehen. Wir McKenzie-Frauen haben schwache Blasen, und du bist zur Hälfte eine McKenzie. Aber ich mache dir welchen, wenn du willst, obwohl ich es nicht glaube, du hast dir nie etwas aus Tee gemacht, du wolltest mir nur einen Gefallen tun, oder?« Shona lächelte. »Was habe ich jetzt Komisches gesagt, mein Fräulein?«

»Nichts, du bist einfach nur so schlau.«

»Schlau, bin ich das? Immerhin schlau genug, um zu merken, daß mit dir irgend etwas nicht stimmt. Was ist los? Steckst du in Schwierigkeiten?«

»Nein«, sagte Shona.

In Schwierigkeiten steckte sie nicht. In der Klemme war nicht dasselbe wie in Schwierigkeiten. Sie steckte in der Klemme und sah keinen Ausweg. Von dem Augenblick an, als sie in London eingetroffen war, hatte sie sich ausschließlich mit der Suche nach ihrer leiblichen Mutter befaßt. Sie besuchte Vorlesungen und schrieb Essays, ohne wirklich zu verstehen, was sie schrieb, und war erstaunt, daß sie sich so mühelos durchlavierte. Sie fühlte sich wie ein Roboter, doch das schien niemandem aufzufallen. Innerhalb eines Monats war sie aus dem Studentenwohnheim in ein möbliertes Zimmer in Kilburn umgezogen, in einen kalten, kleinen Raum im Souterrain eines heruntergekommenen Hauses, über das ihre Eltern, falls sie es je zu Gesicht bekommen sollten, entsetzt wären. Aber sie zog es vor, dort allein zu wohnen statt zusammen mit anderen Mädchen. Sie gingen ihr alle auf die Nerven. Sie waren so kindisch, nur mit belanglosen Dingen beschäftigt. Sie lenkten sie ab. Sie kichern oder schreien oder singen zu hören, machte sie wütend. Es war ihr bei dem Lärm, als würde der Nebel, der sie zu umgeben schien, von einem plötzlichen grellen Lichtstrahl durchdrungen, und sie fühlte sich gestört. Sie wollte nicht, daß er sich auflöste. Sie wollte nicht an das Leben einer Achtzehnjährigen mit den Bedürfnissen einer Achtzehnjährigen erinnert werden. Sie wollte sich einzig und allein auf die Suche nach ihrer Mutter konzentrieren.

Es war selbstverständlich für sie, ihren Eltern keine einzige Frage gestellt zu haben. Sie hatten die Ferien in Norwegen einigermaßen stilvoll beendet, das Gefühl, etwas Wichtiges geschafft zu haben, hatte sie alle drei aufgemuntert, und dann waren es nur noch ein paar Monate bis zu ihrem Aufbruch nach London gewesen. Shona rief die Eltern regelmäßig an und schrieb pflichtbewußt Briefe, ohne je das Thema ihrer Adoption anzuschneiden. Sie behielt die neue Erkenntnis für sich, erzählte niemandem davon, pflegte ihr Geheimnis, schwelgte darin. Fragen zu stellen würde die ständige Freude daran zerstören. Sie wollte ihre leibliche Mutter selbst finden, ohne Hilfe, und vor allem ohne Catrionas und Archies Hilfe, obgleich sie wußte, daß es ihr Vorhaben viel komplizierter machte, wenn sie die beiden ausschloß. Aber sie wünschte es sich so kompliziert. Sie wollte schwer arbeiten und alle möglichen Hindernisse überwinden müssen, um den Aufenthaltsort dieser Frau herauszufinden, der Frau, die sie unmittelbar, nachdem sie sie unter Schmerzen geboren hatte, fortgegeben hatte. Die Suche war für sie mit einer Geburt vergleichbar – der Schmerz, der Kampf und dann, hoffte sie, die glückliche Entbindung.

Sie wollte damit beginnen, sich ihre Geburtsurkunde zu beschaffen. Vermutlich nichts einfacher als das. Das St. Catherine's House in Holborn war nicht weit vom University College entfernt, und sie fand es mühelos. Sie hatte sich ein großes Gebäude mit einem imposanten, wenn nicht gar furchteinflößenden Eingang vorgestellt, dabei erinnerten die Türen mit ihren Tüllgardinen eher an einen Wohnblock. Das Innere war ebensowenig beeindruckend – niedrige Decken, vor den Fenstern Gitter, die das Licht durchließen, billige Linoleumstreifen in der Mitte der schäbig ausgelegten Fußböden. Sie lief irritiert im ersten Raum umher. Aus irgendeinem Grund hatte sie sich vorgestellt, das Nachschlagen in den Registern würde von Angestellten durchgeführt, aber nein, sie durfte die riesigen Folianten – schwarz für Tod, grün für Heirat, rot für Geburt, gelb für Adoptionen – selbst in die Hand nehmen.

Die Register waren groß und breit, fünf Zentimeter dick, mit schweren Griffen, um sie aus den Regalen ziehen zu können, in denen sie aufbewahrt wurden, vier Bände pro Jahr, alle alphabetisch geordnet. Ihr gefiel es, wie sich die Register anfühlten, die Mühe, die es machte, die gewichtigen Folianten aus ihrem angestammten Platz zu ziehen und aufzuschlagen, während einen links und rechts andere Leute anrempelten, die dasselbe taten. Ganz gewöhnliche Leute, keine Gelehrten, wie sie es sich vorgestellt hatte, und alle suchten auf dieselbe intensive Art wie sie. Es gab keinerlei Eintrag für Shona McIndoes Geburt. Die Enttäuschung war unerträglich, doch im nächsten Augenblick ärgerte sie sich über ihre eigene Dummheit – natürlich gab es keinen Eintrag in den hiesigen Registern, wo sie doch in Norwegen geboren war. Würde sie nach Norwegen fahren müssen?

Aber sie war in Schottland adoptiert worden. Oder etwa nicht? War das gesamte Adoptionsverfahren vielleicht auch in Norwegen abgewickelt worden? Wurde sie über eine

Gesellschaft adoptiert? Oder privat? War das möglich? Sie mußte sich Rat holen. Ein Angestellter beteuerte ihr, in ihrem Fall sei es am besten, in den norwegischen Registern nachzuschlagen. Entweder das, oder sie solle ihre Adoptiveltern nach den Unterlagen fragen, die in ihrem Besitz sein mußten. Shona verließ niedergeschlagen das Gebäude. Nein, sie konnte und wollte Catriona und Archie nicht nach ihrer Geburtsurkunde und den Adoptionspapieren fragen. Wenn sie das täte, würden sie wissen, was sie vorhatte, und sie wollte nicht, daß sie es wußten – nicht etwa, weil sie Angst hatte, ihnen weh zu tun, sondern weil sie ganz einfach nicht wollte, daß irgend jemand sich in ihre geheime Suche einmischte. Sie *mußte* geheim bleiben. Shona würde sich den Blicken ausgesetzt und verletzlich, ja bemitleidenswert fühlen, falls das Ausmaß ihrer Sehnsucht bekannt würde.

Sie fuhr also nach Norwegen. Um ihrer Mutter, die sie früher zu Hause erwartet hatte, ihre Abwesenheit plausibel zu machen, gab sie vor, ein paar Tage bei einer Freundin in Sussex verbringen zu wollen. Catriona schickte ihr eine Zehnpfundnote, um der Mutter ihrer Freundin ein kleines Geschenk zu kaufen. »Steh nie mit leeren Händen da, Shona.« Es traf sich gut, denn Shona hatte zu Semesterende nur noch wenig Geld übrig und ihre Ausgaben für Essen und Fahrgeld schon heruntergeschraubt, um den Betrag, den sie für die Schiffs- und Zugtickets brauchte, zusammenzusparen. Selbst mit drastischer Sparsamkeit und ohne weitere Ausgaben gelang es ihr nur gerade eben, das Geld aufzubringen, und sie würde dort in einer Jugendherberge übernachten müssen.

Die Reise war entsetzlich. Wie angenehm war der Flug mit ihren Eltern im Frühjahr von Edinburgh aus gewesen, wie furchtbar war es, das aufgewühlte winterliche Meer auf dem Schiff zu überqueren. Es schien ewig zu dauern, und als sie angelegt hatten und Shona im Zug saß, hatte sie noch stundenlang das Gefühl, hin und her zu schwanken. Das Gebäude, in dem die norwegischen Register aufbewahrt wurden, war so ganz anders als St. Catherine's House, und Shona fand nicht den richtigen Dreh, darin etwas nachzuschlagen. Daß sie kein Wort Norwegisch sprach, war nicht gerade hilfreich, obgleich jeder, den sie um Rat fragte, Englisch sprach. Aber wieder stieß sie auf das Problem, daß sie den wahren Namen ihrer Mutter nicht kannte, sondern nur Datum und Ort ihrer eigenen Geburt. Es hatte keinen Sinn, nach dem Eintrag ihrer Geburt zu suchen – sie würde in das Krankenhaus in Bergen gehen und um Einblick in die dortigen Register bitten müssen. Eine weitere Zugfahrt, ein weiterer Weg durch eisige Straßen zu einer Jugendherberge. Als sie aber am nächsten Morgen die entsprechende Dienststelle im Krankenhaus aufsuchte, war ihr die verantwortliche Frau keine Hilfe. Shona hatte sich eine romantisch klingende Geschichte ausgedacht, die jedoch die Beamtin wenig beeindruckte.

»Ich möchte nur den Eintrag meiner Geburt nachsehen«, bat Shona. »Ich bin Studentin, und das gehört zu einer Aufgabe, die man uns gestellt hat.«

»Sie sind aus England?«

»Ja.«

»Sie kommen wegen einer Aufgabe für die Uni extra aus England, um Ihren Namen in unseren Registern nachzuschlagen?«

»Ja.«

»Und wozu das?«

»Ich habe es Ihnen doch gesagt, es ist eine Aufgabe.«

»Zu welchem Zweck?«

»Wie bitte?«

»Worum geht es bei dieser Aufgabe?«

»Um Geschichte, ich meine, die Benutzung von Registern, um sogenannte Fakten zu überprüfen, um Fakten nachzuschlagen.«

»Und dazu schickt man Studenten nach Norwegen?«

270

»Nur weil ich hier geboren bin. Ich will eben gründlich vorgehen ...«

»Das kann man wohl sagen.«

»Ja, sehr gründlich. Ich will meinen Dozenten beeindrucken.«

Sie mußte noch weitere Minuten, in denen sie feindselig angestarrt und ausgefragt wurde, über sich ergehen lassen, bis die Frau sich an einen Vorgesetzten wandte. Sie kehrte mit einem Formular zurück, das Shona ausfüllen sollte. Darin wurde nach dem Namen des Vaters und der Mutter des Antragstellers gefragt. Shona zögerte. Es war nicht ratsam, McIndoe zu schreiben. In den Krankenhausregistern würde gewiß der Name ihrer leiblichen Mutter stehen.

»Ich würde gern andersherum vorgehen«, sagte sie und versuchte, nicht allzu nervös zu klingen. »Ich würde gern eine Liste mit sämtlichen an meinem Geburtstag geborenen Babys einsehen, ohne die Namen meiner Eltern anzugeben. Es würde dem Ganzen noch ... noch ... es wäre noch eigenständiger. Bitte, könnte ich nicht einfach die Liste einsehen? Existiert nicht ein Register für jeden Tag?«

»Doch«, sagte die Frau, »aber die Akten sind nicht nach Tagen geordnet. Das Ganze ist achtzehn Jahre her. Die Liste für das Jahr wird nach Namen, nicht nach Daten geführt. Wenn Sie mir nicht Ihren Namen nennen, kann ich Ihnen nicht helfen.«

Ihr blieb nichts anderes übrig, als zu weinen, und wie sehr Shona weinte. Sie brach auf dem roten Plastikstuhl in dem engen kleinen Büro zusammen und schluchzte und schluchzte, ihr Gesicht in den auf ihren Knien ruhenden Armen vergraben. Sie hörte das Scharren eines anderen Stuhls und die Schritte der Frau, die hinter ihrem Schreibtisch hervorkam. Dann aber, anstatt eines Trostes, immer wieder die Worte: »Hören Sie auf, bitte. Ich bitte Sie aufzuhören, bitte, hören Sie doch auf.« In der Stimme lag Wut, kein Verständnis, und Shona spürte es. Die ganze

Sache war lächerlich, und diese Frau wußte es, und das machte sie wütend.

»Es tut mir leid«, sagte Shona. Sie hatte jetzt nichts mehr zu verlieren. »Ich weiß weder den Namen meiner Mutter noch den meines Vaters«, sagte sie mit tränenerstickter Stimme. »Ich wurde adoptiert, ich möchte meine wirkliche Mutter finden, das ist alles.«

Die Frau runzelte die Stirn. »Es gibt Vorschriften«, sagte sie. »Sie müssen unter solchen Umständen befolgt werden. Es ist eine sehr ernste Angelegenheit.«

»Ich weiß«, sagte Shona. »Was soll ich tun?«

Die Frau sagte ihr, sie solle nach Hause zurückkehren und »ein paar Fakten ermitteln«. Ohne die könnten keinerlei Nachforschungen angestellt werden.

Und jetzt saß Shona erschöpft in Glasgow in der Küche ihrer Großmutter und konnte kaum über das sprechen, was sie in London erlebt hatte. »Oh«, sagte sie und bedeckte ihr Gesicht mit den Händen, »ich bin müde. Können wir bis morgen warten?«

»Aber morgen fährst du doch schon wieder, du wirst das Bett noch nicht einmal richtig angewärmt haben. Und du wirst in aller Frühe weg sein, das weiß ich. Deine Mutter hat mir gesagt, daß du den Elfuhrdreißigzug nehmen mußt, sie hält es nicht eine Minute länger ohne dich aus. Sie hat dich wirklich schrecklich vermißt. Hast du je daran gedacht?« Shona stöhnte. »Da hilft kein Stöhnen, es ist die Wahrheit. Sie liebt dich abgöttisch, seit eh und je, bist ihr Augapfel. Das ist nicht ungefährlich, ist es nie gewesen. Ich wußte, daß es mal so enden würde.«

»Wie denn?«

»Daß du weg willst, deine Mutter nicht brauchst.«

»Ich brauche meine Mutter«, flüsterte Shona und hoffte, ihre Großmutter würde nicht hören, wie sie die Worte gesagt hatte, und auch nichts in sie hineinlesen.

»Was? Du brauchst deine Mutter? Nie, nie, du hast sie nie gebraucht, von Anfang an unabhängig, das warst du.

272

Du bist wie meine Mutter, deine Urgroßmutter, sie starb, bevor du geboren wurdest, aber du bist genau wie sie.«

»Wie eigenartig«, sagte Shona sarkastisch. Es war so verlockend, ihrer Großmutter die Wahrheit zu erzählen und all die dummen Ideen von Erbanlagen zunichte zu machen. Aber das wäre grausam. Großmutter McEndrick würde es nicht ertragen, hinters Licht geführt worden zu sein. Sie wäre empört, und zwar nicht etwa darüber, daß Shona versucht hatte, sie zu täuschen, sondern darüber, daß sie es auch noch geschafft hatte.

»Es ist nicht eigenartig«, sagte sie, »es liegt auf der Hand. Du und deine Mutter seid grundverschieden, aber du und deine Urgroßmutter ähnelt euch wie ein Ei dem andern, jetzt weißt du's.«

»Ich gehe zu Bett«, sagte Shona plötzlich.

»Ja, geh du nur in dein Bett, und ich gehe in meins, es hat nämlich keinen Sinn aufzubleiben, wenn du eine solche Laune hast. Vielleicht wird dich ein ausgiebiger Schlaf ja aufmuntern und deine Stimmung bessern. In deinem Bett ist eine Wärmflasche. Ich wecke dich um neun, dann wirst du wenigstens etwas Porridge essen und hoffentlich verträglicher sein.«

»Tut mir leid«, sagte Shona.

»Das sollte es auch, deine arme alte Großmutter so zu enttäuschen.«

Am darauffolgenden Morgen nahm sich Shona sehr zusammen. Sie brachte Großmutter McEndrick ihren Tee ans Bett und erlaubte ihr nicht aufzustehen, um den geheiligten Porridge zu machen. Sie machte ihn selbst und trug zwei Schalen davon ins Schlafzimmer ihrer Großmutter, und sie aßen ihn gemeinsam, während Shona drauflosplapperte, wobei jedes Wort der so lebendigen Schilderung ihres Londoner Lebens erfunden war. Ihre Großmutter sagte nichts dazu, tat aber zumindest so, als sei sie zufrieden. Der Abschied war herzlich, und Shona versprach zu schreiben. »Sei nett zu deiner Mutter«, waren die letzten Worte. »Vergiß nicht, denk daran, sei nett zu ihr.«

Nett. Shona dachte die ganze Fahrt nach St. Andrews über dieses Wort nach. Wie war man nett zu seiner Mutter? Es hatte etwas Herablassendes, eine leicht gönnerhafte Haltung. Nett, wie zu einem Tier oder einem Kind. Sie wußte, daß Catriona kein Nettsein wollte. Sie wollte Nähe, hatte sie sich immer gewünscht. Nettsein war gewiß eine Beleidigung. Aber sie versuchte bei ihrer Ankunft, herzlich zu sein und glücklich darüber, daß sie wieder zu Hause war. Sie hoffte, daß das in etwa dem Nettsein entsprach, das ihrer Großmutter vorschwebte. Weihnachten und Silvester verliefen ruhig. Es gab keinen Streit, keine schlechte Laune. Die drei gingen in einer Weise miteinander um, daß Archie glaubte, Shona von ihrer Adoption erzählt zu haben, hätte sie ihnen nur noch näher gebracht. Catriona schüttelte den Kopf, konnte aber keine stichhaltigen Gründe für ihren Zweifel nennen.

»Sie bemüht sich«, sagte sie zu ihrem Mann. »Sie bemüht sich so sehr, und dafür bin ich dankbar. Aber sie ist nicht glücklich, sie hat sich verändert.«

»Natürlich hat sie sich verändert«, sagte Archie verärgert. »Sie ist achtzehn, ist gerade von zu Hause fort aufs College gegangen, es wäre unnatürlich, wenn sie sich nicht verändert hätte.«

»Ich meine innerlich, in ihrem Wesen«, beharrte Catriona. »Sie war früher ohne jede Furcht, und das ist vorbei. Hinter der Fassade ist sie ängstlich, angespannt.«

Archie wollte jedoch von solchem Unsinn nichts wissen.

Shona machte lange Spaziergänge mit dem Hund am Strand entlang und fühlte sich allmählich besser. Das Wetter war stürmisch, aber sie genoß den schneidenden Wind, der über die dunkle Brandung fegte, und sogar der Regen gefiel ihr. Sie hatte Mühe, auf dem leeren Strand voranzukommen, und sie wollte sich abmühen. Es half ihr nachzudenken. Sie erkannte immer deutlicher, daß sie sich in

den zurückliegenden Monaten vorsätzlich dumm angestellt hatte – es war absurd gewesen, ihre Mutter in der
Weise aufspüren zu wollen, wie sie es getan hatte. Sie mußte aufhören mit dieser blödsinnigen Verbissenheit und
auf die verfügbaren Quellen zurückgreifen. Wenn sie
nicht wollte, daß ihre Eltern von ihrem Vorhaben erfuhren, die Frau, die sie verlassen hatte, ausfindig zu machen,
konnte sie nur zu einer List greifen. Die entscheidenden
Dokumente mußten im Hause sein. Ihre Geburtsurkunde, im Original, sowie die Adoptionspapiere – es hatte
notgedrungen irgendein entsprechendes Dokument gegeben – mußten irgendwo in einer Schublade liegen. Sie
brauchte sie nur zu finden und zu kopieren. Ganz einfach.

Sie wußte nicht genau, wo sie anfangen sollte, bei den
Sachen ihrer Mutter oder bei denen ihres Vaters. Archie
war so oft von zu Hause fort, daß Catriona sich um alle Be-
lange des Haushalts, alle Rechnungen und dergleichen,
kümmerte, aber die Unterlagen, um die es ging, fielen
nicht in diese Kategorie. Ihr Vater bewahrte ihre Pässe in
seinem Schreibtisch auf, und sie hatte einmal gehört, wie
er eine Versicherungspolice in einer Schublade dort erwähnt hatte. Sie begann also bei seinem Schreibtisch und
wartete nicht einmal, bis ihre Eltern aus dem Hause waren. Sie wartete, bis sie beide fernsahen, ihr Lieblings-
programm, das eine Stunde dauerte, in der sie, wie sie zu
sagen pflegten, nicht einmal ans Telefon gingen, und betrat dann Archies Arbeitszimmer, wobei sie die Tür sperrangelweit offenließ. Sein Schreibtisch war aufgeräumt.
Drei Schubladen auf beiden Seiten und eine breite in der
Mitte. Jede Schublade war beschriftet. Sie sah in jeder einzelnen nach, falls die Beschriftungen irreführend sein
sollten, aber das waren sie nicht. Versicherungspolicen
waren dort, wo sie hingehörten, dasselbe galt für persön-
liche Dokumente. Jedoch keine Geburtsurkunde, keine
Adoptionspapiere. Sie setzte sich einen Augenblick, um
den Paß ihres Vaters anzusehen. Als er ihr ihren eigenen

gegeben hatte, war sie gar nicht auf den Gedanken gekommen, daß man für die Beantragung eines Passes eine Geburtsurkunde brauchte. Archie hatte sich darum gekümmert und ihr lediglich ihren Paß ausgehändigt.

Erst als niemand im Haus war, konnte sie sich überwinden, die Schubladen ihrer Mutter zu durchsuchen. Catriona hatte weder ein Arbeitszimmer noch einen Schreibtisch. Sie hatte im Wohnzimmer einen Sekretär, der viel zu exponiert war, als daß man geheime Papiere darin hätte aufbewahren können. Er war vollgestopft mit Rechnungen und Quittungen. Shona wußte, daß es sinnlos war, kramte aber trotzdem ziemlich unverhohlen darin unter dem Vorwand, nach einem Garantieschein für ihre Kamera zu suchen, die sie, wie sie beteuerte, ihrer Mutter gegeben habe. Der einzige andere Ort, an dem ihre Mutter Dinge aufbewahrte, war ihr Schlafzimmer. Dazu gehörten Fotos, manche in Schachteln und manche in Alben, die alle auf einem Regal in ihrem Kleiderschrank aufbewahrt wurden. Aber Catriona verließ selten das Haus, und wenn, wollte sie, daß Shona sie begleitete. Als von ihren Ferien nur noch drei Tage übrig waren, überlegte Shona, daß sie eine schnelle Durchsuchung des Regals im Kleiderschrank würde riskieren müssen, während ihre Mutter in der Küche arbeitete. Ein Termin beim Zahnarzt kam ihr gerade gelegen.

»Du solltest mit mir kommen«, sagte Catriona, »du hast deine Zähne schon ewig nicht mehr nachsehen lassen. Ich bin sicher, er würde sie in der Stunde, die er für mich eingeplant hat, ansehen, eine ganze Stunde, ich habe keine Ahnung, warum er meint, er würde soviel Zeit brauchen.«

»Hol mir für Ostern einen Termin«, sagte Shona. »Meine Zähne sind momentan in Ordnung.«

Sobald ihre Mutter gegangen war, schloß sie die Haustür ab. Lieber wollte sie in Kauf nehmen, daß ihre Mutter entdeckte, ausgesperrt zu sein, wenn sie unverhofft zurückkehrte, als zu erleben, wie ihre Mutter sie beim Spionieren ertappte. Genau das bin ich, dachte Shona, eine Spionin. Es gibt keine andere Bezeichnung dafür. Spionieren, ich spioniere. Als sie zum Schlafzimmer ihrer Eltern hinaufging, waren ihre Handflächen sogar feucht und ihr Herz schlug schneller als gewöhnlich, schnell genug, um es zu spüren. Ein trostloser Raum, ganz creme- und beigefarben und mit der Art von Tagesdecke aus Chenille, die sie verabscheute. Der Kleiderschrank war zwar häßlich, doch Archie schätzte ihn sehr. Er hatte einst seiner Mutter gehört, und ihm gefiel das schwere Eichenholz. Die Schachtel mit den Fotos stand noch immer am selben Platz, und die Alben lagen obendrauf. Shona nahm sie behutsam herunter, wobei sie sich ihre genaue Position merkte, und legte sie aufs Bett. Hinter der Stelle, wo sie gewesen waren, befand sich eine weitere kleinere, längliche Spanschachtel. Sie holte auch diese hervor. Sie war jedoch verschlossen. Sie hätte sich denken können, daß sie verschlossen war, natürlich war sie es. Der Schlüssel mußte irgendwo in diesem Zimmer sein, aber wo? *In* etwas, er mußte in irgend etwas sein, in einer Geldbörse oder Tasche oder irgendeinem anderen Behälter. Sie ließ ihre Hände auf dem Regal entlanggleiten. Nichts, sonst war nichts dort. Er konnte ja in einer Tasche sein, aber an all den Kleidungsstücken, die dort hingen, waren so viele Taschen. Nein, in keiner Tasche, der Schlüssel mußte an einem sichereren Ort sein. Zerstreut blickte Shona sich um. Ihre Mutter hatte einen nierenförmigen Frisiertisch, der rundherum mit einem blumigen Volant besetzt war. Ihr Schmuck lag darunter in einer Schublade. Shona hob rasch den Volant hoch und sah in der Schublade nach, in der der Schmuck sein mußte. Die Perlenkette und die goldene Kette, beide kaum getragen, lagen in einem weißen Lederetui. Alles übrige, weniger wertvolle Ringe und Armreifen, steckte in einem samtbezogenen offenen Einsatz. Shona hob beides heraus. Auch hier nichts. Sie öffnete das weiße Etui und betrachtete die Perlenkette. Gewiß würde ein so bedeutsamer Schlüssel bei anderen Dingen sein, die ihre Mutter für wertvoll hielt. Sie nahm vorsichtig die Perlenkette heraus und fingerte an dem Kissen herum, auf dem sie gelegen hatte. Natürlich ließ es sich herausnehmen. Und da war ein kleiner silberner Schlüssel.

In der länglichen Spanschachtel lag ein Bündel Urkunden, Geburts- und Sterbe- und Heiratsurkunden von verschiedenen Leuten, Verwandten mütterlicher- wie väterlicherseits, die ein Jahrhundert zurückreichten. Catrionas Familiensinn war, wie Shona feststellte, so ausgeprägt, daß sie zur Archivarin der Familie geworden war. Die Urkunden, die sie betrafen, waren jedoch nicht zu verwechseln. Sie lagen zuunterst in einem weißen Umschlag mit der Aufschrift »Shona«. Der Augenblick erschien ihr unendlich bedeutsam, ein Augenblick, den sie nur zu gern ausgedehnt hätte. Sie hielt den Umschlag zärtlich in Händen, liebkoste ihn beinahe, bevor sie ihn langsam öffnete und die wenigen Bögen daraus hervorzog. Vor allem anderen sprang ihr der Name ihrer leiblichen Mutter ins Auge: Hazel Walmsley. Dann ihr Alter, achtzehn. »Achtzehn«, flüsterte Shona. Irgendwie hatte sie es gewußt, gewußt, daß ihre Mutter so jung gewesen war. Ihre Augen füllten sich mit Tränen. Achtzehn. Sie traf also keine Schuld. Es machte die Adoption so viel verständlicher. Achtzehn. Was hätte sie denn schließlich auch tun sollen, diese schwangere Achtzehnjährige? Shona wußte, daß eine Abtreibung in den fünfziger Jahren nicht nur schwer durchzuführen, sondern auch illegal war. Armes Mädchen. Dann überkam sie eine immer größer werdende Freude: Ihre Mutter war *jetzt* erst sechsunddreißig. Ihre leibliche Mutter war jung, eine Mutter, wie Shona sie sich immer gewünscht hatte. Jung und ihr ähnlich. Sie mußte ihr ähnlich sein.

Die anderen Dokumente waren die Adoptionspapiere, denen sie entnahm, was sie bereits wußte. Sie hatte keine Zeit, sie abzuschreiben. Sie erstellte allerdings eine exakte Kopie der Geburtsurkunde, wobei sie ihr Papier in dieselben Felder unterteilte und darauf achtete, jedes einzelne Wort des Originals festzuhalten. Dann brachte sie den Schlüssel und die Schachteln an genau dieselbe Stelle zurück, wo sie gewesen waren, und wischte mit einem Taschentuch darüber, als sei sie ein Dieb und dürfte keine Fingerabdrücke hinterlassen. Die ganze Aktion hatte knapp fünfzehn Minuten gedauert – ihre ganze Vergangenheit war innerhalb einer Viertelstunde enthüllt worden. Sie wußte aber, daß dies lediglich einen neuen Anfang bedeutete. Sie kannte den Namen und das Alter ihrer Mutter und die Adresse, wo sie in Norwegen gewohnt hatte, mehr nicht. Es gab jedoch noch ein weiteres kleines Detail. Ihre Mutter, die junge Hazel Walmsley, war als Studentin bezeichnet worden. Sie war eine achtzehnjährige englische Studentin, die höchstwahrscheinlich nach der Geburt ihres Babys nach England zurückgekehrt war.

Shona konnte es kaum erwarten, wieder nach London zu fahren. Hazel Walmsley, sechsunddreißig Jahre alt. Aber wahrscheinlich verheiratet, und hieß daher nicht länger Walmsley. Ein Mädchenname und ein Geburtsdatum oder zumindest ein Geburtsjahr, das war immerhin etwas. Eigentlich eine ganze Menge. Jene Register in St. Catherine's House würden ihr jetzt helfen können. Sie würde darin nach der Geburt einer Hazel Walmsley im Jahr 1938 suchen. Walmsley war kein gewöhnlicher Name, Hazel genausowenig. Vielleicht sollte sie aber auch lieber nach einer Heiratsurkunde suchen. Sie konnte sämtliche Trauungen unter Walmsley in den vergangenen achtzehn Jahren nachschlagen. Vielleicht hatte ihre Mutter ja nie geheiratet, aber irgendwie war sie überzeugt, daß sie es getan hatte. Geheiratet und Kinder bekommen. Bei dem Gedanken stockte ihr der Atem – Halbbrüder und Halbschwestern, auf die man Anspruch erheben konnte! Diese Vorstellung verwirrte sie, und als Catriona zurückkehrte, konnte Shona ihr Glück kaum verbergen. Sie wollte tanzen und rufen und singen, immer wieder »Hazel Walmsley! Hazel Walmsley!« schreien. Glücklicherweise fühlte sich Catriona mit ihrer geschwollenen und noch immer betäubten Wange so unwohl, daß sie Shonas überschwengliche Freude nicht zur Kenntnis nahm, sondern nur ihr bereitwillig gespendetes Mitgefühl.

Als Shona nach London zurückfuhr, umarmte sie Catriona so herzlich, daß sie sie beinahe in die Höhe hob. »Paß auf dich auf, Mum«, sagte sie.

»Und du auf dich, Liebes«, sagte Catriona, gerührt und bewegt von diesem außergewöhnlich warmen Abschied. Jahrelang war Shona fast ohne sich umzusehen und natürlich ohne die geringste Umarmung abgereist. »Paß auf dich auf«, sagte sie noch einmal, »arbeite nicht zuviel und schreib mir. Du wirst mir doch schreiben, oder? Und ruf an, wann immer du magst, auf meine Kosten, sonst kann ich dich auch zurückrufen, und ...«

»Mum«, sagte Shona aus dem Zugfenster, »denk daran, ich fahre nicht zum Nordpol!«

»Es fühlt sich jedesmal so an. Du führst jetzt ein so anderes Leben, all diese Leute, die ich nicht kenne.«

Der Zug rollte aus dem Bahnhof, und Shona sank nach der ganzen Anspannung der vergangenen beiden Tage vor Erleichterung in sich zusammen. Sie würde nicht nur zurück aufs College gehen, sie würde auch Hazel Walmsley kennenlernen. Den ganzen morgigen Tag würde sie in St. Catherine's House verbringen. Sie würde schon dort sein, wenn es um halb neun aufmachte. Sie malte sich bereits das Treffen mit ihrer leiblichen Mutter aus – sah sie vor sich, Erstaunen und Freude in ihrem Gesicht, und hinter ihr, schattenhafte Gestalten, Schwestern und Brüder (oh, sie hoffte mehr Schwestern als Brüder, zumindest eine Schwester), die allmählich auftauchen und sich deutlich abzeichnen würden. Es war natürlich noch etwas anderes vorstellbar: Ablehnung. Sie glaubte nicht eine Sekunde daran, daß ihre leibliche Mutter sie nicht willkommen heißen könnte, und erwog diese Möglichkeit einzig und

280

allein, um jede denkbare Reaktion in Betracht zu ziehen. Also, rein theoretisch war es möglich. Ihre Mutter könnte nicht wollen, daß ihr uneheliches Kind Anspruch auf sie erhob. Sie könnte ein Leben führen, in dem es sie in Verlegenheit bringen würde, wenn ein solches Kind auftauchte. Sie könnte ihrem Mann und ihren Kindern nie davon erzählt haben. Sie könnte beim Anblick ihrer ersten Tochter entsetzt zurückschrecken und ihr den Zugang zu ihrer Welt verwehren.

Unsinn. Shona wußte, daß das Unsinn war. Ihre leibliche Mutter war bestimmt wie sie. Sie hatte achtzehn Jahre lang gelitten und getrauert, und aller Kummer würde jetzt vorüber sein. Shona mußte ihr zu verstehen geben, daß sie nicht schlecht über sie dachte und ihr keine Schuldgefühle einflößen wollte. Wenn ihr erst einmal klar wäre, daß Shona nicht nach Vergeltung trachtete, würde sie erleichtert sein. Ich kann ihr erzählen, dachte Shona, während der Zug nach London sauste, daß ich ein glückliches Leben mit wunderbaren Eltern gehabt habe, dann wird sie sich besser fühlen. Allerdings kann ich noch hinzufügen, was sie nur zu gern wird hören wollen – ich habe ein glückliches Leben mit einer fürsorglichen, liebevollen Adoptivmutter gehabt, aber *sie ist nicht du, und ich brauche dich.* Daraufhin würden vermutlich viele Tränen fließen. Shona lächelte bei dem Gedanken.

Kapitel 15

Mrs. Bewley starb in den frühen Morgenstunden des 15. Oktober, und zwar an einem Schlaganfall, nicht an Gürtelrose. Evie blieb der Anblick ihrer toten Dienstherrin erspart, obgleich man ihr angeboten hatte, ihr, falls sie es wünsche, die letzte Ehre zu erweisen. Sie wünschte es nicht. Sie hatte keine Ehrerbietung für Mrs. Bewley empfunden, gab dies aber natürlich nicht als Grund dafür an, daß sie das Angebot ablehnte. Sie ließ, ohne es auszusprechen, erkennen, daß sie Angst hatte, und das genügte der Krankenschwester und Harris, um sie in Ruhe zu lassen und nicht zu drängen.

Ein Mann, von dem es hieß, er sei ein Neffe, kam wenig später an jenem Tag und nahm alles in die Hand. Nach und nach drangen interessante Gesprächsfetzen an Evies Ohr, während sie den Leuten die Haustür öffnete und sie hinter ihnen wieder schloß, dem Neffen und anderen unbekannten Personen im Wohnzimmer Tee servierte oder ansonsten ihren normalen Tätigkeiten nachging. Sie schnappte auf, daß das Haus dem Neffen vermacht und alles, was darin war, unter drei Cousinen aufgeteilt worden sei. Für Harris sei ebenfalls gesorgt, sie würde einen Kalendermonat Zeit haben, um auszuziehen. »Wo soll ich hin?« fragte sie Evie immer wieder. Evie hatte keine Ahnung. Sie war natürlich viel mehr mit der Frage beschäftigt, wohin sie selbst gehen sollte, ihr war jedoch vollkommen klar, daß für sie keine Vorkehrungen getroffen worden waren. Es ging eher darum, wie lange man ihr noch ein Dach über dem Kopf lassen und ob sie eine winzige Summe erhalten würde, wenn man sie auf die Straße setzte. Dies schien ihr unwahrscheinlich, nachdem sie von Mrs. Bewley neben freier Kost und Logis nie einen Penny erhalten hatte. Der Neffe – man hatte ihr seinen Namen gesagt, aber es war ein so komplizierter Doppelname, daß sie ihn sich nicht merken konnte – spannte sie nicht lange auf die Folter. Er ließ sie am Tag vor dem Begräbnis zu sich kommen und sagte ihr, sie könne bleiben, bis Harris fortgehe. Das sei, ließ er sie wissen, großzügig von ihm, manch einer würde es töricht großzügig nennen, aber er sei bereit, ihr praktisch einen Monat lang freie Kost und Logis dafür zu gewähren, daß sie ihre üblichen häuslichen Pflichten erfülle. Er biete das Haus zum Verkauf an und wünsche, daß es sauber und ordentlich und in gutem Zustand gehalten werde. Evie machte einen Knicks und dankte ihm.

Unterdessen wartete sie auf Miss Mawson. Anläßlich der Beerdigung traf man sich zum Tee, und ihrer Meinung nach war Miss Mawson zweifellos auch eingeladen, um an dem kleinen Imbiß teilzunehmen. Evie, die den Trauergästen die Mäntel abnahm, wurde immer besorgter, als keine Miss Mawson erschien. War sie am Ende nicht zur Trauerfeier gebeten worden, oder war sie nach dem Begräbnis direkt nach Hause gegangen? Unmöglich, das in Erfahrung zu bringen. Evie überlegte, ob sie zu ihr nach Hause gehen und sich Miss Mawson auf Gedeih und Verderb ausliefern sollte, aber sie konnte sich nicht dazu durchringen, jedenfalls vorerst nicht. Ihre Verzweiflung war noch nicht so groß, und sie hatte noch drei Wochen ein Dach über dem Kopf. Es war eine seltsame, beinahe angenehme Zeit, denn nun, da Mrs. Bewley tot und der Neffe wieder nach Manchester zurückgekehrt war und die Cousinen, die sich um die Möbel kümmern wollten, noch nicht aufgetaucht waren, hatten Harris und sie das ganze Haus für sich. Harris versetzte sie in Erstaunen. So alt und taub sie auch war, sie wußte die Situation zu nutzen. Der

283

Neffe hatte ihr Geld gegeben, um sich und Evie zu ernähren, während sie das Haus in seinem bisherigen Zustand erhielten. Er hatte gefragt, was ihre Herrin ihr gewöhnlich gegeben habe, und Harris hatte spontan und überzeugend gelogen. Die Summe, die Mrs. Bewley ihr tatsächlich jeden Monat gegeben hatte, war auf alle Fälle so unglaublich gering, daß kein Verdacht erweckt wurde, wenn Harris sie verdoppelte. »Und dann sind da noch die zusätzlichen Kosten für die Öfen, Sir, falls Sie wünschen, daß Evie sie heizt, um die furchtbare Feuchtigkeit in Grenzen zu halten. Mrs. Bewley war sehr eigen mit den Öfen, Sir, nachdem im Wohnzimmer vor lauter Feuchtigkeit die Tapete von der Wand gekommen ist und die Bilder im Treppenhaus ruiniert worden sind, und …« Der Neffe unterbrach sie. Natürlich wolle er, daß geheizt werde, solange das Haus von potentiellen Käufern besichtigt werde. Überall. Er zahlte entsprechend für die Kohle.

Harris gab Evie nur ein Viertel des Profits ab, den sie gemacht hatte, aber trotzdem erschien ihr dieses unerwartete Geschenk wie ein Wunder. Es war das erste Geld, das sie seit über einem Jahr besaß, und allein der Anblick der Münzen begeisterte sie. Wenn sie dieses Haus verließ, würde sie jedenfalls nicht mittellos dastehen. Falls sie gewollt hätte, hätte sie den Betrag noch erhöhen können. Harris ging ihr mit gutem Beispiel voran. Täglich stibitzte sie irgendeinen kleinen Gegenstand und versetzte oder verkaufte ihn. Nichts Kostbares, nichts, was bereits in dem Inventar, das der Neffe bei seinem Eintreffen sogleich erstellt hatte, verzeichnet gewesen wäre, sondern ganz gewöhnliche Dinge, von denen Harris wußte, daß sie trotzdem ein oder zwei Schillinge einbringen würden. Pfannen verschwanden und Eimer, gute gußeiserne Eimer, und ein hervorragendes Tranchiermesser und eine Marmorplatte zum Ausrollen von Teig – Harris hatte ein Auge für die geeigneten Gegenstände. Evie, die aufgefordert wurde mitzumachen, lehnte ab. Harris sagte ihr, sie solle tun, was sie wolle, aber der Herr helfe denen, die sich selbst halfen, und dazu bleibe nicht mehr viel Zeit.

Die beiden hielten das Haus in Ordnung, wobei Evie wie immer den größten Teil der Arbeit erledigte. Sie liebte das ruhige Haus. Sie war sicher vor Mrs. Bewleys Geschrei und genoß den Frieden, und obgleich sie sich ständig Sorgen um die Zukunft machte, wußte sie die Gegenwart dennoch auszukosten. Wenn nur Miss Mawson auftauchte, dann wäre sie vollkommen glücklich. Sie versuchte, Harris zu fragen, wo Miss Mawson sei, sie brüllte immer wieder ihren Namen, aber auch wenn die alte Frau es wußte, sie sagte es ihr nicht. Evie verbrachte zwei ihrer jetzt freien Nachmittage damit, nach Stanwix zu laufen und die Etterby Street bis zum Scaur entlangzuspazieren, aber sie bekam Miss Mawson nie zu Gesicht. Sie sah eine bemerkenswert attraktive Frau mit zwei Mädchen aus der Tür des daneben gelegenen Hauses kommen und erwog, sie anzusprechen und zu fragen, ob ihre Nachbarin wohl zu Hause sei, aber das wäre eine törichte Frage gewesen. Warum klopfte sie nicht an die Tür, wenn sie wissen wollte, ob Miss Mawson zu Hause war? Sie verließ die Straße und schwor sich, ganz gewiß an ihre Tür zu klopfen, falls Miss Mawson bis zur letzten Nacht, die sie am Portland Square verbrachte, nicht auftauchte.

Aber Evie blieb diese Bewährungsprobe erspart. Eine Woche bevor sie Mrs. Bewleys Haus verlassen sollte, tauchte Miss Mawson auf. Evie stieß einen kleinen Freudenschrei aus, als sie ihr die Tür öffnete, doch gleich darauf hielt sie bestürzt den Atem an, als sie sah, wie blaß und mager Miss Mawson geworden war. »Ich bin krank gewesen, Evie«, sagte Miss Mawson, als sie die Halle betrat, und setzte sich gleich auf den schweren hölzernen Stuhl, der neben der Eßzimmertür stand. »Ich bin noch längst nicht wieder bei Kräften, aber ich muß damit beginnen, das zusammenzupacken, was die gute Mrs. Bewley mir vermacht hat, bevor Mr. Banningham-Carteret das Haus verkauft.

Willst du mir dabei helfen, Liebes?« Evie ging munter und eifrig mit Miss Mawson die Treppe hinauf in Mrs. Bewleys Schlafzimmer. Die Vorhänge waren noch immer zugezogen, und das Feuer war bereit, entfacht zu werden, sobald irgend jemand kam, um das Haus zu besichtigen, doch ganz gewiß wurde nicht jeden Tag geheizt, wie der Neffe es sich vorstellte. Evie hatte im Nu das Feuer entfacht und die Vorhänge aufgezogen, wie man es ihr aufgetragen hatte. Miss Mawson seufzte. »Ich bringe es nicht übers Herz, Evie«, murmelte sie, »aber es muß getan werden.« Sie nahm eine Liste aus ihrer Tasche und ging auf Mrs. Bewleys riesigen zweitürigen Kleiderschrank zu. »Öffnest du ihn bitte, Evie?« Evie öffnete ihn, öffnete beide Türen weit. Eine Unmenge Kleidungsstücke hingen an der Stange, angefangen mit Mänteln auf der linken Seite über Kostüme und Kleider bis hin zu Röcken und Blusen. Evie hatte nicht gewußt, daß ihre einstige Arbeitgeberin so viele kostbare Kleider besaß. Im vergangenen Jahr hatte sie Sommer wie Winter nahezu immer dasselbe getragen, ein schwarzes Kleid mit Schal und, wenn sie das Haus verließ, einen schwarzen Mantel.

Miss Mawson sah in ihrer Liste nach und nahm als erstes ein seidenes Abendkleid mit dazugehörigem kleinem Cape heraus. Es war ein elegant geschnittenes, wunderschönes Stück, das Oberteil mit von Hand aufgenähten winzigen Staubperlen überzogen. Als Evie es zum Bett trug und behutsam dort drapierte, erschauerte sie, wie kühl und kostbar sich der Stoff anfühlte. »Es wurde von Mr. Arnesen«, sagte Miss Mawson, »vor langer Zeit für Mrs. Bewleys Tochter angefertigt, die meine engste Freundin war.« Evie schwieg, obgleich sie nur zu gern Fragen gestellt und ihr lebhaftes Interesse gezeigt hätte. Sie hatte nicht gewußt, daß Mrs. Bewley eine Tochter hatte. Ja, sie war sogar überzeugt davon, sie klagen gehört zu haben, daß sie keine Kinder habe, und jammern, daß sie, wenn sie nur welche hätte, sich nicht in einer solchen Lage befände, abhängig von einer alten tauben Haushälterin und einem jungen Ding von einem Hausmädchen. Als nächstes kamen aus dem Schrank ein Reitkleid, ein dunkelrotes Kleid mit Schlitzärmeln, ein cremefarbener Wollmantel mit Kragen und Ärmelaufschlägen aus braunem Samt, eine kurze Pelzjacke sowie verschiedene weiße Blusen zum Vorschein, alle mit Spitzenkragen und weiten Ärmeln. »Alles von Caroline«, sagte Miss Mawson, »und all die Jahre aufbewahrt. Ich weiß nicht, was ich damit machen soll. Sie sind alle aus der Mode, und ich kann sie sowieso nicht tragen, ich war viel kleiner als Caroline. Evie, legst du diese Kleider bitte sehr sorgfältig zusammen und verstaust sie in den Kartons, die auf mein Geheiß geliefert werden? Und, Liebes, trägst du sie dann bitte eigenhändig in die Kutsche und fährst mit bis zu meinem Haus?«

Evie konnte vor Aufregung nicht schlafen. Es war ihr nie in den Sinn gekommen, daß jemals Umstände eintreten könnten, unter denen sie tatsächlich in Miss Mawsons Haus gebeten werden würde – es war ein zu wundervoller Traum, als daß sie ihn je zu träumen gewagt hätte. Die Kartons kamen, angefüllt mit Seidenpapier, und die Kutsche wartete. Evie packte die Kleider geschickt ein, wobei sie jeweils Seidenpapier dazwischenlegte, und trug einen Karton nach dem anderen in die Kutsche. Der von Miss Mawson bestellte Kutscher kannte den Weg. Evie saß feierlich da, sah aus dem Fenster und mußte unweigerlich lächeln. Ihr trauriges kleines Gesicht strahlte vor Stolz, auch wenn keiner da war, der es hätte sehen können, und als sie Miss Mawson aus ihrem Haus kommen sah, um sie zu begrüßen, war ihre Freude so übergroß, daß sie beim Aussteigen stolperte und sich ihrer Ungeschicklichkeit wegen schämte. Aber Miss Mawson schien es nicht bemerkt zu haben. Sie bezahlte den Kutscher und zeigte Evie dann, wo die Kartons aufgestapelt werden sollten. Als dies getan war, wußte Evie nicht weiter. Sollte sie freiheraus reden? Sollte sie Miss Mawson ohne Umschweife an ihr damaliges

Versprechen erinnern? Obgleich es nicht eigentlich ein Versprechen gewesen war. Aber Miss Mawson redete mit ihr und schenkte ihr eine Münze.

»Für deine Mühe, Evie«, sagte sie.

»O nein, Ma'am«, sagte Evie, »das kann ich nicht annehmen.«

Miss Mawson sah sie aufmerksam an und schien sich plötzlich über etwas im klaren zu sein. »Natürlich«, sagte sie wie zu sich selbst, »du wirst Portland Square verlassen müssen und nicht wissen, wohin, und ich glaube, ich …« Sie hielt inne und war offensichtlich zu einer Entscheidung gekommen. »Setz dich, Evie, denn ich muß mich setzen, ich bin noch immer ganz schwach, und es ist mir nicht angenehm, mit dir zu sprechen, wenn du so vor mir stehst. Setz dich, setz dich.« Evie setzte sich zögernd auf die Kante des ihr zugewiesenen Stuhls. »Hör zu, Evie, ich kann dir kein Zeugnis geben, weil du nie für mich gearbeitet hast, und ich kann dich nicht einstellen, weil ich nicht vermögend bin, und, wie du siehst, ist dieses Haus sehr klein, und ich habe ohnehin schon ein Mädchen, aber ich kann dir aufgrund meines Eindrucks, den ich von deiner Arbeit und deinem Charakter anläßlich meiner Besuche bei Mrs. Bewley gewinnen konnte, ein Empfehlungsschreiben ausstellen und darüber hinaus berichten, was Mrs. Bewley über dich gesagt hat. Wird dir das weiterhelfen, Liebes?« Evie nickte lebhaft. »Na gut. Bleib hier, und ich werde gleich etwas zu Papier bringen und es dir geben.«

Sie verschwand die Treppe hinauf, und Evie blieb zurück und wagte kaum, sich zu rühren, hätte aber nur allzugern die Fotografien betrachtet, die sie auf dem Kaminsims stehen sah. Sie konnte auf einem von ihnen Mrs. Bewley mit einem Mädchen erkennen. War das Mädchen Miss Mawson? Nein. Sie sah auch nicht wie Mrs. Bewley aus. Evie war überzeugt, es müsse jene Caroline sein, von der die Rede gewesen war, auch wenn sie keine Ähnlich-

288

keit feststellen konnte. Es gab eine weitere Fotografie desselben Mädchens, und neben ihr Miss Mawson. Jünger, aber deutlich zu erkennen. Beide Mädchen lachten, den Arm um die Taille der anderen gelegt. Evie fragte sich, warum sie diese Fotografien nie unter den zahlreichen Bildern auf dem Kaminsims und dem Flügel im Wohnzimmer am Portland Square gesehen hatte.

Miss Mawson kehrte zurück und reichte Evie einen Briefumschlag. »Ich habe ihn nicht adressiert, Liebes, so kannst du ihn wem auch immer geben. Ich habe ihn unverschlossen gelassen, damit du lesen kannst, was ich geschrieben habe. Ich wünsche dir Glück, Evie.«

Evie sprang von ihrem Stuhl auf und ergriff ungeduldig den ihr dargereichten Umschlag. »Danke, Miss Mawson«, sagte sie.

»Weißt du, wie du zum Portland Square zurückkommst, Liebes?« fragte Miss Mawson.

»O ja, Ma'am«, sagte Evie und lächelte bei dem Gedanken daran, wie oft sie diesen Weg schon zurückgelegt hatte.

»Ist es dort jetzt nicht sehr einsam in dem großen, leeren Haus, nur in Gesellschaft der armen Harris?«

»Mir gefällt es, Ma'am.«

»Wirklich?« Miss Mawson sah sie erstaunt an. »Was gefällt dir daran?«

»Die Stille, Ma'am, es ist sehr friedlich und leichter …«

»Leichter?«

Evie zögerte. Sie erinnerte sich, daß Mrs. Bewley, die jeglichen Frieden zunichte gemacht hatte, Miss Mawsons Freundin gewesen war. Sie konnte jetzt wohl kaum schildern, wie sehr diese Frau ihr Leben erschwert hatte. Aber Miss Mawson war nicht dumm.

»Du hast Mrs. Bewley nicht kennengelernt, wie sie einmal war, Evie«, sagte sie. »Die freundlichste Lady, die man sich vorstellen kann. Aber weißt du, sie hat vor Jahren einen großen Schock erlitten und sich nie davon erholt. Der

Kummer ließ sie bitter werden, und ich weiß, sie wirkte oft schroff, denn sie hat es mir gegenüber zugegeben. Es kann nichts schaden, denke ich, wenn ich dir, nun, wo sie nicht mehr lebt, erzähle, warum du in ihr nicht die rücksichtsvolle Dienstherrin gefunden hast, die sie einst war.« Miss Mawson hielt inne, ging zum Kaminsims hinüber und ergriff die gerahmte Fotografie von Mrs. Bewley und dem Mädchen. »Das war Caroline, Mrs. Bewleys einzige Tochter, ihr einziges Kind. Sie ist tot. Aber bevor sie starb, ist ihr von einem Mann großes Unrecht angetan worden – verstehst du, Evie? –, und sie starb tatsächlich bei der Geburt unter den elendsten Umständen. Ich war ihre Freundin. Ich tat, was ich nur konnte, aber … Sie lief mit diesem schlechten Mann davon, weißt du, und er verließ sie. Es war eine furchtbare Geschichte.« Miss Mawsons Augen füllten sich mit Tränen, und sie wandte sich ab.

Evie wußte nicht, ob sie reden sollte, aber es drängte sie und sie konnte sich nicht zurückhalten. »Und das Baby, Ma'am?« fragte sie.

»Was, Liebes?«

»Das Baby, Miss Carolines Baby, ich wüßte gern …«

»Oh, es starb, gottlob, das arme kleine Ding. Ein Mädchen. Das Kind, die wahre Ursache ihres Elends und dann ihres Todes, starb glücklicherweise mit seiner unglücklichen Mutter.«

Evie war den ganzen Weg zurück zum Portland Square wie benommen. Miss Mawson war sanft und gut. Sie hatte es ohne Zweifel für ein Glück gehalten, daß das Baby ihrer Freundin gestorben war – »die wahre Ursache ihres Elends«. Sie war so überzeugt, daß das Baby zu Recht gestorben war. Evie hätte gern gefragt, inwiefern das Kind an irgend etwas hatte schuld sein können, traute sich aber nicht. Sie mußte sich damit abfinden, daß es, so seltsam es auch klingen mochte, zu Recht gestorben war, wie Miss Mawson sagte. Sie blieb auf der Eden Bridge stehen und sah auf den eilig dahinströmenden Fluß hinunter. Sie hat-

te in Mrs. Bewleys *Cumberland News* von einer Frau gelesen, die sich in diesen Fluß gestürzt hatte, weil sie ein Baby
erwartete. Die Frau war ein Dienstmädchen und nicht verheiratet, und sie wollte das Baby nicht. Langsam ging Evie
weiter. Sie war weder gestorben noch getötet worden.
Leah, ihre Mutter, hatte sie geboren und sich, wenigstens
am Anfang, um sie gekümmert und sie taufen lassen. Hatte Miss Mawson denn in jedem Fall recht mit ihrer Annahme, uneheliche Kinder sollten lieber sterben? Evie dachte
nein und fühlte sich ein wenig besser. Vielleicht hatte auch
sie das Leben ihrer Mutter Leah ruiniert, aber es hatte für
sie beide nicht mit dem Tod geendet. Sie hatte zwar keine
Mutter, war aber am Leben, und für sie bestand noch immer die Aussicht, ihre Mutter zu finden und alles wiedergutzumachen. Doch der bloße Gedanke kam Evie seltsam
vor – warum hatte sie gedacht, sie müsse bei ihrer Mutter
etwas wiedergutmachen? Das war ja genauso schlimm, wie
in Miss Mawsons Art zu denken. Wenn überhaupt jemand
etwas wiedergutmachen mußte, so war es ihre Mutter, weil
sie sie verlassen hatte.

Als Evie verwirrt und müde zu Hause ankam, war Harris gerade dabei, endgültig zu gehen. Sie habe eine Bleibe
in den Armenhäusern von Corby gefunden und müsse das
kleine Haus nehmen, sonst würde sie es verlieren. Die alte
Frau war sehr aufgeregt, und Evie mußte ihr in den gemie-
teten zweirädrigen Pferdewagen helfen und immer wieder beteuern, daß sie sich in dieser letzten Woche sorgfältig um das Haus am Portland Square kümmern werde.
Sie sah, daß der Wagen nicht nur mit Harris Habseligkeiten beladen war, sondern auch mit den verschossenen
Vorhängen aus ihrem Schlafzimmer und einer schäbigen
Tagesdecke aus einem anderen, wenig benutzten Raum
und der Hälfte dessen, was noch in den Küchenschränken
übriggeblieben war. Ganz allein in dem großen Haus, ver-
schloß und verriegelte Evie alle Türen, und anstatt sich
einsam zu fühlen oder sich zu fürchten, hätte sie vor lau-

ter Freude jubeln können. Ein Haus, ganz für sich, wenn auch nur für eine Woche. Sie wanderte von einem Zimmer zum anderen, berührte, wenn auch respektvoll und vorsichtig, Dinge, die zu berühren sie nie gewagt hatte, setzte sich auf jeden Stuhl und sah in jeden Spiegel, und in ihrer Phantasie gewann sie immer mehr an Statur und Ansehen.

Es war ein Spiel, das sie die nächsten sechs Tage von morgens bis abends spielte. Sie stand noch immer sehr früh auf, aber jetzt machte sie im Frühstückszimmer ein Feuer und setzte sich mit ihrem kärglichen Frühstück behaglich davor. Sie wartete ab, ob das Haus besichtigt werden sollte – es gab eine Vereinbarung, nach der ein Junge von der Agentur täglich vor zehn Uhr kam und Bescheid gab –, und wenn nicht, ging sie aus, amüsierte sich in der Stadt, betrat Geschäfte, in die sie früher nie den Fuß zu setzen gewagt hätte, und zwar erhobenen Hauptes. Robinson's, das neue Warenhaus in der English Street, faszinierte sie, es war wunderschön mit seinen Tafelglasfenstern und Teppichböden und seinen Ladentischen aus Mahagoni, hinter denen die Verkäuferinnen wie echte Prinzessinnen wirkten, so vornehm sahen sie aus. Evie besuchte dieses Geschäft häufig, ließ sich glücklich und staunend von Abteilung zu Abteilung treiben, gab aber natürlich niemals Geld aus. Als sie in den *Cumberland News*, die unerklärlicherweise noch immer gebracht wurden, sah, daß Robinson's eine Serviererin für sein *Jacobean Café* im ersten Stock suchte, wußte sie sofort, daß das die richtige Stelle für sie war.

Aber eignete sie sich dafür? Sie war so klein und schmächtig, und man konnte den Eindruck haben, sie sei nicht kräftig genug, um Tabletts zu tragen, und sie wußte, daß sie kein sicheres Auftreten hatte und den Kunden kein Vertrauen einflößen würde. Alles, was sie vorzuweisen hatte, war Miss Mawsons Empfehlung, die sie wieder und wieder gelesen hatte, bis sie sie auswendig konnte:

»Evelyn Messenger ist mir seit mehr als einem Jahr als fleißig, ehrlich und tüchtig bekannt. Ich bin überzeugt, daß
sie jeden, der sie einstellt, voll und ganz zufriedenstel-
len wird, wie sie es im Haushalt meiner Freundin, ihrer
Dienstherrin, der verstorbenen Mrs. Elizabeth Bewley, am
Portland Square 10 getan hat.« Evie steckte dieses kostbare Dokument ein und begab sich zu einem Vorstellungs-
gespräch bei Robinson's. Sie nahm den Hintereingang
und wurde ins Erdgeschoß und durch eine weitere Tür in
einen Korridor geschickt. Dieser Korridor war voll von
Mädchen und Frauen, die alle, mit dem Rücken gegen die
nackte Backsteinmauer gelehnt, geduldig Schlange standen. Evie nahm entmutigt ihren Platz ein. All die anderen
Anwärterinnen schienen so zuversichtlich zu sein. Sie un-
terhielten sich laut und lachten, und nur sie war still und
eingeschüchtert. Eine nach der anderen ging in den
Raum am Ende des Korridors, und eine nach der anderen
kam wieder heraus, manche mit rotem Kopf und trium-
phierend, manche niedergeschlagen und hastig, und als
sie fortgingen, wirkten sie alle stark und anziehend auf
Evie, während sie selbst schwach und wenig reizvoll war.

In dem kleinen Raum saß eine ältere Frau an einem
wackligen Tisch mit einer Liste vor sich. Sie sah mit ihrer
tiefen Falte zwischen den Augen sehr streng aus und gab
sich gar nicht erst die Mühe, ein paar freundliche ein-
leitende Worte zu finden. »Name?« fuhr sie Evie an, und
»Alter?« und »Letzte Tätigkeit?«, und Evie antwortete so
deutlich und bestimmt, wie sie nur konnte. Als die Frau
aufsah, sagte sie gleich: »Ach du liebe Güte, du bist aber
klein und dünn, das würdest du nie schaffen.« Evie spürte,
daß sie rot wurde. Sie schob der Frau das Empfehlungsschreiben von Miss Mawson hin und sagte: »Bitte, Ma'am,
ich bin fleißig.« Über das finstere Gesicht der Frau ging so
etwas wie ein schwaches Lächeln, aber sie sagte, während
sie las, kein Wort, dann legte sie das Empfehlungsschreiben aus der Hand. »Es geht nicht nur um Fleiß, es geht um

Kraft, Mädchen. Ich kann mir nicht vorstellen, wie du ein Metalltablett mit einer Teekanne für vier Personen und allem, was dazugehört, balancieren solltest. Du würdest hin und her schwanken. Nein, das wäre nichts für dich.« Evies Hand zitterte, als sie das Empfehlungsschreiben wieder an sich nahm. Die Frau bemerkte es und betrachtete sie noch einmal, und dieses Mal richtig. »Du willst es unbedingt, nicht wahr?« sagte sie, wenn auch ohne irgendein Anzeichen von Mitgefühl in ihrer Stimme. »Warte mal. Du bist sauber und ordentlich. Kannst du nähen?«

»Ja«, sagte Evie, froh darüber, für Muriel Sachen genäht und die Arbeit noch dazu gern getan zu haben.

»Na gut. Ich weiß, im Zuschneideraum bei Arnesen's wird eine Anfängerin gebraucht. Würde dir das gefallen?«

»Ja.«

»Na dann, hier«, sagte die Frau und kritzelte etwas auf ein Stück Papier. »Bring das zu Arnesen's und sag, ich hätte dich geschickt, man weiß ja nie, vielleicht nehmen sie dich, wenn sie nicht schon jemanden haben. Meine Tochter ist nämlich gerade gegangen, daher weiß ich, daß sie jemanden brauchen.«

»Danke«, sagte Evie.

»Sag der Nächsten, sie soll hereinkommen«, sagte die Frau, »und hoffentlich verliere ich mit ihr nicht auch so viel Zeit.«

Evie wußte nicht, wo Arnesen's war oder was sie sich eigentlich überhaupt darunter vorstellen sollte, außer, daß es ein Ort war, wo Mädchen eingestellt wurden, um zu nähen. Sie stand draußen vor Robinson's in der English Street und blickte auf das Stück Papier, das die Frau ihr gegeben hatte. »Henry Arnesen, Schneider«, stand da und dann eine Adresse in der Lowther Street. Ob es wohl ein Laden war, fragte sich Evie, während sie durch die Globe Lane zur Lowther Street eilte, und dann, als sie den Namen immer wieder vor sich hin murmelte, fiel ihr ein, daß Miss Mawson gesagt hatte, Caroline Bewleys wunderschöne Kleider seien von Arnesen angefertigt worden. Es war jedoch kein Laden, wie Evie ihn sich vorstellte, die Art Laden, wie Robinson's einer war. Die Adresse führte sie zu einem steinernen Haus in einer abgelegenen Straße, mit Stufen, die zum Souterrain führten. Am Haupteingang konnte sie ein Messingschild mit der Aufschrift »Henry Arnesen, Schneider« sehen, aber sie dachte, sie sollte es lieber erst im Souterrain versuchen. Sie ging hinunter und klopfte dort an die Tür, hörte aber, wie jemand rief: »Drücken! Es ist offen.« Beim Eintreten bot sich Evie ein ungewöhnlicher Anblick, drei Reihen mit Frauen, die mit Stoffen in allen nur erdenklichen Farben an Nähmaschinen arbeiteten und sie unter der Nadel dahinsausen ließen. Keine der Näherinnen hielt inne, als sie sie bemerkten, doch diejenige, die der Tür am nächsten saß, rief: »Was willst du, eh?«

Evie schwenkte zaghaft ihr kleines Stück Papier und sagte: »Man hat mich hergeschickt, weil ich Arbeit suche.« »Was?« schrie die Näherin. »Arbeit«, wiederholte Evie, wenn auch noch immer nicht laut genug. Als sie sich endlich Gehör verschafft hatte, wurde sie zur Tür gewunken, und ein Finger zeigte nach oben.

Der Haupteingang führte in eine gänzlich andere Atmosphäre. Evie betrat einen großen Vorraum mit blau und grün gemusterten Fliesen und stieß eine Schwingtür auf, durch die man in eine weiträumige Halle kam mit einer Treppe, die nach oben führte. Da stand sie, eingeschüchtert von all der Pracht, und fuhr zusammen, als plötzlich eine Klappe aufgeschlagen wurde und der Kopf einer Frau aus einem Kämmerchen herausschaute. »Kann ich etwas für dich tun?« sagte eine Stimme und dann, mit einem prüfenden Blick auf Evie und ihre Kleidung, ein noch knapperes: »Was willst du?« Evie erklärte alles. Die Stimme gab einen Laut der Verärgerung von sich, sagte ihr aber, sie solle warten. Die Klappe wurde wieder zugeschlagen, woraufhin die Stimme und das Gesicht die Gestalt einer Frau annahmen, die aus ihrem kleinen Büro heraustrat. »Komm mit«, sagte sie, durchquerte die ganze Halle und brachte Evie in einen langgestreckten Raum, in dem ein Tisch auf Böcken stand und sich Stoffballen die Wände entlang stapelten. Wortlos ging die Frau auf den Tisch zu und ergriff zwei Stücke Stoff. Sie hielt sie Evie hin, gab ihr zu verstehen, daß sie sie nehmen solle, und wies mit dem Kopf auf einen Stuhl am anderen Ende des Tisches. »Setz dich«, kommandierte sie. »Nähe.« Evie trug die beiden Stoffbahnen aus weißem Batist ehrfürchtig zu dem Stuhl, setzte sich und sah vor sich ein nach Größe geordnetes Nadelsortiment und eine Schachtel mit Nähgarn in allen nur erdenklichen Farben. Sie legte den Batist auf den Tisch, wählte die feinste Nadel aus und fädelte den Faden gleich beim ersten Versuch ein. Sie wußte nicht, ob sie die beiden Stücke mit einer flachen oder einer französischen Naht zusammennähen oder aber die ausgefransten Ränder beider Stücke einfach säumen sollte. Sie entschloß sich, beides zu tun. Mit gesenktem Kopf nähte sie eine gerade Naht und begann dann zu säumen. »Halt«, sagte die Frau. »Dich wird man brauchen können. Melde dich Montag Punkt acht im Zuschneideraum, mit sauberen Händen, denk dran, und erwarte nicht, daß du verpflegt wirst.«

Als Evie wieder draußen in der Lowther Street stand, war ihr ganz schwindlig vor Freude über den Erfolg. Sie hatte eine Arbeit, eine Arbeit, für die sie bezahlt wurde. Aber wieviel würde sie bekommen? Sie hatte versäumt, danach zu fragen. Immerhin ein Lohn, wie bescheiden er auch sein mochte. Sie ging hastig zum Portland Square zurück und kam gerade noch rechtzeitig, um dem Vertreter der Makleragentur die Schlüssel auszuhändigen. Es war bloß ein Junge, aber sie hatte sich inzwischen an ihn gewöhnt und war in seiner Gegenwart nicht mehr verlegen.

»Morgen früh mußt du hier raus sein«, sagte er frech.

»Ich weiß«, antwortete Evie, ärgerlich über sein unverschämtes Auftreten.

»Wo gehst du hin?«

»Das geht nur mich etwas an.«

»Hast wohl eine neue Stelle, was?«

Sie ließ sich nicht zu einer Antwort herab, sondern stand da und wartete darauf, daß er ging, was er am Ende in aller Ruhe, mal gähnend und mal pfeifend, auch tat. Evie eilte hinauf zum Dachboden und packte ihre verbeulte alte Tasche. Sie hatte alles, was ausgebessert werden mußte, gewaschen und gebügelt. Sie trug jetzt ihre besten Kleider und mußte sie solange tragen, bis sie sich einen Ersatz dafür leisten konnte. Ihre anderen Sachen waren Lumpen, sauber, aber doch Lumpen und nicht vorzeigbar, es sei denn unter einem Kittel oder einer Schürze.

Sie hatte keine Ahnung, wie sie irgendwo eine Bleibe für den nächsten Tag finden sollte, aber es hatte ihr neues Vertrauen eingeflößt, Arbeit bei Arnesen's bekommen zu haben. Sie gab die Hoffnung nicht auf. Als erstes wollte sie ihre Tasche zum Citadel Bahnhof bringen und sie dort in der Gepäckaufbewahrung lassen, weil sie glaubte, daß sie ohne diese einen besseren Eindruck machen würde. Morgen war Samstag, sie hatte also zwei Tage, um eine Unterkunft zu finden, bevor sie zu arbeiten begann. Sie schlief gut, wie offenbar immer vor Tagen großer Veränderungen in ihrem Leben, und verließ zum letztenmal gegen sieben Uhr das Haus, wobei sie darauf achtete, daß sie die Tür fest hinter sich zuschloß. Nachdem sie ihre Tasche aufgegeben hatte – es kostete zwei Pennies, das war es aber wert –, setzte sie sich einen Augenblick auf eine Bank in den Citadel Gardens und ging die Anzeigen durch, die sie aus den *Cumberland News* ausgeschnitten hatte. Sie wollte mit der Warwick Road beginnen, in der es viele Zimmer mit Frühstück zu geben schien und die in der Nähe von Arnesens Geschäft in der Lowther Street lag. Die angegebenen Mieten galten für Zimmer mit fließend

Wasser, doch das brauchte sie nicht, und Frühstück, das ihr nicht wichtig war. Was sie suchte, war ein Mansardenzimmer mit einem Bett, ansonsten brauchte sie nur Zugang zu einem Wasserhahn, einem Waschbecken und einem Klosett. Das Geld, das Harris ihr gegeben hatte, würde reichen, um die in der Zeitung angegebene Miete eine Woche im voraus zu bezahlen, da sie diese Mieten aber nicht würde zahlen müssen, weil ihre Ansprüche so viel bescheidener waren, hoffte sie, statt dessen einen ganzen Monat im voraus bezahlen zu können.

Es fiel ihr schwer, an Türen zu klopfen. Evie überwand sich, zuckte aber jedesmal zusammen, wenn ein Haus- oder Wohnungsinhaber erschien und sie anstarrte. Sie hatte angefangen mit dem eingeübten kleinen Spruch: »Guten Morgen, Madam (oder Sir – sehr häufig kam ein Mann an die Tür), ich suche nach einem Mansardenzimmer und dachte, ob Sie vielleicht eins zu vermieten haben?« Worauf sie sich nicht eingestellt hatte, war Unverständnis. Niemand schien zu verstehen, was sie wollte. Sie mußte es ständig wiederholen, und dann wurde ihr häufig zu ihrer Bestürzung auch noch die Tür vor der Nase zugeschlagen. Schon bald hatte sie ihre Vorgehensweise geändert. Sie stellte fest, daß sie, wenn sie den Ausschnitt aus den *Cumberland News* hochhielt und mit »Ich habe Ihre Anzeige gesehen« begann, hereingebeten wurde. War sie erst einmal durch die Haustür eingetreten, fiel es ihr leichter, sich verständlich zu machen, und auch wenn das Gesicht der Hauswirtin einen ärgerlichen Ausdruck annahm, sobald sie sagte, sie wolle nicht das annoncierte Zimmer, verflog dieser rasch, sobald Evie fortfuhr, sie suche lediglich eine Mansarde und könne, bei angemessenen Bedingungen, im voraus bezahlen. Die Frage, die jedesmal zuerst kam, lautete: »Haben Sie denn eine Anstellung?«, und wenn sie antwortete, sie arbeite bei Arnesen's, wirkte der Name wie eine Zauberformel.

Samstag mittag war sie Bewohnerin einer Mansarde in der Warwick Road, hatte ihre Tasche bereits abgeholt und sich eingerichtet. Die Mansarde war klein und schmutzig. Es gab keinen Ofen, keine Vorhänge vor dem kaputten Fenster, keinen Teppich auf dem Fußboden, und das Bett war ein Feldbett mit einem abgebrochenen Bein. Sie bemerkte, daß die Wirtin, eine Mrs. Brocklebank, sie genau beobachtete, weil jeder vernünftige Mensch dieses Loch ablehnen würde. Es zu akzeptieren würde entweder auf Verzweiflung oder auf so niedrige Ansprüche hindeuten, daß der Schmutz gar nicht wahrgenommen worden war. Evie hatte es akzeptiert, aber gleich gefragt, wo sie einen Mop und einen Eimer und Wasser finden könne, um das Zimmer für sich herzurichten. Mrs. Brocklebank nahm sie einigermaßen freundlich mit nach unten in den Hof und zeigte ihr, wo sie die Geräte zum Putzen finden konnte, »wenn Sie so pingelig sind«. Sie war pingelig, sehr pingelig sogar. Evie, der es nichts ausmachte, beobachtet und belacht zu werden, und das wurde sie sicher, arbeitete den ganzen übrigen Samstag daran, das Beste aus ihrem elenden Zimmer zu machen. Als sie Sonntag morgen erwachte, war sie glücklicher als je zuvor. Sie hatte zumindest für einen Monat eine sichere Bleibe. Einen ganzen Tag lang wurde nichts von ihr erwartet, und ab morgen hatte sie eine Arbeit. Sie lag auf dem unbequemen, schiefen Bett und genoß ihr neues Leben. Der kleine Raum roch nach dem Bleichmittel, das man ihr zum Putzen gegeben hatte, aber ihr gefiel der Geruch und der Anblick der nackten Dielenbretter, die sie so verbissen gescheuert hatte. Die Fensterscheibe war mit Packpapier ausgebessert, und sie hatte einen Vorhang aus ihrem ältesten Rock genäht, den sie sowieso nicht mehr tragen konnte. Sie brauchte nur noch aufzustehen und zu tun, was immer sie wollte.

Am liebsten wollte sie etwas essen, aber in der Miete war kein Frühstück enthalten. Sie hatte noch eins der beiden süßen Brötchen, die sie am Vortag gekauft hatte, und

das aß sie und trank aus dem Krug mit dem abgestandenen Wasser vom Vortag. Im ganzen Haus begann es nach
Speck zu duften, denn Mrs. Brocklebank bereitete jenes
herzhafte Frühstück, von dem in ihrer Anzeige die Rede
war und das ihre zehn Mieter sich schmecken ließen. Evie
wußte nicht, was sie in puncto warmem Essen unternehmen sollte. Es gab keine Kochgelegenheit, und sie würde
es sich nie leisten können, auch nur in das billigste Café zu
gehen. Sie nahm sich vor, so lange von Brot und Wasser zu
leben, bis sie wußte, wieviel sie bei Arnesen's bezahlt bekäme. Das genügte ja schließlich auch. Sie würde sich frische Brötchen und Käse und ein oder zwei Tomaten auf
dem Markt kaufen, vielleicht noch einen Apfel, und sich
damit behelfen. Ihre Mutter, davon war sie auf einmal felsenfest überzeugt, wäre stolz auf sie, wenn sie wüßte, wie
einfallsreich sie war. Ihr Glück war überwältigend und
kam in ihrem Gesang in der Kirche an jenem Morgen zum
Ausdruck – ihre schöne Stimme, die sie gewöhnlich zu
dämpfen suchte, übertönte alle anderen, und manch ein
Kopf wandte sich nach ihr um, doch diesmal machte es ihr
nichts aus, die Aufmerksamkeit auf sich zu ziehen. Es tat
ihr nur leid, daß Miss Mawson nicht in der Gemeinde war,
um ihre Zufriedenheit zu teilen.

Diese wurde am Montag ein wenig gedämpft. Sie hatte
zwar erwartet, sich verloren zu fühlen und nervös zu sein
und auf ihre bereits bewährten und erprobten Reserven
an Durchhaltevermögen zurückgreifen zu müssen, war
aber trotzdem erschöpft und den Tränen nahe nach ihrem ersten Tag bei Arnesen's. Es war keine Rede davon gewesen, in ruhigen Räumen zu sitzen und gerade Nähte zu
nähen. Sie hatte kein einziges Mal eine Nadel in die Hand
genommen. Statt dessen war sie den lieben langen Tag im
Haus treppauf, treppab gelaufen, hatte Dinge abgeholt
und hin- und hergetragen und war angeschrien worden.
Das Gebäude erschien ihr chaotisch hinter seiner ordent-
lichen Fassade, voller Räume, in denen hinter geschlosse-

nen Türen ein Höllenlärm herrschte. Alle Befehle wurden geschrien, alle Anweisungen gebrüllt. Und wenn man sie nicht auf Anhieb verstand, waren die Schimpfwörter, die die zorngeröteten Gesichter einem entgegenschleuderten, schlimmer als alles, was sie je im *Fox and Hound* zu hören bekommen hatte. Sie zitterte vor diesem Wortschwall und bekam weiche Knie. Niemand war freundlich zu ihr oder verschwendete auch nur einen Gedanken an sie. Sie verließ kein einziges Mal das Gebäude und bekam den ganzen Tag nicht das geringste zu essen. Als sie schließlich, ohne irgend etwas zum Essen eingekauft zu haben, in ihre Mansarde zurückkehrte, war ihr schwindlig und elend vor Hunger. Das ihr noch verbliebene, zwei Tage alte Brötchen war so trocken, daß es ihr im Halse steckenblieb, aber sie würgte es herunter, dann weinte sie und schlief ein. Sie erwachte starr vor Angst, aber fest entschlossen, sich vor allen Dingen etwas zu essen zu besorgen. Der Markt, den sie bereits kannte, würde früh geöffnet sein, daher eilte sie gleich dorthin und kaufte, was sie brauchte, aß auf der Stelle einen halben, noch warmen Laib Brot und eine dicke, für sie frisch abgeschnittene Scheibe Cheddar, und brachte den Rest nach Hause. Sie fühlte sich besser, nicht nur weil sie etwas gegessen hatte, sondern auch weil sie wußte, daß frische Vorräte auf sie warteten, wenn sie an jenem Abend zurückkam.

Dienstag abend war sie weniger müde und verzweifelt. An dem Herumgerenne und Angeschrienwerden hatte sich nichts geändert, aber sie hatte nicht das Gefühl gehabt, ein Nichts zu sein und verachtet zu werden. Eine der Näherinnen hatte ihr etwas Tee angeboten, und sie hatte den Eindruck, daß diese wenigen Schlucke viel ausmachten. Man kannte ihren Namen noch nicht, damit hatte sie auch gar nicht gerechnet, aber als sie einmal im Zuschneideraum begrüßt wurde mit: »Oh, da bist du ja wieder, paß bei diesem Schnitt genau auf«, tat ihr das gut. Der Zuschneideraum schüchterte sie ein. Hier wurde, das spürte sie, wichtige Arbeit geleistet. Es war hier auch stiller, obgleich, wenn irgend etwas schiefging, nicht minder lautes Geschrei den Raum erfüllte. Papierne Schnittmuster wurden mit großer Genauigkeit auf wundervolle Stoffe gelegt, und sie wagte kaum zu atmen, damit sie nur ja nicht wegflatterten. Ihr fiel auf, daß Mr. Arnesen hier häufig erwähnt wurde – alle erwarteten ihn jederzeit und fürchteten gleichzeitig sein Kommen, so daß sie sich diesen Mann als eine Art Ungeheuer vorstellte. Als er am Donnerstag kam, um die laufende Arbeit zu inspizieren, konnte Evie es kaum glauben, als sie hörte, wie man ihn ansprach, und feststellte, daß dies der große Henry Arnesen, der berühmte Schneider und Besitzer dieser angesehenen und lukrativen Firma war, die er, wie sie herausgefunden hatte, ganz allein von einem Einmannbetrieb in der Globe Lane zu dem gemacht hatte, was sie heute war.

Er sah so freundlich aus. Groß, wenn auch leicht gebeugt, mit schönem vollem Haar und breiten Schultern, doch gleichzeitig sanft, sein Gesicht glatt und nahezu faltenlos und die Augen hinter seiner Brille gütig. Er brüllte nicht. Im Gegenteil, er sprach ruhig und erhob niemals seine Stimme, selbst wenn ein verheerender Fehler beim Zuschneiden eines außerordentlich kostbaren Seidenstoffs festgestellt wurde. Evie sah, daß alle ihn bewunderten und, trotz seiner offenkundigen Freundlichkeit, für einen strengen Lehrmeister hielten. Sie hörte eine der Näherinnen, als er den Raum verließ, sagen, daß sie nicht gern seine Frau wäre, weil er eins der Mädchen angewiesen hatte, ein fertiges Kleidungsstück wieder aufzutrennen, weil sie mit ihrer Maschine den Stoff (einen gazeähnlichen Stoff, den man fast nicht verarbeiten konnte) ganz, ganz leicht gefältelt hatte. Er sei ein solcher Perfektionist, hatte das Mädchen ärgerlich behauptet, ein Leben mit so einem Mann müsse unerträglich sein.

Dem wurde einhellig widersprochen – alle anderen wären offenbar nur allzugern Mrs. Henry Arnesen gewesen und hielten sie für eine glückliche Frau. »Er ist immer gut zu ihr«, sagte jemand, »das weiß jeder, sehr gut sogar, er trägt sie und ihre Töchter auf Händen, ist ein richtiger Familienvater, es gibt keinen besseren.« Köpfe nickten zustimmend. »Keine Seitensprünge«, fuhr diese gebieterische Stimme fort, »nicht Mr. Arnesen. Er ist zufrieden mit seiner Frau, und das war er schon immer.« Ein Hauch von Neid schien leise von Maschine zu Maschine durch den Raum zu ziehen. Evie, die heruntergefallene Stoffetzen vom Boden aufheben mußte, hörte neugierig zu. »Sieht aber auch sehr gut aus, seine Frau«, sagte eine andere Stimme, »eine schöne Frau mit diesem herrlichen Haar. Habt ihr sie letzte Woche hier gesehen? Mit ihrem nach französischer Art geflochtenen Haar? So hübsch. Sie geht auf die Vierzig zu, denke ich, aber das sieht man ihr nicht an, sie hat sich gut gehalten, hat ihre Figur nicht verloren, obgleich sie zwei Kinder und, wie es heißt, x Fehlgeburten gehabt hat.« »Sie ist auch eine gute Mutter, hat die Mädchen vorbildlich erzogen«, schaltete sich eine weitere Stimme ein, und eine andere erwiderte: »Ich wäre auch eine gute Mutter, wenn ich ihr Aussehen und ihren Henry hätte.« Der Rest ging in Gelächter unter, und dann war Evies Arbeit getan, und sie verließ den Raum und ging dahin, wo sie gebraucht wurde. Sie verspürte eine Sehnsucht, die sie für überwunden gehalten hatte, jenes unstillbare Verlangen nach einer Mutter, die nun niemals mehr gefunden werden würde. Sie wünschte, sie hätte das Gerede über Mrs. Henry Arnesen nicht mit angehört.

Kapitel 16

Die Leute standen Schlange, als Shona um 8 Uhr 30 vor dem Public Search Room eintraf. Als die Doppeltüren aufgeschlossen wurden, setzten sich alle rasch in Bewegung und gingen direkt zu den Schaltern. Sie holte sich zuerst einige Formulare. Sie hatte inzwischen herausgefunden, daß sie, wenn sie die Eintragung der standesamtlichen Trauung ihrer Mutter in den Registern entdecken sollte, das entsprechende Formular ausfüllen und einem Angestellten geben mußte, der ihr für 5 Pfund eine Kopie der Heiratsurkunde aushändigen würde. Sie nahm auch einige Formulare für Geburtsurkunden mit. Ihre Mutter hatte wahrscheinlich Kinder, und sie würde diese sicherlich aufspüren können. Dann ging sie, ausgerüstet mit ihrem kleinen Bündel von Papieren, zu dem Raum, in dem sich die Trauregister befanden. Allmählich arbeitete sie sich bis zum Jahr 1957 vor, dem Jahr nach ihrer Geburt, nicht weil sie dachte, ihre Mutter habe dann geheiratet, sondern weil es ihr wichtig war, gründlich vorzugehen. Jedes Jahr von 1957 an bis zum laufenden mußte durchforscht werden.

Ihre Arme schmerzten nach der ersten Stunde, in der sie fünf Jahre auf der Suche nach Hazel Walmsleys Heirat durchgesehen hatte. Zwanzig gewaltige, schwere Register, die sie aus den Regalen geholt, aufgeschlagen und durchgesehen hatte. Es gab nicht viele Walmsleys, was die Arbeit erleichterte, aber sie war doch müde von all dem Heben und von der nervlichen Anspannung. Der Raum hatte sich gefüllt. Als sie zum Jahr 1964 kam, war auf dem Tisch nicht mehr genügend Platz, um die Register aufzuschlagen, und sie mußte sie zu anderen Tischen schleppen, auf denen kurz eine Lücke entstanden war. Um sich herum sah sie Leute, die fanden, was sie suchten, und sich Notizen machten. Sie fuhr mit einem weiteren Jahr fort und blätterte, inzwischen lustlos, hypnotisiert von all dem Geschriebenen, das sie sorgfältig prüfte, verdrossen Seite für Seite um.

Neun Jahre und noch immer hatte ihre Mutter nicht geheiratet. Shona brach ihre Suche ab und ging zur Toilette, um sich die Hände zu waschen. Die Register waren nicht wirklich schmutzig, aber viele von ihnen waren staubig. Kleine Staubwolken wirbelten durch den Raum, wenn die großen Folianten auf die Tische aufschlugen. Sie merkte, daß sie in den Spiegel über dem Waschbecken blickte, ohne sich wirklich darin zu sehen. Sie starrte ihr Gesicht an und versuchte herauszubekommen, wo es altern würde. Sicher um die Augen herum. Da waren schon Fältchen in den Augenwinkeln, und sie würden sich vertiefen, genau wie die Falte zwischen den Augenbrauen. Möglicherweise würde ihr ganzes Gesicht schmaler werden und ihre vollen Wangen verschwinden und die Knochen stärker hervortreten. Ihr Haar würde seinen Glanz und seine Farbe verlieren, es würde grau werden, und sie würde es schließlich abschneiden – sie wollte, wenn sie in die mittleren Jahre kam, kein langes graues Haar haben. Zögernd beugte sie sich über das Waschbecken, und während sie ihr volles Haar mit beiden Händen aus dem Gesicht strich, dachte sie, ja, die größte Veränderung würde darin bestehen, graues und kurzes, ganz kurzes Haar zu haben. Das würde sie älter machen.

Sie ging zurück ins Archiv und hatte Mühe, das Register für das Frühjahr 1966 vom Regal herunterzuholen. Von Januar bis März gab es ein paar Walmsleys. Darunter war keine Eintragung zu einer Hazel Walmsley. Sie stellte es zurück und wollte nach dem für April bis Juni greifen. Es fehlte. Sie blickte nach rechts und nach links, um herauszufinden, wer es benutzte. Ein Mann am Ende einer langen Reihe hatte es vor sich. Shona wartete, bis er es zurückstellte, und ärgerte sich, als er es falsch einordnete – wie nachlässig die Leute waren. Sie hätte ihn bitten können, es ihr direkt zu geben, aber sie wollte das ganze Ritual durchspielen.

Inzwischen waren es beinahe zehn Jahre, und noch immer war ihre Mutter nicht verheiratet. Was bedeutete das? Vielleicht hatte ihre Mutter nach ihrer Geburt für das ganze Leben genug von Männern, vielleicht war sie allein geblieben, eine verbitterte alte Jungfer. Shona haßte diesen Gedanken. Sie wollte ein Fehler gewesen sein, von dem sich ihre Mutter rasch erholt hatte und weiterhin glücklich gewesen war, kein Unfall mit nachhaltigen und furchtbaren Folgen. Allmählich kam ihr der Gedanke, sie stoße möglicherweise statt auf eine Frau von nur sechsunddreißig Jahren, die so sehr in ihrer Ehe und ihrer Mutterrolle aufging, daß die Erinnerung an ihr uneheliches Kind nur noch undeutlich war, auf eine beinahe Vierzigjährige, die all die zurückliegenden Jahre voller Reue und Gewissensbisse verbracht hatte und gänzlich unfähig war, ein neues Leben zu beginnen. Verunsichert schlug Shona hastig das Register vom Sommer 1966 auf. Wollte sie denn überhaupt eine solche Frau zur Mutter haben? Nein. Sie würde sich schuldig fühlen, deren Leben zerstört zu haben, und es gäbe nichts, was sie selbst tun könnte, um die verbüßte Strafe wiedergutzumachen. Ihre Mutter würde eine Bürde für sie werden, Shona aber wollte keine Bürde, sie wollte ihre eigene auf andere Schultern legen.

Es gab unter dem Namen Walmsley siebenundzwanzig Frauen, die zwischen April und Juni 1966 geheiratet hatten. Eine davon hieß Hazel. Shona war in so gedrückter Stimmung, daß die Eintragung ihr zunächst nichts sagte. Dann spürte sie, daß ihr ganz heiß wurde, als sie einen Bleistift nahm, um die Einzelheiten auf das entsprechende Formular zu übertragen. Erst nachdem sie dies getan und sich in die Schlange am Schalter, wo die Papiere abgegeben werden mußten, eingereiht hatte, entspannte sie sich ein wenig, und selbst dann konnte sie es kaum ertragen stillzustehen. Sie wollte alle Leute vor sich beiseite schieben und an die gläserne Trennscheibe klopfen und sofortige Aufmerksamkeit verlangen. Es dauerte ganze vierzig Minuten, bis sie an der Reihe war. Sie zahlte die Gebühr und bat, die Urkunde gegen Abend abholen zu dürfen, statt daß man sie ihr zuschickte. Es war qualvoll genug, diese wenigen, vor ihr liegenden Stunden warten zu müssen.

Draußen zögerte sie. Covent Garden war nicht weit, sie konnte dorthin gehen und sich eine Tasse Kaffee bestellen und so lange wie möglich dort sitzen bleiben. Sie ging also in ein Café und lehnte das Stück Papier, auf das sie die Einzelheiten über die Heirat ihrer Mutter geschrieben hatte, gegen ihre Kaffeetasse. Hazel Walmsley, achtundzwanzig Jahre alt, hatte im April 1966 Malcolm McAllister in Gloucestershire geheiratet. So wenig sie jetzt auch wußte, so war es doch weit mehr als je zuvor. Sie war so erleichtert, daß ihre Mutter schließlich doch noch geheiratet hatte, und zwar einen Schotten oder einen Mann mit einem schottischen Namen. Sie würden inzwischen Kinder haben, davon war sie überzeugt, aber natürlich waren diese Brüder und Schwestern sehr jung, es war nicht möglich, ihre Freundin zu werden. Diese Erkenntnis war etwas enttäuschend, sie tröstete sich aber schnell – es spielte keine Rolle, war in Wirklichkeit sogar besser so, es bedeutete, daß sie ohne Zweifel als richtige Schwester angenommen werden konnte. Sobald sie die Heiratsurkunde ihrer Mutter hatte, würde sie anfangen, nach ihren Halbgeschwistern zu suchen.

Shona öffnete den Umschlag mit der kostbaren Urkunde erst, als sie zu Hause war. Auf dem ganzen Weg nach Kilburn berührte sie ihn in ihrer Jackentasche, fühlte das dünne Papier zwischen ihren Fingern, ließ es nie los. In ihrem Zimmer angekommen, warf sie sich auf ihr Bett und hielt den Umschlag in die Höhe, als bringe sie ein Opfer dar, bevor sie ihn öffnete. Sie spürte, wie ihr das Blut in die Wangen schoß und sie zu zittern begann, als sie sah, daß Hazel Walmsley Rechtsanwältin war oder jedenfalls zur Zeit ihrer Heirat gewesen war. Es war so unerwartet und aufregend, daß Shona gar nicht damit fertig wurde – ein Zufall, ja, aber wahrscheinlich mehr, schließlich hieß das, daß sie und ihre Mutter einander, genau wie sie es erhofft hatte, geistig ähnlich waren. Das traf bei Catriona und ihr nicht zu, das war immer das Problem gewesen. Sie dachten in jeder Hinsicht unterschiedlich, und ihre eigene analytische, kritische Art zu denken war immer wieder mit der freundlichen, umständlichen, weitschweifigen ihrer Adoptivmutter in Konflikt geraten. Malcolm McAllister war auch Anwalt. Er war zweiunddreißig, Hazel dagegen achtundzwanzig, als sie am 11. April 1966 kirchlich heirateten. Shona war überzeugt, daß es ein herrlicher Tag war – sie sah alles vor sich, ihre Mutter endlich glücklich und wunderschön in ihrem Brautkleid und Schleier.

Sie verbrachte eine schlaflose Nacht. Anfangs weinte sie vor Aufregung, und dann weinte sie aus Selbstmitleid, aus Mitleid mit sich selbst, die vom Glück ihrer Mutter ausgeschlossen war. Als sie gegen drei Uhr morgens jegliche Hoffnung auf Schlaf aufgab, zog sie sich an und machte Tee und saß dann, mit ihrer Tasse in der Hand, voll neuer Zweifel da. Was, wenn Malcolm McAllister eine Notlösung gewesen war, wenn ihre Mutter zehn lange Jahre gewartet und dann aus Verzweiflung geheiratet hatte? Es gab keinen Grund, dies zu denken, doch sie tat es. Was, wenn er von dem unehelichen Kind seiner Frau nichts wußte? Shona dachte lange und gründlich darüber nach. Zweifellos hatte große Verschwiegenheit geherrscht. Alles, was sie wußte, deutete darauf hin. Ein in Norwegen geborenes

Baby, etwas sehr Ungewöhnliches. Es war sicher Absicht gewesen, die ganze Sache geheimzuhalten, und das auch weiterhin. Warum es einem neuen Ehemann zehn Jahre später erzählen? Aber *ich* würde es tun, dachte Shona, ich würde es erzählen wollen, lange vor der Heirat. Natürlich hatte Hazel es Malcolm erzählt, natürlich. Und wie mochte er reagiert haben? Das konnte sie natürlich nicht sagen. Ob ihn der Gedanke an das uneheliche Kind seiner Frau irgendwo da draußen wohl beunruhigt hat? Vielleicht. Aber Hazel hatte ihm wahrscheinlich gesagt, daß es keinen Grund gäbe, sich Sorgen zu machen, das Kind sei adoptiert worden und man habe seither nichts mehr von ihm gehört. Shona lächelte in der Dunkelheit ihres Zimmers.

Die Geburtsdaten ihrer drei Halbbrüder waren am nächsten Tag schnell gefunden, Philip, geboren 1967, Michael 1969 und Anthony Ende 1970, schlichte Namen und nicht ein schottischer darunter. Auch kein Mädchen. Zuerst machte Shona das traurig, aber dann dachte sie, daß es sie aufwertete, die einzige Tochter ihrer Mutter zu sein. Sie stellte sich die Geburt ihres jüngsten Halbbruders vor und die Enttäuschung ihrer Mutter – noch immer kein Mädchen, um die Tochter zu ersetzen, die ihr so grausam genommen worden war. Ich habe keine Rivalin, dachte Shona und freute sich. Noch mehr freute sie sich darüber, daß sie jetzt eine Adresse hatte (aus Anthonys Geburtsurkunde), die nur vier Jahre alt war, noch dazu eine Londoner Adresse. Sie war nie in Muswell Hill gewesen, aber sie wußte, es lag im Norden Londons, östlich von Kilburn, nicht sehr weit entfernt. Im Telefonbuch gab es einen M. McAllister unter derselben Adresse, die auf Anthony McAllisters Geburtsurkunde stand – es war leicht, sehr leicht: Alles war vorhanden gewesen und hatte nur darauf gewartet, von ihr entdeckt zu werden.

Sie konnte es sich jetzt zeitlich nicht leisten, zu irgendwelchen Vorlesungen zu gehen oder irgendwelche Essays zu schreiben – das waren triviale Aufgaben, verglichen mit der Notwendigkeit, das Haus zu beobachten, in dem ihre Mutter lebte. Die U-Bahn-Station, die ihm am nächsten lag, war Bounds Green, und das bedeutete lästige sechs Stationen mit der Bakerloo Line, dann zweimal umsteigen und weitere acht Stationen mit der Piccadilly Line. Es dauerte ewig, und dabei war die Entfernung, der Luftlinie nach, auf dem Stadtplan kurz. Sie hatte ihr *A–Z of London* in der Hand, als sie aus der U-Bahn stieg, und wurde von einer hilfsbereiten Frau in mittleren Jahren für eine Fremde gehalten. »Hast du dich verlaufen, meine Liebe?« fragte die Frau, und plötzlich hielt sie es für eine gute Idee, sich als Au-pair-Mädchen auszugeben. Sie nickte, gestand es mit einem lächerlich starken französischen Akzent und sagte, sie suche die Victoria Grove. Sie war zwar nicht auf die Hilfe der Frau angewiesen, der Stadtplan war sehr übersichtlich, ließ sich aber gern den Weg über die Straße, die Dunsford Road entlang zum Golfplatz und zum Alexandra Park zeigen. Falls jemand sie, während sie das Haus ihrer Mutter bewachte, ansprechen sollte, würde sie ihre Rolle aufrechterhalten. Es trug noch zu ihrer Aufregung bei, obgleich sie, angespannt wie sie ohnehin war, nicht zusätzlich verstärkt zu werden brauchte.

Das Haus war nicht so imposant, wie sie sich vorgestellt hatte. Es war groß, aber unschön, ohne irgendwelche versöhnlichen architektonischen Elemente und gebaut aus Backsteinen mit einer häßlichen Farbe. Die Haustür war grün gestrichen, aber die Farbe sah aus, als müsse sie erneuert werden. Der Vorgarten war gepflastert, und auf den Steinen standen einige Kübel, aber sie waren kaum bepflanzt, nur ein wenig traurig aussehender Goldlack. Zwei überquellende Mülltonnen thronten neben dem schmiedeeisernen Tor, und auf der anderen Seite stand ein Gartenstuhl mit einer zerbrochenen Lehne. Warum sollte sich irgend jemand darauf setzen und die unansehnliche Vorderfront des Hauses betrachten wollen? Shona konnte es sich nicht vorstellen, entschied dann aber, daß der Vorgarten früher ein schöner Ort gewesen sein mußte und die Sonne wahrscheinlich an Sommermorgen unmittelbar auf den Stuhl schien und es angenehm war, da zu sitzen und den Kindern beim Spielen zuzusehen. Auf der anderen Straßenseite war eine Kirche. Ideal. Sie war von einer Mauer und immergrünen Sträuchern umgeben, und an das Portal waren Ankündigungen geheftet. Das Grundstück, auf dem die kleine Kirche stand – tatsächlich handelte es sich, wie sie bald herausfand, um eine Methodistenkapelle –, lag an diesem Wintermorgen im Dunkeln. Es gab keinen besseren Schutz. Nirgends brannte Licht, kein Mensch zu sehen. Sie trug wie üblich ihre schwarze Hose und ihren schwarzen Anorak, und keiner würde sie bemerken.

Sie stellte sich in die Ecke an eine Mauer, die das Grundstück vom nächsten Haus trennte. Die Sträucher waren hier am dichtesten, so dicht, daß sie hindurchspähen mußte, um überhaupt irgend etwas sehen zu können. Es war kalt, und es regnete leicht, aber sie hatte daran gedacht und hatte mehrere Kleider übereinander angezogen, und ihr war warm genug, um eine lange Wache durchzuhalten. Tatsächlich hatte sie um sieben Uhr kaum ihre Position eingenommen, als die Haustür ihrer Mutter aufging und ein Mann herauseilte. Ihr Herz machte einen kleinen Sprung, während sie beobachtete, wie er seinen Wagen, einen bescheidenen Ford, öffnete und seine unförmige Aktentasche und einen dicken Ordner auf den Rücksitz warf. Er war ein recht gutaussehender Mann, ihr Stiefvater, doch als das Wort »Stiefvater« ihr plötzlich in den Sinn kam, dachte sie an Archie und schreckte davor zurück. Der Mann sah nicht so gut aus wie Archie, ihr »richtiger« Vater, doch Archie war keinen Deut mehr ihr »richtiger« Vater als dieser Malcolm. Sie schüttelte ärgerlich den Kopf, denn sie wollte nicht, daß irgendein Vater ihrer richtigen Mutter im Weg stand. Eine Stunde lang geschah nichts weiter, außer daß ein Junge eine Zeitung brachte, sie konnte nicht sehen, welche, und ein Postbote ein schweres Bündel Briefe ablud. Als sie ihn auf die Tür zugehen sah, hoffte sie, er würde klingeln, statt dessen zog er es vor, alle Briefe einzeln in den Briefkasten zu stecken. Um acht Uhr ging die Tür wieder auf, und sie atmete tief durch, aber es kam nur ein Mädchen heraus, ein Mädchen etwa in ihrem Alter. Das verblüffte sie. Wer war das Mädchen? Eine Untermieterin? Hatte jemand wie ihre Mutter und ihr Stiefvater Untermieter? Oder war sie zu Besuch? Eine Verwandte? Eine Babysitterin, die über Nacht geblieben war? Es störte sie, daß sie es nicht wußte und solche Mutmaßungen anstellen mußte.

Um acht Uhr dreißig kam noch ein Mädchen heraus, diesmal älter und eindeutig eine Art Kindermädchen. Sie hatte die drei Jungen bei sich, zwei in Schuluniform, dunkelblaue Blazer und Hosen. Sie alle trugen Schultaschen und schubsten einander und schrien, und das Kindermädchen achtete nicht auf die Jungen, die ihr lärmend zu einem zweiten Auto, einem verbeulten Volvo Estate, folgten. Shona sah, daß der mittlere ihr Haar hatte, kurz natürlich, aber in derselben Farbe – war es die Haarfarbe ihrer Mutter? Ihr war eigenartig zumute beim Anblick eines Halbbruders mit ihrem Haar, aber andererseits war es nicht so aufregend, wie sie erwartet hatte, die drei Jungen an ihrem Versteck vorbeigehen zu sehen. Es waren ganz normale Jungen. Sie bedeuteten ihr nichts, und sie schämte sich beinahe, daß sie nicht anders auf sie reagierte. Eine halbe Stunde war vergangen, und das Kindermädchen kehrte zurück. Sie ging ins Haus, kam aber nach wenigen Minuten in einem langen, dicken Mantel, eine Mappe unter dem Arm, wieder heraus. Sie ging mit großen Schritten zur U-Bahn. Ein Au-pair-Mädchen, dachte Shona, kein Kindermädchen, ein Au-pair-Mädchen auf dem Weg zu irgendeiner Sprachenschule am Leicester Square oder irgendwo im Zentrum. Und das erste Mädchen war vermutlich eine Freundin gewesen, die dort übernachtet hatte. An einem anderen Tag würde sie ihr vielleicht folgen. Um zehn Uhr wurde eine schlechtgekleidete, grauhaarige Frau von einem Mann abgesetzt, der den Lieferwagen einer Klempnerfirma fuhr. Sie öffnete die Haustür mit einem eigenen Schlüssel. Ein Hund, ein Labrador, stürzte bellend heraus und wurde wieder hereingerufen. Die Putzfrau? Wahrscheinlich. Sie freute sich, daß ihre Mutter einen Hund hatte, und fragte sich, wie er wohl heißen mochte.

Gegen Mittag war Shona durchgefroren und müde. Es hatte heftig zu regnen begonnen, und die Deckung, die sie für ausreichend gehalten hatte, reichte längst nicht mehr. Wo blieb ihre Mutter? Hatte sie das Haus vielleicht noch früher verlassen als ihr Mann, vor sieben? Oder war sie beruflich unterwegs? Entweder das, oder sie arbeitete zu Hause. Das war eher vorstellbar. In dem Fall hatte es keinen Sinn, hier heimlich in den Sträuchern auszuharren. Besser war es, nach Hause zu gehen und an einem anderen Tag wiederzukommen. Aber es war schwer, sich loszureißen, solange noch immer die Hoffnung bestand, daß ihre Mutter irgendwann auftauchen konnte. Um ein Uhr zwang sie sich aufzugeben und ging denselben Weg zur U-Bahn-Station Bounds Green zurück. Wenigstens hatte sie das Haus und ihre Halbbrüder gesehen, wenigstens waren die sechs Stunden, die sie auf der Lauer gelegen hatte, nicht gänzlich umsonst gewesen. Alle Spione – ihr fiel ein, daß sie selbst eine Spionin war – mußten erst einmal Zeit darauf verwenden, das Gelände zu sondieren und das Umfeld kennenzulernen, für den Fall, daß – den Fall, daß was? Flucht? Wohl kaum, jetzt übertrieb sie aber. Vielleicht sollte sie trotzdem herausfinden, ob es ein Café oder einen Pub gab, oder irgendeinen warmen Ort, nicht allzuweit entfernt vom Haus ihrer Mutter, wo sie eine halbe Stunde verbringen konnte; dann müßte sie nicht nach Hause gehen, sondern könnte sich an Ort und Stelle aufwärmen und dann wieder zurückkehren. Es gab noch eine Menge über Ermittlungsarbeit zu lernen.

Als sie wieder in ihrem behaglichen möblierten Zimmer in Kilburn war, fiel ihr ein, daß sie eine Kamera mitnehmen sollte. Niemand würde merken, wenn aus den Sträuchern heraus fotografiert wurde. Sie würde kein Blitzlicht verwenden, und selbst wenn die Bilder unscharf sein sollten, wären sie doch besser als nichts. Die Jungen waren ziemlich nah an ihr vorbeigegangen und hatten einen solchen Lärm gemacht, daß das leise Klicken des Auslösers vollkommen unterginge. Sie würde auch das Haus aufnehmen, und dann hatte sie etwas Konkretes in Händen, wenn sie nach Hause kam. Sie hatte eine Kodak, ein Geschenk ihrer Eltern zu ihrem achtzehnten Geburtstag, eine ziemlich gute Kamera, dachte sie, bestimmt gut genug, um mit ihr vernünftige Schnappschüsse zu erzielen. Es war verlockend, einen Film einzulegen und auf der Stelle in die Victoria Grove zurückzukehren, aber sie widerstand der Idee. Sie durfte nicht obsessiv werden und alles verderben. Sie hatte beschlossen, besonnen und objektiv vorzugehen, nicht überreizt zu reagieren und etwas Unüberlegtes zu tun. Ihre größte Angst war, ihre Mutter zu sehen und nicht widerstehen zu können, über die Straße zu rennen und sich in ihre Arme zu stürzen. Die Vorstellung ließ sie erschauern.

Jeden Tag nahm Shona ihre Kamera, stieg in die U-Bahn nach Bounds Green und ging von dort aus in die Victoria Grove. Niemand kam je in die Nähe der Kapelle oder stellte sie zur Rede. Nach drei Tagen hatte sie ihre Mutter noch immer nicht gesehen, obwohl sie jedesmal die erste U-Bahn genommen hatte. Aber die Bewohner des Hauses ihrer Mutter waren ihr inzwischen vertraut und ihre Gepflogenheiten bekannt. Ihr Stiefvater ging immer um sieben, immer in Eile, aber er kam nie zur selben Zeit wieder nach Hause. Manchmal gegen acht, manchmal gegen neun, und an zwei Tagen war er nicht vor zehn Uhr, dem

Zeitlimit, das Shona sich gesetzt hatte, zurückgekehrt. Die Kinder kamen um vier Uhr heim, wenn auch nicht mit dem Kinder- bzw. Au-pair-Mädchen. Sie kamen mit unterschiedlichen Autos nach Hause und wurden von den jeweiligen Fahrern bis an die Tür gebracht. Das Kinder- bzw. Au-pair-Mädchen war inzwischen zurückgekehrt und öffnete ihnen die Tür. An einem Tag, als Shona gerade anfing, sich Sorgen zu machen, weil das Mädchen, das sich sonst um sie kümmerte, noch nicht zurück war, brachte eine ältere Dame sie mit dem Auto nach Hause und ging mit ihnen hinein. Erst nachdem diese große, elegante Frau mit der energischen Stimme – »Philip! Ich sage es dir nicht noch einmal, komm auf der Stelle *heraus* aus dieser Pfütze!« – im Haus verschwunden war, wobei sie einen eigenen Schlüssel benutzt hatte, dachte Shona: Natürlich, das ist meine richtige Großmutter.

Sie war erschüttert, als sie sich das klarmachte. Nicht Oma McEndrick, nicht Oma McIndoe, sondern ihre Großmutter Walmsley. Und diese Großmutter, die richtige, mußte von ihr wissen; sie mußte es wissen. Keine Achtzehnjährige hätte es fertiggebracht, nach Norwegen zu gehen und ganz allein ein Baby zur Welt zu bringen. Diese Großmutter mußte, im Gegensatz zu ihren beiden schottischen Großmüttern, darin verwickelt gewesen sein. Auf einmal fürchtete sich Shona, wußte aber nicht, warum. Warum sollte sie sich vor dieser Frau, vor der richtigen Mutter ihrer Mutter, ihrer richtigen Großmutter, fürchten und nicht vor ihrer richtigen Mutter? Ihr gefiel Großmutter Walmsley nicht – zu gut organisiert, zu stark, zu makellos gekleidet. Die Jungen benahmen sich gut bei ihr, da gab es kein Geschrei und Gerangel wie sonst immer bei der jungen Frau, die sie herumfuhr. War sie tyrannisch, ein Ungeheuer? Aber der Kleine, Anthony, war vertrauensvoll an ihrer Hand gegangen. Sie saß im nächstgelegenen Café, das sie hatte ausfindig machen können, und dachte darüber nach. Sie mußte nicht nur neue Verwandte ken-

nenlernen, sie erbte auch noch eine ganze Familiengeschichte. Es war entmutigend. Sie würde nie all die Einzelheiten in sich aufnehmen können, es würde Jahre dauern.
Aber andererseits hatte sie ja noch Jahre vor sich, sie war
erst achtzehn, beinahe neunzehn.

Als sie darüber nachdachte, kam ihr die Idee, daß ihr
Geburtstag der geeignete Zeitpunkt wäre, um sich ihrer
Mutter vorzustellen. Das mochte melodramatisch sein,
aber wie könnte solch eine Begegnung auch jemals banal
sein? Sie würde immer dramatisch sein, wann immer sie
stattfand und wie man auch mit ihr umging. Und es erschien ihr sinnvoll, genau an dem Tag ihre Mutter aufzusuchen, an dem diese bestimmt an sie dachte. Wahrscheinlich wachte sie jedes Jahr am 16. März morgens auf und
verspürte einen kleinen Stich, so glücklich sie auch sein
mochte. Keine Frau hatte das Datum der Geburt ihres
ersten Kindes nicht in ihr Herz eingraviert. Sie würde jedesmal das Datum näherkommen sehen, die verhängnisvollen Iden des März, und sich erinnern und an das Kind
denken und unterschiedlichste Gefühle haben. Es war
sinnvoll, an solch einem Tag aus dem Schatten herauszu-
treten, um sich in ganzer Gestalt und bereit, geliebt zu
werden und zu lieben, vorzustellen. Aber ihr Geburtstag
war erst in zwei Monaten, und sie wußte nicht, ob sie so
lange würde warten können. Das erforderte Geduld, und
ihre Geduld ging langsam zur Neige.

Ganz am Ende dieser Woche kam die Belohnung. Es
war fast zu einem Job geworden, täglich zur Victoria Grove
zu gehen. Sie saß in der U-Bahn wie eine Pendlerin, die
gar nicht aufzusehen brauchte, um zu wissen, daß sie in
King's Cross angekommen war und wieder umsteigen
mußte, die ihren Weg in die Station Bounds Green hinein
und wieder heraus so gut kannte, daß sie weiterlesen
konnte, bis sie draußen auf der Straße war. Sie hatte ihr
Versteck zwischen den Sträuchern vor der Kapelle mittlerweile richtig liebgewonnen und sich dort eingerichtet. Sie

hatte sich einen hölzernen Klappstuhl mitgebracht. Jeden Nachmittag wickelte sie ihn in einen schwarzen Müllsack und legte ihn flach unter einen Busch. Ihr gefiel es, ihn jeden Morgen wieder hervorzuholen, aufzustellen und sich darauf niederzulassen. Indem sie dieses Ritual vollzog, fühlte sie sich professionell, weniger wie eine Dilettantin. Sie hatte auch einen alten Regenschirm, einen Herrenschirm, versteckt, der sie schützte, wenn es zu heftig regnete. Und sie hatte ihren Stundenplan, feste Zeiten, an denen sie zweimal am Tag in ein Café nahe der U-Bahn ging und eine Tasse Kaffee trank oder ein Schälchen Suppe aß, bevor sie auf ihren Posten zurückkehrte.

Das Haus ihrer Mutter war ihr inzwischen so vertraut, daß ihr jede Einzelheit gegenwärtig war. Sie wußte nicht nur, wie viele Fenster, sondern auch wie viele Fensterscheiben das Haus hatte, wie viele mit Vorhängen und wie viele mit Rollos. Sie hatte bemerkt, daß der Wilde Wein im wahrsten Sinne des Wortes wild vom Nachbarhaus herüberwucherte, und festgestellt, wo die Regenrinne nah am Dach eine undichte Stelle hatte. Zu Hause hingen in ihrem möblierten Zimmer jetzt lauter Fotos von der Vorderfront des Hauses, einige, auf denen Malcolm wegging, einige von den Jungen, wie sie aus der Tür herausgestürzt kamen, eben das, was sie jeden Morgen als erstes sah. Sie waren alle an einer Wand auf ein Korkbrett geheftet. Am besten gefielen ihr vier Nahaufnahmen, die sie hatte vergrößern lassen. Glückstreffer, aufgenommen, als ihre Halbbrüder so nah an ihr vorbeigingen, daß sie sie durch die Sträucher hätte berühren können. Es war ein heller, sonniger Morgen und der Wagen vor der Kapelle geparkt. Shona hatte schnell geknipst, und die Schnappschüsse waren wunderbar gelungen, drei von allen drei Brüdern zusammen und eins nur von dem mittleren, dem mit ihrem Haar.

Erst als sie dieses Foto hatte vergrößern lassen, stellte sie fest, daß er auch ihre Gesichtszüge hatte. Sie sahen eigenartig aus im Gesicht eines Jungen. Seine großen Augen paßten nicht zu seinem schmalen Gesicht, während in ihrem eigenen die Proportionen stimmten, und seine Nase – ihre Nase –, gerade und spitz, mit den sehr vollen Lippen darunter, genau wie ihre, sah viel zu alt aus für ein Jungengesicht. Aber so war es: Er war noch nicht in diese Gesichtszüge – ihre Gesichtszüge – hineingewachsen –, und während ihr Haar – sein Haar, das Haar ihrer beider Mutter? – bei einem Mädchen wundervoll wirkte, war es für einen Jungen nicht vorteilhaft. Das dichte rotbraune Haar war sehr kurz geschnitten, und weil es daran gehindert wurde, sich zu locken, sah es bei ihm widerspenstig und struppig aus. Sie war sicher, daß er sein Haar haßte. Ihre Mutter – ihrer beider Mutter – sagte ihm wahrscheinlich, es sei schön, genau wie ihr eigenes, aber er hätte trotzdem lieber das Haar seiner Brüder, das glatte braune Haar seines Vaters.

Es war eine große Überraschung, als Shona, auf ihrem Stuhl sitzend, schließlich durch den Blättervorhang eine unbekannte Frau aus dem Haus kommen sah und merkte, daß es ihre Mutter Hazel sein mußte: *Sie hat nicht mein Haar.* Diese Frau hatte schwarzes glattes Haar, im Nacken gekonnt zu einem Knoten gewunden. War es gefärbt? Shona glaubte es nicht, als sie genauer hinsah. Es war kaum gelockt und seidig, nicht so dicht wie ihres. Der Junge mußte sein Haar von jemand anderem in der Familie haben, wie sie. Sie fühlte sich, abgelenkt durch das Haar, weniger aufgewühlt, als sie erwartet hatte, und nahm ziemlich gelassen Notiz von den anderen Merkmalen ihrer Mutter. Sie war nicht so groß wie in ihrer Vorstellung, dafür aber schlanker, ja, sehr zerbrechlich, die Figur einer Balletteuse. Aber meine Augen, dachte Shona und spürte Freude in sich aufsteigen, und meine Nase, und, oh, ganz genau meinen Mund. Aber nicht die Haut. Der Teint ihrer Mutter war olivfarben. Es gab ihr ein leicht spanisches Aussehen – das schwarze Haar, die olivfarbene Haut, die dunklen Augen. Ihre Kleider entsprachen auch nicht gerade strenger englischer Konvention. Ihr Kostüm war schwarz, aber stilvoll. Die Jacke enganliegend mit einem Samtkragen und an den Ärmeln ungewöhnlich lange, aufgeschlagene Stulpen. Sie ging ganz offensichtlich zur Arbeit, vielleicht zum Gericht, und auch sie trug eine Aktentasche und dicke Ordner, genau wie ihr Mann. Sie blickte ernst und gedankenverloren vor sich hin, als sie ins Auto stieg.

In dem Moment, als der Wagen wegfuhr, brach Shona auf. Wenn sie doch nur auch ein Auto besäße, dann hätte sie ihrer Mutter folgen und herausfinden können, wo sie arbeitete, und dann hätte sie zwei Orte zu beobachten gehabt. Aber warum noch weiter beobachten? Sie hatte ihr Ziel erreicht, sie hatte ihre Mutter gesehen. Es war nicht nötig, weiter zu spionieren. Shona war sich bewußt, daß die nächste Phase ihrer Entdeckungsreise nun vor ihr lag, und bedauerte es beinahe. Es war so einfach gewesen, lediglich Ausschau zu halten, zu beobachten und nicht ans Handeln zu denken. Ihre Rolle war passiv gewesen, und sie hatte ihr gefallen. Die langen kalten und beschwerlichen Stunden, die sie zwischen den Büschen gesessen hatte, rechnete sie sich hoch an. Ihre Leiden hatten einen Sinn gehabt, und sie hatte es genossen. Doch all das war nun vorbei. Die nächste Strategie auszuarbeiten war härter und viel, viel wichtiger. Sie hatte von Leuten gelesen, die in diesem Stadium Vermittler engagierten, neutrale Personen, die die richtige Mutter in Augenschein nahmen, sondierten, wie sie reagierte, und darüber dann berichteten. Bei ihr war das undenkbar. Niemand sonst wußte Bescheid, niemand sonst konnte diese delikate Rolle übernehmen.

Sollte sie zuerst schreiben oder anrufen? Wäre das der beste Weg, ihr Erscheinen anzukündigen? Keins von beiden schien richtig zu sein. Wenn sie anrief und ihre Mutter am Apparat wäre, wußte sie, daß sie keinen Ton heraus-

bringen würde. Es gab keine adäquaten Worte für ein Telefongespräch, sie wären verschwendet. Wie könnte sie
sagen: »Ich bin Ihre Tochter, entsinnen Sie sich, Sie haben
mich vor neunzehn Jahren geboren, und ich wurde adoptiert?« Nein, zu abrupt, zu schockierend. Ein Brief wäre
besser, aber zu unpersönlich. Sie wollte *dabeisein*, wenn die
Geschichte ans Licht käme, um ihre Mutter hören und
sehen zu können. Sie würde einfach nur an die Haustür
gehen und läuten. Sie würde sagen: »Entschuldigen Sie,
Sie kennen mich nicht, aber könnte ich einen Moment
hereinkommen?« Ihre Mutter würde erstaunt sein und
fragen, weshalb. »Nun, ich muß Ihnen etwas sagen, etwas
über mich und Sie.« Dann würde ihre Mutter sicher eine
Ahnung haben, und ihr Gesichtsausdruck würde sich verändern und … Alles übrige konnte sie sich nicht vorstellen.

Shona ging das Szenario immer wieder durch, wobei ihr
ständig neue Hindernisse in den Sinn kamen. Ihre Halbbrüder könnten da sein und alles peinlich und schwierig
machen, oder ihre Mutter könnte in Eile sein und die Tür
wieder schließen, oder irgendeine fremde Person könnte
an der Tür sein, die sie nicht kannte. Sie müßte sicherge-
hen, daß ihre Mutter allein war, müßte abwarten, bis der
Ehemann, das Kindermädchen und die Jungen das Haus
verlassen hatten, und so überzeugt wie nur irgend möglich sein, daß niemand sonst, nicht einmal die Putzfrau
und ganz bestimmt nicht die Großmutter, zu Hause war.
Dann könnte sie vielleicht für den Anfang eine Tarnung
erfinden, so tun, als sammle sie für irgendeinen wohltäti-
gen Zweck oder so, damit ihr die Tür auch wirklich geöffnet würde. Sie brauchte eine Büchse oder eine Schachtel,
aber das war leicht zu bewerkstelligen. *Save the Children*, sie
würde für *Save the Children* sammeln, und das wäre für sie
eine ausgezeichnete Überleitung zu: »Übrigens, ich bin
Ihr Kind« – oh, wie lächerlich. Und doch gefiel ihr diese
Idee, sie glaubte dadurch mehr Selbstvertrauen zu haben.

Wenn sie die Nerven verlöre, würde sie sich nicht so schlecht fühlen, sie könnte einfach irgend etwas murmeln und weglaufen, nachdem sie gesagt hatte, sie sammle für einen guten Zweck.

Was sollte sie anziehen? Das war schwierig. Nicht ihre schwarzen Sachen. Sie wußte, daß sie darin ziemlich bedrohlich und nicht sehr vorteilhaft aussah. Eitelkeit sollte dabei eigentlich keine Rolle spielen, aber sie tat es. Sie wollte attraktiv aussehen, ein Mädchen, auf das ihre Mutter auf Anhieb stolz sein konnte. Sie würde ihre Haare waschen und bürsten und offen tragen. Jeder, ob Mann oder Frau, schwärmte von ihrem Haar. Aber sie würde kein Kleid anziehen, sie konnte sich einfach nicht überwinden, sich selbst zu verleugnen. Wenn es nicht gerade ein ungewöhnlich milder Tag war, würde sie ohnehin einen Mantel tragen, als Alternative zu ihrem schwarzen Anorak, sie besaß sowieso nur den einen, einen grünen Regenmantel. Aber sie mochte diesen Mantel, obgleich er nicht viel taugte, überhaupt nicht geeignet war als Regenmantel und bei kaltem Wetter nie warm genug. Sie wußte, er stand ihr gut. Die Farbe paßte zu ihrem Haar, und der Schnitt war vorteilhaft für sie. Sie würde also den weiten grünen Mantel und ihre schwarze Hose und ihren weißen Rollkragenpullover anziehen. Wenn sie darüber nachdachte, gab es nicht viel anderes, was sie hätte anziehen können. Catriona bot ihr immer an, ihr mehr Sachen zum Anziehen zu kaufen, aber sie wollte keine.

Das war also geklärt. Am Morgen ihres Geburtstags würde sie zu ihrer richtigen Mutter gehen, wobei sie versuchen würde, einen Zeitpunkt zu wählen, an dem sie allein war, unmittelbar nachdem alle anderen gegangen waren, in jener Stunde am Morgen, die sich, wie Shona festgestellt hatte, hierzu am besten eignete. Am Abend würde sie dann endlich bei ihrer richtigen Mutter sein. Die Freude darüber würde das schönste Geburtstagsgeschenk sein, das sie je bekommen hatte.

Kapitel 17

B ei Arnesen's wurden die Leute auf eigentümliche Weise ausgebildet. Junge Männer und Frauen wurden eingestellt, so wie auch Evie eingestellt worden war, aber die eigentliche Lehre begann erst frühestens nach sechs Monaten. Während dieses Zeitraums wurden sie aufs genaueste beobachtet, und erst wenn ihr Verhalten für korrekt befunden worden war, bot man ihnen eine feste Anstellung, die zu einer vollen Beschäftigung führte. Wie dieses korrekte Verhalten auszusehen hatte, stellte so manchen neuen Arbeiter vor ein Rätsel. Es schien nichts mit eigentlichem Können zu tun zu haben, da zunächst keinerlei Gelegenheit bestand, dergleichen zu entwickeln oder zu beweisen. Sie durften nichts zuschneiden oder nähen, sondern verbrachten ihre Zeit damit, Dinge abzuholen, hin- und herzutragen und aufzuräumen. So mancher enttäuschte junge Mann, dem nach der anfänglichen Probezeit gekündigt worden war, fühlte sich betrogen. »Man hat mir keine Gelegenheit gegeben, zu zeigen, was ich kann«, lautete die Beschwerde.

Aber Evie begriff sehr rasch, worin das korrekte Verhalten bestand, und war entsprechend erfolgreich. Zunächst einmal war es eine Kunst, sich in den verschiedenen Räumen so zu bewegen, daß die Harmonie zwischen Zuschneiderin und Stoff beziehungsweise zwischen Näherin und Maschine nicht gestört wurde. Man mußte an ihrer Seite auftauchen können, ohne ihren Ellbogen anzustoßen, und eine Unterbrechung in ihrer Arbeit abwarten, um ihr das zu geben, wonach sie verlangt hatte. Die Her-

322

stellung von Kleidern, sei es das Zuschneiden, sei es das Nähen, war alles andere als ein automatischer Vorgang – auf dem Niveau, wie es Arnesen's erwartete, bedurfte es höchster Konzentration, und diese durfte nicht gestört werden. Evie war darin perfekt. Sie schlich leise und behutsam in die Räume und wieder hinaus, ohne je auf sich aufmerksam zu machen, und erledigte dabei rasch sämtliche, ihr aufgetragenen Pflichten. Auch ihre Intelligenz fiel auf. Das Aufräumen am Ende eines jeden Tages erforderte einen ungeahnten Grad an Intelligenz. Das Handwerkszeug, die Scheren (in vielen verschiedenen Größen und Arten) und die Nadeln und Garne (in jeder nur erdenklichen Stärke und Farbe), alles mußte sortiert und an seinen jeweiligen Platz geräumt werden, damit es bei Bedarf zur Hand war. Evie hatte es vom allerersten Tag an gefallen, die Scheren der Größe nach zu ordnen, und sie hatte sie tadellos aufgereiht, angefangen bei den großen bis hin zu den winzig kleinen, mit denen nach dem Zusammennähen eines Kleidungsstücks die Nähte versäubert wurden. Sie hatte auch ein gutes Auge für Farben. Farbabstimmung war von großer Bedeutung. Man warf ihr einen Seidenfetzen zu mit dem Befehl: »Faden, schnell!«, dann mußte sie zu dem riesigen offenen Regal, wo Spulen in allen nur erdenklichen Schattierungen gestapelt waren, eilen und umgehend den richtigen Farbton auswählen. Es war erstaunlich, wie viele dazu außerstande waren und nicht auf Anhieb sahen, welcher der vierzehn Rosatöne zu der rosaroten Seide paßte.

Eben diese Begabung für Farbabstimmung ließ Henry Arnesen in der zweiten Hälfte von Evies erstem Jahr in seiner Firma auf sie aufmerksam werden. Ihre Erleichterung, als man ihr nach Ablauf der ersten sechs Monate eröffnete, man werde sie dabehalten und nun auch ausbilden, war genauso groß wie ihre aufrichtige Freude an der Arbeit. Sie war glücklich bei Arnesen's. Sie hatte das Gefühl, dorthin zu passen, obgleich sie keine Freunde gefunden hatte und den ganzen Tag über kaum je ein Wort sprach. Sie merkte aber, daß sie akzeptiert wurde, dazugehörte und nicht länger Angst haben und sich Sorgen machen mußte, man könne sie für dumm und unbrauchbar halten. Niemand hielt sie für dumm. Immer wieder machte man ihr kleine Komplimente – kaum mehr als »braves Mädchen« und »gut so, genau das wollte ich«, aber sie genügten jemandem wie ihr, die nie in ihrem Leben gelobt worden war. Die Vorarbeiterin aus der Handnähabteilung fand Gefallen an ihr und setzte sie am häufigsten ein, sie behauptete, Evie habe das treffsicherste Auge für Farbabstimmung, das ihr je begegnet sei. Schon bald stimmte Evie nicht nur den Faden auf den Stoff ab, sondern wurde auch bei der Farbwahl des Stoffs selbst um ihre Meinung gefragt. Die Vorarbeiterin namens Miss Minto nahm sie ins Lager mit und forderte sie auf, bei der farblichen Abstimmung eines Stoffs auf den Entwurf eines Designers behilflich zu sein. Miss Minto hielt den Entwurf in die Höhe und sagte, sie könne nicht entscheiden, ob das Kleid himmelblau oder aquamarin werden solle, was Evie wohl denke. Evie zeigte schüchtern auf den Ballen, der ihr am ehesten geeignet schien, und Miss Minto nickte und sagte, für eben den habe auch sie sich gerade entscheiden wollen.

Natürlich hatte der Kunde das letzte Wort. Der Anproberaum lag im ersten Stockwerk, und Evie war von seiner Pracht überwältigt. Er hatte einen herrlichen Teppich und seidene Vorhänge, und in dem Kamin aus Marmor brannte ständig ein Feuer. Hierher kamen Arnesen's wichtigste Kunden, um Schnitte und Stoffe auszuwählen und später Kleidungsstücke in den verschiedenen Stadien ihrer Entstehung anzuprobieren. Wenn es sich um einen ganz besonderen Kunden handelte, übernahm Henry Arnesen persönlich die Beratung, gewöhnlich tat dies jedoch Miss Minto. An solchen Anprobetagen war sie anders gekleidet und sah beinahe ebenso vornehm aus wie die Kunden. Als sie Evie mitteilte, ihr werde die große Ehre zuteil, bei den Anproben behilflich sein zu dürfen, setzte sie hinzu, bevor man Evie je in die Nähe eines Kunden lasse, müsse sie mehr Wert auf ihr Äußeres legen. »Du siehst leider schäbig aus«, sagte sie. »Du brauchst ein ordentliches Kleid, Evie.« Evie war entsetzlich verlegen. Sie wußte, daß sie schäbig aussah, wenn auch sauber und ordentlich, konnte aber nichts daran ändern. Ihr Lohn reichte gerade für ihre Dachkammer in der Warwick Road, und nur unter größten Mühen hatte sie genügend sparen können, um sich etwas zu kaufen, das sie viel nötiger brauchte als ein Kleid (ein Paar Schuhe). Miss Minto hatte jedoch Verständnis für die Lage junger Lehrlinge und trug Evie auf, sich genügend Stoff auszusuchen, um daraus ein Kleid für sie zu nähen. Es müsse schwarz und schlicht sein, alles weitere sei ihr überlassen.

Das Kleid war innerhalb eines Tages fertig. Evie schnitt es selbst zu, nachdem man ihr die Ecke eines Tisches und zur Anleitung ein übliches Schnittmuster zur Verfügung gestellt hatte, und genäht wurde es von Mabel, der nettesten von allen Näherinnen. Es gab keine Anproben. Evie konnte unmöglich ihr abgetragenes dunkelblaues Kleid ausziehen, denn dann hätten Mabel und die anderen den prekären Zustand ihrer Unterwäsche gesehen, sie gab also vor, sie habe das neue Kleid bereits anprobiert, als sie die einzelnen Teile in einem anderen Raum zusammenheftete, und es passe genau. Da sie persönlich äußerst exakt Maß genommen hatte, kam es zu keinem Fiasko. Das Kleid paßte. Es war schlicht genug, selbst in den Augen von Miss Minto, die es sogar für etwas zu schlicht hielt. »Du siehst aus wie ein Klageweib bei einer Beerdigung, Evie, näh um Himmels willen eine Borte oder sonst was auf die Ärmel.« Dann war da das Problem mit ihrem Haar, ihrem jammervollen, komplizierten, unbändigen Haar. Evie trug es in einer Art Knoten, aber obgleich sie es jeden Morgen mit Wasser glattstrich, blieb es keineswegs den

325

Tag über glatt, und schon am Nachmittag war ihr Gesicht von lauter zottigen Strähnen eingerahmt. Miss Minto ließ sie ihre Haarspangen herausnehmen, um sich ihr Haar genauer anzusehen, und forderte Evie auf, eine Bürste zu holen, weil sie »einen Versuch machen« wolle. Evie hätte ihr gleich sagen können, daß ein solcher Versuch zum Scheitern verurteilt war. »Um Gottes willen, Mädchen, das ist ja wie Hundehaar, es muß deine Mutter zur Verzweiflung gebracht haben.« Evie errötete und schwieg. »Du wirst eine Haube tragen müssen«, sagte Miss Minto schließlich, »es gibt da ein paar sehr hübsche Spitzenhauben. Ich besorg dir eine, die Ausgabe lohnt sich.«

In ihrem neuen schwarzen Baumwollkleid und der weißen Spitzenhaube, die ihr lästiges Haar verdeckte, wurde Evie ordnungsgemäß in die Riten und Geheimnisse des Anprobezimmers eingeführt. Ihre Aufgabe bestand darin, Miss Minto bei lauter Kleinigkeiten zur Hand zu gehen – Stoffbahnen in die Höhe zu halten, ihr Maßband und Nadeln zu reichen, im Knien unter den wachsamen Augen ihrer Vorgesetzten den Saum abzustecken. Man trug ihr auf, kein Wort zu sagen, doch das war in Evies Fall ein unnötiger Hinweis. Die Kundinnen brachten gewöhnlich ihr eigenes Dienstmädchen oder irgendeine Freundin mit, die ihnen in der kleinen Kammer neben dem Anprobezimmer beim An- und Auskleiden halfen, aber gelegentlich wurde Evie herbeigerufen, um beim Ausziehen der Kleidungsstücke zu assistieren. Sie empfand dies als fürchterlich intim und hatte Angst, ihr hochrotes Gesicht könne zu einem Kommentar Anlaß geben, dabei waren die Frauen, denen sie beim Auskleiden half, viel zu sehr mit sich selbst beschäftigt, als daß sie Evies Aufregung bemerkt hätten. Sie fragte sich, ob ihr, wenn sie eine Mutter hätte, der Anblick reifer, nackter weiblicher Körper vertraut gewesen wäre, so aber wirkten sie befremdlich auf sie. Mit ihrem eigenen Körper hatte sie sich seit ihren ersten Tagen bei Mrs. Mewley, als sie sich so abstoßend wie ein Skelett gefunden hatte, nicht mehr befaßt, aber auch heute noch fühlte sie sich, wenn sie die Brüste und Bäuche und entblößten Arme dieser Frauen sah, die Kleider anprobierten, wie von einem anderen Stern. Ihr eigener Körper schrumpfte, auch wenn er nicht mehr so beängstigend mager war, in ihrem schwarzen Kleid zusammen, während sie die wohlgerundeten Proportionen der Kundinnen musterte. Und diese Frauen mochten ihre Körper, sie genossen es, sich vor dem Spiegel herauszuputzen, und waren allein auf Bewunderung eingestellt. Wenn ein Kleid nicht gut aussah, so lag es nie an ihrer eigenen Figur – schuld war immer das Kleid oder der Schneider. Evie hörte aus Miss Mintos Mund solche Lügen, daß sie kaum ihren Ohren traute, wenn aber die Kundin fort war, hörte sie die Wahrheit und verstand, welches Spiel gespielt wurde.

Henry Arnesen erschien nur zu Anproben von Mänteln oder Kostümen persönlich. Kleider und Röcke und Blusen waren die Sache von Miss Minto, obgleich Mr. Arnesen gelegentlich die Auswahl, wenn nicht gar die Anprobe von Abendgarderobe überwachte, und es war wichtig, daß keine Fehler gemacht wurden. Miss Minto war immer ebenfalls anwesend, wenn auch nur in beratender Funktion. Als Evie zu einer dieser speziellen Anproben mitgenommen wurde, hatte sie keinerlei Funktion. Sie war nur »für alle Fälle« da und zum Öffnen der Tür. Die Kundin bei diesem ersten Mal war die verwitwete Lady Lowther, eine Frau, die ihre mittleren Jahre längst überschritten hatte, klein und ausgesprochen korpulent. Zu Evies Erleichterung hatte die Witwe ihr eigenes Dienstmädchen mitgebracht und bedurfte keiner weiteren Hilfe. Ihr Mädchen stand hinter dem Sofa, auf dem ihre Herrin saß, starrte durch Evie hindurch, als sei diese gar nicht vorhanden, und hielt das eine Ende eines hinreißenden Stücks blauen Satins, während Miss Minto das andere Ende hielt und Mr. Arnesen auf seinen tiefen Glanz und die Schönheit

seiner satten Farbe hinwies. Die Witwe sollte bei irgendeinem Empfang der Königin vorgestellt werden und wollte in angemessener Pracht erscheinen. Im Raum herrschte eine angespannte Atmosphäre, die Evie sehr deutlich
spürte. Sie hatte bereits mit angehört, wie Mr. Arnesen
Miss Minto auf die bevorstehenden Probleme hingewiesen hatte. Die Witwe sei kaum zufriedenzustellen, da sie
sich im Glauben wiege, nur ein wenig fülliger geworden zu
sein, wo man sie doch eigentlich als feist bezeichnen könne. Man müsse ihr schmeicheln und das Kleid so geschickt
wie nur irgend möglich zuschneiden, um die schwerwie-
genden Unzulänglichkeiten ihrer Figur auf ein Mindest-
maß zu reduzieren und zu vertuschen. Die Wahl des Stoffs
und der Farbe, hatte Mr. Arnesen betont, sei von größter
Bedeutung. Die Witwe müsse von ihrer Lieblingsfarbe,
hellem Fuchsienrot, abgebracht und zu matteren Tönen,
vorzugsweise einem Graublau oder dunklem Blaugrün,
hingeführt werden.

Der jetzt ausgebreitete Stoff war zwar weder graublau
noch blaugrün, aber Mr. Arnesen arbeitete auf die Farbe
hin, die die Kundin seiner Meinung nach wählen sollte.
Evie hörte, wie seine leise, entschiedene Stimme erläuter-
te, dieser Blauton würde den zarten Teint der Witwe nicht
hervorheben und eigne sich eher für eine Person mit kräftiger Gesichtsfarbe, die nicht auf ihre Wirkung bedacht
sei. Er gab Miss Minto und Evie ein Zeichen, den Ballen
einzurollen und einen anderen hervorzuholen. »Der hier
mag vielleicht trist wirken, Ihre Ladyschaft«, sagte er, »dabei ist er höchst elegant und raffiniert. Sehen Sie nur, wie
das Licht darauf schimmert, wie zart das Blau wirkt, und
dieser Stoff fällt so schön, er ist überhaupt nicht steif.«
Evie sah, daß die Witwe beinahe bekehrt war, aber um sie
zu überzeugen, wurde ein weiterer Ballen entrollt in dem
Rosa, das sie sich sehnlichst wünschte. Ihre Lorgnette ging
nach oben, und es war ein Seufzer zu hören. »Wundervoll,
finden Sie nicht auch?« sagte sie, noch immer voller Hoff-

328

nung. Mr. Arnesen zuckte mit den Achseln. »Eine recht hübsche jugendliche Farbe, aber aufdringlich, finde ich, obgleich sich, falls Ihre Ladyschaft darauf beharrt, bestimmt etwas daraus machen ließe. Evie, halte ihn hoch und zeige Ihrer Ladyschaft, wie der Stoff fällt.« Evie errötete heftig und tat, was ihr gesagt worden war. Sie wußte, es ging einzig und allein darum, die Witwe daran zu erinnern, daß sie nicht mehr jung war, und ihr zu verdeutlichen, daß die Farbe sich nur für die unteren Bevölkerungsschichten eigne.

Man entschied sich für das Graublau. Als nächstes mußte Evie Entwürfe der verschiedensten Macharten hereinbringen. Die Witwe studierte sie eingehend, wobei Mr. Arnesen bei jedem Kleid diverse Merkmale hervorhob und sie von tiefen Ausschnitten und eingeschnürten Taillen zu matronenhafteren Entwürfen lenkte. Als der Schnitt ausgewählt war und man sich über den Stoff geeinigt hatte, verschwand Miss Minto im Anproberaum, um Maß zu nehmen, und Mr. Arnesen notierte, wofür man sich entschieden hatte, während Evie einen Stoffballen nach dem anderen wegräumte. Als sie gerade ein Stück des rosa Stoffs vom letzten Ballen aufrollte, unterbrach er sie. »Bring den nicht zurück zum Regal, Evie. Ich möchte, daß meine Frau ihn sieht. Sie würde eindrucksvoll darin aussehen. Ich will ihn heute abend mit nach Hause nehmen und sehen, was sie darüber denkt. Leg ihn ins vordere Büro und sag dort Bescheid.« Später, als Evie erledigt hatte, was ihr aufgetragen worden war, und in den Nähraum zurückkehrte, wo sie endlich gerade Säume auf der Maschine nähen durfte, erhielt sie jedoch einen erneuten Auftrag. Mr. Arnesen wünschte, daß sie den Stoff unverzüglich zu ihm nach Hause schaffe, wo seine Frau gespannt auf ihn warte, und ihn, sobald diese ihre Wahl getroffen habe, wieder zurückbringe. Erleichtert darüber, daß sie ihr Kleid für den Anproberaum trug und demnach so gut wie nur irgend möglich aussah, führte Evie den Auftrag aus.

Die Kutsche hielt zu ihrer Überraschung neben dem Haus, das, wie sie wußte, Miss Mawson gehörte. Evie stieg mit dem Stoff unter dem Arm aus und hoffte, Miss Mawson würde zufällig aus dem Fenster blicken und bemerken, wie glücklich und vornehm sie im Vergleich zum letzten Mal aussah, es war jedoch nichts von ihr zu sehen. Dafür hatte Mrs. Arnesen sie bemerkt und dem Dienstmädchen aufgetragen, die Tür sogleich zu öffnen und sie hereinzuführen.

»Sie sind Evie, nehme ich an«, sagte Mrs. Arnesen lächelnd. »Ein hübscher Name.« Evie fragte sich, ob in Mrs. Arnesens Lächeln, während sie dies sagte, etwas Trauriges lag oder ob sie es sich nur einbildete. »Evie, nicht wahr?«

»Ja, Ma'am.«

»Eine sehr tüchtige Angestellte, wie ich höre.«

»Danke, Ma'am.«

»Ein verrückter Einfall von Mr. Arnesen, meinen Sie nicht auch, Evie, einer Frau in meinem Alter ein solches Rosa vorzuschlagen?«

Evie sagte kein Wort. Sie fand nicht, daß ihr Arbeitgeber verrückt sei, und wollte sich auch nicht zu Mrs. Arnesens Alter äußern, das sie ohnehin nicht kannte. Als sie den Stoff aber unter Mrs. Arnesens Kinn gehalten sah, mußte sie ihrem Mann recht geben. Das Rosa sah tatsächlich eindrucksvoll aus.

»Ich habe noch nie Rosa getragen, jedenfalls nicht dieses Rosa, einmal vielleicht ein sehr blasses Rosa«, murmelte Mrs. Arnesen vor sich hin, »und ich finde, daß ich jetzt zu alt bin und daß es sich für eine Mutter von zwei großen Töchtern nicht schickt. Was meinen Sie, Evie?«

Was Evie am meisten fürchtete, war, direkt nach ihrer Meinung gefragt zu werden, aber sie hatte keine Wahl. »Die Farbe ist richtig für Sie, Ma'am«, flüsterte sie.

Mrs. Arnesen lachte. »*Richtig*, sagen Sie? Warum richtig, Evie?«

»Ihre Haut, Ma'am, sie ist blaß, aber von einem warmen Farbton.«

Mrs. Arnesen sah Evie erstaunt an. »Sind Sie eine Künstlerin, Evie?«

»Nein, Ma'am.«

»Stammen Sie aus einer künstlerischen Familie, Liebes?«

»Ich weiß es nicht, Ma'am. Ich habe, soweit ich weiß, keine Familie.« Evie holte tief Luft. Gewöhnlich war das alles, was sie über ihre Herkunft hervorbrachte, aber Mrs. Arnesen war so überaus freundlich, freundlicher noch als Miss Mawson, daß sie sich ermutigt fühlte. »Ich bin beim Vetter meiner Mutter aufgewachsen«, erklärte sie. »Ich weiß nicht, Ma'am, ob meine Mutter noch lebt oder nicht. Für mich ist sie verloren, und zwar schon immer.« Evie ließ den Kopf sinken. Sie wurde jedesmal schamrot, wenn sie gezwungenermaßen zugeben mußte, wie wenig sie über ihre Mutter wußte. Sie bemerkte nicht, wie sich Mrs. Arnesens Gesichtsausdruck veränderte, doch als sie wieder aufblickte, nachdem auf ihr Geständnis keine Reaktion erfolgt war (gewöhnlich gab es irgendeine Reaktion, wenn auch nur ein hastig vorgebrachtes Wort des Mitgefühls), fiel ihr auf, wie starr er wirkte. Die eben noch so lebhafte und freundliche Mrs. Arnesen schien in Trance verfallen zu sein. Sie stand noch immer da, den rosa Stoff in ihren Händen, wandte sich dann aber langsam, ganz langsam dem Spiegel über dem Kaminsims zu und starrte so konzentriert hinein, als sei sie entsetzt über das, was sie sah, daß Evie erschrak. Sie wußte nicht, ob sie sich nach Mrs. Arnesens Wohlbefinden erkundigen sollte oder lieber schweigen, bis diese Art von Anfall vorüberginge. Wie immer zog sie es vor zu schweigen. Mrs. Arnesen schien jedenfalls ihre Anwesenheit nicht wahrzunehmen. Sie betastete ihr eigenes Gesicht, ganz ängstlich, wie es Evie, die ihr dabei zusah, vorkam, und die rosa Seide hing jetzt traurig von ihren Händen herab. »Nein«, sagte sie schließlich, »nein, ich denke nicht. Aber danke, daß Sie ihn mir gebracht haben, Liebes.«

Sie sah so verletzt und traurig aus. Evie verstand nicht, warum. Lag es daran, daß Mrs. Arnesen sich mit einemmal als alte Frau gesehen hatte? Hatte die rosa Seide in ihr dieses Gefühl ausgelöst? War es eine Frage von Eitelkeit? Evie konnte diese Mutmaßung aber weder mit der Art, wie Mrs. Arnesen sie begrüßt hatte, noch mit deren freudiger Erregung bis zu dem Augenblick, da Evie die Seide emporgehalten hatte, in Einklang bringen. Oder war eben jener Augenblick ausschlaggebend gewesen? Sie war verwirrt. Doch während sie sich bemühte zu verstehen, sagte Mrs. Arnesen ganz sanft und, wie Evie hätte schwören können, mit Tränen in den Augen: »Bringen Sie den Stoff zurück, Liebes. Sagen Sie meinem Mann, daß er mir nicht gefällt.« Bekümmert und noch immer ratlos, was der Grund dafür sein mochte, daß aus Mrs. Arnesen, dieser strahlenden, glücklichen Frau, ein so niedergeschlagenes Wesen hatte werden können, rollte Evie den Stoff auf und wickelte ihn in ein Stück Baumwolle. Mrs. Arnesen hatte den Raum bereits verlassen und die Haustür geöffnet, doch bevor Evie hindurchgehen und in die wartende Kutsche steigen konnte, kamen zwei Mädchen lärmend hereingestürmt und versperrten ihr den Weg.

»Mutter!« rief das ältere der beiden Mädchen. »Polly hat mir mit Absicht ein Bein gestellt, sieh nur, mein Rock ist zerrissen, er ist *hin*!«

»Ich habe dir kein Bein gestellt, Rose!« schrie die Jüngere der beiden. »Erzähl doch keine Märchen!«

»Mädchen, Mädchen«, sagte Mrs. Arnesen, die ihre Augen schloß und sich an die Wand des Korridors lehnte, »ich habe ohnehin Kopfschmerzen.« Sie legte eine Hand an ihre Stirn, doch zu Evies Erstaunen fuhren die beiden Mädchen fort, als hätte sie nichts gesagt. Evie, die an den noch immer heftig zankenden Schwestern nicht vorbeikam, drückte sich hilflos, den Stoff fest umklammert, an die Wand und wartete, daß sie endlich aufhörten. Keine der beiden schien sie zu bemerken, so sehr waren sie darauf bedacht, ihre Mutter auf sich aufmerksam zu machen. Schließlich hielt sich Mrs. Arnesen die Ohren zu und stieß selbst einen Schrei aus. Das schien ihre Töchter wieder zur Vernunft zu bringen, und beide stürzten zu ihr, küßten und umarmten sie. Evie stand noch immer da, bis Mrs. Arnesen sich endlich von ihnen lösen konnte und sagte:»Laßt Evie vorbei, Mädchen. Ihr habt euch schlecht benommen.« Evie stahl sich mit gesenktem Kopf aus dem Haus und in die Kutsche, wobei das, was sie in den zurückliegenden Minuten gesehen und gehört hatte, sie nur noch mehr verwirrte.

An jenem Abend lag sie in ihrem Zimmer auf dem Bett und dachte darüber nach, wie wenig sie über Familien wußte. Diese Arnesen-Mädchen waren ihr ein Rätsel – wie konnten sie so schreien und ihre Mutter so quälen? Und das ganze wegen eines Risses in einem Kleid, eines Risses, der, wie Evie mit ihrem geschulten Auge gesehen hatte, im Handumdrehen ausgebessert werden konnte. Noch dazu große Mädchen, keine Kinder mehr. Keine der beiden war so hübsch wie ihre Mutter, obgleich Rose, die ältere, dasselbe Haar hatte, nur eine Spur dunkler, es würde vermutlich seine blonde Farbe verlieren. Sie bemühte sich jedoch, gerecht zu sein. Es wäre ungerecht gewesen, Rose und Polly Arnesen aufgrund dieser einen Szene zu beurteilen. Vielleicht waren sie ja sonst so reizend und genügsam, wie sie es bei einer solchen Mutter eigentlich sein müßten, und nur in einem ungünstigen Moment ertappt worden. Sie stellte sich vor, wie sie sich, nachdem sie gegangen war, bei ihrer Mutter entschuldigten und ihr selbstsüchtiges Verhalten wiedergutmachten. Mrs. Arnesen würde ihnen natürlich verzeihen. Sie sah aus wie jemand, der alles verzieh. Sie war sogar so freundlich, sich für mich zu interessieren, dachte Evie und staunte darüber. Ihre eigene Mutter, wo immer sie auch sein mochte, wenn sie überhaupt noch am Leben war, war gewiß keine wohlsituierte vornehme Lady wie Mrs. Arnesen. Es schien nicht realistisch, so etwas anzunehmen, und Evie hatte sich jegliche Romantik abgewöhnt. Ihre Mutter arbeitete wahrscheinlich irgendwo hart für ihren Lebensunterhalt. Das spürte Evie. Manchmal hatte sie eine Frau wie sie selbst vor Augen, nur älter, die Böden schrubbte und Kamine saubermachte, eine Frau, die verbraucht und müde aussah, und ihr graute bei dem Gedanken. Es könnte sich am Ende als traurige Angelegenheit herausstellen, ihre Mutter ausfindig zu machen.

Sie war bei der Suche nach ihrer Mutter kein Stück vorangekommen, obgleich sie nun schon seit zwei Jahren in Carlisle lebte. Sie hatte schließlich das Taufregister in der Holy Trinity Church eingesehen und nichts erfahren, was sie nicht schon wußte. Sie hatte sogar all ihren Mut zusammengenommen und um Einblick in das Heiratsregister gebeten, doch unter Leah Messenger war keine Heirat vermerkt. Was Chöre betraf, so sangen in keiner der Kirchen, die Evie besuchte, Frauen mittleren Alters im Chor, und wenn ihre Mutter in der Gemeinde sang, so konnte sie sie nicht identifizieren. Evie verzweifelte an sich selbst. Wie hatte sie sich nur je einbilden können, die Gewißheit, daß ihre Mutter eine schöne Stimme besaß, würde sie zu ihr führen? Sie brauchte *Fakten*, die sich, wie sie feststellen mußte, nicht ermitteln ließen. Sie wußte, sie würde zurück nach St. Ann's gehen und die Vorsteherin um Hilfe bitten müssen, aber gewiß war dort jetzt eine andere Vorsteherin, die nicht Bescheid wußte. Register mußten aufbewahrt werden, doch wie lange? Und was für Register? Was wurde über Mädchen wie sie registriert? Es wäre besser, die Vorstellung, die sie so viele Jahre lang nicht losgelassen hatte, aufzugeben und sich einzugestehen, daß sie auf sich allein gestellt und mutterlos war. Aber was hatte das jetzt schon zu bedeuten? Sie war erwachsen, kein Kind mehr. Sie könnte, wenn sie wollte, selbst Mutter sein. Für den Traum, bemuttert zu werden, war es zu spät.

Sobald ihre Einstellung bei Arnesen's besiegelt war, dachte sie anders über ihr Leben und ihre Zukunft. Das panische Gefühl, nie irgendwohin zu gehören, war verflogen. Sie gehörte zu Arnesen's. Man kannte sie dort. An die zwanzig Leute grüßten sie tagtäglich und nannten sie bei ihrem Namen, und sie spürte, wie die Anerkennung, wenn nicht gar Zuneigung, ihr Auftrieb gab. Sie hätte, wenn sie gewollt hätte, Freunde gewinnen können – allein ihre angeborene Zurückhaltung hinderte sie daran, die sich ihr bietenden Möglichkeiten zu nutzen. Sie war sogar von einem jungen Mann, Jimmy Paterson, einem der Schneiderlehrlinge, zu einem Sonntagsspaziergang eingeladen worden. Doch sie hatte gesagt, sie könne nicht, und beließ es dabei und konnte sehen, daß er verletzt war. Jimmy war wie sie schüchtern und unbeholfen. Er hatte große, rote Hände, die eher für das Schlachter- als das Schneiderhandwerk geeignet schienen, und ein längliches, schmales Gesicht, das zu seinem großen, schlaksigen Körper paßte. Jimmy war ein netter Kerl, aber sie wollte weder mit ihm noch mit irgendeinem anderen Jungen spazierengehen. Sie fürchtete sich vor allen Männern bis auf Mr. Arnesen. Der schönste Augenblick der Woche war, wenn Mr. Arnesen sie beim Betreten und Verlassen des Raums anlächelte. Sie hatte das Gefühl, sich Geltung verschafft zu haben und nicht länger ganz so unbedeutend zu sein. Wenn sie es in einigen Jahren zu einer richtigen Näherin brachte, die aufgrund ihres Könnens Mr. Arnesens Vertrauen besaß, wäre sie zufrieden.

Da war es schon schwieriger, sich Zufriedenheit mit ihrem Zuhause vorzustellen. Ihre Dachkammer in der Warwick Road war kein eigentliches Zuhause, sie fühlte sich darin alles andere als zufrieden. Die Kammer war jedoch billig, so daß Evie schon bald ein wenig Geld zusammensparen konnte, und das war wichtig für jede Art von Zufriedenheit. Mrs. Brockleband hatte ihr ein anderes Zimmer, ein viel besseres auf der Rückseite des Hauses im zweiten Stock, angeboten, ein Zimmer mit Waschbecken und fließendem Wasser, aber sie hatte es abgelehnt. Die Miete war doppelt so hoch, auch wenn Mrs. Brockleband sie in ihrem Fall herabgesetzt hätte, weil sie sie mochte. Sie hatte sich, wie bei Arnesen's, auch in diesem Haus Geltung verschafft und ging ganz selbstverständlich ein und aus. Ihre Vermieterin versuchte immer herauszufinden, woher sie gerade kam: Sie war sehr neugierig, aber angesichts von Evies ausweichenden Antworten gab sie es schließlich auf und stellte ihr statt dessen Fragen über ihre Arbeit bei Arnesen's.

Von Mrs. Brocklebank erfuhr Evie mehr über Mrs. Arnesen, obgleich sie versuchte, nicht hinzuhören, weil sie wußte, daß ihr Gegenüber gern klatschte und alles andere als vertrauenswürdig war. »Es gibt Leute, die sich an sie erinnern, bevor sie Henry Arnesen geheiratet hat«, sagte Mrs. Brockleband. »Die Leute vom Markt erinnern sich. Sie kam immer mit einem Karren aus Wetheral und verkaufte Blumen und Eier.« Evie fand das höchst interessant, brachte es aber nicht über sich, Fragen zu stellen. »Sie war nicht immer eine so feine Lady«, fuhr Mrs. Brockleband fort, »aber sie hat eine gute Partie gemacht, hat sich den richtigen Mann geangelt, obgleich sie, um gerecht zu bleiben, nicht wissen konnte, daß er es soweit bringen würde. Er hatte nur einen kleinen Laden in der Globe Lane und irgendwann dann auch einen Stand auf dem Markt.«

Wenn sie samstags nachmittags über den Markt schlenderte, versuchte Evie, sich Mr. und Mrs. Arnesen dort vor so vielen Jahren vorzustellen. Es fiel ihr schwer. Sie konnte sich Mrs. Arnesen nicht als eine der Butterfrauen vorstellen. Es war unmöglich, sich diese schlanke, hübsche Gestalt inmitten all der massigen, grobschlächtigen Frauen zu denken. Evie lehnte verträumt an der hinteren Mau-

er des Marktes und blickte durch die Scharen der sams-
täglichen Käufer an den Ständen der vielen Butterfrauen
hindurch. Sie kniff die Augen zusammen bei dem Versuch, ein Bild von Mrs. Arnesen, wie sie dort drüben
stand, in sich aufleben zu lassen, sah aber nichts als die
alte Mary, die sich um sie gekümmert hatte. Mary hatte
einst dort gesessen, davon war sie überzeugt. Mary hatte
sie daran erinnert und sie dazu gedrängt, sich auch an Wetheral zu erinnern, doch das gelang ihr nie in genügen-
dem Maße. Vielleicht waren sie mit demselben Karren gekommen wie Mrs. Arnesen? Sie wünschte, sie wäre damals
nicht so klein gewesen und könnte sich an mehr erinnern.
Evie öffnete ihre Augen wieder und begann, zwischen den
Ständen herumzuschlendern. Es war einfacher, sich Mr.
Arnesen hier vorzustellen. An mehreren Ständen wurden
Stoffe verkauft. Auf diesem Markt hatten sich die Arnesens also kennengelernt, und diese Tatsache gefiel ihr. Sie
spielte mit dem Gedanken, nach Wetheral zu gehen und
zu versuchen, dort Erinnerungen an ihre ersten drei Le-
bensjahre heraufzubeschwören, wußte aber nicht, wie sie
dorthin kommen sollte. Vielleicht würde sie ja einen Weg
finden, um dorthin zu gelangen und dort umherzustrei-
fen. Das wäre etwas, was sie an einem Sommerabend unternehmen könnte.

Etwas, was sie unternehmen, ein Ort, den sie aufsuchen
konnte. Sie dachte sich gern kleine Vergnügungen aus,
die nicht kostspielig waren. Obgleich sie sich bei der Arbeit wohl fühlte, mußte sie in ihrer Freizeit am Wochenende aus ihrer tristen Dachkammer heraus, und das war jedesmal ein Problem. Am Sonntag ging sie zur Kirche, und
Samstag nachmittags (vormittags arbeitete sie) streifte sie
über den Markt, die übrige Zeit ging sie spazieren. Sie
ging so lange spazieren, bis ihre Füße schmerzten, und
ihre größte Ausgabe bestand darin, ihre Stiefel besohlen
und mit neuen Absätzen versehen zu lassen. Ihre Spaziergänge führten sie oft die Stanwix Bank hinauf und die

Brampton Road entlang fast bis nach St. Ann's, und häufig schlug sie, am Ufer angekommen, die entgegengesetzte Richtung ein und ging nach links die Etterby Street hinunter, am Haus der Arnesens und dem von Miss Mawson vorüber den Scaur flußaufwärts und die Straße nach Rockcliffe entlang, aber nie weit genug, um das Dorf zu erreichen. Sie hatte das Gefühl aufzufallen, wenn sie allein auf der Landstraße herumspazierte, und zog die Straßen der Stadt, zumindest aber die Parks, vor. Rickerby Park, Bitts Park, Linstock – sie kannte sie alle gut. Und der Fluß, der Eden, wurde ihr so vertraut, daß sie jede einzelne der Biegungen und Windungen kannte, mit denen er sich durch die Parks schlängelte. Kein Mensch sprach sie an, warum auch, wo sie doch niemanden kannte. Einmal sah sie in der Ferne Miss Minto, die am Arm eines Mannes die Stufen neben der Brücke zum Rickerby Park hinabstieg, und sie versteckte sich, bis sie vorüber waren. Sie fürchtete sich vor Begegnungen mit Arbeitskollegen, die sie in aller Öffentlichkeit allein und ohne Familie an einem Sonntag sehen würden.

Während sie spazierenging, dachte sie ständig darüber nach, wohin sie ziehen könnte. Sie wollte nicht ewig in ihrer Dachkammer wohnen und sehnte sich nach einer schöneren Bleibe, die sie zu einem Zuhause machen könnte. Es stand außer Frage, sich je irgend etwas zu kaufen, sie war nicht größenwahnsinnig, doch hatte sie von Häusern gehört, die man zu annehmbaren Preisen mieten konnte, ja sogar von solchen, wo alleinstehende berufstätige Frauen bevorzugt wurden. Sie befanden sich natürlich nicht in Stanwix und schon gar nicht in der Nähe von Etterby Scaur, wo sie am liebsten gewohnt hätte. Stanwix war nur etwas für Betuchte. Dort standen riesige, vornehme Gebäude mit Blick auf den Fluß, und dann gab es dort noch Straßen wie Etterby Street für die nicht ganz so Wohlhabenden. Die Häuser, von denen sie gehört hatte, lagen am anderen Ende der Stadt an einem anderen Fluß, dem Caldew. Sie war dorthin spaziert, über das Viadukt und quer durch den Industrievorort Denton Holme. Nicht weit vom Wasserfall gab es eine Fabrik und in ihrer Nähe ein paar kleine Gebäude, und hier wohnten einige der Frauen von Arnesen's, und es gefiel ihnen. Evie überlegte, daß sie sich mit der Zeit und ein wenig Glück, falls etwas frei würde, um eins der Häuser bemühen könnte. Sie standen in Einfriedungen und hatten nur zwei winzige Zimmer und kein Bad, nur eine gemeinsame Toilette im Hof, aber das machte ihr nichts aus. Sie würde sich dort einrichten und konnte ihre eigene Herrin sein.

Manchmal dachte sie an Ernest und Muriel und fragte sich, ob sie wohl nach ihr gesucht hatten und wie lange es wohl gedauert hatte, bis sie aufgaben. Zweimal glaubte sie, Ernest auf dem Markt erkannt zu haben, beim zweitenmal war sie so gut wie sicher, daß er es gewesen sein mußte. Was hätte er getan, wenn sie auf ihn zugegangen wäre und sich zu erkennen gegeben hätte? Doch das wäre ihr nie in den Sinn gekommen. Sie fürchtete sich viel zu sehr vor seiner Reaktion, obgleich ihr der gesunde Menschenverstand sagte, daß er ihr nun nichts mehr anhaben konnte. Sie hatte sich bei seinem Anblick gefürchtet – ein mulmiges Gefühl im Magen –, sich aber später eigenartig glücklich gefühlt. Keiner ihrer törichten Träume hatte sich verwirklicht – sie hatte ihre Mutter nicht gefunden –, aber ihr jetziges Leben war besser, als es je hätte sein können, wenn sie bei Ernest und Muriel geblieben wäre. Sie hatte Arbeit gefunden, auf die sie sich verstand, hatte ein Handwerk erlernt, während sie im *Fox and Hound* Zeit ihres Lebens eine Dienstmagd geblieben wäre. Und sie hatte ihr eigenes Zuhause, für das sie selbst zahlte, und war nicht auf Almosen angewiesen. Sie hatte richtig daran getan, den lieblosen Ansprüchen des Vetters ihrer Mutter zu entfliehen, auch wenn ihr eigentliches Ziel nicht erreicht worden war. Wäre sie von Ernest angesprochen worden, hätte sie ihrer Meinung nach imstande sein müssen, mit Würde zu reagieren. Es hätte ihn beeindruckt, daß sie jetzt bei einer Firma wie Arnesen's als Näherin in die Lehre ging, und sie hätte das Vergnügen gehabt, zu erleben, welch schweren Schlag für ihn ein solcher Triumph bedeutet hätte. Wahrscheinlich hatten Muriel und er die Vorstellung, daß sie gezwungen war, auf der Straße zu leben oder ins Armenhaus zu gehen oder aber unter noch viel schlimmeren Bedingungen als denen, die sie bei ihnen hatte ertragen müssen, als Dienstmädchen zu arbeiten. Während Evie über all das nachsann, kam sie zu dem Schluß, daß sie Ernest beim nächsten Mal, wenn sie ihn zu sehen glaubte, ganz bestimmt ansprechen würde.

Statt dessen sah sie Muriel, eine ganz in Schwarz gekleidete Muriel, die eines Mittwochs gerade als Evie einen Botengang für Miss Minto erledigte, vor dem Rathaus aus einer Kutsche stieg. Evie blieb wie vom Blitz getroffen stehen und starrte sie an, und Muriel sah sie auch und erkannte sie und sagte: »Evie!« Evie wurde rot und lächelte zögernd, weil sie nicht wußte, wie Muriel sie behandeln würde, bereit zu fliehen, sobald ihr auch nur irgend etwas Unfreundliches widerfahren würde. Muriel war jedoch alles andere als unfreundlich gestimmt. Im Gegenteil, sie winkte Evie herbei, als schicke sie der Himmel, um ihr den Weg zu einem Rechtsanwaltsbüro in der Abbey Street zu weisen, wo Muriel, wie sie sagte, zu tun habe, bevor sie die Gaststätte ihres Schwagers in Caldewgate aufsuchen wolle. »Es ist solange her, seit ich das letzte Mal in Carlisle war«, sagte Muriel und ergriff Evies Arm, »und ich bin ganz verwirrt, ich weiß nicht mehr, wo ich bin. Du kannst mich führen, Evie.« Evie fiel auf, daß Muriel keinerlei Erstaunen über die großen Veränderungen in ihrem Äußeren zeigte und sie auch überhaupt nicht nach ihrer Gesundheit oder gesellschaftlichen Stellung fragte. Muriel behandelte sie, als wären sie tags zuvor auseinandergegangen und als hätte sich nichts verändert. Dabei hatte sich alles verändert, und Evie wußte, daß sie das deutlich

machen mußte. Sie erklärte, sie dürfe Muriel nicht einfach so begleiten. Sie arbeite bei Arnesen's und erledige
gerade einen Botengang und müsse in zwanzig Minuten
zurück sein. Muriel sah überrascht aus. Sie musterte Evie
und schien endlich den Unterschied wahrzunehmen und
erstaunt zu sein. Evie sah in ihrem Gesicht, wie die Erinnerung an das, was vor über zwei Jahren geschehen war, allmählich wiederkehrte. Muriel runzelte die Stirn und sagte: »Du bist weggelaufen, du kleines Flittchen, nach allem,
was wir für dich getan haben. Eine Schande war das, eine
wahre Schande. Wir hätten die Polizei auf dich ansetzen
sollen.« Evie schob energisch Muriels Hand von ihrem
Arm, auf dem sie noch immer ruhte, und sagte, sie müsse
gehen, woraufhin sich Muriels Haltung erneut änderte.
»Oh, Evie, geh nicht!« sagte sie beinahe klagend und mit
Tränen in den Augen. »Du warst doch wie eine Tochter
für mich, und jetzt brauche ich eine Tochter. Ernest ist gestorben – ja, gestorben, letzte Woche. Komm mit mir zum
Fox and Hound. Wir werden die Vergangenheit ruhen lassen, und du sollst das Haus mit mir teilen und alles andere
auch.«

Die Vorstellung war lächerlich. Evie schüttelte den Kopf
und sagte, es tue ihr leid, sie müsse auf der Stelle gehen,
woraufhin Muriel ganz aufgeregt wurde und sich ihr in
den Weg stellte und sagte: »Ich habe da etwas, was du bestimmt gern hättest, Evie, hier in meiner Tasche, etwas,
das dir gehört, und ich werde es dir geben, wenn du dich
mit mir triffst.« Evie glaubte ihr zwar nicht, konnte es aber
nicht erwarten fortzukommen, und so erklärte sie sich bereit, nach der Arbeit an diesen Ort zurückzukehren und
Muriel zu treffen, dann ließ sie sie stehen und rannte zu
Robinson's Kurzwarenhandlung, wohin sie eigentlich hatte gehen wollen. Als sie sich beim Betreten des Ladens
umwandte, sah sie Muriel noch immer reglos dastehen, in
Gefahr, von all den vorbeieilenden Leuten umgerannt zu
werden, falls sie sich nicht bald fortbewegte, und plötzlich

341

tat sie Evie leid. Muriel war harmlos ohne Ernest. Man
brauchte sich weder vor ihr zu fürchten noch unfreundlich zu sein. Selbst wenn sich nichts Interessantes in ihrer
Tasche verbarg, würde sie sie dennoch treffen und ihr ein
wenig Aufmerksamkeit schenken. Trotzdem fragte sich
Evie den restlichen Nachmittag über, was Muriel ihr wohl
geben wolle. Geld? Das schien unwahrscheinlich. Muriel
war zwar jetzt eine Witwe und konnte über alles Geld, das
Ernest hinterlassen hatte, frei verfügen, aber sie würde es
bestimmt keinem Flittchen geben, das weggelaufen war.
Was dann? Etwas, das sie vergessen hatte mitzunehmen,
als sie das *Fox and Hound* verließ?

Muriel wartete, die Tasche zu ihren Füßen. Sie sah
gefaßt aus und begrüßte Evie gelassener. »Wohin sollen
wir gehen?« fragte sie. Evie zuckte mit den Achseln. Sie
hatte nicht die leiseste Ahnung und hoffte, Muriel erwarte
nicht, in ihre Dachkammer eingeladen zu werden. »Robinson's ist geschlossen und all die anderen Cafés auch«,
sagte Muriel, »wir sollten uns nur irgendwo hinsetzen, bis
es Zeit für die Kutsche zurück nach Moorhouse ist.« Sie
gingen zusammen zur Kathedrale und setzten sich auf
eine der Bänke auf dem Domplatz. Glücklicherweise war
es ein wunderschöner Sommerabend, und man lief nicht
Gefahr, sich zu erkälten. »Ich kann nicht zu ihnen gehen«,
sagte Muriel, sobald sie Platz genommen hatten. »Ich
könnte nicht bei ihnen leben.« Evie nahm an, sie spreche
von den Messengers in Caldewgate und äußerte verhalten
ihr Mitgefühl. »Es ist noch nicht einmal meine eigene Familie. Ich habe sie noch nie gemocht. Sie waren herzlos zu
deiner Mutter und herzlos zur alten Mary.« Evie hielt den
Atem an und erinnerte sich nur allzu lebhaft daran, daß es
ihr jedesmal, wenn Muriel ihren Gedanken freien Lauf
gelassen hatte, so ergangen war. »Unbarmherzige Leute,
und habgierig. Nein, ich könnte nicht bei ihnen leben,
aber ich kann auch nicht allein leben, und es gibt niemanden, der den Pub übernehmen würde, und ich kann

es allein nicht schaffen, da kann man nichts machen, ich muß zurück nach Newcastle und bei meiner Schwester leben und mich nützlich machen, aber ich will nicht, ich will es um keinen Preis.« Sie holte ein Taschentuch hervor und trocknete sich die Tränen. »Du liebe Zeit, Evie, es ist furchtbar, verwitwet zu sein und keine Kinder zu haben, die alles in die Hand nehmen und sich um einen kümmern, keine Töchter, die einen bei sich aufnehmen.« Evie neigte respektvoll den Kopf, sagte jedoch kein Wort. »Aber ich habe etwas für dich, Evie, und ich muß es dir geben, bevor ich in diese Kutsche steige. Oh, es wird eine lange Reise sein, an deren Ende einen keiner willkommen heißt, aber ich werde nicht noch einmal herkommen. Ich habe Ernests ganze Papiere hierhergebracht, zu den Anwälten, und sie sind alle in Ordnung, Gott sei Dank ist für mich gesorgt und es gibt keine Probleme, aber das hier war darunter, und es gehört, wie ich annehme, dir, Evie. Man gab es uns in dem Heim, als wir dich da herausholten und mitnahmen. Hier, es könnte dir etwas bedeuten.«

Muriel durchwühlte all ihre Habseligkeiten in ihrer geräumigen Tasche, zog einen Briefumschlag daraus hervor und händigte ihn Evie mit einer Geste aus, als verschenke sie wahre Reichtümer. Evie erkannte den Umschlag sogleich. »Danke«, sagte sie und steckte ihn schnell in ihre Jackentasche.

»Willst du nicht nachsehen?« fragte Muriel ungehalten.

»Nein«, sagte Evie, »ich weiß, was drin ist. Ich erinnere mich daran. Er war in meiner Blechdose mit den Schleifen, und Mary gab ihn mir. Soll ich dir deine Tasche zur Bushaltestelle tragen?«

Trotz ihrer Verärgerung nahm Muriel das Angebot an, woraufhin die beiden sich zur Haltestelle aufmachten, an der die Kutsche bereits wartete, und Evie half Muriel beim Einsteigen. Als sie Platz genommen hatte, würdigte sie Evie keines Blickes. Evie war erleichtert, daß ihr jegliche gespielte Gefühlsregung erspart blieb, und ging rasch nach

Hause. Erst dann holte sie die Urkunde hervor und strich sie liebevoll mit ihren Händen glatt, bis das zerknitterte, abgenutzte Papier ihr wieder real zu sein schien und nicht die Ausgeburt ihrer Phantasie, wofür sie es beinahe gehalten hätte. Da standen der Name und das Geburtsdatum ihrer Mutter, und da standen ihr eigener Name und ihr Geburtsdatum, und da waren die offiziellen Unterschriften und Stempel. Und diesmal wußte sie, was zu tun war.

Tags darauf begab sie sich, mutig wie nie zuvor, direkt zu Mr. Arnesen und bat um ein Gespräch. Sie wählte den Augenblick sehr sorgfältig aus, denn sie wußte genau, wann er dort, in seinem eigenen Büro, anzutreffen und nicht beschäftigt war. Er lächelte, als er sie sah. Er hatte sie gern, sie wußte das und freute sich immer über seine Anerkennung.

»Nun, Evie, was kann ich für dich tun?« fragte er.

»Könnten Sie sich das bitte ansehen, Sir, und mir behilflich sein? Ich möchte meine Mutter finden und weiß nicht wie, und ich habe das hier, Sir, und glaube, es könnte mir bei der Suche nach ihr nützlich sein, wenn ich nur wüßte, wie ich es anstellen soll.« Sie legte die Urkunde mit einem ungewöhnlichen Selbstvertrauen, das ihm auffiel und ihn amüsierte, auf Mr. Arnesens Schreibtisch.

»Mal sehen, Evie«, begann er, warf einen Blick auf die Urkunde und verstummte. Evie sah, wie er innehielt. Er plazierte die Hände neben das vor ihm liegende Papier und starrte es noch eine ganze Weile an. Dann blickte er zu Evie auf, und sie sah, wie durchdringend sein Blick geworden war. »Dein Nachname ist Messenger?« fragte er.

»Ja, Sir.«

»Warum habe ich das nicht gewußt?«

»Sir?«

»Du bist Evelyn Messenger?«

»Ja, Sir.«

»Großer Gott. Ich kannte dich nur als Evie. Großer Gott. Ich bin nie auf den Gedanken gekommen zu fragen

… Ich sollte die Namen all meiner Mitarbeiter kennen … Ich dachte, ich kenne sie … Aber für mich warst du immer nur die ›kleine Evie‹.«

Evie, der jetzt unbehaglich zumute war, stand noch immer da, einerseits erfreut, daß Mr. Arnesen sich so unerwartet beeindruckt zeigte, doch andererseits verwirrt, weil sie den eigentlichen Grund dafür nicht verstand. Er erhob sich von seinem Stuhl und kam auf sie zu und legte seine Hände auf ihre Schultern. »Evie, sieh mich an.« Dabei schien es vielmehr ihm ein Bedürfnis zu sein, sie anzusehen. Er musterte lange und ausgiebig ihr Gesicht, bis sie zu zittern begann, seufzte und sagte, er könne nichts wiedererkennen, dann ging er und setzte sich wieder, wobei er sich den Kopf hielt, als schmerze er.

»Evie«, sagte er, »du mußt mir Zeit zum Nachdenken geben.«

Vierter Teil
Leah – Hazel

Kapitel 18

Lange bevor Henry mit seinen erschreckenden Neuigkeiten nach Hause kam, hatte Leah Vorahnungen gehabt. Sie war bedrückt und benommen und
schien sich nicht einmal auf die einfachsten Dinge konzentrieren zu können. Ihre seltsame Abwesenheit hatte
ihren Mann beunruhigt, und er hatte sie gefragt, ob sie
noch immer unter jenen heftigen Kopfschmerzen leide, die sie an dem Tag, als er die rosa Seide nach Hause
bringen ließ, befallen hatten. Das tat sie nicht. Ihr Kopf
schmerzte nicht so sehr, vielmehr fühlte er sich wie ein Gewicht an, das für ihren Hals zu schwer war. Und überall
sah sie unheilverkündende Zeichen, die ihr Herz heftiger
schlagen ließen. Außer ihr konnte niemand sie sehen. Der
Spiegel über dem Kaminsims im Salon verfärbte sich
schwarz über Nacht und erschreckte sie, wenn sie morgens herunterkam. Sie wies mit zitterndem Finger darauf
und sagte: »Sieh nur!« Als Henry aber dorthin sah, sagte
er, ihm sei die Trübung schon früher aufgefallen, der
Spiegel müsse von Anfang an nicht in Ordnung gewesen
sein, und er werde nie wieder etwas bei Hope's ersteigern.
Die Uhr, die immer auf die Minute genau gegangen war,
blieb stehen, die kristallene Vase, die ihrer Schwiegermut-
ter gehört hatte, zerbrach von allein, und die Kamelie
draußen vor der Hintertür verkümmerte und ging ein –
Henry fand jedoch für jede dieser unheilvollen Ereignisse
eine rationale Erklärung.

Leah wußte, daß alles mit dem Mädchen zusammenhing. Dieses hagere junge Mädchen hatte ihren Seelen-

frieden gestört. Und obgleich sie sich einredete, die Gründe dafür nicht zu kennen, wußte sie, daß sie die möglichen Ursachen nur nicht wahrhaben wollte. Sie weigerte sich, darüber nachzudenken. Das Mädchen, Evie, war in ihr Haus gekommen, unschuldig und willkommen, und hatte die Atmosphäre vergiftet. Leah wollte sie nie wiedersehen. Nie wieder wollte sie dieser ärmlichen Gestalt gegenüberstehen oder ihr blasses Gesicht mit den riesigen dunklen Augen sehen, die nie zu blinzeln schienen und ganz ausdruckslos waren. Evie ließ sie erschauern. Ein Geist war vor ihrem inneren Auge vorübergegangen, ein Schatten hatte sich auf ihr Glück gelegt. Sie wollte unbedingt Vernunft bewahren, doch es gelang ihr nicht. Sie sagte sich, die Zeit werde ihr eines Tages ihre gewohnte Unbekümmertheit zurückgeben, wie sie es sonst getan hatte. Vielleicht hatte sie ja, ohne es zu wissen, gesundheitliche Probleme, schließlich war sie beinahe vierzig, und bei Frauen um die vierzig waren solche Dinge nicht ungewöhnlich. Sie zwang sich, vernünftig zu essen und ihre alltäglichen Pflichten zu erfüllen, und wenn sie nachts nicht schlafen konnte, rezitierte sie insgeheim Psalmen und ließ es nicht zu, daß ihre Gedanken gefährliche Pfade einschlugen.

Als Henry jedoch mit angespannter, ängstlicher Miene nach Hause kam, wußte sie Bescheid. Er versuchte, mit ihr zu sprechen, aber sie hinderte ihn daran. Als er gerade sagen wollte, er habe etwas Unglaubliches entdeckt, wovon er ihr erzählen müsse, legte sie ihm sanft ihre Hand auf den Mund und sagte, sie wolle es nicht hören. Er runzelte die Stirn, schob ihre Hand beiseite und sagte: »Ich *muß* es dir aber erzählen, Leah.«

»Das mußt du nicht.«

Er starrte sie an, schüttelte den Kopf und sagte: »Ich habe keine andere Wahl, es ist zu wichtig, ich muß dir erzählen, daß ...«

»Nein! Du hast die Wahl. Du machst mich krank. Ich

kann es nicht ertragen, Henry, du mußt es mir *nicht* erzählen.«

Er seufzte, ging im Zimmer auf und ab, stocherte im Feuer herum, drehte sich dann plötzlich um und sagte: »Man muß auch die anderen Menschen berücksichtigen, man schuldet ihnen, ihr ...«

Sie stieß einen kleinen Schrei aus und wollte aus dem Raum stürzen, aber er hielt sie auf. Er legte seine Arme um ihren sich sträubenden Körper und fragte sie, wovor sie sich fürchte. »Du hast nichts zu befürchten«, versicherte er ihr, »sie ist bloß ein Mädchen, noch dazu ein liebes.«

»Nein!« rief Leah. »Nein! Nein!«

»Sie ist ein liebes Mädchen, das keine Schwierigkeiten machen wird, sie wird verstehen und ...«

»Nein!«

»Leah, ich muß etwas unternehmen. Sie hat mich um Hilfe gebeten ...«

»*Ich* bitte dich um Hilfe, ich flehe dich an, und ich bin deine Frau.«

»Die hast du von mir bekommen, all die Jahre hast du sie bekommen, oder etwa nicht? Ich habe geschwiegen, wenn ich hätte sprechen sollen, und habe keinen Gedanken an die Hilfe verwendet, die sie braucht, und jetzt ist sie gekommen und hat mich, ohne irgend etwas zu wissen, darum gebeten, und ich kann sie ihr nicht abschlagen.«

»Das kannst du *wohl*!«

»Hör zu. Du hast noch nichts über die Umstände erfahren und ziehst voreilige Schlüsse. Evie Messenger ...«

»Nein! Sprich ihren Namen nicht aus, um Himmels willen, ich will ihn nie, nie wieder hören.«

»... ist zu mir gekommen mit ihrer Geburtsurkunde, die sie erst kürzlich nach dem Tod eines Verwandten erhalten hat, und sie hat mich gebeten, ihr bei der Suche nach ihrer Mutter behilflich zu sein ...«

»Henry! Bitte, Henry!«

»... die sie nie kennengelernt hat, und ich habe mir diese Urkunde angesehen und sehr wohl begriffen, wer sie ist, und ich hatte sie bis dahin nie zur Kenntnis genommen geschweige denn gewußt, daß sie Messenger heißt, und ich habe mich so *geschämt* ...«

»*Du* hast dich geschämt?« Leah lachte unter Tränen und wurde hysterisch, sie wiegte sich vorwärts und rückwärts und wiederholte ständig das Wort »geschämt«, bis Henry wütend wurde.

»Geht es darum?« fragte er und ließ sie plötzlich los, so daß sie strauchelte, als er sich mit dem Rücken zur Tür vor sie stellte. »Scham? Du schämst dich zu sehr, um sie als deine Tochter anzuerkennen? Dann ist es so gekommen, wie es kommen mußte, ja, wie es kommen mußte. Ich wollte sie aufnehmen ...«

»Oh, du bist ja so *gut.*«

»... und du wolltest nichts davon hören, und als ich nach dem Kind suchen wollte, hast du mir nicht geholfen, du hast gesagt, sie heiße nicht Messenger, hast mich angelogen ...«

»Ja, ich habe gelogen, und ich bin froh, daß ich gelogen habe, und ich würde wieder lügen.«

»Du hast einzig und allein an dich und diese seltsame, unnatürliche Abneigung gegen dein eigenes Kind gedacht ...«

»Ja, das habe ich, das mußte ich.«

»Und jetzt, jetzt, wo du die Möglichkeit hast, dich reinzuwaschen ...«

»Ich will mich nicht reinwaschen.«

»Du hast doch gesagt, daß du dich schämst.«

»Nein! *Du* hast gesagt, ich müsse mich schämen. Ich schäme mich nicht, damals nicht, heute nicht. Ich habe getan, was ich für gut und richtig hielt ...«

»Für wen? Gut für wen? Und richtig? Was meinst du mit *richtig?*«

»Gut für uns.«

»Also wirklich, Leah, ich war daran nicht beteiligt, das war ich nicht, du weißt, daß ich nicht …«

»Wir standen kurz vor der Hochzeit, und dann, später, als Mary starb, waren wir schon verheiratet, und unsere Ehe hätte nicht gehalten, wenn sie dazugehört hätte.«

»So ein Unsinn, gemeiner Unsinn, wie kannst du nur so etwas sagen …«

»Ich sage es, weil du mich dazu zwingst und weil es wahr ist. Ich bin gemein. Sag es, wenn du willst, sag's noch einmal, und ich gebe dir recht, ich bin gemein und böse, eine unnatürliche Frau, eine Frau, die ihr eigenes Kind nie geliebt hat und nicht lieben kann und seinen Anblick verabscheut hat und es noch immer tut …«

Der Rest erstickte in so heftigem, lautem Schluchzen, daß Henry befürchtete, die Mädchen würden aus ihren Betten herbeistürzen, um nachzusehen, was für eine panische Angst ihre Mutter ergriffen hatte, glücklicherweise schliefen sie jedoch oben weiter. Leah kniete, ihr Gesicht in ihre Arme vergraben, die anmutig auf dem Sitz des mit gelbem Samt bezogenen Sessels ruhten. Er wollte sie nicht berühren. Tief in seinem Innern hatte er schon immer gewußt, daß es eine Seite an Leah gab, vor der er sich fürchtete und über die er keine Kontrolle besaß. Er bezweifelte, daß sie selbst Kontrolle darüber besaß. Dieser Haß, ihre erschreckende Ablehnung dessen, was einst ein hilfloses, verletzliches Kind gewesen und nun eine arme, sanfte, gutmütige junge Frau geworden war, entzog sich jeglicher Kontrolle. Es war jedoch an der Zeit, diesen Zustand zu kontrollieren und zu überwinden. Diesmal lag auf der Hand, was er zu tun hatte. Er mußte Evie Messenger sagen, wer ihre Mutter war, selbst wenn er ihr gleichzeitig sagen mußte, daß ihre Mutter sie auf keinen Fall sehen wollte und die bloße Erwähnung ihres Namens nicht ertragen konnte. Er würde versuchen müssen, das Unerklärliche, so gut es ging, zu erklären, und auf Evies Bereitschaft setzen, das Unannehmbare zu begreifen und zu akzeptieren.

»Du kannst ruhig weinen, Leah«, sagte er nach einer Weile, als sich das abstoßende heftige Schluchzen gelegt hatte, »aber es ändert nichts daran. Ich muß Evie Messenger die Wahrheit sagen.«

Leah riß sich vom Stuhl los und hob ihr fleckiges Gesicht und sagte: »Wenn du das tust, verlasse ich dich. Ich kann hier nicht bleiben, um mich von ihr aufspüren und quälen zu lassen. Ich werde gehen.«

»Sag so etwas nicht«, sagte Henry wütend. »Es sieht dir gar nicht ähnlich, so, in dieser Weise, zu sprechen.«

»Ich werde gehen«, wiederholte Leah. »Ich werde die Mädchen mitnehmen und gehen.«

»Du wirst meine Mädchen *nicht* mitnehmen«, sagte Henry so bestimmt, wie es seine Aufregung zuließ. »Das werde ich nicht zulassen, und genausowenig werde ich diese Art von Unterhaltung zulassen. Du bist aufgebracht, das weiß ich, natürlich bist du das, das ist verständlich, aber das hier ist eine *verrückte* Unterhaltung, und du tust dir damit keinen Gefallen. Hör auf. Hör auf damit. Laß uns um Himmels willen vernünftig und einsichtig sein, Leah.«

Doch das Schluchzen fing von neuem an, und ihm fiel nichts anderes ein, als zu sagen, daß er den Doktor holen lasse, wenn Leah sich nicht beherrsche. Die Drohung wirkte. Sie ließ sich erneut auf den Stuhl sinken, wobei sie sich mit den Händen durch ihr üppiges Haar fuhr, das sich von den Haarnadeln befreit und über ihre Schultern ergossen hatte. Aber sie war endlich still. »Komm, Leah«, sagte er und wagte jetzt, sie zu berühren, indem er sich neben sie kniete und sie unbeholfen umarmte, »komm ins Bett. Morgen früh sieht alles anders aus.« Er mußte sie halb nach oben tragen und auskleiden und wie ein Kind ins Bett bringen, wo sie zu seiner Überraschung und Erleichterung sogleich einschlief. Ihm erging es allerdings nicht so. Er lag die halbe Nacht wach und machte sich Sorgen. Natürlich konnte sie ihn nicht verlassen. Sie hatte kein eigenes Geld und keine Familie, keine Mutter, zu der sie sich flüchten, keinen Ort, an dem sie unterkommen konnte, und ihr bedeuteten Rose und Polly viel zuviel, als daß sie sie einem Leben rastlosen Umherirrens ausgesetzt hätte. Nein, sie konnte und würde nicht fortgehen, aber es lauerten noch andere nur allzu reale Gefahren. Sie konnte sich selbst krank machen. Sie konnte sich Tag für Tag immer heftiger in einen Zustand hineinweinen, bis sie zusammenbrach. Sie konnte ihm Szenen machen, schreien und kreischen und ihn zermürben. Sie konnte beschließen, nicht mehr mit ihm zu sprechen, beschließen, sich in jeder Hinsicht von ihm abzuwenden, und bei ihrer Willensstärke gab es keine Garantie, daß sie nicht durchhalten würde. All das konnte Leah tun und damit ihrer beider Leben zugrunde richten. Aber sein Entschluß stand fest, und daran ließ sich nichts ändern.

Das spürte Leah am nächsten Morgen. Als sie aufwachte, erwartete sie eine dampfende Tasse Tee auf dem kleinen Nachttisch, und Henry stand da, fertig angezogen, um zur Arbeit zu gehen, und blickte auf sie herab. »Du hast geschlafen«, sagte er. Sie stützte sich auf ihren Ellbogen und nippte dankbar am Tee. Ihr Kopf schmerzte, und ihr Gesicht tat ihr weh. Sie hatte das Gefühl, als seien ihre Augen ganz verquollen, und die Haut fühlte sich an, als sei sie zu straff über ihre Wangen gespannt. »Die Mädchen sind zur Schule gegangen«, sagte Henry. »Ich wollte nicht, daß sie dich stören.« Sie nickte. Henry war ein so guter Ehemann und Vater, es gab keinen besseren. Bei diesem Gedanken hätte sie weinen mögen, doch es blieben ihr keine Tränen mehr, sie hatte sich ausgeweint. »Bleib im Bett und ruh dich aus«, bat Henry sie, »ich komme später, in etwa einer Stunde.« Sie schüttelte den Kopf, um ihm anzudeuten, daß das nicht nötig sei, sagte jedoch nichts, aus Angst vor dem, was sie sagen würde. Er küßte sie leicht auf ihre heiße Wange und ging. Sie lehnte sich zurück und hörte, wie die junge Clara, ihr Dienstmädchen, das gerade gekommen war, unten mit lautem Geklapper Feuer mach-

355

te. Leah hatte zwar geschlafen, fühlte sich aber unendlich müde und matt. Es kostete sie Überwindung, ihren Tee auszutrinken, und danach schloß sie die Augen wieder und sank zurück auf ihr Kopfkissen. Heute abend, wenn Henry nach Hause kam, würde alles noch einmal besprochen werden müssen. Sie würde Henry irgendwie dazu bringen müssen, einzulenken und die Ruhe zu bewahren. Der Gedanke an die bevorstehenden Auseinandersetzungen, an die Stunden unvermeidlicher Streitereien, erschöpfte sie. Dann war da noch die Drohung, die sie ausgesprochen hatte. Sie hätte sie sich als äußerste Drohung aufbewahren sollen. Sie mußte sich darauf vorbereiten, sie noch einmal auszusprechen, und diesmal deutlich machen, daß sie bereit war, sie auch in die Tat umzusetzen.

Sie lag da und versuchte vergebens, einen Plan zu entwerfen, als Henry, wie versprochen, vor Ablauf einer Stunde zurückkehrte. Er brachte ihr noch einmal Tee, und sie vermutete, er wolle nur nachsehen, ob es ihr gut gehe und sie daran denke aufzustehen. »Danke, Henry, Liebster«, murmelte sie, »aber du brauchst deine Arbeit nicht zu unterbrechen. Ich bin nicht krank. Du brauchst mich nicht wie eine Patientin zu behandeln. Geh nur, wir reden dann nach dem Abendessen noch einmal miteinander, und ich werde mich bemühen, ruhig zu bleiben, auch wenn es sehr schwer ist.« An dieser Stelle entschlüpfte ihr ein leises Schluchzen, aber sie überspielte es mit Husten und griff nach einem Taschentuch. Sie preßte es sich an den Mund, als Henry sagte: »Ich habe es ihr erzählt. Es ist geschehen.« Allein das kleine Spitzentuch in ihrer Hand, das sie noch immer an ihren Mund preßte, hielt sie davon ab, einen Schrei auszustoßen. Er brauchte nichts zu erklären. Sie verstand sogleich. Ihre Augen wurden immer größer, als Henry zum Fenster hinüberging, durch die Tüllvorhänge spähte und sagte: »Sie hat es gut aufgenommen. Keinerlei Tränen oder hysterische Ausbrüche. Ich sagte ihr, sie solle sich setzen, was sie aber nicht tat. Sie war gefaßt, als ich ihr sagte, du wollest nichts mit ihr zu tun haben und seist machtlos gegen deine Gefühle.« Er wandte sich um und kam zu ihrem Bett und setzte sich auf die Kante und sah sie an, wobei seine Augen zwar den ihren begegneten, sein Blick jedoch alles andere als fest war. »So, Leah, es ist geschehen. Sie weiß Bescheid, und das ist alles. Ich werde dafür sorgen, daß es ihr an nichts fehlt. Das ist das wenigste, was wir tun können. Ich werde eine bestimmte Geldsumme für sie anlegen, und als Gegenleistung ist sie einverstanden, daß das, was solange ein Geheimnis gewesen ist, auch eines bleiben wird. Sie wird niemandem davon erzählen. Sie hat sich sehr fair verhalten, Leah, sehr fair.«

»Und ich habe mich sehr unfair verhalten«, flüsterte Leah, »und jetzt muß ich leiden und für meine mangelnde Fairneß büßen.«

»Leiden muß nur sie«, sagte Henry. »Sie leidet.« Seine Stimme klang so entschieden, daß es ihn selbst erstaunte, er war jedoch froh, daß er diesen Ton angeschlagen hatte, auch wenn dadurch der Zorn und der Schmerz seiner Frau in ihrer ganzen Wucht hervorbrechen würden. Sie ließ sich nichts anmerken. Sie blieb ganz ruhig und gelassen, sie stand, wie ihm schien, unter Schock. »Ich hätte schon vor Jahren handeln sollen«, sagte er und stand auf. »Vor Jahren, als sie noch klein war, nachdem wir geheiratet hatten. Alles wäre anders gekommen, es wäre noch nicht zu spät gewesen.«

»Ich kann nie wieder zu Arnesen's kommen«, sagte Leah. »Ich kann nie wieder durch die Straßen dieser Stadt gehen und mich sicher fühlen.«

»Sicher?«

»Ich könnte ihr jetzt, wo ich sie gesehen habe, plötzlich von Angesicht zu Angesicht gegenüberstehen und würde auf der Stelle sterben.«

»Das sind Hirngespinste, Leah. Du übertreibst maßlos. Sie ist ein armes, süßes ...«

»Süßes?«

»Sie arbeitet seit über einem Jahr für mich, und alle haben sie gern.«

»Sie werden mich hassen.«

»Niemand wird davon erfahren. Sie will keiner Menschenseele davon erzählen.«

»Du glaubst ihr?«

»Natürlich glaube ich ihr. Warum sollte ich auch nicht? Sie hat sich in jeder Hinsicht als ehrlich erwiesen. Man kann ihr vertrauen.«

»Und mir nicht.«

»Was sagst du da?«

»Du vertraust mir nicht.«

»Natürlich vertraue ich dir. Du bist meine Frau. Ich verstehe nicht, warum um Himmels willen …«

»Du verstehst nicht.«

»Nein. Das habe ich eben gesagt. Wie kannst du nur glauben, daß ich dir, meiner eigenen Frau, nicht vertraue? Das ist doch absurd.«

»Du verstehst nicht und vertraust mir deshalb auch nicht.«

»Oh, *Leah*! In Rätseln sprechen hilft doch keinem weiter.«

»Für mich ist es kein Rätsel. Du verstehst meine Gefühle nicht und vertraust daher meinem Instinkt nicht. Du hast ja keine Ahnung, was die Tatsache, daß du ihr davon *erzählt* hast, bei mir auslöst, wie sehr ich mich fürchte …«

»Du brauchst dich vor nichts zu fürchten, es ist vorüber …«

»… vor mir selbst, vor dem, was ich getan habe, vor dem, was sie darüber weiß. Sie wird kommen und Anspruch auf mich erheben.«

»Nein, nein, ich habe dir doch gesagt, daß sie das nicht tun wird. Ich lege eine bestimmte Geldsumme fest …«

»Geld? Es hat nichts mit Geld zu tun, weder für sie noch für mich. Sie wird jetzt, wo sie Bescheid weiß, unweigerlich herkommen.«

»Sie wird nicht herkommen, obgleich sich das, sollte sie es doch tun, möglicherweise als das beste herausstellen würde, was geschehen könnte. Du würdest selbst sehen, was für ein ...«

»Du vergißt etwas. Du hast sie mit der rosa Seide herge-schickt. Ich habe sie bereits gesehen.«

»Na also. Was habe ich dir gesagt? Sie ist harmlos, bloß ein armes, junges Arbeitermädchen, eine Näherin in der Lehre ...«

»Bei dir angestellt. Entlasse sie, Henry, gib ihr Geld, damit sie Carlisle verläßt, such ihr woanders eine Stelle, *bitte*!«

Später, als er wieder zur Arbeit gegangen war, schöpfte Leah neue Hoffnung. Sie hatte gemerkt, daß Henry zu-mindest über ihren Vorschlag nachdachte und ihn nicht gleich von der Hand gewiesen hatte. Er würde den ganzen Tag, vielleicht sogar noch länger, darüber nachdenken, ob er fair war, und dann wäre es an der Zeit, noch mehr Überredungskünste aufzuwenden. Die Ehre, seine Ehre, war nun schließlich doch gerettet. Er hatte ein freimütiges Geständnis abgelegt und Evie Messenger die Wahrheit er-zählt, und jetzt wollte er ihr, um sein Gewissen noch weiter zu erleichtern, außerdem auch noch Geld anbieten. Es gab keinerlei moralische Bedenken dagegen, ihr vorzu-schlagen, sie solle doch zu einer anderen Firma in einer anderen Stadt gehen. Wenn er ihr eine gute, wenn nicht gar bessere Stellung – Henry hatte im gesamten Norden Englands beste Geschäftsverbindungen – und einen schö-nen Ort zum Wohnen besorgen könnte, würde er viel-leicht letztlich überzeugt sein, daß er dem Mädchen sogar einen Gefallen tat. Und das Mädchen würde die Dinge vielleicht auch so sehen und sich freuen und einwilligen. Als Henry jedoch am Abend jenes Tages nach Hause kam, sagte er nichts, und sie zügelte eine Woche lang ihre Un-geduld und hielt ihre Zunge im Zaum, bis sie sich nicht länger beherrschen konnte.

»Henry«, sagte sie am Sonntagabend nach der Kirche, als die Mädchen schon schliefen und Clara gegangen war, »Henry, hast du über das nachgedacht, was ich wegen des Mädchens vorgeschlagen habe?« Sie konnte das Wort »Mädchen« kaum aussprechen und errötete vor lauter Aufregung.

»Ja.«

»Und?«

»Es scheint möglich zu sein. Ich habe mich erkundigt. Ich könnte einen Platz für sie in Halifax finden und dafür sorgen, daß man sich um sie kümmert.«

»Es ist also beschlossen?« Sie wußte, während sie fragte, daß es nicht so war, und sie wußte auch, warum, doch er sollte es aussprechen.

»Nein. Ich habe mit Evie gesprochen, und sie will die Stadt nicht verlassen, sie hat Angst umzuziehen.«

»Aber sie ist doch kaum hiergewesen! Erst ein Jahr …«

»Über ein Jahr jetzt, beinahe zwei. Ein Jahr war sie in Stellung.«

»Gut, also zwei, nur zwei. Das ist doch nichts für eine junge Frau, überhaupt nichts, sie hat nicht immer hier gelebt …«

»Sie sagt, ihre einzigen schönen Erinnerungen seien mit Carlisle verbunden, mit ihrer frühen Kindheit, bevor sie die tote Mary fand und in ein Heim gesteckt wurde …«

»Henry, bitte.«

»Das hat sie gesagt. Sie will ein kleines Haus in der Nähe von Holme Head mieten. Es ist eine Art Siedlung, wo …«

»Ich möchte nichts von Siedlungen oder Häusern hören.«

»Du hast schließlich gefragt.«

»Ich habe nur gefragt, warum sie nicht das einzig Vernünftige tut und wegzieht.«

»Und ich habe dir erzählt, daß sie hier Fuß gefaßt hat und Angst hat wegzuziehen und an ihren Kindheitserinnerungen hängt, obgleich das, was ihr an Erinnerung bleibt, jämmerlich genug ist.«

»Sie ist gerissen.«

»An Evie ist nichts Gerissenes. Sie ...«

»Wie sehr du sie inzwischen magst.«

»Mögen? Ich habe dir doch gesagt, daß alle sie mögen, weil ...«

»Sie ist gerissen.«

»Leah, du machst dich lächerlich.«

»Sie hat sich in eine Stellung bei dir eingeschlichen, weil sie wußte, was sie wußte – das war gerissen ... Und jetzt ...«

»Hör auf! Als sie bei mir zu arbeiten anfing, wußte sie nichts.«

»Das sagt sie.«

»Warum sollte sie lügen? Wie hätte sie wissen sollen, daß irgendeine Verbindung zwischen ihr und mir bestand? Sag es mir. Wenn sie wirklich wußte, was sie nicht wissen konnte, daß meine Frau ihre Mutter ist, warum ist sie dann nicht hierhergekommen und dir gegenübergetreten?«

»Weil sie gerissen ist.«

Henry verließ das Haus. Es war dunkel, doch er verließ das Haus, wütend auf seine Frau, und ging eilig den Scaur hinauf und die Straße nach Rockcliffe entlang. Er hatte sie in den letzten Minuten kaum ansehen können – ihr schönes Gesicht war von Bosheit entstellt und ihre Augen funkelten. War sie krank? Während er immer weiterging, überkam ihn die Befürchtung, sie sei womöglich geistesgestört, was er hin und wieder vermutet hatte. Es war nicht normal, es war noch nie normal gewesen, daß sie ihr erstes Kind dermaßen ablehnte. Vielleicht brauchte sie ärztliche Hilfe, aber er konnte den Gedanken daran nicht ertragen. Sein Kopf war voller beängstigender Bilder von einer Leah in einer Zwangsjacke, und er stöhnte, als er schließlich den Heimweg antrat. Man mußte ihr klarmachen, daß sie ihren eigenen Verstand mit absurden Phantasien vergiftete, in denen sie, darüber war er sich im klaren, irgendeine Form von Rache erwartete. Sie sah in Evie Messenger ein Instrument der Rache, das früher oder später wegen ihrer Ablehnung sich gegen sie wenden würde. Sie konnte sich nicht verzeihen, was sie getan hatte, und erwartete es auch von Evie nicht. Aber war es wirklich so? Hatte er es richtig verstanden? Oder verstand er es nicht, wie Leah behauptete, konnte er ihre befremdliche Haltung Evie gegenüber nur nicht verstehen? Tatsache war, daß er Leah nie hatte glauben können. Es war von jeher keine Frage des Verständnisses, sondern des Glaubens gewesen. Er, als Mann, konnte einfach nicht glauben, daß eine Frau den Anblick eines Kindes, noch dazu einer Tochter, die sie geboren hatte, nicht ertragen konnte. Es war unvorstellbar, vor allem, wenn es sich bei der Frau um die gute, liebevolle, intelligente Leah handelte, die er seit achtzehn Jahren kannte und als perfekte Mutter seiner eigenen zwei Töchter erlebt hatte.

Er kehrte schweigend in sein Haus zurück. Im Salon brannte kein Licht mehr. Leah war zu Bett gegangen. Erleichtert sank er in den Sessel neben dem Feuer und fragte sich, ob es wohl noch andere Gründe gab, daß seine Frau Evie Messenger, ihr eigen Fleisch und Blut, so heftig ablehnte. Er hatte sich von Anfang an dazu erzogen, keinen Gedanken an seinen Vorgänger zu verschwenden, den Mann, den sie angeblich geliebt hatte, nach dessen Namen zu fragen sie ihm aber verboten hatte. Leah hatte in ihrer Vergangenheit keine wirkliche Grausamkeit erlebt, davon war er überzeugt. Sie mochte hinters Licht geführt und betrogen worden sein, obgleich er sich nicht einmal dessen sicher war, da er keine Einzelheiten wußte und sich bereit erklärt hatte, nie welche erfahren zu wollen, aber er war felsenfest davon überzeugt, daß es keine Grausamkeit gegeben hatte. Evie war seiner Meinung nach ein Kind der Liebe gewesen. Irgendwo gab es einen

Mann, ihren Vater, den Leah in einem sehr zarten Alter geliebt hatte und von dem sie geliebt worden war. Weil ihm der Gedanke daran weh tat und er wußte, wie eifersüchtig er war, hatte Henry das lästige Wissen aus seinem Kopf verbannt, was er jetzt allerdings bereute. In seiner Angst, Leah zu verlieren, hatte er sich allzu bereitwillig ihren Bedingungen unterworfen, und das hätte er nicht tun sollen. Wenn er jetzt wüßte, wer Evies Vater war und was aus ihm geworden war, würde er vielleicht eher das Verständnis aufbringen können, das ihm in Leahs Augen fehlte.

Was er hatte tun müssen, war schrecklich gewesen. Als er Evie zu sich rufen ließ, war ihm beklommen zumute. Sie war ein so zerbrechliches, mitleiderregendes Mädchen, obgleich er von Anfang an vermutete, daß sie eine Charakterstärke besaß, die man von außen nicht vermutete. Sie war kein dummes, einfältiges Mädchen, und obgleich sie ihm kaum in die Augen blickte, hatte er gesehen, daß sie intelligenter war, als man aus ihrer Schulbildung schließen konnte. Als sie eintrat und mit ängstlich zitternden, gefalteten Händen demütig vor ihm stand, brachte er es fast nicht über sich, anzufangen zu sprechen. Er räusperte sich, räusperte sich noch einmal und suchte umständlich nach einem Pfefferminzbonbon. Er konnte mit solch einem Ding im Mund nicht sprechen und kam sich lächerlich vor, als er es wieder herausnehmen, in ein Stück Papier wickeln und wegwerfen mußte. Während dieses ganzen Theaters hatte Evie geduldig dagestanden und sich nicht auf den Stuhl gesetzt, den er ihr angeboten hatte. Gerade ihre Geduld machte ihm zu schaffen. Er würde sie verletzen, und es war, als verletze er ein wehrloses Wesen. Aber sie überraschte ihn mit der Würde, die sie zeigte. »Evie«, hatte er gesagt, »ich habe Neuigkeiten für dich.« Sie sagte nichts, zeigte keinerlei Erwartung, sah nicht fragend zu ihm auf. »Es wird ein Schock für dich sein, und nicht erfreulich.« Noch immer keine Antwort. »Es ist kompliziert.« Er zögerte. »Es fällt mir nicht leicht, es dir zu sagen, aber ich glaube, oder vielmehr ich weiß, wer deine Mutter ist.« Jetzt endlich erfolgte eine Reaktion. Sie lächelte, ein kleines, schüchternes Lächeln, das erste, das er, soviel er wußte, je auf ihrem wachsamen kleinen Gesicht gesehen hatte. Das Lächeln machte alles nur noch schlimmer. »Es sind nicht unbedingt gute Nachrichten, Evie«, hatte er gesagt, »und ich frage mich, ob es für dich nicht besser wäre, nichts davon zu erfahren.« Sie sah besorgt aus, und er fuhr hastig fort: »Oh, deine Mutter ist eine durchaus angesehene Person, Liebes, nichts dergleichen, du brauchst nicht gleich das Schlimmste zu befürchten, es ist nur, daß deine Mutter keine alten Wunden aufreißen will, das heißt, heißt also ...« Er verhaspelte sich und hielt inne und seufzte und begann von neuem. »... Das heißt, verstehst du, sie ist verheiratet und hat inzwischen ihre eigene Familie, und sie, nun, sie will dich nicht kennenlernen.« Er hatte zu schwitzen begonnen, und sein Gesicht war rot angelaufen. »Wäre es nicht besser, nichts darüber zu erfahren, Evie?«

Sie hatte ihn lange und durchdringend angeblickt, ihr Lächeln war jetzt beinahe verschwunden. Er wartete und versuchte, sie durch ein Kopfnicken zu ermutigen. Ihr Schweigen dauerte so lange, daß er gezwungen war, seinen Vorschlag zu wiederholen. »Evie, wäre es nicht besser, nicht Bescheid zu wissen?« Worauf sie ihren Kopf schüttelte. Es war, als hätte er es mit einer Stummen zu tun. Er konnte es nicht bei diesem Kopfschütteln belassen. »Evie«, sagte er so feierlich wie nur irgend möglich, wobei er ihren Namen mit dem ganzen Ernst aussprach, den er aufbringen konnte, und seine Stimme senkte. »Evie, du mußt es mir ehrlich sagen. Bist du bereit, wenn du weißt, wer deine Mutter ist, die Konsequenzen zu tragen? Bist du dir über die Konsequenzen im klaren?« Sie nickte. »Es genügt nicht, zu nicken oder den Kopf zu schütteln, Evie. Du mußt deutlich sprechen, sonst kann ich mir nicht sicher sein, daß du es wirklich verstehst.«

»Ich verstehe«, sagte sie.

»Und was genau verstehst du?«

»Meine ... sie, sie will mich nicht kennenlernen.«

Was hätte er danach noch tun können? Als Henry die Treppe hinaufstieg, um schlafen zu gehen, konnte er die Erinnerung an den darauffolgenden qualvollen Dialog kaum ertragen. Evies Gesicht hatte sich verfärbt, als er ihr die Identität ihrer Mutter offenbarte. Er war entsetzt, als er sah, wie weiß sie wurde und wie heftig die Farbe in Sekundenschnelle wechselte. Sie hatte ausgesehen, als würde sie gleich in Ohnmacht fallen, und er war zu ihr geeilt, um sie zu stützen, aber sie hatte ihn abgewiesen und war zur Tür geflüchtet, an die sie sich zu pressen schien, als fürchte sie sich vor ihm. Er hatte ein solches Entsetzen empfunden, ihr so etwas antun zu müssen, und immer wieder gesagt, wie leid es ihm tue. Dann war da noch die lästige Frage des Geldes gewesen. Es sollte nicht so klingen, als erkaufe er ihr Schweigen, er konnte sie aber auch nicht gehen lassen, ohne ihr ein Zeichen seiner Aufrichtigkeit und seines Verantwortungsgefühls zu geben. Er hätte ihr so gern erzählt, wie bereitwillig, ja geradezu erpicht er gewesen sei, sie als seine eigene Tochter großzuziehen, hatte es aber dann für ratsam gehalten, darüber zu schweigen. Es hätte wie eine Verteidigung seiner selbst und eine Kritik an seiner Frau geklungen. Er hätte auch gern in Erinnerungen geschwelgt, an Evie als kleines Kind, ihr erzählt, daß er sich noch an die alte Mary und das Haus in Wetheral und den Ort in der St. Cuthbert's Lane erinnerte, flüchtige Erinnerungsfetzen. Aber das gehörte sich unter diesen Umständen nicht. Statt dessen hatte er versucht, sich als Geschäftsmann zu geben, obgleich die Atmosphäre für eine geschäftliche Verhandlung viel zu emotional gewesen war. Als er ihr die Summe nannte, die er ihr zu zahlen gedachte, befürchtete er, sie könne das Angebot ausschlagen, sie ließ jedoch nicht erkennen, ob sie es ablehnte oder akzeptierte. Sie hatte ihn reden lassen, ohne ihn zu unterbrechen, und dabei weder Freude noch Empörung bekundet. Als er sie aber inständig bat, niemandem von all dem zu erzählen, war sie plötzlich wieder lebhafter geworden, was ihn erleichtert hatte. »Ich wollte es nur wissen«, sagte sie, »nicht anderen erzählen.«

Von Gerissenheit konnte keine Rede sein. Als Henry sich neben seine Frau ins Bett legte, die, auch wenn sie nicht schlief, mit Erfolg so tat, als ob sie schliefe, wußte er, daß eine solche Anschuldigung unbegründet war. Er war sogar positiv überrascht gewesen, wie wenig Evie Messenger sich als gerissen erwiesen hatte. Eine Zeitlang war sie in seinem Büro ihm gegenüber sogar in einer überlegenen Position gewesen, ohne jedoch für sich Nutzen daraus zu ziehen. Sie hätte Forderungen stellen können und hatte nicht im entferntesten daran gedacht. Sie hätte mit allem möglichen drohen können, statt dessen schien sie seinen Vorschlag widerstandslos zu akzeptieren. Es hatte nicht ein bitteres Wort über ihre Mutter gegeben. Dabei war Henry darauf gefaßt gewesen, den Haß auf Leah zu erdulden, den zu zeigen Evie seiner Meinung nach berechtigt war. Wenn Leah hätte miterleben können, wie nobel Evie Messenger sich verhalten hatte, wäre sie vielleicht weniger ängstlich und ihr gegenüber milder gestimmt. Statt dessen würde sie mit ihrem Feldzug, das Mädchen loszuwerden, fortfahren, und er würde ihren selbstsüchtigen Interessen standhalten müssen. Er war derjenige, der Evie so gut wie täglich sehen würde und ihre Geschichte kannte. Leah hatte nicht bedacht, wie peinlich es für ihn sein würde. In ihrem Haus war sie in Sicherheit, er war es nicht.

Henry schlief schlecht und war froh, als er aufstehen konnte. Leah sprach während des Frühstücks nicht mit ihm, und er sprach nicht mit ihr, aber die Mädchen schnatterten zu sehr, als daß das Schweigen ihrer Eltern aufgefallen wäre. Er aß seinen Bückling und ließ den Blick in

einer Weise über seine Töchter gleiten, wie er es nie zuvor
getan hatte. Er suchte in ihren Zügen Ähnlichkeiten mit
ihrer Schwester, Evie Messenger. Es gab keine, es ließ sich
kein Vergleich herstellen. Evie mußte ihrem unbekannten
Vater ähnlich sehen. Er fragte sich, wie Rose und Polly
wohl die Nachricht aufnehmen würden, daß sie eine ältere Halbschwester hatten, falls er es ihnen erzählte. Aber
das würde er nicht tun. Er würde es nicht wagen, und er
hatte, wie er feststellte, auch nicht den Wunsch, es ihnen
zu erzählen. Es war zu schockierend. Sie würden ihre un-
tadelige Mutter weniger achten, und das wäre schrecklich.
Doch wenn sie es später herausfänden? Würden sie nett
sein? Nett zu Evie? In diesem Punkt hatte er seine Zweifel.
Evie war eine Arbeiterin, sie gehörte zur gesellschaftlichen Unterschicht, wohingegen Rose und Polly zur Mittelschicht gehörten und vermutlich auf sie herabblicken
würden, ohne es für grausam zu halten. Sie würden sich
einer Halbschwester wie Evie schämen, und es gab nur wenig Aussicht, daß sie sie in ihr Herz schließen würden.
Nein, in diesem Punkt gab er Leah recht, obgleich sie darüber gar nicht gesprochen hatten. Rose und Polly sollten
lieber nichts von all dem wissen. Die traurigen Umstände
der frühen Erfahrung ihrer Mutter sollten ihnen nicht ins
Gesicht geschleudert werden, ihr Glück zerstören und ihr
Gefühl von Geborgenheit erschüttern. Seine Pflicht Evie
gegenüber, beschloß er, ging nicht so weit, daß sie das
Glück seiner Töchter überschatten durfte.

Leah saß am Frühstückstisch und wirkte ruhig, wenn
nicht gar gelassen. Sie trug ein Kleid, das er vor langer Zeit
für sie geschneidert hatte, und er fragte sich, ob diese
Wahl irgend etwas bedeutete. Es war ein Kleid aus blaß-
grüner Baumwolle mit Stehkragen und Puffärmeln, sämtliche Nähte waren mit dunkelgrüner Litze besetzt. Es war
ein altes Kleid, nur als Hauskleid geeignet, aber ungewöhnlich und hübsch, und er hatte es immer gemocht.
Die Baumwolle war sehr fein und knitterte leicht, der ein-

zige Nachteil des Kleides. Er erinnerte sich, daß er es Leah kurz nach Pollys Geburt geschenkt hatte und wie bestürzt er gewesen war, weil es ihr nicht paßte. »Ich bin jetzt eine Matrone, Henry«, hatte sie lachend gesagt, »die Mutter von zwei dicken Babys und nicht mehr die schlanke Sylphide, die du geheiratet hast. Frauen verändern sich durch eine Geburt, Henry, hast du das noch nicht bemerkt?« Sie hatte ihn geneckt, und ihm hatte ihr Mangel an Eitelkeit gefallen. Als ihre Maße nach sechs Monaten wieder die alten waren und das Kleid paßte, hatte er sich gefreut. »Siehst du«, sagte er, »du hast dich durch die Geburt nicht endgültig verändert. Du bist noch immer meine schlanke, schöne Sylphide.« Und nun trug sie es wieder, und obgleich der Stoff, wie er mit erfahrenem Auge feststellte, über der Brust ein wenig spannte und die Taille, wie er annahm, zu eng war, sah das Kleid nach wie vor sehr gut an ihr aus. Er überlegte, ob er das Risiko eingehen sollte, längst Bekanntes zu sagen und ihr Schweigen auf ganz harmlose Weise zu brechen.

»Wie ich sehe, trägst du das alte grüne Kleid«, sagte er. »Es sieht so hübsch aus wie eh und je.«

»Es ist nicht hübsch, und ich bin es genausowenig. Es ist alt und abgetragen.«

»Mir gefällt es, Mama«, sagte Rose.

»Danke, Liebes.«

»Mir auch«, sagte Henry. »Ich habe es sehr gern, ob es nun alt ist oder nicht.«

»Natürlich. Du hängst immer an dem, was du gemacht hast.«

Darauf schien es keine Antwort zu geben. Henry küßte die Mädchen, dann auch sie – sie wich seinem Kuß nicht aus, erwiderte ihn aber auch nicht wie sonst – und ging zur Arbeit.

Als er und nach ihm auch die beiden Mädchen aufgebrochen waren, verriegelte Leah sowohl die Haustür als auch die Hintertüren und erklärte Clara, in der Gegend sei eingebrochen worden. Von nun an müßten die Türen stets fest verschlossen werden, selbst wenn jemand im Hause sei.

Kapitel 19

Es war März, aber in diesem Jahr glich er mehr dem Januar. Das Wetter hatte seine üblichen Streiche gespielt. In der ersten Woche strahlende Sonne, alle Narzissen blühten, und die Magnolienknospen wurden praller und sprangen vor einem leuchtendblauen Himmel auf, aber jetzt gab es heftige Graupelschauer, und eine allgemeine Düsternis hing über allem. Hazel haßte den März wegen seiner Unbeständigkeit.

Alle außer ihr hatten das Haus gegen neun Uhr verlassen, selbst Conchita, das spanische Au-pair-Mädchen. Hazel arbeitete sich in ihrem Büro, einem kleinen Raum im ersten Stock, durch die langweiligen Einzelheiten eines Falles von Gewalt in der Ehe. Sie war erst nach Mitternacht zu Bett gegangen und hatte sich gegen sechs wieder an ihren Schreibtisch gesetzt, bevor Malcolm oder die Jungen aufgestanden waren. Sie wußten, daß sie sie nicht stören durften. Trotzdem hörte sie Anthonys Protestgeschrei, als Conchita zu ihm sagte, er dürfe an diesem Morgen nicht zu seiner Mutter, weil sie an einem Fall arbeiten müsse, der am nächsten Tag vor Gericht verhandelt würde. Die Jungen waren solche Situationen gewohnt, waren aber immer wieder wütend darüber. Eigentlich konnte sie ebensogut hinausgehen und nachsehen, was Anthony oder die anderen von ihr wollten, weil es sowieso nicht möglich war, sich bei dem Geschrei zu konzentrieren, und weil sie nur dasaß und aus dem Fenster starrte, bis das Spektakel vorüber war.

Aber jetzt war das ganze Haus seit beinahe einer Stunde

friedlich. Sie liebte dieses Gefühl, das große Haus im Rük-
ken zu haben, still und irgendwie beruhigend. Nach vorn
blickte sie durch die noch nackten Zweige des großen alten
Birnbaums, der zwar kaum Früchte, aber herrliche weiße
Blüten trug, auf die Straße. Es war kein besonderer oder
erhebender Anblick, aber doch auf angenehme Weise ein
wenig ländlich – der Obstbaum, das Gebüsch, das Dach
der Kapelle und eine alles in allem friedvolle Atmosphäre.
Nur wenige Autos kamen vorüber, und noch weniger Fuß-
gänger. Sie suchte ihre Unterlagen zusammen und begann, sie in verschiedenen Aktenordnern abzulegen, als
sie ein junges Mädchen durchs Tor kommen sah. Sie hielt
inne – wer mochte an einem Werktag morgens zu Besuch
kommen? Eine von Conchitas zahlreichen Freundinnen?
Nein, die waren alle in der Sprachenschule, und dieses
Mädchen sah nicht spanisch aus mit ihrem rotbraunen,
sehr hübschen langen lockigen Haar. Sie trug eine Blechbüchse, aber Hazel konnte nicht erkennen, was auf der
Seite geschrieben stand. Sie sammelte also, sammelte für
irgend etwas, und da es ein Mädchen war, gab es keinen
Grund, mißtrauisch zu sein.

Hazel war nicht mißtrauisch. Sie empfand kein Mißtrau-
en, es gab keinen Grund dafür. Auf ihrem Weg die Treppe
hinunter nahm sie etwas Kleingeld vom Regal im Flur und
hielt es in der Hand, als sie die Tür öffnete. Das Mädchen
erschrak, nicht sie. Sie fuhr zusammen, und Hazel lächelte und sagte: »Ich habe Sie oben von meinem Fenster aus
gesehen. Hier, genügt das?« Das Mädchen hielt ihr die
Blechbüchse nicht einmal hin. Hazel mußte die Hand danach ausstrecken und ihre drei Münzen durch den Schlitz
zwängen. »*Save the Children* – eine gute Sache. Ich hoffe,
Sie haben Erfolg«, sagte sie und machte Anstalten, die Tür
wieder zu schließen. »Warten Sie«, sagte das Mädchen.
Hazel blieb höflich stehen. Es war ein sehr attraktives
Mädchen mit wundervollem Haar und sehr klaren hell-
blauen Augen, sie schien aber in einer Art Trance zu sein.

Sie blickte so starr vor sich hin, daß es fast erschreckend, ja geradezu besorgniserregend war. »Wollten Sie etwas sagen? Mich etwas fragen?« sagte Hazel. Wahrscheinlich eine Predigt halten. Sammlerinnen wollten einen meistens zu ihrer Sache bekehren. Nun, dazu hatte sie keine Zeit, sie mußte ins Büro. »Ich fürchte, ich muß mich umziehen«, sagte sie. »Einen guten Tag wünsche ich Ihnen und viel Glück beim Sammeln«, und noch einmal versuchte sie, die Haustür zu schließen.

»Nein!« sagte das Mädchen, wurde rot und fuhr fort: »Könnte ich bitte für einen Augenblick hereinkommen?«

»Ich fürchte, nein«, sagte Hazel und blickte ostentativ auf ihre Armbanduhr. »Ich bin auf dem Sprung zur Arbeit. Was wünschen Sie?«

»Sie.«

»Wie bitte?«

»Ich meine, mit Ihnen sprechen.«

»Worüber?«

»Über mich. Und Sie!«

Sie kannte sie zur Genüge aus ihrer beruflichen Erfahrung, diese Frauen, die zwar normal aussahen, aber verwirrt waren. Die Polizeistationen waren voll davon, und sie hatte mit manch einer zu tun gehabt. Man mußte höflich sein und ihnen einfach ausweichen. »Hören Sie«, sagte Hazel, »ich muß wirklich gehen«, und sie fing an, die schwere Tür zuzudrücken. Aber das Mädchen lehnte sich dagegen, und es war stark. Eher irritiert als ängstlich sagte Hazel, es solle mit diesem Unsinn Schluß machen, sonst müsse sie die Polizei rufen, wenn diese Belästigung nicht aufhöre.

»Bitte«, sagte das Mädchen, »ich möchte Sie nicht belästigen, ich möchte Ihnen nur etwas sagen, und das kann ich nicht zwischen Tür und Angel, es ist zu persönlich. Ich bin nicht verrückt oder so was, das verspreche ich. Es geht nur darum, daß Sie mich kennen. Sie wissen es nur nicht, aber Sie kennen mich, und ich möchte es Ihnen erklären und sagen, wer ich bin. Ich bin nicht gekommen, um Ihnen Ärger zu bereiten, das verspreche ich.«

Es blieb ihr nichts anderes übrig, als das Mädchen hereinzulassen. Hazel ging steif und ohne sich umzusehen voraus, und zwar nicht in das Wohnzimmer, sondern in die Küche. Sie wollte beschäftigt sein, irgend etwas Mechanisches tun. Sie begann, Kaffee zu kochen, ohne das Mädchen zu fragen, ob sie welchen trinken wolle. Sie würde Kaffee mahlen, ein gutes, lautes Geräusch. Sie füllte den Topf mit Wasser, ein weiterer kräftiger Ton, als sie den Wasserhahn aufdrehte. Mit den Tassen klappern, mit den Kaffeelöffeln klirren, die Stille ausfüllen. Sie sprach nicht. Den Rücken dem Mädchen zugewandt, versuchte sie nachzudenken. Sie hatte immer gesagt, daß es eines Tages unweigerlich geschehen würde. Sie hörte sich später, als Malcolm nach Hause gekommen war, sagen, sie habe immer gewußt, es werde geschehen. Aber nicht so, sie hatte nicht geglaubt, daß es so geschehen würde, ohne jede Vorwarnung. Sie hatte sich einen Brief oder ein Telefongespräch vorgestellt, und damit wäre sie fertig geworden. Am allermeisten haßte sie es, überrascht zu werden. Es war ein Affront gegen die Ordnung ihrer Welt, ihre Effizienz und ihre Pläne.

Schließlich mußte sie sich umdrehen und den Kaffee auf den Tisch stellen. »Milch?« fragte sie, froh über ihre feste, tiefe Stimme. »Zucker?« Das Mädchen nickte. Sie schien überwältigt zu sein, jetzt, wo sie tatsächlich hier im Haus war. Hazel goß zwei Tassen ein, tat Milch in ihre eigene, schob das Milchkännchen und die Zuckerdose über den Tisch der Besucherin hin. Sie wollte ihr nicht helfen, indem sie zu ihr sagte, sie wisse, wer sie sei. Sollte sie es doch sagen, da sie es sich vorgenommen hatte. Hazel nippte am Kaffee und wartete, während sie sich das Mädchen als Klientin vorstellte. Geduld, das war das Geheimnis, und eine entspannte Atmosphäre. Aber das Mädchen auf der anderen Seite des Tisches war alles andere als entspannt. Sie war verkrampft und nervös, biß sich ständig auf die Lippen, spielte mit den kleinen silbernen Ringen an ihren Fingern, und blickte kein einziges Mal vom Tisch auf. Sie hat nichts von mir, dachte Hazel und fühlte sich unerklärlicherweise erleichtert.

»Es ist schwierig«, sagte das Mädchen. »Mein Name ist Shona, Shona McIndoe. Ich bin Studentin, Jurastudentin am University College of London.« Hazel bemerkte, daß sie an dieser Stelle rasch hochblickte, um festzustellen, ob sie irgendwie reagierte, und, als dies ausblieb, enttäuscht war. »Ich weiß nicht, wie ich darüber reden soll, ohne Sie möglicherweise zu schockieren.« Sie hielt inne, aber Hazel schwieg weiterhin und wartete, trotz des Durcheinanders in ihrem Kopf, gespannt ab, wie ihr Kind wohl fortfahren werde. »Ich habe nicht die Absicht, Ihnen Kummer zu bereiten, ganz bestimmt nicht.« Wieder eine Pause, und da Hazel ihr nicht zu Hilfe kam, mußte der Schritt gewagt werden. »Ich wurde 1956 in Norwegen geboren«, sagte sie. Danach wäre es dumm gewesen, so zu tun, als begreife sie noch immer nicht, worum es ging. »Dann bist du also meine Tochter«, sagte Hazel ruhig, »ich verstehe.« Kein weiteres Wort. Statt dessen stand sie auf und tat etwas. Sie ging zum Telefon, wandte Shona den Rücken zu und wählte mit ruhiger Hand die Nummer ihres Büros. Sie sprach mit ihrer Sekretärin und sagte, etwas Wichtiges sei dazwischengekommen und es werde noch eine Weile dauern, bis sie käme, sie wisse noch nicht wann. Dann sagte sie: »Laß uns irgendwohin gehen, wo wir es bequemer haben.«

Das Wohnzimmer war unordentlich, Mrs. Hedley hatte noch nicht aufgeräumt. Die Jungen hatten überall auf dem Boden Legosteine liegengelassen, und Comichefte bedeckten das schlimm zugerichtete Sofa. Hazel schob sie zu einem Haufen zusammen und öffnete dann die noch immer geschlossenen Vorhänge. »Was für ein Tag«, sagte sie und blickte in den nassen, sturmgepeitschten Garten.

»Mein Geburtstag«, sagte Shona.

»Tatsächlich? Der 16. März, ja.«

»Ich dachte, Sie würden vielleicht immer ...«

»Nein. Hab ich nicht, nie. Ich hatte mir geschworen, es nicht zu tun, und habe es auch nicht getan. Es schien mir – irgendwie rührselig. Ich hatte es mir vorgenommen, für immer. Ich habe das Datum bewußt und mit Erfolg aus meinem Gedächtnis gestrichen.«

»Ich nehme an, Sie waren viel zu unglücklich, Sie wollten mich und alles, was damit zusammenhing, einfach vergessen.«

Hazel drehte sich um, weil sie es nicht länger vermeiden konnte, die junge Frau anzusehen. Da stand sie, die Hände in den Taschen ihres grünen Regenmantels, unsicher, aber auch herausfordernd, offensichtlich gewappnet, allem, was auch immer kommen mochte, die Stirn zu bieten, und mutig eine Idee zu vertreten, von der sie glaubte, sie sei wahr. Vorsichtig sagte Hazel: »Unglücklich? Ja, natürlich war ich das. Und ich wollte vergessen, aber das dauerte eine lange Zeit. Das Datum deiner Geburt zu vergessen war leicht, aber alles übrige zu vergessen war schwierig. In Wahrheit unmöglich. Aber ich habe mich sehr bemüht.«

»Es tut mir leid.«

Hazel erlaubte sich ein leises Lachen. »Wollen wir uns setzen?« sagte sie und setzte sich auf den einzigen Stuhl mit gerader Lehne, wobei sie das Mädchen zwischen Sofa und Sesseln wählen ließ. Sie wählte das Sofa, setzte sich aber nur auf die Armlehne. »Dir muß nichts leid tun. Wenn jemandem etwas leid tun muß, dann mir.«

»Aber das tut es nicht«, sagte das Mädchen rasch, ohne den geringsten Vorwurf in der Stimme.

Hazel sagte eine Weile nichts und blickte forschend in das Gesicht ihres Gegenübers. Es war schwer zu ermessen, wieviel Verzweiflung sich wahrscheinlich unter der kontrollierten, ruhigen Oberfläche verbarg. »Es ist kompliziert«, sagte sie schließlich, »wie du dir denken kannst.

Viele Dinge tun mir leid oder taten mir leid. Aber neunzehn Jahre sind eine lange Zeit.« Sie wollte so wenig wie möglich sagen, was in diesem Augenblick sicherlich richtig war. Sie wußte genau, daß jedes Wort, das sie aussprach, jeder Ausdruck, der über ihr Gesicht glitt, analysiert und überdacht werden würde. Es war vielleicht grausam, dem Mädchen die Führung des Gesprächs zu überlassen, es wäre freundlicher, ihr zu helfen und eine Reihe lebhafter Fragen zu stellen, aber das wollte sie nicht. Und was die Gesten betraf, die noch freundlicher wären, eine herzliche Umarmung oder ein zärtlicher Kuß, so war sie dazu außerstande, und das mochte die junge Frau vermutlich spüren.

»Ich hätte nicht kommen sollen«, sagte sie und stand auf.

»Bitte«, sagte Hazel, während auch sie aufstand, verwundert über sich selbst und ohne zu wissen, was sie eigentlich mit diesem Appell meinte. Das Mädchen sagte daraufhin, sie brauche sich nicht zu entschuldigen. »Nein, wirklich«, sagte sie, »ich sehe jetzt ein, daß es dumm von mir war. Sie haben Ihr eigenes Leben. Ich konnte nur einfach nicht widerstehen, ich hatte lächerliche Vorstellungen. Aber ich werde jetzt gehen und Sie nicht wieder stören.« Sie war den Tränen nahe und versuchte, wie Hazel sehen konnte, diese noch solange zurückzuhalten, bis sie aus dem Haus war.

»Bitte«, wiederholte Hazel, »du bist traurig. Setz dich. Ich möchte nicht, daß du so weggehst. Du würdest mit lauter falschen Schlußfolgerungen gehen. Laß dir Zeit. Und mir, laß mir Zeit. Ich bin bestürzter, als man es mir vielleicht ansieht.«

»Sie sehen überhaupt nicht bestürzt aus. Sie sehen nicht einmal überrascht aus«, sagte das Mädchen, und Hazel war erleichtert, endlich den Groll herauszuhören.

»Nein«, gab sie zu, »aber schließlich kennst du mich nicht, daher kannst du es nicht beurteilen, nicht wahr?«

»Ich dachte, Sie würden irgendeine Reaktion zeigen. Nichts ist geschehen. Ich hätte Ihnen ebensogut gesagt haben können, wie spät es ist, so wenig Notiz haben Sie davon genommen.«

»Oh, ich habe sehr wohl Notiz davon genommen. Ich habe nachgedacht, aber Gedanken kann man nicht sehen, oder? Ich dachte daran, daß ich das hier immer erwartet habe, ohne zu wissen, wie es geschehen würde.«

»Nicht so.«

»Nicht so, nein.«

»Aber Sie haben es befürchtet, Sie haben es immer befürchtet.«

»Nein. Was ich befürchtet habe, war, nicht zu wissen, wie ich mich verhalten sollte oder wie du sein würdest, ob du voller Haß kämst oder eher aus Neugier, und ich nehme an, ich hoffte, aus Neugier.« Sie hatte weit mehr gesagt als beabsichtigt, war aber mit ihren Worten zufrieden.

Das Mädchen dagegen war nicht zufrieden. Sie war rot geworden und biß sich so stark auf die Lippe, daß sie geblutet hätte, wenn sie nicht damit aufgehört hätte. »Ich hasse Sie nicht«, sagte das Mädchen, »und ich mache Ihnen keine Vorwürfe, aber Sie sind nicht so, wie ich dachte, ich meine, Sie sind nicht so, wie ich mir meine Mutter vorgestellt habe.« Sie stockte bei dem Wort »Mutter«. Hazel wußte, daß von ihr die Frage erwartet wurde, worin sie sich denn unterscheide, war jedoch entschlossen, nicht in diese Falle zu tappen. »Ich dachte«, sagte das Mädchen, »ich dachte, es wäre eine Erleichterung für Sie zu sehen, daß ich wohlerzogen und glücklich bin.«

»Das ist es auch«, sagte Hazel hastig.

»Das ist es nicht. Es kümmert Sie gar nicht. Ich bedeute Ihnen nichts, und je früher ich das einsehe, desto besser.«

Sie hob ihre Umhängetasche auf, die sie fallen gelassen hatte, und lief mit flatterndem grünem Regenmantel, das Haar wütend zurückgeworfen, zur Tür, aber Hazel war

377

ebenso schnell und erreichte zusammen mit ihr die Tür. Sie mußte den Namen des Mädchens aussprechen, aber es fiel ihr schwer. »Shona«, sagte sie, »geh nicht so.« Sie konnte sie nicht mit all diesen offenen Fragen gehen lassen, und das hatte nichts mit Sorge um Shona zu tun. Es hatte allein mit der Sorge um sie selbst zu tun und dem Gefühl, daß es noch eine andere Lösung geben mußte, die sie beide voneinander befreien würde. »Nein, geh nicht«, sagte sie noch einmal, »nicht so. Du wirst es nur bereuen, und die Enttäuschung wird um so größer sein.«

»Es geht nicht um Enttäuschung. Ich wußte, Sie würden wahrscheinlich …«

»Es geht um Enttäuschung, nur ist es eine noch viel tiefergehende Enttäuschung. Natürlich enttäusche ich dich.«

»Sie können nicht anders, ich hab's Ihnen gesagt, ich weiß es, ich kann es sehen, kann es fühlen. Ich bedeute Ihnen nichts.«

»Oh, du bedeutest mir etwas.« Hazel lächelte und versuchte, das Mädchen ironisch anzusehen und auch in ihr ein wenig Heiterkeit zu wecken. Aber ihre Augen waren tränennaß, und es war keine Spur von Ironie darin zu erkennen. »Setz dich wieder«, drängte sie, »laß mich wenigstens deine Neugier befriedigen, und warte, bis du dich wieder mehr unter Kontrolle hast.«

»Ich habe mich unter Kontrolle. Ich weine nicht wirklich. Ich bin absolut kein emotionaler Mensch, *ich* nicht.«

»Nein. Ich bin sicher, das bist du nicht. Und das gilt auch für mich. Aber was konnten wir anderes erwarten? Unter diesen Umständen. Wie gesagt, wir brauchen Zeit.«

»Aber Sie wollen mich offensichtlich nicht hier haben, ich habe irrtümlicherweise gedacht, Sie wollten das vielleicht.«

»Ja, du hast dich geirrt, aber du bist nun hier, und das ändert alles. Ich kann nie wieder dasselbe empfinden und weiß auch gar nicht, ob ich es wollte. Ich gehe jetzt und ziehe mich um und rufe noch einmal im Büro an, und dann könnten wir spazierengehen, was meinst du? Es ist eigenartig, so dazusitzen. Ich würde mich draußen ungezwungener, also wohler fühlen und …«

»Ja, mir geht es genauso.«

Die ganze Zeit, während sie sich umzog und telefonierte, dachte Hazel besorgt daran, daß ihre Mutter, wie sie es nannte, »echte Landeier« vorbeibringen wollte, die sie extra von ihrem Wochenende in Gloustershire mitgebracht hatte. Sie besaß einen eigenen Schlüssel und würde einfach hereinmarschieren, weil sie niemanden zu Hause erwartete, und die Eier in die Küche legen. Es wäre entsetzlich, wenn sie käme, während Shona noch da war. Hazel beeilte sich, war sich aber gleichzeitig bewußt, daß sie hoffte, ja sogar erwartete, das Klicken der Haustür zu hören, das Geräusch von Shonas davonlaufenden Schritten, aber es passierte nichts. Sie hatte dem Mädchen die Gelegenheit gegeben, die Flucht zu ergreifen, aber Shona hatte sie nicht genutzt, und damit basta. Oder, dachte Hazel, vielleicht habe ich das ja gar nicht getan, vielleicht bin ich ja davongelaufen, und es hat nicht funktioniert, und jetzt muß ich die Konsequenzen tragen und mich entsprechend verhalten. Entschlossen ging sie in Hose und Pullover wieder die Treppe hinunter. Sie würde Punkt für Punkt durchgehen, was in den vergangenen Jahren geschehen war, und Shona ermuntern, Fragen zu stellen, und sie dann mit reinerem Gewissen verabschieden. Es hatte keinen Sinn zu glauben, sie könne oder müsse Zuneigung und Freude vortäuschen. Sie konnte es nicht. Sie würde ehrlich sein und es irgendwie hinter sich bringen müssen.

Sie gingen wortlos die Straße hinunter, Hazel erleichtert, dem Eintreffen ihrer Mutter entkommen zu sein, ihrer beider lange Schritte einander angepaßt, und der Hund zerrte vor ihnen an der Leine. Die Graupelschauer hatten aufgehört, aber der Tag war noch immer grau und häßlich, der Himmel schwer und trübe.

»Ist dir warm genug?« sagte sie zu Shona, als sie den Park betraten. »Der Mantel sieht ziemlich dünn aus für dieses Wetter.«

»Das Wetter macht mir nichts«, sagte Shona, »ich bin in Schottland aufgewachsen, an der Nordostküste.«

»Ja, ich weiß.«

»Sie wissen das? Woher?«

Hazel schwieg eine ganze Weile. Sie spürte, daß Shona wartete. Das, dachte sie, wird ihr gefallen, wird ihr ein wenig Genugtuung geben. »Oh, vor einigen Jahren, vor langer Zeit, ich weiß nicht mehr genau wann, hatte ich Alpträume deinethalben. Sie wurden schlimmer und schlimmer. Du als Baby, obgleich ich dich nie wirklich sah, ich wollte es nicht. Jedenfalls dachte Malcolm, mein Mann, wenn er herausfände, daß du gesund und glücklich bist, würden die Alpträume aufhören. Und das taten sie wirklich. Seitdem hab ich keine mehr gehabt.«

»Was geschah in den Alpträumen?«

»Nichts Besonderes. Einfach ein Baby, du, oder ein Baby, von dem ich wußte, daß du es bist, das weinte, schrie.«

»Wie hat Ihr Mann mich aufgespürt?«

»Ich weiß es nicht. Er ist auch Jurist, er hat Möglichkeiten, an Informationen zu kommen. Ich habe ihn nicht gefragt.« Es herrschte langes Schweigen. Der Hund sprang herum, Hazel beobachtete ihn und dachte, was für ein trostloser Park, absolut kein Ersatz für richtiges Land, wie Hampstead Heath es sein konnte an solch einem Wochentagmorgen. Sie wußte sehr wohl, daß Shona die Bedeutung dessen, was sie ihr erzählt hatte, gründlich durchdachte, und wartete eher mit Interesse als mit Besorgnis darauf, was sie sagen würde. Aber das Mädchen sagte gar nichts. Hazel warf ihr einen verstohlenen Seitenblick zu, um festzustellen, ob sie vielleicht wieder weinte, sah aber keine Anzeichen für Tränen. »Gibt es noch Dinge, die du mich fragen möchtest?« sagte sie.

»Ja.«

»Dann frage. Ich nehme an, du willst wissen, wer dein Vater ist und warum ich …«

»Nein, das will ich nicht. Ich will nichts von irgendeinem Vater wissen, der zählt nicht.«

»Nun, wenn du meinst, aber seine Rolle ist bestimmt von Bedeutung. Er war Schüler, nein, es war die Zeit zwischen Schule und Universität …«

»Ich will es nicht wissen, hab ich gesagt.«

»Also gut. Aber du mußt wissen, daß er nie davon erfahren hat, von dir, meine ich. Vielleicht *wirst* du ja eines Tages über ihn Bescheid wissen wollen, und das solltest du dir klarmachen.«

»Es geht um das andere.«

»Warum ich dich fortgegeben habe?«

»Ja. Ich meine, ich weiß, daß Sie sehr jung waren, jünger als ich jetzt, und ich weiß, daß Abtreibung damals illegal war …«

»Ich habe so gut wie gar nicht an Abtreibung gedacht, es war etwas, das andere Mädchen in Hinterhöfen tun mußten, viel zu gefährlich und undurchführbar. Ich hätte viel zuviel Angst gehabt, selbst wenn ich gewußt hätte, wie man es anstellt.«

»Ja, das verstehe ich. Und Sie waren erst achtzehn, wie hätten Sie also ein Kind behalten können?«

Hazel horchte auf den mitfühlenden Tonfall. Es war verlockend, das Mädchen das so ergreifende Bild ausmalen zu lassen, das sie heraufbeschwor. »Ich wollte dich nicht behalten«, sagte sie, »das ist die Wahrheit.«

»Sie haßten mich?«

»Nein, kein Haß. Ich wollte dich einfach auslöschen. Ich wollte nach Hause, zurück in mein eigentliches Leben. Diese Monate in Norwegen waren, nun … sie waren … Mir fällt kein Wort ein, um sie zu beschreiben.«

»Die Hölle.«

»Beinahe die Hölle, meinte ich. Aber das ist zu stark. Es war die Benommenheit, das Gefühl, in einem zeitlosen

Raum zu sein, eher eine Art Schwebezustand, und das ängstigte mich.«

»Aber dann kamen Sie heim und waren von da an glücklich, so war alles in Ordnung.«

Den leisen Sarkasmus hat sie von mir, dachte Hazel, genauso gehe ich mit Verletzungen um. Entweder werde ich sarkastisch oder verächtlich, und sie ist noch zu jung, um offene Verachtung zu riskieren. Aber plötzlich fühlte sie sich weniger befangen. »Ich war eine sehr lange Zeit danach nicht glücklich«, sagte sie. »Ich war einsam, obgleich ich von jeher ein ziemlich einsamer Mensch gewesen bin, ich meine, ein Mensch, der lieber allein ist, aber das bedeutet etwas ganz anderes. Und ich wurde es immer mehr. Zynisch war ich auch geworden, eine Zynikerin. Ich hatte das Gefühl, meine Lektion gelernt zu haben. Ich blieb lieber allein. Ich hatte es mit Beziehungen versucht, genauer gesagt mit einer, und die hatte mein Leben verpfuscht. Ich konzentrierte mich auf mein Studium und blieb für mich.«

»Wie traurig.«

Erneut Sarkasmus und jetzt auch eine Spur von Verachtung. Hazel mußte lächeln. »Ja, ein wenig traurig.«

»Und über mich haben Sie sich keine Gedanken gemacht.«

»Nein. Ich ließ mich mühelos davon überzeugen, du seist irgendwo glücklich, und wenn nicht, so sei ich nicht daran schuld. Mir wurde gesagt, daß du zu einem Paar kämst, das sich sehnlichst ein Kind wünschte, und ich dachte, es sei ein Glück für dich, so sehr erwünscht zu sein. Du kannst das eine harte Einstellung nennen, wenn du willst, aber so war es nun einmal.«

»Hart.«

»Ja, also gut, hart.«

»Aber dann hatten Sie Alpträume.«

»Zur Strafe, meinst du? Später, lange Zeit danach.«

»Als Sie wirklich glücklich waren, Malcolm geheiratet

hatten, am 11. April, in einer schönen Kirche in Gloucestershire.«

Hazel fragte erst gar nicht, woher das Mädchen diese Einzelheiten kannte. Sie konnte sich ihren Besuch im St. Catherine's House gut vorstellen und die Aufregung, als sie die Eintragung im Register entdeckte und die Urkunde erhielt. »Jetzt erinnere ich mich«, sagte sie, »es war, nachdem ich Philip geboren hatte, mein erstes Baby ...«

»Zweites.«

»Zweites. Meinen ersten Sohn.«

»Sie müssen so froh gewesen sein, daß es ein Junge war.«

»Das war ich.«

»Und das dritte und vierte, beides Söhne.«

»Nicht so froh bei Anthony. Malcolm wollte eine Tochter.«

»Aber nicht *Ihre* Tochter.«

»Davon war nie die Rede. Du warst adoptiert und versorgt, und ...«

»Und ein Geheimnis.«

»Nicht vor Malcolm.«

»Sie taten natürlich, was sich gehört, und beichteten. Sehr nobel. Wie hat er es aufgenommen?«

Sie will, daß ich auf diesen Sarkasmus eingehe, dachte Hazel, aber das werde ich nicht tun. »Nun, er sagte, was vorbei sei, sei vorbei.«

»Originell. Und nicht auch, man solle die Vergangenheit ruhen lassen?«

»Nicht ganz.«

»Und er dachte kein bißchen schlecht von Ihnen wegen dieses skandalösen Geheimnisses?«

»Er fand es nicht skandalös. Er verstand es.«

»Was verstand er?«

»Daß ich nicht schwanger werden wollte, daß ich viel zu jung, daß Adoption die einzige Lösung war, daß ...«

»Die beste.«

»Was?«

»Die beste Lösung, nicht die einzige. Adoption war nicht die einzige Lösung. Sie waren kein armes, mittelloses kleines Ding aus irgendeinem Roman des neunzehnten Jahrhunderts, das eine Sünde begangen hatte.«

»Nein, das war ich nicht. Das hab ich auch nicht behauptet.«

»Aber Malcolm, der liebe Malcolm verstand Sie und vergab Ihnen und war nicht im geringsten böse auf Sie.«

»Böse, nein. Aber da war etwas anderes. Ihn störte der Gedanke an ein Kind von mir irgendwo in der Welt, wie gut es auch versorgt sein mochte. Er dachte immer, es sei nicht in Ordnung, was ich selbst nicht dachte.«

»Außer in Alpträumen.«

»Bedeuteten sie das? Nicht unbedingt.«

Alles war anders geworden. Das Mädchen, das neben ihr ging, war nicht länger nur eine attraktive, aber irgendwie neutrale Person – ihre Stimme, so jung und hell sie auch sein mochte, klang mit einemmal bedrohlich, doch wenngleich Hazels Magen sich vor Nervosität immer mehr zusammenzog, fand sie die zutage kommende, echte Shona trotzdem auch belebend. Sie liebte die Herausforderung und wollte herausgefordert werden. Verteidigung war ihr Element, und sie verstand sich bestens darauf. Andere mochten es als unangenehm empfinden, mit dem Rücken zur Wand zu stehen, sie jedoch nicht. Wenn dieses Mädchen ein unanfechtbares Recht hatte, so war es das: anzugreifen. Also mußte sie dazu ermutigt werden.

»Du stellst dir natürlich vor, was du tun würdest«, sagte Hazel, »wenn du in derselben Lage wärst wie ich damals.«

»Ich würde abtreiben.«

»Ich auch, wenn ich heute achtzehn und schwanger wäre.«

»Aber wenn ich Sie gewesen wäre und hätte es nicht gekonnt, weil es illegal oder zu schwierig war, dann hätte ich das Kind unbedingt behalten.«

»Leicht gesagt.«

»Nein, nicht leicht, aber für mich hätte es keine andere Wahl gegeben, ich könnte mein eigenes Kind nicht weggeben.«

»Nicht einmal zu seinem eigenen Besten?«

»Das ist bloß ein Trick, dieses Es-ist-ja-nur-zu-seinem-Besten-Argument ist widerwärtig.«

»Es hat keinen Sinn, darüber zu diskutieren ...«

»Ich will keine *Diskussion.*«

»Was willst du dann? Sag's mir.«

»Ich wollte Sie, das war's, was ich wollte. Meine Mutter. Das ist doch natürlich, oder etwa nicht?«

»Ja.«

Sie machten kehrt und traten den Rückweg an. Das Ganze hatte sich lange genug hingezogen. Hazel konnte es kaum erwarten, nach Hause zu kommen und dieses unangenehme Auf-Wiedersehen-Sagen hinter sich zu bringen. Es würde natürlich nicht vorbei sein. Das war ihr klar. Das Mädchen mochte in dem Glauben weggehen, daß sie nie wiederkommen würde, aber das würde sie zweifellos tun. Sie würde in einem Zustand von Wut, Kummer und grenzenloser Enttäuschung nach Hause gehen, und dann würde Empörung in ihr hochsteigen, und sie würde nicht umhinkönnen zurückzukehren. Sie würde das Gefühl, betrogen worden zu sein, in sich nähren, unter dem sie jetzt so augenscheinlich litt. Hazel sah voraus, wie es sein würde, und fand sich mit ihrer Prognose ab.

»Hast du immer gewußt, daß du adoptiert worden bist?« fragte sie plötzlich.

»Nein. Ich habe es erst letztes Jahr an meinem achtzehnten Geburtstag oder vielmehr in etwa dann erfahren.«

»Das ist interessant. Warum hat man es dir überhaupt erzählt, wenn es solange geheimgehalten worden ist, frage ich mich.«

»Dad fand, es sei an der Zeit. Er war nicht der Ansicht gewesen, daß es geheim bleiben sollte, aber Mum war krank, als sie mich geboren, ich meine, *bekommen* hat, und sie hatte ihm das Versprechen abgenommen. Sie ließen jeden, sogar meine Großmutter, in falschem Glauben.«

»Eine echte Täuschung also. Und du bist vollkommen glücklich und ohne jeden Verdacht aufgewachsen. Immerhin hat es dir nicht geschadet.«

»Also, Sie meinen, es bedeute Beifall für Sie mit ihrem Nur-zu-seinem-Besten-Argument.«

»Nein, kein Beifall für mich, aber Erleichterung.«

»Die Sache ist nur, daß Sie es nicht *wissen* konnten. Sie gaben mich weg, ohne zu wissen, ob ich gute Eltern haben würde. Jedenfalls macht es mir nichts aus, selbst wenn es so klingt. Es macht mir wirklich nichts aus, was ich auch immer gesagt habe. Mich regt auf, daß Sie überhaupt nicht an mich *gedacht* haben. Außer in diesen Alpträumen, die nicht lange anhielten, habe ich Sie nicht verfolgt. Das ist so schrecklich. Ein Kind zu haben, das in seinem Körper wächst, die Geburt durchzumachen und zu wissen, es ist das eigene, das eigen Fleisch und Blut, und es *dann einfach wegzugeben*. Es ist schamlos, nichts als schamlos. Und selbst heute, ich tauche auf, und Sie sind nicht aufgeregt, nicht wirklich, höchstens ein bißchen aus dem Konzept gebracht, aber Sie können es nicht erwarten, mich loszuwerden, wenn Sie Ihrer Meinung nach *vernünftig* und *zivilisiert* genug gewesen sind. Das ist nicht recht, das ist nicht – oh, ich komm nicht drauf ...«

»Zu verstehen?«

»Ja. Es ist unmöglich, Frauen zu verstehen, die, ohne dazu gezwungen zu sein, ihre Babys weggeben und, wenn sie es getan haben, nicht *leiden*.«

»Du möchtest, daß ich die Qualen der Verdammten erlitten hätte und sie noch immer erleide.«

»Spotten Sie nicht. Ich habe nichts von Qualen gesagt. Ich will nur – ich will Ihnen nur etwas bedeutet haben, und dann könnte ich verzeihen.«

»Jetzt wird es etwas laut, du schreist ...«

»Natürlich bin ich aufgeregt, ich schreie, warum auch nicht? Wir sind, verdammt noch mal, in einem leeren Park ...«

»Es spielt keine Rolle, wo wir sind, ich reagiere nicht auf Schreierei.«

»Sie reagieren doch auf überhaupt nichts. Sie sind kalt und gefühllos.«

»Vielleicht. Da siehst du, was dir erspart blieb. Du hättest von einer kalten und gefühllosen Frau anstelle deiner Mutter großgezogen werden können. Ich bin überzeugt, daß sie keins von beidem ist.«

»Ist sie nicht. Sie ist warm und liebevoll ...«

»Na, da hast du's.«

»Nein, hab ich nicht. Ich hab überhaupt nichts, Sie begreifen wieder einmal nicht, worauf es ankommt. Ich dachte, Sie sind Anwältin, jeder Anwalt würde doch begreifen, worauf es ankommt. Es geht nicht darum, daß Catriona warm und liebevoll und all das ist oder daß Sie kalt und gefühllos oder was auch immer sind. Es geht darum, daß Sie meine richtige Mutter sind, und darin besteht der Unterschied. Ich bin auf der Suche nach mir selbst und konnte mich nie in Catriona wiederfinden.«

»Viele Mädchen sind ihren Müttern überhaupt nicht ähnlich. Ich ähnele meiner eigenen Mutter nicht. Wir haben nichts miteinander gemein.«

»Ich habe sie gesehen.«

»Wann?«

»Als sie Ihre Söhne nach Hause brachte. Ich beobachtete, ich habe Ihr Haus beobachtet, einfach so, um zu sehen ... Spioniert, ich habe spioniert. Schockierend, nicht wahr? Und erbärmlich.«

Es war beides, aber Hazel wußte, daß sie dem Mädchen nicht zustimmen durfte. Sie war auf eine merkwürdige Art berührt von diesem Geständnis – sich irgendwo zu verstecken, zu beobachten, zu spionieren, und all das nur, um die eigene Mutter zu sehen. Sie dachte an all das raffinierte Vorgehen und Planen, das erforderlich gewesen sein mußte, und erinnerte sich, wie bitterkalt und naß es in letzter Zeit gewesen war, und stellte sich das Mädchen vor, wie es zitternd hinter einem Baum oder an einer Mauer verborgen stand. Sie konnte nicht einfach auf Wiedersehen zu ihr sagen. Es wurde immer unvermeidlicher, daß sie sie einladen mußte, um sie mit Malcolm bekannt zu machen, aber sie konnte die Vorstellung nicht ertragen. Malcolm würde das Mädchen lieben. Er wäre fasziniert von ihr und erpicht darauf, sie näher kennenzulernen. Und die Jungen, was würden die Jungen denken? Sie würden ihrem Vater den Rang ablaufen, und abgesehen davon waren sie zu jung, um sich ihr eigenes Urteil bilden zu können, sie würden die Tragweite dessen, was das plötzliche Erscheinen einer erwachsenen Halbschwester in ihrem Leben bedeutete, nicht verstehen.

Sie ließen den Park hinter sich und gingen auf der Straße zurück. Hazel nahm den Hund wieder an die Leine und holte das Mädchen ein, das währenddessen nicht auf sie gewartet hatte. Sie mochte das Gefühl nicht, hinter ihr herlaufen zu müssen, auch wenn es nur wenige Meter waren. Keine von beiden sprach auf dem Rückweg, und als sie sich dem Haus näherten, sagte das Mädchen, sie werde direkt zur U-Bahn gehen.

»Ich werde dich fahren, wohin du willst«, sagte Hazel. »Ich fahre jetzt sowieso zur Arbeit.«

»Nicht nötig. Die U-Bahn ist ja nur fünf Minuten entfernt.«

»Wo fährst du hin?«

»Ich weiß es nicht, ich kann im Moment keinen klaren Gedanken fassen. Nach Hause vermutlich. Aber das interessiert Sie doch gar nicht, warum tun Sie dann so als ob?«

»Es interessiert mich. Ich möchte nicht, daß du so aufgeregt bist ...«

»Ein bißchen spät, sich darüber Sorgen zu machen, daß ich mich ja nicht zu sehr aufrege.«

»Es war nicht meine Absicht, dich aufzuregen.«

»Hören Sie sich einmal selbst zu – ›es war nicht meine Absicht‹ –, und Sie sprechen zu Ihrer eigenen Tochter. Aber ich vergaß, ich bin ja eine Fremde, und so gefällt es Ihnen.«

»Uns beiden bleibt keine andere Wahl. Wir sind Fremde. Die Frage ist nur, ob wir es bleiben.«

»Ja, natürlich werden wir das – Sie haben es sehr deutlich gemacht, daß Sie es so wollen.«

»Ich glaube nicht, daß ich das getan habe. Vielleicht bin ich nicht imstande, dir zu geben, was du möchtest, aber ich glaube nicht, daß ich irgend etwas gesagt habe, um anzudeuten ...«

»›Um anzudeuten‹! Hören Sie sich das bloß mal an!«

»... daß ich eine Fremde bleiben will.«

»Aber Sie tun es. Sie möchten nicht gestört werden. Sie möchten nicht, daß Ihr wundervolles Leben zerstört wird.«

»Würdest du es zerstören?«

»Was meinen Sie damit?«

»Du hast das Wort ›zerstören‹ gewählt.«

»Ich meinte durcheinandergebracht. Wenn ich richtig in Ihr Leben käme, würde alles durcheinandergebracht.«

»Nicht unbedingt. Du und dein Leben würden vielleicht durcheinandergebracht werden. Ich würde deinen Erwartungen nicht entsprechen. Du würdest bestimmt feststellen, daß alles an mir und meiner Familie und meinem Leben nicht deinen Erwartungen entspricht. Und was ist mit Catriona, sie heißt Catriona, nicht wahr? Das ist doch ihr Name, was ist mit ihr?«

»Sie weiß es nicht. Sie braucht es nicht zu erfahren.«

»Aber das würde sie, wenn wir miteinander vertraut würden.«

»Vertraut? Wer hat irgend etwas von vertraut gesagt? Mit Ihnen? Das kann ich mir nicht vorstellen, da besteht keine Gefahr.«

Hazel stellte fest, daß sie an ihrem eigenen Haus vorbeigegangen war, obgleich der Hund versucht hatte, durchs Tor zu laufen. Sie standen am Ende ihrer stillen Straße und an der Ecke zur lauten Hauptstraße.

»Ich geh jetzt«, sagte das Mädchen, »ich komme nicht wieder, keine Sorge.«

»Gib mir deine Adresse«, hörte Hazel sich bitten, erstaunt, daß sie das konnte. »Ich sollte zumindest deine Adresse haben.«

»Warum?«

»Ich möchte nicht, daß du einfach so verschwindest.«

»Wohl besorgt, die Alpträume könnten wiederkommen?«

»Nein. Das war unnötig.«

»Ja, das war es. Ich habe eine Menge unnötiges Zeug gesagt. Also, auf Wiedersehen.«

Ein Wagen bog von der Hauptstraße in die Victoria Grove ein. Die Hupe ertönte, und er kam neben den beiden Frauen zum Stehen, bevor Shona sich auf den Weg machen konnte.

»Hazel!« rief eine Stimme, und als Hazel sich umdrehte, sah sie ihre Mutter, die sich aus dem Fenster lehnte. Sie hätte erkennen müssen, daß es ihr Wagen war.

»Wer ist das?« sagte Shona.

In dieser Sekunde mußte sie sich entscheiden. Hazel wußte, daß ihre Mutter sie nicht hören konnte. Und das Mädchen hatte sie offensichtlich nicht wiedererkannt, sie nicht mit der älteren Frau in Verbindung gebracht, die die Jungen nach Hause begleitet und die sie als deren Großmutter identifiziert hatte. Hazel konnte lügen oder mühelos eine ausweichende Antwort geben. Aber sie tat keins von beidem. »Es ist meine Mutter, deine Großmutter«, sagte sie. »Komm mit mir zurück und lern sie kennen.«

Kapitel 20

Henry wollte keine Geheimnisse mehr. Er wünschte, daß er seinen Kontakt zu Evie Messenger nicht mehr geheimhalten und seiner Frau verschweigen mußte. Auch wenn sie sich noch so sehr dagegen und gegen jede, selbst indirekte Art von Beteiligung sträubte, er war entschlossen, sie dazu zu zwingen. Aber es war schwierig. In dem Augenblick, in dem er mit Leah über irgend etwas, was mit Evie zu tun hatte, zu sprechen begann, verließ sie den Raum oder hielt sich auf kindische Weise die Ohren zu, was ihn ärgerte. Wollte er über das Mädchen sprechen, ohne den Namen zu nennen, verhielt sie sich kaum anders – Leah versuchte noch immer, nicht zuzuhören. Es gelang ihm trotz allem, unmißverständlich klarzustellen, daß er seine Stieftochter besuchte.

Sie lebte jetzt in der Nähe von Holme Head in einem kleinen Haus oberhalb des Flusses Caldew. Das Geld, das er ihr gegeben hatte, lag auf der Bank, und sie hatte einen Teil dazu verwendet, dieses Haus zu mieten und bescheiden einzurichten. Er hatte ihr geraten, ein Haus zu kaufen, was viel sinnvoller sei, als eins zu mieten, aber sie wollte nichts davon hören. Geld auf der Bank zu haben, und noch dazu eine beträchtliche Summe, gefiel ihr besser. Sie sagte, sie gebe nicht gern Geld aus und sei gegen alle Extravaganzen. Aber sie stattete von dem Geld nicht nur ihre beiden Zimmer und die Küche mit dem Nötigsten aus, sie ließ sich auch einige Kleider anfertigen, und das freute ihn. Er hätte ihr gern selbst welche geschneidert, als zusätzlichen Beitrag zu ihrem Wohlergehen, aber sie ließ es nicht zu und sagte, sie wolle den Leuten keinen Anlaß geben, über sie zu reden. Die Vorstellung, daß über sie geklatscht wurde, beunruhigte sie ständig, und er war überrascht, wie sehr sie darauf achtete, nur ja nicht in irgendeiner Art vertraut mit ihm zu erscheinen. Bei der Arbeit begegnete sie ihm stets mit der gleichen Achtung, und außerhalb der Arbeit widerstrebte es ihr sehr, Kontakt zu ihm zu haben, wenn dafür kein ersichtlicher Grund vorlag.

Solche Gründe waren schwer zu finden. Er war immerhin der Chef einer florierenden Schneiderei und sie bloß ein Lehrling. Welchen Grund konnte es geben, sich außerhalb der Arnesen-Firma zu treffen? Allein Evies allgemein anerkannte Tüchtigkeit lieferte Henry den Vorwand, sie auf Geschäftsreisen mitzunehmen, und auf ihr Drängen hin griff er nur sparsam darauf zurück. Wenn er Märkte oder Fabriken bereiste, um Stoffe einzukaufen, begleitete sie ihn. Daran war nichts Ungewöhnliches. Er hatte schon immer Lehrlinge mitgenommen, teils um ihnen eine Freude zu machen, teils um sie ins Geschäft einzubeziehen und teils um sie Kurzwaren für sich besorgen zu lassen sowie die Stoffe abzuholen, zu tragen und zu beschaffen. Wenn sie von diesen Reisen nach Newcastle, Halifax oder Rochdale zurückkamen, war es nur selbstverständlich, daß Henry Evie nach Hause brachte, da es jedesmal, wenn sie Carlisle erreichten, schon dunkel war.

Solche Exkursionen waren immer aufregend. Jeder Lehrling, den er mitgenommen hatte, war aufgeregt gewesen während der langen Reise und gespannt darauf, eine neue und größere Stadt kennenzulernen. Aber Evies Aufregung hielt sich sehr in Grenzen. Es gab kein Hin- und Herrutschen auf dem Sitz neben ihm und keinen überschwenglichen Wortschwall. Sie saß die ganze Zeit ernst und gelassen da und redete nur, wenn sie angesprochen wurde. Er vermutete, daß sie nervös sei, und nahm Rücksicht darauf, aber nach ihrer dritten Reise innerhalb von sechs Monaten wußte er, daß sie alles andere als nervös war. Die Zurückhaltung gehörte einfach zu ihrem Wesen. Er sah darin und in ihrem zermürbenden Gleichmut, wie das Leben mit ihr umgegangen war. Sie hatte sich nur auf sich selbst verlassen und nie die Liebe einer Mutter kennengelernt. Henry folgerte, daß Evie sich deswegen nicht öffnen konnte, wenn man ihr Zuneigung entgegenbrachte, weil sie nie welche erfahren hatte, und Vertrauen ihr gänzlich unbekannt war. Es betrübte und bedrückte ihn zu entdecken, wie sie geartet war, und er verbrachte so manche Stunde auf diesen Reisen neben der vollkommen ungerührten und schweigsamen Evie damit, Mutmaßungen anzustellen, wie anders sie wohl geworden wäre, wenn Leah sie bei sich behalten hätte. Sie wäre wahrscheinlich wie Rose und Polly, lärmend, sorglos und voller Vertrauen. Aber sicher konnte man sich da nicht sein. Evie war ohne Mutter aufgewachsen, und ob dieser unglückliche Umstand sie wirklich so unzugänglich werden ließ, wie sie war, oder nicht, würde er nie erfahren.

Sie ließ ihn nur ungern herein, wenn er sie, wie es sich gehörte, nach Hause brachte, aber er bestand darauf, es sei seine Pflicht, sie sicher hineinzubegleiten, und sagte dies laut genug, damit jeder es hören konnte. Er ließ ostentativ die Tür offen und tat nur kurz einen Schritt ins Innere, während sie ihre Lampen anknipste. Das Zimmer war sehr klein, aber hübsch eingerichtet. Sie besaß einen runden Tisch und darauf eine Decke mit Fransen, zwei alte Sessel, für die sie Schoner gestickt hatte, und einen bunten, von ihr selbst geknüpften Lumpenteppich. »Sehr gemütlich, Evie«, sagte er, »du bist eine gute Hausfrau.« Er mußte sich zurückhalten, nicht hinzuzufügen: »Genau wie deine Mutter.« Sie erwiderte nie etwas, zeigte niemals Freude über seine Bewunderung. Er ging nur ungern fort, mußte aber immer sehr schnell gute Nacht sagen und sie verlassen. Wenn er eine Viertelstunde später sein eigenes

Haus betrat, kam es ihm überladen und allzu üppig ausgestattet vor und überwältigte ihn mit seinem so deutlich
zur Schau getragenen Wohlstand. Er erinnerte sich dann
jedesmal, daß Evie hiergewesen war und all das gesehen
hatte, und der Gedanke, daß sie Einblick in das blühende,
komfortable Familienleben bekommen hatte, das ihr vor-
enthalten worden war, war ihm unangenehm.

Bei einer Fahrt nach Newcastle kamen sie genau durch
das Dorf Moorhouse, in dem Evie aufgewachsen war, wie
sie ihm, obgleich sie Fragen nur widerwillig beantwortete,
kürzlich erzählt hatte. Er fragte sich, wie sie wohl reagieren würde, wenn sie durch das Dorf fuhren, und beobachtete sie genau, als die Kutsche sich den Hügel oberhalb
von Moorhouse hinaufkämpfte und wieder hinunterroll-
te. Sie blickte unverwandt geradeaus, ohne das geringste
Anzeichen des Wiedererkennens auf ihrem Gesicht, und
sagte kein Wort. Er hingegen konnte nicht länger schweigen. Als sie in Höhe des Pubs *Fox and Hound* waren, den
sie erwähnt hatte, sagte er: »Würdest du gern haltmachen,
Evie, und einen Moment hineingehen?« Sie schüttelte
den Kopf, diesmal jedoch energisch und nicht in ihrer gewohnten gleichgültigen Art. »Ich dachte, du würdest den
Leuten vielleicht gern zeigen, wie gut du aussiehst in deinen schönen Kleidern.« Sie schwieg, bis der Pub hinter
ihnen lag, und sagte dann: »Ich kenne hier niemanden
mehr. Die Frau des Vetters von meiner Mutter ist fort. Sie
ist nach Newcastle gegangen.«

»Aha«, sagte Henry, indem er die spärliche Aussicht auf
ein Gespräch eifrig beim Schopf packte und sie nicht ungenutzt verstreichen lassen wollte. »Natürlich, das hab ich
vergessen. Dein Onkel, wenn ich ihn so nennen darf, ist
ja kürzlich gestorben. Mochtest du ihn?«

»Nein.«

»War er unfreundlich?«

»Nein.«

»Mochtest du deine Tante vielleicht lieber?«

»Nein.«

»War sie unfreundlich?«

»Nein. Sie war manchmal freundlich, glaub ich.«

»Glaubst du?«

»Sie hat mich nicht geschlagen oder hungern lassen. Sie hat mir gut zu essen gegeben und Kleider gekauft, aber ich hab auch fleißig dafür gearbeitet.«

»Du bist eine fleißige Arbeiterin, ich weiß es.«

Dann fuhren sie an der Schule vorbei und an den beiden Kirchen, von denen eine verfallen war, und endlich sah er, daß Evie von ihrem Anblick nicht unberührt blieb.

»Bist du zur Kirche gegangen?« fragte er.

»Ja. Wenn ich durfte. Dorthin konnte ich gehen, und ich wußte, daß meine Mutter auch zur Kirche ging, in das verfallene Gebäude.«

Henry richtete sich auf und konzentrierte sich noch stärker auf sie. Zitterten ihre Hände immer so leicht? Es war das erste Mal, daß sie ihre Mutter erwähnte. »Woher weißt du das?« fragte er behutsam.

»Man hat es mir erzählt. Der Vetter meiner Mutter. Er war nicht mein Onkel. Meine Mutter hat in dieser Kirche gesungen, als es dort einen Chor gab. Ich habe ihre Stimme.«

Erstaunt ließ Henry die Kutsche einige Meilen weiterrattern, während er über das, was Evie gesagt hatte, nachdachte – sie hatte also die Stimme ihrer Mutter, Leahs Singstimme, die weder Rose noch Polly von ihr geerbt hatten. Sie hatte ihm das so stolz erzählt, wobei die Worte »meine Mutter« diesmal so klar und deutlich und die Feststellung »Ich habe ihre Stimme« so bestimmt aus ihrem Mund gekommen waren.

Es ist seltsam, dachte er, Evie nicht darüber sprechen zu hören, daß ihre Mutter sie rigoros ablehnte. Er wünschte sich, sie würde protestieren, ihn inständig bitten, ihr diese Grausamkeit zu erklären, ihn inständig um Vermittlung

395

bitten. Aber das tat sie nie. Sie reagierte völlig fatalistisch, sie schien den zweifellos schlimmsten Schlag, der ihr je zugefügt worden war, mit Gleichmut hinzunehmen. Das war nicht normal. Er konnte dieses Dulden kaum ertragen und sehnte sich danach, daß es nachließ und Empörung an die Stelle trat, mit der er leichter würde umgehen können. Die ganze Zeit wuchs in ihm der Wunsch, diese Verbohrtheit, diese Unnachgiebigkeit von Leah und diesen Fatalismus von Evie zu durchbrechen. Er wollte, daß die beiden Frauen zusammenkommen, selbst wenn sie heftig aneinandergerieten, und doch kam er bei keiner von beiden auch nur einen Schritt voran. Er wußte nicht, wie echt, wie aufrichtig Evies Verhalten war. Er behauptete nicht, sie zu kennen oder ihre Gedanken lesen zu können, war aber, obgleich Leahs Empfindungen ihm ein Rätsel blieben, von deren aufrichtiger Leidenschaft überzeugt. Spielte Evie ihm etwas vor? Verstellte sie sich aus einem Grund, den er nicht durchschaute?

Solche Gedanken beunruhigten ihn, aber dann warf er sich vor, schon genauso wunderlich zu werden wie Leah, die noch immer Angst vor Evie hatte. Anfangs verwirrte es ihn, und dann brachte es ihn zur Verzweiflung, daß seine Frau jetzt darauf bestand, die Türen abzuschließen, nachdem er zur Arbeit gegangen war, und zu rufen, wer da sei, bevor sie öffnete. Die Mädchen konnten es nicht verstehen. Sie kamen aus der Schule und waren ausgesperrt, und Erklärungen wie die, Einbrecher seien in der Gegend, machten ihnen angst.

»Es ist absurd, Leah«, konnte er schließlich nicht umhin zu sagen. »Vor wem verschließt du unsere Türen am hellichten Tag?«

Ihre Antwort war: »Das weißt du doch.«

»Nein, das weiß ich nicht.« Er mußte sie zwingen, das spürte er, ihre lächerliche Idee in Worte zu fassen.

»Das weißt du sehr wohl. Sie wird eines Tages kommen, und ich will nicht überrascht werden.«

»Sie wird niemals kommen. Was läßt dich vermuten, daß sie kommen könnte? Fast ein ganzes Jahr ist vergangen, seit sie die Wahrheit erfahren hat, und sie ist dir weder irgendwie nahegekommen, noch hat sie den leisesten Versuch gemacht, Kontakt zu dir aufzunehmen. Gib zu, Leah, du hast keinen Grund, dich vor ihr zu fürchten.«

»Ich habe Grund dazu.«

»Hast du *nicht*.«

»Sie wartet auf den richtigen Augenblick. Ich würde es genauso machen, auf den richtigen Augenblick warten und dann zuschlagen.«

»Zuschlagen? Bist du wahnsinnig? Was stellst du dir nur vor? Sie ist lediglich eine junge Frau, ohne eine Spur von Haß in sich, und ...«

»Du weißt nicht, was in ihr vorgeht.«

»Ich weiß genug. Ich kenne sie so gut wie jeder andere auch, wogegen du sie überhaupt nicht kennst, und trotzdem stellst du diese unsinnigen Behauptungen auf.«

»Ich habe keine Behauptungen aufgestellt. Ich habe bloß gesagt, daß du nicht weißt, was in ihr vorgeht.«

»Und du weißt es?«

»Sie hat mich in sich, ob ich will oder nicht.«

»Und darum glaubst du, sie könnte hierherkommen und dich schlagen?«

»Ich habe nicht wirklich schlagen gemeint ...«

»Na, Gott sei Dank!«

»... sondern vielmehr herkommen und mich anklagen und Ansprüche geltend machen ...«

»Ansprüche worauf?«

»Ich weiß es nicht, wie sollte ich auch? Auf das, was ihrer Meinung nach ihr zusteht.«

»Und all diese, diese Flausen in ihrem Kopf stellst du dir vor, nur weil *du* so handeln würdest und glaubst, sie habe es von dir?«

»Ja, sie ist von mir.«

»Sie hat überhaupt nichts von dir, überhaupt nichts. Ich

kann nichts von dir in ihr finden, auch wenn sie deine
Stimme hat.«

»Meine Stimme?«

»Deine Singstimme, anscheinend. Sie erzählte es mir,
als wir auf der Straße nach Moorhouse an einer verfallenen Kirche vorbeikamen, wo du, wie dein Vetter im *Fox
and Hound* ihr erzählt hat, im Chor gesungen hast.«

Henry fuhr fort mit seiner Schilderung der Fahrt nach
Newcastle, aber Leah hörte nicht mehr zu. Sie war wieder
in jener kleinen Kirche und sang aus vollem Herzen, und
Hugo würde bald nach Hause kommen und Anspruch auf
sie erheben und das Baby, von dem sie ihm gerade geschrieben hatte, daß sie es erwarte. So viele Jahre waren
seit jener glücklichen Zeit vergangen – jetzt hatte sie sich
ertappt. Eine glückliche Zeit? Zweifellos war sie jetzt
glücklich, und jene andere Zeit gehörte zu den dunklen
Tagen, als sie verloren und verlassen und naiv gewesen
war. In jener Kirche zu singen war naiv gewesen, und nur
in diesem Sinne war sie »glücklich« gewesen, das heißt un-
bedarft, dumm. Sie wurde wütend, wenn sie nur an ihr
Vertrauen zu Hugo Todhunter dachte und ihren Glauben
an ihn, der, verglichen mit Henry, ihrem Henry, schwach
und treulos gewesen war und nicht wußte, was Liebe ist.
Sie haßte ihn. Der Haß hatte sich erst nach Jahren eingestellt – oh, wie nachsichtig sie gewesen war, es machte sie
ganz krank, wenn sie heute daran dachte: Was für Entschuldigungen hatte sie für ihn gefunden, welch blindes
Verständnis für seine Lage hatte sie aufgebracht. Und er
hatte sie mit dem Ergebnis seiner Treulosigkeit allein
gelassen, diesem schreienden Bündel von einem Baby –
sie konnte es nicht ertragen.

Nun war das Kind also groß geworden und hatte ihre
Stimme. Das überraschte sie. Es besaß nicht die Statur für
eine gute Stimme. Es war zu dünn, zu schmalbrüstig und
sah aus, als fehle es ihm an Kraft. Jedenfalls eine sinnlose
Begabung. Singen hatte ihr im Leben nie weitergeholfen,

genausowenig wie diesem Mädchen, dieser Tochter von Hugo.

Henry hatte seine Schilderung beendet. »Wir kamen auf demselben Weg zurück«, hatte er gesagt, »aber das ganze Dorf lag im Dunkeln.«

»Das glaube ich gern«, sagte sie. »In Moorhouse bricht die Nacht früh herein. Mir graute vor dem Winter, an schlimmen Tagen wurde es schon um drei Uhr nachmittags dunkel.« Sie hielt inne. Henry sah sie so seltsam, so mitleidig an. Sie wandte sich um und sagte: »Sie ist auf dieser Straße auch am Haus ihres Vaters vorbeigekommen, aber du weißt nichts davon.« Henry räusperte sich. »Möchtest du, Henry? Möchtest du etwas wissen?«

»Nicht, wenn es dir Kummer bereitet. Ich habe all die Jahre nichts gewußt und nicht gefragt, und ich kann damit umgehen.«

»Aber möchtest du etwas wissen?«

»Ja, wenn du's mir erzählen willst, endlich.«

Leah ging zum Kamin und sagte, an den Sims gelehnt und in die Flammen starrend, hastig und in erregtem Ton: »Sein Name war Hugo Todhunter. Ich schwor mir, ihn nie wieder auszusprechen. Er war wohlhabend. Seine Familie besaß das einzige große Haus im Dorf, am Rande, außerhalb. Er ging fort und geriet in Schwierigkeiten und kehrte nur unter der Bedingung zurück, daß seine Schulden bezahlt würden. Ich begegnete ihm auf der Straße, er war zu Pferde. Alles übrige weißt du.« Sie drehte sich so plötzlich um, daß ihr Kleid in Gefahr war, Feuer zu fangen, und Henry einen warnenden Schrei ausstieß. »Sie ist seine Tochter«, sagte Leah, »sie sollte sich auf die Suche nach ihm begeben.«

»Sie hat kein Interesse an ihm. Sie will nicht einmal wissen, wer er war, und das hat sie klar zum Ausdruck gebracht.«

»Aber sie sollte es wissen, es ist ihr gutes Recht. Er ist dafür verantwortlich, daß sie keine Mutter hatte.«

»Das ergibt keinen Sinn, Leah.«

»Für mich schon. Es sollte auch für sie einen Sinn ergeben. Laß sie nach Moorhouse zu den Todhunters gehen.
Ich habe ihnen geschrieben, der Mutter und der Schwester, und ihnen gesagt, daß ich die Tochter ihres Sohnes
habe taufen lassen und ihr ihren Namen gegeben habe,
Evelyn. Weiß sie das? Sag es ihr, sag ihr, sie solle nach
Moorhouse gehen und dort vorsprechen.«

Henry sagte es ihr. Er sagte es Evie gleich am nächsten
Tag, aber er sah sofort, daß sie noch immer kein Interesse
daran hatte. »Natürlich weiß meine Frau nicht«, sagte
Henry vorsichtig, »was aus ihm geworden ist, nachdem er
nach Kanada gegangen ist und sie verlassen hat. Er mag
zurückgekommen oder auch tot sein. Es läßt sich nicht
feststellen. Aber wenn du die Todhunters aufsuchen und
ihnen erklären würdest ...« Evie schüttelte den Kopf,
stand reglos da und schien nur darauf zu warten, entlassen zu werden. Sie sah in letzter Zeit ein bißchen hübscher
aus, wenn auch noch nicht wirklich hübsch. Die bessere
Kleidung machte das. Sie trug ein tief königsblaues Kleid
mit einem Besatz in noch dunklerem Blau, und das verlieh ihrem blassen Gesicht etwas Strahlendes. Sie trat auch
sicherer auf. Sie stand mit ihren schmalen Schultern und
mit erhobenem Kopf aufrecht da, während sie früher einen Buckel zu haben schien und ihren Blick immer gesenkt hielt. Es war erfreulich, diesen Fortschritt zu sehen,
und er war überzeugt, daß es auch anderen auffiel. Als er
sie an ihre Arbeit zurückschickte, überlegte er, ob Evie
wohl jetzt einen Verehrer hatte, aber so etwas konnte er
sie nicht fragen. Er wünschte, irgendein junger Mann würde kommen und sich für sie interessieren und sie glücklich machen, aber während er sich das wünschte, erinnerte er sich daran, daß Evie offenbar glaubte, nichts könne
sie glücklich machen, außer von ihrer Mutter anerkannt
zu werden.

Weil daran nichts zu ändern war, lernte Henry, es für

immer längere Zeitabschnitte zu verdrängen. Evie schien sich eingelebt zu haben. Sie hatte ihr Haus, sie machte ihre Arbeit gut. Und Leah war auch zur Ruhe gekommen, obgleich sie noch immer die Tür verriegelte, wenn sie allein im Haus war. Sie war noch nicht wieder ganz die alte, nicht so unbekümmert und heiter wie früher, aber es gab keine tränenreichen Ausbrüche mehr oder irgendwelche offensichtlichen Anzeichen eines irrationalen Verhaltens. Er hoffte, sie glaube inzwischen an das, was er ihr gesagt hatte – Evie Messenger werde keine Schwierigkeiten machen. Da sie die Liebe ihrer Mutter nicht haben konnte, schien sie jetzt bereit, nicht mehr daran zu denken und sich damit abzufinden, daß sie ohne Mutter war. Vielleicht war sie ja zu dem Schluß gekommen, es sei schließlich nicht so wichtig. Was war schon eine Mutter? Ein Zufall der Natur, mehr nicht, und auf einen Vater traf das sogar noch mehr zu. Nur wenn man jung war, brauchte man eine Mutter, und er folgerte, daß Evie dies erkannt hatte und den Verlust akzeptierte. Sie mochte ihre Mutter gefunden haben, aber sie konnte das Rad nicht zurückdrehen, und daher war ihre Ablehnung ganz einfach Teil einer Tragödie, die der Vergangenheit angehörte. Viel Lärm um nichts.

Henry war um so überraschter, als er, nachdem er die Situation zu seiner Zufriedenheit geklärt zu haben glaubte, zwei Jahre später eines Nachmittags nach Hause zurückkam und Leah sich zunächst weigerte, ihm die Haustür aufzuschließen. Er mußte klopfen und rufen, bevor er sah, wie sie ihr Gesicht gegen das farbige Glas drückte und sich angestrengt zu vergewissern schien, ob er es wirklich war. Als dann der Riegel zurückgezogen wurde und er eintreten konnte, sah er seine Frau ohne ein Wort der Erklärung die Treppe hinauf in ihr Schlafzimmer laufen. Er rief ihr nach, aber sie antwortete nicht, und er folgte ihr, höchst irritiert, daß seine sonst so angenehme Heimkehr getrübt war.

»Hör mal, Leah?« sagte er, schärfer als beabsichtigt. »Wieder dieser Unsinn nach all der Zeit?« Sie lag auf dem Bett und sah, wie er plötzlich feststellte, ernsthaft krank aus, daß er sich zum erstenmal Sorgen machte.

»Leah? Was ist geschehen? Sind die Mädchen …?«

»Die Mädchen sind bei Maisie Hawthorne, ihnen geht es gut.«

»Was dann?«

»Sie war da. Ich wußte immer, sie würde kommen.«

»Wer? Evie Messenger?«

»Ja. Sie.«

Er war fassungslos und setzte sich auf die Bettkante. »Großer Gott. Wann?«

»Heute nachmittag.«

»Aber eigentlich müßte sie doch arbeiten.«

»Heute ist Donnerstag. Sie arbeitet samstags und hat jetzt Donnerstag nachmittag frei. Du hast mir selbst von dieser Veränderung in deiner Belegschaft erzählt.«

»Was hat sie gesagt?«

»Nichts. Ich habe die Tür zugeschlagen.«

»Vor ihrer Nase?«

»Ja.«

»War das nötig, Leah? Nach all der Zeit …«

»Zeit? Was hat das mit Zeit zu tun? Darf sie sich alles herausnehmen, bloß weil zwei Jahre oder so vergangen sind, in denen sie nichts getan hat? Ich wußte, sie würde den richtigen Zeitpunkt abwarten, ich wußte, sie würde eines Tages kommen.«

Henry seufzte und legte den Kopf in seine Hände. »Ich bin müde und hungrig«, sagte er.

»Das Essen steht für dich bereit. Ich hab keinen Appetit.«

Henry ging langsam die Treppe hinunter und ins Eßzimmer, wo mehrere zugedeckte Platten bereitstanden. Zunächst ging er an den Schrank und goß sich einen Whisky ein, den zu trinken er sich in letzter Zeit angewöhnt

402

hatte. Dann aß er sich durch den kalten Braten und den Kartoffelsalat und den Käse, stand danach auf und trank zum Trotz einen weiteren Whisky, wonach ihm übel war. Oben hatte sich inzwischen nichts gerührt. Er wünschte, seine Töchter wären da, um Leben ins Haus zu bringen und ihn abzulenken. Wenn Leah nicht herunterkam, würde er wieder zu ihr hinaufgehen müssen. Er wäre viel lieber zu Evie gegangen, um von ihr zu erfahren, weshalb sie um Himmels willen hergekommen war, aber sein Pony und der zweirädrige Wagen waren bereits abgespannt, und obgleich jetzt Straßenbahnen in die Stadt fuhren, würde das bedeuten, daß er bis zur nächsten Haltestelle oben am Ufer laufen und dann bei der Town Hall umsteigen müßte. Er würde bis morgen warten müssen, bevor er Evie sehen und die Sache klären konnte. Es hatte keinen Sinn, mit Leah zu sprechen, bevor er nicht Evie getroffen hatte. Wenn sie ihrer unerwarteten und gefürchteten Besucherin die Tür vor der Nase zugeschlagen hatte, ohne sie zu Wort kommen zu lassen, dann konnte sie unmöglich irgend etwas wissen.

Es war eine ungute Nacht. Leah weinte, wenn auch leise, und Henry schlief nur zeitweise. Jegliche Zuneigung, die er früher für seine Frau empfunden hatte, war verflogen. Ihr jetziges Verhalten war unentschuldbar, und er empfand eigentlich nur noch tiefste Verärgerung. Sie hatten all das hinter sich gebracht, und die Vorstellung, das alles noch einmal über sich ergehen lassen zu müssen, war höchst unangenehm. Er stand früh auf, machte sich selbst Frühstück und ging, ohne Leah Tee zu bringen – sie mochte davon halten, was sie wollte. Sobald er in seiner Firma war, schickte er nach Evie, erfuhr jedoch, sie sei bei einer Anprobe, bei der sie Miss Minto zur Hand gehe. Da er sie dort nicht herausholen konnte, ohne große Neugier zu erregen, mußte er eine volle Stunde warten, während derer er seine wirklich große Ungeduld kaum beherrschen konnte. Er war in keiner vernünftigen Verfassung und bemühte sich sehr, gelassen zu erscheinen, als Evie schließlich eintrat.

Er fragte sie zunächst nach der Anprobe, an der sie gerade teilgenommen hatte, wobei er während ihres ganzen Berichts mit dem Kopf nickte, ohne auch nur ein Wort wirklich zu verstehen. Erst als er sicher war, daß seine Stimme einigermaßen ausgeglichen klingen würde, sagte er: »Ich glaube, du hast uns gestern nachmittag einen Besuch abgestattet, Evie.«

»Ja, Sir.« Sie fügte nicht hinzu, daß ihr die Tür vor der Nase zugeschlagen worden war. Er wußte genau, daß Evie nie irgend etwas Unnötiges hinzufügte.

»Es tut mir leid, daß meine Frau unpäßlich war«, sagte Henry, »und die Tür schließen mußte, ohne dich anzuhören – sie war ganz plötzlich krank geworden –, aber darf ich den Grund für deinen Besuch erfahren?«

»Ich werde heiraten, Sir, Mr. Arnesen.«

Henry war so überrascht, daß er die Schere fallen ließ, mit der er herumgespielt hatte, und seine Verwirrung verbergen mußte, indem er sie wieder aufhob. »Heiraten, Evie?« sagte er schließlich.

»Ja, Sir. Nächsten Monat.«

»Darf ich fragen, wen?«

»James Paterson, Sir.«

»Jimmy? Meine Güte, ich wußte gar nicht, daß er dir den Hof macht. Wart ihr lange verlobt?«

»Es hat keine Verlobung gegeben, Sir. James hat kein Geld für einen Verlobungsring, und da wir wissen, was wir wollen, hätte eine Verlobung sowieso keine Bedeutung.«

»Ich freue mich sehr für dich, Evie.«

»Danke, Sir.«

»Du kamst also zu mir nach Hause, um mir das zu erzählen?« Henry legte sein ganzes Erstaunen hierüber in seine Stimme, denn sie mußte sehr wohl wissen, daß er bei der Arbeit war, aber Evie war keineswegs irritiert.

404

»Nein, Sir. Ich kam, um es meiner Mutter zu sagen und sie zu bitten, zu meiner Hochzeit zu kommen und Trauzeugin zu sein. Sie ist schließlich meine Mutter. Es würde kein Gerede geben. James weiß es nicht, niemand weiß Bescheid. Es wäre eine Gefälligkeit, und wo Sie doch mein Arbeitgeber sind und meine Mutter Ihre Frau ist, und Sie waren sehr gut zu mir und sind auch auf anderen Hochzeiten gewesen, Sir, Sie haben sich bei anderen Anlässen die Ehre gegeben und sind dafür bekannt, für Ihre Freundlichkeit und Zuvorkommenheit. Ich hab niemanden sonst. Es wird sehr bescheiden und einfach und schnell vorüber sein. Eine halbe Stunde, Sir, und das ist alles, und kein Frühstück und keine Festlichkeiten.«

Es war eine richtige Rede, und Henry zollte der Mühe, die es Evie gekostet hatte, sie zu halten, Anerkennung.

Sie hatte die Worte sicherlich wieder und wieder eingeübt, dachte er, und lange und sorgfältig über sie nachgedacht. Aber ihre Wirkung konnte sie nicht vorausgesehen haben. Henry fühlte sich zu Tränen gerührt und gleichzeitig verstört. In Evies Stimme hatte etwas gelegen, das er nicht zu deuten vermochte und das ihn beunruhigte – ein warnender Ton schien darin zu liegen, wovor aber warnte sie ihn? Und doch sah sie jetzt schon wieder so harmlos und gelassen aus wie sonst auch, wie eine, die nicht im entferntesten die Kraft hätte, solche Warnungen gegenüber ihrem Arbeitgeber auszusprechen.

»Nun, Evie«, sagte Henry schließlich, »ich muß das mit Mrs. Arnesen besprechen, aber ich fürchte, sie wird sich nicht wohl genug fühlen, um an irgendeiner Hochzeit teilzunehmen.« Evie ließ den Kopf hängen, ob aus Zweifel oder Enttäuschung, vermochte er nicht zu sagen. »Wann genau werdet ihr heiraten?«

»Samstag in einer Woche, Sir.«

»In welcher Kirche?«

»Holy Trinity, Sir, in Caldewgate, wo meine Mutter mich hat taufen lassen.«

Wieder hörte Henry dieselbe verdeckte Botschaft heraus: Nimm zur Kenntnis, es ist wichtig. »Ach ja«, sagte er vage. »Und wirst du auch weiterhin in Holme Head leben?«

»Nein, Sir. Die Häuser dort sind für alleinstehende Frauen. Wir haben ein Haus gekauft.«

Henry hob die Augenbrauen. Von »wir« konnte keine Rede sein. Jimmy Paterson konnte unmöglich Geld haben. Die einzig erkennbare Geldquelle, aus der sie ein Haus erwerben konnten, war sein eigenes Geld, das Geld, mit dem er Evie ausgestattet und das in ein Haus zu investieren sie sich bisher geweigert hatte. »Das freut mich«, sagte er, »es ist ein vernünftiger Schritt. Darf ich fragen, wo das Haus ist?«

»Etterby Terrace, Sir.«

Henry blickte rasch auf. Etterby Terrace war eine winzige Straße mit lauter Reihenhäusern. Sie ging links von der Etterby Street ab, an deren Ende, in der Etterby Scaur, die Arnesens wohnten. Evies Gesichtsausdruck verriet nichts, was auch nur im entferntesten einem Triumph glich, aber er war ziemlich überzeugt, daß ihr die Bedeutung dieser Nachricht klar war. »Ich wußte nicht, daß diese Etterby Terrace-Häuser so billig zu haben sind«, sagte er.

»Es ist in schlechtem Zustand, Sir, in sehr schlechtem.«

»Ist es dann klug, eine solche Belastung auf sich zu nehmen, wo ihr beide doch noch nicht viel verdient?«

»Die Brüder von James sind Bauarbeiter, Sir, und sein Vater ist Zimmermann, und sie werden uns helfen. Und wir wollen, daß das Haus für uns arbeitet, daß wir es vermieten können.«

»Ihr habt demnach allerhand Pläne.«

»Ja, Sir.«

»Ich wünsche euch Glück.«

»Danke, Sir. Sie werden also zu meiner Hochzeit kommen, Sir?« Es lag eine ganz leichte Betonung auf dem Wort »Sie«, und wieder war die leise Spur einer Drohung herauszuhören.

»Ich werde es dich wissen lassen, Evie«, sagte Henry, »aber da meine Frau krank ist, kann ich es nicht versprechen.«

Den Rest des Tages arbeitete er nicht. Seine Konzentration war gänzlich verflogen, und er konnte weder etwas erledigen noch ertragen, mit Evie im selben Gebäude zu sein. Aber genausowenig konnte er es ertragen, nach Hause zu gehen, wo Leah mutlos darniederlag und hysterisch werden würde, wenn sie den Grund für Evies Besuch erführe und hörte, wo Evie und ihr Mann wohnen wollten. In der Etterby Terrace würde Evie ihre Nachbarin sein. Sie würde dieselbe Straße hinuntergehen wie ihre Mutter, an derselben Straßenbahnhaltestelle stehen, in denselben Geschäften einkaufen. Ihre Anwesenheit würde für Leah unerträglich sein. Sie würde sogleich umziehen wollen. Nun, das war gar nicht so abwegig. Henry hatte oft daran gedacht, ein schöneres Haus zu kaufen, ein Haus, das eher dem Wohlstand entsprach, zu dem er gekommen war, und es war Leah gewesen, die Bedenken geäußert und behauptet hatte, an ihrem gegenwärtigen Haus zu hängen. Sie könnten umziehen. Stanwix war nicht der einzige Ort in Carlisle, an dem es sich leben ließ, auch wenn es von jedermann für die allerfeinste Gegend gehalten wurde. Sie könnten in ein neues Haus ziehen, in ein nach ihren Vorstellungen gebautes Haus in irgendeinem anderen hübschen Stadtteil. Es gab Grundstücke auf der anderen Seite des Flusses zu kaufen mit reizvollem Blick auf den Rickerby Park. Es wäre eine großartige Ablenkung für Leah, Besprechungen mit einem Architekten zu führen und die Räume einzurichten.

Aber die Etterby Street aus solchen Gründen zu verlassen wäre Dummheit. Henry wußte, es wäre dumm und feige von ihm, eine solche Lösung vorzuschlagen. Wenn Evie darauf aus war, sich ihrer Mutter zu zeigen, dann konnte nichts sie davon abhalten. Es betrübte ihn, einsehen zu müssen, daß Leah vielleicht doch recht oder zumindest

407

die richtige Ahnung gehabt hatte, wie Evie mit der Zeit reagieren würde. Leah war eine sehr entschlossene, seltsame Frau, Evie, schien es, war ebenso entschlossen und eigenartig. Sie waren letztlich doch, trotz der äußeren Gegensätze, aus demselben Holz geschnitzt. Und keine von beiden würde nachgeben. Leah weigerte sich, Evie als ihre Tochter zu akzeptieren, und Evie war fest entschlossen, sie dazu zu zwingen. Und er stand zwischen beiden, sah Recht und Unrecht auf beiden Seiten und mußte zu vermitteln suchen.

Ziellos war Henry die Lowther Street hinunter und zum Fluß hinabgelaufen und ging jetzt zerstreut am Ufer entlang, wobei er fälschlicherweise das Bild eines Mannes abgab, der eine dringende Verabredung hatte. Sein Kopf war voll wirrer Pläne, die er alle nur kurz erwog, bevor er sie als absurd verwarf. Die meisten dieser wirren Einfälle hatten auf die eine oder andere Weise damit zu tun, ein Treffen zwischen Leah und Evie zu arrangieren, sie zusammen in einen Raum einzusperren und ihnen so lange die Flucht zu verwehren, bis irgendeine Art von Kompromiß zustande kam. Er war überzeugt, daß Evie mit einer solchen Gegenüberstellung einverstanden wäre, daß Leah diese aber zum Wahnsinn treiben würde, und er fürchtete sich vor diesem Wahnsinn.

Die Sorge, wie er seiner Frau von Evies bevorstehender Hochzeit erzählen sollte, ermüdete ihn weit mehr als der Weg, den er zurückgelegt hatte. Als er sich seinem Haus näherte, verlangsamten sich seine Schritte, und er fragte sich, ob er es je wieder so ungeduldig und glücklich betreten würde wie einst. Leah war noch immer in ihrem Schlafzimmer, die Mädchen waren wieder einmal außer Haus, und Clara war nirgends zu sehen. Er kam sich brutal vor, konnte aber den Gedanken an ein sich lange hinziehendes Theater nicht ertragen und ging daher die Treppe hinauf und verkündete auf der Stelle, was Evie ihm erzählt hatte – und zwar alles, ohne Unterbrechung. Die auf dem

Bett ausgestreckte Gestalt hüllte sich in Schweigen. Weder Schreie noch Schluchzen. Erleichtert setzte er sich neben Leah und nahm ihre Hand. Diese lag in der seinen, schlaff und widerstandslos. Ihre Augen waren geschlossen, aber keine Träne rann ihre blassen Wangen herab. Sie schien gelassener, als es seiner Ansicht nach zu erwarten gewesen war. Er war mit ihr zufrieden, beugte sich über sie und küßte sie sanft. »Sie kann uns nichts anhaben, Liebste«, sagte er, »denk dran. Sie ist eine gequälte Seele, die etwas haben will, was sie nicht bekommen kann, weil du es ihr nicht geben kannst, und das wird sie eines Tages erkennen. Du wirst sehen, wenn sie eigene Kinder hat, wird dieses Bedürfnis verblassen. Sei tapfer, schrecke nicht mehr vor ihrem Anblick zurück, es hat keinen Sinn.«

Leah wußte, während sie zuhörte, daß er seine Worte für feinfühlig hielt, aber für sie waren sie vollkommen hohl. Sie ließ ihn dozieren und, weil sie schwieg, denken, sie stimme ihm zu. Sie konnte nichts anderes tun. Doch am nächsten Tag, nachdem er zur Arbeit gegangen war, verriegelte sie, sobald Clara gekommen, und erneut, als sie gegangen war, die Tür. Clara ging um fünf, da Samstag war. Rose und Polly waren in der Tanzstunde. Leah hatte die Tür kaum abgeschlossen und verriegelt, als geklopft wurde. Sie ging in den Flur, sah den Schatten und war keineswegs überrascht. Sie blieb so lange unbeweglich stehen, bis er fort war. Jeden Samstag würde es, nachdem Arnesen's geschlossen war, so sein – das Klopfen, der Schatten, das Verschwinden. Sie würden umziehen müssen. Es war unerträglich, so zu leben, ebenso unerträglich wie der Gedanke, Evie Messenger gegenüberzutreten und ihr zu sagen, sie solle gehen und nie wiederkommen. Sie hatte sich eine jener Reden ausgedacht, die Henry gefielen – sie hatte sich erklärende Worte zurechtgelegt, mit denen sie diese Frau um Vergebung, aber auch um ein Ende dieses Spuks bat. Sie würde nie gehalten werden. Ihre Strafe bestand darin, diese Heimsuchungen zu ertragen, und die Frau, die sie bestrafte, wußte das. Henry irrte sich, wenn er sich vorstellte, sie werde, sobald sie eigene Kinder hätte, Verständnis zeigen und aufhören. Im Gegenteil, es würde für sie, sobald sie ein Kind geboren hätte, noch unerklärlicher, noch monströser sein, daß ihre eigene Mutter sie erst verlassen hatte und jetzt verleugnete. Der Zorn würde wachsen, nicht nachlassen, und der Haß sich verstärken. Und Leah fragte sich ständig: Hätte ich an ihrer Stelle meine Mutter so gequält, wie sie mich quält? Sie versuchte zu glauben, daß dem nicht so sei, aber gleichzeitig schien es ihr, als sei Evies Recht, sie zu verfolgen, unumgänglich, und es ängstigte sie mehr denn je.

Kapitel 21

Ihre plötzliche Entscheidung hatte sie nicht ohne Bös-
willigkeit gefällt, aber Hazel war sich weder sicher,
wem diese gegolten hatte, dem Mädchen oder ihrer
Mutter, noch konnte sie sich den Grund dafür vorstellen.
Als sie aber mit dem Mädchen, das gerade gehen wollte,
an der Ecke der Victoria Grove stand und hörte, wie ihre
Mutter sie aus ihrem Wagen rief, hatte sie plötzlich das
heftige Bedürfnis verspürt, jemandem etwas anzutun –
unentschuldbar und erschreckend. Sie sah in den Augen
des Mädchens eine Art unverhohlene, irgendwie rühren-
de Hoffnung, und als sie sie dahin führte, wo ihre Mutter
jetzt parkte, stellte sie fest, daß sie zum erstenmal körper-
lichen Kontakt zu ihr hatte. Nur die Hand auf ihrem Arm,
aber die Haut am Handgelenk zu spüren, dort, wo der
Mantelärmel hochgerutscht war, ließ das Mädchen verletzlich und bedürftig erscheinen.

Sie gingen gemeinsam, nicht wirklich Arm in Arm –
Hazels Hand lag eher auf Shonas Arm, als daß sie sich ein-
gehakt hatte –, zum Haus zurück, wo Mrs. Walmsley mit
einer Schachtel in der Hand stand, die sie aus ihrem Auto
geholt hatte. »Hallo, Liebling«, sagte sie. »Ich habe dir die
versprochenen Eier mitgebracht. Ich hatte nicht erwartet,
dich zu Hause anzutreffen – ich wollte gerade aufschlie-
ßen und sie nur eben hinstellen.« Während sie sprach,
kamen Hazel und Shona auf sie zu, und ihr Gesicht zeigte
schon einen heiteren, fragenden Ausdruck. »Mutter«, sagte Hazel, »das hier ist Shona McIndoe. Sollen wir hineingehen und etwas essen? Es ist beinahe Mittag. Wir können

aus deinen Eiern ein Omelette machen.« Die drei gingen ins Haus, wobei Mrs. Walmsley die ganze Zeit mit lauter Stimme über ihre Rückfahrt von Gloucestershire sprach und über den schrecklichen Verkehr und darüber, daß es heutzutage keine ruhigen Straßen mehr gebe, es sei denn, man nehme es auf sich, früh am Morgen zu fahren, was sie in ihrem Alter gewiß nicht tun werde … Weder Hazel noch Shona sprachen ein Wort. Hazel war damit beschäftigt, die Eier aufzuschlagen und zu verquirlen und die Bratpfanne auf den Herd zu stellen, und Shona stand unbeholfen da, während Mrs. Walmsley den Tisch deckte.

»Ich glaube, wir sind uns noch nicht begegnet, meine Liebe?« sagte diese schließlich mit einem breiten, gezwungenen Lächeln zu Shona. Sie war sich nicht sicher, ob selbst diese kurze Bemerkung angebracht war, aber Hazel hatte die beiden nicht eben höflich und nur andeutungsweise miteinander bekanntgemacht. Man konnte unmöglich wissen, ob diese Fremde eine Freundin oder ein neues Au-pair-Mädchen oder eine Freundin des Au-pair-Mädchens oder gar eine Klientin war, was eher unwahrscheinlich schien, und sie hätte zu gern einen Anhaltspunkt gehabt, bevor sie sie in irgendeine Unterhaltung verwickelte.

»Nein, Mutter«, sagte Hazel rasch, »du kennst Shona noch nicht. Setz dich, das Omelette ist fast fertig. Auf der Anrichte steht eine offene Flasche Wein …«

»Um Himmels willen, Liebes, du weißt doch, daß ich tagsüber nichts trinke, vor allem, wenn ich Auto fahre.«

»Dann eben Wasser, stell einen Krug Wasser auf den Tisch. Möchtest du Salat dazu oder lieber Brot?«

»Lieber nur das Omelette, dabei hatte ich nicht die Absicht, meine mitgebrachten Eier aufzuessen.«

Sie setzten sich, während Shona erst einmal ihren Mantel auszog. Hazel fiel auf, was für eine gute Figur sie hatte, jetzt, wo sie nicht länger in einen weiten Mantel gehüllt war. Es ist nicht meine Figur, dachte sie. Eher die meiner

Mutter, die enge Taille und der volle Busen, eher ihre, als sie jung war.

»Mutter«, sagte sie, als Mrs. Walmsley sich einen Bissen Omelette in den Mund schob und die Lippen geziert mit einer Serviette abtupfte, »Mutter, heute ist Shonas Geburtstag.«

»Oh, wie schön. Wie alt sind Sie, meine Liebe?«

»Sie ist neunzehn«, sagte Hazel, bevor das Mädchen eine Antwort geben konnte. »Sie wurde heute vor neunzehn Jahren in Norwegen geboren und von einem schottischen Paar adoptiert.«

Es herrschte absolute Stille. Mrs. Walmsley legte äußerst behutsam ihre Gabel hin, so behutsam, daß die metallenen Zinken ohne den geringsten Laut die hölzerne Tischfläche berührten. Ihr Gesicht amüsierte Hazel. Es kam selten vor, daß sie ihre Mutter verwirrt sah, doch jetzt war sie es. Es dauerte mehrere Sekunden, bis wieder Leben in ihre erstarrten Züge zurückkehrte, wobei der Mund sich zusammenzog, die Stirn gerunzelt wurde und sich auf ihren Wangen eine langsame Röte ausbreitete. Hazel sah, wie Shona lächelte, ein bitteres Lächeln, mit dem zur Kenntnis genommen wurde, daß es auch hier keinen freudigen Aufschrei gegeben hatte, man nicht auf sie zugelaufen war, um sie zu umarmen. Sie war wieder aufgestanden, ohne das Omelette angerührt zu haben, und schlüpfte in ihren Mantel.

»Geh nicht«, sagte Hazel.

»Daß ich das auf diese Art erfahren muß«, krächzte Mrs. Walmsley, »was für ein Schock, du liebe Zeit!«

»Es tut mir leid, wenn ich ein Schock bin«, sagte Shona und ergriff ihre Tasche, »das ist alles, was ich in Ihrer Familie zu sein scheine. Aber ich gehe. Ich werde Sie nicht wieder belästigen.«

Hazel schob ihren Stuhl zurück und folgte ihr zur Haustür, aber sie war nicht schnell genug. Shona war schon fort. Als sie wieder in die Küche kam, saß ihre Mutter noch immer wie gelähmt da. »Daß ich das auf diese Art erfahren mußte«, wiederholte sie, diesmal mit einem Anflug von Zorn in ihrer Stimme. »Und wie peinlich. Hast du daran nicht gedacht?«

»Daß es dir peinlich sein könnte? Nein.«

»Das hättest du aber tun sollen. Du hast mich in eine peinliche Lage gebracht, und das arme Mädchen auch. Das war doch nicht nötig.«

»Was hätte ich denn dann sagen sollen?«

»Du hättest es gar nicht sagen sollen, jedenfalls nicht unter diesen Umständen. Du hättest es mir in einem ruhigen Augenblick erzählen sollen, wenn wir alleine sind.«

»Heimlich.«

»Was?«

»Heimlich. Du möchtest, daß ich es alles weiterhin geheimhalte, so wie wir es von Anfang an getan haben.«

»Mich mit dem Mädchen zu konfrontieren, sie in eine solche Lage zu bringen ...«

»Sie hat sich selbst in diese Lage gebracht, indem sie hierherkam.«

»Wann ist sie gekommen?«

»Etwa vor einer Stunde.«

»Sie tauchte einfach auf und gab sich zu erkennen?«

»Ja.«

»Das kann ich nicht glauben.« Mrs. Walmsley schob das halb aufgegessene Omelette beiseite und stand auf. »Wer hätte das gedacht nach all der Zeit ...«

»Jeder, der auch nur ein wenig Phantasie besitzt.«

»Sie sieht aus, als sei sie nett. Ist sie nett?«

»Keine Ahnung.«

»Was wollte sie eigentlich?«

»Ihre Neugier befriedigen, aber eigentlich doch mehr.«

»Mehr?«

»Ich denke schon.«

»Was meinst du mit ›mehr‹? Wird sie Schwierigkeiten machen?«

Hazel lächelte. Sie merkte, wie besorgt ihre Mutter jetzt war – sie lechzte danach, beruhigt zu werden, wollte, daß man ihr versicherte, Shona sei ein nettes Mädchen, das sich anständig verhalten und, nachdem sie sich vorgestellt hatte, spüren würde, daß sie so unwillkommen wie eh und je war, und verschwinden würde. Sie mochte Shona flüchtig als »arm« bezeichnet haben, nur hatte das weder mit echtem Mitleid zu tun noch mit dem Wunsch, etwas über das Schicksal des Mädchens zu erfahren. Ein reibungsloses, geordnetes Leben wollte ihre Mutter, wie sie es immer gewollt und auch stets erfolgreich geführt hatte.

»An was für Schwierigkeiten hast du gedacht?« fragte Hazel ihre Mutter und genoß die Gelassenheit, die sie offenbar ausstrahlte.

»Nun, ich weiß nicht, ob sie unangenehm wird, irgendeine Art von Entschädigung fordert …«

»Als Ersatz dafür, daß man sie fortgegeben hat? Was wäre das in deinen Augen? Wie könnte so etwas aussehen?«

»Ich weiß nicht. Du bist die Anwältin. Geld, nehme ich an.«

»Geld? Wohl kaum, Mutter. Laut Gesetz ist Adoption kein Vergehen, das Gesetz billigt sie. Alles, was du getan hast, war absolut legal und einwandfrei. Man könnte keinen Penny bei dir einklagen.«

»Bei mir? Warum sollte man bei mir etwas einklagen wollen? Das habe ich nicht gemeint, das ist doch dummes Zeug. Ich meine – ach, du weißt genau, was ich meine. Wird dieses Mädchen bei dir herumlungern, will sie Nutzen daraus schlagen?«

»Glaubst du, man kann aus der Tatsache, daß deine Mutter dich weggibt, Nutzen schlagen?«

»Aber wahrscheinlich weiß sie, wie die Umstände waren, bestimmt versteht sie …«

»Nein, genau das ist der Punkt. Sie kann es einfach nicht verstehen. Allein der Versuch, es zu verstehen, tut ihr weh, wo sie doch so felsenfest davon überzeugt ist, daß nichts und niemand sie je dazu zwingen könnte, ein Kind, wenn sie je eins haben sollte, fortzugeben.«

»Oh, das ist doch bloß romantisch.«

»Mag sein. Mit neunzehn hat man das Recht, idealistisch oder romantisch zu sein. Ich wünschte, ich wäre es gewesen.«

Mrs. Walmsley ging unentwegt in der Küche auf und ab, rückte Gegenstände, die vollkommen gerade standen, zurecht, hantierte am Kessel herum, setzte ihn auf, schaltete ihn dann wieder aus und verriet damit, offenbar ohne sich dessen bewußt zu sein, ihre Aufregung. Hazel beobachtete sie, ohne aufzustehen, und dachte, daß ihre Mutter ihr leid getan hätte, wenn sie in diesem ganzen Hin- und Hergelaufe den Beweis echter seelischer Not hätte erkennen können. Aber was sie da sah, war in ihren Augen nichts als Verärgerung. Ihre Mutter ärgerte sich über Shona, daß sie die Frechheit besessen hatte, einfach aufzutauchen, sie ärgerte sich über Hazel, daß sie sie mit Shona konfrontiert hatte, und jetzt ärgerte sie sich vor allem über das, was sie wohl die Begriffsstutzigkeit ihrer Tochter nennen würde. Hazel sollte ihr beipflichten, daß etwas vollkommen Unannehmbares geschehen war und man mit aller Entschiedenheit dagegen vorgehen mußte. Und ich gebe kein Zeichen des Einverständnisses, überlegte Hazel. Ich werde mich weder von meiner Mutter gängeln lassen, noch ihrem Urteil beugen und mich mit ihr verschwören, wie mit »Schwierigkeiten« umzugehen sei.

Hazel hatte jedoch unrecht. Mrs. Walmsleys Gedanken waren alles andere als berechenbar, und daß sie die Fassung verlor, lag in Wirklichkeit daran, daß sie weitaus beunruhigter war, als Hazel ahnen konnte. Sie erinnerte sich, und indem sie sich erinnerte, rief sie in sich die tiefe Scham wach, die sie einst empfunden hatte. Sie konnte ihrer einzigen Tochter nicht erklären, warum sie so war, wie sie war – das erschien ihr zu schwierig, glich zu sehr einer Beichte, und sie war nicht gewohnt zu beichten. Zeit ihres Lebens hatte sie sich bemüht, der Versuchung zu widerstehen, ihre Ängste und Sorgen bei anderen abzuladen, und das kam sie teuer zu stehen. Sie wurde als hart und gefühllos abgestempelt, als ginge es für sie allein darum, tüchtig und angesehen zu sein und Haltung zu bewahren. Ihre Haltung empfand sie mit einemmal als schwach und schwankend, aber Hazel war so wenig mitfühlend, daß sie unmöglich vor ihr zusammenbrechen und Trost erwarten konnte. Mutter und Tochter gingen nicht in dieser Weise miteinander um. Sie waren rationale Frauen, die sich etwas darauf einbildeten, sich eher auf ihren Verstand als auf ihr Herz zu verlassen. Alles mußte erörtert, diskutiert werden. So funktionierte ihre Beziehung.

Und jetzt funktionierte sie überhaupt nicht. Hazel saß mit unnahbarer, distanzierter Miene da. Ob sie sich diese selbst beigebracht hatte – oder von anderen hatte beibringen lassen? (Wenn ja, von wem?) Oder entsprach sie ihrem Wesen? Jedenfalls fand sie im Augenblick keinen Zugang zu ihr.

»Ich gehe lieber«, sagte Mrs. Walmsley. »Ich wollte sowieso nicht bleiben.« Sie nahm ihren Autoschlüssel und sagte, ohne Hazel anzusehen, und bemühte sich gleichzeitig, wieder ganz die alte zu sein: »Ich nehme an, du wirst Malcolm davon erzählen.«

»Natürlich.«

»Ganz richtig, falls sie wieder aufkreuzt. Wirst du Kontakt zu ihr aufnehmen?«

»Ich habe weder ihre Adresse noch ihre Telefonnummer.«

»Armes Mädchen. Wenn ich nur nicht so furchtbar schockiert gewesen wäre …«

»Ja?«

»Ich hätte etwas sagen sollen. Das war nicht nett.«

»Nein. Wir waren beide nicht nett.«

»Hazel, empfindest du irgend etwas für sie, für das Mädchen?«

»Wie meinst du das?«

»Na ja, bist du durcheinander? Du läßt es dir nicht anmerken, und ich bin selbst so durcheinander, dabei gibt es gar keinen Grund, durcheinander zu sein.«

Der restliche Tag schien kein Ende zu nehmen. Hazel ging zur Arbeit und hatte viel zu tun, trotzdem zogen sich die Stunden endlos hin. Sie stellte fest, daß es ihr einerseits bevorstand, Malcolm von dem ungewöhnlichen Besuch zu erzählen, daß sie es aber andererseits auch kaum erwarten konnte. Seine Reaktion war leicht vorherzusehen. Er würde das Mädchen unbedingt kennenlernen wollen und es nicht für möglich halten, daß man sie ohne Angabe einer Adresse oder Telefonnummer hatte gehen lassen. Was für Malcolm jedoch kein Problem darstellen würde – er konnte das Mädchen aufgrund ihres Namens, Alters und der bloßen Tatsache, daß sie Jurastudentin am UCL war, im Handumdrehen aufspüren. Und was dann? Würde er sie aufsuchen? Würde er sie überreden, noch einmal zu kommen und die Familie kennenzulernen? Und was war mit der Familie, mit den Jungen? Malcolm würde darauf bestehen, daß man es ihnen sagte. Er würde es genießen, es ihnen zu erklären, und weil sie noch klein waren, würde das, was er ihnen über ihre Mutter zu sagen hatte, wie eine Geschichte klingen, die nichts mit Schmerz oder Verzweiflung zu tun hatte. Es würde ihr möglicherweise sogar guttun, dabei zu sein, wenn Malcolm es ihnen erklärte – das würde alles schließlich beruhigend normal erscheinen lassen.

Trotzdem war es nicht ganz so einfach, wie sie es sich vorgestellt hatte, Malcolm mit den Fakten über das Wiederauftauchen ihrer Tochter bekannt zu machen. Sie wußte nicht, wie sie das Thema anschneiden sollte. Die Abende zu Hause waren so chaotisch und anstrengend, wenn die drei Jungen lautstark ihr Recht forderten, wenn gekocht werden mußte und sie und Malcolm in Gedanken schon mit der Arbeit des nächsten Tages beschäftigt waren. Gewöhnlich wurde es elf Uhr, bis sie einige schnell hingeworfene Neuigkeiten miteinander austauschen konnten. Gegen Mitternacht machte sie einen Kakao und brachte ihn hinauf in sein Arbeitszimmer, wo er noch immer, den Kopf in die Hände gestützt, mit grauer, müder Miene über den Akten saß. Er murmelte kaum hörbar sein Dankeschön, bevor er die Seite umblätterte, und sah sie nicht einmal dabei an. Nur weil sie dort stehenblieb, wurde er nach einer Weile aufmerksam, sah schließlich auf und sagte: »Mm?«

»Komm herunter ins Wohnzimmer«, sagte sie.

»Ich kann nicht. Ich bin morgen beim Gericht, ich muß dort sein, bei diesem Fall.«

»Komm herunter, mach eine Pause.«

»Ich würde nicht wieder hineinfinden, ich schlafe ohnehin schon beinahe ein.«

»Wie lange dauert es noch?«

»Eine Stunde, ich weiß nicht, geh du schlafen.«

Sie stand da, nippte an ihrem Kakao und beobachtete ihn. Whisky wäre besser gewesen, sie wußte nicht, warum sie dieses widerliche Getränk gemacht hatte. Dabei trank er es ziemlich gierig, in großen Schlucken. Aber sie verärgerte ihn, wenn sie dort noch länger herumstand.

»Was ist denn?« sagte er gereizt. »Was ist los?«

»Nichts.«

»Gut. Dann geh schlafen.«

Das tat sie. Sie ging hinunter und wusch ihren Becher ab und schaltete überall Licht aus, aber sie räumte nicht auf, das hatte Zeit bis morgen, dafür wurde Mrs. Hedley schließlich bezahlt. Ihr gefiel es, wie das Haus am Ende des Tages aussah, ein Beweis dafür, wie lebendig es hier zuging. Das Haus ihrer Mutter hatte immer leblos gewirkt, es hatte nicht die geringste Spur eines Familienlebens gezeigt.

Dann ging sie nach oben und sah bei jedem der Jungen hinein, noch mehr Unordnung, noch mehr Dinge, die überall auf dem Boden verstreut lagen, so daß sie aufpassen mußte, in der Dunkelheit nicht darauf zu treten. Sie schaltete ihre Nachttischlampe an und machte es sich bequem zum Lesen, konnte aber kaum ein Wort in sich aufnehmen. Sie liebte ihr Schlafzimmer. Alles darin hatte sie allein ausgesucht. Malcolm sagte seine Meinung zu allem anderen im Haus, nicht aber, was das gemeinsame Schlafzimmer betraf. Der Raum war hauptsächlich in Grün gehalten – hellgrüner Teppich, dunkelgrüne Jalousien aus Leinen, eine weißgrüne Tagesdecke. Sie empfand es immer als wohltuend. Trotz ihrer Müdigkeit fühlte sie sich ein wenig erholt, nachdem sie eine Weile dort gelegen hatte. Malcolm würde zu erschöpft sein, wenn er zu Bett ging. Es wäre nicht fair, ihm unter diesen Umständen etwas so Wichtiges zu erzählen, aber wenn sie damit wartete, würde er später böse auf sie sein und beteuern, daß man ihm jederzeit, ganz gleich in welchem Zustand oder zu welcher Stunde, solch lebenswichtige Dinge erzählen könne. Es hatte keinen Sinn, es ihm am Morgen zu erzählen, die Morgen waren hoffnungslos, so chaotisch wie die Abende, mit dem zusätzlichen Druck, daß jeder rechtzeitig weg mußte. Sie würde es ihm jetzt und hier in aller Ruhe erzählen müssen.

Er kam erst um zwei ins Zimmer und war erstaunt, sie noch immer bei Licht aufrecht dasitzen zu sehen. »Warum in aller Welt bist du noch wach?« sagte er. Sie legte ihr Buch beiseite und beobachtete ihn, als er sich auszog. Er hatte zugenommen. In seinem Anzug merkte man es ihm kaum an, aber wenn er nackt war, konnte sie sehen, daß er Speck ansetzte. Sein Leben war anstrengend und ungesund, doch er liebte seine Arbeit und ließ sich nicht dazu überreden, sich freie Zeit zu gönnen. »Ich hoffe, du läßt das Licht nicht an, wenn ich ins Bett komme«, sagte er, »ich kann bei Licht nicht schlafen, das weißt du, und ich

bin hundemüde.« Ihr kam in den Sinn, er könne womöglich denken, sie sei wach geblieben, um mit ihm zu
schlafen, und wolle sie vor einer Enttäuschung bewahren.
Darüber mußte sie lachen – sie hatte zur Zeit so wenig Interesse an Sex – und sagte deshalb, sobald er im Bett war,
amüsiert lächelnd und ein wenig abfällig: »Tut mir leid, es
dauert nur eine Sekunde, den ganzen Abend lang hat sich
nicht die richtige Gelegenheit ergeben, aber auch wenn
du so erledigt bist, kann ich dich nicht schlafen lassen,
ohne dir zu erzählen, was heute morgen passiert ist.«

Sie erzählte es ihm so rasch wie möglich, wobei es ihr
gelang, den ganzen Schock jener Stunden in ein paar
knappen Sätzen zusammenzufassen. Malcolm war sofort
hellwach. Er sprang aus dem Bett und lief zu ihrer Seite,
um ihr ins Gesicht zu sehen und das Licht, das sie gerade
ausgemacht hatte, wieder anzuschalten. Dann forschte er
ewig lange in ihrem Gesicht und sagte: »Dann bist du also
nicht bestürzt?«

»Nicht wirklich, nein. Verstört, aber, nein, nicht bestürzt, so wie du es meinst.«

»Du hast nicht erzählt, wie sie aussieht.«

»Nicht wie ich. Sie hat herrliches kastanienbraunes
Haar, ist groß und hat die Figur von meiner Mutter, früher.«

»Also attraktiv.«

»Ja. Attraktiv ist sie wirklich.«

»Aber wie *ist* sie?«

»Ich weiß nicht. Das ließ sich nicht feststellen. Sie war
sehr angespannt und nervös und wurde dann ziemlich
aufsässig und sarkastisch …«

»Kein Wunder.«

»Nein.«

Malcolm machte das Licht aus und ging wieder ins Bett
und lag dann wie sie, mit den Händen unter dem Kopf,
da, während beide in die Dunkelheit starrten. »Nun«, sagte er, »dann laß uns etwas schlafen. Ich kann keinen klaren

Gedanken fassen, kann jetzt nicht darüber nachdenken, was wir tun sollten.«

»Wir müssen überhaupt nichts tun. Alles ist getan. Es ist an ihr.«

Malcolm stöhnte und wiederholte, sie müßten jetzt ein wenig schlafen, und drehte sich um und begann schlagartig, tief zu atmen.

Am nächsten Morgen waren beide schweigsam und höflich und hielten sich bewußt aus dem ganzen Durcheinander heraus. An jenem Tag verließen sie beide gemeinsam das Haus, was nur selten vorkam. Hazel ließ automatisch ihren Blick über die Büsche vor der Kapelle gleiten, weil sie sich an die Anspielung des Mädchens erinnerte, sie habe dort auf der Lauer gelegen. Sie erzählte Malcolm ganz unvermittelt davon, als sie in sein Auto stiegen, und er war entsetzt, und sie wünschte, sie hätte es nicht erwähnt. »Traurig«, sagte er immer wieder. Traurig. Den ganzen Tag lang hörte sie, auch wenn sie noch so beschäftigt war, das Wort mit nicht nachlassender, heftiger Regelmäßigkeit in ihrem Kopf hämmern. Sie kämpfte dagegen an, wollte nicht das Wort Traurigkeit mit dem Mädchen assoziieren, wollte einräumen, daß die Bezeichnung »traurig« nur auf das Spionieren und nicht auf die spionierende Person angewendet werden konnte. Sie sagte sich, das Mädchen sei kein obdachloses Wesen, sondern eine intelligente, fähige Jurastudentin mit einem guten Zuhause und liebevollen Eltern, die ihrer eigenen Auskunft nach das große Los gezogen hatten. Das war nicht traurig. Das war Glück. Es lief alles auf die Frage hinaus, was es bedeutete, von der richtigen Mutter großgezogen worden zu werden – nein, es lief alles auf die Frage hinaus, was es bedeutete, von ihr fortgegeben worden zu sein – nein, es lief alles auf die Frage hinaus, was es bedeutete, von ihr abgelehnt zu werden, wenn man sie endlich gefunden hatte.

Ja. Als Hazel nach Hause ging, war ihre Analyse abgeschlossen. Es bedeutete etwas. Entscheidend war, wie das

Mädchen *jetzt* von ihrer Mutter behandelt wurde. Sie hatte sich nicht richtig verhalten, als das Mädchen – oh, das mußte endlich aufhören –, als *Shona* kam und Anspruch auf sie erhob. Die Art, wie sie Shona gestern behandelt hatte, war zum großen Teil verzeihlich, aber nicht ganz. Keine Freude vorgetäuscht zu haben, wo sie keine empfand, war mehr als verzeihlich. Es mochte traurig sein, daß sie außerstande gewesen war, ihrer Tochter um den Hals zu fallen und sie stürmisch zu umarmen, doch es war verzeihlich. Sie war sich nur selbst treu geblieben, was ihr weder Shona noch irgend jemand sonst vorwerfen konnte. Aber sie hatte nicht versucht, sich in diese neu entdeckte Tochter hineinzuversetzen. Sie war argwöhnisch und distanziert gewesen und hatte, das wußte sie, von Anfang an deutlich zu erkennen gegeben, daß sie mit dem Ganzen nichts zu tun haben wollte. Sie hatte Shona nicht wirklich eine Chance gegeben, ihre eigenen Gefühle zu ergründen, sondern sie darin beeinflußt. Und das war unverzeihlich. Sie schuldete ihr irgendeine Art von Willkommen, auch wenn es nicht gerade überschwenglich ausfiel. Es war feige, sie hinauszuekeln. Das Ergebnis wäre möglicherweise, daß das Desinteresse ihrer Mutter ihr für den Rest ihres Lebens mehr schaden könnte als die ursprüngliche Ablehnung. Nicht die Adoption tat weh, sondern deren Entdeckung, die schmerzliche Feststellung, daß sie, Shona, als Erwachsene sogar noch weniger galt als ein nichtssagendes Baby. Ein Baby war ein Niemand, Shona war jemand. Einer Mutter, die sich angesichts der *Person*, die sie zur Welt gebracht hatte, abwandte, konnte nicht verziehen werden.

Bevor Malcolm nach Hause kam, hatte Hazel sich selbst als Detektivin betätigt. Shonas Name erleichterte die Suche – ein Telefonanruf, und schon wurde er in den Matrikeln gefunden, und ihre Adresse und Telefonnummer wurden bereitwilliger preisgegeben, als Hazel es für richtig hielt, auch wenn ihre Stimme, die Stimme einer Frau aus der Mittelschicht in mittleren Jahren, sicher nicht verdächtig klang. Sie war überzeugt, daß sie, wenn sie anrief, mehr Schaden anrichten als Gutes bewirken, und wenn sie schrieb, ignoriert werden würde. Das einzige, was sie tun konnte, war das, was Shona ihrerseits getan hatte, einfach unangemeldet aufzutauchen und sich zu entschuldigen. In dem Augenblick, als sie das beschlossen hatte, konnte sie nicht länger warten. Sie bat Conchita zu bleiben, bis Malcolm nach Hause kam. Dann eilte sie zu ihrem Auto. Shonas Wohnung in Kilburn war nicht weit entfernt, aber es herrschte lebhafter Verkehr, und die Fahrt dauerte fünfundvierzig Minuten. Als sie dann in der Straße geparkt und das Haus gefunden hatte, kam ihr plötzlich der Gedanke, daß sie nicht mit leeren Händen dastehen sollte. Trank Shona Alkohol? Gewiß, alle Studenten tranken. Sie entdeckte eine Wein- und Spirituosenhandlung und kaufte eine Flasche Champagner, den besten, den es gab.

Es tat ihr gut, gestand sie sich ein, vor Shonas Tür warten zu müssen, so wie Shona am Tag vorher vor ihrer gewartet hatte. Demütigend war es. Jetzt war sie die Bittstellerin, fragte sich, wie sie wohl empfangen werden würde, hatte Angst, daß ihr die Tür vor der Nase zugeschlagen werden könnte, und war aufgeregt, weil sie nicht wußte, was sie sagen sollte. Und doch war sie Shona gegenüber im Vorteil. Sie war in Sicherheit und brauchte keine Probleme zu lösen, wohingegen sie gesehen hatte, wie Shona sich fühlte: Sie würde sich selbst nicht kennen, wenn sie nicht ihre richtige Mutter kannte. Sie irrte sich, davon war Hazel überzeugt, aber war es ihre Aufgabe, sie davon zu überzeugen? Sie überlegte noch immer hin und her. Sie mußte Shona ein Gefühl von Sicherheit geben, eine Sicherheit, die allein daher rührt, daß man sich, wenn schon nicht geliebt, so doch geachtet fühlt.

Es war eine große Aufgabe, und Hazel lächelte fast ein bißchen über sich, als sie da vor der Tür stand. Sie war keine Kämpferin. Weder in ihrem Privatleben noch in ihrer

Arbeit – wo dergleichen durchaus angebracht wäre – hatte sie je irgendein Sendungsbewußtsein gezeigt. Sie hatte sich nie berufen gefühlt, hatte immer eher Befehle ausgeführt als erteilt und ansonsten mehr am Rande gestanden. Jetzt hatte sie mit einemmal das Gefühl, an einer bedeutsamen Veränderung beteiligt zu sein, die sie allein zustande bringen konnte. Es ist äußerst wichtig, daß Shona erkennt, daß *ich letztendlich nichts bedeute*, dachte Hazel, und dasselbe gilt für meine fehlende Liebe zu ihr.

Die Tür wurde von einem älteren Mann geöffnet, was sie überraschte. Sie sagte, sie wolle zu Shona McIndoe, und er beschrieb ihr den Weg die Treppe hinunter zur zweiten Tür links im Kellergeschoß. Sie begriff, daß sie eigentlich die Außentreppe zu Shonas eigener Haustür hätte hinuntergehen müssen, und entschuldigte sich. »Kommt immer wieder vor«, sagte der Mann, »nicht, daß *sie* irgendwelchen Besuch hätte, sie macht keine Probleme, sondern die andere, ganze Horden kommen die besuchen.« Das Fenster neben der Tür im Kellergeschoß war mit Holz verbarrikadiert. Wahrscheinlich ratsam, wenn man die Gegend bedachte, aber wie sehr mußte es den Raum verdunkeln. Hazel klopfte an die Tür, aber im Innern war nichts zu hören, obgleich sie eine Weile wartete und ihr Klopfen mehrfach wiederholte. Vielleicht war Shona noch nicht zurück aus dem College, vielleicht war sie ausgegangen. Den Champagner vor die Tür zu stellen war wirklich keine gute Idee, und doch blieb ihr nichts anderes übrig. In ihrer Tasche fand sie Kugelschreiber und Papier, und sie lehnte sich an die Tür und kritzelte eine Nachricht: »Bin gekommen, um das hier mit Dir zu trinken. *Bitte* melde Dich – Hazel.« Sie überlegte, ob sie mit »Deine Mutter« unterschreiben sollte, aber das wäre geschmacklos gewesen. Dann stellte sie den Champagner seitlich vor die Türschwelle zu den drei leeren Milchflaschen. Es war dunkel, niemand würde ihn sehen, es sei denn, jemand suchte danach. Sie fühlte sich daraufhin seltsamerweise in Hoch-

stimmung, als hätte sie etwas erreicht, dabei war dem ja
nicht so.

Malcolm kam für seine Verhältnisse zeitig nach Hause.
Er war streng mit den Jungen, schickte sie vor neun ins
Bett und erlaubte ihnen kein Fernsehen. Und er ging
nicht in sein Zimmer. Er war vielmehr in einer seiner seltenen Aufräumstimmungen, wobei er wie eine über-
spannte Hausfrau herumlief und überall Ordnung machte und wie immer, wenn er in einer solchen Stimmung
war, behauptete, seine Mutter würde einen Anfall bekommen, wenn sie das hier sehen würde. Hazel ließ ihn gewähren. Das alles war ganz offensichtlich der Auftakt zu
einem ernsten Gespräch, wie Malcolm es nur allzugern
arrangierte. Manchmal amüsierte es sie, wenn er mit seiner Inszenierung begann, und manchmal irritierte es sie
so sehr, daß sie sich zurückzog. Heute abend tat sie keins
von beidem. Malcolms Hang zum Herumfuhrwerken war
eine Seite an ihm, und zwar die, die man wenig kannte.
Man mußte sie genauso ertragen wie ihr Bedürfnis nach
Distanz. Sie sah ihm dabei zu, wie er Kissen aufschüttelte
und Sessel geraderückte, und ließ ihn Kaffee machen.

»So«, sagte er, »jetzt sieht es besser aus.«

»Alles erledigt?« fragte sie heiter.

Er fragte sie nicht, was sie damit meinte. Er setzte sich in
seinen Sessel, trank einen Schluck Kaffee und räusperte
sich. »Ich habe den ganzen Tag lang an nichts anderes gedacht«, sagte er.

»Natürlich.«

»Ging es dir genauso?«

»Natürlich.«

»Und zu welchem Ergebnis bist du gekommen?«

»Oh, Malcolm, um Himmels willen, Ergebnis?«

»Dann eben Entschluß.«

»Zu keinem.«

»Dann willst du also nicht versuchen, sie zu finden und
ihretwegen etwas zu unternehmen?« Sein Gesicht lief rot

an vor Entrüstung. Es brachte sie zur Verzweiflung. Wie konnte er nur ein so guter Anwalt sein, wenn er sich so wenig darum bemühte, den wahren Sachverhalt zu klären, und von Dingen ausging, die nie behauptet worden waren?

»Ich habe sie gefunden«, sagte sie mit tiefster Genugtuung, wobei sie nur schwer ihre Schadenfreude verbergen konnte.

»Gut«, sagte er und nickte. »Gut, das freut mich.«

»Willst du gar nicht wissen, wie?«

»Nein. Es kann ja nicht allzu schwierig gewesen sein. Mich interessiert nicht das Wie. Hast du sie angerufen, mit ihr gesprochen?«

»Nein.«

»Warum nicht?«

»Ich bin bei ihr gewesen, in dem Haus in Kilburn, wo sie ein möbliertes Zimmer hat.« Jetzt hatte sie ihn wirklich verblüfft. »Sie war nicht zu Hause. Ich habe ihr eine Nachricht hinterlassen.« Den Champagner erwähnte sie nicht.

»Das ist gut«, sagte er mit jenem Kopfnicken, das sie rasend machen konnte. »Ich hätte nicht gedacht, daß du so schnell handeln würdest.«

»Du hättest nicht gedacht, daß ich überhaupt handeln würde.«

»Das stimmt. Ich dachte ...«

»Daß du es tun müßtest. Du freutest dich schon darauf, deine ganzen Überredungskünste einzusetzen, nicht wahr, Malcolm? Die verschiedenen Argumente anzuführen und mich an meine Pflichten als anständiges menschliches Wesen zu erinnern? Nun habe ich dir den Spaß verdorben.«

»Es wäre kein Spaß gewesen. Ich habe mich davor gefürchtet.«

»Lügner.«

»Doch, ich habe mich wirklich davor gefürchtet. Du bist manchmal so ...«

»Schwierig?«

»Schwierig, starrsinnig und ...«

»Kalt?«

»Nein, nicht kalt, das denkst du immer nur, daß die Leute, selbst ich, dich für kalt halten. Nicht kalt. Unnahbar. Nach *außen* hin ungerührt, selbst wenn du gerührt bist. Jedenfalls geht es mich auch nichts an.«

»Aber du bist zufrieden mit mir, daß mir von ganz allein ein Licht aufgegangen ist.«

»Ja. Sei nicht so spöttisch. Und was jetzt?«

»Es könnte sein, daß sie anruft.«

»Du klingst nicht sehr überzeugt.«

»Natürlich nicht, wie sollte ich auch? Es könnte sein, könnte aber auch nicht sein.«

»Und was, wenn sie's nicht tut, wieviel Zeit geben wir ihr?«

»Jetzt ist also von ›wir‹ die Rede?«

»Das will ich doch stark hoffen. Ich bin doch schließlich auch daran beteiligt, genauso wie die Jungs. Sie wird in unsere Familie kommen. Wir werden sie alle freundlich aufnehmen müssen.«

»Was für ein schrecklicher Gedanke.«

»Aber ich dachte, du …«

Hazel stand auf und ging in die Küche. Im Spülbecken stand nichts zum Abwaschen, dennoch drehte sie den Kaltwasserhahn auf, bis das Becken voll war. Wenn Malcolm hereinkäme, würde sie schreien, aber er tat es nicht, dazu kannte er sie viel zu gut. Etwas gelassener füllte sie ein Glas mit Wasser und kehrte zu ihm zurück. »Es wird nicht gerade ein Fest werden«, sagte sie, »ich meine, wenn, falls sie kommt.«

»Ich weiß.«

»Du tust, als würde es eine lustige kleine Feier – hier ist unsere verloren geglaubte Tochter und Schwester, laßt uns alle tanzen.«

»Das habe ich nicht gesagt, ich habe gesagt …«

»Ich weiß, *was* du gesagt hast, es geht darum, *wie* du es gesagt hast.«

»Nein, wie *du* es gesagt hast. Ich meinte nur, daß wir alle
damit fertig werden müssen und es einige Mühe kosten
wird, sich richtig zu verhalten, das Richtige zu sagen, den
richtigen Ton zu treffen …«

»Theater.«

»Wie?«

»Theater, darauf wird es hinauslaufen. Wir werden alle
Theater spielen.«

»Die Jungs nicht. Wann soll ich es ihnen erzählen? Wie
möchtest du, daß ich es ihnen sage? Wie soll ich es ihnen
erklären?«

»Ich möchte, daß erst einmal gar nichts erklärt wird.
Falls sie kommt, wäre es mir lieber, sie käme als eine neue
Freundin, und später kann man es den Jungs erzählen,
wenn sie sie ein wenig kennen.«

»Ich bin mir nicht sicher, ob das klug ist.«

»Ich versuche gar nicht erst, klug zu sein. Ich denke an
das, was sie bewältigen und was ich bewältigen kann. Du
hast zuviel Sinn für Dramatik, Malcolm. Ich will keine Dramatik. Ich will, ich habe das Bedürfnis, daß alles so ruhig
und normal – nun, es kann weder normal noch natürlich
sein –, aber so ruhig und nüchtern vor sich geht wie nur
irgend möglich. Die ganze Angelegenheit ist viel zu span-
nungsgeladen. Ich kenne sie nicht, ich weiß nicht, wozu sie
imstande ist, was passieren könnte.«

»Du meinst, du weißt nicht, was sie will, was sie vor-
hat?«

»Ich glaube nicht, daß sie es selbst weiß. Sie glaubt, daß
sie nur irgendein tiefes Bedürfnis, mich zu finden, befriedigt, aber ich weiß nicht. Wir werden sehen.«

»Du hast mir fast nichts von ihren Adoptiveltern erzählt
und davon, wie sie aufgewachsen ist.«

»Sie scheint sie zu lieben, sie denkt, daß sie gute Eltern
gewesen sind, und sie ist glücklich gewesen.«

»Nun, das ist sicherlich wichtig. Sie sucht nicht nach
einem Glück, das ihr verwehrt worden ist, oder nach etwas

Ähnlichem. Sie kann demnach nicht durch Ressentiments motiviert sein.«

»Wirklich nicht?«

»Jedenfalls klingt es nicht danach. Warum sollte sie dich verletzen oder sich in deine Familie drängen wollen, wenn sie selbst nicht gelitten und eine eigene glückliche Familie gehabt hat? Warum sollte sie dann denken, daß du ihr etwas schuldest?«

»Oh, sie wird denken, daß ich ihr etwas schulde.«

»Warum?«

»Weil …«

Und dann klingelte das Telefon, und noch bevor Hazel den Hörer abnahm, wußte sie, wer es war. »Shona?« sagte sie.

Kapitel 22

Henry ging zu Evie Messengers Hochzeit. Es war seiner Meinung nach keine Hochzeit im eigentlichen Sinne. Es war eine Trauung, und das war etwas anderes. Evie trug jedoch zu seiner Überraschung Weiß und einen Schleier und hielt einen Blumenstrauß. Sie sah ganz verändert aus. Das Wort, das ihm spontan einfiel, war »stolz«: Sie wirkte stolz, und er sah, daß dies allen, die an der kleinen Feier teilnahmen, auch auffiel, selbst wenn sie die Veränderung, die in ihrem Innern stattgefunden hatte, nicht benennen konnten. Henry sagte sich, daß lange weiße Kleider und Schleier bekanntlich die bescheidensten und unscheinbarsten Mädchen für einen Tag in eine Königin verwandelten, glaubte aber nicht, daß es bei Evie allein eine Frage der Verkleidung war. Sie war stolz, stolz auf ihre Hochzeit, eine richtige Hochzeit, ehrbar, korrekt und in aller Öffentlichkeit. Schade war nur, daß ihr Bräutigam nicht ebenfalls über sich hinaus gewachsen war. Jimmy trug einen neuen Anzug, sehr elegant, wie es sich für einen Schneider gehörte, schien sich aber offensichtlich nicht darin wohl zu fühlen.

Henry war der Gedanke gekommen, daß Evie ihn möglicherweise bitten könnte, Brautvater zu sein, zu seiner großen Erleichterung hatte sie ihn aber lediglich gebeten, sich hinterher im Personenstandsregister als Trauzeuge einzutragen. Jimmys Onkel war der Brautvater, obgleich Henry größte Zweifel hatte, ob er dazu befugt war. Evie hatte den Pfarrer vermutlich über die Umstände unterrichtet, und er hatte seine Zustimmung gegeben, daß der

431

Onkel des Bräutigams diese Rolle übernahm. Henry selbst hatte den Pfarrer wegen seines Eintrags in das Personenstandsregister zu Rate gezogen, und man hatte ihm versichert, daß dies durchaus statthaft sei. Er war allerdings ziemlich überrascht gewesen, vom Pfarrer zu erfahren, daß Evie ihm erzählt hätte, sie betrachte Mr. Arnesen als (die Wendung stammte natürlich vom Pfarrer) *in loco parentis*, da er bei der Arbeit wie ein Vater zu ihr gewesen sei, obgleich sie nicht so vermessen habe sein wollen, ihn zu bitten, ihr Brautvater zu sein.

Miss Minto war auch anwesend. Henry war froh darüber. Er konnte nicht mit Sicherheit sagen, ob Evie Miss Minto eingeladen hatte, um seine eigene Anwesenheit weniger auffällig erscheinen zu lassen, oder weil ihr wirklich an ihr gelegen war. Miss Minto war jedoch hocherfreut, eingeladen worden zu sein, und saß mit offensichtlichem Vergnügen in der Kirche neben Henry auf der Seite der Braut. Sie waren nur zu zweit, und auf der Seite des Bräutigams waren es auch nicht viel mehr. Jimmys Mutter war tot, und seine männlichen Verwandten waren keine Kirchgänger. Sein Vater und einer seiner drei Brüder waren erschienen, außerdem ein Freund von ihm aus der Firma Arnesen's und ein weiterer junger Mann, den Henry nicht kannte, sowie eine einzelne ältere Frau, die, wie Henry vermutete, vielleicht eine Großmutter war oder eine betagte Tante. Die Kirche wirkte riesig mit nur neun Leuten und dem Pfarrer darin, und Henry mußte unweigerlich daran denken, daß Leah und Rose und Polly die kümmerliche Gemeinde nicht nur hätten anwachsen lassen, sondern ihr auch den Zauber und Charme und die Atmosphäre, die ihr so deutlich fehlten, verliehen hätten.

»Sieht sie nicht hübsch aus«, raunte Miss Minto Henry zu, als Evie den Gang entlangkam. »Ich fühle mich wie ihre Mutter, wirklich, Mr. Arnesen, Gott schütze sie.« Henry wußte nicht, was er sagen sollte, und war froh, als die

Orgel verstummt war und der Pfarrer die vertrauten Worte zu sprechen begonnen hatte, so daß eine Unterhaltung nicht länger möglich war. Er war froh, sich von Miss Minto entfernen zu können, als es an der Zeit war, wie versprochen, in die Sakristei zu gehen und sich ins Register einzutragen. »Sie haben recht, großzügig zu ihr zu sein«, flüsterte sie, da sie offenbar bereits wußte, was er sogleich tun würde. »Immerhin sind Sie wie ein Vater für sie gewesen und haben sie unter Ihre Fittiche genommen, Mr. Arnesen.« Das verwirrte Henry zutiefst, und als er die Sakristei betrat, schien er seine gewohnte Gelassenheit verloren zu haben. Er hatte sich nicht wie ein Vater verhalten. Das stimmte nicht. Er war zu all seinen Angestellten gut, so hoffte er, vor allem zu den jungen Lehrlingen, und in seinem Verhalten hatte gewiß nichts Väterliches oder gar Onkelhaftes gelegen. Es ging eher um gute berufliche Umgangsformen, darum, gerecht und fürsorglich zu sein und für bestmögliche Arbeitsbedingungen innerhalb der von den wirtschaftlichen Faktoren diktierten Grenzen zu sorgen. Und nun wurde er hingestellt, als verhalte er sich wie ein Vater gegenüber einer jungen Frau, für die er ein richtiger Vater hätte sein sollen.

Er brach auf, sobald seine Funktion als Trauzeuge beendet war und nachdem er deutlich zu verstehen gegeben hatte, daß er nicht mit zu dem neuen Heim der Frischvermählten kommen könne – wo es kein Hochzeitsfrühstück geben, statt dessen ein Drink gereicht werden würde –, da er zu seiner kranken Frau eilen müsse. Er fragte sich auf dem Heimweg, ob er die Braut hätte küssen sollen. All die anderen Männer hatten dies getan, und es wäre durchaus angemessen gewesen – es nicht getan zu haben, wich vielleicht sogar allzu deutlich von den sonstigen Gepflogenheiten ab –, er konnte sich jedoch nicht dazu überwinden, Evie zu berühren. Statt dessen hatte er Jimmys Hand geschüttelt und ihm gesagt, er sei ein glücklicher Mann, dann hatte er Evie zugelächelt und zugenickt und ihr

Glück gewünscht und war gegangen. Er war deswegen noch immer betreten, als er nach Hause kam, und verhielt sich nicht sehr verständnisvoll, als Rose ihn mit der Nachricht empfing, die Mutter sei zu Bett gegangen und habe die Jalousien heruntergelassen und die Vorhänge zugezogen, und sie wisse nicht, was sie tun solle. »Willst du nicht den Arzt holen, Vater?« fragte sie.

»Den Arzt?« sagte Henry kurz angebunden. »Sie braucht keinen Arzt, Rose. Jedenfalls nicht im üblichen Sinne.«

Rose sah ihn fragend an, und Henry seufzte. »Laß sie nur«, sagte er, »sie wird sich bald erholen.« Er hatte eigentlich seinen besten Anzug ausziehen wollen, aber jetzt beschloß er, lediglich das Jackett abzulegen und den Kragen zu lockern, so groß war sein Widerwille, sein eigenes Schlafzimmer zu betreten.

»Du siehst sehr elegant aus, Vater«, sagte Rose. »Wo bist du gewesen?«

Es war eine unschuldige, unschuldig gestellte Frage, aber sie brachte Henry so aus der Fassung, daß er einen Hustenanfall vortäuschen mußte und Rose eilig ein Glas Wasser holte und ihm auf den Rücken klopfte. Er konnte so schlecht lügen. Die einfachste Lüge hätte in diesem Fall ausgereicht: Er hätte nur sagen müssen, daß er mit einem Kunden gegessen habe, und schon wäre Rose zufrieden gewesen, aber er brachte es einfach nicht über die Lippen. Falls sie ihre Frage wiederholte, wußte er nicht, was er tun sollte, aber zum Glück tat sie es nicht. Statt dessen fragte sie, ob sie guten Gewissens aus dem Haus gehen und Polly bei ihrer Freundin abholen könne und ob sie beide danach wie jeden Samstag zur Tanzstunde gehen dürften oder ob sie lieber hier bleiben solle, da es ihrer Mutter nicht gut gehe. Erleichtert schickte Henry sie fort, froh darüber, daß sie weder so scharfsichtig noch so sensibel war wie ihre Mutter, die gewiß gespürt hätte, daß mit ihm etwas nicht stimmte.

Leah wußte, wo er gewesen war. Sie wußte, heute war der Tag, an dem Evie heiraten sollte. Er hatte ihr gesagt, daß er das Gefühl habe, der Bitte ihrer Tochter nachkommen zu müssen, da sie es ablehne, an der Zeremonie in welcher Funktion auch immer teilzunehmen. Sein Gewissen, hatte er ihr erklärt, würde ihm keine Ruhe lassen, wenn er Evie dieses Zeichen seiner Achtung versage, wo ihr doch schon so viel versagt worden sei. Leah hatte nichts gesagt. Er hatte irgendeine Form von Erpressung befürchtet, Drohungen, daß sie, falls er auf Evies Hochzeit gehe, nie wieder mit ihm sprechen werde, aber nein, nichts dergleichen geschah. Er wußte aber, daß sie ihn weder nach der Zeremonie fragen noch irgendeine Schilderung der Trauung würde hören wollen. Ruhe war das, was Leah wollte. Und, wie er vorausgesehen hatte, umziehen, auf die andere Seite des Flusses, oder besser noch in eines der umliegenden Dörfer, am liebsten nach Dalston, ans andere Ende der Stadt. Er hatte die Idee nicht gänzlich abgetan, obgleich er ahnte, daß es ein Fehler sein würde, so offensichtlich zu fliehen, statt dessen Ausreden gehabt und darauf hingewiesen, daß Rose noch ein Jahr zur Higher Grade School gehen müsse und daß Polly eben erst dort aufgenommen worden sei. Es gebe keine vergleichbare Schule in Carlisle, und Dalston sei viel zu weit entfernt, als daß die Mädchen sie von dort aus weiterhin besuchen könnten. Leah hatte eingesehen, daß man in den nächsten drei Jahren in der Stadt bleiben mußte, jedoch darum gebeten, daß sie wenigstens innerhalb der Stadtgrenzen umzogen, vor allem fort aus Stanwix und aus Evies Nähe.

So standen also die Dinge, Leah entschied, und Henry erweckte den Eindruck, als lasse er sich überreden, dabei hoffte er wie immer, die Probleme würden sich von allein lösen. Eine Sache hatte er sich allerdings schon vorgenommen. Am Montag würde er Jimmy kündigen. Er haßte den Gedanken daran, verabscheute die Vorstellung, man könne sein Verhalten womöglich als rücksichtslos und ungerecht auslegen. Seine Angestellten würden empört sein. Miss Minto vor allem wäre empört – wie konnte er nur an der Hochzeit des jungen Paares teilnehmen und ihnen die Ehre erweisen, Trauzeuge zu sein, wenn er wußte, daß er den Bräutigam in der Woche darauf entlassen würde? So kannte man Henry Arnesen nicht, und keiner würde es verstehen. Aber Henry hatte sich dazu entschieden. Er mußte sich von Evie distanzieren, und er sah keinen anderen Weg. Die fürchterliche Situation zwischen seiner Frau und ihrer ungewollten Tochter mußte ein Ende finden, und es mußte Stellung bezogen werden. Es war vielleicht nicht gerade das, was er wollte, ihm fiel jedoch nichts anderes ein. Evie hatte ihn, seitdem sie Kontakt zu ihnen gesucht hatte, zu dieser Entscheidung gezwungen. Das war jedenfalls sein Eindruck. Als verheiratete Frau konnte sie ohnehin nicht weiter als Lehrling arbeiten, aber auch ihr Mann mußte gehen, und es mußte eine totale Trennung erfolgen.

Bevor er überhaupt irgend etwas unternahm, erkundigte er sich vorsichtshalber, ob es bei Studholmes und bei Bulloughs freie Stellen gab, und freute sich zu hören, daß in beiden Unternehmen ausgebildete Kräfte gebraucht wurden. Bulloughs zahlte sogar etwas mehr Lohn als er selbst, was ihn erstaunte, obgleich deren Firma kleiner war. Es blieb nur noch die Frage, wie er es Jimmy am besten beibringen sollte, und er dachte lange und gründlich darüber nach. Er würde ihm den Fall so darlegen müssen, als sei alles nur zu seinem Besten. Er würde sagen, wie talentiert er sei, und ihm erzählen, daß solche Talente einen größeren Aufgabenbereich verdienten, als er ihm bieten könne, und daß er gehört habe, Bulloughs suche nach Leuten wie ihm und bezahle sie auch besser. Dann würde er die Referenzen hervorholen, die er schon verfaßt hatte, und ihm einen Monatslohn geben. Das war ja alles schön und gut, aber die ganze Sache hörte in Henrys Vorstellung

in dem Augenblick auf, reibungslos zu erscheinen, wenn
er sich Evies Reaktion vorstellte, die aus nur einem Wort
bestehen würde: Warum? Es würde unvermeidlich ein
»Warum« geben. Selbst Jimmy, der nicht halb so klug
war wie Evie, würde sich im Recht fühlen, um nach dem
»Warum« zu fragen. Der Gedanke an diesen Moment war
schrecklich. Großer Gott, hätte er am liebsten geflucht,
glaubst du nicht, daß ich mich dasselbe frage und keine
Antwort darauf wissen werde? »Darum«, so lautet die Antwort auf dein »Warum«, und ich wünschte, es wäre nicht so.
Oder er könnte ihr einziges Wort mit einem einzigen Wort
von sich aus beantworten: Leah. Leah ist für euch die Antwort. Leah, die Frau, die ich liebe, meine Frau, so lautet die
Antwort, und wenn ich sie verstünde, wäre ich ein Genie.

Als Rose und Polly am späteren Nachmittag nach Hause
kamen, war Leah noch immer in ihrem Schlafzimmer bei
heruntergelassenen Jalousien, und ihr Vater saß noch immer wie in Trance in seinem Sessel. Polly wollte unbedingt
vorführen, wie gut sie die allerneuesten Tanzschritte beherrschte, und riß Henry mit ihrem Enthusiasmus aus seiner Lethargie. Rose, die am Fenster stand, als wolle sie der
ausgelassenen Vorstellung ihrer Schwester bewußt den
Rücken kehren, sagte: »Vater, wie merkwürdig. Sieh mal,
komm und sieh dir das an, da ist eine Braut in unserer
Straße.« Polly hörte sogleich auf zu tanzen und eilte zu ihrer Schwester ans Fenster, wo die beiden eine heftige Ran-
gelei um den besten Platz anfingen und dabei um ein
Haar die Spitzengardine zerrissen hätten.

»Schluß damit!« fuhr Henry sie an. »Kommt weg vom
Fenster. Es gehört sich nicht hinauszustarren, weg da, und
zwar sofort.«

»Aber Vater«, quiekte Polly, »sie kommt hierher, ja,
wirklich!«

»Ich bin sicher, daß ich sie schon einmal gesehen habe«,
sagte Rose. »Ich bin sicher, ganz sicher, aber ich weiß nicht
mehr …«

Henry hatte beide am Arm gepackt und sie mit solcher Wucht vom Fenster weggezerrt, daß sie beide gleichzeitig einen Schrei ausstießen, gerade als an die Tür geklopft wurde. »Still!« zischte er und ließ ihre Arme nicht los, während beide vor Schmerz wimmerten. Es folgte ein erneutes, stärkeres Klopfen, aber Henry schüttelte den Kopf und forderte sie auf, still zu sein. Ihr Entsetzen war inzwischen so groß, daß beide den Tränen nahe waren und nicht im geringsten das Bedürfnis verspürten, ihrem Vater zu widersprechen, der sich in seiner Art plötzlich so verändert hatte. Zum drittenmal war das Klopfen zu hören und dann ein anderes Geräusch, ein ersticktes, dumpfes Geräusch, dann Schritte, die sich entfernten, und schließlich Stille.

Henry ließ die Mädchen los und ging selbst zum Fenster, wo er sich seitlich an den Vorhang stellte, und spähte hinaus. Er sah Evie, wie sie allein die Straße hinunterging. Sie trug, wie Rose berichtet hatte, noch immer ihr Hochzeitskleid. Als er ihr nachsah, wurde er am Rand seines Gesichtsfeldes auf etwas Helles aufmerksam. Eine Schleife, eine gelbe Schleife, die vor der Haustür lag. Etwas war vor seine Tür hingelegt worden, von Evie hingelegt. »Bleibt hier«, befahl er den Mädchen, die jetzt beide in einem Sessel kauerten und ihre Arme rieben. Ganz leise, aus Angst, Leah könne gerade in diesem Augenblick herunterkommen, öffnete er die Haustür. Auf der Schwelle lag Evies Hochzeitsbukett. Ein Strauß gelber Rosen, die mit einer verblichenen, alten gelben Schleife zusammengebunden waren. Als er sich hinabbeugte, hörte er, wie die Mädchen auf Zehenspitzen in die Eingangshalle schlichen. »Ich habe euch doch gesagt, ihr sollt sitzen bleiben!« schrie er sie an, doch da hatten beide das Bukett bereits gesehen. Rose brach in Tränen aus, und Polly rannte, nach ihrer Mutter rufend, sogleich die Treppe hinauf.

Es war das Ende ihres glücklichen Zusammenlebens, dabei hatte Leah später viel Zeit, darüber nachzudenken, daß ihr Glück schon vor längerer Zeit zu Ende war, auch wenn sie beide es nicht hatten wahrhaben wollen. Henry noch weniger als sie, doch jetzt war er unglücklicher als Leah. Leah war fatalistisch. Sie hatte immer damit gerechnet, eines Tages büßen zu müssen, und jetzt büßte sie, während Henry, der sich nur in seiner eigenen Vorstellung falsch verhalten hatte, immer daran geglaubt hatte, daß das, was er den gesunden Menschenverstand nannte, die Oberhand gewinnen würde. Evie hatte sie beide an der Angel. Jeden Tag ging sie mindestens zweimal ihre Straße entlang, jeden Tag stand sie da und musterte ihr Haus von der anderen Straßenseite aus. Nur einen kurzen Augenblick, und nie zur selben Zeit, aber das genügte. Leah ließ ihre Jalousien zur Straße hin unten und die Haustür verriegelt. Clara hatte, erschrocken über die Veränderungen im Haushalt und nicht gewillt, im Halbdunkel sauberzumachen, gekündigt. Es war niemand anders eingestellt worden. Leah sagte, sie würde die Arbeit allein schaffen, ohne Hausmädchen, und sie wolle lieber alles selbst machen, als ihr seltsames Verhalten rechtfertigen zu müssen.

Henry hatte vorgehabt, die Polizei zu verständigen und sie zu veranlassen, Evie irgendwie zu warnen, aber Leah hatte ihn angefleht, es zu lassen. Was könne die Polizei schon tun? Evie verstoße nicht gegen das Gesetz, es gebe nicht den geringsten Grund, warum sie nicht, wann immer ihr danach zumute sei, durch ihre Straße gehen dürfe, und genausowenig könne man ihr verbieten, ihr Haus zu betrachten. Sie stelle doch nur in ihren eigenen Köpfen eine Bedrohung dar, und selbst das Klopfen an ihrer Haustür sei noch kein Verbrechen. Sie gehe jedesmal fort, nachdem auf ihr Klopfen nicht reagiert worden sei, und wer wisse, was sie sagen würde, wenn ein Polizist sie fragte, warum sie überhaupt klopfe? »Ich möchte nur meine Mutter besuchen«, würde sie sagen, und was sei dagegen einzuwenden? Nein, dies sei kein Fall für die

Polizei, das müsse Henry doch einsehen. Das tat er auch. Und zwar nur allzu deutlich. Nicht nur, daß Evie niemandem Schaden zufügte und niemandes Frieden außer ihren störte, sie hatte sich überdies bei Jimmys Entlassung gut verhalten, und Henry fühlte sich wieder in ihrer Schuld. Es hatte keine Szenen, keine Vorwürfe, nicht einmal ein »Warum?« gegeben. Jimmy hatte sein Geld genommen und war gegangen, nicht etwa zu Bulloughs, sondern zu einer neuen, gerade erst gegründeten Firma, der Filiale eines Unternehmens in Newcastle, von dem Henry wußte, daß sie schon bald mit der seinen konkurrieren würde.

Ihnen blieb nichts anderes übrig, als nachzugeben oder wegzulaufen. Leah würde nicht nachgeben. Henry hatte alle Möglichkeiten ausgeschöpft und zog sie nicht länger in Betracht. Leah war so unnachgiebig wie eh und je, und er hatte mehr als genug Zeit und Energie darauf verwendet, sie ändern zu wollen. Sie würden also weglaufen. Es blieb keine Zeit zu warten, bis sie ein Haus gebaut hatten, was er gern getan hätte. Statt dessen sahen sie sich in der Stadt um, überall außer in Stanwix. Schließlich entdeckten sie ein an der Straße nach Dalston, aber noch innerhalb der Stadtgrenzen gelegenes Haus. Es war ein zweiflügeliges Gebäude, gebaut aus dem Stein der Gegend, und hatte manche Vorzüge – einen Wintergarten, eine geräumige Eingangshalle und einen nach Süden gehenden, von einer Mauer umgebenen Garten. Man war beinahe auf dem Land – gleich hinter dem nahegelegenen Friedhof begannen die Wiesen und Felder, die sich bis Dalston erstreckten –, aber bis ins Stadtzentrum war es nur ein etwa zwanzigminütiger strammer Fußmarsch. Es war jedoch keine feine Gegend, und das war ein Nachteil. Verglichen mit dem hoch über dem Eden gelegenen und daher ebenso gesunden wie herrlich grünen Stanwix, lag Dalston Road zu tief und zu nahe an dem Industrievorort Denton Holme mit seinen vielen Fabriken.

Rose und Polly waren entsetzt, als sie erfuhren, wohin sie umziehen würden. Sie weinten wegen der Schande, unweit der Bucks-Fabrik und in Sichtweite von Dixon's Schornstein, der seinen schmutzigen Rauch ausstieß, zu wohnen. Es hatte keinen Sinn, sie darauf hinzuweisen, wieviel größer und schöner der Garten sei, verglichen mit dem winzigen, den sie zurückließen, oder auf die Vorzüge des Wintergartens, der sie keinen Deut interessierte. Immer wieder fragten sie nach dem Grund, warum sie ihr geliebtes Haus verlassen würden, und bekamen die Antwort, die Entscheidung ihrer Eltern gehe sie nichts an. Sie merkten aber, daß keiner der beiden auch nur im geringsten glücklicher über den Umzug war als sie selbst. Ihr Vater war reizbarer denn je und ihre Mutter still und verschlossen. Alles blieb ihnen ein – noch dazu unerfreuliches – Rätsel.

Aber Rose und Polly wußten, daß das Ganze etwas mit jener Braut zu tun hatte, die ihr Bukett vor die Haustür gelegt und ihren Vater dadurch in eine für ihn so untypische Rage versetzt hatte. Eine Erklärung, warum die Blumen in den Abfalleimer geworfen wurden (obgleich sie vollkommen frisch waren), hatte es nie gegeben. Die Mädchen übertrafen sich förmlich in Vermutungen, wer die Braut wohl gewesen sein mochte, und obgleich sie ihr Verhalten ganz unterschiedlich auslegten, waren sie sich darin einig, daß alles mit Vater zu tun hatte und Mutter deswegen so bestürzt war. Keine der beiden wußte, daß Evie regelmäßig die Straße entlangging oder draußen vor dem Haus stand oder an die Tür klopfte, und Henry war insgeheim heilfroh darüber. Er konnte den Gedanken nicht ertragen, daß seine Töchter in diese Scherereien hineingezogen wurden, und hatte große Sorge, Evie könne womöglich ihre unerwünschte Aufmerksamkeit auf sie richten. Laut Leah kam sie jedoch nur dann, wenn sie sicher sein konnte, daß die Mädchen in der Schule waren, und sollten sie ihr auf der Straße begegnen, so würde das nichts ausmachen, da sie Evie höchstwahrscheinlich nicht wiedererkennen würden. Ein flüchtiger Blick vor so langer Zeit im Flur ihres Hauses und ein zweiter, als sie mit halbverschleiertem Gesicht vor der Haustür stand, würden für die beiden nicht ausreichen.

Evie hatte sich ohnehin verändert. Sie war nicht mehr so dünn, sie war fülliger geworden, so daß Henry dachte, sie sei möglicherweise guter Hoffnung, aber als die Monate verstrichen und sie nicht dicker wurde und kein Baby in ihren Armen lag, kam er zu dem Schluß, er müsse sich wohl geirrt haben. Das Eheleben hatte Evies Figur verändert. Es schien ihr gut zu tun. Nicht nur, daß sie nach sechs Monaten hübsch rundlich geworden war, sie hatte auch einen rosigen Teint bekommen (es sei denn, sie benutzte Rouge). Sie ging federnden Schrittes, was sie vorher nie getan hatte, und war immer gut gekleidet. Henry erfuhr, daß Jimmy ebenso erfolgreich war wie die neue Firma selbst, für die zu arbeiten er riskiert hatte, wo er doch leicht auf Nummer Sicher hätte gehen und sich von einem etablierten Konkurrenzunternehmen hätte einstellen lassen können. Henry hatte nie Gelegenheit, die Etterby Terrace entlangzugehen, eine Sackgasse, aber wenn es ihn zu der Straße zog, sah er, daß das Haus des jungen Paares große Fortschritte machte und schon bald, war es erst einmal gestrichen, den Vergleich mit jedem anderen in der bescheidenen kleinen Häuserreihe würde aufnehmen können.

Gerade Evies Wohlstand machte es noch viel schwieriger herauszufinden, warum es ihr noch immer soviel bedeutete, ihre Mutter für sich zu gewinnen. »Ich kann mir nicht erklären, warum sie so sehr darauf beharrt«, sagte Henry, als Evie kurz vor ihrem Umzug in die Dalston Road wieder einmal an die Tür klopfte, woraufhin Leah wie gewöhnlich deprimiert und nervös war. »Sie hat jetzt einen Mann und ein eigenes Zuhause und allen Grund, zufrieden zu sein.«

»Es hat nichts mit Zufriedenheit zu tun«, seufzte Leah.
»Es ist stärker. Sie kann nicht anders.«

»Nun, Leah, wenn du das meinst, solltest du Mitleid mit
ihr haben und ihr helfen.«

»Mitleid mit ihr haben? Oh, ich habe Mitleid mit ihr, das
hatte ich schon immer, aber mehr als das hasse ich sie. Und
was die Frage betrifft, ob ich ihr helfen soll, so würde ich
mir dadurch nur selbst schaden, es wäre mein Verderben.«

»Wir sind ohnehin drauf und dran, in unser eigenes
Verderben zu rennen«, sagte Henry. »Aus einem Haus zu
ziehen, in dem wir alle glücklich sind, und das nur wegen
deiner Verbohrtheit.«

»Ihrer Verbohrtheit.«

»Nein, du bist genauso verbohrt, ehrlich gesagt bist du
kein bißchen vernünftiger als sie. Die Frage ist, wann das
alles endlich aufhört. Dieser Umzug wird vielleicht kaum
etwas ändern. Hast du daran gedacht ...«

»Natürlich habe ich daran gedacht.«

»Du bist dir darüber im klaren, daß sie vielleicht ...«

»Ja, ich bin mir darüber im klaren. Ich rechne damit.«

»Du rechnest damit? Warum um Himmels willen ziehen
wir dann um, wenn du damit rechnest?« brach es aus Henry hervor.

»Sie wird nicht so oft kommen können«, sagte Leah,
»und ich werde ihr nicht auf der Straße begegnen. Dalston
Road ist zu weit entfernt, als daß sie täglich dorthin kommen könnte. Und sie wird in dem neuen Haus nicht so
präsent sein wie in diesem. Es ist nicht von ihr vergiftet.«
Henry machte leise seiner Entrüstung Luft. »Für dich zählt
so etwas nicht, Henry, aber für mich. Sogar die Entfernung von der Straße zur Haustür wird helfen. Hier, wo wir
direkt an der Straße wohnen, fühle ich mich so unge-
schützt. In Dalston Road liegt das Haus beruhigend weit
von der Straße entfernt, und wir haben einen Vorbau, und
sie kann nicht dastehen und das Haus ansehen wie hier.
Und nach vorne hin ist ein Zaun und ein Tor, und das Tor

443

kann zugesperrt werden, und es wird ihr nicht möglich sein, näher zu kommen.«

»Eine Festung«, sagte Henry. »Du möchtest, daß wir in einer Festung leben.«

»Ich möchte sicher sein.«

»Und werden die Mädchen das dulden? Ist es nicht, ohne daß man sie einsperrt, schon schwer genug für sie umzuziehen?«

»Sie werden nicht eingesperrt. Ich werde das Tor nicht zusperren, wenn ihr zu Hause seid. Sie wird dann nicht kommen, das tut sie nie. Auch wenn du den Kopf schüttelst, Henry, ich kenne ihren Rhythmus. Sie wird nur dann kommen, wenn sie sicher ist, daß ich allein bin.«

»Dann wird sie dich eines Tages erwischen, auch wenn du noch so vorsichtig alle Eingänge verschließt und wie sehr du dich auch in dem neuen Haus verkriechst. Du wirst mit ihr sprechen müssen, und in nur wenigen Minuten wirst du vermutlich mehr erreicht haben als in all den Jahren des Versteckspiels, und wenn man auf mich gehört hätte …«

»Ja, Henry, ich weiß.«

Das waren ihre letzten Worte zu diesem Thema vor dem Umzug nach Dalston Road, der sich als genauso schmerzlich erwies, wie zu befürchten war. Das neue Haus wirkte riesig und kalt und das Mobiliar darin verloren, und trotz der vielen neuen ansprechenden Tapeten und Teppiche war es nicht heiter. Tagsüber, wenn Henry bei der Arbeit und die Mädchen in der Schule waren, fühlte Leah sich einsam und völlig fehl am Platz, obgleich sie sich zwang, etwas zu tun, und sich täglich neue Aufgaben vornahm, um sich möglichst schnell einzuleben. Sie war ständig damit beschäftigt, das Haus einzurichten und in Ordnung zu bringen, und hatte zwei Mädchen eingestellt, Amy und Dora, die morgens kamen, um ihr dabei zu helfen. Solange sie bei ihr waren, kostete es sie gewaltige Überwindung, das Tor und die Türen lediglich zu schließen und nicht zu verriegeln, doch sobald sie fort waren, sorgte sie dafür, daß sie in Sicherheit war. Es befremdete ihre Nachbarn, von denen einige ihr einen Besuch abstatten wollten, daß ihnen der Weg durch Schlösser versperrt war. Der Pfarrer von St. James, der nahegelegenen Pfarrkirche, war so irritiert, daß er per Post eine Notiz schickte, in der er betroffen schrieb, daß er ihr seinen Besuch unglücklicherweise gerade an einem Tag habe abstatten wollen, als das Eingangstor anscheinend aus einem bestimmten Grund mit einem Vorhängeschloß versehen gewesen sei. Leah antwortete ihm, das Tor müsse nachmittags vorübergehend verriegelt werden, ohne dies näher zu begründen. Sie wußte, daß sie dadurch dem Klatsch neue Nahrung liefern würde, was ihr jedoch gleichgültig war.

Beim Einrichten der Räume im neuen Haus achtete sie darauf, daß sich ihr Leben im hinteren Bereich abspielte. Von ihrem Schlafzimmer blickten sie jetzt in den Garten, während es in Stanwix zur Straße hin gelegen war, und aus zwei Räumen im hinteren Teil des Hauses machte sie Frühstücks- und Wohnzimmer. Die vorderen Räume wurden zum Eßzimmer, das nur selten und tagsüber fast nie benutzt wurde, und zu einem Herrenzimmer, das gleichzeitig Henrys Arbeitszimmer war, in dem er manchmal auch Kleider zuschnitt. Es war wohltuend für sie, daß sie nie aus irgendeinem der Fenster auf die Straße blicken mußte, und noch wohltuender, daß sie einen Seitenausgang zu einem angrenzenden, ungeteerten neuen Weg entdeckt hatte, den sie benutzen konnte, wenn sie das Haus verließ. Sie hielt es für höchst unwahrscheinlich, daß Evie je etwas von dieser weiteren Tür erfahren würde. Sie war mit Efeu bewachsen und sah aus, als würde sie nicht benutzt. Leah sorgte dafür, daß dieser Zustand erhalten blieb, im Gegensatz zu dem Vorschlag des Gärtners, sie doch zugänglich zu machen.

Es dauerte lange, bis Evie kam, so lange, daß Henry sich fragte, ob der Umzug nicht doch mehr gebracht hatte, als er sich je erhofft hatte. Sie kam am späten Vormittag, als die Dienstmädchen aufbrachen, was bei Leah den Verdacht aufkommen ließ, sie sei womöglich schon einmal am Nachmittag dagewesen und habe das Tor verriegelt gefunden. Vormittags zu kommen war vermutlich schwieriger gewesen und mußte lange vorbereitet werden. Die Dienstmädchen öffneten ihr das Gartentor, und als eine von ihnen Mrs. Arnesen erzählte, sie habe Besuch, wußte Leah sogleich Bescheid. »Gib mir den Schlüssel, Amy«, sagte sie, »und geh dann, laß das Tor heute offen.« Danach zog sich Leah ins Hausinnere zurück und schloß die vordere Tür ab und verriegelte sie zu Amys Erstaunen. Diese wußte, daß Mrs. Arnesen die junge Frau, die einen Besuch machen wollte, gesehen haben mußte, da sie bereits den Weg heraufkam. Doch sie befolgte die Anordnungen, huschte verlegen an Evie vorbei und holte Dora ein, die ihr vorausgegangen war.

Leah hörte Evies Klopfen kaum. Sie war hinten in ihrem Schlafzimmer, und statt daß der Klang des Türklopfers wie in Etterby das ganze Haus erfüllte, drang er hier kaum bis zu ihr. Beim nächsten Mal hatte sie allerdings weniger Glück. Diesmal wählte Evie den späten Vormittag, nachdem sie herausgefunden hatte, wann Amy und Dora fortgingen, und überredete die beiden, sie hineinzulassen, bevor sie das Tor verriegelten. Sie taten es nur ungern, da sie die Frau wiedererkannten, die bei Mrs. Arnesen ein so seltsames Verhalten ausgelöst hatte, aber Evie wirkte so sanft und harmlos, daß sie sie durchließen. Dann verriegelten sie, wie es ihnen aufgetragen worden war, das Tor und gingen zum Seiteneingang, um den Schlüssel wie jeden Tag unter der alten Tür hindurchzuschieben. Warum sie das tun sollten, wußten sie nicht, aber das störte sie nicht weiter.

Als Leah wie jeden Tag, wenn die Dienstmädchen gegangen waren, in den ummauerten Garten trat, sah sie den Schlüssel des Eingangstors, den Amy unter der Tür durchgeschoben hatte, an seinem gewohnten Platz liegen und hob ihn auf. Sie blieb eine Weile im Garten und schnitt ein paar Rosen ab, dann ging sie ins Haus zurück und suchte nach einem Krug, den sie besonders liebte und in den sie die rosa Rosen stellen wollte. Das Klopfen überraschte sie ohne Vorwarnung.

Sie blieb auf halbem Weg zum Eßzimmer mitten in der geräumigen Eingangshalle wie angewurzelt stehen. Sie konnte den Schatten erkennen, den sie monatelang nicht gesehen hatte und dessen Umriß sich jetzt deutlich hinter dem farbigen Glas abzeichnete. Sie stand mit gesenktem Kopf da, während ihr die Rosen aus der Hand glitten und die Blütenblätter sich zu ihren Füßen ausbreiteten, und wartete mit geschlossenen Augen. Drei Schläge, natürlich. Dann eine Pause, dann der Rückzug, wie auch immer, durch oder über das verriegelte Tor hinweg. Leah rührte sich einige Minuten lang nicht, dann stieg sie langsam die Treppe hinauf und ging in das nach vorn gelegene Gästezimmer, um hinauszuschauen. Da war Evie, aber so weit entfernt, daß sie weniger bedrohlich wirkte als früher. Leah wartete nicht, bis sie fort war. Sie ging in ihr Schlafzimmer und legte sich hin.

Henry, der an jenem Tag vor seinen Töchtern nach Hause kam, hatte nicht die leiseste Ahnung von dem Besuch. Da das Wetter schön war, hatte er die Idee, Leah zu einer Fahrt nach Dalston und Bridge End einzuladen und mit ihr einen Spaziergang am Fluß zu machen. Sobald er jedoch das Haus betrat, spürte er eine andere Atmosphäre, und als er nach seiner Frau rief und ihre schwache Stimme aus dem Schlafzimmer hörte, ahnte er, was geschehen war. Er fand Leah auf ihrem Bett liegend.

»Wie ist sie aber durchs Tor gekommen?« fragte er, nachdem sie ihm die Geschichte erzählt hatte. Leah sagte, vermutlich sei Evie hinübergestiegen. Schon allein die Vorstellung erschreckte und bestürzte Henry. Das Tor war solide und hoch, und eine Frau war mit ihren langen Rökken nicht passend gekleidet, um darüber zu klettern – das war unschicklich und unschön. Was würde, wer das gesehen hätte, denken? »Du brauchst das Tor nicht wieder zu verriegeln«, sagte er, »es hat keinen Sinn mehr. Sie hat dich gefunden und ist wild entschlossen, und kein verriegeltes Tor wird sie aufhalten. Du mußt dich mit deiner verriegelten Haustür begnügen, Leah.« Er deutete das Ausbleiben einer Antwort als stillschweigendes Einverständnis.

Das Tor blieb von nun an unverriegelt, wie früher. Henry entfernte das Vorhängeschloß. Leah bat Amy um den Schlüssel. Kein Wort fiel darüber. Es vergingen weitere Monate, und Evie tauchte nicht wieder auf. Henry fragte sich, ob sie wohl endlich guter Hoffnung sei. Er war so fest davon überzeugt, ein eigenes Kind würde Evie damit versöhnen, von ihrer Mutter abgelehnt worden zu sein, daß er sich von diesem Ereignis trotz Leahs Einwände eine Lösung aller Probleme erhoffte. Für Leah war Evie, je mehr Wochen verstrichen, tatsächlich schwanger, aber krank geworden. Vielleicht hatte sie ja von ihrer Mutter die Veranlagung zu Fehlgeburten geerbt.

Dann klopfte es eines Tages an die Tür. Leah war allein im Haus. Als sie es hörte, wußte sie, daß es Evie sein mußte, die zurückgekehrt war. Aber lauteres, ungeduldiges Klopfen, mehrere Schläge hintereinander, verrieten ihr, daß sie es nicht sein konnte. Evies Art zu klopfen war immer gleich gewesen. Als Leah zögernd in Richtung Haustür ging, sah sie hinter der Glasscheibe einen Schatten, der ganz anders war als Evies Schatten, sah den Umriß einer Frau, die einen prächtigen Hut trug, und war beruhigt. Sie öffnete die Tür beinahe freudig, bereit, sich zu entschuldigen, sie habe nachmittags kein Dienstmädchen, und ohne die geringste Ahnung, wer die Besucherin wohl sein mochte.

Kapitel 23

Alles geschah Schritt für Schritt. Es war eigenartig, wie langsam und ruhig sich die Dinge nach dem Drama des ersten Schocks entwickelten (nur daß es sich, da nichts Greifbares stattfand wie etwa konkrete Ereignisse, eher um eine Art emotionalen Fortschritt handelte). Hazel staunte, mit welch offensichtlicher Mühelosigkeit Shona sich den Weg in ihre Familie bahnte. Sie hätte ihr am Tag ihres ersten Zusammentreffens nie im Leben eine solche Macht zugetraut noch geahnt, wie raffiniert sie sein konnte. Die ganze Zeit, die ganze übrige Zeit, während der Shona sich am UCL auf ihr Examen vorbereitete, spürte Hazel, daß sie selbst auf einmal zur Randfigur geworden war. Shona war der Mittelpunkt. Um sie kreisten Malcolm und die Jungen, und sie hatte all das mit dem größten Charme bewerkstelligt.

Malcolm war am leichtesten zu bezaubern. Seine Kapitulation war für Hazel keine Überraschung – das zumindest hatte sie erwartet. Malcolm war schließlich ein Mann um die Vierzig, und Vierziger liegen leicht schönen neunzehnjährigen Mädchen zu Füßen. Da Shona seine Stieftochter war, brauchte er seine Bewunderung für sie nicht zu unterdrücken. Was Hazel jedoch amüsierte, war seine Annahme, daß er, indem er ihre Tochter lobte, auch sie lobte. »Sie ist so schön«, sagte er, und »Sie ist so klug« und »Sie ist eine solche Persönlichkeit«, und schien dann darauf zu warten, dachte Hazel, daß sie erfreut aussah und zeigte, wie sehr sie sich geschmeichelt fühlte, die Mutter dieses Mädchens zu sein. Aber sie fühlte sich nicht im mindesten geschmeichelt. Sie war auf der Hut, mißtrauisch, und das vor allem dann, wenn Malcolm sich am überschwenglichsten ausließ. Er wollte Shona gleich allen möglichen Leuten als seine Stieftochter vorstellen und fand nichts dabei, den Hergang ihrer Adoption zu erzählen, schnell, ohne Punkt und Komma, als handele es sich um eine Anekdote, bevor er sie zu einem unwesentlichen Teil ihrer Familiengeschichte machte. Er kam gar nicht darauf, daß die Überraschung der Leute – »Was, *Hazel* hat mit achtzehn ein uneheliches Kind bekommen, *Hazel*?« – seine Frau kränken könnte.

Sie sah die Ungläubigkeit auf den Gesichtern. Keiner konnte sich das bei ihr vorstellen. Sie merkte, wie sie angestarrt wurde, als hätten die Leute sie nie zuvor gesehen, als sei sie eine andere, fremde Person. Sie versuchten, sie sich als leichtsinnig und waghalsig vorzustellen, versuchten, sie als das genaue Gegenteil dessen zu sehen, was sie geworden war, eine ernsthafte, ruhige, verläßliche Frau, der leichtsinnige Handlungen völlig fremd waren. Hazel ärgerte sich darüber und wollte ihre eigene Zuverlässigkeit unter Beweis stellen, wollte ihnen sagen, daß sie schon immer so gewesen sei wie jetzt und daß keine wesentliche Veränderung in ihr vorgegangen sei. Aber es war unmöglich, eine solche Verteidigungsrede zu halten. Statt dessen lächelte sie und versuchte, durch ihr Schweigen zu zeigen, wie erhaben sie über derart müßige Spekulationen war.

Shona, so bemerkte sie, hatte nichts dagegen, daß Malcolm sie freudig als seine neu entdeckte Stieftochter vorstellte. Sie war stolz auf den Status, den sie in seinen Augen hatte. Sie wußte, sie hatte einen Platz besetzt, der lange Zeit darauf gewartet hatte, eingenommen zu werden – sie war Malcolms heißersehnte Tochter. Aber sie blieb trotzdem ihrem Adoptivvater treu, indem sie von Malcolm nie als von ihrem »Dad« sprach, selbst wenn sie in diese Richtung geschubst wurde. Archie McIndoe war ihr Vater und kein anderer. Als sie einmal allein waren, kurz nachdem Shona bei ihnen eingezogen war – natürlich hatte Malcolm darauf bestanden, daß sie ihr schreckliches kleines möbliertes Zimmer aufgab und bei ihnen im oberen Stockwerk, selbstverständlich mietfrei und ohne Unkostenbeitrag, wohnte –, war Hazel durch eine achtlose Bemerkung dazu gebracht worden, Shona zu fragen, warum sie eigentlich nicht wissen wolle, wer ihr richtiger Vater gewesen sei.

»Das ist nicht dasselbe«, sagte Shona.

»Aber um ein Kind zu zeugen, braucht man zwei. Ich habe dich nicht allein zustandegebracht.«

»Nein, aber du hast mich allein weggegeben.«

Hazel lächelte. Ihr gefiel Shonas Scharfsinnigkeit. »Richtig, aber du könntest ja auch sagen, es sei die Schuld deines Vaters, daß ich dich überhaupt bekommen habe und dich weggeben mußte. Es ist doch eigenartig, daß alle Schuld ...«

»Schuld? Ich habe nie von Schuld gesprochen. Ich gebe dir nicht die Schuld für das Mißgeschick, mich bekommen zu haben, sondern nur dafür, was du danach getan hast, und damit hatte er ja nichts zu tun. Du sagst selbst, du hättest ihm nie erzählt, daß du schwanger warst.«

»Trotzdem hätte ich gedacht, du würdest wissen wollen, wer er ist.«

»Ich will es aber nicht, selbst wenn du fest entschlossen bist, es mir zu erzählen.«

Diese Wortwechsel waren immer kleine gehässige Szenen. Es wurde nichts Verletzendes gesagt, aber die Anspannung war da und blieb auch am Ende. Sie gingen auseinander, und jede von ihnen achtete darauf, daß sie erst wieder zusammenkamen, wenn andere dabei waren. Hazel fragte sich eine Zeitlang, ob sie wohl ganz einfach nur unter Eifersucht leide, verwarf den Gedanken aber als lächerlich. Sie war nicht eifersüchtig auf Shona, weder auf ihre Jugend noch auf ihr Aussehen und genausowenig auf ihren Erfolg als Stieftochter und Halbschwester. Es erleichterte das Leben, daß ihre Tochter sich so gut mit allen verstand und ihre Anwesenheit keine unguten oder peinlichen Gefühle auslöste, sondern im Gegenteil mehr Ausgeglichenheit zu erzeugen schien. Die Jungen waren von ihr fasziniert und sahen eine Art Märchenprinzessin in ihr, die endlich gekommen war, um ihr Königreich einzufordern. Sie war für sie wie ein Geschenk, und ebenso erging es ihrem Vater. Als Shona sich entschloß, die Ferien in Schottland zu verbringen, waren sie wütend auf sie und traurig, bis sie zurückkehrte.

Hazel telefonierte einmal mit Catriona McIndoe. Sie hatte Shona gefragt, was ihre Adoptiveltern gesagt hätten, als sie ihnen erzählt habe, was geschehen war und daß sie nun bei ihrer richtigen Mutter lebe. Shona hatte die Achseln gezuckt und war rot geworden, bevor sie zugab, welch großen Kummer dies Catriona bereitet habe. »Das überrascht mich nicht«, hatte Hazel gesagt. »Die Arme, all die Liebe und Hingabe, die ihr vor die Füße geworfen wurden.«

»Ich habe sie ihr nicht vor die Füße geworfen«, protestierte Shona. »Es hat sich nichts geändert. Ich liebe die beiden nach wie vor.«

»Ich bezweifle, daß sie es auch so empfinden, vor allem Catriona«, sagte Hazel vorsichtig.

»Du hast keine Ahnung von ihr, glaub das ja nicht. Du ähnelst ihr kein bißchen, du kannst sie unmöglich verstehen. Sie hätte *niemals* ihr Kind weggegeben, niemals, lieber wäre sie gestorben.«

Als Catriona anrief, war Hazel daher vorbereitet. Die Stimme war sanft, zögernd. »Mrs. McAllister?« sagte sie, und Hazel tippte bei dem schottischen Akzent und der Sorge in der Stimme sogleich auf Catriona.

»Mrs. McIndoe?« sagte sie und versuchte, ihren sonst, wie sie fand, knappen Ton zu ändern. »Wie schön, mit Ihnen zu sprechen.«

452

Dies schien die Anruferin zu überraschen. »Oh«, sagte sie. »O ja, auch für mich ist es schön, mit Ihnen zu sprechen. Ich möchte Sie nicht stören, aber ich hätte gern gewußt, welchen Zug Shona nimmt ...«

»Hat sie es Ihnen nicht gesagt?«

»Nein. Nun, sie hat eine ganze Weile nicht geschrieben, und im letzten Brief war nur vom Siebzehnten die Rede, und da heute der Sechzehnte ist, hätte ich ... nun ... ich möchte Sie nicht stören, aber ich hätte Shona gern vom Zug abgeholt und ...«

»Sobald sie nach Hause kommt, sag ich ihr, sie soll Sie anrufen.« In dem Moment, als sie das gefühlsbetonte Wort »nach Hause« ausgesprochen hatte, wußte Hazel, daß sie es nicht hätte tun sollen, aber sich dafür zu entschuldigen, würde den Schmerz nur verdoppeln. »Mrs. McIndoe«, sagte sie schnell, »ich bin *so* froh, mit Ihnen zu sprechen. Ich habe oft daran gedacht, aber ich glaubte, Sie würden nichts von mir hören wollen.«

»Ach wo, überhaupt nicht. Wir können doch jetzt so nicht mehr weitermachen, nicht wahr? Es wäre nicht gut für Shona. Was geschehen ist, ist geschehen, und wir alle müssen uns nur einfach an die neue Situation gewöhnen.« Die Worte klangen vernünftig, aber die Stimme zitterte.

Hazel wußte, jeden Augenblick würde mit einem höflichen auf Wiederhören aufgelegt werden. »Mrs. McIndoe?« sagte sie noch einmal.

»Catriona, bitte.«

»Catriona, vielleicht könnten wir, nun, da wir miteinander gesprochen haben, in Verbindung bleiben?«

»Ja, natürlich, Shona zuliebe.«

Überhaupt nicht Shona zuliebe, dachte Hazel, als sie den Hörer auflegte. Nicht ihr zuliebe, uns selbst, insbesondere mir zuliebe, und dann konnte sie sich nicht erklären, warum sie davon so überzeugt war.

»Wie nett Catriona klingt«, sagte sie an jenem Abend zu

Shona und empfand, als sie die Wirkung ihres unschuldig scheinenden Kommentars sah, eine nahezu schamlose Befriedigung. »Sie rief an, um zu erfahren, welchen Zug du nimmst.«

»Das hätte sie nicht zu tun brauchen. Sie wußte, daß ich selbst heute abend anrufen würde«, sagte Shona ärgerlich.

»Nun, vielleicht wollte sie mit mir sprechen.«

»Was? Warum in aller Welt sollte sie das wollen? Sie haßt dich.«

»Sie klang nicht danach.« Hazel war felsenfest davon überzeugt, daß Catriona McIndoe sich nie auch nur mit einem Wort über sie geäußert hatte. Es war eine törichte Lüge von Shona, und diese ließ ihr eine weitere folgen.

»Das tut sie aber. Sie sagte zu mir, sie wolle nie mit dir sprechen oder irgend etwas über dich erfahren.«

»Eigenartig, daß sie dann bei mir angerufen hat.«

»Sie wird gedacht haben, du wärst tagsüber nicht zu Hause.«

»Sie wird sicherlich gedacht haben, auch du wärest nicht zu Hause. Was meinst du, wen hoffte sie zu erreichen?«

»Irgendeine Hausangestellte, um mir eine Nachricht zu hinterlassen.«

»Aber wir haben keine Hausangestellten. Hast du gesagt, wir hätten welche?«

»Conchita und Mrs. Hedley sind Hausangestellte.«

»Wohl kaum.«

»Für meine Mutter sind sie es.«

»Ich bin deine Mutter.«

Hazel sagte das ganz bewußt. Sie wollte exakt in dem Moment, in dem ihre Identität in Frage gestellt wurde, ihren Anspruch, Shonas Mutter zu sein, deutlich machen. Es war eine grobe, aber wirkungsvolle Art, Shona daran zu erinnern, daß Mutterschaft nichts mit Blut, sondern ausschließlich mit Erziehung zu tun hatte. Catriona war ihre

Mutter, und Hazels Bemühungen gingen dahin, sie zu zwingen, das endlich einzusehen. Aber Shona sah es nicht ein, jedenfalls noch nicht. Sie korrigierte sich und lehnte es ab, die Botschaft herauszuhören. Sie rief Catriona auf der Stelle an, als Hazel noch in Hörweite war, und war, als sie ihr die notwendigen Informationen wegen des Zuges gab, so kurz angebunden, daß es beleidigend klang.

»Sprichst du immer so mit deiner Mutter?« fragte Hazel.

»Nein, so spreche ich mit Catriona«, sagte Shona bissig.

»Warum machst du das? Warum tust du ihr weh?«

»Das würdest du nicht verstehen.«

»Das habe ich gerade zugegeben. Ich verstehe es nicht, würde es aber gern verstehen.«

»Ich glaube nicht, daß du das kannst.«

»Großer Gott, bist du unverschämt, Shona«, aber Hazel lachte, auch wenn sie protestierte. »Sehr, sehr unverschämt und kindisch, für jemanden, der so gescheit ist. Du bist verzogen, man hat dir viel zuviel Freiheit gelassen. Du denkst, weil Catriona dich so bedingungslos liebt, könntest du es dir leisten, sie zu beleidigen.«

»Nein, das tue ich nicht. Ich denke, sie versteht, was immer ich sage oder tue, so daß ich mich nicht vorsehen muß. Das ist etwas anderes.«

»Ich kann mir nicht vorstellen, warum du diese Heilige je verlassen und auf mich als deine Mutter Anspruch erheben wolltest.«

»Ich hab sie nicht verlassen …«

»Wo du monatelang nur einmal für vierundzwanzig Stunden zu ihr nach Hause gekommen bist? Alle sechs Wochen einen Brief zusammengestoppelt hast? Und rufst du sie eigentlich von Zeit zu Zeit an? Das bezweifle ich, denn seit du hier eingezogen bist, war das nicht der Fall. Ich vermute, sie glaubt, du hättest sie verlassen. Du bist ihr untreu geworden, hast diese Mutter, die dich so sehr liebt, für mich aufgegeben.«

Hierauf kam keine Antwort. Hazel wußte, sie trieb Shona immer in einen so heftigen Streit, daß diese eigentlich aus dem Haus rennen und dabei haßerfüllte Worte brüllen müßte. Aber dazu kam es nie, und in Shonas abrupten Abgängen ohne irgendeine Vergeltung im entscheidenden Augenblick erkannte Hazel sich selbst. Mitten in einer scheinbar nicht zu bremsenden Wut den Streit abzubrechen war ihrer beider Technik. Es konnte nie als Niederlage oder Einlenken mißdeutet werden, dazu war dieses Sichabsetzen, dieses offensichtliche über jeden Hohn Erhabensein, zu stark, zu bewußt. Shona hatte also den Raum verlassen, in dem sie gesessen hatten, und war in den Garten hinausgegangen, wo Malcolm halbherzig Unkraut jätete. Sie fing an, ihm zu helfen, und Hazel sah, wie Malcolm gleich munter wurde, wie sich seine eben noch gelangweilten Bewegungen in ein lebhaftes Bücken und Graben mit der Hacke verwandelten. Sie jäteten eine halbe Stunde zusammen, und dann ging Malcolm, um die Jungen vom Schwimmbad abzuholen, und Shona begleitete ihn, obgleich das nicht nötig gewesen wäre und bedeutete, daß Conchita mit den Kindern zusammengepfercht auf dem Rücksitz sitzen mußte. Wie klug, dachte Hazel, sie ist so klug, sie macht sich auf die subtilste Weise unentbehrlich, lebenswichtig für das Wohlergehen dieser, meiner Familie.

Als Shona in Schottland war, fühlte sich Hazel wie befreit. Sie hatte ihr Zuhause wieder für sich allein. Ihre Mutter wußte das zu schätzen. Sie hatte es abgelehnt, sich in die Schar der McAllister-Bewunderer rund um Shona einzureihen, und nachdem das Mädchen eingezogen war (was Mrs. Walmsley natürlich entsetzte), hatte sie, bevor sie kam, tunlichst darauf geachtet, daß man ihren Besuch nicht erwartete. Hazel hatte ihr gesagt, wie töricht das sei.

»Shona kann nicht länger ignoriert werden, Mutter«, hatte sie schon sehr bald gesagt, als Mrs. Walmsleys Verhalten deutlich wurde.

»Ich ignoriere sie nicht«, hatte ihre Mutter gesagt, »ich halte mich nur einfach heraus.«

»Das ist dasselbe.«

»Nein, ist es nicht.«

»Nun, wie immer du es auch interpretierst, es ist trotzdem töricht, wegen Shona wegzubleiben. Du siehst die Jungen so gut wie gar nicht mehr, du betrügst dich selbst, und sie vermissen dich.«

»Sie vermissen mich nicht. Sie haben doch sie.«

»Oh, Mutter, also wirklich. Sie ist doch nur etwas Neues, sie sind begeistert. Sie sind so jung, daß ihnen die ganze Tragweite gar nicht in den Sinn kommt. Sie verstehen nicht, warum du nicht auch mit Shona zusammensein möchtest, wo sie doch so lebendig und lustig ist.«

»Ich weiß das alles, aber ich kann nichts daran ändern. Sie beunruhigt mich.«

»Shona? Oh, und was beunruhigt dich an ihr?«

»Das weißt du.«

»Tu ich das?«

»Ja, das tust du. Ich bin überzeugt, sie beunruhigt dich auch, das muß sie.«

»Muß sie? In welcher Weise ›muß‹ sie das?«

»So, wie sie sich in deiner Familie breitgemacht hat.«

»Es ist ihre, ihre Familie, das vergißt du. Sie sieht es nicht so, als hätte sie sich darin breitgemacht, sie denkt, sie paßt hinein, sie schlüpft nur in die Lücke, die ihrer Ansicht nach schon immer da gewesen ist.«

»Nun, es war keine Lücke da. Darin irrt sie sich. Es gab keine Lücke. Du weißt das, ich weiß das. Du solltest es ihr sagen.«

»Ich werde ihr gar nichts sagen. Das wäre fatal. Laß sie es am Ende selbst herausfinden.«

»Aber das wird sie nicht, sie ist unerbittlich. Du hast sie jetzt, solange du lebst.«

Sie hatte ihrer Mutter gesagt, sie solle nicht so melodramatisch sein, aber insgeheim hielt Hazel diese Worte für prophetisch. Shona aufzufordern, in ihr Haus zu ziehen, war der erste Schritt auf einem lebenslangen Weg gewesen. Sie wußte, daß Malcolm, als er es vorschlug, Widerstand erwartet hatte, und sie hatte sorgfältig darauf geachtet, keinen zu leisten. Statt dessen hatte sie sich sehr bemüht, die winzige Dachwohnung so gemütlich wie möglich einzurichten. Sie hatten dort vorher Mieter gehabt, Studenten, die babysitteten und saubermachten für eine sehr geringe Miete, sobald es jedoch Au-pair-Mädchen in ihrem Haushalt gab, waren die Zimmer auf dem Dachboden Besuch vorbehalten. Nun ließ Hazel sie herrichten und forderte Shona großzügig auf, die Farben für den Anstrich und einen neuen Teppich auszusuchen. Malcolm freute sich darüber. Er fand es richtig, daß Hazel ein Nest für ihre Tochter vorbereitete und ihr das Gefühl gab, aufrichtig erwünscht zu sein. Es war eine vielsagende Geste, die von allen als solche anerkannt wurde. Dann war da die Urlaubsfrage. Die McAllisters pflegten richtig Urlaub zu machen. Sie arbeiteten beide sehr hart, und Urlaub bedeutete für sie nicht nur Vergnügen, sondern war auch dazu da, neue Kräfte zu sammeln und sich auf den bevorstehenden rauhen Alltag vorzubereiten.

»Ich habe mir Gedanken gemacht«, sagte Malcolm in jenem ersten Jahr, als es allmählich an der Zeit war, Flug und Ferienhaus zu buchen, »wegen Shona. Sie wird doch, da sie zur Familie gehört, mitkommen wollen, nicht wahr? Dann würden wir Conchita nicht brauchen. Sie könnte für diesen Monat nach Hause fahren.« Hazel hatte ihre Augenbrauen hochgezogen. »Was? Du glaubst, Conchita würde das nicht gefallen?«

»Oh, ich bin überzeugt, es würde Conchita gefallen, aber was ist mit Shona? Ob sie sich vorstellen kann, einen Monat lang Au-pair-Mädchen zu sein?«

»Sie wäre kein Au-pair-Mädchen, red keinen Unsinn.«

»Wenn wir Conchita nicht haben, wird sie es sein müssen. Wie sollen wir sonst zurechtkommen? Was ist mit all der Zeit, die wir für uns haben, wenn Conchita sich um die Jungen kümmert?«

»Ich habe nicht gemeint, daß Shona nicht gern mit den Jungen zusammensein wird, aber das machte aus ihr noch kein Au-pair-Mädchen, sie ist ihre Schwester, das ist etwas anderes.«

»Etwas ganz anderes, so anders, daß sie sich nicht im mindesten verpflichtet fühlen wird, den ganzen Tag mit drei Jungen am Strand zu verbringen, wenn sie es nicht will.«

»Aber sie *wird* es wollen, sie liebt sie, sie spielt sowieso stundenlang mit ihnen.«

»Je nach Lust und Laune. Sobald man es aber von ihr erwartet, wird sie anders darüber denken. Die Sache ist nur die, Malcolm, man kann sich nicht darauf verlassen, daß sie es tut, und wenn sie nicht will, kannst du sie nicht dazu zwingen.«

»Dann möchtest du also nicht, daß sie mitkommt?«

»Mir ist beides recht. Es geht mir allein darum, daß du und ich freie Zeit haben, um uns wirklich zu entspannen.«

»Ich werde es mit ihr besprechen.«

»Tu das.«

Shona reiste mit ihnen in den Sommerurlaub, aber auch Conchita. Malcolm zahlte natürlich für Shona, wenn er auch insgeheim häufig über die ruinöse Verschwendung fluchte. Es war kein Erfolg. Selbst Malcolm gab das zu. Die Jungen waren normalerweise vollkommen glücklich mit Conchita, aber nicht, wenn Shona dabei war. Sie verlangten die ganze Zeit nach ihrer Halbschwester, und als diese genug hatte von ihnen, was schon sehr bald, nach einer Woche, der Fall war, ließen sie ihre Enttäuschung an der armen Conchita aus, die daraufhin erklärte, sie wolle ein für allemal nach Hause und denke, sie sei lange genug bei der McAllister-Familie gewesen. Dann fand Malcolm es wiederum nicht fair, Shona zu behandeln wie Conchita, und so kam Shona abends mit, wenn sie ins Restaurant gingen. In der einzigen Zeit, wo sie als Paar hätten allein sein können, waren sie nun auf einmal ein Trio. Hazel wurde immer stiller, Shona immer lebhafter. Sie liebte das italienische Nachtleben – sie hatten nahe Sorrent ein Ferienhaus gemietet –, und weil Malcolm ihre Begeisterung so rührend fand, sorgte er dafür, daß sie viel häufiger ausgingen als gewöhnlich. Shona gab das Tempo an.

Es muß bald ein Ende nehmen, dachte Hazel. Shona war Studentin. Am Ende ihres dreijährigen Kurses mußte sie einen Entschluß fassen, und gegen Ende ihres zweiten Jahres zweifelte sie bereits, ob sie weiter Jura studieren sollte. Malcolm wünschte, daß sie es tat. Er sagte ihr, sie würde eine hervorragende Verteidigerin abgeben, und drängte sie, in den Ferien in seiner Firma ein Praktikum zu machen. Das würde ihr eine Vorstellung davon geben, worum es bei einem Anwalt ging, und sie – da war er ganz sicher – dazu anregen, sich für ein Referendariat zu bewerben. Doch Shona hatte Bedenken. Sie sagte, sie habe das Gefühl, sich geirrt zu haben, und hätte lieber etwas mit Sprachen machen sollen. Sie wolle erst einmal reisen, was immer sie auch nach ihrem Abschluß tun würde, und bei dem Wort »reisen« schöpfte Hazel Hoffnung. Aber es gab vorerst kein Anzeichen für irgendwelche Reisen. Es kam Hazel seltsam vor, wie oft Shona zu Hause blieb. Sie war zwanzig, beinah einundzwanzig, aber sie verhielt sich wie eine Person in mittleren Jahren, die sich für keine der für ihre Altersgruppe üblichen Freizeitaktivitäten zu interessieren schien. Und wo waren ihre Freunde? Weit und breit waren keine zu sehen. Niemand begleitete sie nach Hause oder besuchte sie. Selbst Malcolm, der so glücklich war, daß Shona gern mit ihnen das Wochenende verbrachte, fand das ungewöhnlich. »Sie ist doch so attraktiv«, sagte er, »ich kann das nicht verstehen. Die Männer in ihrem College müssen blind sein.«

Nein, sie waren nicht blind, Hazel konnte das spüren. Diese unbekannten Männer waren weniger blind, sie fühlten sich vielmehr von Shonas Zielstrebigkeit, die sich oft auf unangenehme Weise zeigte, abgestoßen. Shona hatte ihr Studium – sie schien trotz ihrer Zweifel an einer juristischen Karriere eine gewissenhafte Studentin zu sein –, und sie hatte ihre neue Familie, und nichts und niemand durfte sich einmischen. Hazel glaubte, sie sei außerstande, irgendeine Beziehung, selbst wenn sich eine böte, einzugehen, solange sie es sich zur Aufgabe machte, eine von den McAllisters zu werden. Es war für sie wie ein Beruf, und zwar einer, in dem sie hart arbeitete. Stunde um Stunde mußte darauf verwendet werden, Teil dieses ganzen Familienverbandes ihrer Mutter zu werden, und erst wenn sie wie selbstverständlich dazugehörte, würde sie sich anderen Dingen widmen können. Es mußte sie erschöpfen: Wenn sie Shona zusah, sie aus immer größerer Nähe beobachtete, war Hazel sich dessen sicher. Und wozu das Ganze? Und was kam für sie dabei heraus, das all der vielen Mühe wert war?

Manchmal stellte Hazel sich vor, was gewesen wäre, wenn sie Shona behalten hätte. Während all der verlorenen Jahre, bevor Shona vor ihrer Tür stand, hatte Hazel sich nie in ihrer Phantasie ausgemalt, eine alleinerziehende Mutter zu sein, aber damals gab es diese anspruchsvolle Bezeichnung noch nicht. In den fünfziger Jahren war nur von »ledigen Müttern« die Rede gewesen. Es war ihr nie in den Sinn gekommen, sich zu fragen, wie sie wohl allein mit einem Kind zurechtgekommen wäre. Aber jetzt faszinierte sie diese Möglichkeit immer mehr, und sie stellte sich rückblickend vor, daß sie eine alleinerziehende Mutter mit großem Einfallsreichtum gewesen wäre. Möglicherweise, sagte sie sich, würde ihr Vater sie unterstützt haben, wenn man ihm die Wahrheit gesagt hätte, trotzdem hätte sie ihr Examen machen und arbeiten können, und dann hätte sie, wenn sie Malcolm begegnet wäre, eine achtjährige Tochter gehabt. Das hätte Malcolm nicht abgeschreckt. Er hätte Shona akzeptiert und geliebt. Sie

461

wäre seine vorgefertigte Tochter gewesen. Sie wären von Anfang an eine Familie gewesen. Und hier begann für Hazel ihr Phantasieren interessant zu werden: Sich Shona vorzustellen, wie sie nicht etwa verzweifelt bemüht war, Teil einer Familie zu werden, von der sie ausgeschlossen gewesen war, sondern wie sie im Gegenteil in normaler pubertärer und jugendlicher Weise verzweifelt darum bemüht gewesen wäre, den Banden der Familie zu *entkommen*. Insbesondere den mütterlichen. Wie sie davonlief, stellte Hazel sich vor, von ihnen weglief und nicht auf sie zu, wie sie selbst die Ablösung vollzog.

Oft wünschte sie sich, mit Shona solche richtigen Diskussionen zu führen, aber dazu bot sich keine Gelegenheit. Da Shona nun fast zwei Jahre bei ihnen lebte, kannte Hazel sie gut genug, um einzusehen, daß sich eine solche Gelegenheit nie bieten würde. Aber irgendwie tröstlich war die viel tiefer empfundene Einsicht, daß es sie auch sonst nicht gegeben hätte – selbst wenn Shona von Geburt an bei ihr gelebt hätte, daß sie sich auch dann geweigert hätte, sich auf emotionale Auseinandersetzungen einzulassen, bei denen das Unsagbare hätte zur Sprache kommen können. Shona war durch und durch wie ihre Großmutter. Es wäre nie zu einer echten persönlichen Beziehung gekommen. Hazel betrachtete sich als gescheitert zwischen den beiden, der Mutter, die nicht geben, und Shona, die nicht nehmen konnte. Die Verbindung, die Bindung, die Mutterschaft eigentlich bewirken sollte, von der Shona glaubte, es würde sie geben, gab es nicht. Sie konnte Shona nicht lieben, und Shona konnte sie nicht lieben, aber dieser Mangel an Liebe hatte Hazels Ansicht nach wenig zu tun mit dem, was in der Vergangenheit geschehen war. Nun, da sie sich als zwei Erwachsene gegenüberstanden, wurde deutlich, daß sie einander bis auf gewisse Charaktereigenschaften und Wesenszüge nicht ähnlich waren und keine gemeinsamen Interessen und Ansichten hatten. Sie hätten sich unweigerlich auseinanderentwickelt, selbst wenn sie durch ein enges Familienleben gezwungen gewesen wären, viele Jahre miteinander zu verbringen. Shona mochte von ihrer richtigen Mutter verleugnet worden sein, aber diese Mutter wäre nicht im eigentlichen Sinne die richtige gewesen.

Hazel fühlte sich besser. Je überzeugter sie war, daß Shona und sie nie zu einer Einheit geworden wären, so wie sie und ihre eigene Mutter es nie geworden waren, desto weniger fühlte sie sich schuldig, ihre Tochter weggegeben zu haben. Der Schatten verschwand und mit ihm der Groll über Shonas bloße Existenz. Sie hatte tatsächlich zärtliche Gefühle Shona gegenüber und konnte sie auf neue Art und Weise zum Ausdruck bringen. Anstatt immer auf der Hut zu sein, spürte sie, daß sie es sich leisten konnte, abzuwarten und die neue Familienzusammensetzung zur Ruhe kommen zu lassen. Das geschah ohnehin. Die Jungen wuchsen heran, Philip war sehr reif für sein Alter, und in den beiden Jahren, die er seine Halbschwester kannte, hatte er sich natürlich einschneidend verändert. Zuerst hatte er sie bewundert und war fasziniert von ihr gewesen, aber allmählich begann er, sie herauszufordern, mit ihr zu konkurrieren, und in seinen Streitgesprächen mit ihr hörte Hazel heraus, daß er entschlossen war, weder sich noch seine Familie von Shona beherrschen lassen zu wollen. Er war kurz davor, sie anzugreifen, und das gab Hazel Gelegenheit, Shona zu verteidigen und ihr damit ihre Sympathie zu beweisen. Philip war wütend auf sie.

»Ich weiß nicht, warum du für sie eintrittst«, sagte er. »Sie kann für sich selbst sorgen, sie tut es ja sowieso, sie ist dermaßen *egoistisch*.«

»Sie war ein Einzelkind«, sagte Hazel milde.

»Was soll das denn heißen?«

»Nun, wenn man ein Einzelkind ist, bekommt man immer seinen Willen, und es ist schwer zu lernen, wie man richtig teilt.«

463

»Aber sie ist erwachsen, sie ist kein Kind mehr, Mum.«

»Das macht keinen Unterschied, sie hört nicht auf zu lernen, sie fühlt sich noch immer in einer Gruppe als Außenseiterin.«

»Das ist sie auch.«

»Nur weil du dich mit ihr gestritten hast, Philip …«

»Es geht nicht um irgendeinen Krach. Sie *ist* eine Außenseiterin. Sie fügt sich nicht ein.«

»Sie hat sich in den vergangenen zwei Jahren sehr gut, erstaunlich gut eingefügt, wenn man bedenkt, daß sie drei Brüder annehmen mußte.«

»Halbbrüder.«

»Das ist gemein.«

»Was ist gemein?«

»Dieses ›halb‹ so zu betonen. Früher warst du nicht so gemein. Früher, als Shona gerade erst zu uns gekommen war, hast du es gehaßt, wenn jemand anders von ihr sprach als von deiner Schwester.«

»Ich wußte ja gar nicht richtig, was es bedeutete.«

»Oh, Philip, du wußtest es, natürlich wußtest du es.«

»Ich kannte die Tatsachen, aber ich war zu jung, ich dachte nicht wirklich darüber nach, was sie bedeuteten.«

»Und jetzt, wo du so erwachsen bist, tust du es.«

»Ja, wirklich. Das tue ich. Ich habe viel darüber nachgedacht, und es war schon seltsam, wie sie so plötzlich auftaucht, einfach so aufkreuzt und sich dann bei uns einnistet.«

»Überhaupt nicht seltsam, eigentlich ganz verständlich.«

»Ich würde das nicht tun. Wenn du mich weggegeben hättest und ich adoptiert worden wäre, hätte ich es nicht getan. Wenn ich es erst mit achtzehn erfahren hätte, wie sie, und wunderbare Eltern gehabt hätte, wie sie behauptet, hätte ich es nicht getan. Ich hätte nichts mit dir zu tun haben wollen.«

»Du kannst gar nicht wissen, was du getan hättest, und

464

überhaupt bist du du und Shona ist Shona, und du kannst nicht von dir auf andere schließen.«

»Shona tut es. Sie will uns, also sollen wir sie wollen.«

»Du *hast* sie gewollt, bis jetzt, und in Wahrheit willst du sie auch immer noch, du streitest dich nur mit ihr, wie ich mich mit meinen Brüdern gestritten habe, das hat etwas mit dem Alter zu tun, es wird vorübergehen.«

»Das sagst du immer, über alles und jedes. Dad liebt sie jedenfalls, sie ist sein Liebling. Er hat sich schon immer eine Tochter gewünscht, nicht wahr?«

»Ja, aber …«

»Demnach waren wir alle eine Enttäuschung.«

»Nein, sei nicht albern, ihr wart nichts dergleichen. Und ich wollte jedesmal einen Jungen.«

»Weil du schon ein Mädchen hattest.«

»Nein, nicht darum. Ich ›hatte‹ sie nicht wirklich, ich hatte sie weggegeben. Ich wollte einfach keine Töchter.«

»Warum?«

»Sie sind zu schwierig für eine Frau.«

»Mum, das ergibt keinen Sinn.«

Er lachte, und so endete diese *Session.* Philip nannte es so, *Sessions,* und das amüsierte sie. Er verlangte mehr und mehr nach *Sessions,* in denen er nach einer Auseinandersetzung suchte und versuchsweise irgendeine Theorie vertrat, und dann verfolgte er sie, was immer sie gerade tat, durchs ganze Haus, redete auf sie ein und erwartete, daß sie antwortete. Wenn Shona dies miterlebte, war ihr Neid unverkennbar, und doch wußte Hazel nicht genau, worauf sie·eigentlich neidisch war – auf Philips Vertrauen, daß seine Mutter ihn bereitwillig anhören würde, oder auf ihr eigenes offensichtlich glückliches Verhältnis zu ihm. Als er sie einmal, die Arme voll sauberer Handtücher, vor der Schranktür abgefangen hatte, während er ganze zwanzig Minuten lang darüber schimpfte, wie ungerecht es sei, ihn nicht allein ins Kino gehen zu lassen, und nur dadurch gestoppt werden konnte, daß Shona schrie, er solle ans Telefon kommen, hatte Hazel versucht, Shona beizubringen, sich über ihn lustig zu machen.

»Mein Gott«, hatte Hazel gesagt, »wenn er so ist, ohne schon wirklich ein Teenager zu sein, was steht uns dann noch bevor?«

»Du magst es«, sagte Shona mit düsterer Miene und gerunzelter Stirn. »Du magst ihn so.«

»Na ja, das stimmt«, sagte Hazel vorsichtig, nachdem sie die Handtücher schließlich hingelegt hatte. Doch jetzt wurde die Badezimmertür von der am Türrahmen lehnenden Shona blockiert. »Aber ich weiß jetzt schon, daß er eine Plage werden wird.«

»Ich war eine Plage.«

»Warst du das? Ja, ich kann mir vorstellen, daß du wie Philip gewesen bist, als du in seinem Alter warst.«

»Ich war nicht wie Philip. Er hat dich. Er ist eine Plage, und du weißt es, und es macht dir nichts aus. Ich war eine Plage, und meine Mutter hatte Angst vor mir.«

»Wahrscheinlich tat sie ihr Bestes und wer ...«

»Natürlich tat sie ihr Bestes. Mein Gott, manchmal ...« Und zu Hazels Erleichterung ging sie die Treppe hinunter. Sie wußte, sie durfte es nicht dabei bewenden lassen, aber es wäre wesentlich schwieriger gewesen, ihr nachzugehen, wenn Shona sich nach oben, in ihre Räume zurückgezogen hätte.

So lief auch sie die Treppe hinunter in die Küche, wo Shona gerade etwas aus dem Kühlschrank nahm. »Shona«, sagte sie und ging zu ihr und berührte sehr mutig ihre Schulter, in der Hoffnung, die leise Berührung würde als liebevoll gedeutet werden. »Shona, ich habe schon begriffen, ich weiß, was du damit meinst, daß deine Mutter Angst hatte, denn sie wußte ja nicht, wer in dir steckte, das ist es doch, nicht wahr, das meintest du doch? Daß sie immer Angst hatte, weil du adoptiert warst und sie deshalb nie wissen konnte, woraus du dich zusammensetzt?«

»So in etwa«, sagte Shona jetzt leichthin, nicht unbedingt bereit, das Gespräch fortzusetzen.

»Und du fühltest dich fremd, ohne zu wissen warum, und dann, als du herausfandest, daß du adoptiert warst, dachtest du, daran liege es, nicht wahr? Daß du ein Kukkucksei in einem Nest gewesen bist, und wenn du das richtige Nest finden könntest – oh, mein Gott, Nester und Kuckucks ...«, und sie begann zu lachen. Einen schrecklichen Augenblick lang dachte sie, Shona würde das Gegenteil tun und weinen, aber auch sie lächelte und fing dann an zu kichern, und sie beide konnten sich schließlich vor Lachen nicht mehr halten. »So lustig ist es gar nicht«, sagte Hazel nach einer Weile zaghaft. »Ich hab mich nur so sehr bemüht.«

»Du bemühst dich sehr.«

»Ist das so offensichtlich?«

»Ja.«

»Oje.«

»Nein, das war ein Kompliment. Ich hab es als Kompliment gemeint. Ich weiß, du bemühst dich. Ich bemühe mich auch. Es ist wirklich zu dumm.«

»Was? Daß zwei Menschen sich so sehr bemühen, einander zu verstehen und zu lieben?«

»Na ja, nicht der Versuch, einander zu verstehen, ist dumm, sondern der, einander zu lieben, oder? Es sollte selbstverständlich sein, sonst taugt es nichts, funktioniert es nicht.«

»Ich liebe dich wirklich«, log Hazel. »Ich brauche mich nicht mehr zu bemühen.«

»Aber ich liebe dich nicht«, sagte Shona, »das ist es ja. Ich habe es immer gewollt und mir gewünscht, aber ich tue es nicht. Ich bewundere dich, aber das reicht nicht, und ich beneide dich, und das ist schrecklich, die eigene Mutter um etwas zu beneiden.«

»Ich habe nichts, was du nicht auch eines Tages haben kannst.«

»Das bezweifle ich«, sagte Shona, »aber daran wärst du nicht schuld, daraus würde ich dir keinen Vorwurf machen.«

»Das ist gut. Ich habe mir selbst viele Vorwürfe gemacht, und das führt zu nichts. Ich habe meiner Mutter Vorwürfe gemacht, und das war falsch.«

»Ich kenne sie nicht. Sie will nichts mit mir zu tun haben, oder? Deshalb kommt sie nie, wenn sie weiß, daß ich hier bin, und ist ganz irritiert, wenn ich sie hier erwische. Sie haßt mich, sie denkt, ich sei eine Bedrohung für dich.«

»Sie haßt dich nicht, sie will nur weiterhin so tun, als sei das, was vor all den Jahren geschah, nicht wirklich geschehen, das ist alles.« Hazel hielt inne. Es kam ihr seltsam vor, daß sie ihre Mutter verteidigte. »Sie wird alt und ist stur, es ist schwer, sie zu verändern. Aber sie wird am Ende herkommen, das wird sie tun müssen. Alle haben sich jetzt an dich gewöhnt, du wirst akzeptiert, der Schock ist vorbei. Nun ja, für alle andern. Nur sie ist noch übrig und spielt keine große Rolle, ihr Verhalten braucht dich nicht zu verletzen.«

»Das tut es aber. Ich habe nichts Unrechtes getan, aber sie verhält sich, als wäre es so. Ich nehme an, sie findet es falsch, daß ich überhaupt hierhergekommen bin. Nennt sie es ›in der Vergangenheit wühlen‹? Ich wette, sie tut es.«

»Ich vermute auch, daß sie es tut, aber so nennt sie es mir gegenüber nicht. Sie kennt meine Gefühle.« Hazel zögerte. Es kam ihr wie ein schrecklicher Verrat vor, Shona zu erzählen, wie sehr sie ihre Mutter immer abgelehnt hatte. Es kam ihr nicht richtig vor, dies zu tun. »Deine Großmutter ist wirklich ein sehr interessanter Mensch«, sagte sie schließlich. »Sie hatte eine schwere Kindheit, aber sie spricht so gut wie nie darüber. Ihr Vater wurde im Krieg, im Ersten Weltkrieg, getötet, und ihre Mutter war verwitwet, bevor sie geboren wurde. Erst als sie meinem Vater, deinem Großvater, begegnete, konnte sie wirklich ein eigenes Leben führen. Ihre Mutter klammerte sich an sie, sie war im wahrsten Sinne des Wortes das Zentrum ihres Universums, und deshalb wollte sie, daß ich mich in diesen Dingen frei fühlte. Aber ich war natürlich nicht frei.« Hazel hielt wieder inne und versuchte, Shonas Reaktion abzuschätzen. Langweilte sie diese geraffte Geschichte ihrer Mutter? Hielt sie sie unter den augenblicklichen Umständen für überflüssig? Sah sie darin einen Versuch, aus ihrer Großmutter einen sympathischeren Charakter zu machen? Schwer zu sagen. »Jedenfalls«, schloß sie halbherzig, »ist sie kein so schlechter Mensch. Sie denkt noch immer, sie habe bei dem, was sie tat, nur das Beste gewollt.«

»Für dich.«

»Ja, das vermute ich, aber schließlich war ich real, ich existierte, ich war ihre Tochter. Du warst damals irreal.«

»Und jetzt bin ich real. Endgültig.«

»Und sie hat Angst vor dir.«

»Nun, das braucht sie nicht. Ich bleibe nicht. Sobald ich meinen Abschluß habe, bin ich weg. Das hab ich beschlossen. Und wahrscheinlich komme ich nie wieder zurück, sie braucht sich also keine Sorgen zu machen.«

»Du kannst tun und lassen, was du möchtest«, sagte Hazel. »Du kannst kommen und gehen, wann du willst.«

Danach wußten beide nichts mehr zu sagen.

Kapitel 24

Sie saßen im Wohnzimmer. Nachdem sie mehrmals gebeten hatte, die Abwesenheit des Dienstmädchens zu entschuldigen, hatte Leah Tee angeboten. Der Tee wurde abgelehnt, aber Leah wünschte, ihr Angebot wäre angenommen worden. Tee zuzubereiten würde ihr, selbst wenn sie die Besucherin einige Minuten hätte allein lassen müssen, geholfen haben, die Peinlichkeit der Situation nicht ganz so stark zu empfinden. Ihre Besucherin war irgendwie beunruhigt. Die Unruhe war jedoch unter Kontrolle, und da sie sich selbst oft in diesem Zustand befunden hatte, erkannte Leah die Anzeichen. Sie konnte sich nicht vorstellen, auf welche Weise die Nervosität dieser Frau mit ihr selbst zusammenhängen sollte, wartete aber mit wachsender Neugier darauf, daß sie den Grund erfuhr. Die Frau war ganz in Schwarz. Vermutlich war jemand gestorben, was ihre Traurigkeit erklären konnte, nicht aber ihren Besuch.

Leah war froh, daß ihr Wohnzimmer einen guten Eindruck machte. Sie hatte für den neuen Teppich eine gewagte Farbe gewählt, ein merkwürdiges Grünblau, das Henry die Augenbrauen hochziehen ließ, weil es mit nichts zusammenpaßte. Aber Leah hatte darauf keinen Wert gelegt. Der Teppich hatte einen cremefarbenen diagonalen Streifen, und auf diesen Cremeton hatte sie Vorhänge und Stuhlbezüge abgestimmt, bis auf die Kissen, die türkis waren. Das Ganze wirkte frisch und kühl, vollkommen anders als die grellen Töne des Salons in der Etterby Street. Das Zimmer wurde kaum benutzt. Es war der Raum, um darin Gäste zu empfangen, und sie hatten keine empfangen. Alles war makellos, und Leah war stolz darauf. Sie sah, daß ihre Besucherin beeindruckt war und sie entsprechend abschätzte, bevor sie sprach.

»Sie kennen mich nicht«, sagte sie. Leah neigte bedauernd den Kopf. »Mein Name ist Evelyn Fletcher, aber damit werden Sie wenig anfangen können. Fletcher ist der Name meines Mannes.« Sie hielt inne, aber von Leah kam keinerlei Reaktion. »Alles liegt lange zurück«, seufzte sie, »und ich möchte Ihnen nicht weh tun. Ich hätte schreiben können, nachdem ich Ihren Aufenthaltsort herausgefunden hatte – es hat viel Zeit in Anspruch genommen, und ich fand es nicht richtig, noch länger zu warten.« Sie verstummte und gab einen leisen Seufzer von sich.

»Bitte«, sagte Leah, »regen Sie sich meinetwegen nicht auf. Mir ist eine Besucherin viel lieber als ein Brief.« Das war liebenswürdig gesagt, und die Frau, Mrs. Fletcher, lächelte flüchtig.

»Sie sind sehr freundlich, sehr verständnisvoll, aber das konnten wir nicht wissen.« Ein weiterer Seufzer, und dann richtete sie sich auf. »Mein Mädchenname war Todhunter. Ich bin Evelyn Todhunter.« Sie beobachtete Leah aufmerksam. »Verstehen Sie jetzt, worum es geht?«

Leah sagte nichts. Ihre Lippen fühlten sich trocken an, und sie fuhr mit der Zunge vorsichtig darüber. Sie konnte nur nicken. Ihr plötzlicher Mangel an Beherrschung verriet mehr als jede Antwort.

»Es ist eine traurige Geschichte«, sagte Mrs. Fletcher, »und ich weiß, es ist auch für Sie traurig gewesen, viele Jahre lang.« Sie blickte sich im Zimmer um, wies auf die gerahmten Familienfotos und setzte hinzu: »Aber Sie haben nach dem Kummer Ihr Glück gefunden.« Leah wurde rot, ein Fünkchen Unwillen begann sich in ihr zu entfachen.

»Ich möchte meinen Bruder nicht etwa entschuldigen«, sagte Mrs. Fletcher, »das dürfen Sie ja nicht denken. Was er getan, wie er sich Ihnen, uns gegenüber verhalten hat, war unverzeihlich, und er wußte das. Am Ende bat er um Verzeihung, und deshalb bin ich hier.« Eine Welle der Erleichterung durchlief Leah, aber Mrs. Fletcher mißverstand ihren Aufschrei als Verzweiflung, stand von ihrem Stuhl auf und kam mit ausgestreckten Armen auf sie zu und sagte mit einer seltsam affektierten, hohen Stimme, die Leah auf die Nerven ging: »Meine Liebe, es tut mir leid, es tut mir leid, es ist ein furchtbarer Schock, schockierend, ich weiß, und nach so langer Zeit, wo Sie doch nicht damit gerechnet haben. Ich werde aufhören, wenn Sie es nicht ertragen können, mehr zu erfahren, sagen Sie nur ein Wort und ich werde gehen und Sie nie wieder belästigen, Sie haben alles Recht, mir zu sagen, daß ich gehen soll!«

Beide brauchten eine Weile, um ihr Gleichgewicht wiederzufinden. Leah fing sich als erste, hatte aber das dringende Bedürfnis, der plötzlich so abstoßenden Gegenwart dieser Frau zu entkommen. »Sie müssen mich entschuldigen, Mrs. Fletcher«, sagte sie unvermittelt. »Ich brauche einen Tee.« Sie ging in die Küche und stellte zwei ihrer besten Tassen und Untertassen, die silberne Teekanne, den Krug mit Wasser, den Zuckertopf, das Milchkännchen und einen Teller mit Butterkeksen auf ein Tablett, doch bevor sie das Tablett hinübertrug, nahm sie im letzten Augenblick die Kekse wieder herunter. Ohne Mrs. Fletcher zu fragen, ob sie ihre Meinung geändert habe, goß sie zwei Tassen ein. Ihre eigene Tasse trank sie auf der Stelle aus, ungeachtet dessen, wie das wirken mochte, und schenkte sich gleich wieder nach. Mrs. Fletcher nippte zögernd an der ihren und musterte Leah besorgt über den Rand ihrer Tasse hinweg. »Möchten Sie mehr darüber hören?« fragte sie.

»Ja«, sagte Leah, »wenn Sie es ertragen, mir davon zu erzählen.« Sie wollte noch hinzufügen: »Und zwar ruhig und vernünftig«, ließ es aber sein.

»Ich weiß nicht, wo ich beginnen soll. Er, Hugo – ich kann seinen Namen kaum aussprechen, er war so lange

472

tabu in unserem Hause, er geht mir nicht mehr leicht von der Zunge –, starb vor sechs Wochen. Er ist nach Hause gekommen und war innerhalb eines Monats tot. Er wußte, daß er sterben mußte, wissen Sie, und er kam zurück nach Moorhouse, ohne zu ahnen, daß unser Vater vor langer Zeit gestorben war und nur meine ebenfalls kranke Mutter noch lebte. Mein Vater hatte ihr, als Hugo endlich schrieb, Jahre nachdem er in Kanada verschwunden war, verboten zu antworten, hatte gesagt, er würde Hugo nicht mehr als seinen Sohn anerkennen, und sie solle sich von ihm lossagen. Aber als mein Vater tot war, kam er zurück, und natürlich nahm meine Mutter ihn auf, auch wenn sie nicht imstande war, jemanden zu pflegen, und selbst eine Pflegerin brauchte. Ich wurde gerufen. Ich konnte und wollte nicht auf der Stelle kommen. Ich hatte gelitten. Ich war während der furchtbaren, so furchtbaren Zeit zu Hause, sah meine Mutter weinen und hörte meinen Vater fluchen, und auch ich litt. Aber ich konnte es meiner armen Mutter nicht antun, allein mit ihm fertig werden zu müssen, daher fuhr ich schließlich doch hin. Ich wünschte, ich hätte es nicht getan.« Hier entstand eine Pause in Mrs. Fletchers Bericht, der mit einer jetzt leisen und monotonen, der vorherigen bei weitem vorzuziehenden Stimme gesprochen worden war, aber Leah fiel es schwer, die Worte in sich aufzunehmen. Sie ermunterte sie nur insofern fortzufahren, als sie ihr konzentriert zuhörte. »Oh, es war ein schrecklicher Anblick, er war von der Krankheit ausgezehrt, unglaublich mager, das Gesicht voller Falten, alles in allem ein Wrack von einem Mann. Was immer er in seinem Leben anfing, mißlang. Ich kann mich gar nicht genau an jedes einzelne Unglück erinnern, das ihm widerfuhr, und um die Wahrheit zu sagen, ich möchte es auch nicht. Meistens litt er unter schmerzhaftem Fieber und phantasierte, und vieles davon ergab keinen Sinn. Aber von Ihnen sprach er ziemlich vernünftig. Er weinte vor Scham, wie er Sie behandelt habe, und bat mich wieder

473

und wieder, Sie aufzusuchen und um Verzeihung zu bitten, sonst könne er nicht in Frieden ruhen. Und er sprach von seinem Kind, das ...«

»Noch ein wenig Tee?« sagte Leah.

Durch die Unterbrechung war Mrs. Fletcher aus dem Konzept geraten. Sie hatte Gefallen gefunden an ihrer dramatischen Schilderung, und ihre Stimme war laut und erregt geworden, aber jetzt, wo sie unterbrochen worden war, konnte sie nicht gleich wieder den richtigen Ton finden. »Das Kind«, wiederholte sie, »er dachte am Ende an sein Kind ...«

»Aber nicht am Anfang«, sagte Leah knapp.

»Wie bitte?«

»Er dachte nicht am Anfang an sein Kind. Genausowenig wie Sie noch Ihre Mutter.« Mrs. Fletchers Mund öffnete sich, und ihr Gesicht zeigte einen so bestürzten Ausdruck, daß es furchtbar komisch aussah. Hastig sagte Leah: »Es ist für Sie unbegreiflich, Mrs. Fletcher, daß ich nicht bewegt und zu Tränen gerührt bin, wenn ich von den erschütternden Worten Ihres Bruders auf dem Sterbebett höre, aber ich empfinde für ihn, ob tot oder lebendig, nichts als Verachtung. Und Verachtung ebenso für Ihre Mutter.«

»Was hat meine Mutter Ihnen je angetan?«

»Wie haben Sie mich gefunden?«

»Wir haben einen Detektiv beauftragt. Verzeihen Sie mir, wenn Ihnen das gemein vorkommt. Er begann mit einer alten Adresse. Es gab eine Adresse, Sie schrieben an Hugo, und ...«

»Ich schrieb an Ihre Mutter, nachdem Hugos Kind geboren war. Ich erzählte ihr, Hugo habe eine Tochter und ich hätte sie nach ihr genannt, Evelyn, nach ihr und nach Ihnen, Mrs. Fletcher. Ich bat um nichts, aber ich hoffte, und meine Hoffnungen wurden nicht erfüllt. Ihre Mutter hatte meine Adresse genauso wie Hugo, wenn er sie je erhalten hat.«

»Es wird mein Vater gewesen sein …«

»Ich habe nicht an Ihren Vater geschrieben. Ich schrieb an Ihre Mutter, von Frau zu Frau.«

»Mein Vater wird dahintergekommen sein und …«

»Sie hätte einen Weg finden können, aber sie wollte der Hure ihres Sohnes und seinem Bastard keine Hilfe zukommen lassen.« Es tat Leah leid, so häßliche Worte gebraucht zu haben. Sie beschmutzten sie, und sie fühlte sich besudelt und häßlich, weil sie sie ausgesprochen hatte.

Mrs. Fletcher sank in ihren Stuhl zurück und weinte jetzt tatsächlich, und obgleich der Anblick Leah anfangs nicht berührte, sagte sie schließlich, daß es ihr leid tue und sie ihren vulgären Ausbruch bereue. Beide waren eine ganze Weile stumm, bevor Mrs. Fletcher sich zusammennahm und sagte: »Meine Mutter ist noch am Leben. Sie ist alt und krank und hat nicht mehr lange zu leben. Ich scheue mich, es Ihnen zu sagen, aber sie möchte Hugos Kind ein wenig Geld geben, ein Geschenk, wenn sie es annimmt, aber wenn sie genauso denkt wie Sie …«

»Ich habe nichts mit ihr zu tun«, sagte Leah.

»Mit Ihrer Tochter?«

»Hugos Tochter. Ich habe nichts mit ihr zu tun. Es quälte mich zu sehr, sie auch nur anzusehen, und sie wurde von klein auf in anderer Leute Obhut gegeben.« Leah sah Mrs. Fletchers Augen zu den Fotografien von Rose und Polly schweifen. »Das sind meine eigenen Töchter, die Mädchen von meinem Mann und mir.« Sie legte eine gewisse Betonung auf »meinem Mann«, was Mrs. Fletcher nicht überhörte.

»Demnach wissen Sie nicht, wo sich das Kind meines Bruders jetzt aufhält?«

»Oh, doch«, sagte Leah. Sie stand auf und ging zu dem Sekretär, den Henry kürzlich gekauft hatte, und öffnete die Klappe, setzte sich hin und schrieb, ohne sich über ihre armseligen Schreibkünste Gedanken zu machen, Evies

Namen und Adresse auf ein Blatt hübsches blaues Briefpapier, das sie mit soviel Vergnügen ausgesucht hatte, obgleich es niemanden gab, dem sie hätte regelmäßig Briefe
schreiben können. »Hier«, sagte sie, »ich bin sicher, seine
Tochter wird froh sein, von ihrem Vater und diesem späten Geschenk zu hören.« Sie wünschte, Mrs. Fletcher würde gehen. Ihre Mission war erfüllt. Sie sollte gehen, und
zwar schnell. Aber sie blieb weiter wie angewurzelt sitzen.

»Ich habe von Ihrem Brief an meine Mutter nichts gewußt«, sagte sie, »ich möchte nicht, daß Sie denken, ich
hätte davon gewußt, und auch ich ...«

»Das denke ich nicht«, sagte Leah so gleichgültig wie
nur möglich. »Es interessiert mich, ehrlich gesagt, wenig,
was Sie wußten oder nicht wußten. Aber Sie wohnten damals in jenem Haus, Ihrem Elternhaus, dem Heim Ihrer
Familie, mit ihm, Ihrem Bruder. Sie lebten in Moorhouse.
Ich glaube, Ihnen war, wie jedermann an einem solchen
Ort, meine Situation sehr wohl bekannt. Ich glaube, Sie
wußten von mir.«

Mrs. Fletcher senkte den Kopf und verbarg sich hinter
ihrem Taschentuch, mit dem sie ihre Augen immer wieder betupfte. »Was konnte ich tun?« flüsterte sie. »Es war
solch ein ... Es wurde darüber geredet in solch ... Als ich
davon erfuhr ...«

»Es war ein Skandal«, sagte Leah. »Ich will es für Sie aussprechen. Und mir wurde die Schuld gegeben, nicht ihm.
Ich glaubte an ihn, ich vertraute ihm, und das Resultat
war ... Nun, das Resultat kennen wir.«

»Das arme Kind«, sagte Mrs. Fletcher, »wenn ich daran
denke, das arme Kind. Es bricht mir das Herz.«

Leah lachte, und ihr Lachen war trocken, kurz und
hart, mit wenig Heiterkeit darin. »Meins hat es auch gebrochen«, sagte sie.

»Aber Sie ... Ich dachte, Sie hätten gesagt ...«

»Ich sagte, ich könne nicht ertragen, sein Kind zu sehen, und habe es nie gekonnt. Ich habe mein eigenes

Herz nicht erwähnt. Aber es ist genesen. Es ist vor langer Zeit genesen, und jetzt werden Sie den letzten Riß schließen, den Riß, der sich von Zeit zu Zeit unter gewissen Umständen zu öffnen droht, wenn eine gewisse Person versucht, ihn aufzubrechen. Sie werden, wenn ich Glück habe, am Ende mehr, als Sie ahnen, dazu beitragen, mein Herz gesund zu machen.«

Mrs. Fletcher stand vor einem Rätsel, aber Leah änderte nichts daran. Sie hatte kein Verlangen, sich der Frau anzuvertrauen. Soll sie sich doch auf dem schnellsten Weg zu Evie begeben und ihr die Neuigkeiten erzählen. Leah fiel es nicht schwer, sich die Szene vorzustellen. Auch wenn Evie immer geschworen hatte, ihr unbekannter Vater interessiere sie nicht, wäre sie doch hingerissen, wenn sie von der Glorie seines Schreis um Verzeihung auf dem Sterbebett und noch dazu von der Anerkennung einer Großmutter, die ihr jetzt ein beträchtliches Geschenk machte, erführe. Darüber war Leah sich ganz sicher. Mrs. Fletcher war trotz ihrer Tränen eine imposante Person und die Verkörperung von *Familie*, sie repräsentierte eine Familie, die jetzt Ansprüche auf Evie erhob. Evie würde mit Mrs. Fletcher nach Moorhouse zurückkehren, um diese Großmutter zu sehen, davon war Leah überzeugt. Und was mochte bei diesem Zusammentreffen herauskommen? Genugtuung, hoffte sie, Evies Genugtuung, endlich so etwas Ähnliches wie eine Mutter zu haben. Und sogar etwas noch Praktischeres: ein Umzug. Evie könnte womöglich überredet werden, nach Moorhouse zurückzukehren, um bei ihrer Großmutter zu leben, und das Haus erben und ... Leah unterbrach sich. Da war Jimmy. Für Jimmy würde es keine Arbeit in Moorhouse geben. Er würde nicht umziehen wollen. Es war absurd, sich eine solche Lösung vorzustellen. Nichts würde sich ändern. Evie würde sie weiterhin quälen.

Leah erzählte Henry nichts von Mrs. Fletchers Besuch. Sie dachte in den folgenden Wochen oft daran, sprach aber nicht darüber. Es war ein Geheimnis, an das sie sich klammerte, und sie fand Gefallen an dem Gefühl. Als Evie einige Monate nicht vor ihrem Haus erschienen war, brannte sie darauf zu erfahren, ob sie ihre Großmutter aufgesucht hatte, aber sie sah keine Möglichkeit, das herauszufinden. Es war verlockend, bei Jimmys Arbeitsstelle anzufragen, ob er dort noch immer beschäftigt sei, aber das war ihr zu peinlich, und sie wollte auch nicht so gezielt bei ihren Erkundigungen vorgehen. Sie wollte es ganz zufällig herausfinden, denn abergläubisch, wie sie war, glaubte sie, das bringe Glück. Sie begann, ungewöhnlich häufig in die Stadt zu gehen, um nach Gesichtern zu forschen, um Evie oder Jimmy zu suchen – genauer: in der Hoffnung, ihre Abwesenheit festzustellen. Sie war überzeugt, daß sie, wenn sie nur zu bestimmten Zeiten zu bestimmten Orten ginge, Evie unweigerlich sehen würde, falls sie noch in Carlisle war. Der Marktplatz schien ihr der beste Treffpunkt zu sein – jede Hausfrau aus Carlisle ging früher oder später auf den Markt, und Evie hatte ihn, wenn man Henry glauben konnte, schon immer gemocht –, daher ging Leah immer wieder auf den Markt. Sie ließ sich mit einem halbvollen Korb von Stand zu Stand treiben und ihre Augen über jedes einzelne Gesicht schweifen und suchte um zehn Uhr morgens, um zwei Uhr am Nachmittag, samstags bei Ladenschluß, zu jeder Tageszeit unermüdlich nach Evie. Dann wurde sie kühner. Sie fuhr mit der Straßenbahn nach Stanwix und ging mit klopfendem Herzen die kleine Gasse, in der Evie wohnte, erst forsch, dann schlendernd auf und ab, wobei sie die Häuser genau betrachtete und festzustellen suchte, ob die Patersons noch immer dort lebten.

Es war absurd, was sie tat, und sie wußte es, konnte sich aber nicht davon abhalten. Sie irrte durch die Straßen in der Stadt, strich um die Läden herum, besuchte Stanwix und war jetzt ebensooft außer Haus, wie sie sich vorher darin versteckt hatte. Henry beschwerte sich, daß sie nie da war, wenn er, wie er es oft tat, unerwartet auf einen Sprung vorbeikam, und konnte diesen neuerlichen Einkaufstick nicht nachvollziehen. Leah sagte, es gebe noch so viele Dinge, die sie für das neue Haus einkaufen müsse, und achtete darauf, stets mit irgendwelchen läppischen Anschaffungen zurückzukommen. Es war zu einer dringenden Notwendigkeit geworden, herauszufinden, wo Evie war, und nach sechs Monaten Suche sehnte sie sich nach einer endgültigen Bestätigung. Sie ergab sich zufällig, so wie sie es sich erhofft hatte. Als sie aus der Etterby Terrace kam, Evies Straße, die sie zum hundertstenmal entlanggeschlendert war, ging sie die Etterby Street, ihre frühere Straße, weiter hinauf in Richtung Scaur und traf Miss Mawson, die gerade aus ihrem Haus trat.

»Aber das ist doch Mrs. Arnesen!« rief Miss Mawson.

»Miss Mawson«, murmelte Leah leise und äußerst verlegen.

»Ich bin so froh, Sie zu sehen, meine Liebe«, sagte Miss Mawson, und ihre Augen glänzten tatsächlich vor Freude. »Ich kann Ihnen gar nicht sagen, wie sehr ich Sie vermisse.«

»Ich vermisse Sie auch.«

»Es war ein schwarzer Tag für mich, als Sie wegzogen, und ich habe mich seither ohne meine lieben Nachbarn nie mehr wohl gefühlt. Jetzt erzählen Sie mir, haben Sie sich eingelebt, und sind Sie glücklich in Ihrem wunderschönen neuen Haus? Danke für Ihre Karte. Habe ich Ihnen damals überhaupt gedankt? Hoffentlich. Ich wollte Sie anrufen, aber es ging mir nicht gut ... Warum kommen Sie nicht herein, damit ich Ihnen eine Erfrischung anbieten kann?«

»O nein«, protestierte Leah, »wie ich sehe, sind Sie gerade dabei auszugehen, und ich möchte auf keinen Fall ...«

»Was ich vorhatte, kann warten. Kommen Sie, ich bestehe darauf. Um der alten Zeiten willen. Diese Gelegenheit ist zu selten, als daß man sie ungenutzt verstreichen lassen sollte. Kommen Sie, ein Nein lasse ich nicht gelten.« Und bevor Leah sich eine Ausrede einfallen lassen konnte, hatte Miss Mawson die Haustür geöffnet und bat sie herein.

Die Situation war Leah peinlich. Sie hatte über zehn Jahre nebenan von Miss Mawson gewohnt und kannte sie dennoch sehr wenig. Sie waren freundlich miteinander umgegangen, aber es hatte keine gegenseitigen Einladungen gegeben, und Leah hatte immer das Gefühl gehabt, Miss Mawson blicke irgendwie auf sie herab, weil sie ihnen ansah, daß weder sie von Geburt eine Lady noch Henry ein Gentleman war. Das bilde sie sich ein, hatte Henry immer gesagt, und allmählich hatte sie eingeräumt, daß das möglich war. Nachdem Miss Mawsons Katze überfahren worden war und Henry die undankbare Aufgabe gehabt hatte, es ihr zu sagen (denn er hatte den Unfall beobachtet und dafür gesorgt, daß sie begraben wurde), hatte sich das Verhältnis zwischen ihnen spürbar verändert. Miss Mawson wurde überschwenglich nachbarlich, und man hatte sich gegenseitig zum Tee eingeladen.

Aber mit Evies Umzug in ihre nächste Umgebung begann die wachsende Freundschaft zu verkümmern. Leah wußte, daß Miss Mawson Evie kannte. Sie war, wenn auch nicht Evies Freundin, so doch gewissermaßen ihre Gönnerin, und Leah befürchtete immer, sie könne in die angespannte Situation zwischen ihnen beiden geraten. Sie war sich sicher, daß sie die liebenswürdige Miss Mawson gekränkt hatte, indem sie von da an unter dem Vorwand von Kopfschmerzen und allgemeiner Erschöpfung ihre gastfreundlichen Angebote jedesmal ausschlug. Und da war auch immer die Sorge, Miss Mawson könnte Evie sehen, wie sie auf der Straße Arnesers Haus anstarrte, und sie nach dem Grund fragen.

Aber jetzt, da sie in Miss Mawsons hübschem, kleinen Salon saß, wurde Leah bewußt, daß sich ihr die perfekte Gelegenheit bot, etwas über Evies Verbleib herauszufinden. Falls Evie umgezogen war, würde Miss Mawson es sicher wissen, da sie sich für die junge Frau interessierte. Leah war so erpicht darauf, Miss Mawson über diesen Punkt zu befragen, daß sie geradezu kühn wurde. Sie kümmerte sich nicht länger darum, ob Evie Miss Mawson ins Vertrauen gezogen haben könnte, sondern allein darum, die Wahrheit zu erfahren. »Hat sich hier in unserer Gegend viel verändert, Miss Mawson?« fragte sie. »Oder sind wir die einzige Familie, die in letzter Zeit weggezogen ist?«

»Oh, absolut nicht«, sagte Miss Mawson, »es hat hier eine richtige Umwälzung stattgefunden, indem alle möglichen Leute es sich aus guten Gründen, nehme ich an, in den Kopf gesetzt haben, Etterby zu verlassen und anderswo eine Bleibe zu finden. Tatsächlich scheinen die Jungen am beweglichsten zu sein. Nehmen Sie zum Beispiel die Patersons. Erinnern Sie sich an Evie? Die für Ihren Mann gearbeitet und James Paterson geheiratet hat? Sie zog doch in die Nähe, in die Etterby Terrace, ist aber schon wieder weggezogen.«

»Wirklich?« murmelte Leah in der Hoffnung, ihre schreckliche Neugier überspielt zu haben, indem sie sich nicht übermäßig interessiert zeigte.

Miss Mawson fühlte sich daraufhin animiert, denn sie fand Gefallen an solchem Klatsch. »Sie hat zu guter Letzt Glück gehabt, eine unglaubliche Geschichte. Sie hat ihre Familie gefunden. Es scheint sich um eine gute, einigermaßen wohlhabende Familie zu handeln, und ein Sohn ist gestorben, der sich als Evies Vater herausgestellt hat ... Und nun hat die Großmutter eine Tante geschickt, um sie aufzuspüren, und Evie und James sind in die Nähe von Newcastle in ein großes Haus gezogen, aus dem man eine Menge machen kann. Es hat mir den Atem verschlagen, als ich davon hörte.«

Leah unterließ es zu sagen, daß es auch ihr den Atem verschlage, und fragte: »Und haben Sie das von Mrs. Paterson persönlich erfahren?«

»O nein, von ihrem Mann, der gerade für mich ein Kostüm angefertigt hat und ...« Miss Mawson hielt inne und wurde über und über rot. Henry hatte immer ihre Kostüme geschneidert. Von ihm zu Jimmy Paterson, der bei der Konkurrenz arbeitete, überzuwechseln, war ein Verrat ersten Ranges, und sie sah Leah entsetzt an. Leah tat es mit einer kurzen Handbewegung ab, um zu zeigen, daß sie sich aus diesem unfreiwilligen Geständnis nichts machte, und drängte Miss Mawson, mit ihrer spannenden Erzählung fortzufahren. »Nun«, sagte Miss Mawson ermutigt, ohne an ihren bisherigen Elan anknüpfen zu können, »Mr. Paterson sagte, er würde mein Kostüm noch fertignähen, bevor sie wegzögen, das sei das letzte in Carlisle. Ich fragte, wo genau dieses große Haus sei, und er sagte, in der Nähe von Newcastle, aber sie planten bereits, nach dort umzuziehen. Die Großmutter sei alt und krank, und es gäbe ein weiteres Haus in Newcastle selbst, in das die drei ziehen wollten, und daß Mr. Paterson sich als Schneider dort selbständig machen würde. Ich freue mich so für Evie, nach all den Schwierigkeiten in der letzten Zeit endlich ein wenig Glück und Zufriedenheit.«

»Schwierigkeiten?« fragte Leah zurück, auf einmal beunruhigt bei dem Gedanken, Miss Mawson sei letztlich vielleicht gar nicht so unwissend, wie sie tat.

Miss Mawson senkte ihre Stimme, obgleich außer ihnen beiden niemand im Raum war. »Sie hatte zwei Fehlgeburten. Die arme Evie. Sie wünscht sich so sehr, Mutter zu werden. Ich habe es von Mrs. Batey erfahren, die nebenan wohnt.«

Leahs Augen füllten sich mit Tränen. Sie wußte, wenn Miss Mawson das sah, würde sie annehmen, sie sei berührt wie jede zartbesaitete Frau, und würde nicht erwarten, daß sie die spontanen Tränen erklärte. Sie wollte so schnell wie möglich aufbrechen, damit sie diese lächerlichen Tränen vergießen und sich in Sicherheit wiegen konnte, aber es dauerte noch eine weitere Viertelstunde.

Als sie wegging, war sie ermattet vor lauter unterdrückter Euphorie und erreichte ganz benommen Stanwix Bank und die Straßenbahnhaltestelle. Evie war fort. Sie wohnte weit weg. Sie hatte sich von der Mutter, die sie nicht anerkennen wollte, getrennt. Sie hatte schließlich aufgegeben.

Später vermochte Leah die Chancen, daß dem wirklich so war, nüchterner einzuschätzen. Sie wußte, man konnte sich nur für den Augenblick darauf verlassen, daß Evie fort war. Das galt nicht für die Zukunft. Wenn die Patersons in Newcastle nicht zurechtkämen, könnten sie sehr wohl nach Carlisle zurückkehren, und Evie würde da wieder anfangen, wo sie aufgehört hatte. Aber vielleicht bewirkte die Entfernung ebenso eine Veränderung in ihr wie die Zeit. Leah erkannte, daß es, als Evie sie erst einmal gefunden hatte, die Nähe gewesen war, die sich als so quälend herausgestellt hatte – ihre Mutter um die Ecke und erreichbar zu wissen, war zu verlockend für ihr krankhaftes Verlangen, abgelehnt zu werden. Nun, wo sie viele Meilen entfernt war, würde der ständige Drang, ihre Mutter zu besuchen, nachlassen und seine magnetische Kraft verlieren. Evie würde wahrscheinlich voll und ganz damit beschäftigt sein, sich ein neues und besseres Leben aufzubauen, und ihr bisheriges Leben und ihre Obsessionen würden womöglich verblassen. Der plötzliche Aufbruch aus Carlisle schien Leah ebenfalls ein gutes Vorzeichen zu sein – es hatte keinen endgültig letzten Besuch beim Haus ihrer Mutter gegeben. Von dem Augenblick an, als Mrs. Fletcher aufgetaucht war, hatte Evie sich nicht wieder blikken lassen.

Leah brauchte ein ganzes Jahr, um zu glauben, daß Evie sich tatsächlich in Newcastle häuslich niedergelassen hatte und nicht zurückkehren würde, und ein weiteres, bis sie spürte, daß der Schatten, den Evie auf ihr Leben geworfen hatte, sich tatsächlich aufgelöst hatte. Miss Mawson erzählte ihr, als sie zum Tee kam, sie habe eine Weihnachtskarte bekommen. Den Patersons gehe es gut. Die Großmutter sei gestorben und habe ihnen das Haus hinterlassen, und die Geschäfte gingen auch gut. »Aber kein Wort«, sagte Miss Mawson mit betroffener Miene, »kein Wort über Kinder, zu traurig. Sie hat nicht mehr viel Zeit zu verlieren, fürchte ich.« Leah wunderte sich. Sie rechnete Evies Alter nach – zweifellos war sie noch immer unter dreißig, also keineswegs zu alt. Miss Mawson mußte sie für älter halten. »Ihr Mann«, sagte Miss Mawson, »hat Angst, im Fall eines Krieges eingezogen zu werden, und arbeitet Evie ein, damit sie während seiner Abwesenheit das Geschäft weiterführen kann.« Leah nickte. Henry redete auch davon, obgleich er zu alt war, um betroffen zu sein, und traf in seiner umsichtigen Art ebenfalls Vorkehrungen. Leah interessierte sich nicht für die Kriegsgerüchte.

Sie war vielmehr damit beschäftigt, daß Rose in diesen Tagen sehr eigensinnig und ganz und gar nicht mehr das zugängliche Kind von früher war. Sie hatte sich geweigert, ewig untätig zu Hause herumzusitzen, und darauf bestanden, einen Beruf zu erlernen. Jetzt drohte sie, heiraten zu wollen. Sie war zwanzig Jahre alt und fand, daß trotz ihrer ausgezeichneten Stelle im Rathaus dafür jetzt der richtige Zeitpunkt gekommen sei. Weder Leah noch Henry billigten ihren Auserwählten, einen gewissen Joseph Butler, einen Schlachter, dessen Familie drei Stände auf dem Markt besaß. Joseph hatte Rose ein Jahr lang den Hof gemacht, Zeit genug für ihre Eltern, ihn als unzuverlässig und viel zu vergnügungssüchtig abzutun. Wenn Rose mit ihm zusammen war, wurde sie flatterhaft und benahm sich ganz anders als gewohnt. Henry hatte hin und wieder gemurmelt, Heirat sei vielleicht die beste Lösung, wenn man bedenke, wie die Dinge sich entwickelten, woraus Leah schloß, daß er Sorge hatte, Rose würde sich Joseph hingeben und in Schwierigkeiten geraten. Leah, die nicht die geringste, wenn auch noch so unterschwellige Anspielung auf eine solche Katastrophe ertragen konnte, hoffte im stillen, der Krieg würde tatsächlich ausbrechen und Joseph lange genug außer Reichweite sein, so daß Rose ihn vergaß.

Das Gegenteil geschah. Im August 1914 war der Krieg erklärt worden, und Joseph wurde sofort eingezogen. Rose brach in Tränen aus und verkündete, sie wolle unverzüglich heiraten. Sie liebe ihn und könne nicht länger warten. So sehr man auch auf sie einredete, sie blieb bei ihrem Entschluß, da sie sich jedoch, trotz ihrer Entscheidung, so schnell wie möglich heiraten zu wollen, eine richtige Hochzeit wünschte, willigte sie ein, sechs Wochen zu warten, bis Joseph seine Grundausbildung abgeschlossen hatte. Die Heirat sollte stattfinden, bevor er, wie zu erwarten war, an die Front geschickt wurde. Leah stürzte sich in einen Vorbereitungsrausch für die weiße Hochzeit, und Henry natürlich auch, da er selbstverständlich Roses Kleid und die Kleider ihrer vier Brautjungfern schneiderte. Aber zwei Tage vor dem großen Tag wurde Josephs Regiment nach Frankreich beordert. Die Hochzeit mußte aufgeschoben werden, da Joseph überhaupt nicht mehr nach Hause durfte, und Rose konnte sich nicht einmal richtig von ihm verabschieden. Sie brach in hysterisches Weinen aus und war untröstlich. Das Hochzeitskleid wurde sorgfältig eingepackt und verwahrt und ein neuer Termin für Josephs ersten Urlaub festgelegt.

Später warf Rose Leah unverblümt und verbittert vor, ihre Heirat verhindert zu haben. Sie sagte, alle hätten seit Monaten von ihrem Wunsch, Joseph Butler zu heiraten, gewußt, und wäre ihre Mutter nicht dagegen gewesen, hätte die Hochzeit im Sommer stattfinden können. Leah versuchte gar nicht erst, darauf zu antworten. Wie sehr dies auch zutreffen mochte, Rose würde, wenn man sie daran erinnerte, zugeben müssen, daß sie diejenige war, die das Ganze um diese verhängnisvollen paar Wochen aufgeschoben hatte, um statt einer schnellen Trauung eine prächtige Hochzeit zu feiern. Aber Leah würde sie nicht daran erinnern. Rose war am Boden zerstört. Doch jetzt, wo ein wirklich tragisches Ereignis über sie hereingebrochen war, flossen keine Tränen. Als sie von Josephs Tod in der ersten Woche seines Einsatzes erfuhr, wirkte sie wie vom Schlag getroffen. Sie saß stundenlang bleich und reglos da, und Leah weinte. Als Rose eines Morgens auf der Treppe ohnmächtig wurde, war niemand überrascht – sie hatte im vergangenen Monat, seitdem Joseph gefallen war, kaum etwas zu sich genommen. Aber Leah rief den Arzt in der Hoffnung, er werde ihr verordnen zu essen, denn danach würde Rose sich richten. Er erteilte die Verordnung tatsächlich, aber aus einem Grund, den Leah nie vermutet hätte.

Rose hatte sehr wohl gewußt, daß sie schwanger war. Das Kind war an dem Tag gezeugt worden, als Joseph einberufen wurde und Rose ihm nicht länger hatte widerstehen können, in dem festen Glauben, sowieso bald verheiratet zu sein, so daß ein kleines Vorspiel in der Hinsicht unbedeutend war. Wenn die Hochzeit stattgefunden hätte, überlegte Leah, wäre Roses traurige Situation schon elend und schlimm genug gewesen – mit einundzwanzig Witwe zu sein –, aber ohne das Siegel der Anständigkeit war Rose ruiniert. Auf noch verheerendere Weise ruiniert, als sie es selbst gewesen war, da Rose viel mehr zu verlieren hatte. Henry tobte und verfluchte den toten Joseph, aber Leah vergeudete keine Zeit mit sinnlosem Geschimpfe. Ihr Kopf war voller Pläne, Pläne, Rose rechtzeitig wegzubringen, so daß niemand Verdacht schöpfte, und jemanden für sie sorgen zu lassen, bis das Baby geboren war und zur Adoption freigegeben werden konnte. Es galt schnell zu handeln und in Umlauf zu bringen, der Arzt habe gesagt, Rose leide an einer Krankheit, die den Körper auszehre, und müsse deshalb unverzüglich in ein Sanatorium. Die Lügen mußten ausgefeilt sein und so lange einstudiert werden, bis sie in Wortlaut und Ausdruck einwandfrei waren.

Aber Rose erwies sich als eigensinnig. Sie wollte sich an keiner Geheimnistuerei beteiligen. Sie sagte, sie sei nicht überrascht, wenn ihre Eltern sie verstoßen würden. Sie habe Schimpf und Schande über sie gebracht oder sei dabei, dies zu tun, und ihre Strafe würde sein, in ein Heim für gefallene Mädchen zu gehen – verdiene sie denn etwas anderes? Aber ihr Kind werde sie nicht aufgeben. Niemals. Das Kind sei alles, was ihr von Joseph geblieben sei. Nie und nimmer könne sie sich davon trennen, und wenn es sie als Hure brandmarke, dann könne man das auch nicht ändern. Leah weinte, Henry weinte, Polly (die davon erfahren mußte) weinte, nur Rose weinte nicht. Ihr Entschluß stand fest. Und natürlich liebten sie sie und konnten sie nicht hinauswerfen, und so blieb sie im Haus und wurde umsorgt, und die Leute zerrissen sich die Mäuler über sie, wie Leah es befürchtet hatte. Rose bestand darauf, sich »Mrs. Butler« zu nennen, was Henry sehr beunruhigte, so daß er aufgrund einer Absichtserklärung ihren Nachnamen ändern ließ, indem er dafür zahlte. So war sie offiziell berechtigt, sich »Butler« zu nennen, wenn auch nicht »Mrs. Butler«.

Es war ein Mädchen. Rose nannte es Josephine und widmete sich ihm von Anfang an hingebungsvoll. Leah beobachtete sie aufmerksam und dachte an ihre eigene, anfänglich so hingebungsvolle Liebe zu Evie und daran, wie beängstigend schnell Abscheu an deren Stelle getreten war. Aber Roses leidenschaftliche Liebe zu ihrer Tochter nahm eher zu als ab. Sie sagte zu Leah, ihr Leben habe jetzt einen Sinn und Josephine sei ein ständiger Trost für sie, eine lebendige Erinnerung an Joseph, den sie so sehr geliebt habe. Sie trug sie stolz auf ihrem Arm, ohne ein Spur von Scham, obgleich viele versuchten, ein Gefühl der Scham in ihr auszulösen. Josephs Familie, von der sie sich viel erhofft hatte, war nicht damit einverstanden, daß sie sich sogar namentlich als Frau ihres toten Sohnes ausgab. Sie waren empört, daß sie sich »Mrs. Butler« nannte, und wollten nichts von ihrem Enkelkind wissen. Rose ertrug die Feindseligkeit standhaft und sagte lediglich, Joseph würde ein solches Verhalten verachtet haben.

Eine von den Butlers, eine Tochter von Josephs Schwester, nannte Josephine, als sie acht war, in der Schule höhnisch »Bastard«. Sie sang das Wort, wann immer Josephine in ihrer Nähe war, leise vor sich hin, dabei wußten beide nicht, was es bedeutete. Rose wurde blaß und preßte die Lippen aufeinander, als ihre Tochter sie danach fragte, und sagte lediglich: »Nichts. Das ist kein Wort für junge Mädchen.« Aber sie ging auf der Stelle zu Josephs Schwester und warnte sie, ihrer Tochter Anstand zu lehren, oder sie würde Ärger bekommen. Sie wußte selbst nicht, worin ihre Drohung bestehen sollte, aber die Heftigkeit und Überzeugung, mit der sie sie angedeutet hatte, taten ihre Wirkung. Das Butler-Kind ließ es von da an bleiben.

Das heißt, bis Josephine vierzehn war und sich schon lange nicht mehr bei ihrer Mutter über höhnische Bemerkungen oder Hänseleien beklagte. Inzwischen war es ihr einziger Wunsch, sich von einer Mutter zu distanzieren, die sie mit ihrer Liebe so erdrückte, daß sie das Gefühl hatte zu ersticken. Sie sehnte sich nach einem Vater, nach Brüdern und Schwestern und nach einem normalen Familienleben anstelle dieses klaustrophobischen Daseins, nur sie und ihre Mutter in einem kleinen Haus, das Henry für Rose gekauft hatte. Sie war so sehr daran gewöhnt, Freunden zu erzählen, ihr Vater sei, kurz nachdem er ihre Mutter geheiratet hatte, im Krieg gefallen, daß es für sie einen Schock bedeutete, als diese Version der Ereignisse zum erstenmal angefochten wurde. Es war dasselbe Butler-Mädchen, das sich frech und dreist über die Anordnung seiner Mutter hinwegsetzte. »Sie waren nie verheiratet«, sagte das Butler-Mädchen, als es Josephine mit einem neuen Mädchen in der Klasse plaudern hörte. »Sie ist ein Bastard.« Josephine starrte sie an. Sie hatte jetzt eine dunkle Ahnung, was ein Bastard war, und auch wenn sie nicht ganz sicher sein konnte, so doch sicherer als mit acht Jahren, daß es eine schreckliche Sache war, Bastard genannt zu werden. Sie hatte Angst, etwas zu sagen, und das Butler-Mädchen sah es ihr an. »Sie ist ein Bastard«, wiederholte sie. »Ihre Mutter war eine Schlampe, die meinen Onkel zum Narren gehalten hat, und vielleicht hat sie auch andere zum Narren gehalten, und sie ist nicht einmal sein Bastard, wenn sie auch seinen Namen trägt.« »Lügnerin«, brachte Josephine flüsternd hervor, aber blitzschnell sagte das Butler-Mädchen: »Dann beweise es doch«, woraufhin Rose nichts anderes übrigblieb, als das Klassenzimmer zu verlassen.

Sie hätte damals ihre Mutter darauf ansprechen müssen, aber der Gedanke erschreckte sie. Also schwieg sie. Die halbe Klasse hatte es natürlich gehört und warf ihr eine Weile seltsame Blicke zu. Sie trug den Kopf hoch und zog sich noch weiter zurück, und schließlich verloren die anderen Mädchen das Interesse. Sie lernte fleißig, absolvierte erfolgreich die Examina und beschloß, Lehrerin zu werden. Ihre Großeltern waren hocherfreut, aber ihre Mutter äußerte die Befürchtung, daß dies den Besuch eines Lehrerinnenseminars bedeuten würde und eine solche Trennung eine Qual wäre. Sie wollte nicht, daß Josephine sie verließ, wie Joseph sie verlassen hatte, und sagte dies auch. Was dabei herauskam, war die Geschichte ihrer romantischen, aber kurzen Ehe, und daß Josephine sie in diesem Zusammenhang noch einmal anhören mußte, ließ ihren Geduldsfaden reißen. »Ich gehe fort, Mutter«, sagte sie, »ich will mein eigenes Leben führen.« Sie hätte am liebsten hinzugefügt, sie wisse, daß diese ganze Liebesgeschichte oder zumindest der Teil, in dem es um die Hochzeit ging, eine Lüge sei, aber sie schwieg.

Ihre eigene Zurückhaltung machte es für sie um so schwerer, den Entschluß ihrer Mutter zu ertragen, ihr an ihrem achtzehnten Geburtstag die Wahrheit zu erzählen, bevor sie aufs Lehrerinnenseminar ging.

»Ich muß dir etwas sagen, liebe Josephine«, begann Rose zaghaft lächelnd und mit einem um Mitleid flehenden Blick.

Josephine wußte gleich, worum es ging. »Nein«, sagte sie scharf, »du brauchst mir nichts zu erzählen. Ich weiß Bescheid.«

»Was weißt du?« flüsterte Rose und schaute sie ängstlich an.

»Ich weiß, daß ihr nie verheiratet wart. Das ist alles. Und ich will nichts darüber hören. Es spielt keine Rolle.«

»Oh, doch!« jammerte Rose, und dann war sie nicht mehr aufzuhalten. Ein ganzer Katalog von Entschuldigungen und Rechtfertigungen wurde aufgeblättert, und Josephine konnte sich kaum noch beherrschen, als ihre Mutter gar nicht mehr aufhören wollte zu reden. »Ich habe nie auch nur eine einzige Stunde bedauert, was ich getan habe«, erklärte Rose zum Schluß, »außer ein-, zweimal, als ich sah, welchen Schmerz es deiner Großmutter bereitet hat.« Leah war noch am Leben, Mitte sechzig, und Josephine sah zu ihr auf und brachte ihr größten Respekt entgegen. Sie konnte sich das Entsetzen ihrer Großmutter leicht vorstellen. »Deine Großmutter«, sagte Rose, »wollte, daß ich dich adoptieren lasse, aber der Gedanke ist mir gar nicht gekommen. Sie versuchte, mich zu überreden, sagte, ich würde, mit einem Baby in meinem Alter und unverheiratet, kein eigenes Leben führen können. Sie sagte, du würdest, von ehrbaren Leuten adoptiert, viel glücklicher sein. Sie sagte, ich dürfe nicht mein ganzes Leben einem Kind opfern, das den Unterschied nie erfahren würde.« Dann lehnte Rose sich zurück und warf Josephine einen Blick zu, der Dankbarkeit zu erheischen schien.

Aber Josephine war alles andere als dankbar. Was sie empfand, war nichts als Verlegenheit und Unwillen. Ihre Mutter hätte ihr diese Geschichte nie erzählen sollen. Sie war achtzehn Jahre lang geheimgehalten worden, und es war ungeheuerlich von ihr, ihrer Tochter eine so schmerz-

liche Wahrheit aufzuhalsen. Josephine haßte den Gedanken an Roses unschickliches Verhalten und sah in der
flüchtigen Leidenschaft ihrer Eltern nichts Romantisches.
Sie beschloß, niemandem je davon zu erzählen. Ihre Mutter hatte so getan als ob, und sie würde so tun als ob. Es
war ohnehin nur eine ganz kleine Lüge. Aber zu wissen,
daß sie tatsächlich ein uneheliches Kind war, veränderte
ihre Einstellung zu ihrer Mutter wesentlich und prägte
auch ihre Einstellung Sex gegenüber. Die Intensität der
Gefühle ihrer Mutter und deren restlose Hingabe hatten
ihr von jeher widerstrebt, und sie hatte sich danach gesehnt, davon loszukommen. Jetzt begann sie, sich zu befreien, sich nicht länger schuldig zu fühlen. Trotz Roses
Tränen nahm sie sich, sobald sie ihre Ausbildung als Lehrerin abgeschlossen hatte, ein eigenes Zimmer nahe der
Schule, an der sie unterrichtete, und nachdem sie einen
Posten an einer Londoner Schule angenommen und Gerald Walmsley kennengelernt und geheiratet hatte, kehrte
sie nie mehr nach Carlisle zurück.

Sie erzählte Gerald nicht, daß sie ein uneheliches Kind
war. Warum sollte sie auch? Geralds Familie gehörte zu einer besseren sozialen Schicht, und sie fürchtete sich sowieso vor ihr. Gerald selbst interessierte sich überhaupt nicht
für ihre Herkunft. Sie mußte ihn natürlich mit nach Hause nehmen, damit er Rose und die übrige Familie kennen-
lernte, doch als das erledigt war, hatte er keinen Kontakt
mehr zu ihnen, außer wenn sie ihnen einen ihrer seltenen, sehr seltenen Besuche abstatteten. Rose war tief beeindruckt von Geralds Beruf und sprach kaum in seiner
Gegenwart. Einmal versuchte sie, Josephine, als sie ein
Jahr lang mit Gerald verlobt war, zu fragen, ob sie und Gerald ... nun ... ob sie ... was gerade sie verstehen würde,
wenn – aber Josephine brachte sie zum Schweigen und
sagte wütend, sie und Gerald seien lediglich verlobt und
er respektiere sie, und für »solche Dinge« sei noch Zeit,
wenn sie erst einmal verheiratet seien.

Josephine trug dreist den Namen ihres Vaters ins Kirchenregister ein, und ihre Mutter wahrte das Geheimnis ihrer Illegitimität, weil sie nichts anderes zu tun wagte. Rose hatte Josephs Nachnamen so lange getragen, daß es keine Rolle zu spielen schien (aber ihr war nicht wohl bei dem Gedanken, daß es für Josephine doch eine spielte). Josephine war froh darüber, sich in London niederlassen zu können und ihr neues, ihr vollkommen neues Leben zu beginnen. Ihr erster Sohn wurde zu Josephines großer Genugtuung zehn Monate nach der Heirat seiner Eltern geboren. Korrekter hätte es gar nicht zugehen können, und obgleich die Zeiten sich änderten und die Moral mit ihnen, spielte für sie Sex keine Rolle. Sie war entsetzt bei dem Gedanken, daß ihre Mutter *dafür* ihren guten Namen aufs Spiel gesetzt hatte. Es war absurd. Warum hatte sie nicht warten können? Hatte sie *ihn* nicht dazu bringen können zu warten? Gerald hatte gewartet. Es hatte überhaupt keinen Zweifel daran gegeben, daß er das tun würde. Er hatte sie nicht einmal allzusehr bedrängt, und als sie verheiratet waren, stellte er zu ihrer großen Erleichterung nur bescheidene Ansprüche an sie. Gerald liebte sie, und sie liebte ihn, und Sex war etwas völlig anderes. Als sie nach zwei Söhnen ihre Tochter Hazel zur Welt brachte, hoffte sie, sie in diesem Sinne erziehen zu können.

Dann würden keine Fehler gemacht werden.

Epilog

Ihr Tod hinterließ bei ihr ein seltsames Gefühl der Verlassenheit. Alle Hoffnung war dahin. Die Hoffnung hätte sie vor langer, sehr langer Zeit verlassen müssen, aber das war nie wirklich geschehen. Sie hätte sie aufgeben sollen, als sie von Carlisle wegzog, aber in ihrem Hinterkopf hatte sie immer das Bild, wie sie sich mit ihrem Baby auf dem Arm noch einmal der Haustür ihrer Mutter näherte und diese offen vorfand und sah, wie alle Feindseligkeit aus dem Gesicht ihrer Mutter schwand, wie Freude an deren Stelle trat, wie ihre Mutter die Arme ausbreitete, um ihr Enkelkind willkommen zu heißen, so wie sie ihr Kind nie willkommen geheißen hatte. Es war solch ein schönes Bild. Es machte Evie glücklich. Sie brauchte nur ein Kind zu bekommen, dann konnte sie diese Phantasie mit Leben füllen, konnte die Wende stattfinden.

Nur zweimal wurde ein Arzt gerufen. Sie konnten sich Ärzte leisten, nicht das Geld hielt sie davor zurück, sondern die Sinnlosigkeit und außerdem die Demütigung. Diese Männer reagierten mit Ungeduld auf ihre Erwartungen. Was sie eigentlich glaube, wozu sie imstande wären? Sie sagten zu ihr, sie solle froh sein über die Fehlgeburt, denn der Fötus müsse mißgebildet gewesen sein, um die Abstoßung zu verursachen. Sie lag im Dunkeln und dachte darüber nach, während ständig Blut aus ihr heraussickerte. Ob mißgebildet oder nicht, sie wollte die Mutter dieses Kindes werden. Ihre Zärtlichkeit, ihre liebevolle Fürsorge würden es wettmachen. Aber so ruhig sie sich auch verhielt, keins ihrer Babys hatte sie behalten können.

Sie verließen sie, wie ihre eigene Mutter sie verlassen hatte, und sie war hilflos vor Kummer.

Einmal war ein Kind schon so weit entwickelt, daß man sein Geschlecht deutlich erkennen konnte. Ein Mädchen im vierten Monat. Sie wollte es bei sich behalten, in ihrem Bett, eingewickelt in einen selbstgehäkelten Schal, den Schal, in dem es begraben werden würde, aber die Hebamme ließ es nicht zu. Ihre Tochter wurde ihr weggenommen, und Evie schrie und schrie, und man drohte ihr, sie ins Irrenhaus zu bringen, wenn sie nicht aufhöre. Das sei der richtige Ort für sie. Sie war außer sich. Aber schließlich war da Jimmy, der geduldig und ergeben sich immer aufs neue bewährte, der arme Jimmy, der das ganze Ausmaß ihrer furchtbaren Verzweiflung ertragen mußte. Er hatte lange vor ihr die Hoffnung aufgegeben, tat aber so, als wäre das nicht der Fall. Bei ihm konnte sie ihren Phantasien freien Lauf lassen, und sie dankte es ihm. Sie erlitt sieben Fehlgeburten, und bei allen außer zweien stand ihr Jimmy bei, der die leberähnlichen Reste, die aus ihr herauskamen, wegtrug und verbrannte. Der bloße Anblick von Blut verfolgte sie, selbst wenn sie nicht blutete, und ihre Abneigung gegen alles, was rot war, nahm zu. Oft hatte sie das Gefühl, auf einem Ozean von Blut zu treiben, und im Haus gab es kein Laken ohne Flecken, so lange die Leintücher nicht eingeweicht und gewaschen worden waren.

Während sie da in ihrem Blut lag, fragte sie sich, was ihre Mutter wohl denken würde, wenn sie sie jetzt sähe. Würde sie sich endlich erweichen lassen? Wenn sie den Schmerz und das Elend und schließlich die Sinnlosigkeit von dem allen sähe? Als die Schmerzen ihren Höhepunkt erreichten, sprach Evie mit ihr, und man glaubte sie im Delirium. »Ist ihre Mutter erreichbar?« fragte der Arzt und erfuhr von Jimmy, Evie habe keine Mutter. Das Geheimnis der Arnesens war bei Evie sicher, und wenn Jimmy einen Verdacht hegte (denn woher sollte seine Frau das Geld haben, um ein Haus zu kaufen?), so hatte er einzig und allein mit Henry und nicht mit Leah Arnesen zu tun. Als Evie zum erstenmal einwilligte, mit ihm auszugehen, erzählte sie ihm, sie habe keine Mutter, und dabei blieb es. Jimmy war ein Mann, der an das glaubte, was man ihm sagte, und keine Fragen stellte. Seine eigene Mutter war seit langem tot, und er machte sich nichts aus Müttern. Der leidenschaftliche Wunsch seiner Frau, Mutter zu werden, war ihm rätselhaft.

Jimmy brachte Evie aus Carlisle die *Cumberland News* mit, wegen der Anzeige – *Leah Arnesen, treusorgende Ehefrau von Henry und geliebte Mutter von Rose und Polly und Großmutter von Charles und Josephine, verstarb am 11. April unerwartet in ihrem Zuhause.* Jimmy fuhr oft geschäftlich nach Carlisle und hatte noch immer Verbindungen zu Freunden, die weiterhin bei Arnesen's arbeiteten. Er erfuhr, daß es ein Herzanfall gewesen sei. Die Beerdigung würde in drei Tagen stattfinden. Sogleich beschloß Evie, daran teilzunehmen. Sie hatte seit ihrer letzten Fehlgeburt vor etwa zwei Monaten (eine Fehlgeburt, die für sie mit ihren vierzig Jahren wahrscheinlich die letzte sein würde) das Haus nicht verlassen und war noch immer schwach, aber sie zögerte nicht einen Augenblick. Jimmy war entgeistert. Er konnte nicht begreifen, daß sie wirklich vorhatte, die anstrengende Reise zu unternehmen. Doch als er merkte, daß sie es ernst meinte, sah er keine andere Lösung, als sie selbst hinzubringen, obgleich es für ihn keinen Grund gab, schon so bald wieder nach Carlisle zu fahren.

Evie kleidete sich tiefschwarz, als sei sie jemand aus dem engsten Familienkreis, und Jimmy fragte sich, was die Arnesens von einer solchen Anmaßung halten würden. Die Kirche war fast voll, weil Henry Arnesen, der im Jahr zuvor das Amt des Bürgermeisters innegehabt hatte, eine angesehene Persönlichkeit war. Als sie die Kirche betraten, bemerkte Jimmy, daß Evie sich über die Größe der Trauergemeinde wunderte. Er wies auf eine Bank ganz hinten, die noch so gut wie frei war, aber zu seinem Erstaunen begann sie, den Mittelgang hinunterzugehen. Er folgte ihr, denn ihm blieb nichts anderes übrig, als sich loyal zu verhalten. Sie ging bis ganz nach vorn zur ersten Reihe, wo Henry Arnesen und seine beiden Töchter, ein Schwiegersohn und zwei kleine Enkelkinder saßen. Evie stand da und wartete. Jimmy zupfte sie am Ärmel, aber sie schüttelte ihn ab, und zur selben Zeit stand Henry Arnesen auf und bedeutete seiner Familie, es ebenfalls zu tun, und sie alle rückten ein Stück weiter, um Evie und Jimmy Platz zu machen.

Der Sarg war bedeckt mit Blumen, fast nur Kamelien, weißen Kamelien, Leahs Lieblingsblumen. Alle weinten, außer Evie. Sie blickte durch den Schleier auf den Sarg und auf die wundervollen Blumen und konnte nicht um eine Mutter weinen, die sie nie geliebt hatte. Sie wollte um sich selbst weinen, aber es kamen keine Tränen. Statt dessen staute sich mehr und mehr ein Gefühl von Wut in ihr auf, und ihr Gesicht glühte hinter dem Schleier, und sie wunderte sich, daß der Schleier bei dieser Glut kein Feuer fing. Sie nahm die Worte während des Gottesdienstes kaum wahr und sang die Choräle nicht mit. Als der Sarg hinausgetragen wurde, folgte sie ihm als erste, wobei sie Jimmy, als er zögerte und die Arnesens vorlassen wollte, zur Seite schob. Sie wußte, daß alle sie, entsetzt über ihre Dreistigkeit, anstarrten und zweifellos erwarteten, daß Henry Arnesen sie entsprechend behandeln würde. Aber er half ihr in den ersten Wagen und stieg neben ihr ein mit den beiden Töchtern, deren Gesichtsausdruck man nicht erkennen, sich aber leicht vorstellen konnte. Niemand sprach im Auto. Auf dem Friedhof stand Evie neben Henry, und als der Sarg in das Grab gesenkt worden war, wandte er sich zu ihr und sagte, daß jeder es hören konnte: »Willst du mit ins Haus kommen?« Sie nickte. Jimmy war nirgends zu sehen.

Zu ihrem eigenen Erstaunen war sie, als sie in dem Haus war, das sie nie hatte betreten dürfen, vollkommen gelassen. Im Eßzimmer war eine Tafel gedeckt mit Whisky für die Männer und Sherry für die Frauen. Evie aß nicht und trank auch nicht. Sie stand abseits, nah am Fenster, und während sie hinausblickte, dachte sie daran, wie sie früher immer hereingeblickt hatte. Sie merkte, daß Rose und Polly mit ihrem Vater flüsterten, und wußte, daß es dabei um sie ging. Er würde es ihnen sagen. Er mußte es ihnen sagen. Deshalb war sie gekommen. Wenn er es ihnen nicht sagte, mußte sie es tun, und sie freute sich schon darauf. Aber in diesem Augenblick erkannte Miss Mawson sie, obgleich sie, im Gegensatz zu den anderen Frauen, ihren Schleier nicht hochgeschlagen hatte. »Na, so was, Evie, das ist doch Evie, oder etwa nicht? Meine Gute, wie lieb von dir zu kommen.« Evie nickte, sagte aber kein Wort. Sie sah, daß Miss Mawson vor Neugier und vor lauter Erwartung bebte, daß etwas Dramatisches sich anbahnte, wenn es nicht schon durch Evies Verhalten in der Kirche geschehen war. »So traurig«, sagte Miss Mawson, »so plötzlich, ein Herzanfall, weißt du, dabei hatte sie nie Probleme mit dem Herzen.« Miss Mawson senkte ihre Stimme noch mehr. »Sie kann natürlich durch den Schock geschwächt worden sein. Es liegt schon Jahre zurück, aber trotzdem war es ein schrecklicher, schrecklicher Schlag damals.« Evie hatte keine Ahnung, worauf sie anspielte. »Rose, weißt du, und ihr Zukünftiger im Kampf getötet, und dann ... Ein hübsches kleines Ding, diese Josephine.«

Henry Arnesen trat zwischen sie. Er verbeugte sich vor Miss Mawson und nahm ihr aufrichtiges Beileid entgegen. Dann bat er Evie, doch einen Augenblick mit ihm zu kommen, und die beiden gingen vor aller Augen hinaus und über den Flur ins Arbeitszimmer. Henry schloß die Tür. »Warum bist du zur Beerdigung gekommen?« fragte er.

»Ich bin ihre Tochter«, sagte Evie stolz. Sie wußte, was er sagen würde.

»Sie ist tot«, sagte Henry. »All das ist jetzt vorbei. Willst du Rose und Polly noch mehr Kummer bereiten, als sie ohnehin schon haben? Willst du ihre Mutter in ihren Augen, jetzt, wo sie von ihnen gegangen ist, erniedrigen?«

Evie hob ihren Schleier. Sie sah Henry lange ruhig an und lächelte. »Ja«, sagte sie, »ich will meinen Schwestern sagen, daß auch ich die Tochter ihrer Mutter bin, und dann werde ich gehen und sie nie wieder belästigen.«

»Das ist grausam«, sagte Henry.

»Sie war grausam«, sagte Evie, »und ließ mich mein Leben lang leiden. Und Ihre Töchter sind selbst Mütter, sie sollten es verstehen, insbesondere eine von ihnen, wie man mir erzählt hat.«

Rose und Polly betraten aufgeregt das Arbeitszimmer und stellten sich zu beiden Seiten neben ihren Vater, und Evie stand den dreien gegenüber. Sie hatten sich sehr verändert, seitdem sie sie zum letztenmal gesehen hatte. Besonders Rose hätte sie nicht wiedererkannt. Aus dem hübschen Mädchen, das früher vor Lebensfreude nur so gesprüht hatte, war eine düstere, blasse und schwerfällige Matrone geworden. Polly hatte abgenommen und war groß geworden. Sie sahen ängstlich aus, und ihr Vater tat nichts, um sie zu beruhigen. »Dies ist Mrs. Paterson«, sagte er. »Sie möchte, daß ihr etwas erfahrt.« Rose seufzte leise. Alle drei starrten Evie an und warteten. »Ich bin auch ihre Tochter«, sagte sie. Es erfolgte keine Reaktion, daher wiederholte sie die Worte und fügte sicherheitshalber hinzu: »Ich bin auch die Tochter eurer Mutter, ihre erstgeborene, noch bevor sie euren Vater geheiratet hat.« Die beiden Frauen blickten Henry an. »Vater«, flüsterte Rose, »kann das wahr sein?« Unfähig zu sprechen, nickte er. Niemand rührte sich. Evie wartete und wartete, und dann sagte sie: »Ich muß jetzt nach Hause gehen.« Sie ging hinaus in die Eingangshalle, die Haustür wurde ihr geöffnet, und draußen wartete Jimmy. Sie ließ sich von ihm zurück zum Friedhof fahren, und dort blickte sie noch einmal auf den Hügel, unter dem ihre Mutter lag, und sie spürte, daß endlich alles vorüber war. »Ich habe keine Mutter«, sagte sie, »und werde nie eine sein.« Jimmy stand auf ihre Anweisung hin in einiger Entfernung und hörte lediglich ein undeutliches Gemurmel und dachte, sie spräche ein Gebet. Er wollte Evie rasch nach Hause bringen. Sie sah nicht gut aus, und was es auch immer mit dieser Teilnahme an Leah Arnesens Beerdigung auf sich haben mochte, er wollte, daß endlich Schluß damit war.

Evie ging folgsam mit. Sie hatte keine Fehlgeburten mehr. Mit fünfundvierzig war sie plötzlich in den Wechseljahren, und es hieß, das sei die Erklärung für ihr späteres, unausgeglichenes Verhalten. Sie begann, in den Straßen umherzuirren, an Türen zu klopfen und nach ihrer Mutter zu fragen. Und am Ende mußte Jimmy zugeben, daß sie ärztliche Hilfe brauchte. Doch bevor ihr geholfen werden konnte, starb sie in einer staatlichen Nervenheilanstalt ganz unerwartet an einem Herzanfall.

Mitten in Australien bekam Shona plötzlich Heimweh. Es war vorherzusehen, so klar vorherzusehen, daß sie bei aller Melancholie lächeln mußte – die große Hitze, der Staub, die Rot- und Brauntöne, alles so anders als die schottische Küste. Sie schickte Catriona und Archie eine Postkarte, auf der sie schrieb, sie vermisse St. Andrews und würde alles für eine starke Brise an der Küste bei Regen und Nebel geben. Ganz unten schrieb sie: »Und Euch beide vermisse ich auch.« Das stimmte. In der ganzen Zeit an der Universität in London war sie nicht mehr als ein halbes dutzendmal für immer kürzere Zeit in St. Andrews gewesen, und jetzt, wo sie so weit fort war, sehnte sie sich dorthin zurück. Sie saß mit geschlossenen Augen auf einer Bank vor dem Postamt, T-Shirt und Shorts feucht vor Schweiß, der täglich gegen Mittag ausbrach und erst nachzulassen schien, wenn sie unter der kalten Dusche stand. Sie litt nicht nur unter der Hitze, sondern fühlte sich ganz elend. Sie hatte weder die Haut noch den Teint und schon gar nicht, dachte sie, den Stoffwechsel, um diese Art Klima zu ertragen. Die beiden Mädchen, denen sie sich ange-schlossen hatte, wurden viel besser damit fertig. Sie waren dunkelhaarige südländische Typen, die die Sonne in sich aufsogen und in ihrer Wärme auflebten.

Sie wollte nach Hause. Es gab keinen Grund, der dage-gen sprach. Sie konnte, wann immer sie wollte, die lange Rückreise antreten. Nichts hielt sie hier. Sechzehn Monate war sie fort gewesen, und das reichte – es war Zeit, höchste Zeit, mit diesem Vagabundendasein Schluß zu machen und darüber nachzudenken, was sie mit ihrem Leben an-fangen sollte. Aber sie fühlte sich elend und schwach, und es fehlte ihr die Kraft, sich von ihren Reisegefährtinnen zu trennen und von sich aus umzukehren. Vielleicht war sie krank, vielleicht war der Bazillus, den sie sich in In-dien eingefangen hatte, noch nicht wirklich aus ihrem Ma-gen heraus. Sie wollte, ihre Mutter sei da, ein kindischer Wunsch, und sie würde ihn nicht laut aussprechen, weil die beiden anderen sonst lachten. Sie wollte umsorgt wer-den, bemuttert, und bei noch immer geschlossenen Au-gen tröstete sie sich mit der Vorstellung, Catriona lege ihr einen kalten feuchten Umschlag auf die heiße Stirn und brächte sie in einen kühlen, abgedunkelten Raum. Sie kam sich schäbig vor, daß sie nur an ihre Mutter dachte, wenn diese sich um sie kümmerte. Verwirrt schlug sie die Augen auf und versuchte, sich zusammenzunehmen, was einige Mühe kostete. Sie hatten ihre Rucksäcke in der Ju-gendherberge gelassen, aber jetzt sagte sie, sie werde zu-rückgehen und den ihren holen und einen Bus nach Dar-win nehmen und weiter nach Sydney und dann nach Hause fliegen. »Ich kann das hier nicht aushalten«, erklär-te sie, und die beiden anderen akzeptierten freundlich ihre Entscheidung. Sie waren nur drei Wochen zusam-mengewesen.

In Sydney überlegte sie, ob sie ihre Mutter anrufen soll-te, beschloß aber, es nicht zu tun, eine Überraschung wäre das beste. Sie würde Catriona davor bewahren, sich über

das Fliegen Sorgen zu machen und einen Absturz zu befürchten, die Art von Sorgen, zu denen sie ärgerlicher-
weise von jeher neigte. Schwieriger war die Frage, ob sie
Hazel wissen lassen sollte, daß sie durch London kommen
würde. Sie hatte den Jungen aus jedem Land, das sie besuchte, Postkarten geschickt und auf diese Weise die Verbindung aufrechterhalten. Sie hatten ihr, als sie die Reise
antrat, einen großen Abschied bereitet, indem sie alle
nach Heathrow gekommen waren und ihr mit einem weinenden kleinen Anthony bis in die Abflughalle nachge-
wunken hatten. Ihr selbst war zum Weinen zumute gewesen, und sie war stolz zu spüren, daß sie solche Gefühle
hatte. Hazel hatte sie unerwartet herzlich umarmt, aber
sie hatte sich gefragt, ob diese Herzlichkeit nicht daher
kam, weil sie abreiste. Jetzt, bei ihrer Rückkehr, würde Hazel vielleicht keine solche Herzlichkeit zeigen, und sie
stellte überrascht fest, daß sie das ziemlich gleichgültig
ließ. Sie bewunderte Hazel, war sich aber nie sicher gewesen, ob sie sie inzwischen wirklich verstand. Sie konnte
auch nicht genau sagen, ob sie sie wirklich gern hatte. Was
gab es an ihr gern zu haben? Ihre Selbstbeherrschung?
Ihre Klugheit? Ihre Fähigkeit, sich von Gefühlen zu distanzieren? Ihr Organisationstalent? Je mehr sie versuchte, in
ihrem Kopf die Gründe aufzulisten, weshalb sie Hazel
gern haben konnte, desto weniger war sie überzeugt, daß
sie es konnte. Und sie lieben – das tat sie nicht. Darüber
bestand zumindest kein Zweifel. Doch wenn sie an Catriona dachte, überschlugen sich die Gründe, warum sie sie
gern hatte, nur so in ihrem Kopf. Sie war so liebevoll, so
selbstlos, so sanftmütig, sie bemühte sich, in jeder Weise
behilflich zu sein – und außerdem waren die Gründe völlig egal, weil sie jetzt erkannte, daß die Gefühle, die sie für
diese Mutter empfand, mit Liebe zu tun hatten. Catriona
und sie hatten so gut wie nichts miteinander gemein, dennoch war die eine Teil der anderen. Ihr ganzes Leben war
sie wütend auf Catriona gewesen, und sie würde wahr-

scheinlich auch immer wieder Verärgerung empfinden. Aber es gab eine Bindung zwischen ihnen, die sie jetzt nicht mehr leugnen mußte. Sie hatte aufgehört, in der Frau, die sie empfangen und geboren hatte, nach ihrem Spiegelbild zu suchen. Sie war froh, etwas geklärt zu haben, koste es, was es wolle.

Nach Hause zu kommen war überhaupt nicht traumatisch, wie sie befürchtet hatte. Der Empfang war genauso, wie sie ihn sich vorgestellt hatte, und sie schwelgte darin und dachte, wie glücklich sie sei, daß sie, wann immer sie zurückkehrte, darauf zählen konnte. Und sie fühlte sich zum erstenmal seit Monaten wieder wohl, richtig wohl, ohne eine Spur von Übelkeit. Sie schüttelte die Trägheit, die auf ihr gelastet hatte, ab und fand wieder zu ihrem alten tatkräftigen Selbst zurück – sie habe ihre Lektion gelernt, sagte sie sich, und werde sie nie vergessen. Aber sie blieb nicht in St. Andrews. Sie ging nach Edinburgh und nahm einen Job in der Verwaltung der Universität an. Sie hatte befürchtet, er würde tödlich langweilig sein, und hatte ihn nur angenommen, um irgendwo einen Anfang zu machen, bis sie herausfand, welche Richtung sie tatsächlich einschlagen wollte, aber sie stellte fest, daß er ihr gefiel, und wurde schon bald befördert. Sie hatte genug Geld, um sich eine Wohnung zu mieten und einen Gebrauchtwagen zu kaufen, und jedes zweite Wochenende fuhr sie zur Freude ihrer Eltern nach Hause, nach St. Andrews. Sie wurden älter, und Shona war besorgt um sie und besuchte sie in regelmäßigen Abständen, um zu sehen, ob alles in Ordnung war.

Sie hätten sie natürlich gern verheiratet gesehen. Sie waren konventionell und hatten für jede andere Art von Beziehung nichts übrig. Shona nahm ihnen all die Fragen nach »Liebesgeschichten« nicht übel und machte sich über ihre Erwartungen lustig, doch als sie tatsächlich ihre erste Affäre hatte, behielt sie sie für sich. Sie sei spät dran mit ihren vierundzwanzig, dachte sie, erst jetzt ihr erstes

Verhältnis zu haben, aber schließlich habe sie damals andere Dinge im Kopf gehabt und sich von Männern ferngehalten. Er hieß Lachlan, und sie war sechs Monate lang mit ihm sehr glücklich, bis sie entdeckte, daß er verheiratet war. Die Enttäuschung war schlimmer als der Schock, und die Wut, hintergangen worden zu sein, größer als die Demütigung.

Danach wurde sie vorsichtiger. Sie prüfte die Männer vorher. Sie wußte von Anfang an, daß Gregory Bates geschieden war und ein dreijähriges Kind hatte. Seine Ehrlichkeit war ermutigend, und dasselbe galt für seine Sorge um das Kind. Sie begegnete dem Kleinen, dem man den lächerlichen Namen China aufgebürdet hatte, gleich zu Beginn ihrer Beziehung. Es mochte sogar eine Art Test gewesen sein, dachte sie später – wenn sie mit China nicht zurechtkäme, gäbe es keine Hoffnung auf eine Zukunft mit Gregory. Nach einem Jahr hielt er um ihre Hand an und war sehr bestürzt, als sie ihn zurückwies. »Ich wäre gern deine Frau, Greg«, sagte sie, »aber ich möchte nicht Chinas zweite Mutter sein.« Das war's, wieder ein Beziehung vorbei.

Sie hatte nie die Absicht, sich mit Jeremy Atkinson einzulassen – inzwischen fühlte sie sich frei genug, nur an eine Affäre und an sonst nichts zu denken –, weshalb sie vermutlich so viel Spaß dabei hatte. Jeremy wollte sich vor allem amüsieren. Er war nicht ihr Typ, und doch fühlte sie sich stärker von ihm angezogen als je zuvor von irgendeinem Mann. Obgleich sie wußte, daß sie eigentlich ernsthaft und zuverlässig war, gab er ihr das Gefühl, auch einmal unbekümmert und verantwortungslos zu sein, und diese ungewohnte Erfahrung gefiel ihr. Jeremy war Buchhalter, aber er strafte das Bild vom steifen und trockenen Buchhalter Lügen. Er verdiente sehr viel Geld und gab es für Urlaub, gutes Essen und sein Vergnügen aus. Sie erkannte sich selbst kaum wieder, als sie mit Jeremy in die Karibik jettete und Nacht für Nacht mit ihm ins Theater und in Konzerte ging. Aber als sie merkte, daß sie schwanger war, zögerte sie keinen Augenblick.

Sie hätte es Jeremy beinahe nicht erzählt – er brauchte es nicht zu wissen –, aber schließlich tat sie es doch. Er war äußerst erleichtert über ihre Einstellung, ihre »gesunde« Einstellung, wie er es nannte, und bestand darauf, die Abtreibung zu bezahlen. Das war leicht zu bewerkstelligen, wenn auch kostspielig – sie war froh über Jeremys Geld –, und sie spürte keine Nachwirkungen, weder physisch noch psychisch. Aber natürlich dachte sie während des einen Tages in der Privatklinik erneut daran, wie Hazel vor langer Zeit, in grauer Vorzeit, mit ihr schwanger gewesen war. Sie hatte Hazel immer deutlich zu verstehen gegeben – das hoffte sie jedenfalls –, daß sie es, wenn 1956 eine Abtreibung möglich gewesen wäre, keiner Frau verübelt hätte, davon Gebrauch zu machen. Eine Abtreibung sei weit besser, als ein Kind wegzugeben, nachdem man es ungewollt zur Welt gebracht hatte. Später hatte sie den Wunsch, an Hazel zu schreiben, nicht an Catriona – ihrer Mutter würde sie es nie erzählen –, und erhielt daraufhin die Art von mitfühlender Antwort, auf die sie gehofft hatte. Die Abtreibung diente zumindest dem sinnvollen Zweck, sie Hazel näherzubringen.

Sie heiratete Jeremy, doch erst nach weiteren drei Jahren, in denen sie sich entschloß, nie Kinder haben zu wollen. Sie dachte, Jeremy könne es etwas ausmachen, aber das tat es nicht. Er sagte, er habe nicht den geringsten Wunsch, Vater zu sein, und war lediglich überrascht, daß Shona nicht den Wunsch hatte, Mutter zu sein, weil er annahm, alle Frauen wollten das und es sei ihre biologische Bestimmung. Als der Entschluß gefaßt war, ließ sie sich sterilisieren, eine Operation, die zu ihrem Erstaunen viel schwieriger zu organisieren war als eine Abtreibung. Sie unterzog sich ihr vor der Hochzeit, erzählte es aber niemandem, außer Jeremy natürlich. Zweifellos würden ihre beiden Mütter sie in den kommenden Jahren mit ihrer

Hoffnung auf Enkelkinder verrückt machen, aber das war nicht zu ändern. Sie würde ihnen mit der Zeit reinen Wein einschenken, daß sie nicht Mutter sein wolle, und, ohne sie zu verletzen, offenbaren, daß sie es sowieso nicht mehr werden könne.

Shona war eine wunderschöne Braut, doch was allen auffiel, war nicht ihre Schönheit, sondern ihre Gelassenheit. Sie schien mit sich selbst wie nie zuvor im reinen zu sein, und Archie konnte nicht widerstehen, zu Catriona zu sagen: »Am Ende ist doch noch alles gut geworden. Nur, weil du eine perfekte Mutter warst.« Catriona antwortete nicht. Sie wußte, daß es so etwas nicht gab. Archie versuchte einfach, sie mit diesem Kompliment zu bestätigen, aber sie hatte eine solche Bestätigung nicht mehr nötig. Shona war zu ihnen zurückgekehrt. Sie war ihnen geblieben. Das zählte, das war es, was jede Mutter sich wünschte.

Margaret Forster, 1938 in Carlisle geboren, studierte Geschichte in Oxford. Sie hat zahlreiche Romane und mehrere Biographien veröffentlicht. Margaret Forster ist verheiratet, hat drei Kinder und lebt als freie Schriftstellerin in London und im Lake District. Bei Arche erschienen die Romane *Ich glaube, ich fahre in die Highlands* (1990), *Christabel* (1991), *Die Dienerin* (1992), *Nichts wird mehr sein, wie es war* (1996) und *Das Vermächtnis meiner Mutter* (1999) sowie *Familiengeheimnisse* (1997) und die Biographie über *Daphne du Maurier* (1994).

Margaret Forster

Das Vermächtnis meiner Mutter
Aus dem Englischen von
Roseli und Saskia Bontjes van Beek
384 Seiten. Gebunden

»Ein Familienroman der Spitzenklasse über eine Frau, die sich einen Weg durch die eigenen widersprüchlichen Gefühle bahnen muß, bevor sie in ein neues, befreites Leben starten kann.« Franziska Wolffheim, *Brigitte*

»Wie sich das Bild der verstorbenen Mutter stückweise neu zusammensetzt im Laufe von Catherines Recherchen, das liest sich wie ein Thriller.« Eva Pfister, *Lesart*

Margaret Forster

Familiengeheimnisse
Aus dem Englischen von
Dietlind Kaiser
395 Seiten. Gebunden

»Margaret Forster entdeckt bei ihrer Reise in die Vergangenheit nicht nur die Wahrheit über ihre Großmutter. Ihr Schicksal steht auch stellvertretend für viele Frauenschicksale jener Epoche um 1900. Ein biographisches Zeitdokument.« Margarete von Schwarzkopf, NDR

Margaret Forster im Arche Verlag

Christabel
Roman. Aus dem Englischen von
Dietlind Kaiser
386 Seiten. Gebunden

Die Dienerin
Roman. Aus dem Englischen von
Dietlind Kaiser
672 Seiten. Gebunden

Ich glaube, ich fahre in die Highlands
Roman. Aus dem Englischen von
Sylvia Höfer
392 Seiten. Gebunden

Nichts wird mehr sein, wie es war
Roman. Aus dem Englischen von
Roseli und Saskia Bontjes van Beek
419 Seiten. Gebunden

Daphne du Maurier
Ein Leben. Aus dem Englischen von
Einar Schlereth und Brigitte Beier
567 Seiten. 53 Fotos. Gebunden

»Man muß Margaret Forsters Romane überhaupt nicht
anpreisen, es genügt, sich in ihren Sog ziehen zu lassen.«
Manfred Flügge, *Tagesspiegel*